中国诗歌研究

第 一 辑

教育部省属高校人文社科重点研究基地
首都师范大学中国诗歌研究中心主办

中 华 书 局

目　录

发 刊 辞

赵 敏 俐

中国是一个诗的国度。从上古歌谣、《诗经》、《楚辞》到唐诗、宋词、元曲、明清时调，再到今天的新诗，诗的传统源远流长，诗的数量浩如烟海。中国又是一个多民族的国家，各少数民族的诗歌与汉民族一样历时久远，丰富多彩。优秀的炎黄子孙个个都是杰出的诗人，他们以诗来抒写人生的情怀，描述民族的历史，表达生活的理想，塑造高尚的灵魂。诗是中国文学中最有生命力、最有代表性的文学体裁，也是中国文化中的核心要素，并对日本、韩国、越南等亚洲国家的文化乃至欧美近现代文学思想与审美思潮，产生了广泛而深远的影响。孔子说："不学诗，无以言。"又说："诗可以兴，可以观，可以群，可以怨。"这位伟大先哲的至理名言，准确地概括了诗在中国文化中至高无上的地位和它在现实生活中的巨大作用。

当今的世界也是一个最需要诗的世界。回想刚刚过去的上一个世纪，人类对这个新世纪充满了多么美妙的幻想。但是，事情却远没有人们想象的那样美好，过去留下的无数问题还没有解决，一系列新的麻烦又接踵而至，人类的生存正受到越来越严峻的挑战。一方面，世界上仍有那么多穷人为填不饱肚皮而痛苦；另一方面，一些富人却还在贪得无厌地追求着权力和金钱。种族矛盾的加剧、恐怖主义的蔓延等，表明人类正经历着一场新的磨难；生态环境的恶化，生物多样性的消失，是大自然向人类发出的最严厉的警告。尤其在后工业化时代，紧张的生活节奏与不断增长的物质欲求，正日益压缩着人们的审美精神空间，使生活变得单一而乏味。在今天，人类特别需要诗，需要诗的智慧，需要诗的启迪。因为诗能感化人们的心灵，创造和平的生活环境。诗就是美，就是理想，就是人类心灵的归宿。中华民族丰富多彩的诗歌文化，必将会越来越受到全世界人民的喜爱。

新的世纪要求我们对诗做出新的理解。站在当代世界的文化立场上，我们今天对中国诗歌和诗歌精神的体认,不仅包括中华各民族古今所有的诗、词、曲、唱,而且还包括渗透于各民族各时代的哲学、历史、宗教、政治、道德、心理及民俗中的诗性思维,包括其他文学体式如小说、戏曲中的诗性因素,以及其它艺术门类如音乐、绘画、建筑中的诗性之美。此外,也包括中国诗歌与世界各民族诗歌以及其诗学传统的双向交流,它们在世界文化中产生或正在产生着巨大影响。是诗引导着全人类不断走向真善美的最高境界。

新的世纪也对我们的诗歌研究提出了新的挑战。如果说,人类以往的诗歌研究,是为了从诗中发现生活的理想,解读民族的历史,陶冶自己的心灵,获得审美的愉悦。那么,我们今天的诗歌研究,还要再进一步,我们要破解人类何以需要诗的生命奥秘,诗这种语言的艺术何以会成为人类最崇拜的艺术女神。我们要逐步认识人类诗歌文化的全部内容,把诗中的理想变为生活的现实。

作为教育部批准的省属高校人文社会科学重点研究基地,首都师范大学中国诗歌研究中心的基本目标,就是以弘扬优秀的诗歌文化为己任,通过对中国诗歌的研究,参与中华民族现代化的精神文明建设,扩大与世界文化的交流与对话。我们的努力方向是,不但要把它建成"中国诗歌"的研究中心,还要把它建成中国的"诗歌研究中心",使之成为国内一流、国际著名的人文社会科学研究基地。为此,我们创办了《中国诗歌研究》这一学术刊物,它以广义的"中国诗歌"为研究对象,兼顾世界性的诗歌研究内容。正如同诗歌是全人类的共同文化财富一样,我们也愿意与全国乃至全世界有志于诗歌研究的朋友一道,把《中国诗歌研究》办成一份高质量的、面向世界开放的学术刊物,成为阐释诗歌精神、传播诗歌文化的学术圣地。我们期望海内外所有喜欢诗歌的学人都来关心这份刊物,首都师范大学中国诗歌研究中心将为她的完善而贡献最大的力量!

2002 年 3 月 1 日

西周穆王时代的仪式乐歌

马　银　琴

内容提要：在周礼逐渐完备的背景下，本文详细考察了《诗经》中产生于穆王时代的仪式乐歌。在分类分析的基础上，本文进一步指出：与周初乐歌天命佑周的主题不同，祖先、时王实实在在的武功成为穆王时代仪式乐歌最基本的内容；在颂功之歌摆脱祭祀目的的束缚成为独立的乐歌类型时，燕享乐歌的出现进一步推动了仪式乐歌由娱神向娱人的转变。在诗文本的形成史上，穆王时代的意义则通过"比缀以书"的编辑活动，为后世提供了进一步编辑的文本基础一事表现出来。

关键词：《诗经》　仪式乐歌　祭祀乐歌　颂功之歌　宴享乐歌

在文学尚未自觉，民俗生活不入史册的西周时代，文化的发展与繁荣最直接地通过礼乐制度的发展与完善表现出来。考古学、制度史的研究表明，周代的礼乐制度，由周公的"制礼作乐"开始，经过了一个漫长的历史过程，至西周中期的穆王时代逐渐完备起来。[①]在礼乐相须为用的西周时代，礼的完备标志着乐的繁荣。本文关于西周穆王时代仪式乐歌的讨论，即在这一时期周礼逐渐完备的背景下展开。

周穆王时代，是一个礼乐文化相当发达的时代，这从《穆天子传》对周穆王于征途中祭祀、燕乐、受贡、赏赐等盛大场面的描写中可以看得出来。《穆天子传》与《竹书纪年》同出于汲冢，由于其书内容多与神话传说相涉，传文也有不少晚出的痕迹，其记事的真实性一再受到怀疑。近年来，考古学的发展改变了人们对《穆天子传》的看法。杨树达云："《穆天子传》一书，前人视为小说家言，谓其记载荒诞不可信。今观其所记人名见于彝器铭文，然则其书

---

① 参见唐兰《西周铜器断代中的"康宫"问题》（《唐兰先生金文论集》，紫金城出版社，1995年），郭宝钧《商周铜器群综合研究》（文物出版社，1981年），张亚初、刘雨《西周金文官制研究》（中华书局，1986年），陈汉平《西周册命制度研究》（学林出版社，1986年），邹衡、徐自强《〈商周铜器群综合研究〉整理后记》（附《商周铜器群综合研究》书后）。刘雨《西周金文中的射礼》（《考古》，1986年第12期），刘雨《西周金文中的祭祖礼》（《考古学报》，1989年第4期），李朝远《青铜器上所见西周中期的社会变迁》（《学术月刊》，1994年第11期）。

固亦有所据依,不尽为子虚乌有之说也。"① 唐兰考证《班簋》时亦云:"毛班见《穆天子传》,此书虽多夸张之语,写成时代较晚,但除盛姬一卷外,大体上有历史根据的,得此簋正可互证。"②另外,杨宽《西周史》专门考证了此书的真实来历,他认为,此书的内容来自河宗氏世代口传的祖先神话传说,他在将此书的内容与其它部族神话传说进行比较时发现,其中关于河宗柏夭引导穆王西行的记载具有历史的真实性。也就是说,尽管《穆天子传》一书在细节的记载上充斥着神话传说特有的夸诞与不真实,但是透过神话的夸诞,书中作为中心内容出现的周穆王西征、安抚戎狄各部并接受其朝贡以及册封赏赐诸事,则是真实可信的。因此,在穆王之事史籍缺载、文献不足的情况下,此书的史料价值无疑是不能抹煞的。对本文而言,《穆天子传》中对周穆王于征途中祭祀、燕乐、受贡、赏赐的盛大场面的描写,为讨论周穆王时代仪式乐歌创作高潮的发生提供了繁荣的社会文化背景。正是在这一相当发达的文化背景之中,一大批仪式乐歌被创作出来,形成了西周初年周公制礼作乐之后乐歌创作的又一个高潮。

通过《诗经》保存下来的这一时期的仪式乐歌,可大致区分为三种类型:(一)典礼之歌,(二)颂功之歌,(三)燕享之歌。兹逐类考述如下。

一　典礼之歌

1.《闵予小子》、《访落》、《敬之》、《小毖》:

在《周颂》中,《闵予小子》、《访落》、《敬之》、《小毖》四首,从《诗序》开始,历代的经学家都以作于一时的组诗视之。其辞分别为:

《闵予小子》:"闵予小子,遭家不造,嬛嬛在疚。于乎皇考,永世克孝,念兹皇祖,陟降庭止。维予小子,夙夜敬止。于乎皇王,继序思不忘。"

《访落》:"访予落止,率时昭考。于乎悠哉,朕未有艾。将予就之,继犹判涣。维予小子,未堪家多难。绍庭上下,陟降厥家。休矣皇考,以保明其身。"

《敬之》:"敬之敬之,天维显思,命不易哉。无曰高高在上,陟降厥士。日监在兹。维予小子,不聪敬止。日就月将,学有缉熙于光明。佛时仔肩,示我显德行。"

《小毖》:"予其惩而,毖后患。莫予荓蜂,自求辛螫。肇允彼桃虫,拚飞维鸟。未堪家多难,予又集于蓼。"

关于这四首乐歌的主旨,《毛序》的说法是:"《闵予小子》,嗣王朝于庙也。""《访落》,嗣王谋于庙也。""《敬之》,群臣进戒嗣王也。""《小毖》,嗣王求助也。"仅言"嗣王"而未称其号,至

---

① 杨树达:《积微居金文说·毛伯班簋跋》(增订本),中华书局,1997年,第104页。
② 唐兰:《西周青铜器铭文分代史征》,中华书局,1986年。

西汉，申公所传《鲁诗》始以此为成王之诗，郑玄笺《诗》亦明系于成王。自此之后，尽管在细小的问题上尚有争论，但对四诗的大体时代，历代经学家众口一辞，皆取成王之说。近现代以来科学的研究方法使学者们能够打破经学陈说的束缚，把经学问题纳入史学的视野中做进一步深入的讨论。在这样的学术背景下，上述四诗作于成王时代的陈说也受到了应有的怀疑。将四诗放在周公、成王初年的历史中来考察，其间的不契合是非常明显的。

　　首先，据前文关于周初史实的考稽可知，武王卒时，天下未定，王室不宁，武王以"兄弟相后"的方式传位周公，又言"以长小子于位，实维永宁"，要其在天下安定之后传位于其子诵。周公临危受命，忠实地秉行了武王的遗命，在七年的时间内平乱定天下、营成周、制礼作乐，然后把一个安定、稳固的王位拱手交给了成王。因此，在成王继位之时，天下安定，且去武王之卒已有数年，此时情势，实与"遭家不造，嬛嬛在疚"、"未堪家多难，予又集于蓼"等悲叹之辞不能相合。

　　其次，由《毛传》开始，遵信成王之说者无不以诗中"昭考"为成王之父武王。朱熹《诗集传》释《载见》"率见昭考"时，依据西周宗庙祭祀中的昭穆制度，以及《尚书·酒诰》"穆考文王"之语，想当然地推论"昭考"为武王。马瑞辰《毛诗传笺通释》更据《左传·僖公二十四年》"文之昭也"、"武之穆也"之文云："以文所生为昭，武所生为穆，则益知文为穆，武为昭矣。"由第三章的讨论我们知道，昭穆制度是在西周中期昭穆时代以后，除父祖之外各王附祭于昭宫、穆宫而得名并逐渐形成和完善起来的。再查检相关史籍，对于武王，有称之为"武考"者，如《逸周书·大戒解》"敢称乃武考之言曰"，有称之为"烈考"者，如《尚书·洛诰》"越乃光烈考武王弘朕恭"，唯独不见称其为"昭考"的用例。而"穆考文王"之"穆"，其用法应与"我其为王穆卜"（《金縢》）、"于穆清庙"（《周颂·清庙》）、"穆穆文王"（《大雅·文王》）之"穆"相同，是在表示恭敬、赞美的意义上使用的，与表示昭穆制度之"穆"并无关连。因此，以"穆考文王"之称而推言"昭考"指称武王的论断是不能成立的。

　　那么，《访落》诗中的"昭考"应指何人？由"文考文王"、"武考"武王之例，我们自然而然地想到了谥号为"昭"的周昭王。在史籍记载中，穆王恰恰是以"昭考"来称呼昭王的。《逸周书·祭公解》穆王谓祭公云："以予小子扬文、武大勋，弘成、康、昭考之烈。"这使我们能够把《访落》诸诗的创作与穆王联系起来考察。在思考的过程中，我们发现了昭穆时代所发生的重大历史事件与诸诗内容之间的契合与对应。

　　据夏含夷《从西周礼制改革看〈诗经·周颂〉的演变》①一文转述，傅斯年先生曾把《闵予小子》、《敬之》、《访落》三诗与《尚书》中记述康王登基典礼的《顾命》一文进行比较以说明三诗的仪式背景，兹录夏文相关内容如下：

---

①　夏含夷：《从西周礼制改革看〈诗经·周颂〉的演变》，《河北师院学报》，1996 年第 3 期。

《顾命》

……

王麻冕黼裳，由宾阶隮。卿士、邦君麻冕蚁裳，入即位。太保、太史、太宗，皆麻冕彤裳。太保承介圭，太宗奉同瑁，由阼阶隮。太史秉书，由宾阶隮，御王册命，曰："皇后冯玉几，道扬末命。命汝嗣训，临君周邦，率循大卞，燮和天下，用答扬文武之光训。"王再拜，兴，答曰："眇眇予末小子，其能而乱四方，以敬忌予小子，遭家不造，忌天威。"

……

太保暨芮伯咸进，相揖，皆再拜稽首，曰："敢敬告天子，皇天改大邦殷之命，惟周文武诞受羑若，克恤西土。惟新陟王毕协赏罚，戡定厥功，用敷遗后人休。今王敬之哉，张皇六师，无坏我高祖寡命。"

王若曰："庶邦侯、甸、男、卫，惟予一人钊报告。昔君文武丕平富，不务咎，底至齐，信用昭明于天下，则亦有熊罴之士，不二心之臣，保乂王家，用端命于上帝，皇天用训厥道，付畀四方，乃命建侯树屏，在我后之人。今予一二伯父尚胥暨顾，绥尔先公之臣服于先王。虽尔身在外，乃心罔不在王室，用奉恤厥若，无遗鞠子羞。"

群公既皆听命，相揖，趋出。王释冕，反丧服。

《周颂》

嬛嬛在疚。于乎皇考，永世克孝。念兹皇祖，陟降庭止。维予小子，夙夜敬止。于乎皇王，继序思不忘。

《闵予小子》

敬之敬之，天维显思，命不易哉，无曰高高在上。陟降厥士，日监在兹。

《敬之》

维予小子，不聪敬止，日就月将，学有缉熙于光明。佛时仔肩，示我显德行。

《敬之》

访予落止，率时昭考，于乎悠哉，朕未有艾。将予就之，继犹判涣。维予小子，未堪家多难，绍庭上下，陟降厥家。休矣皇考，以保明其身。

《访落》

从以上比较中的确可以看出二者之间的对应关系，综合上文所言可以做这样的假设：《闵予小子》诸诗是穆王登基大典中使用的仪式乐歌。

在发现《顾命》与《闵予小子》诸诗在仪式功能上的对应时，也能明显地看出二者之间的差异。《顾命》之文所记述的康王登基典礼肃穆而隆重，新王诰命之辞以申诫群臣为内容，表现了不容抗拒的权力与威严。《闵予小子》诸诗，在表达继承先祖之道、"夙夜敬止"、"继序思不忘"等程序化的内容之外，以恳切、谦逊的口吻（"维予小子，不聪敬止"）表达了求助于大臣之心（"佛时仔肩，示我显德行"），与康王之诫令明显不同。另外，《顾命》所记登基典礼中，有大史宣读前王遗命一事，而《闵予小子》诸诗没有相应的内容。除此之外，更为突出的一点差异，是诸诗表现出来的与《顾命》之庄严不同的那种"遭家不造"、"未堪家多难"的悲悯、哀哀之情。

当我们把诸诗的创作与穆王的登基典礼联系起来时，便能为这种差异的产生找到深刻的历史根源。

史籍中多次记载了周昭王伐楚之事。今本《竹书纪年》云："十九年春，有星孛于紫微，祭公、辛伯从王伐楚，天大曀，雉兔皆震，丧六师于汉，王陟。"《楚辞·天问》："昭后成游，南土爰底，厥利维何，逢彼白雉。"《左传·僖公四年》："昭王南征而不复，寡人是问……昭王之不复，君其问诸水滨。"《史记·周本纪》："昭王南巡狩不返，卒于江上，其卒不赴告，讳之也。"金文中也出现了大量有关昭王南征荆楚的记载。由这些记载可以确知，昭王十九年，周王室进行了第二次南征荆楚的战役，在这次南征途中，昭王丧师殒命，溺于汉水而不返。

对周王室来说，昭王的死是一次意外的事件。穆王在这次突发性的灾难事件之后仓促继位，特殊的继位原因必然使他的登基典礼出现与康王登基时不同的仪式内容。《闵予小子》一诗的独特内容正好映像出了其典礼仪式的特殊性。诗云："于乎皇考，永世克孝，念兹皇祖，陟降庭止"。诗先呼"皇考"，云其"克孝"后复有"念兹皇祖，陟降庭止"之文。此句中"念"与"陟降"为并列关系，而"陟降"一词，多用来言鬼神上下之意，如《大雅·文王》："文王陟降，在帝左右。"因此，"念兹皇祖，陟降庭止"一句的主语应为前文之"皇考"。全句义为呼唤先父亡灵，言其生时至孝，请其亡灵念及皇祖而归止庭内。"堂下谓之庭" ①，据《周礼》、《仪礼》记载，周人有许多重大的仪式活动都在庭举行。而《尚书大传·洪范五行传》云："于中庭祀四方。"据《礼记·檀弓》记载，子路死于卫，"孔子哭子路于中庭"。这又是在"庭"行祭招魂的明证。②由上文的对比可以看出，与《顾命》太史宣布前王遗命、新王以"眇眇予末小子……以敬忌天威"等拜答之语相对应的，正是《闵予小子》悲哀的呼唤与"夙夜敬止"的誓戒之辞。《闵予小子》诸诗，是应穆王继位时特殊的仪式要求产生出来的。

昭穆时代是周王室由极盛而走向衰落的转折期。从出土的金文资料来看，昭王时期，东夷、虎方、荆楚相继而叛，周王室因此进行了一系列的征伐战争。长期的征战使军心浮动，甚至发生了《师旗鼎》"师旗众仆不从王征"之事。穆王时代的《班簋》、《录�653尊》、《�653簋》铭文都反映了当时的紧张局势。刘雨《西周金文中的军事》③ 一文，在分析西周金文中出现的表示征战的用语，如征、伐、克、伐、戈、狩、及、戍、御、追、搏等之后指出："带有上伐下语意的如征、狩、克、伐等多用于西周早期，带有防守、抵御语意的如戍、御等则多用于西周中晚期。"征伐与防守、抵御的分期，正是以穆王时代的《竞卣》、《遇甗》、《录�653尊》、《�653簋》等开始的。除此之外，文献资料中也留下了昭穆之际国势衰微、王室不宁的记载。《周本纪》云："昭王之时，

①　《楚辞·刘向〈九叹·思古〉》"甘棠枯于芳草兮，藜棘树于中庭"王逸注。
②　关于这一点，李山《诗经的文化精神》已经论及。
③　刘雨：《西周金文中的军事》，《胡厚宣先生纪念文集》，科学出版社，1999 年。

王道微缺。昭王南巡狩不返，卒于江上……穆王闵文武之道缺，乃命伯冏申诫太仆国之政，作《冏命》。复宁。"由这些记载可知，在穆王继位前后，周王室"天下安宁，刑措四十余年不用"的太平盛世已成为一去不返的昔日辉煌。昭王为平边患南征北战，最终身死军中。昭王野死、边乱四起，年轻的穆王正是在这样一个危机四伏的局势面前以非常规的仪典继承王位的。因此，在其登基大典及相关仪式中使用的《闵予小子》诸诗才会反复出现"遭家不造"、"维予小子，未堪家多难"、"未堪家多难，予又集于蓼"一类的诗句，其中曲折地反映了这段历史的真实状况。"莫予荓蜂，自求辛螫"，据马瑞辰《毛诗传笺通释》的解释，即"莫与牵引扶助，徒自求辛勤耳"。于省吾《泽螺居诗经新证》据金文词例证成王肃"以言才薄，莫之藩援，则自得辛毒"之说，两家之说略有不同，但无人铺助之意则是相同的，这也与《诗序》所云"嗣王求助"之意相吻合。将此与《访落》"于乎悠哉，朕未有艾，将予就之，继犹判涣"、《敬之》"不聪敬止，日就月将，学有缉熙于光明"等语合观，穆王继位之初，边患蜂起、"未堪家多难"而先王旧臣未附的困境，以及继承先祖王业、"扬文武之大勋，弘成康昭考之烈"以"毖后患"的决心都较为明显地呈现出来。

通过上文的分析，我们从诗中称谓、诗歌与仪式的对应关系、诗歌内容与历史事实的对应与统一等三个方面论证了《闵予小子》、《访落》、《敬之》、《小毖》四诗的作年，可以肯定地说，四诗之作，在周穆王继位之初。

判定了《闵予小子》四诗的年代，《诗序》"嗣王"一词的意义也随之凸现出来：以"嗣王"来指称穆王，不但进一步证明《诗序》的产生时代与仪式乐歌的创作时代之间具有同步对应的关系①，而且也是诗文本曾在穆王之世得到编辑的有力证据。

2.《执竞》：

> 执竞武王，无竞维烈。不显成康，上帝是皇。自彼成康，奄有四方，斤斤其明。钟鼓喤喤，磬筦将将，降福穰穰。降福简简，威仪反反。既醉既饱，福禄来反。

诗中"武王"自指周武王无疑，"成康"之异解则颇多，且直接关涉到对诗义的理解与创作时代的界定。毛传、郑笺训之为"成安祖考之道"，故以此诗为"祀武王"之乐歌，应作于成王之时；朱熹《诗集传》则以"成康"指成王、康王，故以为"此祭武王、成王、康王之诗"。在《诗经》乐歌及西周铜器铭文中，"不显"一词之后，多为指人或指物的名词，如"于乎不显，文王之德之纯"、"不显申伯"、"不显其光"、"不显考文王"、"对扬天子不显休命"等，未见其后跟动词或动词短语的用例。且在"自彼成康，奄有四方"句中，"成康"作为"奄有四方"的主语，明显是就人而言的，若依毛传、郑笺之说，不但诗义不明，从语法上也是讲不通的。因此，诗中"成康"，

---

① 《毛诗》首序解诗模式与周代礼乐制度之间存在着内在的对应关系，《毛诗》首序是周王室的乐官在记录仪式乐歌、讽谏之辞以及那些为"观风俗、正得失"的政治目的采集于王朝的各地风诗时，对诗歌功能、目的及性质的简要说明。它产生于作品被编辑之时。拙文《从汉四家诗说之异同看＜诗序＞的时代》(载《文史》第五十一辑)对此有所涉及，笔者拟撰专文作进一步讨论，此不赘。

应是成王、康王的省称,这一称呼,与以"文武"指称文王、武王一样,在先秦时代是非常通用的。此诗应如朱熹所言,为"祭武王、成王、康王之诗"。在周人的祭祖礼中,有将数字先王同时祭祀的礼仪,康王时铜器《小盂鼎》铭云:"王各庙,祝,……用牲,啻周王、□(武)王、成王。"[①] 是对康王禘祭文王、武王、成王的记载,此与《执竞》以武、成、康三王合祭之事同。所不同者在于《小盂鼎》所载的祭礼,是盂奉康王之命伐鬼方,战争胜利之后的献俘告庙之祭,而《执竞》在歌颂武、成、康三王之后,描述了祭祀用乐的场面以及祭毕燕飨时的祈福,应是在合祭武王、成王、康王的仪式上使用的乐歌,其诗之序云:"祀武王也。"专祭先祖之礼与献俘之祭应有不同,因此,从康王禘祭文、武、成三王,不能必然地推出《执竞》中祭祀武、成、康三王者必是昭王。相反,《执竞》一诗,在很多方面表现出了穆王时代诗歌具有的特点。

首先,在周初的诗歌中,"福"字大多单独使用,如《周颂·烈文》"锡兹祉福",《大雅·文王》"自求多福",《大明》"聿怀多福",但在《执竞》一诗中,却出现了以"福禄"连言的用例,这与《大雅·凫鹥》诗中反复出现的"福禄"之祈应具有相同的思想背景。应该指出的是,"福禄"之祈在西周后期也十分流行,但西周后期的"福禄"之祈采用了与西周中期"福禄来□"句式不同的语言格式:"福禄如□"、"福禄□之"。与之相比,《执竞》、《凫鹥》等诗中的"福禄来□"更为质直,这也是其时代较早的一个表征。

其次,此诗中"斤斤其明"一句中"其"字用作代词,这是西周早期语言中不曾出现的语法现象。在殷商甲骨卜辞与可明确判定为西周早期的诗歌、铜器铭文中,"其"字最主要的语法功能是补足语气,或表达某种推测、祈愿。如卜辞"方其来于沚? 方不其来?"(《甲骨文合集》6728)、《周颂·烈文》"维王其崇之"、《周颂·昊天有成命》"肆其靖之"、《令鼎》铭"余其舍女臣十家"等。唐珏明在《其、厥考辨》一文中说:"西周早期以前的'其'和'厥',的确是泾渭分明的两个词。""进入西周中期以后,'其'和'厥'的界限开始模糊了,本来只作副词的'其'字,逐渐浸入'厥'字的领地,出现了作代词的用例。"在考察"其"、"厥"二字在铭文中的大量用例之后,作者进而指出,"其"字与"厥"字的这种变化"主要发生在西周中晚期之交"。但是,"铭文是一种书面化程度相当高的文体,这种文体往往语言旧质较迟退出而语言新质较晚进入,因此,它不但与周代实际口语距离较大,而且与周代的其它文体(如作为诗歌的《诗经》、作为语录体的《论语》)相比,也略偏于泥古和保守。"[②]据此,我们把在西周中晚期出现于铭文中的语法变化在实际语言中发生的时代定在西周中期,应当是去事实不远的。

第三,诗云:"钟鼓喤喤,磬筦将将,磬筦将将,降福穰穰,降福简简,威仪反反。"除了这种连用迭文进行场面描写的方法不见于西周早期诗歌之外,关于钟声的描写也提供了一个断代的依据。在考古发掘中,西周时代的青铜钟,时代最早的是由穆王后期的长囡墓中出土的

---

①　释文据马承源主编《商、周青铜器铭文选》,文物出版社,1988 年。以下未特别标注的铭文释文均出于此。
②　唐珏明:《其、厥考辨》,《中国语文》,1990 年第 4 期。

三枚编钟，"这三编钟是由铙制变钟制的创例，现阶段发掘品中，尚无早于此三钟者。"①而以"钟"自名的铜器，时代最早的是恭王时的《益公钟》，其铭云："益公为楚氏龢钟。"同时，还可引以为旁证的是，如果钟在西周初年即已产生，描写周初合乐盛况的《有瞽》不会不言及这一相当重要的乐器。这就说明，钟及其名称有可能是穆王时代才出现的，涉及钟的使用的《执竞》一诗不当早于穆王之朝。

另外，"执竞武王"一语，与恭王时器《史墙盘》铭文中"憲圉武王"、"宪圣成王"、"睿哲康王"、"宖鲁昭王"、"祗视穆王"等语结构相同、意义相类，反映了同一时代的语言特点。

此诗又有"既醉既饱"一句，相同语意的诗句亦出现在《大雅·既醉》中。商纣王以纵酒亡国，"恭行天之罚"②而夺得天下的周人深以为戒，故在开国之初，再三申布禁酒之令而作《酒诰》："罔敢湎于酒"，"勿辨乃司民湎于酒"。又于《无逸》再做申戒："无若殷王受之迷乱酗于酒德哉。"对于聚众饮酒之人，处罚是相当严酷的，《酒诰》云："汝勿佚，尽执拘以归于周，予其杀"。因此，周人开国之初，在如此严格的戒酒之令下，不可能发生"既醉"之事。康王之世，"既历三纪，世变风移，四方无虞，予一人以宁"，③上承成王之制，息民养农，以勤俭治国。《北堂书钞》卷十八帝王部引古本《竹书纪年》云："晋侯筑宫而美，康王使让之。"康王二十三《大盂鼎》铭文复云："我闻殷坠命，隹殷边侯甸与殷正百辟率肆于酒，故丧师。"当此之时，即使有"既醉"之事，也不会写入庄严肃穆的祭祀乐歌之中。经过昭王时代的动乱而进入穆王之世后，去武王克商已近百年，社会生活发生了巨大的变化，周初的戒酒令也失去了原有的威力，统治阶层饮酒为乐之事时有发生，描写饮酒为乐、人神俱欢的燕享乐歌也在这一时期产生出来。参见下文关于《既醉》一诗的讨论。《执竞》之"既醉既饱"，应是在同样的社会背景下发生的。

除上所述，《执竞》一诗在写法上也表现出了与周公成王时代诗歌不同的特点。周初的祭祀颂歌，很少对仪式活动本身作直接地描写，其中的绝大部分内容是主祭者对所祭先祖的直接祝祷。而《执竞》在以第三者的口吻称颂作为祭祀对象的武、成、康三王之后，着重摹拟、刻写了祭祀礼仪中的乐器之声（"钟鼓喤喤，磬筦将将"）、祭祀者的具体表现（"威仪反反，既醉既饱"），以及祭祀者的祈愿（"降福穰穰，降福简简"、"福禄来反"）。诗歌创作者或者说唱颂者身份的改变，暗示了西周社会祭祀礼仪制度的转变，或者说，这种改变与礼仪制度的变革之间存在某种同步发展的对应关系。而前文的论述已经表明，西周礼仪制度的变革是在西周中期的穆王时代完成的。

综上所言可知，《周颂·执竞》应是西周中期周穆王合祭武王、成王、康王的仪式乐歌。

---

① 马承源：《商周铜器群综合研究》，文物出版社，1981年，第45页。

② 《尚书·牧誓》，十三经注疏本。

③ 《尚书·毕命》，十三经注疏本。

3.《周颂·潜》：

猗与漆沮，潜有多鱼。有鳣有鲔，鲦鲿鰋鲤。以享以祀，以介景福。

《诗序》云："季冬荐鱼，春献鲔也。"关于荐鱼之祭，文献多有记载。《国语·鲁语上》里革谏宣公云："古者大寒降，土蛰发，水虞于是乎讲眔罶，取名鱼，登川禽，而尝之寝庙，行诸国，助宣气也。"《礼记·月令》："季冬之月，……命渔师始渔，天子亲往，乃尝鱼，先荐寝庙。"《吕氏春秋·季冬纪》的记载与此相同。《淮南子·时则训》云："仲春之月……天子乌始乘舟，荐鲔于寝庙，乃为麦祈实。……季冬之月，……命渔师始渔，天子亲往射渔，先荐寝庙。"由这些记载可知，在西周时代确曾有过荐鱼于庙之礼。《诗序》"季冬荐鱼，春献鲔也"，乃是对此诗在冬、春两次荐鱼于庙仪式中使用的仪式功能的解说。据《鲁语》之文，荐鱼于庙之礼为古礼，而由《月令》等的记载，此礼的举行与"射鱼"仪式有密切的关系。非常巧合的是，在西周早期至穆王时代的铜器铭文中正好出现了多次周王"矢鱼"、"射鱼"、"乎渔"的记载。据刘雨《西周金文中的射礼》，射礼盛行于穆王前后，金文中所反映的射礼，分为水射与陆射两种形式，水射有"射禽"、"射鱼"，陆射则多为"射侯"。在此文中，刘雨对水陆两种射礼的关系做了这样的说明：

一般文献认为水射不是正式的射礼，而是"习射"。《礼记·射义》"天子将祭，必先习射于泽"，"已射于泽，而后射于射宫"。从金文的情况看，周天子与邦君诸侯隆重的在镐京辟望大池中射鱼射雁，其射并不像是习射，而是射礼的一种。……总之，水中的射礼应该与陆上的射礼有区别。[①]

表面地看待铜器铭文所提供的资料，上述结论无疑是符合历史事实的。但是，若从纵向发展的历史角度重新分析这些资料，又会得出怎样的结论呢？

从已出土的西周铜器铭文所提供的资料来看，水射流行于西周早期，从武王时代的《天亡簋》起，《麦方尊》、《静簋》、《遹簋》、《攸鼎》等对此均有记载。而到周穆王时代，水射仪式已经相当复杂，参加射礼的人一般需要经过专门的训练。《静簋》铭云：

隹六月初吉，王在镐京，丁卯，王令静司射学官，小子及服、及小臣、及夷仆学射。

八月初吉庚寅，王以吴　、吕刚会　　自、邦周射于大池。静学无罢，王易静鞞剞。
与此同时，康王时代以水射所得荐于寝庙的礼仪也开始发生改变，出现了《攸鼎》、《遹簋》铭文中穆王以水射所得鱼、禽赏赐从御的记载。穆王之后，有关水射的记载未再出现于铜器铭文的记载中。

有关陆射的记载最早出现于昭王时代的《令鼎》铭文，至穆王时代开始流行，《长囟盉》、《义盉盖》铭文均有记载。《大雅·行苇》所述即为当时行射礼时先飨后射的全过程，《长囟盉》穆王先飨后射之事，与此正合。之后恭王时器《十五年趞曹鼎》、《师汤父鼎》、懿王时器《匡

① 刘雨：《西周金文中的射礼》，《考古》，1986 年第 12 期。

尊》均记载了在射庐举行的射礼,厉王时器《鄂侯驭方鼎》记载了厉王与鄂侯驭方燕射之事。

将上述分析与《礼记·射义》之文合观,可以大略地描述出西周射礼发展的历史轨迹:西周早期,水射是一种正式的射礼,除了考察诸侯忠顺与否的政治目的之外,射礼亦与荐鱼于庙的祭礼相关连;在这种射礼不断发展走向成熟的昭穆时代,不同于水射的陆射仪式也逐渐发展起来,至穆王后期,它取代水射仪式成为周王考察诸侯的一种手段;政治功能的减弱乃至丧失,最终导致了水射作为正式典礼活动的终结,古老的水射活动由此逐渐演化为正式射礼或祭礼的一种准备工作,即《射仪》所谓“天子将祭,必先习射于泽”的“习射”,水射所得之物亦由原来的荐于寝庙(《麦方尊》)变成了赏赐从御(《遹簋》、《攸鼎》)。与此相关连的荐鱼于庙的制度,亦因此而逐渐废止,成为春秋时人眼中的古礼。据此推测,用于荐鱼之祭的《潜》,不应产生于其礼已趋废弃的穆王之后。

此诗中的“以享以祀,以介景福”,作为祈福套语,在西周中期的穆王之世始流行于世,且在当时及以后的诗歌与铜器铭文中出现了多种类似的表达方式,如《周颂·载见》“以孝以享,以介眉寿”、《大雅·行苇》“寿考维祺,以介景福”、《小雅·楚茨》“以妥以侑,以介景福”、《无专鼎》“用享于烈,用割眉寿”、《梁其鼎》“用享孝于皇祖考,用祈多福,眉寿无疆”、《芮叔壜父簋》“用享用孝,用易眉寿”等。而西周前期的诗歌与铭文中绝不见类似的句式。因此,从诗歌语言的发展来看,《潜》之作不早于穆王之世。

据上所言,我们把《周颂·潜》的创作断在西周中期的穆王时代。

4.《周颂·载见》:

载见辟王,曰求厥章。龙旗阳阳,和铃央央,有革有鸧,休有烈光。率见昭考,以孝以享,以介眉寿。永言保之,思皇多祜。烈文辟公,绥以多福,俾缉熙于纯嘏。

首先,诗中“昭考”之称,据上文论述应指周昭王,这是《载见》作于穆王时之一证。

其次,“以孝以享,以介□□”句式,依出土金文资料,同类句式的出现与流行不早于昭穆时代,上文考订《周颂·潜》时已论及。与“寿”相关的祈福之语有《沈子也簋盖》“用妥公唯寿”、《耳尊》“侯万年寿考黄耇”。《沈子也簋》,郭沫若《大系》考订此器作于与鲁幽公同时的昭王初年。唐兰《西周青铜器分代史征》定为穆王时器,马承源《商周青铜器铭文选》则订为康王末年之器。《耳尊》时代不可考,马承源系之于西周早期,大约亦在昭王前后。而“眉寿”一词,据已出土的金文资料来看,最早见于恭王时的《仲枏父簋》与《师奎父簋》。《仲枏父簋》铭云:“用敢飨孝于皇且考,用祈眉寿,其万年子子孙孙其永宝用。”《师奎父鼎》铭云:“用匄眉寿黄耇吉康,师奎父其万年子子孙永宝用。”“用匄眉寿黄耇吉康”,与《耳尊》之“侯万年寿考黄耇”意义相近而用词更为讲究,当是经过一定时期的发展之后出现的祈福套语。在恭王之后,又出现了很多如“用匄眉寿无疆”、“万年眉寿”、“眉寿万年无疆”等等语汇。由这些金文资料可以证明,“眉寿”一词,是西周中期穆王时代前后出现而在中晚期非常流行的嘏辞。

据上述两点,可以判定《载见》为周穆王时代的作品。

5.《周颂·雝》：

在上文讨论《执竞》一诗的创作时，我们曾指出它与周初诗歌在写法上的不同特点，并进一步认为这种不同是由诗歌创作者或者说唱颂者身份的改变引起的。西周初年的献祭颂歌，均出自作为主祭者的周王或其代言人之口，是主祭者对其祖先神灵的直接祈祷。而到西周中期的穆王时代，献祭之歌已以周王之外的第三者的口吻唱出，如《执竞》《载见》，唱颂献祭之歌、祈取福佑不再是周王的专权。献祭颂歌反映出来的唱诵者身份的变化，应是西周中期祭祀礼仪发生改变的直接结果。这与西周政权的组织形式以及周人思想意识的改变具有密切的联系，详论见下文。这里想要讨论的，是这种改变在《周颂·雝》中的表现。《雝》云：

> 有来雝雝，至止肃肃。相维辟公，天子穆穆。于荐广牡，相予肆祀。假哉皇考，绥予孝子。宣哲维人，文武维后。燕及皇天，克昌厥后。绥我眉寿，介以繁祉。既右烈考，亦右文母。

仔细分析这首乐歌，根据诗义及诗中人称关系的转换可将全诗以四句为一组分为四组。第一组"有来雝雝，至止肃肃，相维辟公，天子穆穆"，在一定的距离之外描述了参加祭祀的人员及其仪态；第二组"于荐广牡，相予肆祀，假哉皇考，绥予孝子"，则以周王的口吻说明献祭供品并祈祷于先王；第三组"宣哲维人，文武维后。燕及皇天，克昌厥后"，其中"宣哲维人"与"文武维后"对举，赞美参祭群臣的才智明哲与周王的文功武略，仍是以第三者的口吻所做的颂赞之辞；第四组"绥我眉寿，介以繁祉，既右烈考，亦右文母"，复以主祭者周王的口吻祈福于所侑享的"烈考"与"文母"。

上述分析十分清楚地说明，在《雝》所记述的祭祀活动中，周王不再是献祭之歌唯一的唱诵者，献祭之歌的唱颂由周王与其它人分角色完成。由此可知，在这时的祭祀活动中，周王已不作为唯一的主持者出场。这与周初的祭祀活动由周王主持，其献祭之歌出自周王之口已有了很大的不同。据此可将此诗的创作时代大体考订为西周中期。而诗歌的用语，恰好表现了西周中期的语言特点。

首先，由上文对《载见》一诗的考证可知"眉寿"一词是在西周中期才出现的，而"绥我眉寿，介以繁祉"也与"用匄眉寿"、"以介景福"、"绥我多福"等相类，是在西周中期以后才流行于世的嘏辞。

其次，"天子"一词，在可靠的周初文献中没有出现，武王时诗《时迈》仅云："昊天其子之"。根据我们对已出土的西周铜器铭文资料的统计，西周初年铜器铭文只称"王"而无"天子"，至康王末年的《刑侯簋》、《麦方尊》二器始有"天子"之称，到昭穆时代，"天子"一词开始频繁地出现在铜器铭文中。据此可知，康王末年才开始出现、至昭穆之世开始流行的"天子"一词，不会出现于西周初年的诗歌中。汉以来经学家以《周颂·雝》为西周初年作品的说法是不能成立的。

最后，诗中又有"烈考"之称。《逸周书·谥法解》云："秉德遵业曰烈；有功安民曰烈。"孔晁注云："遵世业而不堕改。"又云："功,以武立功。"《尔雅·释诂》:"烈者,业也。"由此可知,所谓"烈",为武功卓著之称。被称为"烈考"者,必为以武立功之人,穆王时《燹方鼎》铭文可证成此说,其铭云:"燹曰:'乌虖!王唯念燹辟剌(烈)考甲公,王用 事乃子冬率虎臣御淮戎'……其子子孙孙永宝兹烈。"周武王克殷,以武立功,开国承家,故周代文献中,有称之为"烈考"者,如《尚书·洛诰》,有称之为"烈祖"者,如《逸周书·祭公解》。恭王时铜器《史墙盘》铭文对——颂赞西周前期诸王,其铭云:

> 曰古文王,初敽龢于政,上帝降懿德大甹,匍有上下,迨受万邦。龏围武王,遹征四方,达殷,唆民永不狄,虘!兇伐尸童。宪圣成王,左右綬觳刚鲧,用肇彻周邦。睿哲康王,兮尹常疆。宏魯邵王,广敽楚荆,佳𡩋南行。祇视穆王,井帅宇诲,醽宁天子。

结合这段铭文及文献资料,西周前期诸王,文王以德显,有"文考"之称,成王、康王"天下安宁,刑措四十余年不用",维武王克殷、昭王伐楚,以武功卓显于世,其后人可以"烈考"、"烈祖"称之。而由前文可知,这首诗歌不可能做于周初成王之世。因此,诗中"烈考",非指武王,应为穆王之父昭王。

由《雝》反映出的仪式制度的变化及乐歌语言特点的分析可以判定:《周颂·雝》是穆王时代的祭祀乐歌。

另外,《雝》诗云:"相予肆祀。""肆祀"是周人祭祖礼的一种,《周礼·春官·大宗伯》云:"以肆献祼享先王,以馈食享先王。"郑注:"肆献祼、馈食,在四时之上,则是祫也,禘也。"又《大祝》云:"凡大禋祀、肆享、祭示,则执明水火而号祝。"郑注:"肆享,祭宗庙也。"由此可知,"肆祀"是祫、禘之类合祭先王的祭祀礼,此与《诗序》"《雝》,禘太祖也"正相符合。从诗之内容来看,周王反复呼唤的是"皇考"(或"烈考")与"文母",因此,这应是在以昭王为主祭对象的禘祭先王的祭祀活动中使用的乐歌。穆王时器《剌鼎》铭文云:"辰在丁卯,王啻(禘),用牡于大室,啻(禘)邵王。"先云"王禘"又专言"禘昭王",其情形与诗相合。二者所记或为一时之事,或应相去不远。

二　颂功之歌

在前文的讨论中,我们对诗歌创作者(唱颂者)身份的改变与祭祀礼仪的发展之间的关系问题已经略有涉及。由于促使上述改变发生的时代背景及其意识形态,不仅影响了祭祀乐歌的创作,而且推动了穆王时代纪祖颂功之歌创作方式与歌颂对象的变化,同时也为一种新型乐歌——燕享乐歌的出现创作了条件。因此,在讨论穆王时代的颂功之歌之前,有必要尽可能详细地对这个问题做一梳理。

夏人尊命,殷人尊神,周人尊礼,《礼记·表记》的记载反映了夏商周三代思想意识发展的总体趋势:天道神权对人事的控制不断减弱,代表人事行为力量、通过制定各种制度("礼")

来影响社会的政权力量不断加强。就西周这一段历史而言,其思想意识形态的发展,在"尊礼"的特征之下,也表现了与上述大趋势相同的发展走向。

通过史籍的记载以及铜器铭文所提供的资料可以看出,在武王革命、开国立业的西周初年,周人面对商纣尊崇天命却身死国灭的事实,尽管已经发出了"上天之载,无声无臭,仪刑文王,万邦作孚"(《大雅·文王》)、"天不可信,我道惟宁王德延"(《尚书·君奭》)的训诫,但殷人尊神的思想仍然在周人那里得到了延续,天命鬼神观念仍然主宰着周人的意识,除了《逸周书·克殷解》中有关武王惨虐纣尸以厌胜殷人的记载是这种思想的极端体现之外 ①,由《尚书》、《逸周书》、《诗经》中可信为周初的文献资料以及出土铜器中西周初年的铭文资料中,仍然可以体察到一个主宰人间社会的、具有不可动摇的权威性的上帝鬼神世界的存在,体察到当时人们对这种权威的慎戒慎惧的尊崇与信仰。《逸周书·商誓解》云:"上帝弗显,乃命朕文考曰:'殪商之多罪纣。'……□帝之来,革纣之□,予亦无敢违天命。"殷之丧国、周革殷命是皇天上帝的旨意,《康诰》云:"天乃大命文王殪戎殷。"《召诰》亦云:"天既遐终大邦殷之命。"不仅如此,周王室的命运亦是由上天主宰的,因此,《召诰》云:"今天其命哲、命吉凶、命历年……王其德之,用祈天永命。"周武王之所以借天命以伐殷,其中或许有一些政治上的考虑,但当时天命观念的盛行应是最主要的原因。"我其夙夜,畏天之威"、"时迈其邦,昊天其子之"、"维羊维牛,维天其右之",除了这些对天发出的直接祷告之外,西周初年祭天祀地的祭祀仪式的率先发展也反映了周人思维中天地鬼神所占居的重要地位。

祭祀仪式中献祭之歌的唱颂者身份的变化直接反映了周人天命观念的变迁。在天命神权支配世界的意识占主导地位的西周初年,祭祀上帝及祖先神灵的各种仪式在周人的心目中无疑具有绝对重要的意义。因此,向皇天上帝、祖先神灵进行祈祷的献祭之歌均由周王亲自唱颂,这些出自周王之口的祭祀乐歌不仅是他们某种祈愿的表达,更重要的是,这种行为本身也反映了当时周人对天命、对祖灵坚定不移的崇信。但是,到了西周中期的穆王时代,祭祀颂歌的唱祷,则由周王与其它的"诗人"("尸"、"祝")共同完成(如《雝》),或由"诗人"独自完成(如《执竞》、《载见》)。这种献祭之歌唱颂者身份的转变,反映了祭祀活动中周王作用的下降与"尸"、"祝"地位的上升。而这种下降与上升,实质上源于祭祀活动至高无上的神圣性在周王心目中的减弱,是整个司祭集团社会地位下降的一种表现。这就是说,随着西周时代社会历史的变迁,尤其是经历了昭王丧师殒命的家国之难后,天命神权支配世界的观念已在西周中期人们的意识中开始减弱。在继续向上天祈祷福寿的同时,周人原本发自内心的对天命的信崇与依赖随着其行为的典礼化、程序化而逐渐减弱。与此同时,通过这种程序化的典礼行为表现出来的现实社会的尊卑秩序,亦即"礼",却逐渐成为祭祀活动中人们关注的中心。支持我们上述立论的重要依据是西周金文所反映的职官制度中太史寮(由大史、大

---

① 龚维英:《周武王惨虐纣尸因由初探》,《人文杂志》,1985 年第 4 期。

卜、大祝构成)地位的逐渐下降与卿士寮作用的日益加强。张亚初、刘雨《西周金文官制研究》一书在分析涉及西周官制的391年铜器铭文之后,分别构拟了西周早、中、晚三期职官体系表,同时指出:"早期卿事寮的职司范围及重要性就有超过大史寮的倾向,中期这种倾向就更为强化。"① "西周早期虽有卿事与大史两寮,然周公所主之卿事寮由于周初征战不已,军事行政事务繁多,显然比召公所主的大史寮更重要些。到西周中晚期,特别是晚期,大史寮地位更加下降,巫史卜祝的地位每况愈下。"②

　　周人天命观念的衰变是与对人事社会的关注与思考的加深同时发生的。《逸周书·祭公解》云:"汝无以戾□罪疾,丧时二王大功,汝无以嬖御固庄后,汝无以小谋败大作,汝无以家相乱王室而莫恤其外,尚皆以时中乂万国。"在经历昭王之难、穆王复宁天下之后,萌芽于周初的"皇天无亲,惟德是铺"的"德政"观念进一步深入人心。人们不再匍匐于上帝神灵绝对权威的盲目崇拜之中,关注现实社会的理性之光开始显露。在这样的理性关注下,现实社会中现实的人的行为受到了诗人们前所未有的重视,先公先王创业开国、保守天下的光辉业迹也在这样的理性关注下又一次焕发出了现实的意义,于是出现了创作和写定纪祖颂功之歌的又一次高潮。与周初乐歌注重歌颂祖先文德及其以德感天而受天命等内容不同,这一时期创作和写定的颂功之歌,除了继续颂扬文王受命的神话之外,祖先、时王实实在在的文功武略成为其中最基本的内容。

　　经过我们的细致考订,《诗经》中可以系属于这一时期的颂功之歌有《棫朴》、《文王有声》、《灵台》。

　　1.《大雅·棫朴》:

芃芃棫朴,薪之槱之。济济辟王,左右趣之。

济济辟王,左右奉璋。奉璋峨峨,髦士攸宜。

淠彼泾舟,烝徒楫之。周王于迈,六师及之。

倬彼云汉,为章于天。周王寿考,遐不作人。

追琢其章,金玉其相。勉勉我王,纲纪四方。

《毛序》云:"《棫朴》,文王能官人也。"《春秋繁露·郊祭篇》云:"文王受天命而王天下,先郊,乃敢行事,而兴师伐崇。其诗曰:'芃芃棫朴,薪之槱之……'此郊辞也。其下曰:'淠彼泾舟,烝徒楫之……'此伐辞也。"二者均以此为文王之诗。此说与史实不合。诗云"淠彼泾舟",泾水位于岐山、周、程之地以北。文王进行的一系列征伐战争,均发生在泾水之南,崇国更远在河南洛阳之南,无需"淠泾"而伐之。且文王之时,虽"三分天下有其二",但在名义上仍是商王朝的属国,其时的诗歌中不可能出现"勉勉我王,纲纪四方"之语。由此可知文王之

---

① 张亚初、刘雨:《西周金文官制研究》,中华书局,1986年,第107页。
② 张亚初、刘雨:《西周金文官制研究》,中华书局,1986年,第111页。

诗的说法是不能成立的。

诗中"周王寿考"一句,可为考订诗歌的作年提供一定的线索。由上下诗义来看,"周王寿考"不是祝福之语,而是对现实的赞美与歌颂。西周前期诸王,自文王殁后,以寿考闻名的仅周穆王。《史记·周本纪》云:"穆王即位,春秋已五十矣。……穆王立五十五年崩。"《尚书·吕刑》:"惟吕命,王享国百年,耄荒。"《论衡·气寿》:"周穆王享国百年。"这些记载虽不完全可靠,但反映了穆王长寿的基本事实,与诗中"周王寿考"之赞语相合。

除此之外,诗所言与穆王时事相合者有如下几点:

第一,《周礼·典瑞》云:"牙璋以起军旅,以治兵守。"《白虎通义》云:"璋以发兵何?璋半珪,位在南方,南方阳极而阴始起,兵亦阴也,故以发兵也。"《穆天子传》卷一云:

> 天子西征,鹜行,至于阳纡之山,河伯无夷之所都居,是惟河宗氏。河宗柏夭逆天子燕然之山……癸丑,天子大朝于燕□之山,河水之阿。乃命井利、梁固聿将六师。天子命吉日戊午,天子大服冕祎、被带、搢搢、夹佩,奉璧南面立于寒下,曾祝佐之,官人陈牲全五□具,天子授河宗璧,河宗柏夭受璧,西向沉璧于河……河伯号之帝曰:'穆满,女当永致用时事。'……柏夭既致河典,乃乘渠黄之乘为天子先,以极西土。

这段文字详细记载了周穆王率兵车之众在西征途中举行的一次祭祀活动。同书卷二又云:

> 天子西征,辛丑至于剞闾氏,天子乃命剞闾氏供食六师之人于铁山之下。壬寅,天子祭于铁山,祀于郊门,……天子已祭而行,乃遂西征。

由此可知,周天子出征途中多行祭祀之事,《械朴》前三章所云祭祀出兵之事应属此类。

第二,此诗以《械朴》为题,"械"应即文献、金文中的地名"械林"。穆王时代铜器《敔簋一》铭文云:"敔率有司、师氏禽追御戎于臧林。""臧林"即"械林"①,其地当在泾水之西南。《左传·襄公十四年》载,诸侯之大夫从晋伐秦,"济泾而次,……郑司马子蟜帅郑师以进,师皆从之,至于械林。"杜预注云:"械林,秦地。"《敔簋》所记为敔率师御戎事。《穆天子传》云:"天子北征于犬戎。"西周时期犬戎的活动区域主要在泾水以北,洛水上游一带,势力盛时甚至南济泾水,侵及宗周腹地,如《敔簋》所载。由《械朴》之诗可知,周王此次出征,先至械林,行燎祭之礼,乃发兵济泾而北。此或为周穆王北征时的行军路线之一。

第三,《穆天子传》多有"六师"之名,除前文所引,卷三云"己酉,天子饮于溽水之上,乃发宪命,诏六师之人","已亥,天子东归,六师□起,庚子至于□之山而休,以待六师之人"等等,是穆王周游天下之时,六师与之。此与诗"周王于迈,六师及之"相合。

另外,古本《竹书纪年》、《穆天子传》多有穆王北征、西征、南征的记载,《楚辞·天问》云:"穆王巧梅,夫何为周流?环理天下,夫何索求?"《穆天子传注》引《纪年》云:"穆王西征,还里天下,亿有九万里。""还里"即"环理",指周行天下,安抚四方。《械朴》诗末云:"勉勉我王,纲

---

① 从唐兰之说。唐说见《用青铜器铭文来研究西周史》,《唐兰先生金文论集》,紫禁城出版社,1995年。

纪四方。”正是对周穆王“环理天下”之事的颂美之辞。

综上数端可知，《大雅·棫朴》之作，宜在穆王之世。

2.《大雅·文王有声》：

> 文王有声，遹骏有声，遹求厥宁，遹观厥成。文王烝哉！
> 文王受命，有此武功。既伐于崇，作邑于丰。文王烝哉！
> 筑城伊淢，作丰伊匹。匪棘其欲，遹追来孝。王后烝哉！
> 王公伊濯，维丰之垣。四方攸同，王后维翰。王后烝哉！
> 丰水东注，维禹之绩。四方攸同，皇王维辟。皇王烝哉！
> 镐京辟廱，自西自东，自南自北，无思不服。皇王烝哉！
> 考卜维王，宅是镐京。维龟正之，武王成之。武王烝哉！
> 丰水有芑，武王岂不仕，诒厥孙谋，以燕翼子。武王烝哉！

此诗中共出现了四种人物称谓：文王、王后、皇王、武王。《毛传》云：“后，君也。”郑笺以“王后”指文王，以“皇王”指武王，将诗歌所述事件分割为颂美文王伐崇而作丰、武王伐纣而宅镐两部分。由诗歌内容出发来分析，这种说法是不能成立的。此诗首、二两章颂美文王受命伐崇而作丰邑；最后两章颂美武王宅镐而定天下；中间四章记述、颂美的则是与文王作丰、武王宅镐无关的第三件事：筑淢。其中第一章说明筑淢的目的在于“作丰伊匹，匪棘其欲，遹追来孝”，其余三章则是对筑淢之事的全力歌颂。由此可知，诗中的“王后”与“皇王”同为一人，是文王、武王之外的另一位周王，即诗歌创作之时的在位时王。诗歌的结构来看，对时王的歌颂是全诗的重点，文王作丰、武王宅镐仅是对时王筑淢之举意义的一种补充与印证。但同时也可以看出，这位筑淢的周王是十分尊崇文王和武王的。那么，他是西周的哪一位君王呢？

解答这一问题的关键是弄清“淢”字在诗中的意义。《毛传》云：“淢，成沟也。”《鲁诗》、《韩诗》二家“淢”字作“洫”，鲁解作“城池”，韩解作“深池”。释义与《毛诗》相近。但是，古人筑城必有护城之池，文王作丰，其城池不应迟至后世方才筑成。退一步来说，若诗中之“淢”确指“城池”，则“皇王”修筑城池的举动无论如何是不能与文王作丰、武王宅镐之事相提并论的。以“城池”释“淢”，于诗义扞格难通。“淢”字之义，须由他途求之。

诗云：“筑城伊淢，作丰伊匹，匪棘其欲，遹追来孝。”筑“淢”以为丰都之“匹”，则“淢”的性质应与“丰”相同或相近，应是一个有特定指称对象的地点专名。幸运的是，西周时代的铜器铭文资料为我们提供了这方面的有力证明。在已经出土的金文材料中，“淢”字最早出现在穆王后期铜器《长囟盉》上：“隹二月初吉丁亥，穆王在下淢应，穆王飨醴，即井伯大祝射。”此后《师簋》又有“王在淢应，甲寅，王各庙”的记载。金文“应”，即史籍之“居”，“居”有都邑之义，如《尚书·盘庚》：“盘庚迁于殷，民不适有居。”《大雅·公刘》：“度其夕阳，豳居允荒。”《史记·周本纪》：“营周居于雒邑而后去。”“淢居”，犹丰邑、镐京、洛邑，应为都邑之名。诗中之

"减",即金文之"减应",犹丰邑、镐京、洛邑可简称丰、镐、洛。另外,《长囟盉》等铭文所记载的周王在"减应"举行的一系列活动,也与《文王有声》所说的筑减以追孝的精神目的相符合。由此可以断定,《文王有声》中的"减",与丰、镐一样,同为都邑之名。而且,从诗歌的叙述可知其地应在丰水之畔,去丰、镐二京不远。因此诗人才把"皇王"的筑减之举与文王作丰、武王宅镐相提并论而大加歌颂。

"减"作为一个重要的地名出现于金文当中,应在《文王有声》"筑城伊减"事件发生之后。因此,由"减"字出现于金文的时间上限,可以推知筑减的时间下限。最早出现"减"字的《长囟盉》为穆王后期铜器,因此,筑减的君王只可能是穆王或他之前的某一位周王。前文的讨论已排除了文王、武王的可能。由史籍记载可知,成王之时,以向东发展、驱逐殷人残余势力为目的,故营东都洛邑、迁九鼎而居之;康王以"息民"称世,且今本《竹书纪年》有"唐迁都于晋,做宫而美,王使人让之"的记载。据上可知,筑减之事不可能发生在成康二世。昭王之时,四国不宁,战事日增。平定边乱,征战四方成为昭王在位 19 年的主要内容,昭王自己亦因南征荆楚而死于军中,其世筑减"追孝"的可能也不大。

在排除了周初五王的可能之后,我们的视线便自然落在了周穆王身上。《史记·周本纪》云:"王道衰微,穆王闵文武之道缺,乃命伯冏申诫太仆国之政,作《冏命》,复宁。"这里有两点需要注意,第一,穆王之时的"复宁"之势与《文王有声》之"四方攸同"、"自西自东,自南自北,无思不服"正相吻合。第二,"穆王闵文武之道缺"透露出了周穆王对文、武二王的尊崇。而这一点在《逸周书·祭公解》中体现得更加突出。《祭公解》一文反复出现如"予小子追学于文武之蔑"、"以予小子扬文武大勋"、"皇天改大殷之命,维文王受之,维武王大克寸之,咸茂厥功"、"自三公上下,辟于文武,文武之子孙,大开方封于下土"、"汝无以戾□罪矣,丧时二王大功"等语。这些对文王、武王的颂赞与仰慕,和《文王有声》之"文王烝哉"、"武王烝哉"如出一辙。仰慕文、武,追学文、武是穆王之政的特点。而《文王有声》中的筑减一事,除诗歌所云追孝文武二王的目的之外,还有追学文、武,自表其功的意义。这也是诗人把筑减与文王作丰、武王宅镐相提并论的原因。因此,《文王有声》中这位筑减的"皇王"应是周穆王,《文王有声》的创作亦在周穆王之时。文王伐崇而作丰,武王伐纣而宅镐,穆王伐叛国、定四方而筑减,故《诗序》云:"《文王有声》,继伐也。"穆王筑减的举动既被当成一件可与文王作丰、武王宅镐相媲美的大事在乐歌中唱颂,那么,在减居举行隆重典礼活动的记载出现于穆王后期的《长囟盉》中便不是一件偶然的事情了。

另外,诗中"镐京辟雍"一章,也蕴含了许多属于穆王时代的历史内容,详见下文。

3.《大雅·灵台》:

经始灵台,经之营之。庶民攻之,不日成之。经始勿亟,庶民子来。

王在灵囿,麀鹿攸伏。麀鹿濯濯,白鸟翯翯。王在灵沼,于牣鱼跃。

虡业维枞,贲鼓维镛。于论鼓钟,于乐辟廱。

于论鼓钟,于乐辟廱。鼍鼓逢逢,蒙瞍奏公。

从《诗序》续序起,说诗者即将此诗的创作与文王联系起来:"文王受命,而民乐其有灵德,以及鸟兽昆虫焉。"《孟子·梁惠王上》云:"文王以民力为台为沼,而民欢乐之,谓其台曰灵台,谓其沼曰灵沼。"《新序·杂事》云:"周文王作灵台及为池沼。"今本《竹书纪年》亦云:"(帝辛)四十年,周作灵台……四十一年春三月,西伯昌薨。"虽然"文王受命称王"是周人津津乐道的一件大事,但是,在可信的周初文献中,文王生前并未称"王"。《逸周书·世俘解》云:"王烈祖自太王、太伯、王季、虞公、文王、邑考以列升,维告殷罪。"此即《礼记·大传》所云:"牧之野,武王之大事也,既事而退……追王大王亶父、王季历、文王昌,不以卑临尊也。"这一记载说明文王的"王"号是武王克殷后追加的。《周本纪》云:"诗人道西伯盖受命之年称王。"一"盖"字表明了太史公对文王称王之说的怀疑。其实,太史公的真正态度,已从他对历史事件的叙述中表现出来:"明年,西伯崩,太子发立,是为武王。"由此记载可知,周人的王号之称,应是从武王揭开伐商大幕之后才有的。因此,《灵台》中的"王",绝不会指文王,此诗之作,更不会在文王之时。

诗中"于论鼓钟"一语为此诗的断代提供了线索。由前文《执竞》一诗的考订之文可知,乐钟是在西周中期的穆王时代才出现的。描写钟声的《执竞》不会作于穆王之前,"于论鼓钟,于乐辟廱"的《灵台》也不会作于穆王之前。虽然李山《诗经的文化精神》一书中以《文王有声》之"筑减"即营建辟雍的说法仍可讨论,因而仅据此一点把《灵台》的创作放在穆王时代的立论尚嫌证据不足。但并不能因此否认他将《灵台》一诗断于穆王之世的合理性,李山的断代结果可以从另外的途径获得证明。

王先谦《诗三家义集疏》引焦循《学图》云:"僖十五年《左传》'秦伯舍晋侯于灵台,大夫请以入',杜注云:'在京兆鄠县,周之故台。'则此灵台即文王之'灵台'也。《三辅黄图》云:'灵囿在长安西北四十二里,灵台在长安西北四十里。'《长安志》云:'丰水出长安县西南五十五里。'"丰水发源于长安县西南,向北流经丰、镐之地,至长安县西北与渭水会合而东流。由《文王有声》"丰水东注,维禹之绩"推测,穆王所筑之减应在长安县西北丰水、渭水会合东流之地。这就是说,穆王所筑之减与历史上所传灵台之地应相去不远。

由《灵台》诗知灵台、灵囿与辟雍应同处一地。除此之外,穆王时诗《文王有声》中也出现了"辟雍"之名。那么,"辟雍"是什么?《毛传》云:"水旋丘如璧曰辟廱。"汉以后人皆以周代大学视之。戴震《毛郑诗考正》辨之云:

> 辟廱,经无明文,汉初说礼者规于故事,始援《大雅》、《鲁颂》立说,谓天子曰辟廱,诸侯曰頖宫,如诚学校重典,不应《周礼》不一及之,而但言成均、瞽宗。孟子陈三代之学,亦不涉乎此,他国且不闻有所谓泮宫者。……赵歧注《孟子》'雪宫'云:'离宫之名也。'宫有苑囿台池之饰、禽兽之饶,此诗'灵台'、'灵沼'、'灵囿'与'辟雍'连称,抑亦文王之

离宫乎？闲燕则游止肆乐于此，不必以为太学，于诗辞前后尤协矣。①
尽管史籍缺载，但让人兴奋的是，西周金文材料中保存了一些有关"辟雍"的记载。康王时器
《麦尊》铭文云："雩若二月，侯见于宗周，亡遂，迨王愈荠京祀。若翌日，在璧雝，王乘于舟为
大丰，王射大鸿，禽。""璧雝"，即辟雍，在金文中又称"大池"，《静簋》铭云："隹六月初吉，王在
荠京……雩八月初吉庚寅，王以吴夌、吕刚会敠盍自、邦周射于大池。"《遹簋》铭云："隹六月
既生霸，穆穆王才荠京，乎渔于大池。"另外，《井鼎》也有类似的记载。以上述铭文内容与《周
礼》记载不见辟雍之制一事相印证，可以直观地得出这样一个结论：辟雍是周王游猎行射的
专门场所，并非后人所言周代的学校重典。②

尽管如此，辟雍为天子之学的说法并非无稽之谈。上述诸铭，除《麦尊》之外，《遹簋》等
均为穆王时器。这一现象表明，作为行射之所的辟雍曾是周穆王活动的中心，在当时周人的
心目中具有相当重要的意义。这又应与当时流行的水射之礼直接相关。水射在西周早期属
正式射礼（参见前文关于《周颂·潜》的讨论）。在周代，射礼具有相当明确而重要的政治目
的，《礼记·射义》云："古者天子以射选诸侯、卿大夫、士。……此天子所以养诸侯而兵不用，
诸侯自为正之具也。""天子将祭，必先习射于泽。泽者，所以择士也。已射于泽，而后射于射
宫，射中者得与于祭，不中者不得与于祭。""君子无所争，必也射乎？"在人们关注射礼的举行
时，举行射礼的场所也受到了普遍地关注，这应是在水射之礼流行的穆王时代为什么"辟雍"
"大池"屡次出现于当时乐歌及铜器铭文的重要原因。射礼本身包含着习射讲武、选拔人才
的意义与目的，《大雅·行苇》即云："舍矢既均，序宾以贤。"因此，举行射礼的场所——辟雍，
也在一定意义上具备了学校的功能。虽然终西周之世，辟雍始终没有能够与成均、瞽宗一道
成为周代的学校重典而进入《周礼》，但辟雍习射的传统却因人们的习惯而得到了保存，《礼
记·射仪》"天子将祭，必先习射于泽"即指此而言，秦汉以后出现的辟雍为周代大学的的说
法，应因此而来。③

由《灵台》诗知灵台、辟雍应同处一地或相去不远，但《文王有声》又云："镐京辟雍"，古来
学者多把"镐京"当成"辟雍"的限定语来理解。这样一来，在辟雍的方位问题上便产生了一
个不可调和的矛盾：位于镐京还是与灵台相临？上引金文材料提供了极有价值的一条线索：
金文中的"辟雍"、"大池"，总是跟在"荠京"之后出现的。荠京是否即是镐京，若不同，荠京位
于何地？

---

① 戴震：《毛郑诗考正》，清经解本。
② 杨树达《积微居金文说·静簋跋》在比较《麦尊》、《静簋》的铭文之后提出"彼云璧雝，此云学宫，名异而实同"。但
是，笔者在比较两铭时发现，《静簋》所云"学宫"，为静教射之处，其中与《麦尊》"璧雝"对应的周王行射之地，应为"大池"
而非"学宫"。在《静簋》中，"学宫"与"大池"明为两地，则《麦尊》之璧雝亦不能与《静簋》之学宫混同。
③ 《礼记·王制》云："大学在郊，天子曰辟雍，诸侯曰頖宫。"《史记·封禅书》云："(文帝)使博士诸生刺六经中作《王
制》。"由此知《王制》为汉初诸生所做。

　　笔者发现，虽然从王国维开始，"荼京"的地望问题已被许多学者专门讨论过，但时至今日，这个问题仍然未被解决。郭沫若、杨树达以为荼京即丰京，①杨宽《西周史》以为"荼京当是镐京东郊的一个小地名"，②其它如陈梦家《西周铜器断代》、刘雨《西周金文中的射礼》等则径释为"镐京"。但是，《麦方尊》"荼"写作"䓗"，《德方鼎》"镐"写作"鄗"。此二器制作时代相近，但二字之形明显不同，因此，以荼京为镐京的说法明显是不能成立的。王国维《周荼京考》云："其字从屮从丂，丂字虽不可识，然与《旁鼎》之丂、《旁尊》之丂皆极相似，当是从屮丂声之字。荼京，盖即《诗·小雅》'往城于方'及'侵镐及方'之'方'。"③其文所引《诗·小雅》二句，分别出自《出车》、《六月》。《六月》云："狎狁匪茹，整居焦获，侵镐及方，至于泾阳。"郑笺："镐也，方也，皆北方地名。"泾阳在周都镐京北面，焦获泽在泾阳西北，去泾阳不远。由《六月》文义来看，镐、方应处于焦获、泾阳之间，其地应在今西安市西北一带。这就是说，"方"之地望，与史籍记载中灵台的地理位置大体相合。这又反过来证明了荼京即"方"一说的合理性，并坐实了辟雍的位置。正因为荼京辟雍去灵台不远，周王才能游于灵台而作乐辟雍，出现《灵台》所描述的热闹场面。

　　确定了辟雍的位置与性质，重新解释《文王有声》"镐京辟廱"便成为可能。诗中"镐京辟廱，自西自东，自南自北，无思不服"一段所赞美的对象是筑减的"皇王"，由上文可知，"皇王"即周穆王。穆王之时，镐京为政治统治中心，辟雍为游射礼乐之地，若将诗意义理解为无论周王身处王都还是游于辟雍，天下诸侯均莫不归服，则更能表现诗歌"四方攸同"的安宁之势。而且，镐京在南，辟雍在北，其地理位置亦与诗中"南"、"北"之言相合。那么，《灵台》之"于论鼓钟，于乐辟雍"，便可作为《文王有声》"镐京辟雍"、"皇王烝哉"意义的补足。除此之外，《文王有声》云"王公伊濯"，（郑笺："公，事也。"）《灵台》云"蒙瞍奏公"，（《毛传》："公，事也。"）周王有功而蒙瞍以歌乐颂之，二诗之意确可相互发明。将这两首诗放在一起分析，同时之歌记同时之事的特点益加明白地显露出来。

　　《灵台序》云："民始附也。"因史籍缺载而弥漫于昭穆时代的历史烟尘随着学者们的努力渐渐散去，昭穆之际四夷叛乱、民不附周的历史真相开始在世人的面前显现出来。《周本纪》"穆王闵文武之道缺，……复宁"的记载也因此有了着落。周人在穆王复宁之后创作歌颂"民始附也"的盛世之歌，不但符合历史的逻辑，亦与当时其它乐歌反映出来的情绪相吻合。后儒将诗系于文王，殆因误读《诗序》"始附"之义所致。

　　① 郭沫若：《两周金文辞大系图录考释·麦尊》，上海书店出版社，1999 年。杨树达：《积微居金文说·静簋跋》（增订本），中华书局，1997 年。

　　② 许倬云：《西周史》，上海人民出版社，1999 年，第 666 页。

　　③ 王国维：《周荼京考》，《观堂集林》，卷 12，《王国维遗书》，上海书店出版社，1983 年。

三　燕享之歌

《穆天子传》中记述了许多穆天子征途之上燕饮歌乐之事,如卷五记"天子饮许男于洧上"而"用宴乐",同卷又载穆天子与邻公饮酒歌诗之事云:

> 庚寅,天子西游,乃宿于邻。壬辰,邻公饮天子酒,乃歌《网天》之诗,天子命歌《南山有芍》,乃绍宴乐。

在这些记载中,以卷三记穆天子宾于西王母,与之歌诗酬唱之事最详:

> 乙丑,天子觞西王母于瑶池之上,西王母为天子谣曰:"白云在天,山陵自出,道里悠远,山川闲之,将子无死,尚能复来。"天子答之曰:"予归东土,和治诸夏,万民平均,吾顾见汝,比及三手,将复而野。"西王母又为天子吟曰:"徂彼西土,爰居其野,虎豹为群,于鹊与处,嘉命不迁,我惟帝女,彼何世民,又将去子,吹笙鼓簧,中心翔翔,世民之子,唯天之望。"天子遂驱升于弇山,乃纪名迹于弇山之石而树之槐眉曰西王母之山。

在前文论及《穆天子传》一书记事的真伪问题时已经说明,此书具有相当浓厚的神话色彩,而上文引述的穆天子宾见西王母一事本身,即是一个流传很广的神话故事,因此,穆天子与西王母酬唱歌诗一事也不会是真实的记录。与此相似,此书中其它有关燕饮歌诗的记载,也不一定都是历史的实录。但退一步,就燕饮时歌诗奏乐这一件事而言,《穆天子传》中的记载无疑是有相当真实的历史基础的。穆王时代的铜器铭文中有许多关于穆王"乡豊"(即飨礼)的记载,如《遹簋》、《长囟簋》等,这些记载说明,穆王时代,燕飨之礼已相当成熟。燕者,据《仪礼正义》引郑《目录》之文,指"与群臣燕饮以乐之礼",本以合欢为目的。但是,有乐不可以无礼,《礼记·乐记》云:"礼者,所以缀淫也。""礼乐之情同,故明王以相沿也。"除却燕末尽欢而至的"无算乐"之外,行燕礼时,献酢往还、觥筹交错之间用以节乐的歌乐配合必然表现出一种浓厚的礼仪意义。仪式乐歌中的燕享乐歌便是伴随着燕飨之礼的成熟而产生出来的。反过来说,燕享之歌成为仪式乐歌而进入诗文本,是燕飨之礼成熟的标志。《穆天子传》中的燕乐歌诗,从一个侧面折射出了当时燕饮文化的发达,也正是在这样的文化背景下,产生了史籍记载中国最早的燕享乐歌。这一时期的燕享乐歌,通过《诗经》保存下来的有三首:《大雅·行苇》、《既醉》和《凫鹥》。

1.《大雅·行苇》:

> 敦彼行苇,牛羊勿践履。方苞方体,维叶泥泥。戚戚兄弟,莫远具尔。
> 或肆之筵,或授之几。肆筵设席,授几有缉御。或献或酢,洗爵奠斝。
> 醓醢以荐,或燔或炙。嘉殽脾臄,或歌或咢。
> 敦弓既坚,四鍭既钧,舍矢既均,序宾以贤。
> 敦弓既句,既挟四鍭。四鍭如树,序宾以不侮。

　　　曾孙维主,酒醴维醽,酌以大斗,以祈黄耇。

　　　黄耇台背,以引以翼。寿考维祺,以介景福。

　　此诗记录了周王行燕射之礼的全过程:第一章起兴,由仁及草木言及亲于兄弟。《周礼·大宗伯》云:"以饮食之礼亲宗族兄弟。"《礼记·大传》云:"君有合族之道,族人不得以其戚戚君。"又云:"旁治昆弟,合族以食。""戚戚兄弟,莫远具尔",预示燕食之礼即将开始;二、三两章记述燕礼场面,"或献或酢","或歌或咢"即宾主行献酢之礼,乐工以歌乐配合之事;四、五两章记述射礼经过;第六章,记述射后复燕、宾主互酌之礼;第七章,养老乞言以祈福寿。燕射活动的整个过程仪节有序,繁而不乱,与《仪礼·燕礼》所记大致相合。这一特点表明,《行苇》一诗,必然创作于燕射之礼相当成熟的时代。与此同时,《行苇》一诗注重描写燕乐过程的特点,与西周后期燕乐歌辞注重描写饮酒燕乐时的气氛以及燕乐者的心情具有明显的不同。据上判断,《行苇》之作应在燕射之礼成熟并且流行于世的穆王时代。穆王器《长囟盉》铭文记载了一次仪节完备地燕射之礼。其铭云:"佳三月初吉丁亥,穆王才下减应,穆王卿(飨)豊,即井白(伯)大祝射。穆王蔑长囟,以逆即井白氏,井白氏弥不奸。"穆王这次先飨后射的典礼活动,与《行苇》所载仪节基本一致,可为《行苇》一诗作于穆王时代的旁证。

　　另外,根据前文对《周颂·潜》与《周颂·载见》的讨论可知,此诗末章"寿考维祺,以介景福"等,是从西周中期开始流行的祈福套语。

　　2.《大雅·既醉》:

　　　既醉以酒,既饱以德。君子万年,介尔景福。

　　　既醉以酒,尔殽既将。君子万年,介尔昭明。

　　　昭明有融,高朗令终。令终有俶,公尸嘉告。

　　　其告维何?笾豆静嘉。朋友攸摄,摄以威仪。

　　　威仪孔时,君子有孝子。孝子不匮,永锡尔类。

　　　其类维何?室家之壸。君子万年,永锡祚胤。

　　　其胤维何?天被尔禄。君子万年,景命有仆。

　　　其仆维何?釐尔女士,釐尔女士,从以孙子。

　　《行苇》记述的是因燕而射、射后复燕的过程与场面。《既醉》所记,则是祭毕燕飨、公尸祝福之事。郑玄笺《诗序》云:"成王祭宗庙,旅酬下遍群臣,至于无算爵,故云醉焉。"自郑玄之后,说诗者多以此为成王祭毕燕群臣之辞。但是,从诗歌的语言特点来看,此诗与周初诗歌不类,相反,却在很多方面表现出了西周中期诗歌的特点。

　　首先,在"其告维何"、"其类维何"、"其胤维何"、"其仆维何"等语中,"其"被作为代词使用。由本文第二章对《有客》一诗的考证可知,"其"被用作代词,是西周中期以后的事情。

　　其次,诗云"昭明有融,高朗令终。"此为尸嘏主人之辞。"令终"即善终,即金文之"霝冬"。①在金文中,"霝冬"多与"眉寿"、"永命"等辞并列。如《蔡姞簋》:用"旂勺(介)眉寿绾绰,永命弥氒(厥)生,霝冬。"《追簋》:"用旂勺眉寿永命,畍臣天子,霝冬。"《瘋钟》:"受余屯鲁通录永令,眉寿霝冬,瘋其万年永宝日鼓。"《颂鼎》:"用追孝,旂勺(介)康𫵷屯右,通录永命,颂其万年眉寿,畍臣天子,霝冬。"以上诸器均为西周中后期铜器,《颂鼎》更晚至宣王之世。这就是说,"霝冬"最早应是在西周中期才产生并逐渐流行起来的一种嘏辞。

另外,"介尔景福"等,亦为西周中期产生的祈福套语。

此诗在语言上体现出了西周中期诗歌的特点,但是,我们如何判定它是在穆王时代创作出来的呢?

诗云:"既醉以酒,既饱以德,君子万年,介尔景福。"与《执竞》"既醉既饱,福禄来反"语义相近。除了考订《执竞》的时代时已经涉及的理由之外,《诗序》也提供了一些可资断代的依据。《诗序》云:"《既醉》,大平也。"严粲《诗缉》:"太平无事,而后君臣可以燕饮相乐,故曰'大平'也。"据《史记·周本纪》的记载可知,西周初成康之世,"天下安宁,刑措四十余年不用",至昭王之时,"王道微缺",征战不断,"昭王南巡守不返,卒于江上",穆王追学文、武,天下"复宁",出现了《文王有声》所描述的"四方攸同"、"自西自东,自南自北,无思不服"的太平盛世。《既醉》之燕乐赏赐以及"既醉"、"既饱"中所表现出来的从容与和乐,应是在这一背景下发生的,其序之"大平",即是对这一时期社会状况的描述与歌颂。

3.《大雅·凫鹥》:

> 凫鹥在泾,公尸来燕来宁。尔酒既多,尔殽既嘉。公尸燕饮,福禄来成。
>
> 凫鹥在沙,公尸来燕来宜。尔酒既多,尔殽既嘉。公尸燕饮,福禄来为。
>
> 凫鹥在渚,公尸来燕来处。尔酒既湑,尔殽伊脯。公尸燕饮,福禄来下。
>
> 凫鹥在潀,公尸来燕来宗。既燕于宗,福禄攸降。公尸燕饮,福禄来崇。
>
> 凫鹥在亹,公尸来止熏熏。旨酒欣欣,燔炙芬芬。公尸燕饮,无有后艰。

《既醉》一诗为祭毕燕时公尸告嘏以祈福祷颂,此诗则专美公尸来燕而福禄随之之事。二诗在内容上前后关联。又《诗序》云:"《既醉》,大平也。""《凫鹥》,守成也。"作序之口吻如出一辙。故从续序起,说诗之人即明确把此二诗当成一时之作,承《既醉序》之文而为说:"大平之君子,能持盈守成,神祇祖考安乐之也。"孔疏云:"上篇言大平,此篇言守成,即守此太平之成功也。太师次篇,见有此意,叙者述其次意,故言太平之君子,亦乘上篇而为势也。"除了这些从诗句及《诗序》中所表现出来的与《既醉》之间的内在关联可为本诗的断代提供一定的依据之外,《凫鹥》本身也表现了一些能够证明其时代的特点。

从诗歌的语言、句式来看,"福禄来成"、"福禄来为"等祈福语句,为西周中期诗歌所特有。在讨论昭王时代的《周颂·执竞》一诗时我们说过,在西周初年,"福"字大多单独使用,如

---

① 徐中舒:《金文嘏辞释例》,《历史语言研究所集刊》,第六本第一分册。

"自求多福"（《文王》）、"锡兹祉福"（《烈文》）等，"福禄"连言的用例是从西周中期才开始出现而流行于中期以后的。同时，西周中期的"福禄"之祈采用了"福禄来□"的语言格式，除此诗外，另如《周颂·执竞》之"福禄来反"等。这与西周后期的"福禄如□"、"福禄□之"等句式有明显的不同。

从诗歌的内容来看，诗歌在描写太平之世的燕乐之欢与福禄之祈时，诗末"无有后艰"一语，表现了一种经历灾难之后犹存恐惧的复杂心情。这应是穆王时代周人特殊心态的一种反映。由前文可知，在成康盛世之后，从康王后期开始，西周社会进入了一个四夷频反、国土不宁的混乱时期。周昭王为平定荆楚叛乱，殒命南国，丧六师于汉。周穆王在一种"遭家不造，嬛嬛在疚"的悲哀心情中继承了王位，他所面临的，是"未堪家多难，予又集于蓼"的困境，《闵予小子》诸诗是对当时形势的记录与反映。为"毖后患"，穆王追学文、武，整顿朝政，《史记·周本纪》："穆王闵文武之道缺，乃命伯冏申诫太仆国之政，作《冏命》。"又命毛班东征，三年静东国，其事见《班簋》。穆王内修国政，外事武力，终于平定叛乱，天下复宁。这就是《既醉序》所说的"大平"之世。在经历了一次丧师灭王的灾难之后，周人重新获得的安宁显示了一种新的意义。如何保守成功，使不失坠必然成为理性的周人所应思考的问题，这就是《逸周书·祭公解》所云"三公监于夏商之既败，丕则无遗后难，至于万亿年，守序终之"。《凫鹥序》之"守成也"即这种反思的折射反映。诗中的"无有后艰"与《周颂·小毖》之"毖后患"表达祸乱未平时的决心不同，它所诉说的是祸乱既平之后周人的祈愿，二者既有联系，又相区别。《小毖》是穆王继位之初的乐歌，《凫鹥》则是穆王复宁之后的作品。

《礼记·射义》云："天子将祭，必先习射于泽……射中者得与于祭。"是周人在祭礼之先多行射礼，在祭祀仪式结束之后必有燕乐之事。穆王时器《遹簋》铭云："佳六月既生霸，穆穆王在葊京，乎渔于大池，王乡〔飨〕酒。遹御，亡遣。穆穆王亲易遹丬。"铭中"丬"字，陈梦家《西周铜器断代（六）》释为"凫"①。此铭记载了穆王"乎渔于大池"之后"乡酒"，以"凫"赐遹之事。"凫鹥在泾，公尸来燕来宜"，祭毕燕尸之时，诗人以泽射所见起兴，或无不可。《遹簋》铭文与《凫鹥》之间的暗合，似可为此时的创作时代提供一个旁证。

根据以上论述，我们可以得出这样一个结论：以描写燕乐过程、场面为内容的《大雅·行苇》、《既醉》、《凫鹥》都是穆王时代的作品。而这三首乐歌在今本《诗经》中恰恰是次第相连的，这一特点不仅说明它们在创作时代上的共同性，同时也说明，它们是以"类出现"的方式同时进入诗文本的。

上文讨论了《诗经》中可考为穆王时代的仪式乐歌。除此之外，《左传·昭公十二年》明确记载了一首祭公谋父进谏穆王的《祈招》之诗：楚灵王欲问鼎周室，子革述周穆王之事曰："昔穆王欲肆其心，周行天下，将皆必有车辙马迹焉。祭公谋父作《祈招》之诗以止王心，王是以

---

①　陈梦家：《西周铜器断代（六）》，《考古学报》，第 14 册，1956 年。

获没于祗宫。……其诗曰：'祈招之愔愔，式昭德音。思我王度，式如玉，式如金，彤民之力，而无醉饱之心。'"这是《尚书·金滕》有关周公作《鸱鸮》明志以喻成王的记载之后史籍当中时代最早的一首讽谏之诗，其创作目的在于"止王心"而非仪式配乐。王师昆吾《诗六义原始》①的讨论证明，诗文本是为仪式配乐的目的编定的。在"歌"与"诗"别类分立的西周中期，讽谏之诗不会进入为仪式歌奏目的编定的乐歌文本②。这应是《祈招》之诗虽做于穆王之时而未被录入诗文本的根本原因。

四　结语和余论

穆王时代是仪式乐歌创作的繁荣期，乐歌的性质与功能决定了它与礼乐仪式不可分割的密切联系。穆王时代是周代礼乐制度的分水岭，与此相应，这一时期的仪式乐歌也出现了一些新的特点。

与西周初年的仪式乐歌相比，穆王时代仪式乐歌的内容及其性质、功能都得到了进一步的扩大。西周初年是郊庙祭祀乐歌繁荣发展的阶段，保存于《诗经》当中属于这一时期的乐歌，如《清庙》之三，《我将》、《天作》等，都是为配合各种祀典使用的郊庙祭祀乐歌。而这一时期的纪祖颂功之歌，也均与相应的祭祀仪式相关联，属祭祀颂圣之歌，如《文王》、《绵》等，这些歌颂先公先王文功武绩的祭祀颂圣之歌着重表达了天命佑周的主题。至穆王时代，昭王野死的灾难使周人的天命观念发生重大改变，人们不再匍匐于上帝神灵绝对权威的盲目崇拜之中，萌芽于周初的"皇天无亲，惟德是辅"的"德政"观念进一步深入人心。在这样的理性关注下，现实社会中现实的人的行为受到了前所未有的重视，先公先王创业开国、保守天下的光辉业迹也在这样的理性关注下焕发了现实的意义。与周初乐歌注重歌颂祖先文德及其以德感天而受天命等内容不同，这一时期创作和写定的颂功之歌，除了继续颂扬文王受命的神话之外，祖先、时王实实在在的文功武略成为其最基本的内容。颂功之歌摆脱祭祀目的的束缚成为一种独立的乐歌类型，仪式颂赞并提供历史鉴借成为其最主要的目的。

在仪式颂功之歌沿着颂神向颂人转变的道路发展时，燕享乐歌的出现，则对诗文本的形成乃至整个中国文化史的发展都发生了深远的影响。燕享乐歌是随着燕享之礼的发展而产生的。也可以说，燕享乐歌作为仪式乐歌进入诗文本，是燕礼成熟的标志。燕礼在五礼中属嘉礼，燕者，燕饮以乐也，礼者，所以缀淫也。本以合欢为目的的燕饮活动，通过献酢往还、觥筹交错之间歌以节乐的仪式行为表现了浓厚的伦理政治意义。《礼记·燕义》云："燕礼者，所以明君臣之义也。"燕礼最集中地体现了礼乐相须为用的文化精神。与此相应，燕享乐歌在

---

① 王小盾：《诗六义原始》，《扬州大学中国文化研究所集刊》，第一辑，江苏古籍出版社，1998年。
② 马银琴：《从＜诗经＞看"歌"与"诗"的分立与合流》，《文学评论丛刊》第3卷第1期。

西周后期逐渐取代祭祀乐歌的位置而成为仪式乐歌中最主要的内容。

就诗文本的形成而言,穆王时代的意义不仅在于仪式乐歌的创作与新的乐歌类型的出现,它还通过编辑仪式乐歌,为后世提供文本基础一事表现出来。《管子·小匡》云:

> 昔吾先王昭王、穆王,世法文武之远迹,合群国比校民之有道者,设象以为民纪,式美以相应,比缀以书,原本穷末,粪除其颠旎,赐予以镇抚之,以为民终始。①

《国语·齐语》有一段与此相似的记载,韦昭注云:

> 设象,谓设教象之法于象魏也。《周礼》:"正月之吉,悬法于象魏,使万民观焉,挟日而敛之。"所以为民纪纲也。

这就是说,在战国时代人们的记忆中,周昭王、穆王时代有一次大规模的文籍编纂活动。传世文籍关于穆王时事的记载表明,整顿朝纲,建立与政治需要相适应的政权秩序以维护其统治是穆王朝政的显明特点,《尚书·吕刑》与《周本纪》所载《冏命》等,均因此而作。《逸周书·祭公解》、《史记解》等则是对穆王敬德、法祖、重礼、安民等统治思想最有说服力的注解。因此,我们认为,《管子》所载文籍编纂活动的具体时间,应发生在穆王复宁天下之后;活动的实质,则是写定各种礼制以提供行动的准则。

穆王时代曾经编定仪式乐歌的另一个有力证据来自《诗序》。《周颂》中的《闵予小子》、《访落》、《敬之》、《小毖》四诗之序分别为"嗣王朝于庙也","嗣王谋于庙也","群臣进戒嗣王也","《小毖》,嗣王求助也"。嗣者,继也。与他诗之序中作为祭祀对象或被颂先王而出现的"文王"、"武王"等有定指的称谓不同,"嗣王"一词,是就当时继嗣在位的周王而言的。由前文的考订可知,《闵予小子》四诗,是应穆王继位时特殊的仪式需要而产生的组歌,突出地表现了穆王在昭王野死之后仓促继位时的悲悯之情、所面临的艰难之境以及继承先祖王业的果决之心。《诗序》中的"嗣王",无疑是就当时继承君位的周穆王而言的。换句话说,周穆王之世一定编辑过仪式乐歌。这应是周代历史上继康王三年"定乐歌"的活动之后仪式乐歌的第二次结集,也是周宣王重修礼乐时进一步编辑诗文本的基础。

作者简介　马银琴,出生于 1972 年 5 月,女,宁夏隆德人。现为上海师范大学人文学院博士后研究人员,主要从事先秦文学研究。通讯地址:上海师范大学 34 宿舍 72 号 302 室　邮编:200234,E - mail: mayinqin@sina.com

---

① 郭沫若:《管子集校》,《郭沫若全集·历史编》,人民出版社,1984 年。

群体生命意识的艺术载体
——《诗经》相关词语的生成、运用和解读

李 炳 海

内容提要：《诗经》中用以表现群体生命意识的词语，经由多个渠道生成，它们据以生成的物类事象有的是静态，有的是动态。某些词语有的即使源于静态的物类事象，在《诗经》中也已经动态化。《诗经》中表现群体生命意识的词语有的着眼于所处空间位置的扩展，有的着眼于时间的延伸；有的取象于平面推移，有的侧重于立体贯通，后一类词语在表现生命群体意识时，流露出明显的寻根取向。这些词语从生成到运用，经历了由具象到抽象的演变过程。为了克服自身的抽象性，必须运用比兴手法，借助于其他事物。在解读《诗经》时，这些词语浮现出的物类事象在层面上有多寡之别。

关键词：群体 生命意识 词语

越往前追溯历史，人的生命意识所带有的群体性就越强，最早产生的人类生命意识都是群体性的。《诗经》是中国古代第一部诗歌总集，所收录的作品创作年代较早，因此，它所表达的群体生命意识较之后代文学作品更加明显、强烈。先民在抒发自己群体性生命意识的时候，运用了许多生动的词语，形成一系列内涵固定的审美范畴。这些词语有多种来源，功用却基本相同，都作为群体生命意识的艺术载体出现。不过，在具体运用和解读过程中，却出现种种差异，呈示出多样性的变化。

——

《诗经》用以表现群体生命意识的词语主要有绳绳、绵绵、蓁蓁、溱溱、振振、甡甡、诜诜、駪駪等，它们是由多渠道而来，依其性质可分为以下几类：

第一，来源于某种物象，绳绳、蓁蓁、溱溱属于此类。

绳绳，在《诗经》中出现两次。《周南·螽斯》："螽斯羽薨薨兮，宜尔子孙绳绳兮。"毛传：

"绳绳，戒慎也。"《大雅·抑》："子孙绳绳，万民靡不承。"郑笺："绳绳，戒也。"古代建筑和工艺制作中往往以绳取直，以绳为法，毛传、郑笺基于此而训绳绳为戒慎，其实是一种误解。对此，清人马瑞辰予以纠正：

> 传本《尔雅》"绳绳，戒也"为训，但以诗义求之，亦为众盛。《抑》"子孙绳绳"，《韩诗外传》引作"承承"，谓相聚之盛也。①

马瑞辰的辨析是正确的，绳绳，指众多，是群体事象，而不应训为戒慎。《说文》中绳属系部，"绳，索也，从糸，蝇省声。"糸，甲骨文作𢆶，小篆作𢆶，《说文》，"糸，细丝也，象束丝之形。"绳，从糸，取象于束丝之状，是把众多的细丝结束在一起，因此，绳表示由多位个体组成的群体，绳绳是众多之象。《诗经》两次出现的绳绳均指众多，用以形容子孙后代的繁盛，表达的是家族群体长久延续、兴旺发达的意念。《老子》第十四章对于道有如下描绘："其上不皦，其下不昧，绳绳不可名，复归于无物。是谓无状之状，无象之象，是谓惚恍。"绳绳，漫无际涯之貌，用的是绳绳的引伸义。绳绳本义为众多，事物众多则纷纭繁杂，不易分辨，且漫无边际。

蓁蓁，见于《周南·桃夭》："桃之夭夭，其叶蓁蓁。之子于归，宜其家人。"毛传："蓁蓁，至盛貌。"这是用桃树的枝叶茂盛象征新婚女子具有很强的生殖能力，必使夫家子孙满堂，表现的还是繁衍后代的群体生命意识。溱溱见于《小雅·无羊》："牧人乃梦，众维鱼矣，旐维旟矣。大人占之：众维鱼矣，实维丰年；旐维旟矣，室家溱溱。"毛传："溱溱，众也。"室家溱溱，是家族人口众多之象，是群体生命意识所派生的理想。毛传训蓁蓁、溱溱为盛为众，道出了词语的本义。蓁蓁、溱溱，字形从秦，它们的众多繁盛之义当和秦字有关。《说文》："秦，伯益之后所封国，地宜禾，从禾，舂省。一曰秦禾名。"段玉裁注："此字不以舂禾会意为本意，以地名为本义者，通人所传如是也。"②秦，按其字形构成来看，应与舂禾相关，但许慎却以国名释之。段玉裁对许慎的解释有怀疑，但又百思不得其解，只好沿用传统说法。对于秦字的本义，尹黎云先生作过如下解释：

> 甲骨文作𥠻，与籀文同，在秝之上增双手持杵之形，表示此禾已经过打击。击禾打场，禾谷脱了粒，剩下的便是禾杆，可见秦的本义就是禾杆。……凡禾杆总是堆积一起的，故引伸秦有聚义、众义、盛义。《广雅·释诂三》："榛，聚也。"《释木》："木丛生曰榛。"《说文·一下·艸部》："蓁，艸盛貌。"均得其义。③

秦的本义是禾杆堆积，引伸为聚集，众多，凡字形从秦者均有这种意义。蓁蓁、溱溱分别为秦字加草字头，加水旁，都是众多繁盛之义，在《诗经》中成为表现群体生命意识的词语。《楚辞·招魂》："蝮蛇蓁蓁，封狐千里些。"王逸注："蓁蓁，聚积之貌。"蓁蓁，在这里还是用于表

---

① 马瑞辰：《毛诗传笺通释》卷2、23，《清人注疏十三经》第1册，中华书局，1998年，第18、249页。
② 段玉裁：《说文解字注》，上海古籍出版社，1981年，第327、643、642页。
③ 尹黎云：《汉字字源系统研究》，中国人民大学出版社，1998年，第335、398、136、277页。

示众多,它的内涵是稳定的。

第二,《诗经》表现群体生命意识的词语还有的来源于人的动作形态,振振、绵绵、诜诜属于这一类。

振振,《诗经》中多次出现。《周南·螽斯》:"螽斯羽诜诜兮,宜尔子孙振振兮。"毛传:"振振,仁厚也。"《周南·麟之趾》先后出现"振振公子"、"振振公姓"、"振振公族"之语,毛传:"振振,信厚也。"《召南·殷其雷》相继三次出现"振振公子,归哉归哉",毛传:"振振,信厚也。"《鲁颂·有驳》首章云:"振振鹭,鹭于下。"第二章又称:"振振鹭,鹭于飞。"毛传:"振振,群飞貌。"毛传对振振所作的解释前后相异,未能一以贯之。从实际情况考察,振振也是用于表现群体生命意识的词语,指的是聚集、众多。振,字形从手从辰,对于辰字,尹黎云先生有如下解说:

> 甲骨文作屮,……甲骨文或作仐,陆宗达先生和王宁先生认为是蛤壳磨制的犁头,其说可从。《淮南子·氾论》:"古者,耜而耕,摩蜃而耨。"高诱注:"蜃,大蛤,摩令利,除苗秽也。"从甲骨文看,"大蛤"就是大海螺,目,这是海螺壳;厂,表示磨利的犁刃。可见辰就是蜃的切文,它既有"大蛤"义,又有蛤制除草农具义。《玉篇》农字作辳,正象以辰除草之形。辰为除草农具,它的使用必依时而动,时间性十分强,故引伸辰有时义。辰训时,强调的是周期性。……所谓周期性,就是说,到了固定的时间必动。引伸辰有动义,孳乳为振、震。①

振,字形从手从辰,是形声兼会意字,是人以手扶犁,从事耕耘之象,故可训为动。振振,乃是动而又动,指的是动作的连续性,故又引伸为众多之义。振振,还见于《左传·僖公五年》:"均服振振,取<豸虎>之旗。"均服,指戎装,上下一致,故称均服。振振,指众多。

绵绵,在《诗经》多首诗中出现。《王风·葛藟》首章:"绵绵葛藟,在河之浒。"后两章分别有"绵绵葛藟,在河之涘";"绵绵葛藟,在河之漘"。毛传:"绵绵,长不绝之貌。"《大雅·绵》:"绵绵瓜瓞,民之初生。"毛传:"绵绵,不绝貌。"《周颂·载芟》:"厌厌其苗,绵绵其麃。"麃,指耕耘。绵绵,连续不断之象,亦有众多之义。绵,《说文》收在系部,"绵,联微也,从系、帛。"段玉裁注:"谓帛之所系也。系,取细丝,而积细丝可以成帛,是君子积小以高大之义。"②绵,最初是取丝织帛的意思,是一种劳动状态。绵绵,谓这种动作的连续反复,于是引伸为绵长、众多,在《诗经》中成为表现群体生命意识的词语。

再看诜诜、莘莘。《周南·螽斯》:"螽斯羽诜诜兮,宜尔子孙振振兮。"毛传:"诜诜,众多也。"《小雅·皇皇者华》:"皇皇者华,于彼原隰。莘莘征夫,每怀靡及。"毛传:"诜诜,众多。"诜诜、莘莘,字形皆从先,实是由莘得义。《说文》:"莘,进也,从二先。"尹黎云先生所释甚明:

> 《玉篇》:"莘,众多貌。"明莘的本义当训众进之貌,引伸则有众多义。……但由于古

---

① 尹黎云:《汉字字源系统研究》,中国人民大学出版社,1998年,第335、398、136、277页。

② 段玉裁:《说文解字注》,上海古籍出版社,1981年,第327、643、642页。

文单体复体往往无别,故或以秫为先,致使秫和牲、诜、駪通用。秫读"所臻切",正是这一现象的反映。但读"所臻切"的秫只是先的繁文,不得独立成字。①

诜诜、駪駪,表示众多之义,最初取象于众人并进事象,用以描述人的行为状态。到了《诗经》中成为表现群体生命意识的词语,和它的原始内涵一脉相承,都和生命的运动密切相关。

第三,《诗经》表现群体生命意识的词语,有的来自植物的生长状态,甡甡属于此类。

《大雅·桑柔》:"瞻彼中林,甡甡其鹿。"毛传:"甡甡,众多也。"甡,《说文》在生部:"甡,众生并见之貌,从二生。"那么,生的本义是什么呢?《说文》:"生,进也,象 木生出土上。"甡是生的复体,既然生是草木初生出土之象,那么,甡则是指草木初生时的丛聚状态,一方面表示草木始发阶段旺盛的生命力,同时暗示生命个体的数量众多。

诜诜、駪駪,是由人的并进状态而得其众多之义,甡甡的这种含义则来自草木初生时的丛集之象,都是对生命活动状态的摹写。诜诜、駪駪、甡甡,古音均是所臻切,读音相同,意又一致,故可通用。駪駪、诜诜,有时又作侁侁、莘莘。《国语·晋语四》引《小雅·皇皇者华》的"駪駪征夫"作"莘莘征夫"。《楚辞·招魂》:"豺狼纵目,往来侁侁些。"张铣注:"侁侁,众貌。"侁侁、莘莘古音均读所臻切,与诜诜、駪駪相同, 故可通用。

二

《诗经》用于表现群体生命意识的词语数量众多,不限于上面列举的那些。通过追溯这类词语的来源,可以看出它们的生成机制、表现功能,以及先民在造字组词时的思维特点。

上述词语虽然同是作为表现群体生命意识的审美范畴而出现,但它们的生成根据有静与动的差别。绳绳来源于束丝之状,萋萋、溱溱来源于禾秆堆积之象。成束的细丝、堆积的禾秆,都是静态的,是个体集合为群体之后的凝结状态。振振源于人的犁田,绵绵取象于人的理丝,诜诜、駪駪起于人的并行前进,甡甡是草木初生丛聚之象,这些词语都取象于动态事象。尽管上述词语的生成根据有静态动态之别,但是,它们在《诗经》中用以表示群体生命意识时的内涵却是一致的,可以说是殊途同归。

《诗经》中用以表现群体生命意识的词语有的源于动态的物类事象,它们在《诗经》中同样呈现为动态画面。《周南·螽斯》:"螽斯羽诜诜兮,宜尔子孙振振兮。"诜诜、振振,都是源于动态事象而生成的词语,它们在这首诗中又前后呼应,构成相映成趣的动态画面:一方面是螽斯振翅飞翔,一方面是贵族子孙繁衍激增,二者都是群聚的生命体,数量众多,而且富有动感。再看《召南·殷其雷》:"殷其雷,在南山之阳。何斯违斯,莫敢或遑。振振公子,归哉归

---

① 尹黎云:《汉字字源系统研究》,中国人民大学出版社,1998年,第335、398、136、277页。

哉!"作者思念的是一群公子,他们都行役在外,不敢稍有闲暇。"振振公子",是处于运动状态的贵族群体。振振又见于《鲁颂·有驰》:"振振鹭,鹭于下";"振振鹭,鹭于飞"。众多的白鹭或盘旋而下,或向上飞起,是一群好动的水鸟。诜诜在《周南·螽斯》与振振相呼应,两个词语都用于表现生命群体的运动状态。駪駪与诜诜含义相同,《小雅·皇皇者华》:"皇皇者华,于彼原隰。駪駪征夫,每怀靡及。"駪駪,指的是外出使者的群体,他们正乘车行驶在途中,由于匆忙赶路,以至于连路旁的鲜花都来不及观赏。駪駪,是使者群体奔忙劳碌的样子。绵绵,起源于人的理丝动作,它在《诗经》中也是富有动感的词语。《王风·葛藟》:"绵绵葛藟,在河之浒。"绵绵,葛藟的延伸之状,是充满生命张力的样子。《大雅·绵》:"绵绵瓜瓞,民之初生,自土沮漆。"绵绵,一方面表示漫长,同时又有生长之义。诗人把周族先民的滋生繁衍比成瓜的增多生长,是一个生生不息的过程。以上起源于动态事象的词语,在《诗经》中用于表现群体生命意识时,同样饱含生机,充满动感。

　　绳绳,取象于束丝。蓁蓁、溱溱的生成根据是禾秆堆积之象。这几个词语源于静态的物类事象,但它们在《诗经》中用于表现群体生命意识时,都获得了动态的属性。《周南·螽斯》:"螽斯羽薨薨兮,宜而子孙绳绳兮。"薨薨,象声词。众多螽斯振翅鸣叫,发出薨薨的声音,与此相应的是"子孙绳绳"。绳绳,是子孙繁衍、数量众多的景象,是由于繁衍生息而个体成员不断增加,是一个动态的发展过程。《大雅·抑》的"子孙绳绳",也是群体生命滋生、繁衍的景象。再看蓁蓁、溱溱。《周南·桃夭》:"桃之夭夭,其叶蓁蓁。"夭夭,指幼状。桃树正值幼壮时期,因此,枝叶茂盛,生命力极强。蓁蓁,表现桃树旺盛的生命力,处于最佳生长状态。《小雅·无羊》:"旐维旟矣,室家溱溱。"溱溱,家族人丁兴旺之象,暗含着增殖繁衍的意义。

　　绳绳、溱溱、蓁蓁,其字形皆生成于静态事象,可是,它们在《诗经》中用以表现群体的生命意识时,都获得动态属性,表现出生命的活性。究其原因,一是这些词语都是迭字重言,这就意味着时间的推移,数量的扩张,呈现的是运动、变化的过程。二是由这些词语表现对象的属性决定的,既然这几个词语是群体生命意识的艺术载体,而生命是一个生生不息的过程,是极其活跃的,这也要求生成于静态的词语实现由静向动的转变,以便能够显示出生命的活性。

　　《诗经》用于表现群体生命意识的词语,都有数量众多之义,它们修饰的对象不是单独的个体,而是由许多成员组成的群体。追述这些词语此种意义的来源,主要是由两条渠道生成的。一是着眼于事物所占据空间位置。蓁蓁,字形从秦,是禾秆堆积之状。绳绳,字形从糸,是束丝之象。诜诜、駪駪,字形从兟,是两人并行前往。莘莘,字形原始意义是草木初生,丛集茂长。这几个词语赖以生成的事象都不是单独个体,而是群体。对于同一类事物来说,群体所占据的空间当然要大于单独个体。振,其原始意义是人手扶犁耕田,振振,表示这种动作的连续性。绵字的最初意义是人手理丝,绵绵则是表示这种动作的重复。振振、绵绵,都是由动作的连续、时间的持久衍生出繁多这种意义。上述词语所包含的数量繁多这种意义,是通过时空延伸两条渠道获得的,此结论可以从多字本身的构造演变得到验证。《说文》:"多,缞(重)也,从缞、夕。夕者,相绎也,故为多。"按照这种说法,多字从夕,是由时间的延续而获得这种意义。夕为黄昏之象,故篆书作 ,月半之象,表示一天的结束。日复一日,故为多。而按照尹黎云的说法:"多,……甲骨文作多,非'重夕',而是重肉。"① 由此看来,多字最初取象于肉所占据的空间位置,重肉比单肉的体积大,故为多。这个事实表明,基于事物的空间延伸和时间推移,都可以获得数量众多之义,《诗经》中用于表现群体生命意识的词语,就是经历这两条渠道生成的。

《诗经》用于表现群体生命意识的词语,其生成根据还有平面推移和立体贯通的差异。前面列举的绳绳、薨薨、溱溱、诜诜、駪駪、甡甡、振振,尽管其字形生成有的来自所据空间的扩大,有的来自时间的延续,但基本都是居于同一平面的事象所生成,可以说是一种平面型的词语生成模式。绵绵则不同,其字形从系、从帛。《说文》:"系,县也。从糸,丿声。凡系之属皆从系。……糸,籀文系,从爪、丝。"段玉裁注:"此会意也,覆手曰爪,丝县于掌中而下垂,是系之意也。"系是自上贯下,这和人类自身繁衍的子孙相承类似,因此,系往往用于表示人类的世系族谱。对于系字,段玉裁注:"系之引伸为世系,《周礼》:'瞽矇,世《帝繫》;小史,奠《帝繫》,皆谓《帝繫》、《世本》之属,其字借繫当之,当作系。"② 系由下悬之义引申为人类自身的传承,是字义的引伸。

绵绵,字形从系、从帛,指的是系丝于手中而下垂的织帛动作,因此,它在《诗经》中成为表现群体生命意识的词语,用以形容子孙相继,家族兴旺。绵,说文在系部。无独有偶,孙字也在系部:"孙,子子曰孙,从系、子。系,续也。"绵、孙同属系部,因此,《诗经》用緜緜形容家族兴旺、子孙繁衍有其内在的必然性。

孙,甲骨文从糸,而不是从系。糸是束丝之象,孙字最初从糸。在甲骨文阶段,先民在观照家族传承时,运用的是平面推移的思维。到了后来,孙从系,注重的是垂统于上而承于下,是对家族传承作立体审视。孙的字形变化,体现了先民思维由平面到立体的转变,更重视祖先的垂统作用。绵绵字形从系,它在《诗经》中用于表现群体生命意识时,特别突出祖先、家族的根柢地位和作用。《王风·葛藟》首章如下:"绵绵葛藟,在河之浒。终远兄弟,谓他人父。谓他人父,亦莫我顾。"其余两章是反复咏唱,内容基本相同。葛藟生长在河边,有充足的水分滋养它,长得枝蔓绵长。诗人却远离兄弟父母,流落他乡,犹如飞絮转蓬。葛藟是幸运的,有赖以安身立命的根本;诗人是不幸的,因为他没有立足之地。用绵绵一词形容葛藟,流露出诗人对它的羡慕,同时也潜藏着寻根之情,抒发的是对父母兄弟的依恋。《葛藟》一诗有恋根情结,对此,古人早已有所领悟。《左传·文公七年》记载,宋昭公想要除掉群公子,乐豫劝

---

① 尹黎云:《汉字字源系统研究》,中国人民大学出版社,1998 年,第 335、398、136、277 页。
② 段玉裁:《说文解字注》,上海古籍出版社,1981 年,第 327、643、642 页。

谏说:"不可,公族,公室之枝叶也;若去之,则本根无所庇荫矣。葛藟犹能庇其本根,故君子以为比,况国君乎!"乐豫的议论不是诗的正解,而是借题发挥,但他毕竟触及到了《葛藟》一诗的护根意蕴,还是具有启示意义的。再看《大雅·绵》:"绵绵瓜瓞,民之初生,自土沮漆。"这几句诗的寻根意味更为明显,诗人是以瓜的繁衍为喻,追述英雄祖先的创业史,诗人所寻的根就是自己的祖先古公亶父,歌颂他迁国开基的功业。《周易·乾·文言》称:"本乎天者亲上,本乎地者亲下,则各从其类也。"人类有人类的根,植物有植物的根,《诗经》在运用绵绵一词表现人的群体生命意识时,将人类的根和葛藟、瓜瓞的根相沟通,用后者来衬托、比喻前者。葛藟、瓜瓞之根生于下,人类自身的根则是生于前、生于上。尽管这两种根的位置有上下之别,但是,《诗经》在运用绵绵一词表现先民的群体生命意识时,不妨把二者视为同类,体现出立体思维的特征,具有鲜明的寻根指向。绵绵一词所蕴含的反本复始意念,在先秦其他典籍中也可以见到。《老子》第六章在描写道的时候有如下文字:"谷神不死,是谓玄牝。玄牝之门,是谓天地根。绵绵若存,用之不勤。"道是幽深莫测的万物之母、天地之根,用绵绵一词来形容它最恰当不过了。绵绵,表层意义是广大无形,深层则有本源垂统的意蕴。绵绵一词往往和寻根指向相伴随,后代文学作品中不泛其例。

三

《诗经》中用于表现群体生命意识的词语,从最初生成到在《诗经》中出现,经历了一个由具象到抽象、从个别到一般的演变过程,由此带来了艺术表现和文本解读的一系列特点。

《诗经》中用于表现群体生命意识的词语,最初都是生成于具体的物类事象,有可观的景象作为根据。随着时间的流逝,这些词语逐渐脱离它们赖以生成的物类事象,变得抽象起来,获得普遍性意义。到《诗经》创作的时代,这些词语已经完成由具象到抽象的演变。文学作品是以形象性基本特征,《诗经》在运用这些词语时,为了增强作品的形象性,便经常采用比、兴手法,把这些词语和具体的物类事象相联系,用具体的物类事象为这些已经抽象化的词语作演示说明,构成一幅幅生动的画面。《周南·螽斯》是以蝗虫翅膀的振动和所发出的声音来形容"子孙振振"、"子孙绳绳",《周南·桃夭》是以桃树枝叶的繁茂来昭示"蓁蓁",《王风·葛藟》是以葛藟伸展的枝蔓来展现绵绵。这些地方或用比,或用兴,都是借具体物象来为已经抽象化的词语作解,所出现的物象不但数量繁多,而且生机勃勃,起到了激活这些词语的作用。还有些用来昭示这些词语的物类事象本身并不是数量繁多,但却可以激发人联想群体生命旺盛的景象。如《召南·麟之趾》:"麟之趾,振振公子,于嗟麟兮。麟之定,振振公姓,于嗟麟兮。麟之角,振振公族,于嗟麟兮。"诗中出现的是单独个体的麟,也没有对它进行过多的描绘,而只是对它的身体相关部位作静态展示。但是,为什么会由麟联想到子孙兴旺、家族昌盛的景象?这因为麟在古代是吉祥兽,先民认为它会给人带来好运,因此产生上述美好的联想。再如《小雅·无羊》:"牧人乃梦,众维鱼矣,旐维旟矣。大人占之:众维鱼矣,实维丰年;旐维旟矣,室家溱溱。"牧人梦见画有龙蛇的旗变成鹰隼旗,《周礼·司常》:"州里建旟,县鄙建旐,"龟蛇旗变成鹰隼旗,是步步升高之象,因此占卜的人预言他将会"室家溱溱",子孙兴旺。上述表示群体生命意识的词语,都是有赖于比、兴手法所推出的物类事象,才显示出它们的具体意义,成为鲜活的艺术载体。相反,如果这类词语单独出现,没有具体的物类事象相伴随,它的意义就会变得隐晦不清,容易使人产生误解。如《大雅·抑》:"子孙绳绳,万民靡不承。"何谓绳绳? 后人对这个词语的生成根据已经不甚明了,再加上没有相关的物类事象作为参照,解读时便只能进行猜测。毛传:"绳绳,戒也。"这是对原作的误读,是因为缺少昭示这个词语的物类事象,因此,只好就词语论词语,以臆想代替事实。

《诗经》用于表示群体生命意识的词语在当时已经抽象化,在解读文本时遇到这类词语,对于不同的人来说,在他们眼前浮现的物类事象的层面,有多寡之别。

先看这类词语以赋法出现的情况。《召南·殷其雷》的"振振君子"、《大雅·抑》的"子孙绳绳",采用的都是直赋其事的写法。毛传作者不清楚振振、绳绳二词的原始意义,因此,在他眼前浮现的或是信厚君子,或是持身戒慎的贵族子孙,都是单一层面的事象。相反,如果明了振、绳二字的生成根据,那么,人们在解读上述诗句时,眼前浮现的物类事象就不再是一层,而是两层。一层是振、绳二字的生成根据,或为束丝之形,或为犁田之象;一层是诗中直接出现的景象,或为成群的君子在外服役,或为子孙后代兴旺昌盛,两层事象会交替浮现,是后迭合在一起。

再看对运用比、兴手法诗句的解读情况。以《周南·螽斯》为例,毛传作者不了解振振、绳绳的生成根据,对原诗作了错误的解读,释振振为信厚,绳绳为戒慎。在毛传作者面前浮现的是双重物象:一层物象是飞鸣的螽斯,另一层物象是戒慎信厚的后代子孙。对于那些能够对振振、绳绳作出正确解释,但并不了解这两个词生成的根据的人来说,他们所能还原的也是两层物象,即振翅飞鸣的螽斯和兴盛的后代子孙。如果了解振振、绳绳二词的生成根据,那么,在解读这首诗时就会浮现出三层物象:一层是振翅飞鸣的螽斯,一层是兴盛的子孙后代,另一层则是振振、绳绳的生成根据,即连续的犁田动作,大量的束丝。前两层物类事象是作品直接呈现出来的,很容易见到;后一层物类事象则是潜藏在字形结构中,需要读者加以发掘,把它呼唤出来。对于不了解相关词语生成根据的读者来说,潜藏在字形结构中的深层物类事象是他们无法触摸到的,因此往往被忽略。

《诗经》用于表示群体生命意识的词语在这部诗集中具有相对稳定的内涵,掌握这些词语的基本含义,可以纠正对《诗经》的许多误读。《召南·殷其雷》共三章,每章结尾都是"振振公子,归哉归哉"。现代解读《诗经》者通常都认定这是一首思妇诗,是女主人公怀念在外面的丈夫。如前所述,振振是众多之义,既然如此,"振振公子"指的就不是单独的个人,而是一个贵族公子群体,由此可以断定,《召南·殷其雷》并不是思妇诗。《诗经》中用于表示群体生命意识的词语多数是迭字重言,也有少数以单字出现者。在已经把握这些迭字词语的基本含义后,对于解读这类单字词语也很有益处。《大雅·下武》有"绳其祖武"之语,毛传:"绳,戒。"毛传所作的解释是错误的。绳字从糸,取象于束丝。《诗经》中的绳绳指的是众多繁盛,因此,"绳绳祖武",指的是弘扬祖先业迹,绳,由众多繁盛引伸为发扬光大。再如《小雅·鱼藻》:"鱼在在藻,有颁其首";"鱼在在藻,有莘其尾"。对于莘字,毛诗和韩诗作了不同的解释。毛传:"莘,长貌。"韩诗云:"莘,当读＜多辛＞,《螽斯》诗'诜诜兮',《说文》作＜多辛＞＜多辛＞,众多貌也。又《说文》:粦,盛貌,读若《诗》'莘莘征夫',示盛貌。"[1] 毛传释莘为长,韩诗释莘为繁多,对于两家说法,解诗者多从毛传。从实际情况考察,韩诗说的解释是正确的,毛传则是误读。莘莘与甡甡、诜诜、駪駪、侁侁,音同义通,都是指繁盛众多。毛传释莘为修长,则缺少文字和文献上的依据。对于"有颁其首"的颁字,毛、韩两家所作的解释也不同。毛传:"颁,大首貌。"韩诗则释颁为众貌。[2]颁,字形从分、从页。分指分开,页为首,颁,应指头数众多,显然,韩诗的解说是正确的。按照毛诗的解说,水藻下的鱼头大尾长,而在现实中这类鱼实在罕见,相反,倒是头大者尾短、头小者尾长居多,无论观其头还是赏其尾,都是繁盛之象,是一个兴旺的群体。综观《小雅·鱼藻》一诗,作者的兴奋点在于观照对象的数量众多,前面写游鱼成群,后面称"王在在镐,有那其居",周王在镐地有多处离宫别苑,那,谓众多。《鱼藻》的作者是以群体生命意识欣赏游鱼,因此特别强调它的数量众多。

表现群体生命意识,是《诗经》的重要文化指向,以此作为切入点去解读《诗经》,可以走出许多误区,解开一些历史之谜。在此过程中,关键是对表现群体生命意识的相关词语有准确的把握。

作者简介　李炳海,1946 年 10 月生,男,吉林省龙井市人。东北师范大学文学院教授,文学博士,博士生导师。主要研究领域为先秦两汉文学,中国古代民族文学,道家与道家文学。邮政编码:130024。电话:0431—5685085—92494。E - mail: lichaoduan @ ya-hoo.com.cn

---

① 马瑞辰:《毛诗传笺通释》卷 2、23,《清人注疏十三经》第 1 册,中华书局,1998 年,第 18、249 页。
② 马瑞辰:《毛诗传笺通释》卷 2、23,《清人注疏十三经》第 1 册,中华书局,1998 年,第 18、249 页。

孔孟荀《诗经》诠释之研究

刘 耘 华

内容提要：孔、孟、荀之所以成为思想大家，是传统、时代与个人相互融合、激荡的产物。他们的思想，一方面是以因循《诗经》等古代传统为根基，并形成对这一传统的诠释过程，另一方面新的价值和意义又在诠释之中创造和生成，诠释总是含有因循与创造的双重性质。本文主要以《论语》、《孟子》和《荀子》之引《诗》、论《诗》为对象，分别讨论孔、孟、荀的《诗经》诠释理论和实践。

关键词：《论语》 《孟子》 《荀子》 《诗经》 诠释

孔孟荀之所以蔚为思想大家，是传统、时代与个人互相砥砺磨荡的产物。一方面他们对于古代传统有着精粹的了解并且处处以崇古、尚古的方式来回应新的时代难题，另一方面又基于自身的独特立场对传统进行为我所用的诠释，以创造、开新的方式延续了这一传统，也就是说，在三者身上同时存在着对于传统之因循与创造的双重诠释。本文主要以《论语》、《孟子》和《荀子》之引《诗》、论《诗》为对象，分别讨论孔孟荀《诗经》诠释理论和实践。

一 孔子对《诗经》的诠释

关于孔子与《诗经》的关系，太史公有一段话，很值得转述：

> 古者《诗》三千余篇，及至孔子，去其重，取可施于礼义，上采契、后稷，中述殷周之盛，至幽厉之缺，始于衽席，故曰："《关雎》之乱以为《风》始，《鹿鸣》为《小雅》始，《文王》为《大雅》始，《清庙》为《颂》始。"三百五篇孔子皆弦歌之，以求合《韶》、《武》、《雅》、《颂》之音。礼乐自此可得而述，以备王道，成六艺。（《史记·孔子世家》）

太史公认为孔子用礼义的标准对三千古诗进行了去芜汰重的整理工作，以求"备王道，成六艺"，这实在是肯綮中的之论。孔子总结诗的三重功用，除"多识于鸟兽草木之名"之外，均与礼义王道密切相关："事父"、"事君"是指以对君父主文谲谏的方式立身行事，其中自然离不开礼义的规约，而"兴、观、群、怨"的诸重效能也总是或近或远、或始或终地与礼义之道相连相系，可以说孔子总结"诗三百，一言以蔽之，曰：'思无邪'"（《论语·为政》）的依据也在于此。实际上,在孔子看来,无论是文本知识还是道德实践,"诗"与"礼"均构成互成互补、分和统一、不可偏废的关系,故他又说"兴于诗,立于礼,成于乐"(《泰伯》),"不学诗,无以言;……不学礼,无以立"(《季氏》)。

对待古代的典籍,孔子采取的是"下学"和"上达"两种方式,其中又始终贯穿着"行"。后来注家对"下学上达"的解释基本都认同"下学人事,上知天命"的说法(孔安国语,见《论语集解》),或稍有不同,如皇侃疏为"上达者,达于仁义也",朱熹注为"君子循天理,故日进乎高明"。仁义与天命,在孔子身上是具有一致性的(朱熹注为"上达""天理",而"理"和"天"之间,一致性更强),但天或天命的层次比理或仁义高,前者是后者"后面"的依据。至于"下学"与"上达"的关系,注家很早便认识到"上达即在下学中,所以圣贤立教,只就下学说"了,①不过,尽管"上达"不离"下学",但二者之间是有本末之分的,此即何晏所云"本为上,末为下"(《论语集解》),"下学"以"上达"为旨归。这就是说,"学"之中必须体现出价值与意义的趋向来,否则,便很可能会泥于"下学"之中而不能产生形而上(道)的超拔,因此,同是为"学",却有"君子上达,小人下达"(《宪问》)的泾渭分别。对于古代典籍,孔子皆以"上达"为统摄,使之成为通向政教与道德知识的有效门径,这个特点我们在《论语》对《诗》引用或评价之中可以清楚地看出来,而其中也体现了孔子对《诗经》的双重诠释。我们且把《论语》中引用或评价《诗经》的主要情形列举如下:

一是引述《诗经》的目的不是指向诗文本的自身意蕴,而是另有所指。兹先举二例如下:

子贡曰:"贫而无谄、富而无骄何如?"子曰:"可也,未若贫而乐、富而好礼也。"子贡曰:"《诗》云:'如切如磋,如琢如磨。'其斯之谓与?"子曰:"赐也始可与言诗已矣,告诸往而知诸来者。"(《学而》)

子夏问曰:"'巧笑倩兮,美目盼兮,素以为绚兮。'何谓也?"子曰:"绘事后素。"曰:"礼后乎?"子曰:"起予者商也。始可与言诗已矣。"(《八佾》)

上述师生问答之中,前一例为"引《诗》",后一例属"说《诗》"。子贡所引"如切如磋,如琢如磨"(出自《卫风·淇奥》)准确地体现了上述问与答的内涵,即君子于为人之道应该追求精益求精,因为前"可"之"贫而无谄、富而无骄"的为人境界不如后"可"之"贫而乐、富而好礼"。然而子贡赖以受到表彰的缘由决非仅仅在于他能够准确地引《诗》,而是更在于他已明白君子的做人之道应该以礼乐为仪范,这一更精更粹的道德境界才是此处引《诗》的意义归旨。后一例本是由求取《诗》的原意而来("巧笑倩兮,美目盼兮"出自《卫风·硕人》,"素以为绚兮"则不见于今存《诗经》),孔子的诠释也是针对《诗》文本而发,但子夏又进一步引申出"礼后"的感想,由此孔子才赞扬他可与言《诗》了,最后的落脚点显然也不在《诗》的文本意义之上,

---

① 朱柏庐:《毋欺录》,详见程树德撰《论语集释》,中华书局,1990年,第1020 – 1021页。

而在于"礼"。①

二是引用《诗经》来作为古代礼乐制度的"知识证据"并进一步作出相应的评价或阐发（如谴责违背此一制度的行为，或表彰合乎此一制度的行为），目的也不在于诠释文本的含蕴本身，如：

　　孔子谓季氏："八佾舞于庭，是可忍也，孰不可忍也？"三家以《雍》彻。子曰："'相维辟公，天子穆穆。'奚取于三家之堂？"子曰："人而不仁，如礼何？人而不仁，如乐何？"（《八佾》）

"八佾舞于庭"，是说季氏以大夫的身份而采用天子的乐舞规模，"以《雍》彻"，按朱熹《集注》是指"祭毕而收其俎也"，三桓所奏之乐也僭用了天子祭祀宗庙结束时所奏的《雍》乐。孔子引用《诗经》来佐证古代的礼乐制度，并感叹礼乐之所以"崩坏"，在于人心之"不仁"。不过，引诗以佐证古代礼乐制度的情形，这在《论语》里是唯一的一例，另有一例亦属此一情形，但所引文献为《尚书》。兹附列如下：

　　子张曰："《书》云：'高宗谅阴，三年不言。'何谓也？"子曰："何必高宗？古之人皆然：君崩，百官总己以听于冢宰三年。"（《宪问》）

所引之《书》，分别见于古文《尚书》之《说命》和《无逸》，但是行文稍有差异。《说命》表述为"王宅忧，亮阴三祀。既免丧，其惟弗言"；《无逸》则与之基本一致："其在高宗即位，乃或亮阴，三年不言。其惟不言，言乃雍。"孔子的诠释亦不在于了解此言之究竟内蕴，而在引申出"古之人皆然"的三年丁忧制度。

三是引用《诗经》以明志。这类现象（主要是引《诗》、赋《诗》），按照《左传》、《国语》的记载，在春秋时代已经十分普遍。在上流社会，诗成了外交、燕饮等公共场合相互交流、沟通彼此心志的必要方式，事实上，可以说当时任何一个贵族的公开聚会场所都必然会形成引《诗》、赋《诗》的"接受场"和"意义场"，以至于置身其中时，完全不必直接表达心意，相反，恰到好处的引《诗》、赋《诗》，不仅会被默会神契，而且更会被视为国家或个人（往往代表了家族）之福禄的吉兆。所以孔子反复强调"不学《诗》，无以言"（《季氏》）、"人而不为《周南》、《召南》，其犹正墙面而立与！"（《阳货》）此外，孔子对诗之功用的看法，也明显受到这类用诗现象的影响，如他说："诵《诗》三百，授之以政，不达；使于四方，不能专对。虽多，亦奚以为？"（《子路》）可见以诗来"达政"、"专对"是"远之事君"的重要内容。不过，所着意的重点虽在于诗的经世功效，但此一功效的达成，则常常需要采取委婉明志的方式。我们且试举二例：

────────────

① 理解"礼后"的关键在于如何训释"后素"，而关键之关键又在如何释"素"。"素"一指"素地"，即以素为质地，这样，"后素"即"后于素"（如朱熹所注）；一指"素功"，即素粉易污，故绘事必待诸采既施之后再加诸其上，如此，则"后素"即以素为后。"礼后"与"后素"是相应的，即礼与文饰之间亦有先后的关系。从《论语》的上下文来看，"后于素"的诂释更切合原意，因为"巧笑倩兮，美目盼兮"无非是说具有美质的女子无需粉黛而凭美质本身便姿色夺人、顾盼生辉，由此作进一步的生发，则"礼后"的意思也只能是指人当以礼作为行为实践的基础和根据。

南容三复"白圭",孔子以其兄之子妻之。(《先进》)

子击磬于卫。有荷蒉而过孔氏之门者,曰:"有心哉,击磬乎!"既而曰:"鄙哉硁硁乎! 莫己知也,斯己而已矣。深则厉,浅则揭。"子曰:"果哉,末之难矣!"(《宪问》)

前例之"白圭"是指《大雅·抑》之中的几句诗:"白圭之玷,尚可磨也。斯言之玷,不可为也。"南容反复吟诵此诗,无非是表明其慎言之志,这几句诗的前后另有"慎尔出话,敬尔威仪"、"无易由言,无曰苟矣。莫扪朕舌,言不可逝矣。无言不仇,无德不报"之类的诗句,意思十分明了。但在孔子看来,言与行互为表里,既能谨慎其言,则必能谨慎其行,故妻之以"兄之子"。后例是说孔子将"道之难行"之志诉诸音乐,而荷蒉者当属避世之士,故以为磬乐硁硁之中有鄙劣之处,"讥孔子人不知己而不止,不能适浅深之宜"(朱熹《论语集注》),未若避世者之"随世以行己,若遇水必以济,知其不可,则当不为"(何晏《论语集解》引包咸注)。"果哉,末之难矣!"应从朱熹注,即"叹其果忘于世,且言人之出处若但如此,则亦无所难矣"。其中显然有婉讽、自嘲的语气。

四是引用《诗经》之义理以评价当世之人的行为实践。如:"子曰:'衣敝缊袍,与衣狐貉者立而不耻者,其由也与! 不忮不求,何用不臧。'子路终身颂之。子曰:'是道也,何足以臧?'"(《子罕》)另如:"子谓颜渊曰:'用之则行,舍之则藏。唯我与尔有是夫!'子路曰:'子行三军,则谁与?'子曰:'暴虎冯河,死而无悔者,吾不与也。必也临事而惧,好谋而成者也。'"(《述而》)"不忮不求,何用不臧"出自《邶风·雄雉》,意为"不害物,不贪求,德行如此,何用不谓之为善乎?"(从皇侃疏)本为孔子引以称赞子路者。但是子路因此而自满,孔子便批评说,仅达到这个阶段尚远远不足以称为善。后例之"暴虎冯河"出自《小雅·小旻》,即"不敢暴虎,不敢冯河,人知其一,莫知其他"。原意为人易知徒手搏虎与徒步涉河之患,却难知"丧国亡家之祸"(从朱熹《诗经集传》注),此处孔子引用"暴虎冯河"的字面意义来批评子路只有血气之勇,因为血气之勇易,而"临事而惧,好谋而成"难。

班固《白虎通·五经》云:"孔子所以定《五经》者何? 以为孔子居周之末世,王道陵迟,礼乐废坏,强陵弱,众暴寡,天子不敢诛,方伯不敢伐,闵道德之不行,故周流应聘,冀行其道德。自卫返鲁,自知不用,故追定《五经》,以行其道。故孔子曰'《书》曰"孝乎惟孝,友于兄弟,施于有政,是亦为政"也'。"这是说孔子自知其救世方案无法为当道者所接受,于是通过编定《五经》,以"教"化方式传授此道。此说将周游列国与文本教化截然判分开来,当然不足取,但是班固认定此二阶段皆为"道以贯之",却堪称不易之论。孔子具有浓重的人间情怀,人格崇高而又含有多重性。其实,他的思想正如其人格,同样具有丰富性和多面性,比如我们从他对于音乐的沉迷,可知他的审美境界与道德、人生境界一样,均已臻入极高层次。但是,在他多层多面的知识与道德生活中,始终有一个"道"贯穿其中。因为此道之枢纽和总纲是仁与礼,所以我们说,它主要是道德性、政治性的一个范畴。从上面的论述可以看出来,孔子对于《诗经》等古代文本的引述与诠释,所生成的意义都是指向此道。反过来,我们也可以说,正是这个贯通的道才使得古代典籍之间具有互动互补、分合统一的关系。孔子的思想,一方面是以因循《诗经》等古代传统为根基,并形成于对这一传统的诠释过程,另一方面新的价值和意义又在诠释之中创造和生成。诠释总是含有因循与创造的双重性质。这样看来,孔子虽自以为他所作的只是整理、叙述和传授古代的道统,然而究其实却有大大超出这层意义的地方。

二　孟子对《诗经》的诠释

(一)孟子的《诗经》诠释原则

　　孟子在谈到如何正确理解《诗经》时,提出了两条具有重大理论意义的诠释原则:一条是"知人论世",另一条是"以意逆志"。

　　"知人论世"原指与古人的相友之道。孟子认为,古人交友有道:交友时,不挟势,不挟长,不挟贵,而以德为友,以善为友。孟子说"友天下之善士为未足,又尚论古之人"(《万章下》),即还要求以古人为友。与古人为友,当然必须借助古人所创作的《诗》、《书》等文本典籍方能达到,而"颂其《诗》,读其《书》",理应"知其为人",要知其"为人",于是应该"论其世",或者说,为了了解作者的为人风范与道德情感,了解其所处的时代才是必要的。这才是真正的"尚友"。故"知人论世"的原意是说,要通过了解《诗》、《书》的创作时代来了解作者本人的为人风范和道德情操。这是以德为友和以善为友的交友之道向古代的推演与延伸,其归旨则在"知人"。而作为一条重要的诠释原则,"知人论世"还包含了更多的意思:即要真正掌握《诗经》、《尚书》等古代文本的"原意",便必须首先掌握创作这些文本的原作者及其时代背景。这里的归旨就不在"知人",而是在于如何把握文本的"原意";而且,这一原则还包含了这样的诠释学道理:文本的"原意"与原作者的"意图"(即下文的"志",在当时主要指的是作者的为人风范和道德情感)是一致的或至少是紧密相关的(但不是完全相等同)。原作者的"为人",可以从其思想观点、处事原则等方面推断出来,而这些思想观点、处事原则常常必须借助文本方能为后人所知晓。孟子曾多次依此来评价古人或古代文本,如《万章上》所载孟子对有人说"孔子于卫主痈疽,于齐主侍人瘠环"的辨析和评论以及《告子下》所载对于"高子"说"诗"(《诗经·小雅·小弁》)的辨析和评论,可谓上述原则的具体演示。

　　"以意逆志",是孟子提出的关于《诗经》诠释的重要原则:

　　　　"说《诗》者,不以文害辞,不以辞害志。以意逆志,是为得之。如以辞而已矣,《云

汉》之诗曰'周余黎民,靡有孑遗',信斯言也,是周无遗民也。"(《万章上》)①

这段话包括四个关键词,即:"文"、"辞"、"意"、"志"。把这四者各自的涵义及其相互关系弄清楚了,也就等于明白了这段话的真意所在。在这四个词当中,"辞"与"志"的涵义较为明确。"辞",段玉裁《〈说文解字〉注》认为它跟"词"不是一回事:"辞者,说也。……词者,意内而言外,从司言。……积词而为辞。"焦循《正义》疏为"诗人所歌之辞已成篇章者"。实则指《诗经》辞句(篇章)的字面意义,"不以辞害志",即勿拘泥于辞句的字面意义而遮蔽了作者的真实意图;"志"是指原作者的真实意图和思想倾向,它就是寄寓于文本整体之中、读者所要寻求的"原意"。而"文"与"意"的涵义较为隐晦、含混。赵岐《孟子注》云:"文,《诗》之文章,所引以兴事也。"焦循疏作"篇章上之文采"。而朱熹《孟子集注》则云:"文,字也。"这即是说,"文"实有二训:一作"文采"、"雕饰";一作"字"、"词",即选字造词之谓也。此二训皆能说通。至于"意",以往的解释可分为两种:一是解为读者之"意",一是解为作者之"意"。前者由赵岐开其端,所谓"人情不远,以己之意,逆诗人之志,是为得其实矣"(《孟子注》)。后世学者大都持此一看法。也有学者持后一看法,如顾镇《虞东学诗·以意逆志》认为,论《诗》不可仅限于《诗》本身,首先应该掌握《诗》中的事实为何("《诗》则当知其事实,而后志可见"),这就是"论其世":"孟子之论《北山》也,惟知为行役者之刺王,故逆之而得其叹贤劳之志。其论《凯风》也,惟知七子之母未尝去其室,故逆之而得其过小不怨之志。""论其世"的目的在于"知其人","不知其人,欲逆其志,亦不得也"。② 如果说,"论其世"是"知其事",那么,"知其人"自然便是"知其意"了。即通过了解作者之"意"来探求作者之"志"。最先明确提出"意"为作者之"意"的是清人吴淇。他说:"汉宋诸儒以一志字属古人,而意为自己之意。夫我非古人,而以己意说之,其贤于蒙之见也几何矣。不知志者古人之心事,以意为舆,载志而游,或有方,或无方,意之所到,即志之所在,故以古人之意求古人之志,乃就《诗》论《诗》,犹之以人治人也。"③

所谓"以己意迎取作者之志"(朱熹语)之"意"并非读者的一己私意,而是上可贯之"作者"的共通"公意",即"同情心",否则便只能陷入一个逻辑悖论:若"己意"不是"彼意",就不能够藉此来"迎取作者之志";或如吴淇所言,古人非我,怎能以己意说之?不过,以"意"为"同情心"进而迎取"作者"之"志",则难免以"己意"妄取"彼意",即出现对《诗经》意义的任意引申,其所至就必然是"赋《诗》断章,余取所求"(《左传》襄公二十八年),很显然,这并非孟子的意思。

以为"意"乃作者之"意"的看法,则是基于这样一个前提:同一个作者的"意"与"志"既紧

---

① 这一原则也可谓我国最早的《诗经》诠释原则,故自来均被给予很高评价,如王应麟《困学纪闻》云:"以意逆志,一言而尽说诗之要,学诗必自孟子始。"又贺云黼《诗筏·序》云:"孟子千古说诗之宗"。

② 焦循:《孟子正义》卷18,中华书局,1987年,第639-640页。

③ 吴淇:《六朝选诗定论缘起·以意逆志》,《六朝选诗定论》卷1。

密相关又各自不同。这样也就产生了新的问题：按照吴淇的说法（"意之所到，即志之所在"），"意"和"志"如影随形，那么我们如何从理论上对其加以区分呢？实际上，持这一观点的人无非从两个方面来追寻作者之"意"：一是通过"知人论世"（如顾镇），一是通过文本自身（如吴淇）。①并没有从理论上解决"意"是作者之"意"呢，还是文本之"意"。同时，这一看法仍然没有避开"读者之意"所遭遇到的逻辑陷阱："作者之意"必须经由读者方能把捉，那么，我们凭什么来断定读者把捉到的一定就是"作者之意"呢？

看来，无论是"读者之意"还是"作者之意"，都是一偏之见。

我们认为，以"意"为《诗经》文本之意比较合符孟子的原意。让我们还是回到《孟子》本文上来。仔细揣摩一下孟子的话，我们不难发现"以意逆志"之"意"应该是指读者可以就近知晓的，而"志"则尚需在了解此"意"的基础上再参以其他因素（如"知人论世"）才能得到。②实际上，对于《诗经》诠释来说，不管是主"读者之意论"还是主"作者之意论"，都是首先经由文本（包括所载之"事"和所传之"意"）才能达到作者之"志"。这也是我们所说"就近知晓"的意思所在，文本就在"手头"、"眼前"，相比于已成古人的作者及其时代，无疑是就近的东西，要首先遭遇到。当然，这里的"意"不是指某一被诠释的《诗经》文本之"部分"辞句的字面意义，而是指它的"整体"之"意"。把"部分"从"整体"之中孤立开来加以诠释，便很容易出现"断章取义"的现象。这正如咸丘蒙之解《小雅·北山》、"高子"之解《小雅·小弁》，正是孟子极力反对的。③我们再看孟子对于这几首诗的解释，都是把所引的"部分"诗句重新拉回相应诗的"整体"语境之中，通过了解整体之"意"来探求作者之"志"。应该说，至少是在对这几首诗的诠释上，孟子所得出的结论基本合符原诗的整体意思。④由此看来，所谓作者之"志"不仅必须经由文本整体之"意"方能求得，而且还内在地包含在这个整体意义之中。

综合上述对于两条诠释原则的分析，现在我们可以尝试归纳出其理论价值了⑤：

其一，在《诗经》文－辞－意－志的四级结构中，原作者的"志"是诠释者诠释《诗》的目的

---

① 吴淇说："'莫非王事，我独贤劳'，其意也。其辞有害，其意无害，故用此意以逆之，而得其之在养亲而已。"实际上，这是以《北山》的其他文句来探求此诗之"志"。（吴淇：《六朝选诗定论缘起·以意逆志》，《六朝选诗定论》卷1。

② 在此，我们必须声明，在《孟子》那里，"知人论世"只是"尚友"（与古人为友）的原则，而不是"论诗"的原则。只有对此加以逻辑和理论的引申之后，它才会是一条诠释原则。这时，"知人"（即了解其思想倾向和道德情感等等）才不光是诠释《诗经》文本的手段，而且最终还是诠释活动的目的，即"知人"便是知其"志"。事实上，我们已在上文说过，孟子对于古代文本的诠释都是具有自身目的的道德化诠释。

③ 这一点，前人早就看到了，如清人方玉润说："孟子云'不以辞害意，以意逆志'，固已。然此特为断章取义言之，非谓全诗大旨可以臆断也。"（方玉润：《诗经原始·凡例》，《诗经原始》，中华书局，1986年。

④ 只要对照一下相应诗的原文就很清楚了：孟子说《北山》之"志"是"劳于王事而不得养父母也"，原诗就有"王事靡盬，忧我父母"、紧接咸丘蒙所引诗句的就是"大夫不均，我从事独贤"；《告子下》载高子说《小弁》是"小人之诗"，理由是此诗"怨"，孟子则说《小弁》之"怨"是由于"亲亲"，所以不仅不是"小人之诗"，而且还是"仁者"之诗，因为"亲之过大而不怨，是愈疏也"。以此解参较原诗，其中虽掺有孟子个人之意，但总的说来还是符合原意的。其方式也是把忧怨跟全诗语境结合起来加以诠释。这种功用可以说正好佐证了孔子"诗可以怨"的说法。

⑤ 下述结论中的《诗经》实可视为"古代文本"的代名词。

所在;这个"志"寄寓于《诗经》文本的整体之中,可以通过诠释整体之"意"将其发掘出来。

其二,通向原作者之"志"的途径有两条:一是通过熟知其所处环境与时代来了解其为人;二是从被诠释《诗经》文本的整体语境入手,通过掌握其整体意蕴来了解"志"之所在。

其三,对于《诗经》中的某一"部分"之引用的诠释,不能仅就这一"部分"本身的字面意义来了解它,而是要把它置于这首诗的整体语境与意蕴中来探讨,从"整体"到"部分","部分"诗句的意义才不会与原作者的意图发生冲突,才能做到不"以辞害志"。

其四,在诠释文本之"意"和作者之"志"的过程中,读者之"意"同样是很重要的一环,所谓诠释的历史化效果正由于读者的介入而不可避免。①但读者之"意"应该服从文本整体之"意",否则便是"断章取义",理应加以杜绝。

基于此,我们认为孟子所提出的上述两条诠释原则与意大利学者艾柯所提出的"诠释文本"方式②具有理论上的相通性。当然,这一评价不是说孟子的诠释原则完全具备了现代西方诠释学的方法论意义,譬如,在孟子的理论中,我们还看不到"整体"与"部分"双向循环互动的诠释思想(即只有从"整体"到"部分"的单向运作,而尚无从"部分"到"整体"的逆向回应);再譬如,孟子以原作者之"志"为诠释活动之旨归,对他来说,这一"志"不仅体现在《诗经》文本之中,而且还完全可以被诠释出来(对于文本或作者"原意"的怀疑尚未能成为问题),相比于此,西方本体论诠释学认为文本或作者"原意"无法再现,从而把诠释活动的核心从原作者转向读者与文本之间的相互关系(视域融合),即,对于文本的解读,或者说文本意义的诞生,将不可避免地涂上读者的历史化痕迹。无疑,相比于孟子,这一理论表述在逻辑上更加缜密和周延。

(二)孟子的《诗经》诠释实践

孟子毕竟首先是一位思想家而不是专以诠释《诗经》本身为鹄的的注释家,所以,他的《诗经》诠释原则虽然在理论上与艾柯的"诠释文本"方式相通,但是他的诠释实践却几乎全

---

① "以意逆志"的诠释思想客观上包括了读者视域与文本视域的交融,所谓诠释活动的历史化效果,也主要指诠释活动把读者的当下视域带入理解之中所产生的阅读效应。按今人的见解,诠释活动应该是读者与文本及其产生时代之多种视域的相互交融,而"以意逆志"只是客观上体现了这一交融的效果。客观上的体现,与主观上的理论自觉,不是一回事。孟子并未在理论上自觉表现这一"应该",这一点,我们从他对于把握原意("志")的自信态度上面,可加以确凿的断定。

② 这是艾柯(U. Eco)的著名观点。他认为诠释文本的方式主要有两种:一种是"诠释文本"(interpreting a text),一种是"使用文本"(using a text)。前者除了要求诠释者对于文本有整体的了解之外,还要求必须尊重产生此一文本的历史文化背景,即把所诠释的"部分"与"整体"结合起来探讨其意义、价值或美学品格;后者则指诠释者出于不同的目的对文本的自由使用,很少受到限定,因此常常是"过度诠释"。详见艾柯:《诠释与过度诠释》,王宇根译,北京三联书店,1997年,第83-84页。

都限于艾柯所云"使用文本"的层次，而鲜有专门的《诗经》研究（即"诠释文本"），① 或者至少可以说，在《孟子》所含有的两种诠释方式之中，"诠释文本"的归指在于更有效地"使用文本"。这一特征显示，在《孟子》中，《诗经》主要是孟子用以增强其劝说或论辩效果的权威性"证据"，②在此，孟子本身的思想体系是"整体"，而引《诗》只是其中的一个构成"部分"，这个"部分"的性质往往不在隶属于原来的诗整体，而是服从于新的意义语境了。通检《孟子》中之引《诗》、论《诗》，大致可以将其分成两种情况：一种是符合原诗意蕴的准确"使用"，另一种是断章取义式的不准确"使用"。其性质则都是从属于《孟子》的思想体系或某一特定的论辩语境的。下面我们选择几个实例来对这两类"使用"作一具体阐析。

1. 准确"使用"

（1）老吾老，以及人之老；幼吾幼，以及人之幼，天下可运于掌。《诗》云："刑于寡妻，至于兄弟，以御于家邦。"言举斯心加诸彼而已。（《梁惠王上》）

此诗引自《大雅·思齐》。原意为颂扬文王、其母太任、其妻太姒修己正人、"成人有德"，以至身修、家齐、国治的和乐景象。孟子此处所引诗句就是赞美文王善于推己及人的，故与原意相合无违。

（2）国家闲暇，及是时，明其政刑，虽大国，必畏之矣。《诗》云："迨天未阴雨，彻彼桑土，绸缪牖户。今此下民，或敢侮予？"（《公孙丑上》）

此诗引自《豳风·鸱鸮》。原为假借禽言表达在"敌国外患"面前，未雨绸缪、辛苦劳作以图捍卫家园的"心愿"。孟子这里加以证引，其意亦在于此。倘若在国家闲暇时期，只知"般乐怠敖"，则是自取祸患。这里用正反两例以喻"祸福自取"之意。

（3）吾闻出于幽谷迁于乔木者，未闻下乔木而入于幽谷者。《鲁颂》曰："戎狄是膺，荆舒是惩。"周公方且膺之，子是之学，亦为不善变矣。（《滕文公上》）

这里引《诗》两处。一处系化用《小雅·伐木》中的诗句："出自幽谷，迁于乔木。"是通过取譬来形容一个人由暗而明、由低而高的处境变化。另一处出自《鲁颂·闵宫》，这句诗的意思非常明确，无非是要以夏制夷。孟子在此以"华夏"比喻"乔木"，以"戎狄"比喻"幽谷"，说人情之常都是出幽谷而迁乔木，而即使周公也要打击和惩创戎狄荆舒。以此来责备陈相"尽弃其学而学（许行）"是"以夷变夏"，等于"下乔木而入于幽谷"，为反人情之常的举动。③

---

　　① 兹据董治安统计，《孟子》引《诗》、论《诗》共 39 次。董治安：《先秦文献与先秦文学》，齐鲁书社，1994 年，第 65～66 页（《孟子》论《诗》、引《诗》表）。这些引《诗》、论《诗》主要是用于诠解自己的思想。
　　② 既说《诗经》只是作为"证据"的"部分"，为什么又说这个证据是"权威性"的呢？主要根据有两点：一是《诗》、《书》、《礼》、《乐》等文本早在孔子时代便已成为经典，并且广为知识阶层所了解；二是它们是古代的著作，这一点，对于以古为尚的儒家来说是极为重要的，尽管从孔子开始，"古"往往只是一种托辞，"古"下面所蕴藏的多是应时而起的"今"意。
　　③ 许行崇尚"神农之言"，由楚（即当时的荆舒之地）至滕，孟子视之为夷狄之"学"，似乎是以疆域为标准来区分夷夏之别。其实不然。《滕文公下》引用这一诗句时，则是冲着杨墨学说来的。孟子认为杨墨之说"无父无君"，也等于是戎狄荆舒，假使周公见到了，一样地要加以打击。

　　上述几例,孟子都拿来用于佐证自己的思想体系,恰好其意思未背离原意。《孟子》一书中还有一些引诗,也被用于佐证自己的思想或是服务于当时的论辩目的,但所引诗的内涵发生了变化,偏离了原诗的整体意义,这就是不准确引诗。

　　2. 不准确"使用"

　　(1) 夫义,路也;礼,门也。惟君子能由是路,出入是门也。《诗》云:"周道如砥,其直如矢。君子所履,小人所视。"(《万章下》)

　　此诗出自《小雅·大东》。原意即是形容西周官道的,这里孟子巧妙地以之来隐喻君子与小人之别。仁义之道恰如平而直的大路,惟君子能够恪恪守礼义,尊崇名分,正如在此大路行走;小人无仁义之心,悖礼乱常,故只能远离此大路。这一"使用"堪称一次创造性的"误释"。

　　(2) 王曰:"寡人有疾,寡人好色。"

　　对曰:"昔者太王好色,爱厥妃。《诗》云:'古公亶父,来朝走马,率西水浒,至于岐下,爱及姜女,聿来胥宇。'当是时也,内无怨女,外无旷夫。王如好色,与百姓同之,于王何有?"(《梁惠王下》)

　　此诗出自《大雅·绵》。原诗记叙周太王古公亶父由邠迁于岐下,与妻子姜氏女一起选择居住地,"陶复陶穴"的情景。这首诗里,严格说来并没有"好色"的意思,故与齐宣王沉迷女色之"好色"迥然有别。而孟子假周太王名义而出的的"好色"又显然是孟子所独有的,不同于上述两种"好色",即:推己"好色"之心及于人,与百姓同之,使内无怨女,外无旷夫,则天下庶几大治矣。推而言之,《梁惠王下》孟子还引《大雅·皇矣》诗句,以文王之勇("大勇")说齐宣王之"好勇"("小勇")、引《大雅·公刘》诗句,以公刘之"好货"说齐宣王之"好货",这里分别都有孟子、齐宣王和文王/公刘各自不同的三层意思,可谓名同而实异。概而言之,齐宣王所云"好勇"、"好货"、"好色",是出于"独乐"的私欲动机,而文王之"好勇"、公刘之"好货"、太公之"好色",是出于"与人乐"的利众动机,不过,这一"与人乐"的动机是由孟子诠释出来的,所以严格说来,是孟子的意思。此处引诗只是以古证"我",故背离原意乃顺理成章之事。

　　(3) 公孙丑曰:"《诗》曰:'不素餐兮。'君子之不耕而食,何也?"

　　孟子曰:"君子居是国也,其君用之,则安富尊荣;其弟子从之,则孝悌忠信。'不素餐兮',孰大于是?"

　　此诗出自《魏风·伐檀》。原意是讽刺"君子"不劳而获。[①]但是孟子基于君子/野人的二元区分,认为有"大人之事,有小人之事",前者"劳心",后者"劳力";前者"治人",后者"治于人",此为"天下之通义"。孟子强调各行各业应该分工合作,各司其责,认为"一人之身,而百

----

　　① 《诗序》解为"刺贪":"在位贪鄙,无功受禄,君子不得进仕尔。"但也有人主张此诗表达了对"不素餐"的"君子"的赞美,如清姚际恒《诗经通论》云:"此诗专美君子之'不素餐兮'。'不稼'四句只是借小人以形容君子,亦借君子以骂小人,乃反衬'不素餐'之义耳。"

工之所为备,如必自为而后用之,是率天下而路(注:路,露,败也)也"(《滕文公上》),更为重要的是,一般人只能看到物质生产的重要性而忽视了从事精神生产的价值(如许行之徒),孟子则不仅看到了精神(特别是道德精神)建设的重要性,而且还把它视为治国平天下所不可或缺的要素,正是仁义礼智孝悌忠信等道德因素不仅使得君子/野人、大人/小人区分了开来,而且它们本身还成了"夏"/"夷"甚至人/非人(禽兽)之分的最根本界标。所谓"饱食、煖衣、逸居而无教,则近于禽兽矣",正是这个意思。①所以,在孟子看来,"君子"不惟不是素餐之辈,而且其对于社会人生之贡献与价值远超过了"劳力"之徒。

　　前面我们已经说过,孟子引《诗》,无论其是否合符原意,都只是他自己思想"整体"中的一个(是作为权威证据来"使用"的)"部分",并非为诠释《诗》而引《诗》。这种《诗》诠释现象,其原因主要在于下述两个方面:一是孟子自己有一套以仁义为核心和枢纽并可自足运行的有机思想体系,不单是《诗》,而且其他文本或非文本的引用都只能从属于这个体系,并为之服务;二是孟子在进行劝说或论辩之时,每每都有各自特定的说、辨语境,即有令其"不得已"的情势在,如辨说齐宣王"好勇"、"好货"、"好色"与仁政之关系是对于所引《诗》的"创造性误释",便是这种情况的显例。应该说,这也是诠释活动何以一定会产生历史化效果的原因之一。

三　荀子对《诗经》的诠释

(一)通论:"圣人者,道之管也"

　　荀子对以《诗经》、《尚书》、《春秋》、《礼》、《易》等为代表的古代文本传统有着极为精粹的了解,这可说是大家的共识。其中,《毛诗》、《鲁诗》、《左氏春秋》、《谷梁春秋》,据陆德明《经典释文》、陆玑《毛诗·草木虫鱼疏》、刘向《别录》、《汉书·儒林传》等书的记载,是经由荀子而得以传递下来的。如果的确是这样,那其间自然也就沉积了他的理解。我们尽管已无法弄清楚今传《毛诗》、《左传》、《谷梁传》等书当中哪些诠释真正出自荀子,但是从《荀子》一书里却可了解他对于这些古代传统的立场、态度、总的评价以及运用特点和运用方式。

　　荀子是很重视对这些文本传统的"教"与"学"的,不过,他认为它们所含蕴的精神和深意却非常人能够理解,他说:"短绠不可以汲深井之泉,知不几者不可与及圣人之言,夫《诗》、《书》、《礼》、《乐》之分,固非庸人之所知也。"因为其深意之所在,一之而可再,有之而可久,广之而可通,虑之而可安,反复沿循而察之则可好,"是天下之大虑也,将为天下生民之属长虑

①　基于精神/物质之分而将君子/小人、本/末、大/小、贵/贱等区别开来,这是贯穿了《孟子》一书的基本思想,其例证则在在皆是。

顾后而保万世也,其流长矣,其温厚矣,其功盛(成)姚远矣"(均引自《荣辱篇》)。那么,确切地说,此深意又指什么呢? 合而言之,是指儒家统贯之道;分而言之,则指仁义礼智。反过来说,则《诗》、《书》、《礼》、《乐》等只是此道的体现,其间的差别只在体现的方式与对象不同而已。这一点,荀子说得格外明白 ①:

> 圣人者,道之管也。天下之道管是矣,百王之道一是矣,故《诗》、《书》、《礼》、《乐》之归是矣。《诗》言是,其志也;《书》言是,其事也;《礼》言是,其行也;《乐》言是,其和也;《春秋》言是,其微也。故《风》之所以为不逐者,取是以节之也;《小雅》之所以为《小雅》者,取是而文之也;《大雅》之所以为《大雅》者,取是而光之也;《颂》之所以为至者,取是而通之也。(《儒效篇》)

统贯之道虽说是这些文本的归旨所在,但这不等于说,随便什么人读了它们就能够认识此道,掌握此道。恰恰相反,在荀子看来,从文本层次到通贯之道,尚存有不可或缺的中间环节:首先是"师"。前面我们说过,"师"往往指那些已掌握礼义真谛的人们,他们有能力基于整体、统贯的立场来辨察和应接各类事物,使"学"者循正确的理解之路而行。荀子认为,《诗》、《书》、《礼》、《乐》等在表现方式上虽说各有所长,如"《礼》之敬文也,《乐》之中和也,《诗》、《书》之博也,《春秋》之微也,在天地之间毕矣",但同时也各有所短,如"《礼》、《乐》法而不说,《诗》、《书》故而不切,《春秋》约而不速",只有接受了"师"的指导,方能"尊以遍矣,周于世矣"(《劝学篇》),从而达到体认、甚至掌握统贯之道的目标。其次是"礼"。当然这不是指作为诠释对象的文本之《礼》,而是指"学"之始、"学"之终(包括"教")都必须遵循的规则,即问答交接皆有其"道",如《劝学篇》所云:"告楛者勿问也,说楛者勿听也,有争气者勿与辩也。故必由其道至,然后接之,非其道则避之。故礼恭而后可与言道之方,辞顺而后可与言道之理,色从而后可与言道之致。"如果上无"师",下无"礼",那就必定会被《诗》、《书》本身牵着鼻子走,"末世穷年,不免为陋儒",永远也达不到以一驭万、能定能应的最高境界。

这样看来,就存在一个矛盾了:一方面,既说《诗》、《书》、《礼》、《乐》以百王之道为统贯和旨归,那二者之间便有"合"的一面,另一方面,又如上述,认为对于它们的理解,若无"师"、"礼"的规导,则只能永远停留在文本本身的层面上,即直接阅读文本不能实现向最高境界的提升。这说明文本自身并未包含着百王之道,二者之间是"分"隔着的。荀子所主张的"隆礼义而杀《诗》、《书》"(《儒效篇》)可说正是建立在这种互"分"的前提之上。如果是这样,那么"《诗》、《书》、《礼》、《乐》归是矣"之"百王之道"便是荀子后来"加"上去的东西,或者说,荀子所谓的正确理解,实际上只是他基于独特诠释立场的一种自我作古罢了。

---

① 类似的话,荀子在分别谈到其他"文类"时也曾说过,如:《乐论篇》:"故乐者,审一以定和者也,……足以率一道,足以治万变";《礼论篇》:"礼者,谨于治生死者也。……始终俱善,人道毕矣。故君子敬始而慎终。始终如一,是君子之道,礼义之文也";《大略篇》:"《春秋》善胥命,而《诗》非屡盟,其心一也。善为《诗》者不说,善为《易》者不占,善为《礼》者不相,其心同也。"当然,这里的"一"与"同",是就道之"分"而言。

　　体现在《荀子》的本文里,上述两种情况都有存在。我们仍然可以把荀子对于古代传统的诠释分成理论和实践两个层面,而其间的关系也并非完全合一(正是上述"分""合"矛盾的表现)。理论部分我们已作论述如上,下面仅就荀子对于《诗经》的引用与理解来阐述《荀子》的诠释实践及其特点。

(二)荀子的《诗经》诠释实践

　　《荀子》之中,引《诗》、论《诗》达116次(含引逸诗7次)。①我们且从这两方面入手来讨论《荀子》对《诗经》的诠释实践及其具体表现。

　　1.《荀子》论《诗》。这里主要是指从大处着眼来总体论《诗》的情况:首先是给《诗》定位,即以"言志"的方式表现儒家统贯之道,与此同时,《诗》本身也获得了"中声"、"节文"的标准。"大师"(乐官)正是依据这个标准来"修宪命,审诗商,禁淫声,以时顺修,使夷俗邪声不敢乱雅"(《乐论篇》),而《诗》的各部分,要么因此得以避免流荡荒随(如《风》),要么因此得以广大深远(如《小雅》、《大雅》),要么因此得以齐明通达(如《颂》),所以,荀子主张学《诗》必以重"师"隆"礼"为端始和终结,而且"礼义"应贯穿其中,知"隆礼义而杀《诗》、《书》"便是"雅儒","不知隆礼义而杀《诗》、《书》"便是"俗儒"(《儒效篇》)。

　　总论性的《诗》论中也有极少数逸出了"道统"的规条,而从礼(止)/欲、情/文关系入手,如《大略篇》论《风》和《小雅》:"《国风》之好色也,传曰:'盈其欲而不愆其止,其诚可比于金石,其声可内于宗庙。'《小雅》不以于汙上,自引而居下,疾今之政,以思往者,其言有文焉,其声有哀焉。"前者说的是"发乎情,止乎礼义",后者发挥的是"诗可以怨"而又"温柔敦厚"的诗教思想。这里的"传",一般注家均作"古书"解(读为 zhuàn),实际上,读为"师传"之"传"(chuán)才更符合荀子的本意。

　　《荀子》没有对某一首诗的专门解析,但是引用某诗的一个片断再加以评述的《诗》论则比比皆是,这一情况我们放在引《诗》部分来探讨。

　　2.《荀子》引《诗》。《荀子》中引《诗》近百处,涉及到其思想的各个方面。有人将其引征手法归结为"只引不议,引中见理"、"先引后议,引议结合"和"先议后引,议引结合"三个特征,②应该说,这一概括在逻辑上是很周延的。从《诗经》诠释的角度说,《荀子》一书引《诗》的特点、方式与《孟子》相差无几,理由也是一致的:荀子首先是作为一个具有独特思想体系的思想家来征引《诗经》,所引《诗》只是佐证其思想的权威性"证据"。这样,所引《诗》不复是原诗意义整体中的一个有机"部分"(从原诗的整体语境出发来诠释这个"部分",其读解受此

　　①　据董治安《先秦文献与先秦文学》之统计,荀子是先秦诸子中引《诗》最多的一位,从他对"师法"之"传"的重视以及和《诗》不同寻常的密切关系来看,《毛诗》经由他而得以传递下来的说法是值得相信的。(董治安:《先秦文献与先秦文学》,齐鲁书社,1994 年,第 67 - 71 页。)

　　②　郭志坤:《荀学论稿》,上海三联书店,1991 年,第 67 - 68 页。

语境的规约,不容歪曲),而是被迁移到一个新的语境之中,这个新语境便是《荀子》的意义体系。引《诗》的内涵在原诗语境和《荀子》意义体系的双重挤压之下,必然发生改变,这,是理解《荀子》引《诗》及论《诗》之内容与特点的基本出发点。当两个语境之间和谐一致时,引《诗》自然属于"准确引用";当两个语境不是完全一致、甚至彼此牴牾时,引《诗》便属于"不准确引用"。我们分别来谈谈这两种情况。

(1)"准确引用"。如《富国篇》:"仁人之用国,非特将持其有而已也,又将兼人。《诗》曰:'淑人君子,其仪不忒。其仪不忒,正是四国。'此之谓也。"此诗引自《曹风·鸤鸠》,原诗以"鸤鸠在桑,其子七兮"起兴,引出"淑人君子,其仪一兮"。《毛传》认为此诗意在"刺不一也",其实从全诗的语境来看,不如表述为对用心专一不二的"淑人君子"之颂扬。此与《富国篇》中对"仁人"的赞许是完全一致的。《荀子》的《议兵篇》、《君子篇》都引用了此诗,或用为称颂"仁者之兵",或用以直接称赞"圣人君子",其用意并无二致。与此例相似的引《诗》还有《儒效篇》、《王霸篇》、《议兵篇》均引《大雅·文王有声》"自西自东,自南自北,无思不服",证儒者使四海一统,通达之属莫不从服的"一人"之效,与原诗"四方攸同,皇王维辟"的意蕴相同;另有《君道篇》、《强国篇》引《大雅·板》"价人维藩,大师维垣",证"君子""爱民而安,好士而荣"。此诗虽原为讽谏之作("靡圣管管,不实于亶。犹之未远,是用大谏"),然而所引诗句之原有涵义与荀子引用意之间完全一致,与一般"断章取义"的做法有所不同,故此处列为"准确引用"。

(2)"不准确引用"。《荀子》的大多数引《诗》属于这种情况。且随手试举几例:

《诗》云:"采采卷耳,不盈顷筐。嗟我怀人,置彼周行。"顷筐易满也,卷耳易得也,然而不可以贰周行。故曰:心枝则无知,倾则不精,贰则疑惑。(《解蔽篇》)

引诗出自《周南·卷耳》。原意为役夫因思念家人,故采摘卷耳,不能用心专一;又人疲马病,故饮酒伤怀。荀子将前四句作一番引申之后,创造性地释读为"虚壹而静"的用"心"之道,虽说与引诗之辞意有所关联,但参较原诗整体意蕴,却涵义相悬。因为"虚壹而静"之"壹"虽与"专一"不矛盾,但此处更指体"道"的整全之境。

君子行不贵苟难,说不贵苟察,名不贵苟传,唯当之为贵。《诗》曰:"物其有矣,唯其时矣。"此之谓也。(《不苟篇》)

《聘礼》志曰:"币厚则伤德,财侈则殄礼。"礼云礼云,玉帛云乎哉!《诗》曰:"物其指矣,唯其偕矣。"不时宜,不敬文,不欢欣,虽指,非礼也。(《大略篇》)

此诗出自《小雅·鱼丽》。原意是说物(鱼)又多又美,又齐整又得其时。但是《不苟篇》引申为"唯当之为贵"(合符礼义为"当"),《大略篇》引申为"礼"以诚心为"宜",此二解均与原意无涉。

此外,《儒效篇》、《正名篇》均引《小雅·何人斯》"为鬼为蜮,则不可得。有靦面目,视人罔极。作此好歌,以极反侧"来反对持坚白、同异之论者;《修身篇》、《礼论篇》引《小雅·楚茨》

"礼仪卒度,笑语卒获"或用以说明"人无礼则不生,事无礼则不成,国家无礼则不宁",或用以说明"厚者,礼之积也;大者,礼之广也;高者,礼之隆也;明者,礼之尽也";……如此之类,都或多或少地带有"过度诠释"的性质。

作者简介　刘耘华,1964 年 4 月生,男,湖南茶陵人,首都师范大学文学院副教授,北京大学文学博士,主要研究领域是中西比较诗学、翻译文学和先秦儒家思想。

《诗》兴象考原

饶 龙 隼

内容提要："兴象"一词初与《诗》并无关联，由于人们将其源头推至《诗》的比兴，所以"兴象"就被当作《诗》用象的表达词。"兴"本是周代诗乐演述的一个程式，作为媒介而引发《诗》兴象。《诗》兴象是介质形态用象的典型形制，代表了古代中国用象制度变迁的一个特定阶段，是远古原型具象和晚周观念具象之间的一个发展环节。

关键词："兴"程式 《诗》兴象 原型具象 介质具象 观念具象

《诗》的兴象问题，历代递有研讨，解说亦因人而异，颇见分歧。而尤甚者，近世学者用文艺美学观念妄加臆测，非惟郢书燕说，更如空中架屋。要破此迷妄，需先质正《诗》兴象之本原。

"兴象"一词，是后出的用语，初与《诗》并无关联。由于它频繁地出现在后世诗文理论中，又因为人们将其源头推至《诗》的比兴，所以"兴象"就被当作《诗》用象的表达词。对这样一个约定俗成的语用，笔者无意改换它，但以为，即便沿用它，也不可忽视它的质性与时差。要质正《诗》兴象之本原，就必须弄清兴象的质性与时差。

一 诗乐演述中的"兴"程式

在上古语中，谈论《诗》"兴"有三书最为典要：一是《周礼·春官》之《大司乐》与《大师》，二是《论语》之《泰伯》与《阳货》，三是《诗》毛传和《毛诗序》。其文分别作：

大司乐掌成均之法，以治建国之学政，而合国之子弟焉。凡有道者、有德者，使教焉。死则以为乐祖，祭于瞽宗。以乐德教国子：中、和、祗、庸、孝、友；以乐语教国子：兴、道、讽、诵、言、语；以乐舞教国子：舞云门、大卷、大咸、大磬、大夏、大濩、大武；以六律、六同、五声、八音、六舞，大合乐，以致鬼神示，以和邦国，以谐万民，以安宾客，以说远人，以作动物。（《大司乐》）

大师掌六律六同，以合阴阳之声……教六诗，曰风，曰赋，曰比，曰兴，曰雅，曰颂。以六德为之本，以六律为之音。（《大师》）

子曰："兴于《诗》，立于礼，成于乐。"（《泰伯》）

子曰："小子何莫学夫《诗》？《诗》可以兴，可以观，可以群，可以怨；迩之事父，远之事君，多识于鸟兽草木之名。"（《阳货》）

今本毛《诗》中注明"兴也"的篇章，据统计：《国风》160篇中有72篇，占45%；《小雅》74篇中有38，占51%；《大雅》31篇中有4篇，占13%；《颂》40篇中有2篇，占5%。共116篇，占《诗》篇总数305篇的38%。（《诗》毛传）

诗者，志之所之也，在心为志，发言为诗。情动于中，而形于言；言之不足，故嗟叹之；嗟叹之不足，故咏歌之；咏歌之不足，不知手之舞之足之蹈之也。情发于声，声成文谓之音。治世之音安以乐，其政和；乱世之音怨以怒，其政乖；亡国之音哀以思，其民困。故正得失，动天地，感鬼神，莫近于诗。先王以是经夫妇，成孝敬，厚人伦，美教化，移风俗。故诗有六义焉：一曰风，二曰赋，三曰比，四曰兴，五曰雅，六曰颂。（《诗大序》）

这些文句中，均未见"兴象"一词，只有六诗之"兴"、乐语之"兴"、修身进阶之"兴"、《诗》功用之"兴"、六义之"兴"等用语。这不同语境中的"兴"，是与其它多个用语配合使用的。若脱离用语群的支持，"兴"的义界就难以独自确立。这是因为，在周代诗教场景中，"兴"还没能发育成一个独立完整的诗学范畴，况且这些"兴"出现的年代各不相同，质性也有差异，是特定时期用《诗》形制的反映。大致说来，可作如下概说：

一，《周礼》中的"乐语"之"兴"和"六诗"之"兴"，是传说西周初年周公制礼的产物，分别作为国子和瞽矇诗乐教学与演述的一个程式，具有物类媒介的功能。

二，孔子所论《诗》"兴"，是春秋晚期礼崩乐坏背景下，用《诗》形制剧变的产物。一方面，由于雅乐逐渐为新乐陵替，《诗》的歌舞表演活动日渐消歇；另一方面，由于诸侯纷争，聘问歌咏不行于列国，"乐语"教学活动废弛。这样，"兴"原有的程式内涵流失，转而具有了观念联属之功能。

三，毛《诗》传、《诗大序》所论《诗》"兴"，是战国诸子德义《诗》说、本体《诗》说和比附《诗》说汇通的产物，《诗》的礼乐体制消除殆尽，而情志因素日益开露，《诗》成为感发情志的读本，《诗》"兴"有了感兴激发的功能。

这三点表明，《诗》"兴"的内涵与日俱新，并非一成不变。不过，后出《诗》"兴"与前出《诗》"兴"仍有某种关联。比如，孔子"《诗》可以兴"与毛传"兴也"，都隐含了周初"六诗"与"乐语"之"兴"的程式内涵。因此，考述周初《诗》兴象，既要区别三个阶段《诗》"兴"的质性差异，又要建立它们的历史关联。

参证"乐德"又称"六德"、"乐舞"又称"六舞"，可知《周礼》所谓"乐语"亦可称"六语"。"六语"、"六诗"的内容，均有六项。"六"是一个类名，其用例亦见于随文并出的"六律"、"六同"、"六德"、"六舞"。再参证其它以"六"设类命名的周代礼仪，如"六典"、"六属"、"六乐"、"六笙"、"六鼓"、"六事"、"六艺"、"六器"、"六瑞"、"六尊"、"六彝"、"六龟"、"六梦"、"六祝"、

"六辞"、"六毂"、"六牲"等等,可知"六"作为礼仪的类名,其所包含的六个项目是并列的。由此类推,"兴"也是"六语"与"六诗"的六个并列项目之一。"兴"既为六项之一,那么在"六语"与"六诗"中,"兴"的程式内涵就不是孤立的,而是受其它项目的程式内涵之支持,所以,考述"兴"的问题,也就要连带述说其它项目。

先看"六诗"之"兴"。据王小盾先生的研究,作为瞽矇教学内容的"六诗",其各项目原始涵义如下:[1]

"六诗"之分原是诗的传述方式之分,它指的是用六种方法演述诗歌。"风"和"赋"是两种诵诗方式——"风"是本色之诵(方音诵),"赋"是雅言之诵;"比"和"兴"是两种歌诗方式——"比"是赓歌(同曲调相倡和之歌),"兴"是相和歌(不同曲调相倡和之歌);"雅"和"颂"则是两种奏诗的方式——"雅"为用弦乐奏诗,"颂"为用舞乐奏诗。"风"、"赋"、"比"、"兴"、"雅"、"颂"的次序,从表面上看,是艺术成分逐渐增加的次序;而究其实质,则是由易至难的乐教次序。

王先生这番论断,不惟超越了古代郑玄、贾公彦、朱熹等人的注解,而且救正了近世章太炎、朱自清等学者的认识,令人信服。可见,"兴"这种诗乐演述程式,还没有郑众所说"托事于物"、郑玄所说"取善事以喻劝"之涵义。

再看"乐语"之"兴"。"乐语"的六个项目,按郑玄《注》,分别是指:

兴者,以善物喻善事;道,读曰导。导者,言古以剀今也;倍文曰讽;以声节之曰诵;发端曰言;答述曰语。

贾公彦《疏》敷衍郑《注》,亦云:

云"兴者,以善物喻善事"者,谓若老狼兴周公之辈,亦以恶物喻恶事。不言者,郑举一边可知;云"道,读曰导"者,取导引之义,故读从之。云"言古以剀今也"者,谓若《诗》陈古以刺幽王、厉王之辈皆是;云"倍文曰讽"者,谓不开读之;云"以声节之曰诵"者,此亦皆背文。但讽是直言之,无吟咏,诵则非直背文,又为吟咏,以声节之为异……;云"发端曰言,答述曰语"者,《诗·公刘》云:"于时言言,于时语语。"毛云:"直言曰言,答述曰语。"许氏《说文》云:"直言曰论,答难曰语。"论者,语中之别,与言不同。故郑注《杂记》云:"言,言己事;为人说为语。"

郑、贾将"乐语"六项看作并行的言语方式,是对的;但他们只明《诗》脱离乐舞表演之后的情形,而不明其原始涵义,因而忽视了"乐语"的乐仪内涵。在这个问题上,清儒孙诒让据春秋以前演述《诗》的实例,作了较为真切的考述。其《周礼正义》云:

"以乐语教国子:兴、道、讽、诵、言、语"者,谓言语应答比于诗乐,所以通意旨,远鄙倍也。凡宾客、乡射、旅酬之后,则有语。故《乡射记》云:"古者于旅也,语。"《文王世子》

---

[1] 王小盾:《诗六义原始》,《扬州大学中国文化研究所集刊》(第一辑),江苏古籍出版社,1998年,第1—56页。

云："凡祭与养老，乞言合语之礼，皆小乐正诏之于东序。"又云："语说命乞言，皆大乐正授数。"又记"养三老五更"云："既歌而语，以成之也。言父子君臣长幼之道，合德音之致，礼之大者也。"注云："语，谈说也。"《乐记》子贡论古乐云："君子于是语。"《国语·周语》云："晋羊舌肸聘于周，单靖公享之，语说《昊天有成命》。"皆所谓乐语也。

孙氏力图证明，"乐语"是诗乐演述场景的必备项目。又郑、贾将"兴"注解为"以善物喻善事"、"以恶物喻恶事"，也显然是据当代用《诗》实况而言，阑入了后世诗学的感兴观念。这个时序上的错误，在孙诒让《周礼正义》中也未能避免。他说："《释名·释典艺》云：'兴物而作谓之兴。'《论语·阳货》篇孔安国注云：'兴，引类连譬也。'案：此言语之兴与六诗之兴义略同。"指出"乐语"之"兴"与"六诗"之"兴"涵义略同，是对的；但对"兴"的原始含义作如是解说，仍然是援后例前的结果。

基于前儒的得失，笔者确认如下几点：（一）"兴"与"乐语"其它项目的关系是平行的，都是诗乐演述的程式，并非脱落乐舞体制的纯文辞形式；（二）"乐语"之"兴"与"六诗"之"兴"的程式内涵相近，只不过后者由教学"六诗"的乐工瞽矇来操持，表现为不同曲调（即"单行章段"和"诗章章余"）相倡和，而前者由教学"乐语"的行政人员来操持，表现为依从不同曲调的文辞（即徒歌的"单行章段"和"诗章章余"）相倡和；（三）既然"乐语"和"六诗"都是诗乐演述程式的诸项目，那么，除"兴"一项相同外，"乐语"和"六诗"其它项目所表现的演述方式也应构成某种配对关系。前两点上文已有说明，至于第三点兹论析如下：

从周朝的诗乐演述制度来看，"乐语"和"六诗"诸项目的配对关系，实际上隐含了《诗》篇从采集加工到乐舞演述的整个过程：

一，古有采诗观民风之制，见载于《孔丛子·巡狩》、《汉书》之《艺文志》和《食货志》、《春秋公羊传》何休《解诂》等文籍。又《方言》末所附刘歆《与扬雄书》云："诏问三代周秦轩车使者、遒人使者，以岁八月巡路，求代语、童谣、歌戏。"此所谓"代语"、"童谣"、"歌戏"就是采风的内容，也是"乐语"之"讽"（即直述）和"六诗"之"风"（即方音诵）的内容。《周礼·秋官·大行人》云："王之所以抚邦国诸侯者，岁，遍存；三岁，遍眺；五岁，遍省；七岁，属象胥，谕言语，协辞命；九岁，属瞽史，谕书名，听声音。"由此可知，采诗观风是王朝政治制度的一项内容，每七年或九年由象胥和瞽史两种职官分别独自施行。象胥作为采风之官，是国子教学所培养的行政人才；而瞽史作为采风之官，是乐工教学所培养的技术人才。他们的采风行为恰好对应于"讽"和"风"两个教学环节。

二，这种凭借方音诵读而采集的风俗谣讴，进入周朝后，首先需要转译成周畿通行的雅音，才能供统治者观风俗。而转译，其实就是用雅言来诵读，亦即完成"乐语"之"诵"和"六诗"之"赋"的工序。即如《周礼·瞽矇》所载："掌播鼗、柷、敔、埙、箫、管、弦、歌，讽诵诗，世奠系，鼓琴瑟，掌九德六诗之歌，以役大师。"所谓"讽诵诗"，就是指"六诗"之"赋"。这个情形也反映在《诗》篇中：《大雅·崧高》"吉甫作诵，其诗孔硕，其风肆好，以赠申伯"；《大雅·桑柔》"听言则对,诵言如醉……虽曰匪予,既作尔歌"。这些诗句都是关于《诗》篇创制情形的描述。吉甫等公卿大夫士,其诵诗才华就培养自"乐语"教学。这情形还反映在春秋时人的诗歌赋诵活动中:《左传》隐公元年"公入而赋:大隧之中,其乐也融融。姜出而赋:大隧之外,其乐也泄泄";《左传》僖公二十八年"听舆人之诵曰:原田每每,舍其旧而新是谋";《左传》文公六年"国人哀之,为之赋《黄鸟》"。这些不同身份的人,皆采用赋诵方式来传述歌诗,可见发端于"乐语"与"六诗"之教的"诵"、"赋",因施用场景的扩展而得到普遍推广。再说,赋诵除了作为《诗》篇创制的方式,也广泛用于行人之官出使游聘等礼仪场景。在这种场景里,宾主往往要称述《诗》篇章来表达志意。尤其是春秋时期,在周朝和列国用《诗》听治制度日益废弃的背景上,瞽矇歌《诗》舞《诗》的表演渐次消歇,而士大夫赋《诗》活动跃居主导地位。这些礼仪场景里的《诗》演述者,也都是培养自"乐语"教学。

三,之后,还要将雅音诵读的风俗谣讴传达给统治者,以达到观风俗盛衰之目的。传达的方式就是周礼所规定的献诗、献曲、歌诗与舞诗诸环节。此有太庙诗乐演述的实况为证,如《诗·周颂·有瞽》:"有瞽有瞽,在周之庭。设业设虡,崇牙树羽。应田县鼓,鞉磬柷圉。既备乃奏,箫管备举。喤喤厥声,肃雍和鸣,先祖是听;我客戾止,永观厥成"。又有文籍所载用《诗》听治制度为证,如《国语·周语上》:"天子听政,使公卿至于列士献诗,瞽献曲,史献书,师箴,瞍赋,矇诵,百工谏,庶人传语";《左传》襄公十四年载:"自王以下,各有父兄子弟以补察其政。史为书,瞽为诗,工诵箴谏,大夫规诲,士传言,庶人谤"。这些载述并非整齐一致;但由其大体相近的内容可知,演述《诗》以供天子听治之职能,是由"乐语"教学培养的公卿大夫列士和"六诗"教学培养的瞽矇瞍师史来共同行使的。

四,在这奏《诗》听治的场景中,"乐语"和"六诗"的多个项目得到综合运用。从"六诗"的项目来说,"瞍赋"、"矇诵"对应于"赋"的方式;而"瞽献曲"、"瞽为诗"对应于"比"、"兴"、"雅"、"颂"的方式。落实到《诗》篇的分类上,即为:《国风》、《小雅》具有比歌和兴歌特色,主要用"比"(同曲调相倡和)、"兴"(不同曲调相倡和)的方式演述;《大雅》、《颂》在郊庙朝会等盛大场景中表演,主要用"雅"(弦乐奏诗)、"颂"(舞乐奏诗)的方式演述。再从"乐语"的项目来说,"公卿至于列士献诗"对应于"诵"和"兴"的方式;"父兄子弟以补察其政"、"大夫规诲"、"庶人谤"对应于"道"的方式;"庶人传语"、"士传言"对应于"言"和"语"的方式。落实到《诗》篇的分类上,即为:《国风》和《小雅》文辞具有回环复沓、起调和调相续特点,主要用"诵"(雅音吟诵)、"兴"(不同辞式章段的徒口倡和)的方式演述;《大雅》和《颂》具有问答体特点,主要用"言"(直言)、"语"(答述)的方式演述;《诗》篇资源取自历史传说、方国殊俗和当代时事,解说这些背景资料,主要用"道"的方式演述。

上述《诗》篇采集、雅化与演述诸过程,作为用《诗》制度的环节,实际上成了周代礼制的重要组成部分。它运载了周人的礼乐精神、宗族观念和政治理念等意识形态要素,对《诗》的影响巨大而深刻。其影响不仅体现在《诗》的施用形制上,而且体现在《诗》的用象形态中。

二　"兴"程式媒介的《诗》兴象

诗乐演述中的"兴"等程式，其实是这样一种媒质，由于它的介入，远古巫术迷信、鬼魂观念、图腾崇拜、生殖崇拜、祖先崇拜、自然山川日月神话、天帝崇拜等原始崇信逐渐趋向制度化，而使具有原型意味的用象形态(以下简称原型具象)破解转型为介质属性的用象形态(以下简称介质具象)。《诗》兴象就是介质具象的一种典型形制。

所谓原型具象，是指原始宗教信仰支配下的感知表象。它是一种附着了原始宗教意蕴的具象实体，原始宗教意蕴作为氏族(或部族)的集体意识，凭附某种实物，与之融为一体，不可分离，当人群感知这个具象实体时，不是将一己意念灌注实物中，而是与实物中的原始宗教意蕴发生感应。例如商族的玄鸟原型具象。商族成员之于玄鸟(燕)，不是对燕本身的感兴与认知，而是对玄鸟所寄寓的祖先崇信之感应。在这一感应过程中，商族成员与玄鸟融为一体，没有主体与客体之对待，而是彼此泯同在祖先崇拜的意蕴中。这种感知活动的表象就是玄鸟原型具象。此类鸟原型具象，在其他远古东方民族的神话传说里也有记忆。比如直至春秋时期，淮夷诸族还把鸟化身的少暤(少昊)作为先祖，《左传》昭公十七年所载鸟师、鸟名，都是东夷诸氏族鸟图腾崇拜的反映。此外还有鸟服的记载，《尚书·禹贡》冀州条云"鸟夷皮服"[①]，《汉书·地理志》注云："此东北之夷……居海曲，被服容止，皆象鸟也。"所谓"象鸟"，就是氏族成员把自己看作鸟的化身，与鸟融为一体，希望从鸟祖先获得能量与智慧。此外，甚至东方诸民族的先祖感生神话里，也呈现有鸟类原型具象。如《论衡·吉验》所载北夷夫馀国先祖东明之感生，其母自称："有气如大鸡子，从天而降，我故有娠。"再如《三国志·魏书·高句丽》所载高句丽先祖朱蒙之感生，传说云："母，河伯女，有孕，生一卵，大如五升，以物裹之，置于暖处，有一男破壳而出，长而字朱蒙。"又如《史记·秦本纪》所载秦先祖之感生情景："女修织，玄鸟陨卵，女修吞之，生子大业。"秦族自西周以来世居西土，然据王玉哲先生考证，其远祖实居处东方，后来才逐渐西迁。[②]这些东方氏族的鸟神话，都充分体现了原型具象主客不分、物我同一的特征。

鸟类原型具象的这种表征，甚至在更晚的《诗》篇中，也遗留了某些的影迹，如《邶风·燕燕》首句"燕燕于飞"即其例证。毛《诗》小序："卫庄姜送归妾也。"郑玄《笺》云："庄姜无子，陈女戴妫生子名完，庄姜以为己子。庄公薨，完立，而州吁杀之。戴妫于是大归。庄姜远送之于野，作诗见己志。"孔颖达《正义》云："庄姜养其子，与之相善，故越礼远送于野，作此诗以见

---

① "鸟"一作"岛"，应以"鸟"为正。阮元：《十三经注疏·校勘记》，《十三经注疏》，上海古籍出版社，1979 年；臧克和：《尚书文字校诂》，上海教育出版社，1999 年，第 102 页。

② 王玉哲：《秦人的族源及迁徙路线》，《历史研究》，1991 年第 3 期。

庄姜之志也。"郑、孔解说《燕燕》创作的缘起,只讲明了姜氏收养戴妫之子完,相善而越礼远送这一原由,而并未指明作诗见志的深层意蕴。依周代娶妻媵妾制度,① 戴妫原是姜氏的媵女。姜氏齐产,姓姜;戴妫陈产,姓妫。表面看,二女并不同姓;但齐、陈二国的远祖同出一源。在舜禹时代,齐与陈先祖都是东方的夷族。② 它们和商族一样,也有鸟图腾信仰,以鸟为祖先,对之追慕崇拜。郑玄《笺》云"归,归宗也",孔颖达《正义》云"之子往归于国",都从宗族着眼,是有道理的。由此可知,该诗创作的深层原由在于:人穷则反本③,两位不幸女性追念她们共同的祖先,以燕这个原型具象来激发内心的感应与共鸣。《燕燕》前三章均以"燕燕于飞"起句,就是出于这种感应与共鸣。从语源看,"燕燕于飞"句由来久远。《吕氏春秋·音初》载,有娀氏二佚女爱慕而作歌"燕燕往飞"。"燕燕于飞"即是"燕燕往飞"。④ 故知,"燕燕于飞"句援引自远古歌谣,而非《燕燕》诗作者初创,句中遗留了原始图腾崇信支配下的"燕"原型具象。⑤

但是,如果通篇考察《燕燕》该诗,就会发现"燕"这个原型具象实际上并不完整,仅留残痕而已,因为它被诗乐演述的"兴"等程式破解了,其用象的原型特征隐微,而介质属性呈露,从而转化为"燕"的介质具象。

"燕"具象的这个转变,绝非细事,它反映了上古用象制度的深刻转型。为进一步展开论析,兹将该诗移录于下:

① 《左传》成公八年云:"凡诸侯嫁女,同姓媵之";《公羊传》庄公十九年又云:"媵者何? 诸侯娶一国,则二国往媵之,以侄娣从。""同姓媵之"、"二国往媵之"云云,均指同姓国女子往媵之制度。

② 《史记·齐太公世家》云:"其先祖尝为四岳,佐禹平水土甚有功。虞夏之际封于吕,或封于申,姓姜氏。"又《陈杞世家》云:"周武王克殷纣,乃复求舜后,得妫满,封之于陈,以奉帝舜祀,是为胡公。"可见,齐与陈的先祖均可追述到舜禹的时代,都是东方的夷族。

③ 此化用《史记·屈原贾生列传》语,原文作:"夫天者,人之始也;父母者,人之本也。人穷则反本……"

④ 孔颖达《正义》解"燕燕于飞"云:"燕燕往飞之时,必舒张其尾翼以兴。"陈奂《诗毛氏传疏》解《周南·桃夭》"之子于归"句:"于,读於。……於者,自此之彼之词。自此之彼谓之於,又谓之往。则於与往同义。"可见,"燕燕于飞"实即"燕燕往飞"。

⑤ 通观《诗》三百,起句类似"燕燕于飞"的篇目还有:《周南·葛覃》"黄鸟于飞";《邶风·雄雉》"雄雉于飞";《小雅·鸿雁》"鸿雁于飞";《小雅·鸳鸯》"鸳鸯于飞";《大雅·卷阿》章七章八"凤皇(凰)于飞";《周颂·振鹭》"振鹭于飞";《鲁颂·有駜》"鹭于飞"。不用类似"燕燕于飞"句式,而存留鸟图腾原型具象的《诗》篇有:《周南·关雎》"关关雎鸠";《召南·鹊巢》"维鹊有巢,维鸠居之";《邶风·凯风》"睍睆黄鸟";《唐风·鸨羽》"肃肃鸨羽";《秦风·黄鸟》"交交黄鸟";《秦风·晨风》"䴔彼晨风";《陈风·防有鹊巢》"防有鹊巢";《曹风·鸤鸠》"鸤鸠在桑";《豳风·鸱鸮》"鸱鸮鸱鸮";《小雅·伐木》"鸟鸣嘤嘤";《小雅·采芑》"䴔彼飞隼";《小雅·沔水》"䴔彼飞隼";《小雅·鹤鸣》"鹤鸣于九皋";《小雅·黄鸟》"黄鸟黄鸟";《小雅·小宛》"宛彼鸣鸠";《小雅·小弁》"弁彼鸒斯";《小雅·桑扈》"交交桑扈";《小雅·绵蛮》"绵蛮黄鸟";《大雅·卷阿》"凤皇(凰)鸣矣";《大雅·凫鹥》"凫鹥在泾";《商颂·玄鸟》"天命玄鸟"。值得注意的是,这些《诗》篇遗留的鸟类原型具象,不少篇章都跟商族和其他东方氏族的生活情景有关。以三《颂》为例,《商颂》中,《玄鸟》是追念祖先的作品,玄鸟即祖先之化身,是一个原型具象。《周颂》和《鲁颂》中,除《振鹭》、《有駜》两篇有鸟图腾原型具象,其余各篇均未见;而此二篇又与商族人物有关。毛《诗》小序:"振鹭,二王之后来助祭也。""二王"指夏王和商王的后裔。金启华《诗经全译》题解云:"旧说以为商之后人微子来周助祭。"依《振鹭》旨意推寻,应以"旧说"为准。因为,夏族与周族同祖,并无鸟祖先神话传说;故知"振鹭于飞"专属于商族。至于《有駜》乃宴宾诗,其"鹭于飞"云云,与《振鹭》"振鹭于飞"同出一源,亦专属于贵宾中的商族人物。

　　　　燕燕于飞,差池其羽。之子于归,远送于野。瞻望弗及,泣涕如雨。/ 燕燕于飞,颉
　　之颃之。之子于归,远于将之。瞻望弗及,伫立以泣。/ 燕燕于飞,下上其音。之子于
　　归,远送于南。瞻望弗及,实劳我心。/ 仲氏任只,其心塞渊。终温且惠,淑慎其身。先
　　君之思,以勖寡人。

　　全诗凡四章,前三章辞式相同,相互之间构成"比"的关联;后一章是卫庄公夫人姜氏告
诫媵妾戴妫的话,相当于"六诗"之"赋"和"乐语"之"诵"、"言"。前三章均由首二句和后四句
两段组成。首二句皆以"燕燕于飞"起句,紧接着带出一句对燕子飞鸣情态的描写,其文分别
为"差池其羽"、"颉之颃之"、"下上其音",这是"兴"的起调。后四句转入对姜氏送别戴妫
情景的描述,又可析为两部分:前二句均以"之子于归"引起,作为送别的提示语,接着分别带
出"远送于野"、"远于将之"、"远送于南"之文句,强调远送的情形;后二句均以"瞻望弗及"
引起,意思是此别难再相见,表现出无限的眷恋,接着分别带出"泣涕如雨"、"伫立以泣"、
"实劳我心"之文句,想象着离别之后的思念情形,这四句是"兴"的和调。首二句起调与后四
句和调之间构成"兴"的关联,相当于"乐语"、"六诗"之"兴"。要注意的是,《诗》毛传在此部
位并未注明"兴也"。但这只是特例,不可因以否定该诗存有"兴"的程式。马王堆汉墓出土
帛书《老子卷后古佚书·五行》引述该诗,即载有"兴也"字样:[1]

　　　　"婴婴于飞,差池其羽。"婴婴,兴也,言其相送海也。方其化,不在其羽矣。"之子于
　　归,远送于野。瞻望弗及,(泣)涕如雨。"能差池其羽,然后能至哀,言至也。

　　这段文字引述《燕燕》首章,"婴婴"应是"燕燕"异文。明言"婴婴,兴也",适证明《燕燕》
实际存有"兴"程式。由此可知,该诗之创制调用了"比"、"兴"、"诵"、"言"等多种诗乐演述程
式;而对于《燕燕》成象来说,其中"兴"是最重要的一环。因为,原型具象"燕"转化为《诗》兴
象,正引发于毛传注"兴也"的部位,便是由"兴"的关键作用所引起。至于"比"、"赋"、"言"等
程式,由于不是处在《燕燕》成象的关键部位,而只有强化、辅助和陪衬功能。从文辞形式看,
首二句"燕燕于飞"云云与后四句离别思念情形描写,在意脉上并不连属,没有构成文气贯通
之表达。这种行文情态表明,该诗不是某人单个声部咏唱,而是多人两个声部迭相倡和。结
合我国境内仍然存活的民族学资料来看,这种歌唱程式应是援用了民间兴歌形式。这种兴
歌流行民间时,起调与和调由不同声部的人群演唱,后来援引为宫廷诗乐演述方式,演唱场
景变改了,倡和人群转换了(换成宫廷乐师、公卿士大夫甚或周王),兴歌寓意也就发生新变。
这样,虽然兴歌的起调与和调形式依旧,但是进到庙堂后,质野成分被去除,而添注了礼乐精
神、宗法意识等等雅正因素。这些外加的雅化因素,主要附着在第二个声部(即和调)中,而
不在第一个声部中。第一个声部的作用,是标示兴歌倡和形式,以与"赋"和"诵"(即直叙)、
"言"和"语"(即对答)相区别。

　　① 《马王堆汉墓帛书》(壹),文物出版社,1980年,第19页。

从第一个声部到第二个声部之转关,确实有朱熹《诗集传》所云"先言他物以引起所咏之词"意味;但不像后世诗文那样,"他物"与"所咏之词"都呈现在作者个人的情意中,而是分置于前后两个声部的倡和上。因此,《诗》兴象中"他物"与"所咏之词"是一种程式关联,既不同于春秋时期士大夫赋《诗》之断章取义,也不同于战国时期诸子《诗》说之任意比附。从本质上说,赋《诗》断章和说《诗》比附,是对《诗》演述程式的背离和破解,是一种更加自主的用象形制。既然对"兴"的演述程式如此依赖,《诗》兴象就不可能是独立自由的用象形制,而只能呈现为介质形态,以程式内涵与介质属性为基本特性。虽然较"燕"原型具象主客体混沌不分的状态而言,《燕燕》诗兴象显得更加进化,摆脱了原始低级的用象状态,表现出主客体的初步分离,但总体上,它还不是一种主客体直接交感的用象形制,而必须依托"兴"的演述程式,并配合"乐语"和"六诗"其它演述项目,才能形成用象实体。由此可知,《诗》用象之称为兴象,是由演述程式"兴"的关键作用决定的。

程式内涵与介质属性之特性,除了体现在《燕燕》这类由鸟图腾演化而来的《诗》兴象中,还体现在由其它原始崇拜演化而来的《诗》兴象里。诸如鱼类所体现的生殖崇拜,树木所体现的社树崇拜,瑞物所体现的瑞应崇信,乃至昆虫、动物、天象、气象、山川、器具、服用等物类所反映的社会意识和人群心理,都不同程度地进到《诗》的程式化演述中,成为《诗》兴象的资源。对此,赵沛霖先生曾有深入研讨。他在《兴的起源》书中,将《诗》兴象推源于原始宗教观念,是颇有见地的。不过,他只触及了《诗》兴象的原始崇拜渊源,而没有进一步考述《诗》兴象与原型具象的界别。比如,赵先生引述闻一多《说鱼》的意见,以为《召南·何彼秾矣》、《邶风·新台》、《卫风·竹竿》、《齐风·敝笱》、《陈风·衡门》、《桧风·匪风》、《曹风·候人》等诗"皆以鱼或与鱼直接有关的事物起兴,而其'所咏之词'不是爱情的追求与思念,就是情侣的结配与合欢,都与男女之情有关。"将鱼类看作起兴的事物,将男女之情看作"所咏之词",这是对的,但说"这种情况在后代诗歌与民歌中也比比皆是",则推求过甚。这不仅暧昧了鱼类兴起男女之情的程式内涵,而且简捷地将《诗》兴象与后世诗歌(含民歌)兴象等同起来,混淆了兴象发展演进的时序。再如,赵先生以《唐风·杕杜》、《豳风·鸱鸮》、《大雅·绵》、《小雅·小弁》等诗为例,说明"'所咏之词'与社树的想象的观念意义——乡里观念、宗族亲亲观念——暗相契合,恰恰反映了树木兴象起源的宗教本质"。这样说本来是对的,可是又将诸诗与《楚辞·九章·哀郢》等战国篇章的社树观念同等看待,则忽视了周初《诗》篇与战国篇章创制背景的时差。类似的失误,也表现在赵先生关于"虚拟动物兴象的起源与祥瑞观念"的讨论中,此不一一指瑕。①

推究赵说微瑕之原由,大概是对毛传标注"兴也"重视不够。具体表现为两点:(一)过于依从闻一多学说,照搬闻氏的用例与结论,反而淡忽了应有的学术旨趣。闻一多的许多观

---

① 赵沛霖:《兴的起源》,中国社会科学出版社,1987年,第24—36、46—48页。

点,对说明《诗》兴象的来源,确实很有启发意义,但亦仅此而已,他对《诗》兴象的程式内涵缺乏更多研讨。(二)闻一多和赵先生所例举的鱼类《诗》篇尚不全面,亦不典型;因而制约了对该论题的研讨,使他们难以获得完整深细的认识。上举鱼类《诗》篇例,除了《卫风·竹竿》、《齐风·敝笱》两篇毛传注明"兴也"外,其它篇目均未见"兴也"字样。这就容易产生错觉,以为标注"兴也"只是偶然现象,无关宏旨;或视而不见,从而忽视"兴也"指示的程式含蕴。例如《敝笱》、《杕杜》、《小弁》诸篇,毛传均在首二句下注明"兴也"。其本义是指示,诸诗各章首二句均起兴。可是赵先生不予重视,反而说"本诗(《敝笱》)以鱼为'他物'起兴,讽咏男女之间的私情合欢",并征引闻氏评述:"敝笱,象征没有节操的女性;唯唯然自由进出的各色鱼类,象征她所接触的男子……云与水也是性的象征。"说鱼蕴涵生殖崇拜的意蕴,是对的;但称"象征"云云,则与后世的文学象征混同。《诗》兴象"他物"与"所咏之词"的关联,根本不是通过"象征"确立;而是由采集、雅化和演述等程式确定的。抛开诗乐演述的程式内涵,《诗》兴象就会因无所附丽而无由确立。

　　为了使以上论述更明晰,兹据毛传注明"兴也"《诗》篇的情况,编制一份详尽的分类统计表(见〈表一〉):

〈表一〉　　　　　**毛传注"兴也"的《诗》篇因物起兴分类统计表**

编号	起兴物类	具　体　事　物	篇数	分　布
1	鸟　类	雎鸠/鹊鸠/雄雉/鸨/黄鸟 3/鹭/鹊巢/鸤鸠/鸱鸮/鸿雁/鹤/鸠/莺/鸳鸯/鹭 2	18	风 9/小雅 7/大雅 0/颂 2
2	鱼　类	鲂鳏/鳟鲂	2	风 2/小雅 0/大雅 0/颂 0
3	虫　类	螽/蜉蝣/蝇	3	风 2/小雅 1/大雅 0/颂 0
4	兽　类	狐/兔/雄狐/狼/鹿	5	风 4/小雅 1/大雅 0/颂 0
5	草　木	葛 5/卷耳/樛木 2/桃/乔木(楚葽)/梅/唐棣 2/苦叶/茨/绿竹/竹竿/兰/蕣/扶苏/薜/蔓草/荇/桃/枢榆/椒实/杕杜 3/苓/漆/蒹葭/条梅/杨/棘/蒲/苌楚/伐木/台(夫须)/蓼/莪 2/苣/华/桑 3/菽/柳/绿草/黍苗/白华/苕/瓜/椒朴	55	风 34/小雅 18/大雅 3/颂 0
6	天　象	日/三星/月	3	风 3/小雅 0/大雅 0/颂 0

7	气　象	露 2/终风/凯风/谷风 2/北风/风雨	8	风 6/小雅 2/大雅 0/颂 0
8	山　水	江/泉水 2/扬之水 2/池/湄水/涧/南山/洛水/卷阿	11	风 6/小雅 4/大雅 1/颂 0
9	器　具	柏舟 2/北门/车/角弓	5	风 3/小雅 2/大雅 0/颂 0
10	服　用	绿衣/衣袍/贝锦/襈/皮冠	5	风 2/小雅 3/大雅 0/颂 0
11	瑞　物	麟	1	风 1/小雅 0/大雅 0/颂 0
合计	11　类	97	116	风 72/小雅 38/大雅 4/颂 2

说明：1.起兴物类之划分，以物类相对稳定的原始含蕴为依据；但与时推移，随世变改，也难以做到绝对的整齐划一。故作如下设定：天象类包括日、月、星、云等，气象类包括风、雨、雷、露、雪、霜、虹等，器具类包括车船、门墙、刀斧、弓箭、钟鼓等各种人工造作的用具，服用类包括服装、饰物和食品等，山水类包括河流、山体、土石、风景等；2.具体事物是指《诗》篇中注明"兴也"本章的起兴事物。至于有些篇目由多个章段组成，每章的起兴事物不一定相同，则属下文要讨论的复合兴象问题，此处暂不予以考虑，而只计注明"兴也"本章的起兴事物；3.具体事物后面的数目，表示该物在《诗》中起兴的次数（仅一次起兴者，不标数目；两次以上起兴者，则予标明）；4.分布是指各类起兴事物在《风》、《小雅》、《大雅》、《颂》中出现的次数。

　　由这份统计表可知，毛《诗》注明"兴也"的篇目几占《诗》三百之半，比率是很大的。应特别引起注意的是，这些《诗》篇题名多因起兴事物而得。比如以鸟类起兴的《诗》篇，因雎鸠而名《关雎》，因鹊鸠而名《鹊巢》，因鹑鹊而名《鹑之奔奔》，因鸨而名《鸨羽》等等，不必一一枚举。此类题名不是《诗》篇采集、雅化和演述之初就有，而是在《诗》文本形成的过程中，由后人加上去的。而即便如此，也足以表明，题名者还尊重了《诗》篇因物起兴的程式内涵。

　　如果不限于毛传的标示，而依循毛传标注"兴也"的义例与规律，那么，属于因物起兴的《诗》篇数量还要增多。概括地说，其义例有三点：（一）凡以起兴物类来题名的《诗》篇，多属因物起兴。如《唐风》之《杕杜》、《有杕之杜》两篇首章二句下均注"兴也"，据此推知，《召南·甘棠》（毛传："甘棠，杜也。"）首章二句下亦应起兴。（二）起兴部位多在首章二句之下，有些《诗》篇毛传虽未注明"兴也"，但依例应在此部位是注明起兴，若是多章段的比歌，则每一章的相应位置均可加注"兴也"。如《邶风·燕燕》，毛传未标注"兴也"字样，而郑玄《笺》明言有"兴"，又《老子卷后古佚书·五行》引述该诗，亦称"婴婴（即燕燕），兴也"。可知《燕燕》实因物起兴。（三）毛传注明"兴也"亦有变例现象，如《周南·汉广》于首章四句下注"兴也"，《齐风·东方之日》于首章三句下注"兴也"，《齐风·卢令》于首章一句下注"兴也"。若将此类变例推阐开来,则会有更多的《诗》篇可纳入因物起兴的行列。基于这些性状,兹编制一份毛传未注"兴也"《诗》篇因物起兴分类统计表(见〈表二〉):

〈表二〉 **毛传未注"兴也"《诗》篇因物起兴分类统计表**

编号	起兴物类	具 体 事 物	篇数	分 布
1	鸟 类	雎鸠/黄鸟/燕/鸣雁/鹑/鸡 2/鹈/凫鹥	9	风 8/小雅 0/大雅 1/颂 0
2	鱼 类	鲂 2/鱼 2	4	风 2/小雅 2/大雅 0/颂 0
3	虫 类	螽斯/虹/蟋蟀	3	风 3/小雅 0/大雅 0/颂 0
4	兽 类	羊/麇/畎/羔/駜/驹/牡/駉	8	风 4/小雅 2/大雅 1/颂 1
5	草 木	菟罝/苤苢/繁/蘋/甘棠/榛/唐/桑 3/木瓜/麻/柳/葛/枌/株林/华/薇/白华/樗/杞/茨/瓠/草/麓/芄	26	风 16/小雅 8/大雅 1/颂 1
6	天 象	小星/日月 2/日/云汉	5	风 2/小雅 1/大雅 2/颂 0
7	气 象	雷/螮蝀(虹)/风/霜	4	风 3/小雅 1/大雅 0/颂 0
8	山 水	涧/河/溱 2/水/汾水/石/山/梁山/江汉/泮水	11	风 6/小雅 1/大雅 3/颂 1
9	器 具	新台/舟/大车/埤/驱(车马)/车/斧 2/弓/钟/宫	11	风 8/小雅 2/大雅 0/颂 1
10	服 用	笲珈/缁衣/青衿/羔裘	4	风 4/小雅 0/大雅 0/颂 0
11	瑞 物	驺虞	1	风 1/小雅 0/大雅 0/颂 0
合计	10 类	78	86	风 57/小雅 17/大雅 8/颂 4

说明:本表仅计《诗》篇首章的起兴物,首章之外的章段,不论起兴与否,暂不考虑。其余需说明的事项从上表之说明。

聚合上述两表的统计数据,属于因物起兴的《诗》篇多达 202 篇,占全《诗》305 篇的 66%。这就从数量上再一次表明,《诗》兴象集中体现在因物起兴的演述程式上。

另有迹象显示,《诗》兴象之因物起兴,除了表现在数量巨多上,也表现在质性成熟上。

《诗》兴象质性成熟的一个重要标志，就是不少《诗》篇出现了复合兴象。所谓复合兴象，是相对于单元兴象而言的。单元兴象的基本特征是，全篇仅用一种事物作为起兴物，并且每个章段重复使用。如前引《邶风·燕燕》，前三章段起句均为"燕燕于飞"，"燕"就是全篇唯一的起兴物，因而该诗的兴象是单元的。再如《小雅·湛露》，前三章段都以"湛湛露斯"起句，只有"湛露"一种起兴物，因而该诗的兴象也是单元的。这种因唯一事物起兴而生成的具象便是单元《诗》兴象。与之相异，复合兴象的基本特征是，全篇用多种事物作为起兴物，每种起兴物不重复使用（或不通篇使用），每个章段的起兴物不同（或不全相同）。这种因多个起兴物而生成的具象便是复合《诗》兴象。具体说，复合《诗》兴象又有两种类型：一是《诗》篇多个起兴物不同，但属于同一物类。比如《王风·采葛》：

> 彼采葛兮，一日不见，如三月兮；彼采萧兮，一日不见，如三秋兮；彼采艾兮，一日不见，如三岁兮。

葛、萧、艾是不同草本，都属草木类，在分类上为平行关系；但由于时间长度三月、三秋和三年之层进，而使三种起兴物表现出递进关系。二是《诗》篇多个起兴物属于不同物类。比如《小雅·白华》，全篇八章段，各章起兴物分别为：

> 第一章：菅草——"白华菅兮，白茅束兮"；第二章：白云——"英英白云，露彼菅茅"；第三章：流水——"滮池北流，浸彼稻田"；第四章：桑——"樵彼桑薪，卬烘于煁"；第五章：鼓钟——"鼓钟于宫，声闻于外"；第六章：鵁、鹤——"有鹜在梁，有鹤在林"；第七章：鸳鸯——"鸳鸯在梁，戢其左翼"；第八章：石头——"有扁斯石，履之卑兮"。

这些事物有草木类，有气象类，有山水类，有器具类，有鸟类等。它们作为起兴物，所引发的程式意蕴是多层面的，因而构成一种回环往复、层层深入的《诗》兴象。与单元《诗》兴象相比，在复合《诗》兴象中，多种起兴物自由组合，结构相对独立灵便，形式更加繁复精密，内涵也显得丰富深厚。在整部《诗》三百中，《诗》兴象的复合趋势已相当普遍。

而从实质上看，不论是单元《诗》兴象还是复合《诗》兴象，它们都没有超越介质具象的界限。故《文心雕龙·比兴》云：

> 关雎有别，故后妃方德；尸鸠贞一，故夫人象义；义取其贞，无从于夷禽；德贵其别，不嫌于鸷鸟；明而未融，故发注而后见也。

所谓"明而未融"，正是指《诗》兴象的介质属性。尤其在言意问题上，它还处于初级的言用状态。言辞固然是《诗》兴象的传达媒介，但言辞本身还没有从《诗》篇的采集、雅化和演述诸程式中分离出来，没有成为独立的表义单位，故而在用象形制中居于从属地位，仅具有辅助功能。整部《诗》三百中，只有《小雅·都人士》云"出言有章"，隐约触及了言意问题，而"言"的绝大多数用例多为动词或动名词，显然出于对即时的言语行为之描摹。这表明，言语还只是实时运用的事物，尚未从实用场景中抽绎出来。但复合《诗》兴象的出现，毕竟显示了用象制度的跃进。它对后世艺术思维和用象制度具有深远影响。先秦诸子大量运用观念形态的具象(以下简称观念具象),并设为寓言,就起源于这种复合《诗》兴象。

三 《诗》兴象转化为观念具象

春秋晚期以后,《诗》篇的用象形制发生明显变异,有显性与隐性两个层面。在显性层面,《诗》篇的施用体制变革,文辞义理逐渐脱离操持程式,出现书面形式和义理倾向,终至文本独立流行。这标志着诗乐演述体制的解构,其操持程式与文本形式趋向分离,文辞引用与义理讲求渐居主导地位。在隐性层面,作为显性层面变异的必然结果,《诗》篇的用象形制发生转换,表现为诗乐演述不再流行,原来蕴蓄的程式内涵逐渐消失;而失去程式内涵的支持,《诗》兴象的介质属性就无所附丽,从而转化为观念属性,而观念属性的确立,又促使《诗》的用象形态发生转换,由介质具象转型为观念具象。

从宏观的历史文化背景上考察,春秋晚期《诗》兴象转化为观念形态的具象,主要出于两重机缘:

一方面,诗乐演述活动虽仍流行,但已出现衰败趋势。自平王东迁之后,周朝礼乐崩坏,诗乐演述制度日益寝废,列国争霸图存,越礼违制,更少举行诗乐演述活动,唯鲁国被周公之德,直至春秋晚期犹有诗乐演述活动,如《左传》襄公二十九年载季札聘鲁观乐事,可称衰世之盛,但这类盛事犹如回光返照,并未能维持长久,类似盛况在鲁国往后的载记中已不多见,倒是八佾、万舞等天子礼乐被僭越,不断搬演在专权的三桓家中。这就使《诗》的乐仪形制日渐废坏。

与之对照的另一方面,诸侯力政,外交频繁,聘问歌咏,行人四出。处如此情势,公侯士大夫赋《诗》言志、断章取义之活动盛行,渐次上升为用《诗》的主导形制。出于赋《诗》称《诗》之实际需要,《诗》的文本形式受到空前的重视。而《诗》文本的独立流行,又加剧了诗乐演述制度的衰变。诗乐演述体制的流失,又导致其中蕴蓄的程式内涵日益淡出,终至完全消散,而相反,《诗》篇的文辞内涵凸现出来,《诗》篇的乐德义、本体义与比附义日益被讲求,上升为用《诗》形制的主导方向。

随着用《诗》制度的变迁,《诗》兴象的结构与内涵也发生深刻的变化。如果说,春秋时期偶尔举行的诗乐演述和频繁出现的赋《诗》断章,还多少保留了《诗》兴象原有的体制,其介质属性尚未全然消失,那么,晚周诸子《诗》说的深度演进,就导致《诗》兴象原有体制的破裂变异。

对这个转变状态,孔子有一则《诗》说作切实的描述。《论语·阳货》载:

子曰:"小子何莫学夫《诗》!《诗》,可以兴,可以观,可以群,可以怨;迩之事父,远之事君;多识于鸟兽草木之名。"

历来注解这段话,一般从政教和博物两个层面着眼:

政教义：如汉魏古注，多依政教规范立说。孔安国云："兴，引譬连类；群居相切磋；怨刺上政。"郑玄云："观风俗之盛衰。"再如，宋儒朱熹《集注》云："感发志意，考见得失，和而不流，怨而不怒。"又如近人朱自清先生云："这都是从'无邪'一义推演出来的"；"这是《诗》教的意念的源头。孔子的时代正是《诗》以声为用到《诗》以义为用的过渡期，他只能提示《诗》教这意念的条件。"①

博物学：如宋儒邢昺《正义》所云："'多识于鸟兽草木之名'者，言诗人多记鸟兽草木之名，以为比兴；则因又多识于此鸟兽草木之名也。"更有一批书目，如陆玑《毛诗草木鸟兽虫鱼疏》、姚炳《诗识名解》、多隆阿《毛诗多识》、徐鼎《毛诗名物图说》、日本冈元凤《毛诗品物图考》等，均是孔子"多识鸟兽草木"说的具体实践。正如纳兰成德《毛诗名物解·序》云："六经名物之多，无逾于《诗》者，自天文地理、宫室器用、山川草木、鸟兽虫鱼，靡一不具。学者非多识博闻，则无以通诗人之旨意，而得其比兴之所在。"

前人的此类解说，作为对孔子话语之敷义，基本是准确的，但犹有望文生义，肤廓不切之嫌。他们只解说了政教和博物两个层面的分别义，而没有注意两个层面的关联，因而割裂了这段话旨意的完整性。

综观政教与博物二义，孔子的话实隐含了用《诗》形制变迁的一段历程。这段历程可以作如下描述：（一）在周初诗乐演述体制中，政教含义与鸟兽草木是一体的，它们是生成《诗》兴象的两个事项，鸟兽草木等名物是《诗》篇的起兴物，而政教含义是名物起兴的程式内涵，两者由"兴"程式来系联，不可分离；（二）及至春秋中晚期以后，诗乐演述制度逐渐废弛，"兴"的程式废弃不用，《诗》兴象的程式内涵流失，起兴物鸟兽草木与《诗》篇政教含义的系联破裂；（三）两者的系联破裂之后，起兴物鸟兽草木朝两个方向分化：一是演化为博物学中的名物，另一是演变为具有观念属性的物象。

这两个分化方向在春秋战国以后都得到长足发展。前者除了产生一批研究《诗经》名物的著作，还有像《尔雅》之类辞书，其《释草》、《释木》、《释虫》、《释鱼》、《释鸟》、《释兽》、《释畜》诸部，均成为名物诠释的渊薮；后者主要表现为诸子论学语境中大量使用的观念具象。只因前者是集中呈现的，多为学者关注研讨；而后者散见于各种载籍，尤其是诸子著述之中，长期以来被人们忽视。在春秋晚期及至战国时期诸子学术争鸣的背景上，这种具有观念属性的物象体现了一个新的用象形态。观念具象作为古代用象制度特定发展阶段的产物，不论与前面的介质具象相比，还是与后面的感兴具象相比，它都具有特异的品性，具体表现为如下三点：

一，观念具象的基本品质呈现为观念属性。在这种用象形态中，物象不再是独立外在的实物。物象的设立必须以自身的寓意为条件，没有这种寓意的支持，物象就无法存在，而且

---

① 朱自清：《诗言志辨》，华东师范大学出版社，1996年，第74、123页。

这种寓意是知性的,不带有或极少有个性气质和情感意绪因素,但又不是纯粹抽象的概念推理形式,而必须附着在具体物类上,呈现为一种观念属性。这种观念属性是观念具象的首要品质。

二,观念具象是一种自由灵便的用象形制。具体地说包括两个方面:一方面,具象中原有的程式与操持内容脱落,而人为因素增强,具象创制者的主观能动性得到更大激发,可以随意地从物类中抽取观念属性,并建立不同物类观念属性之自由联缀;另一方面,观念具象本身的自足自由程度提高,大体表现为四种情状:(一)绝大多数物类的观念属性相对恒定,以致物象与观念属性之间形成了固定连接,每当提及某种物类,人们就会习惯地联想起物类所指向的观念内涵;(二)某些物类可以蕴含多种异质的观念属性,这些观念属性之间可以是相关的,也可以是不相关的,极为丰富多变;(三)不同物类可以蕴含相同或相近的观念内涵,反过来也就是,同类观念属性可以呈现在不同的物类中,极为通达灵便;(四)不同的观念具象在一定场景与语境中,可以自由随意地组接,形制多种多样,具有较强的表义功能。

三,观念具象主要通过语言媒质来传达。与介质具象言语行为的辅助功能相比,观念具象语言形式具有相对独立的功能,上升到用象形制的重要部位,成为观念具象生成与调用的关键环节。因而,从春秋晚期及至战国时期,语言形式成为用象的焦点,尤其成了诸子论学的热门话题。《大戴礼记·小辨》有一段依托孔子的文字,表述了这一演化的新进度:"子曰:辨而不小。夫小辨破言,小言破义,小义破道,道小不通,通道必简。是故,循弦以观于乐,足以辨风矣;《尔雅》以观于古,足以辨言矣;传言以象,反舌皆至,可谓简矣。""辨"通"辩",这段话的中心议题是言辩。而通观《论语》所记,孔子孜孜于"正名",却未尝热衷言辩。又从"小言破义,小义破道,道小不通"诸句看,显然搀和了道家思想,通于《老子》第三十八章"失道而后德,失德而后仁,失仁而后义,失义而后礼"的述意。故知,此番依托应出自战国中期儒学流衍之后,而全无孔子本人的学思影迹。虽然依托失据,但所表述的思想观点值得引起重视,主要有两点:(一)肯定言辩本身(即语言形式)具有相对独立性;(二)指出言辩的功能是"传言以象"。这两点确认了,相对独立的语言形式是观念具象的传达媒质。

观念具象的上述性状,亦可从晚周用象实例来说明。兹仍以玄鸟(即燕)具象为例。《庄子·至乐》载有一则"鲁侯养鸟"寓言:

> 昔者,海鸟止于鲁郊。鲁侯御而觞之于庙,奏九韶以为乐,具太牢以为膳。鸟乃眩视忧悲,不敢食一脔,不敢饮一杯,三日而死。此以己养养鸟也,非以鸟养养鸟也。夫以鸟养养鸟者,宜栖之深林,游之坛陆,浮之江湖,食之鳅鲦,随行列而止,委蛇而处。彼唯人言之恶闻,奚以夫𫍲𫍲为乎!

该寓言又见载于《庄子·达生》。其中心具象是海鸟。《经典释文》云:"海鸟,司马云:'《国语》曰爰居也,止鲁东门之外三日,臧文仲使国人祭之。'……爰居,一名杂县,举头高八尺。樊光注《尔雅》云：'形似凤凰。'"①据此可知，海鸟即爰居，爰居即凤凰，凤凰即凤鸟，又名玄鸟，亦即燕。燕作为介质具象，已见于前文对《燕燕》诗的分析。在《燕燕》中，"燕燕于飞"句遗留了燕的原始意蕴，燕是东方民族鸟图腾崇拜的表象，而由于"兴"程式的介入，又演述成一个《诗》兴象，具有介质属性，呈现为介质形态的用象。同理，在《国语》和《左传》所载臧文仲祭鸟事迹里，爰居进入礼乐仪式中，也呈现为介质形态的用象。而在"鲁侯养鸟"寓言中，海鸟厌恶九韶、太牢等礼乐仪式，暗示了燕（爰居）即将从操持程式下解脱出来，由介质形态演变为观念形态。这样，海鸟就脱落了礼乐的程式内涵，而呈现出顺乎天性、因乎自然的观念含蕴。

再以柏具象为例。柏木坚实耐用，是制作舟船的理想材料，最初体现着原始氏族与柏树的依存共生关系。后来，由于柏树多种植生长在陵园与祭坛，便成了社树，寄托着宗族观念和社稷崇信，其遗义直到战国末期还依稀可见。如《战国策·齐策六》所载，齐王建入秦，囚饿死于共的松柏林中，齐人为之歌曰："松邪！柏邪！住建共者客耶！"再后来，柏进入《诗》篇中。如《邶风·柏舟》第一章首二句："泛彼柏舟，亦泛其流"，毛传云："兴也。泛，泛流貌。柏木，所以宜为舟也，亦泛泛其流，不以济渡也。"用"柏舟"起兴，生成贤良弃置、随波逐流的兴象。及至春秋晚期，"柏"兴象的程式内涵消失，转换成一个观念具象。如《论语·子罕》所云："子曰：岁寒，然后知松柏之后彫（凋）也。"用松柏来比况君子贞刚，"柏"就成了表述贞刚观念的具象。

观念具象与《诗》兴象之间，既有质性差异，而又某种对应的转换关系。一般而言，《诗》的单元兴象转换为单元型观念具象组合，而《诗》的复合兴象转换为复合型观念具象组合。当然，这种转换只是形态上的对应关系，并不可落实到每一条具体用例上。正是由于介质形态的《诗》兴象与晚周诸子施用的观念具象之间，存在着这种形态对转关系，所以，《诗》亡之后②，并未立即进入一个发抒性情、感兴成象的阶段，而是出现一个理智多辩、观念呈象的诸子寓言之创制高潮。

由此可知，先秦诸子著述中大量涌现的观念具象及其衍生物寓言，是由《诗》兴象等介质形态的用象演变而来。《诗》兴象的程式内涵流失，物象与寓意之关联不再依赖操持程式，转而依凭语言形式。这样，物象与寓意的间接关联就转释为直接关联，具象的介质属性被去除，而代之以观念属性，介质具象因而转化为观念具象。对此，《文心雕龙·比兴》有描述：

　　诗人比兴，触物圆览。物虽胡越，合则肝胆。拟容取心，断辞必敢。

与《诗》兴象的"明而未融"相比，观念具象的"圆览"、"断辞"已是明显进化。不过，这种

---

① 《国语》所载，还可以得到《左传》文公二年引孔子语印证："仲尼曰：臧文仲其不仁者三，不知者三……作虚器，纵逆祀，祀爰居，三不知也。"

② 《孟子·离娄下》"王者之迹熄而《诗》亡"，《四书集注》，岳麓书社，1993 年，第 423 页。

直接关联还不是后世诗文的交感兴象形式,用象者并未向物类灌注个人的情感气质,也不是纯粹抽象的概念推理形式,用象者并没有割断观念内涵与具体物象的连接,而只是一种观念的具象形式。

　　总上所述,《诗》兴象代表了古代中国用象制度变迁的一个特定阶段,作为介质具象的一种典型形制,它是远古原型具象和晚周观念具象之间的发展环节。这个环节讲明了,纠缠在《诗》兴象上的时序错乱与名义含混这些误会就可澄清,推求过甚和援后例前之类迷执亦可破除。

　　作者简介　饶龙隼,1965 年 9 月生,男,江西南丰籍,任职江西师范大学文学院教授,文学博士,主要从事中国古代文学研究,发表《〈书〉考原》、《中国文学源流述考》等著作。

《毛传》标兴本义考

鲁 洪 生

内容摘要：《毛传》标兴说诗开启了后人对《诗经》表现方法的研究。《毛传》未明确诠释其所标兴之涵义，后人据其所标兴句推断兴之义，或曰"发端加譬喻"，或曰"触物以起情"，众说纷纭，分歧甚大。本文对《毛传》所标 116 兴的位置、性质及其对所标兴句的解释进行系统考辨，发现《毛传》所标兴不尽是结构起辞之发端，兴之位置灵活自由；不尽是"触物起情"，也可移情于物，索物托情；也不尽是本体喻体存相似关系之"譬喻"，也可因内我外物之相关而起兴。据《毛传》所标兴及其对兴句的解释可大致推知《毛传》所标兴之特征：1. 从兴句性质看，兴句皆为喻体或与社会本体相关之外物，本体不出现。2. 从兴句与兴意关系看，或相似，或相关。3. 从兴句的功能看，起发己心，感发志意。故曰《毛传》所标兴之本义为：借与己意相似或相关之物、事以起情。文章还分析了《毛传》标兴说诗的文化根源与文学价值。

关键词：《毛传》标兴　本义　位置　功能　相似　相关　起辞　起情

赋、比、兴这三个概念首见于《周礼·春官·大师》，其最初原始意义本是用诗方法[1]，《毛传》标"兴"说《诗》使赋、比、兴从用说方法转变为"表现方法"，并对中国古代诗论的发展产生了深远的影响。虽然《毛传》只标了 116 兴，并未涉及比、赋，并未明确解释赋、比、兴。虽然很难断定《毛传》本意是否把赋、比、兴都当作表现方法，但是后人却是依据《毛传》标兴，把赋、比、兴解释为表现方法的，而且大都是依据《毛传》标兴来解释兴的涵义，然后在兴的基础上，再分别解说比、赋。不过，由于《毛传》对兴的标定与解说标准不一，使后人对《毛传》所标兴的认识分歧甚大。考辨《毛传》对兴之认识的本义与探寻《诗经》表现方法之兴的本义是不同角度的研究，本文侧重考辨前者。

---

[1]　鲁洪生：《从赋比兴产生的背景看其本义》，《中国社会科学》，1993 年 3 期。

一　前人对《毛传》所标"兴"的解说

前人曾依据《毛传》标兴来探求《毛传》对兴的认识,不同时代的学者曾从不同的角度进行了不同的推论,其中比较重要的解说有:

1. 从修辞角度解释:"譬喻"说。

郑众说:"比者,比方于物。兴者,托事于物。"①

陆德明《毛诗音义》说:"兴是譬喻之名,意有不尽,故题曰兴。"②

2. 从修辞与接受角度解释:"取譬引类,起发己心"说。

孔颖达《毛诗正义》说:"诗文直陈其事不譬喻者,皆赋辞也。……诸言如者皆比辞也。……兴者,起也,取譬引类,起发己心,诗文诸举草木鸟兽以见意者,皆兴辞也。……比之与兴虽同是附托外物,比显而兴隐。"

3. 从修辞与内容角度解释:"以善喻善"说。

郑玄说:"赋之言铺,直铺陈今之政教善恶;比,见今之失,不敢斥言,取比类以言之;兴,见今之美,嫌于媚谀,取善事以喻劝之。"③

4. 从结构角度解释:"引起正文"说。

朱熹《诗集传》说:"兴者,先言他物以引起所咏之词也。"

同时,朱熹、严粲、姚际恒又认为兴分含比义与不含比义两种,严粲标兴的方法是"凡言'兴也'者皆兼比,兴之不兼比者特表之。"(《诗缉》)姚际恒说:"兴者,但借物以起兴,不必与正意相关也……今愚用其(指严粲)意,分兴为二,一曰'兴而比也',一曰'兴也'。"④

5. 从情景关系角度解释:"触物起情"说。

李仲蒙说:"叙物以言情谓之赋,情物尽也。索物以托情谓之比,情附物者也。触物以起情谓之兴,物动情者也。"⑤

苏辙认为兴虽与下文内容有关联,但并不是《毛传》所说的那种譬喻关系,而是"意有所触乎当时,时已去而意不可知,故其类可以意推,而不可以言解也。"(苏辙《栾城应诏集·诗论》)

6. 从结构与修辞角度解释:"发端加譬喻"说。

---

① 贾公彦:《周礼注疏》,《十三经注疏》,中华书局,1980年,第796页。

② 陆德明:《经典释文》,《毛诗正义》卷1,中华书局,1980年,第273页。

③ 贾公彦:《周礼注疏》,《十三经注疏》,中华书局,1980年,第796页。下凡引《毛传》、《郑笺》、《孔疏》皆同此本,不再另注版本,只在文中注明页数。

④ 姚际恒:《诗经通论·诗经论旨》,中华书局,1958年,第1页。

⑤ 胡寅:《与李叔易书》引李仲蒙语,《斐然集》卷18,《四库全书》本。

朱自清说："'兴也'的'兴'正是'起'的意思。……'起'又即发端。兴是发端,只须看一百十六篇兴诗中有一百十三篇都发兴于首章(《有驰篇》是特例,未计入),就会明白。朱子《诗传纲领》说'兴者,托物兴辞','兴辞'其实也就是发端的意思。兴是譬喻,'又是'发端,便与'只是'譬喻不同。"[①]

7. 从音乐角度解释:"趁声"说。

有的学者认为《诗经》中的兴只在声,不在义。

郑樵说:"汉儒不知风、雅、颂之声而以义论诗也,……诗在于声,不在于义",(郑樵《通志·乐略·正声序论》)"诗之本在声,而声之本在兴,鸟兽草木乃发声之本",(郑樵《诗辨妄·序草木类兼论诗声》)认为兴只是起音乐上的协韵、换韵的作用,于诗之义是"不可以事类推,不可以理义求"。(郑樵《六经奥论·读诗易法》)

顾颉刚也认为兴只是"随口拿来开个头",与下文是"无意义的联合"[②]。

何定生说的更明确,认为兴只是"'歌谣上与本意没有干系的趁声。'乱七八糟,什么东西,撞到眼,逗上心,或是鼓动耳朵,而适碰著诗兴,于是就胡乱凑出来——或者甚而有时诗意都没尝打算,只管凑凑成了。"[③]

除以上诸说外,还存在诸多分歧,如《毛传》是把所有他认为是兴的都标出来了,凡未标兴者便是比、赋呢,还是仅仅"举隅"而已[④]?《毛传》标兴是为了辨别诗的体裁,还是分析诗的表现方法,还是借兴来比附经义呢[⑤]?《毛传》每诗只标一兴,它是认为每诗只可一兴,所谓赋、比、兴"并非泛指一篇作品中之任何一句或任何一部分的表达方法,而是特别重在一首诗歌开端之处之表达方法"呢[⑥],还是"《传》言首章以赅下章"[⑦],认为赋、比、兴是适用于诗歌任何部分的表达方法呢?《毛传》区别比、兴,是根据喻义的深浅隐显呢[⑧],还是根据是否"发端"呢,还是根据"'心'与'物'之间相互作用之孰先孰后的差别",看其是"感情的直觉的触引",还是"理性的思索安排"呢[⑨]?《毛传》标兴有的释以喻义,有的未释以喻义,那么这部分未释以喻义的兴,是《毛传》略而不注呢,还是因为《毛传》本来就已认识到"兴有两种,一

① 朱自清:《诗言志辨》,《朱自清古典文学论文集》,上海古籍出版社,1981年,第239页。

② 顾颉刚:《起兴》,《古史辨》三册下,上海古籍出版社,1982年,第676页。

③ 何定生:《关于诗的起兴》,《古史辨》三册下,版本同上,第702页。

④ (清)焦循说《毛传》标兴"原系举隅,非谓不标兴即是比。"语见《毛诗补疏》,《皇清经解》本卷1151。

⑤ 胡念贻说《毛传》"为了把'诗经'讲成维护'伦纪纲常'的经书,使它为封建统治阶级服务,……他们光是作出一些零碎的不相连贯的宣传封建统治阶级思想的解释,还怕不能使人相信,于是需要再作出一个系统的理论,这就是'兴'的观念的由来。"语见《诗经中的赋比兴》,《文学遗产》增刊一辑第4页。

⑥ 叶嘉莹语,见《中国古典诗歌中形象与情意之关系例说》,《古代文学理论研究》第六辑第35—36页。

⑦ 陈奂:《诗毛氏传疏·周南·樛木注》,上海校经山房本。

⑧ 刘勰:《文心雕龙·比兴》:"比显而兴隐";孔颖达《毛诗正义》卷一:"比、兴虽同是附托外物,比显而兴隐";陈启源《毛诗稽古编》:"比、兴虽皆托喻,但兴隐而比显,兴婉而比直,兴广而比狭"。

⑨ 叶嘉莹语,见《中国古典诗歌中形象与情意之关系例说》,《古代文学理论研究》第六辑第25页。

种含有复杂的思想内涵,具有比喻的作用,……另一种则是简单的兴,不须解说"呢①?

凡此种种解说,究竟哪些是《毛传》标兴说诗的本意呢? 为此,我对《毛传》所标 116 兴的位置、所释兴意、兴句性质及《毛传》所有注解进行了全面考辨分析,发现以上诸说都是由《毛传》标兴发挥引申而来,都不是毫无根据的臆说,都可在《毛传》所标的兴中找到理论根据,都有合理的成分,但也都存在不同程度的偏颇。因为《毛传》所标的兴的内涵太复杂,外延太宽泛,不是哪一种单一内涵的概念可以概括的。《毛传》对兴的标定和解释存在着许多自相矛盾的地方,即便被学术界普遍认为比较接近《毛传》原意的朱自清先生"发端加譬喻"说、朱熹"先言他物以引起所咏之词"说、李仲蒙"触物以起情"说也很难全面地概括《毛传》所标兴的本义。

二 对《毛传》标兴说诗的考辨

1. 考《毛传》所标"兴"的位置:兴不尽是结构起辞之"发端"

这是表层结构的形式分析。

说"发端","发端"这个词本身就是个模糊概念,究竟指的是结构形式的发端,还是情感内容的发端? 二者本是不同的概念。形式结构的发端是"起辞",是从结构形式角度说的,是指其位置在篇、章的开端,可以不必与内容发生直接的关联,只起协韵、换韵、开头的作用;而情感内容的发端是"起情",是从诗歌内容角度说的,它与诗歌的思想内容有直接的关联,位置则是自由的,不一定在结构的开端。《毛传》所标的兴究竟是什么"发端"呢? 历史上一直争论不下,刘勰、孔颖达认为是"起情",而郑樵、朱熹、姚际恒则认为是"起辞"。朱自清先生所说的"发端"也是指"起辞",朱自清先生认为《毛传》是以位置的不同来区别比、兴的。那么,我们就来看看《毛传》标兴的位置,《毛传》所标的 116 兴,每篇只标 1 兴。其中标在:

首章次句下的 99 篇(略);

首章三句下的 8 篇:《周南·葛覃》、《召南·行露》、《王风·采葛》、《齐风·东方之日》、《豳风·鸱鸮》、《小雅·采芑》、《小雅·黄鸟》、《大雅·绵》;

首章四句下的三篇:《周南·汉广》、《大雅·桑柔》、《周颂·振鹭》;

首章首句下的三篇:《周南·江有汜》、《卫风·芄兰》、《陈风·月出》;

次章次句下的一篇:《秦风·车邻》;

三章次句下的一篇:《小雅·南有嘉鱼》;

一章末句下的一篇:《鲁颂·有駜》。

从这个统计可以看出《毛传》标兴并非全部标在结构的发端位置上。特别是《鲁颂·有

① 王从仁:《"比兴"的缘起和演化》,《古代文学理论研究》第五辑,第 176 页。

驷》，其首章原文是："有驷有驷，驷彼乘黄。夙夜在公，在公明明。振振鹭，鹭于下。鼓咽咽，醉言舞，于胥乐兮！"《毛传》认为"振振鹭，鹭于下"是兴，可是"振振鹭，鹭于下"并不是结构的发端，然而"有驷有驷，驷彼乘黄"，依《毛传》的解释倒是名符其实的"发端加譬喻"，《毛传》曰："驷，马肥强貌，肥强则能升高进远臣，强力则能安国。"可是《毛传》却没有将之标为兴。

再如《豳风·鸱鸮》，《毛传》在首章三句下标兴，然而《鸱鸮》通篇是譬喻（有人称作寓言诗），开端的两句并不是借它物引起下文，而是与下文浑然一体，不可分割，这也不是"先言他物"以起辞的"发端"。

细考《毛传》所标 116 兴的位置，其"发端"的含义当有多种：

其一，单纯的情感发端，即"起情"，先言兴（喻体），再言"所咏之词"（本体）。如上面所举的《鲁颂·有驷》中的兴不在章首，而在章中。类似《有驷》的发端在《诗经》中还有一些，《毛传》虽没标兴，但实以兴释之。如《卫风·氓》三章中"于嗟鸠兮，无食桑葚。于嗟女兮，无与士耽。"《毛传》释曰："鸠也，食桑葚过则醉而伤其性，……女与士耽则伤礼义。"后朱熹《诗集传》则将此种章中"起情"的句子标为兴。又如《豳风·东山》三章的"鹳鸣于垤，妇叹于室"，四章中的"仓庚于飞，熠耀其羽。之子于归，皇驳其马"等都是这种单纯的情感发端。它们的位置是非常自由的，不为结构形式服务，而是为情感内容的抒发服务，不是结构上的"起辞"，而是内容上的"起情"。

其二，既为结构的发端，又为情感的发端，既是为了"起辞"，也是为了"起情"。这种发端在《毛传》所标兴中数量最多。如《周南·桃夭》的"桃之夭夭，灼灼其华。之子于归，宜其室家。"这"桃之夭夭，灼灼其华"就起了双重作用。一方面是以"华"协"家"的韵并引起下文（华、家同在鱼部），另一方面又以桃花喻女之"华色"，《毛传》释二章"桃之夭夭，有蕡其实"曰："非但有华色，又有妇德。"此也可证兴不必在首章。此处所言结构不必一定对全诗而言，也可是对一章而言，也可首章不兴，其它章兴，如《秦风·车邻》。

其三，只言兴（喻体），不言"所咏之词"（本体）。这与前二种情况便不同了。前二种尽管有区别，但它们毕竟还有一个共同特征，都是在以它物"引起所咏之词"，而这一种却自始至终只言兴，不言"所咏之词"。如《豳风·鸱鸮》、《小雅·鹤鸣》的发端便不是以它物来起辞、起情，而是整个譬喻的一部分了。又如《小雅·沔水》首二句"沔彼流水，其流汤汤"并未引起"所咏之词"（本体），而是又紧接一兴"鴥彼飞隼，载飞载扬"。《毛传》释曰："言无所定止也。"《郑笺》曰："则飞则扬，喻诸侯出兵妄相侵伐。"《周南·葛覃》首三句"葛之覃兮，施于中谷，维叶萋萋"并未引起"所咏之词"（本体），也是又起一兴"黄鸟于飞，集于灌木，其鸣喈喈。"《毛传》释之曰："喈喈，和声之远闻也。"《郑笺》进一步解释："和声之远闻，兴女有才美之称达于远方。"依《毛传》《郑笺》的解释，《邶风·匏有苦叶》四章 16 句自始至终言他事他物而未言"所咏之词"。

通过对《毛传》所标兴位置的考辨，可以得出以下一些判断：

其一,《毛传》所标兴的位置自由灵活,可以在首章开端,也可以在其它章的开端,如《周南·桃夭》,也可在章中,如《鲁颂·有驳》。

其二,《毛传》所标之兴原本并不一定要求"发端"起辞,或曰"发端"起辞并不是兴的必要条件,《毛传》也并不是以"发端"起辞为标准标兴的,自然也不是以"发端"起辞来区别比、兴的。所谓结构上的"发端"乃是后人根据《毛传》所标兴诗的内容或表现形式推断出来的。《毛传》在当时并未认识到兴的"发端"起辞的作用,《毛传》重视的是内容上的"起情",重视借助"兴"发挥儒家的伦理道德。

2.考《毛传》所释"兴"的寓意:兴不尽是比喻

这是深层寓意的内容分析。

说"譬喻"。我们先按照《毛传》对所标"兴"句的解释分析,《毛传》是否将兴都看作是譬喻呢? 从《毛传》的解释中也得不到明确的答案。《毛传》重在诗文训诂,很少解释诗句的寓意。在全部注释中只有 79 处释以寓意,在所标的 116 兴中只有 35 处释以寓意。从《毛传》对这 35 首诗的解释中可以看出《毛传》确实是多把兴当作譬喻的。如《唐风·葛生传》云:"兴也。葛生延而蒙楚,蔹生蔓于野,喻妇人外成于他家。"《唐风·采苓传》云:"兴也。……采苓,细事也。首阳,幽辟也。细事喻小行也,幽辟喻无征也。"更明显的是《毛传》有时直接以"兴"代替了"喻"字。如《小雅·鹿鸣传》云:"兴也。苹,萍也。鹿得萍呦呦然鸣而相呼,恳诚发乎中,以兴嘉乐宾客,当有恳诚相招呼以成礼也。"又如《鲁颂·有驳传》云:"鹭,白鸟也,以兴洁白之士。"

陆德明在解释《毛传》所使用的"兴"时所说的"兴是譬喻之名,意有不尽故题曰兴。"可以说基本上符合《毛传》原意,但细考《毛传》所释兴意之后,就会发现《毛传》所感发的兴意并不尽是"譬喻",除"譬喻"之外,还有以下几种情况:

1.写效果,引人联想推知其因。如《周南·卷耳》中的"采采卷耳,不盈顷筐",《毛传》只是说:"忧者之兴也。"《郑笺》也只是说:"器之易盈而不盈,志在辅佐君子,忧思深也。"这是由于忧思深而导致"采采卷耳,不盈顷筐",再由"器之易盈而不盈"的工作效率降低的结果而推知忧思之深的原因。虽然这也是通过对具体事物的描写来表现抽象的情感,而且能够引发人们的联想而感悟其言外之意,但并不是譬喻,至少不是我们今天修辞学中所说的比喻,甚至目前还难以用某种修辞概念对此法加以说明。兴句与兴意之间不是相似,而是因果关系。后"古诗十九首"《行行重行行》之"相去日已远,衣带日已缓"所用之法类此。

2.写原因,引人联想推知其果。如《秦风·无衣》"岂曰无衣,与子同袍。"《毛传》曰:"上与百姓同欲,则百姓乐致其死。"《郑笺》曰:"此责康公之言也。君岂尝曰:'女无衣,我与女同袍乎',言不与民欲。"因康公不曾言"与子同袍"而推知康公"不与民同欲",再推知百姓不会"乐致其死"。

3．语一及万，以小见大。如《小雅·鸳鸯》中的"鸳鸯于飞，毕之罗之"，《毛传》云："兴也。……太平之时交于万物有道，取之以时，于其飞乃毕掩而罗之。"《郑笺》说《毛传》"言'兴'者，广其义也。"《孔疏》进一步解释说："非但于鸟独然，以兴于万物皆尔。"依他们的解释，从取一鸟之有道，而推知取万物之有道，从取之有道再推知天下有太平之时。这种更多依凭个人感发联想"广其义"的兴并不是譬喻，也不是逻辑意义上的类比推理。如果不是出自经师们的比附创造，也只能说是一种微妙的"远出常人想象之外"的感发。

4．象征，以具体物象象征抽象情感。如《小雅·谷风》的"习习谷风，以阴以雨"，以"风雨相感"象征"朋友相须"；《周南·樛木》的"南有樛木，葛藟累之"，在整体群象的相互关系中显示出"后妃逮下"的抽象意义。

5．借代，或以具体物象借代抽象时间概念，或以事之特征借代其事。如《陈风·东门之杨》的"东门之杨，其叶牂牂。婚以为期，明星煌煌。"《毛传》云："兴也。牂牂然盛貌，言男女失时，不逮秋冬。"《郑笺》云："杨叶牂牂，三月中也，兴者喻时晚也，失中春之月。"以"杨叶牂牂"借代"三月中"，再从"三月中"推知"男女失时，不逮秋冬"。又如《郑风·野有蔓草》"野有蔓草，零露溥兮。"《毛传》标兴，未解兴意。《郑笺》云："蔓草而有露，谓仲春之月。"这都不是今天修辞学中所讲的本体、喻体间存在相似点的譬喻，而是以季节特征借代季节了。

如《王风·采葛》"彼采葛兮，一日不见，如三月兮。"《毛传》云："兴也。葛，所以为絺綌也，事虽小，一日不见于君，忧惧于谗矣。"《郑笺》云："兴者，以采葛喻臣以小事使出。"并释二三章所言"采萧"、"采艾"为"大事"、"急事"。在今天看来，这也不是取其相似之譬喻，而是取其相关之特征借代其事。前举《唐风·采苓》则是先分别以"采苓"、"首阳"借代"小事"、"幽辟"，然后再比喻。

6．对比，或借古讽今，美正刺恶；或借自然讽人事，总之是以赞美正行为手段，讽刺今之恶行为目的。借古讽今者，如《小雅·大东》前六句言古之美，之后是"睠言顾之，潸焉出涕。"《郑笺》云："伤今不如古。"

借自然讽人事者。如《郑风·萚兮》"萚兮萚兮，风其吹女。叔兮伯兮，倡予和女。"《毛传》云："人臣待君倡而后和。"《郑笺》云："木叶槁待风乃落。兴者，风喻号令也，喻君有政教臣乃行之。言此者，刺今不然。"如《郑风·山有扶苏》"山有扶苏，隰有荷花。不见子都，乃见狂且。"以自然"高下大小各得其宜"（《毛传》语）讽今人事"用臣颠倒失其所也"。

或将人与物对比，言人不如物，表现人生不幸，宣泄心中不满。如《卫风·有狐》"有狐绥绥，在彼淇梁。心之忧矣，之子无裳。"《毛传》云："兴也。绥绥，匹行貌。"《孔疏》释曰："有狐绥绥然匹行在彼淇水之梁而得其所，以兴今卫之男女皆丧妃耦不得匹行，狐之不如。"如《曹风·鸤鸠》"鸤鸠在桑，其子七兮。"《毛传》云："鸤鸠之养其子，朝从上下，暮从下上，平均如一。"《郑笺》云："以刺今之在位之人不如鸤鸠。"

7．比拟，将自然物当作人来写，赋物以人的生命、情感、动态。以动物拟人者，如《豳风·

鸱鸮》"鸱鸮鸱鸮,既取我子,无毁我室。"将鸟当作人来写,赋鸟以人的语言与情感。以植物拟人者,如《隰有苌楚》"隰有苌楚,猗傩其枝。夭之沃沃,乐子之无知。"

如果我们对《毛传》进行全面考察的话,就会发现《毛传》标兴很随意,并未将其所认为的兴都标出。如《诗经》中共有三篇《扬之水》,起句及其作用完全一样,《毛传》《郑笺》也都做兴句解,但《毛传》在《王风》《唐风》中的《扬之水》标兴,《郑风》中的却没标兴,故《孔疏》在《郑风·扬之水》篇下云:"《毛》兴虽不明,以《王》及《唐》《扬之水》皆兴,故为此解。"意谓《郑风·扬之水》也是兴,只是没有标明而已。

再如《小雅·皇皇者华》,其首章原文是:"皇皇者华,于彼原隰。駪駪征夫,每怀靡及。"《毛传》对起句的解释是"忠臣奉使能光君命,无远无近,如花不以高下易其色。"这是"发端加譬喻",可是《毛传》并未标兴。又如《周南·螽斯》"螽斯羽,诜诜兮。宜尔子孙,振振兮。"前后句间的譬喻关系是明显的,但《毛传》未标兴,而《郑笺》以兴意释之,《孔疏》说得非常具体明白:"此实兴也。《传》不言兴者,《郑志》答张逸运:'若此无人事者,实兴也。文义自解,故不言之。'……是由其可解,《传》不言'兴也'。《传》言'兴也',《笺》言'兴者喻',言《传》所兴者欲以喻此事也。兴、喻名异而实同。"再如《魏风·伐檀》的起句"坎坎伐檀兮,置之河之干兮,河水清且涟漪。"《毛传》云:"伐檀以俟世用,若俟河水清且涟。"《郑笺》进一步解释《毛传》的意思说:"是谓君子之人不得进仕也。"若作此解,当为兴,但《毛传》却未标兴。

《小雅·南有嘉鱼》四章皆兴,但《毛传》只在三章标兴,《孔疏》于首章"南有嘉鱼,烝然罩罩。君子有酒,嘉宾式燕以乐"下解释说:"取善鱼者,以喻贤者有善德也,此实兴。不云'兴也',《传》文略,三章一云'兴也',举中明此上下'鱼''雏'皆兴也。"

此外,还会发现《毛传》比附经义的迹象十分明显。《毛传》不仅能把后人认为是比的解出喻义,就是后人认为是赋的,《毛传》也同样能解出喻义。如《邶风·静女》中的"静女其姝,俟我于城隅",《毛传》解释为"女德贞静而有法度,乃可说也,……城隅,以言高而不可逾。"《孔疏》则进一步解释《传》意说:"从君子待礼而后动,自防如城隅,然高而不可逾,有德如是。"本来"城隅"只是男女约会的地点,却被解释为"静女"道德的象征了。再如"自牧归荑,洵美且异",《传》云:"本之于荑,取其有始有终"。一棵仅仅是青年男女之间用以传情的小草,也被涂上浓厚的伦理色彩。

通过以上的考辨,我们可以得出这样一些判断:

其一,如果我们就其标兴的主体方面而言,可以看出,在众多推断中,那种认为《毛传》所使用的兴就是"譬喻"的看法比较接近《毛传》的本意。而且这种认识并不是《毛传》的发明创造,而是当时的时代共识,如前引郑众、郑玄的解释,如习鲁诗之刘安《淮南子·泰族训》言:"《关雎》兴于鸟,而君子美之,为其雌雄之不乖居也。《鹿鸣》兴于兽,君子大之,取其见食而相呼也。"① 如韩诗之《薛君韩诗章句》言:"《芣苢》伤夫有恶疾也……以事兴,芣苢虽恶臭乎,我犹采采不已者,以兴君子虽有恶疾,我犹守而不离去也。"② 如王逸《楚辞章句·离骚章句》言:"《离骚》之文,依诗取兴,引类譬喻,故善鸟香草以配忠贞,恶禽臭物以比谗佞。"说接近《毛传》本意,这只是相对而言。其实《毛传》是将"意有不尽"、寄寓着言外之意、能感发志意,"起发己心",能"广其义"的写它物它事的诗句标为兴(但又未将此类诗句全部标明)。兴与"所咏之词"(本体)存在相似或相关关系,事物相似可以使人感发联想,事物相关也可使人"起发己意",但后者已不是譬喻。故《毛传》所标之"兴"不尽是譬喻。"譬喻"同样不能准确地概括《毛传》所标的兴。至于《毛传》所标非相似关系之譬喻的兴,有些是《毛传》的误标,有意对兴范围的扩大;有些则是当时人们对兴或对譬喻的认识不严谨所造成。

其二,这里所说的"譬喻"并不是今天修辞学中所说的比喻,而是借用古人的概念。这二者之间虽然有着血缘关系,但是由于古时修辞学尚不发达,还没有对表现方法进行严格的要求和很细的分类,使我们今天要将二者比较起来看时,会发现它们之间存在很大的距离。《说文》曰:"譬,谕也。""谕,告也。"《段注》曰:"凡晓谕人者,皆举其所易明也。《周礼·掌交注》曰:'谕,告晓也。'晓之曰谕,其人因言而晓亦曰谕。谕或作喻。"《毛诗正义·卷一》也云:"郑云'喻'者,喻犹晓也,取事比方以晓人,故谓之为喻也。"古人所说的"告"、"晓"近似于我们今天所说的"表现"、"说明"、"知晓"。古人所说的譬喻即《墨子·小取》中所说的"举也(他)物而以明之"的"譬",用今天的话说便是凡借助它事物(理)来"说明"、"表现"此事物(理)的就是"譬喻"。它对于本体和喻体之间的相似性的要求不是很严格,它的外延要远比现在修辞学上所说比喻的外延大得多,它包括对比、比喻、比拟、象征等等。由于现在我们使用的概念没有一个可以跟当时的"譬喻"等同,故只好暂时借用之。

其三,《毛传》标兴说诗的本意并不是要分析《诗经》的表现方法,而是借助兴发挥比附经义。《诗经》中固然存在着许多为政治目的而作的言志诗,同时也存在着大量的抒一己之情的言情诗。特别是那些反映男女之间爱情的诗,虽然我们知道当时诗人很有可能借儿女之情来言君臣之事,但是我们也可以肯定它们并非都是为了政治目的而创作的。然而《毛传》一律把它们当作反映圣人之意的经书来注释,借助标兴来发挥比附经义,这就使本来在诗人手中运用得非常灵活自由的"兴"法(这里是借用后人的概念,实际当时诗人是不知道有所谓"兴"法的)失去了本来面目,变成了专门美刺讽谏政治的方法。

其四,《毛传》对兴的认识不尽符《诗经》之兴的本来面目。按照我们今天对《诗经》的认识,我们认为《诗经》之兴当有与"所咏之词"有关和无关两种,当存在结构上的"发端"起辞、音乐上的"趁声",比较典型的如"×有××,×有××"套语式的"发端",但《毛传》为了比附

---

① 刘安:《淮南子·泰族训》,《诸子集成》第 7 册,中华书局,1954 年,第 353 页。
② 《薛君韩诗章句》,《玉函山房辑佚书》二函。

经义,千方百计也要解出"喻义",如《魏风·园有桃》"园有桃,其食之殽。心之忧矣,我歌且谣。"在我们看来,不过是以"园有桃,其食之殽""发端"起辞,以"桃""殽"协"谣"之韵而已,兴句与所咏之"忧"并无关联。《毛传》却释曰:"兴也,园有桃,其实之食,国有民,得其力。"这种过于明显的比附,就连当时善于比附的经学大师郑玄也不能认同,而以赋解之。可见《毛传》以及两汉经学家对"兴"的解释不尽符《诗经》之"兴"的本来面目,对"兴意"的解说也不尽符诗人之本意。其实不论是诗人一时偶然的感发还是当时人们对自然的神秘理解,后人都已很难推断。

3.考《毛传》所标"兴"的性质:兴不尽是"触物起情"

《毛传》所标的 116 兴大部分标在那些在正文之前描述山川草木、鸟兽虫鱼以及时间、事件、行动等具体事物的诗句下(但这不是《毛传》所标兴的独特属性,《毛传》未标兴的诗中也大量存在这种具体描写)。这些事物包罗万象,既有"触物起情"者。也有移情于物"索物托情"者,就其性质而言大致可分为三种:

其一,触景生情,情因景生,以眼前所见实景起兴。如《卫风·淇奥》"瞻彼淇奥,绿竹猗猗。"就可能是诗人触景生情,情因景生。

其二,借景言情,情非因眼前景引起,但情与景之间存在相似或相关的关系,可引发人们的联想感发,故借眼前景起兴。如《小雅·鹿鸣》本是写宴享宾客的情景,"呦呦鹿鸣,食野之苹"就未必是眼前所见之景,当是借与情有相似关系的景起兴,又如《桃夭》、《摽有梅》所写之景皆非一时,而"触景生情"则必是"现在进行时",是知当中必有"借景言情"者。

其三,设景言情,以意念中想象的虚景起兴。如《周南·麟之趾》,"麟"只是当时人们想象中的祥瑞之物,实际客观世界中并没有麟,诗人只能在想象中虚构此物了。这种也许就是后人所说的"缘情造景"。

此外,还有叙事起兴、套语起兴等等。《毛传》所标之兴不尽是"触景生情"。

结论:据《毛传》所标兴及其对兴句的解释可大致推知《毛传》所标兴之特征:1.从兴句性质看,兴句皆为喻体或与本体相关之外物,本体不出现。2.从兴句与兴意关系看,或相似,或相关。3.从兴句的功能看,起发己心,感发志意。故曰《毛传》所标兴之本义为:借与己意相似或相关之物、事以起情。此释虽曰宽泛,但最为近之。

三 《毛传》标兴说诗的文化根源

《毛传》标兴说诗现象的发生,并不是《毛传》的发明创造,而是渊源有自。

从思维方式的角度说,是对求同类比思维方式的继承。兴的这种用法并不是一种孤立的现象,而是有着久远的历史文化根源。它是当时人们求同类比思维方式和语言表达方式的直接反映。人们的认识能力、思维能力、语言表达能力都有一个渐进的发展过程。人的思维是活跃的,感知是灵敏多变的,它们要远比人的语言丰富多彩。因为语言及其组织惯例都不是一人可创造的,它需要整个社会在漫长的时期中逐渐地约定俗成。在人类初期,人们还不能把事物的本质特征抽象化,使之脱离感性形态成为抽象属性;人们还没有足够的词汇(概念)来表达感知的新事物,只好借助已知的具体事物作为推理、判断、表达的中介,只好"以其所知,谕其所不知"①。借助具体可感的形象表达抽象的思情感情,可以说是人类初期的共同特征。别林斯基曾就文学的外部表现说:"每一个幼年民族中部可以看到一种强烈的倾向,愿意用可见的,可感知的形象。从象征起,到诗意形象为止,来表现他们的认识范围。"② 法国的人类学家兼心理学家列维·布留尔则就语言的内部规律进行研究,他认为人类语言的发展也像人的意识一样是由具体逐渐发展到抽象的。他认为原始人不会使用概括性的抽象名词。他曾考察了塔斯马尼亚人的语言,发现他们没有能表示抽象概念的词,只好借助具体形象来表达抽象的概念,"为了表示'硬的',他们说:象石头一样;表示'长的'就说大腿;'圆的'就说象月亮,象球一样,如此等等。"③列维·布留尔的考察有助于我们对《诗经》时代的思维方式的理解,也有助于我们对《毛传》所标兴与《诗经》兴法的理解。"兴"是人类早期思想交流与语言表达之间矛盾的必然产物。它最初是由于人类思想交流需要的功利目的而产生,至于人们注意到它形象生动、委婉含蓄的审美特征则是以后的事。就人类的思维发展史来说,形象思维是早于逻辑思维的。春秋战国时期人们的思维方式正处在从形象思维向逻辑思维过渡阶段,人们一方面继续重视譬喻的功利作用,同时也注意到了它的审美特征;既借助它来表达抽象的思想,又借助它来增强语言的感染力。章学诚说:"古人未尝离事而理理"④,指的便是这种方法。当时几乎所有的推理全部建筑在譬喻的基础之上,如《墨子·小取》中总结的九种推理方法便是以"类取"、"类予"的"譬"为核心的。善辨的惠子以至于"无譬,则不能言矣"⑤。说理之前打一个具体形象的譬喻,几乎成为当时人们模式化的思维方式。这种思维方式不仅影响了诗歌创作,同时也影响了当时哲理散文、历史散文的写作,使它们具有普遍的时代特色——形象性强。章学诚所以说:"战国之文,深于比兴,深于取象者也"⑥,其根本原因就是由于这种思维方式所决定的,因为语言的表达直接制约于人们的思维方式。如《易经》中的爻辞就多是先说一具体事物再作出抽象判断,类似"明夷于飞,垂其翼。君子于行,三日不食"(《明夷·初九》)这样的卦爻辞在《易经》中是很多的,其表

① 刘向:《说苑·善说》,《百子全书》,浙江人民出版社,1984 年,第 625 页。
② 《古典文学理论译丛》11 辑,第 59 页。
③ (法)列维·布留尔,《原始思维》,商务印书馆,1981 年,第 164 页。
④ 章学诚:《文史通义》,粤雅堂丛书本。
⑤ 刘向:《说苑·善说》,《百子全书》,浙江人民出版社,1984 年,第 626 页。
⑥ 章学诚:《文史通义》,粤雅堂丛书本。

现方法与《诗经》的兴是相同的，故章学诚说："《易》之象也，《诗》之兴也。"①《易》是卜筮书，是重意的，卦爻辞中的象与下文内容是紧密相关的，是用具体的物象来比喻、象征说明某种抽象的事理。《易》中使用的"象"（兴）当是与下文内容有联系的。又如《论语·泰伯》记载曾子的话说："鸟之将死，其鸣也哀；人之将死，其言也善"等等，都是这种思维方式的外在表现。其实《诗经》创作实践中也运用着同样的思维方式，多处明确表明了上下句之间的譬喻关系，如《小雅·小弁》中的"鹿斯之奔，维足伎伎。雉之朝雊，尚求其雌。譬彼坏木，疾用无枝。心之忧矣，宁莫之知。"如《大雅·抑》中的"白圭之玷，尚可磨也；斯言之玷，不可磨也"；《豳风·伐柯》中的"伐柯伐柯，匪斧不克。取妻如何，匪媒不得"等等。所以《毛传》及其它汉儒认为兴即譬喻并不是没有根据。这并不是《毛传》的发明，而是时代的普遍认识。《毛传》错在以偏概全，以局部代替整体，错在把许多喻义单纯甚至并没有喻义的兴全部比附出有关政教的喻义。

因为《诗经》毕竟是诗，是歌，而不是卜筮书，更不是哲学著作。在诗乐合一的时代，"乐以诗为本，诗以声为用"，不但要用诗义来表达思想，同时也要用乐声交流情感。在当时的口头创作中，出于音乐的关系，或是为了在短时间内迅速成篇，运用一些现成的或临时凑成的与诗的内容没有直接关联的诗句发端和协韵也是很自然的事。这也就是我们说的与诗义无关的兴。这种套语式的兴近似于美国学者帕利和他的学生劳德创建的"套语分析法"中所说的与语义无关的"句法套语"②。《诗经》中的套语比较复杂，并不是所有套语与下文都无关。在《诗经》中运用次数最多的便是"×有××"这种套语，如山有××，隰有××等。初步统计，《诗经》中共有 50 处运用了这种套语，《毛传》在其中 15 处标了兴，这 15 处中很多是与下文意义无关的。如《小雅·南山有台》（原文太长，恕不引），全诗共五章，每章都以"南山有×，北山有×"发端，草木的名称换了 10 种，可是各章的内容几乎没有变化，都是祝愿宾客有德有寿。草木名称的变化并不影响诗意，可知诗人并不是取喻于草木名称的意义。那么，变换这 10 种草木名称的用意何在呢？原来这每一章兴句中的两种草木名称与下文的韵脚都同在一个韵部！显然这是出自诗人有意的安排，诗人只是借草木名称声音的变化来改变韵脚。类似这样的兴，我们不仅可以从《诗经》中找出许多例证，也同样可以在春秋战国时期创作的其它诗歌中找到大量旁证。如刘向《说苑》所载《越人歌》中的"山有木兮木有枝，心悦君兮君不知"③，兴句与下文也无意义上的联系，只是以"枝"协"知"的韵而已。又如《论语·子罕》引的逸诗"唐棣之花，偏其反而。岂不尔思？室是远而。"朱熹《四书章句集注》注此诗时说"此逸诗也，于六义属兴，上两句无意义，但以起下两句之辞耳。"④历代的民歌中运用这种

---

① 章学诚：《文史通义》，粤雅堂丛书本。

② 美国汉学家王靖献（C. H. wang）：《钟鼓集》（《The Bell and the Brum》），加州大学，1974 年。

③ 刘向：《说苑·善说》，《百子全书》，浙江人民出版社，1984 年，第 625、625、626 页。

④ 朱熹：《四书章句集注》，中华书局，1983 年，第 116 页。

兴法的就更多了。因此,有些学者认为兴只是"与本意没有干系的趁声"也是有根据的。只是在我们全面分析了《毛传》所标的兴以及《诗经》全部诗文之后,发现"兴"法在当时的诗歌创作中并没有固定的格式。诗人运用非常自由灵活,可以用在章、节的发端,也可用在章节的中间。在内容上是否与下文有必然的内在联系则没有固定的要求,可以有,也可以没有。与下文内容有关联也不一定只是比喻这一种关系,也可以是非逻辑的关联。兴法是灵活多变的,单用"譬喻"或"趁声"都不能全面地概括兴。两说都有合理的成分,但也都失之片面。

从用诗方法的角度说,是对传统用诗方法的继承。《诗经》时代乃至两汉经学时期,人们主要发挥《诗经》的政教功能,将之运用在政治生活的方方面面。有关《诗经》的解说、传授大都是为了用于政教。周人以礼乐治国,《诗经》是乐的重要组成部分。周人不仅将《诗经》用在典礼和讽谏上,还广泛运用在赋诗言志上。春秋时期"自朝会聘享以至事物细微,皆引《诗》以证其得失焉。大而公卿大夫,以至舆台贱卒,所有论说,皆引《诗》以畅厥旨焉。""古人所作,今人可援为己作;彼人之诗,此人可赓为自作,期于'言志'而止。人无定诗,诗物定指。"① 而赋诗言志的原则就是"歌诗必类"(《左传》襄公十六年)"诗所以合意"(《国语·鲁语下》),就是用与己意或当时气氛相合相类的诗句言志。选择他人之诗言己志的过程就是感发联想和引譬连类的过程。其实《周礼》"六诗"所言赋、比、兴,就是对感发志意引譬连类、以古比今比较类推、讽诵言语敷陈表达的赋诗方法的概括。其后孔子教诗所言"《诗》,可以兴",也是沿用赋诗言志的方法,感发志意,引譬连类,孟、荀说诗引诗论证儒家义理,乃至两汉经生能从儒家产生之前的《诗经》中感发出儒家义理,也同样是沿用赋诗言志的方法,也同样是用诗于政教。不同之处只在于个人的感发说成是诗本义,将"诗无定指"变为"诗有定指",将诗义定于《诗经》时代尚未产生的儒家义理上。

从功利目的的角度说,是政治的产物,是宣扬儒家伦理道德的需要。《毛传》所标兴都是对山川草木鸟兽虫鱼等自然景物或事件的描写,而自然景物、具体事件与抽象义理之间存在多方的相似相关点,对同一兴句从不同角度可以感发出不同的喻义(经学家对同一兴句所感发的志意不同便是明证),这就给经学家发挥儒学比附经义提供了极大的方便。《毛传》标兴说诗也主要是利用了这种方便,从先验的儒学观念出发,感发志意比附经义,以己意推断诗人之志,以至将己意强加给诗人,并将自己的感发说成是诗本义。三家诗虽未标兴,但也同样是沿用这种赋诗言志的方法说诗,同样是为政治服务。其后的经学家也如此。

---

① 劳孝舆:《春秋诗话》,广东高等教育出版社,1996年,第66、1页。

四 《毛传》标兴的文学价值

我们这样分析《毛传》标兴,只是想实事求是地探讨一下每个历史时期的学者对赋、比、兴的认识达到怎样一个水平,或者说是探讨赋、比、兴理论发展演变的真实历史过程。《毛传》标兴的混乱,这在赋、比、兴涵义发生重大变化的初期是不可避免的。任何理论都要有一个逐渐发展成熟的过程。我们一方面要指出《毛传》标兴混乱是造成后世对赋、比、兴认识分歧的直接原因;刻意求深比附经义掩盖了《诗经》中一些言情诗的本来面目;借助“兴”将己意强加给古人的说诗方法造成极其恶劣的影响等等弊端,同时也要承认是《毛传》标兴使行将消亡的赋、比、兴的涵义发生了重大变化,是《毛传》开拓了对《诗经》表现方法与赋、比、兴理论的研究;《毛传》标兴,全部标在对具体事物描写的诗句下,并曲解出深刻的政治喻义,虽然主观上是为了比附经义,改变了《诗经》中一些诗的原始含义,但客观上却歪打正着,《毛传》对兴的标定和解释正符合艺术思维的特点,符合借感性事物显现理念的文学创作规律,由此使赋、比、兴得以从简单的概念逐渐发展成为具有民族特色的理论体系;《毛传》标兴及其对兴诗的解释极大地影响了后世诗歌创作,后世很多诗人都有意识地模仿继承《诗经》的批判现实主义“传统”,有意识地创作政治讽谕诗,这对中国诗歌批判现实主义传统的形成,“温柔敦厚”,委婉含蓄的艺术风格的形成都起了积极的作用,为后世的“意境”说的发展与成熟奠定了坚实的基础。故朱光潜先生说:“中国后来的诗论、文论乃至画论都是按照毛苌所标的赋、比、兴加以引申和发展的。”①

作者简介　鲁洪生,1951 年 4 月生 ,男,籍贯,辽宁东沟。首都师范大学文学院中国诗歌研究中心教授,文学硕士,博导,主要从事先秦两汉文学与中国古代文学理论研究,邮编 100089,电子信箱 luhsh@x263.net)

---

① 朱光潜《中国古代美学简介》,《中国古代美学论文集》,上海古籍出版社,1981 年,第 6 页。

论《诗》教
——经学与中国文论范畴系列研究之三

陈 桐 生

内容提要:本文认为《诗》教思想在上古时代就已经开始萌芽,《礼记·经解》将其提炼成一个重要的经学理论范畴,《毛诗序》最后完成了《诗》教理论,使之成为影响中国文学理论和文学创作的一个经学文论核心范畴。

关键词:《诗》教 《礼记·经解》《毛诗序》

《诗》教思想在我国上古时代就已经开始萌芽,《礼记·经解》将它提炼成一个重要的经学理论范畴。但是《礼记·经解》所提出的《诗》教说还只是这一理论的初步形态,《诗》教理论的最后完成是以《毛诗序》为标志。《诗》教范畴最初指的是《诗经》教育作用,属于美育理论,后来逐步扩大到诗歌创作领域,成为儒家文学创作论的灵魂。《诗》教范畴不仅概括了儒家关于艺术美育作用的理论,而且涉及到作家所肩负的政治伦理责任、文学与政治的关系、文学表现手法等一系列重大理论问题。前人已经对《诗》教范畴作了不少研究,他们指出《诗》教理论的核心思想是"依违讽谏","婉曲不直言"。但《诗》教范畴如何逐步走向成熟,《毛诗序》对《礼记·经解》的《诗》教范畴有哪些发展,《诗》教范畴如何从美育理论转化为创作理论,《诗》教范畴在儒家文论体系中居于什么地位,这些问题都还有继续深入探讨的余地。本文试从历史的和逻辑的角度,来讨论《诗》教范畴从孕育到逐步形成的过程,揭示《诗》教范畴的理论内涵,指出《诗》教范畴在儒家文学理论中的地位和重大影响。①

---

① 自《礼记·经解》提出"温柔敦厚,《诗》教也"以来,古今学者对《诗》教范畴的研究不少。孔颖达在《礼记正义》中以"《诗》依违讽谏,不指切事情"来解释"温柔敦厚"之旨。朱熹在《诗集传》中以"思无邪"来说明《诗》教之义。皮锡瑞在《经学通论》中认为温柔敦厚的《诗》教体现在"婉曲不直言"。朱自清在《诗言志辨·诗教》中认为"温柔敦厚"应该是个多义语:"一面是指'《诗》辞美刺讽谕'的作用,一面还映带着那'《诗》乐是一'的背景。"王运熙、顾易生主编的《中国文学批评通史》说:"'温柔敦厚'的诗教,是适应汉代大一统新形势而提出的理论主张,是企图通过文学来维护封建统治的一种特殊艺术手段。……它要求诗歌塑造的是'怨而不怒'、温柔和顺的文学形象,……强调诗歌艺术的委婉含蓄和比兴手法的运用,语言不必太露,以便调动读者的想象来进行审美的再创造,为他们丰富的艺术联想留下广阔的天地。"这些研究都将《诗》教范畴的核心内容揭示出来。

一　孕育《诗》教理论的三大因素

《诗》教概念虽然是由《礼记·经解》的作者概括出来,但艺术教化思想在我国却萌芽甚早,在《礼记·经解》之前就已经积累了相当丰富的思想资料,《礼记·经解》只不过是作了理论上的提炼和概括。

中国早期社会贵族子弟的诗乐教育、委婉托讽的文明风范和诗乐在政治生活中的运用,是孕育《诗》教思想的三大因素。

《诗》教思想早在上古时期贵族子弟教育中就已经开始萌芽。中国古人很早就认识到诗乐舞艺术以感性形象诉诸人的感情这一特点,自觉地运用诗乐舞艺术作为培养贵族子弟伦理感情的重要手段。《尚书·尧典》载帝舜草创帝制,任命夔担任典乐官员,帝舜说:"夔!命汝典乐,教胄子,直而温,宽而栗,刚而无虐,简而无傲。诗言志,歌永言,声依永,律和声。八音克谐,无相夺伦,神人以和。"[1]尧舜时代有无文字尚不可知,因此此《尧典》决不可能是尧舜时代的作品,帝舜所说的"诗"也不是指《诗三百》,而是泛指一般诗歌。《尧典》可能是商周史官根据上古传说写出,又经过战国时期儒家的加工润色而成。从这个传说可以看出,早期统治者已经开始尝试运用诗、乐、舞手段来培养贵族子弟的伦理人格。帝舜理想中的贵族子弟人格是正直而温和、宽弘而庄严、刚毅而不苛刻、简易而不傲慢,通过诗歌声律的熏陶而达到人与人、人与自然、人与神明的和谐。在"直而温,宽而栗,刚而无虐,简而无傲"之中就已经包含有温柔敦厚的因素。由于中国古代诗乐舞融为一体,所以这里所说的"乐"实际上包含了诗歌在内。它说明中国古代乐教与诗教合为一体同步展开,"以声为用的《诗》的传统——也就是乐的传统——比以义为用的《诗》的传统古久得多,影响大得多"。[2]这种诗乐一体的艺术教育,实际上就是诗教思想的萌芽,诗教最初的适用范围是指贵族子弟教育,与后世所说的以诗乐教育普通民众还是有一定区别,教育的目的则是培养未来统治者或上流社会成员所必需的道德品质和基本文化素质。西周初年大政治家周公制礼作乐,将诗乐之教作为一种最重要的国家政治制度来施行。这里面的乐就包括诗歌在内,一部《诗三百》就是周王朝诗乐教化的产物。为什么要制礼作乐呢?这是因为"乐以治内而为同,礼以修外而为异;同则和亲,异则相敬;和亲则无怨,畏敬则不争。"[3]礼乐刑政是古代统治者管理封建国家的基本手段,诗乐感化是其中软的一手,它通过诗乐感性艺术来培养人民自觉服从封建统治秩序的伦理情感,使人民将接受统治由外在强求化为内心的自觉。这样诗乐之教就不仅仅是

---

①　孔颖达:《尚书正义》,北京大学出版社,1999年,第79页。
②　朱自清:《诗言志辨》,华东师大出版社,1996年,第128页。
③　班固:《汉书·礼乐志》,中华书局,第1208页。

一种贵族子弟的素质教育,同时也是一种治国方略和手段。周公的礼乐制度今日已经难窥其详,大约产生于战国时代的古文经《周礼》,从官制职能的角度提供了一些诗乐教化的资料。如《周礼·地官·大司徒》载:"以乡三物教万民,而宾兴之。一曰六德:知、仁、圣、义、忠、和。二曰六行:孝、友、睦、姻、任、恤。三曰六艺:礼、乐、射、御、书、数。……以五礼防民之伪,而教之中。以六乐防万民之情,而教之和。"《周礼·地官·保氏》载:"保氏掌谏王恶,而养国子以道,乃教之六艺:一曰五礼,二曰六乐,三曰五射,四曰五驭,五曰六书,六曰九数。"《周礼·春官·大司乐》载:"以乐德教国子:中、和、祗、庸、孝、友。以乐语教国子:兴、道、讽、诵、言、语。以乐舞教国子,舞《云门》、《大卷》、《大咸》、《大磬》、《大濩》、《大武》。"《周礼·春官·大师》载:"教六诗:曰风、曰赋、曰比、曰兴、曰雅、曰颂。以六德为之本,以六律为之音。"[1]据学者们研究,《周礼》所记载的不一定是西周礼制的真实情形,而是战国儒家理想国家制度的产物。但是这种理想制度并不完全是空穴来风向壁虚构,其中应该多少有一些古代礼制的影子。从这些文字来看,大司徒、保氏、大司乐、大师这些职能官员要教会贵族子弟诗乐舞方面的技能知识,更要藉此培养万民"六德"、"六行"之类的伦理道德品质。将教化作为一种国家制度,这说明教化在古人心目中占有重要位置。值得注意的是,《周礼》中的诗乐教育已经不局限于"国子",而是扩大到"万民",这说明《周礼》作者已经意识到对人民进行诗乐教育的重要性。如果说《尚书·尧典》和《周礼》都是后人的追记,那么《国语》中关于贵族子弟教育的记载就要真实可靠多了。《国语·楚语上》载楚大夫申叔时论教育太子时说:"教之《春秋》,而为之耸善而抑恶焉,以戒劝其心;教之《世》,而为之昭明德而废幽昏焉,以休惧其动;教之《诗》,而为之导广显德,以耀明其志;教之《礼》,使知上下之则;教之《乐》,以疏其秽而镇其浮;教之《令》,使访物官;教之《语》,而知先王之务用明德于民也;教之《故志》,使知废兴者而戒惧焉;教之《训典》,使知族类,行比义焉。"[2]申叔时所使用的是"教之……,以……"的句式,前者是指教学内容,后者指的是教学目的。在申叔时开列的教材之中,《诗》应该就是当时在上流社会传诵的《诗三百》,其它名目已经难以确指。申叔时所说的《诗》、《乐》教育最值得注意,它是要通过诗乐艺术的感化来使受教育者达到"导广显德","耀明其志","疏其秽而镇其浮"的目标,用今天的话说,就是让楚太子提高道德水平,树立远大志向,荡涤心中的邪秽意识,培养厚重人格。诗乐之教在本质上是一种艺术教育,实现教育目标的具体途径是艺术感化,后来的《诗》教理论就产生于这种艺术教育的传统之中。

　　《诗》教理论的核心内容是委婉托讽,依违进谏,不直接说破。这种委婉托讽的文明风范在我国也有深厚的传统。春秋战国时期政治外交场合广泛运用赋诗言志、寓言、比喻、故事,这些讽谏方法都是言在此而意在彼,都是以委婉含蓄著称,它们与《诗》教范畴的联结点就在

---

① 贾公彦:《周礼注疏》,北京大学出版社,1999 年,第 241、352、573、607 页。

② 《国语》:上海古籍出版社,1998 年,第 528 页。

于婉曲。赋诗言志是盛行于春秋时期政治外交场合的一种时俗，它先是在周王室和中原诸侯国之间流行，继而周边一些蛮夷国家也蒙其化，在国际交往之中赋诗言志。①在特定的场合，赋诗者断章取义，听者自能从中感悟，这样在雍容揖让、弦歌讽诵之间完成政治、军事、外交任务，充分体现宾主双方的文化水平和文明风度。正如《礼记·仲尼燕居》所说："古之君子，不必亲与言也，以礼乐相示而已。"②例如文公十三年（公元前614年），郑伯背晋而投靠楚国，后来考虑到晋国得罪不起，又想与晋国重新和好。这时正好鲁文公刚朝晋国归来，在半路上与郑伯相遇，郑伯想委托鲁文公到晋国说情，双方谈话全用赋诗表达。郑人先赋《小雅·鸿雁》，取其诗中"爰及矜人，哀此鳏寡"二句，希望鲁文公怜悯自己。鲁人则赋《小雅·四月》作答，说明自己多日在外奔波劳累，现在正急于回家祭祀，以此委婉地拒绝了郑人的请求。郑人再赋《鄘风·载驰》，取其"控于大邦，谁因谁及"之句，再次求鲁国出面相助。鲁人感到过意不去，只得赋《小雅·采薇》，取"岂敢定居，一月三捷"，表示为郑奔走而不敢安居。一场外交交涉，全靠赋诗来传达双方意向，求者和被求者都避免了被人拒绝和直接拒人于门外的尴尬，维护了双方的面子，随时都有下台的台阶。春秋时期的《诗三百》已带有政治经典色彩，因此赋诗可以作为谈判的理论武器。例如鲁成公十二年（公元前579年），战败的齐人向战胜国晋国求和，晋人提出两个议和条件：一是以齐侯之母萧同叔子作为人质；二是要求齐国境内田亩一律东西走向，以便于晋人兵车出入。齐国外交使者国佐赋《大雅·既醉》"孝子不匮，永锡尔类"，说明只有孝亲才能号令诸侯，晋国要求以齐侯之母为质违反了孝道；在驳斥第二个条件时，国佐又赋《小雅·信南山》"我疆我理，南东其亩"，说明治理疆土应该根据物土之宜，或南或东，而不能强求统一；最后他赋《商颂·长发》"敷政优优，百禄是遒"，指出晋人要想充当诸侯盟主，就必须实行德化怀柔政策，而不能一味地炫耀武力。通过赋诗三首，国佐巧妙地传达了齐国的原则立场，以《诗三百》王道文化传统折服了晋人。赋诗之风至战国已基本停熄，但中华民族的文明风度并未中断。战国时期游说之风大盛，士林阶层为了增加说服力，在说辞中大量运用比喻、寓言、故事等手段，使委婉托讽的华夏文明传统在新形势下又有了新的表现形式。是委婉托讽还是直说，这是区分文明与野蛮、华夏与夷狄的标志。《诗》教范畴就是总结、凝聚了中华民族在长期历史过程中形成的委婉托讽的文明成果。

儒家提出《诗》教理论的目的，是要求诗乐艺术更好地为现实政治服务。这反映了儒家对艺术本质特征和根本功能的认识。儒家这一认识也有极深的历史文化根基。从上古时代起，诗乐艺术就是国家政治生活中的一个组成部分。《国语·周语上》载召公谏厉王弭谤，说天子听政，使公卿至于列士献诗，师箴，瞍赋，矇诵，这一切艺术活动都服务于一个目的，就是

---

①　先秦时期各种礼仪场合都有诗乐演奏，不同的音乐传达不同的意向。赋诗言志可能就是这种诗乐演奏的进一步发展。

②　孔颖达：《礼记正义》，北京大学出版社，1999年，第1386页。

为了使"事行而不悖",就是说使帝王政治不出差错。从《国语》、《左传》、《礼记》、《仪礼》等典籍我们看到,在西周春秋时期国家的祭祀、宴享、大射等重要活动中,诗乐演奏是礼仪的重要一环。即使是统治者从事艺术欣赏活动,古人也要将政治意义放在首位,这就是听音而知政、采诗而观民风。据《左传·襄公二十九年》记载,是年吴公子季札聘鲁,鲁国保存有周天子诗乐,季札因此请求观赏周乐。季札对每一国的诗乐都有精彩、中肯的评论。例如,他对《周南》、《召南》诗乐的评价是:"美哉!始基之矣,犹未也;然勤而不怨矣!"在听到《郑风》诗乐时说:"美哉!其细已甚,民弗堪也。是其先亡乎?"季札对《小雅》和《颂》诗的评价最值得注意。他对《小雅》的评价是:"美哉!思而不贰,怨而不言,其周德之衰乎?犹有先王之遗民焉。"《小雅》音乐一方面流露了对先王德政的深切思念和对现实政治的不满,另一方面又没有表现出对统治者的叛离之心,季札认为只有先王遗民才会有这种深厚感情。"思而不贰,怨而不言"可以作为"温柔敦厚"的生动注脚。季札对《颂》乐的评论是:"至矣哉!直而不倨,曲而不屈,迩而不偪,远而不携,迁而不淫,复而不厌,哀而不愁,乐而不荒,用而不匮,广而不宣,施而不费,取而不贪,处而不底,行而不流。五声和,八风平,节有度,守有序。盛德之所同也。"季札一连用了十四个四字句,每一句头一个字与后两个字都是正反对举,虽然说得非常高深神秘,但它的基本精神并不难理解,它是说《颂》乐感情旋律始终保持在一定的限度之内,是一种有节制的"中和"的音乐艺术。而有节制、有限度的"中和"精神正是《诗》教范畴的重要内容。审音而知政是实现《诗》教的必要条件,只有从诗乐中听出政治情形,采诗观风才成为可能,作诗讽谏才会真正作用于现实政治。

就是在这样的背景之下,儒家对艺术与政治的关系从理论上加以总结。《论语》记载了不少孔子关于诗乐的言论,这些评论对《诗三百》的功能、重要性、伦理道德内涵都有深刻论述,而其核心是讲诗乐与政治的关系。孔子认为,《诗三百》具有"可以兴,可以观,可以群,可以怨。迩之事父,远之事君,多识于鸟兽草木之名。"[1]的功能,要求弟子以《诗》的伦理意义事父事君。孔子以"思无邪"[2]来概括《诗三百》的伦理思想倾向,高度强调《诗》在政治生活和人生道德修养方面的重要性,他说:"不学《诗》,无以言"[3],"人而不为《周南》、《召南》,其犹正墙面而立也与"[4]。他特别鼓励弟子举一反三,从《诗》中体悟出社会人生之理,子贡从"如切如磋,如琢如磨"[5]中悟出人应该逐步提高修养境界,子夏从"巧笑倩兮,美目盼兮"[6]悟出礼仪在情感之后,均受到孔子的称赞。他把人生修养划分为三个阶段:"兴于《诗》,立于

---

① 《论语注疏》,北京大学出版社,1999年,第237页。
② 《论语注疏》,北京大学出版社,1999年,第14页。
③ 《论语注疏》,北京大学出版社,1999年,第230页。
④ 《论语注疏》,北京大学出版社,1999年,第230页。
⑤ 《诗经·卫风·淇奥》,崔富璋《诗骚合璧》,浙江古籍出版社,1995年,第51页。
⑥ 《诗经·卫风·硕人》,崔富璋《诗骚合璧》,浙江古籍出版社,1995年,第53页。

礼,成于乐。"①这是说从读《诗》而受到感发,通过习礼而自立于伦理社会,最后在音乐的熏陶中成就完善的人格。这些论述加深了人们对《诗》教价值的认识。只有把《诗三百》的教育功能和重要性讲深讲透,《诗》教理论才有深厚的根基。孔子还以"乐而不淫,哀而不伤"来概括《关雎》音乐,继季札之后指出了《诗》乐的中和特色。孔门师徒在以教化治民方面有成功的实践,《论语·阳货》载:"子之武城,闻弦歌之声。夫子莞尔而笑曰:'割鸡焉用牛刀?'子游对曰:'昔者偃也闻诸夫子曰:君子学道则爱人,小人学道则易使也。'子曰:'二三子!偃之言是也。前言戏之耳。'"弦歌讽诵,诗乐教化,不下席而天下治,子游将孔子这一思想运用到治理武城之中,这是中国历史上以教化治民的最早尝试。②孔子将文化学术从官府带到民间,而他所用的教材就包括《诗三百》,这样平民也可以接受《诗》教,《诗三百》从此不再是上流贵族社会的专利。《周礼》虽然也讲以诗乐教万民,但这只是作者的理想,而孔子则是实实在在、脚踏实地去做。儒家迈出的这一步在《诗》教发展环节上具有关键意义,《诗三百》只有走向全民,才能完成风化天下的使命。战国儒家对《诗》教理论还有一个贡献,这就是使教化内容由古代的宽泛不定渐渐集中到六艺之教。从上文征引的《尚书》、《周礼》、《国语》材料可以看出,此前贵族子弟教育虽然都强调诗乐教化,但他们的教学内容往往因人而异各不相同。大约在战国中期,儒家后学完成了孔子删述六经的学说,③六经由全社会共同使用的典籍而成为儒家学派的专利,宽泛的诗乐教化因此而渐渐地集中到六艺之教。《荀子·赋》也说:"天下不治,请陈佹诗。"这是作诗刺上的理论表述。

先秦时期的人们先是以诗乐教育贵族子弟,继而将诗乐艺术广泛地运用于国家政治生活,并已形成依违讽谏的文明风范,这一切在理论和实践上为《诗》教范畴的提出作了充分的准备,《诗》教范畴已经呼之欲出了。

二　《诗》教理论的初步形成

正是在前人教化的实践和理论基础上,《礼记·经解》提出了六艺之教的范畴:"孔子曰:入其国,其教可知也。其为人也,温柔敦厚,《诗》教也。疏通知远,《书》教也。广博易良,《乐》教也。洁静精微,《易》教也。恭俭庄敬,《礼》教也。属辞比事,《春秋》教也。故《诗》之失愚,《书》之失诬,《乐》之失奢,《易》之失贼,《礼》之失烦,《春秋》之失乱。其为人也温柔敦厚而不愚,则深于《诗》者也。疏通知远而不诬,则深于《书》者也。广博易良而不奢,则深于

---

① 《论语注疏》,北京大学出版社,1999年,第104页。

② 西周初年周公制礼作乐,也是以礼乐教化方式治国,但周公的礼乐只适用于贵族阶层,所谓礼不下庶人是也。子游之以弦歌治武城,是以礼乐教化百姓,它包括"君子"和"小人"两个阶层。

③ 《庄子·天运》:"丘治《诗》、《书》、《礼》、《乐》、《易》、《春秋》,自以为久矣。""治"带有整理、研究的意思,这是孔子删述六经的最早记载。

《乐》者也。洁静精微而不贼,则深于《易》者也。恭俭庄敬而不烦,则深于《礼》者也。属辞比事而不乱,则深于《春秋》者也。"《礼记·经解》本身没有透露它的写作时间,朱自清在《诗言志辨·诗教》中,将《礼记·经解》与《淮南子·泰族训》作了比较,认为《礼记·经解》可能作于《淮南子·泰族训》之后。《淮南子·泰族训》说:"六艺异科而皆同道。温惠柔良者,《诗》之风也。淳庞敦厚者,《书》之教也。清明条达者,《易》之义也。恭俭尊让者,《礼》之为也。宽裕简易者,《乐》之化也。刺几辩义者,《春秋》之靡也。故《易》之失鬼,《乐》之失淫,《诗》之失愚,《书》之失拘,《礼》之失伎,《春秋》之失訾。六者圣人兼用而财制之。失本则乱,得本则治。其美在调,其失在权。"文中又说:"故《易》之失也卦,《书》之失也敷,《乐》之失也淫,《诗》之失也辟,《礼》之失也责,《春秋》之失也刺。"两相比照,就不难发现两篇文章在表达方式和思想观点方面都有相当的相似,只是具体语言表述稍有不同。《礼记·经解》的"温柔敦厚,《诗》教也",尤其与《泰族训》"温惠柔良,《诗》之风也"一脉相通。如果把《泰族训》"温惠柔良"的"《诗》风说"与"淳庞敦厚""《书》教说"结合起来,正好是《礼记·经解》的《诗》教说的内涵。《礼记·经解》的理论表述要比《淮南子·泰族训》更清晰一些,思想也要更为成熟,所以《礼记·经解》很可能是受《淮南子·泰族训》的启示而写成的,朱自清的猜测有相当的道理。

在《礼记·经解》中,《诗》教只是六艺之教中的一教,并无任何特别的意义。但是在其后的发展中,其它五教虽然也有经生提及,但远不及《诗》教那样影响深远,那样深入人心,那样具有重大的指导意义。这其中有着多方面的原因。首先,《诗》教是一种感性艺术教育,它涉及到艺术从内在诉诸人的情感的规律,而且《诗》教往往是与《乐》教联系在一起,"其感人深,其移风易俗易",①因此《诗》教也就比其它五教的理性教育更有生存的理由和发展的空间。其次,在《礼记·经解》提出《诗》教思想之后,《毛诗序》又进一步丰富和发展了《诗》教理论,使之成为指导《诗经》研究特别是文学创作的重要理论,而其它五教没有获得《诗》教这样的发展机遇。最后,六艺虽然殊途同归指向政治,但作用于政治的途径和适用范围各不相同。"《易》著天地阴阳四时五行,故长于变;《礼》经纪人伦,故长于行;《书》记先王之事,故长于政;《诗》记山川溪谷禽兽草木牝牡雌雄,故长于风;《乐》乐所以立,故长于和;《春秋》辨是非,故长于治人。是故《礼》以节人,《乐》以发和,《书》以道事,《诗》以达意,《易》以道化,《春秋》以道义。"②《书》和《春秋》可以直接用来指导现实政治,《礼》用来规范人伦,《易》是为政治人事作预测——它们都是直接在现实政治生活中发挥作用。而《诗经》不仅是诗歌读本,更是诗歌艺术创作的典范。只要人类的生命还在延续,诗歌艺术创作就不会停止。借助于文字符号的传播,诗歌比现实政治有更长久的生命力。《诗》教思想也就伴随着诗歌创作而在漫长的中国封建时代长期流传。

---

① 孔颖达:《礼记正义》,北京大学出版社,1999年,第1103页。
② 司马迁:《史记》,中华书局,1959年,第3297页。

关于《诗》教涵义,唐孔颖达疏曰:"温,谓颜色温润;柔,谓情性和柔。《诗》依违讽谏不指切事情,故云温柔敦厚,是《诗》教也。""《诗》主敦厚,若不节之,则失在于愚。""此一经以《诗》化民,虽用敦厚,能以义节之。欲使民虽敦厚,不至于愚,则是在上深达于《诗》之义理,能以《诗》教民也,故云深于《诗》者也。"①这是对《礼记·经解》诗教理论的权威注解。《礼记·经解》说"入其国,其教可知也",意为"民从上教,各从六经之性。观民风俗,则知其教",②就是说从该国人民的言行举止和情性风貌上,就可以判断出他们所接受的是哪一经的教化。某一国老百姓颜色温润,情性和柔,淳朴敦厚,这就是接受"《诗》辞美刺讽喻以教人"③的结果。因为人民通过读《诗》而疏导了情感,学习到诗人"依违讽谏不指切事情"的风范,感发了自觉遵守伦理规范的志意,从而将外在的伦理规范化为内心的自觉。用孟子的话说,就是"君子所性,仁、义、礼、智根于心,其生色也,睟然见于面,盎于背,施于四体,四体不言而喻"。④

《礼记·经解》注意到温柔敦厚的《诗》教可能会有重大缺陷,就是这种教化可能会培养民众逆来顺受和盲目顺从的愚昧性格,因而它特别强调温柔敦厚,《诗》教说还有另一方面重要内容,就是民众在接受《诗》教时注意不要陷入于"愚"。怎样才能不愚呢? 孔颖达的解释是"以义节之",就是说要以礼义来节制温柔敦厚的情性。孔颖达是写《五经正义》的人,他是用后来的《毛诗序》的"发乎情,止乎礼义"来讲《礼记·经解》的"不愚"。按照孔疏,民众在学习诗人温柔敦厚品质的时候,应该用礼义来节制自己的情感,做到不偏不倚,既不要人云亦云地一味和稀泥,也不可采用过激的态度来对待现存统治秩序,正确的态度是要像诗人那样对现实政治"依违讽谏"。孔疏对"不愚"的解释不完全对,实际上《礼记·经解》所说的"不愚"意思非常明确,就是坚持自己的原则立场,不要愚忠。该说话的时候要说话,该批评的要批评,只不过是要讲究"依违讽谏"的技巧而已。一方面要讲温柔敦厚,另一方面又不能放弃原则,这两方面合起来才是《礼记·经解》的完整《诗》教。

《礼记·经解》的理论贡献,就在于它将前人,特别是儒家讲了几百年的教化思想,用六艺之教加以理论概括和总结,提炼出六艺之教特别是《诗》教的重大理论范畴,并指出了每一种教化的不同结果,这确实是自上古以来关于教化思想的重大理论进展,标志着中国的教化理论水平的提高。具体到《诗》教范畴来说,这一范畴极其简炼地概括了诗歌艺术的教育作用,它比前人更加明确地规定了《诗经》教育的前途和方向——培养国民温柔敦厚的品格,给《诗经》在现实政治生活中以明确的定位。它以"温柔敦厚"作为《诗》的内涵,这表明作者对《诗三百》"依违讽谏"的特征有深刻的体认,这已经接触到诗歌艺术不直说而以感性艺术形象诉

---

① 孔颖达:《礼记正义》,北京大学出版社,1999 年,第 1368——1369 页。
② 孔颖达:《礼记正义》,北京大学出版社,1999 年,第 1368——1369 页。
③ 孔颖达:《礼记正义》,北京大学出版社,1999 年,第 1368——1369 页。
④ 焦循:《孟子正义》,中华书局,1986 年,第 535 页。

诸读者感情的特点。《礼记·经解》强调《诗》教不是引导人民走向愚昧，由此而将《诗》教与奴化教育或愚民政策区分开来，它是要提高人民的文化水平，培养人民的伦理素质和文明风度，这不能不是《礼记·经解》对诗教理论的一大功绩。"温柔敦厚而不愚"，就是要求人民在自觉维护现存政治伦理秩序的同时，还要保持自己应有的原则立场。这多少保存了一些民众独立思考、批评时政的权利，从中多少可以看到中国文人"从道不从君""道高于君"思想的影子。

　　《礼记·经解》虽然概括出《诗》教理论范畴，但它仍然是《诗》教范畴的初级理论形态，而不意味着诗教理论已经最后完成。这是因为，《诗》教的载体是一部《诗经》，如果《诗经》学的研究还处在赋诗言志、断章取义的水平，如果对《诗三百》的阐释还没有形成一个体系，那么无论如何不能说《诗》教理论已经趋于完成。《礼记·经解》的写作大约在景武之际，其时《鲁诗》早已形成了"四始"理论，《诗三百》的研究已经出现第一个体系。可是这一点在《礼记·经解》的《诗》教理论中并没有反映出来。当然，《礼记·经解》的概括过于简略，没有将它的思想加以展开。其次，《礼记·经解》所说的《诗》教只限于上对下，亦即统治者对人民的教化，所教的内容也只限于《诗三百》这部经典，人民群众能不能用诗歌对统治者进行批评，如果能够批评，那么应该怎样批评，这些重大理论问题都还是暗含在《礼记·经解》"温柔敦厚而不愚"之中，而没有用理论语言明确地表达出来。从文学理论的角度来看，《礼记·经解》所讨论的只是《诗经》的教育作用问题，无疑这个理论格局太小。《诗》教范畴只有走出文学教育作用这个小圈子，将其精神落实到诗歌创作之中，使其成为指导文学创作的理论，《诗》教范畴才能极大地拓展它的理论空间，才能真正发挥它的指导作用。

三　《诗》教理论的最后形成

　　《毛诗序》标志着《诗》教理论的最后形成。

　　这在很大程度上要归功于《鲁诗》。《鲁诗》提出了著名的"四始说"："《关雎》之乱以为《风》始，《鹿鸣》为《小雅》始，《文王》为《大雅》始，《清庙》为《颂》始。"①当年《鲁诗》在社会上流传的时候，"四始"是人所共知的理论。可是《鲁诗》一旦亡佚，"四始"的内涵就一直不为后人所理解，清代魏源在《诗古微》中对《鲁诗》"四始"作了第一次解读，但是他以先秦诗乐三篇连奏来解说"四始"，不仅不能帮助人们理解"四始"，反而在这个问题上布下了新的迷雾。结合清人辑佚的《鲁诗》材料、论载《鲁诗》说的《史记》和其它秦汉典籍，我们认为《鲁诗》"四始说"讲的是孔子编《诗》体例问题，它是以《诗经》四类诗——《国风》、《小雅》、《大雅》、《颂》——的首篇主题来概括该类诗的主题。具体地说，就是以《关雎》的主题来概括《国风》

① 司马迁：《史记·孔子世家》，中华书局，1959年，第1936页。

的主题,以《鹿鸣》来概括《小雅》的主题,以《文王》概括《大雅》的主题,以《清庙》概括三《颂》的主题。《鲁诗》"四始说"在中国《诗经》研究史上具有里程碑的意义,它把一部《诗三百》看作是有四大主题的作品集,是中国历史上第一个《诗》学体系,由此标志着先秦断章取义说《诗》方法的终结。①从《诗》教理论角度来看,《诗经》教化再也不是因时因地随意地附会,而是有一个始于四首诗的教化体系。后来《毛诗》就是在《鲁诗》"四始说"的基础之上作了进一步的发挥。

与《礼记·经解》相比,《毛诗序》取得了以下重大进展:

第一,它从《诗经》的第一篇《关雎》讲教化,将《诗经》看成是始于《关雎》的教化体系。《鲁诗》"四始说"将《诗三百》概括为四大主题,这对于此前说《诗》的断章取义,无疑是一个巨大的进步。但是以四大主题说《诗》,仍然感到头绪多了一些。尤其是《鲁诗》形成于汉初,它继承了先秦诸子批评时政的传统,将《诗三百》的第一首《关雎》说成是刺诗,这种态度是相当大胆的。《毛诗》的最后写定大约在西汉中后期,其时君臣纲常已经受到空前重视。此时再要将《诗经》首篇说成是刺诗,就是大煞风景的事情。因此《毛诗》对《鲁诗》作了重大调整,它吸收了先秦时代儒家所提出的由近及远、由内到外、由亲及疏的治国思路,特别是吸取了礼学家关于教化始于后宫的思想,将《关雎》解释为一首赞美后妃之德的作品。《毛诗序》在一开始就说:"《关雎》,后妃之德也,风之始也,所以风天下而正夫妇也。故用之乡人焉,用之邦国焉。风,风也,教也,风以动之,教以化之。"又说:"《周南》、《召南》,正始之道,王化之基。是以《关雎》乐得淑女,以配君子,忧在进贤,不淫其色;哀窈窕,思贤才,而无伤善之心焉。是《关雎》之义也。"《毛诗》通过解说《关雎》,树立了一个理想的后妃道德楷模:她克服了"女无美恶,入宫见妒"②的嫔妃通病,一心想着要为周王寻求淑女。这表明周王的教化已经在起点——帝王后宫获得重大成功,这位后妃已经为天下夫妇作出了表率。所以,燕礼和乡饮酒礼都一致选用《关雎》合乐。《关雎》是教化的起点,是王道教化的根基。《关雎》同时又是一部《诗经》教化的大纲,是《诗》教的灵魂,抓住了这个大纲,《诗经》的教化也就一通百通。从《关雎》的后妃之德出发,《诗经》构成了一个教化体系——所有《诗经》关于爱情、婚姻、家庭、悼亡、尊贤、行役、田猎、农事、征伐、祭祀等等的主题,无论它们是赞美还是讽刺,都是从《关雎》出发,是《诗经》由内而外、由近及远、由亲及疏的教化延伸。《毛诗序》将诗教理论建立在对《诗三百》的阐释之上,不仅较《礼记·经解》空泛的《诗》教说有更深的根基,而且比《鲁诗》的"四始说"也有更大的进展。

第二,《毛诗序》吸取前人的理论营养,从理论上阐述了为什么《诗经》能够成功实现教化

---

① 陈桐生:《鲁诗四始说的再解读》,《第三届诗经国际学术研讨会论文集》,天马图书有限公司,1998年,第81——91页。

② 邹阳:《狱中上梁王书》,《史记·鲁仲连邹阳列传》,《史记》,岳麓书社,1988年。

的问题。《毛诗序》说："诗者,志之所之也。在心为志,发言为诗。情动于中而形于言,言之不足故嗟叹之,嗟叹之不足故永歌之,永歌之不足,不知手之舞之足之蹈之也。情发于声,声成文谓之音。治世之音安以乐,其政和;乱世之音怨以怒,其政乖;亡国之音哀以思,其民困。故正得失,动天地,感鬼神,莫近于诗。先王以是经夫妇,成孝敬,厚人伦,美教化,移风俗。"这一节文字分别取之于《尚书·尧典》和《礼记·乐记》,在这里它不是可有可无的文字,而是对诗歌能够成功进行教化原因的理论说明。《礼记·经解》虽然提出了六艺之教,并指出《诗》教效果与其它五教的不同之处,但它没有讨论《诗》何以能够教化的问题,也没有论及导致《诗》教与其它五教不同的原因。《毛诗序》指出,《诗三百》之所以能够成功地实现教化,这是由诗歌艺术诉诸人的感情这个根本特点决定的。诗歌创作是出于诗人内在的生命受到外物的感发,产生一种无法自已、如鲠在喉、不吐不快的创作冲动,将这不可遏止的情感运用语言表达出来,这就是诗歌。由于这种生命的感发是一种巨大的情感力量,所以在诗歌创作过程中往往还伴随着一唱三叹、手舞足蹈的情形——诗、乐、舞尽管表现形式不同,但它们共同植根于艺术家内在的心志情感。诗歌就是以其内在蕴含的巨大情感力量而在读者的心灵中引起感动甚至共鸣。依靠作品的中介,作者与读者的心灵产生碰撞,诗歌教化才由一种理想变为现实,《诗三百》的"依违讽谏"才化为人民的温柔敦厚的品格。

第三,《毛诗序》不是单纯地将《诗经》看作是统治者用来教化人民的教材,而是将教化视为一个"上以风化下,下以风刺上"的双向反馈过程,这个看法要比《礼记·经解》深刻全面得多。从而,接受《诗经》教育的不仅仅是下层民众,在上位者也是《诗经》的教育对象。"上以风化下",这一点做起来比较容易。但在专制君主统治的条件下,要做到"下以风刺上"就非常困难,它难就难在统治者能否有足够的度量容忍人民的批评意见,人民敢不敢站出来说真话,敢不敢发表自己的政治见解。《礼记·经解》只是说"温柔敦厚而不愚",这其中虽然暗含有民众可以独立思考、依违讽谏的意思,但作者毕竟没有将这一层意思挑明。现在《毛诗序》明白无误地指出,《诗经》教化是兼指上、下两方面而言。"下以风刺上",是温柔敦厚《诗》教的应有之义。这是将《诗三百》的刺诗说、孔子怨刺上政说、荀子"天下不治,请陈佹诗"的思想吸收到《诗》教范畴之中,由此而构成了一个以诗歌为媒介和纽带的上下交流的教化渠道。《毛诗序》特别强调指出:"言之者无罪,闻之者足以戒。"这是说批评时政的人没有罪过,而在上位者听到批评之后就要自我反省引以为戒。这在某种程度上体现了儒家要求自由发表言论的理想,多少带有一些古代民主的理想色彩。在中国历史上,某些封建王朝有所谓设立乐府采集民风以观风俗的举措,就是以"下以风刺上"作为理论依据。从文学创作论方面说,"上以风化下,下以风刺上"虽然还是在讲教化,但它包含着由文学教育作用向文学创作论转化的意义,它指出了诗人作诗讽谏时政的历史使命——诗人创作不应只是着眼于自身,而要以诗歌创作为现实政治服务。这一思想为后代讽谕诗的创作提供了理论依据。《礼记·经解》所说的《诗》教仅限于《诗三百》,由于《毛诗序》完成了由美育向创作论的转化,这个诗教就不仅是指《诗经》,而是包括所有诗歌创作了。

第四,《毛诗序》以"主文而谲谏"来概括《诗》教范畴的灵魂,如果我们承认内涵明确是理论范畴的重要品格,那么《毛诗序》的"主文而谲谏"就比《礼记·经解》的温柔敦厚说前进了一大步。关于"主文而谲谏"的涵义,《毛传》解释说:"风化、风刺,皆谓譬喻,不斥言也。主文,主与乐之宫商相应也。谲谏,咏歌依违,不直谏。"孔颖达疏:"其作诗也,本心主意,使合于宫商相应之文,播之于乐,而依违谲谏,不直言君之过失。"毛传和孔疏都以"声成文谓之音"之"文"来解释"主文"之"文",这虽然勉强也可以说得通,但殊觉拗口。"主文"之意应该是朱熹所说的"主于文辞"。①孔子曾经说过:"言之无文,行而不远。"② "文"从字面上看是指文采,实际上它指的是说话艺术和技巧。"主文"与"谲谏"语异而意同,都是指"依违讽谏不指切事情"。具体地说,就是在讽谕诗中使用比兴手法,不直言切谏。正如清代学者焦循所说:"夫《诗》温柔敦厚者也,不质直言之,而比兴言之;不言理,而言情;不务胜人,而务感人。"③当《礼记·经解》说"温柔敦厚"的时候,我们还不知道为什么《诗三百》会把人教成这个样子,读了《毛诗序》的"主文而谲谏",我们对《诗》教内涵的理解更深刻了:"温柔敦厚"是受教化者外在表现形式,"主文而谲谏"才是"温柔敦厚"品质得以形成的内在深层原因。一方面坚持原则讽谏时政,另一方面又委婉谲谏讲究批评技巧,给统治者保留面子,使统治者乐于接受意见,这就是中华儿女从上古时期就已经形成的文明风度,这就是中国古代作家所刻意追求的温柔敦厚品格。《毛诗序》以理论的形式巩固和肯定了春秋战国以来通过赋诗言志、比喻、寓言、故事等手段委婉托讽的文明成果。"主文而谲谏"不仅是在评《诗》,更重要的是适用于作诗;它既是对《诗三百》艺术表现手法的高度概括,也是对此后诗歌创作的理论要求。《毛诗序》主张讽谏之旨通过比兴手法见出,诗人的志意必须假借艺术形象体现出来,这已经论及艺术的感性问题,其中包含了某些意境理论的因素,对此后以意境说为核心的中国古代美学理论的形成有一定的贡献。

第五,《毛诗序》肯定了诗人用诗歌批评黑暗政治的合理性,从思想立场和情感态度角度对讽刺诗的创作提出了基本要求,对刺诗的温柔敦厚作了理论上的说明。《毛诗序》说:"至于王道衰,礼义废,政教失,国异政,家殊俗,而变风、变雅作矣。国史明乎得失之迹,伤人伦之废,哀刑政之苛,吟咏情性,以风其上,达于事变而怀其旧俗者也。"这是对《诗经》中变风、变雅的说明,《毛诗序》认为这些讽刺诗是在王道陵迟、政治黑暗的历史条件下创作的,刺诗中蕴含着对昔日王道盛世的深切怀旧之情。《毛诗序》说:"故变风发乎情,止乎礼义。发乎情,民之性也;止乎礼义,先王之泽也。""发乎情",是说作者有感于艰难时世而不得不发,这

---

① 吕祖谦:《吕氏家塾读诗记》,卷三,四库全书本。
② 《左传·襄公二十九年》,上海人民出版社,1977年,第1036页。
③ 焦循:《毛诗补疏·序》,转引自皮锡瑞《经学通论》。

是出自人的"情动于中而形于言"的自然本性;"止乎礼义",是说刺诗作者从创作动机到目的都是为了维护现存统治秩序,促进封建政治的改良,作者的讽刺始终保持在礼义的尺度之内,这是接受了先王教化的恩泽。"发乎情,止乎礼义",这是诗人温柔敦厚品格的进一步展现,它补充了《诗》教理论的内涵。"下以风刺上","主文而谲谏","发乎情止乎礼义",这三者构成了儒家《诗》教思想的主要内容。

《毛诗序》极大地丰富和发展了《诗》教思想,它不仅发展了《礼记·经解》,而且也消化吸收了自《尚书》以来所有关于教化的思想资料。它是在吸收、综合前人思想资料的基础上进行总结、提高。经过《毛诗序》的重大理论创造,《诗》教范畴最终成为一个成熟的理论形态。

四 《诗》教范畴在中国古代文论中的地位

在中国早期社会,文学思想的创造主要是来源于儒家,而儒家的文学思想主要是在研究与批评《诗三百》的过程中提出来的,《诗》教范畴在儒家《诗》学思想体系中占有核心地位。

这与儒家对文学的本质特征和基本功能的认识有关。儒家认为文学艺术的基本功能和本质特征是讽谏政治,把诗歌创作看成是政治生活中的有机组成部分。《诗》教范畴最集中地表达了儒家这一思想。它强调诗歌对封建政治和移风易俗所肩负的责任,体现了儒家对诗歌创作外部规律的认识。《诗》教理论强调"温柔敦厚"、"依违讽谏"、"主文而谲谏",这也涉及到文学艺术以感性形象诉诸人的情感这一内部规律。

在儒家一系列文论范畴中,《诗》教范畴居于灵魂和统帅地位。例如,"四始"讲的是《诗三百》的编辑体例,这个范畴对《毛诗序》始于《关雎》的《诗经》教化体系的形成是一个关键,"四始"最终要落实到教化之上。又如"比兴"讲的是《诗三百》的表现手法,《毛诗序》所说的"主文而谲谏",具体就是指运用"比兴",所以"比兴"也是《诗》教范畴中的应有之义。又如"美刺"范畴是《诗经》作者讽谏政治的两种形式,它也是《诗》教范畴本身的内容。还有,孔子所说的"思无邪""兴观群怨"等等,都可以看作是《诗》教范畴中的重要内容,或者是《诗》教思想的展开。《诗》教范畴大体上将儒家一些重要文论观点都囊括或统摄在自己的内涵之中。

从儒家文学思想对后代实际影响来看,《诗》教说是影响中国古代文学思想最大的一个理论范畴。南朝大文论家刘勰写《文心雕龙》,在《明诗》、《比兴》、《风骨》等一系列篇章中坚持并阐发了《诗》教思想。钟嵘《诗品》在品评作家的时候,也将《诗》教思想贯彻于批评过程之中。每当中国文学创作失掉讽谏传统的时刻,就会有一些理论家高举《诗》教理论为旗帜来批判形式主义文风,要求文学发挥讽谕政治、关注民生的作用。唐代陈子昂的诗歌革新主张,白居易的乐府理论,其间无一不渗透着《诗》教精神。清代乾隆时期诗坛领袖沈德潜,更是高举"温柔敦厚"的《诗》教旗帜。但也有一些理论家过分地强调诗教,使之成为妨碍诗歌健康成长的桎梏。

作者简介　陈桐生，男，1955 年出生于安徽桐城。现为广东省汕头大学中文系教授，文学博士。主要研究《史记》、《诗经》、楚辞和儒家经学。

汉代社会歌舞娱乐盛况及从
艺人员构成情况的文献考察

赵 敏 俐

内容提要：本论文从艺术生产与消费的角度，对汉代社会歌舞娱乐盛况以及从艺人员构成情况进行了详细的文献考察。近四百年的歌舞升平，培育了一个近乎完整的汉代歌诗生产消费系统。受整个社会物质生产水平的限制，两汉社会的歌舞艺术，尤其是专门艺术家的高水平的专业表演，还只能被既富且贵的上层社会所垄断。是他们的歌舞娱乐消费需求，刺激了汉代歌舞艺术的发展，产生了大批以歌舞演唱为生的艺术生产者。他们大都出身于下层社会，从小进行专门的艺术训练，长大后进入宫廷贵族之家。他们是这个社会的主要艺术生产者，大多数人的命运都很悲惨。但正是他们以新的形式、新的内容，引导和满足着汉代社会的歌舞艺术消费，为后世中国歌诗艺术的发展树立了新的典范。

关键词：汉代社会　歌舞娱乐　艺术生产

诗歌舞三位一体是中国古代文化中的一个重要现象。在中国文学发展史上，以乐府诗为代表的汉代歌诗的产生与发展，与汉代社会歌舞艺术的繁荣有着直接的联系。鉴于这种情况，在以往的汉代诗歌研究中，学者们对于汉代社会歌舞艺术曾给予不同程度的关注。但是，汉代社会的歌舞艺术究竟是怎样的一种繁荣形态？主要的歌舞艺术生产者与消费者都是哪些群体？它又是如何在那个社会的土壤里滋生并发展起来的？它与以乐府诗为代表的汉代歌诗之间的关系究竟紧密到什么程度？对于这些，我们至今还没有系统的认识。为此，本文打算从基本工作做起，首先对汉代社会歌舞艺术的繁荣情况进行比较细致的文献考察，以便为今后学术界对此问题的深入研究打下一个良好的基础。

一 从宫廷到民间的汉代歌舞艺术发展盛况

众所周知，歌舞艺术从本质上讲是诉诸感觉的艺术，是为满足大众娱乐消费而产生的。

要使这种艺术形式得以发展,它的前提之一就要有充足的物质条件。在先秦奴隶制社会和封建领主制社会里,能够享受由专职艺人表演的歌舞艺术的,只能是那些奴隶主和封建领主等少数人。经济的不发达也使得社会上不可能出现更多的专职艺术家。但是到了战国以后,随着地主制社会经济的出现,歌舞艺术比春秋时期有了较大的发展。秦始皇统一中国,把六国之乐集中到咸阳,汇集、整理各地歌诗音乐,一方面创制为秦王朝歌功颂德的乐曲和歌舞,另一方面则主要是为了满足自己的感官享受。"春秋之后,灭弱吞小,并为战国,稍增讲武之礼,以为戏乐,用相夸视。而秦更名角抵,先王之礼没于淫乐中矣。"(《汉书·刑法志》)"秦始皇既并天下,分为三十六郡,郡置材官,聚天下兵器于咸阳,铸为钟鐻,讲武之礼,罢为角抵。"[1] 角抵本为一种角力游戏,一开始可能和军事相关,因为战争的结束,秦人却把它演化成供观赏娱乐的杂技。据说,李斯有一次要见二世,却因为"二世在甘泉,方作觳抵俳优之观"而没有见成。(《史记·李斯列传》)除角抵之外,其它形式的歌舞娱乐则更为繁荣。"秦始皇既兼天下,大侈靡。……关中离宫三百所,关外四百所,皆有钟磬帷帐,妇女倡优。""妇女倡优,数巨万人,钟鼓之乐,流漫无穷。"[2] 由这些记载,可知秦代的歌舞艺术之盛。近年的考古发掘,尤能证明这一点。一是1977年在秦始皇陵附近出土了一件秦代错金甬钟,上隽"乐府"二字,这是证明秦代已有乐府机关的最可靠证据。二是1999年春天,秦陵考古队又在陵园封土东南部内外城墙之间出土了11件彩绘半裸百戏陶俑,形态各异。[3] 这也从实物材料方面再一次证明了秦代的整体歌舞艺术发展水平。

　　短命的秦王朝在歌舞艺术上的这些新发展,向人们预示着一个新的歌诗高潮,必将随着新的社会制度的兴盛而到来。除了西汉末年与东汉末年的战乱之外,两汉社会四百年的历史基本上是安定的,其中西汉武帝前后和东汉明章时期,更是中国历史上少有的盛世。经济的发展促进了商品生产的交往和扩大,由此带来了商业的繁荣,并刺激了城市的发展。"自京师东西南北,历山川,经郡国,诸殷富大都,无非街衢五通,商贾之所臻,万物之所殖者。"(《盐铁论·力耕篇》)[4] 其大者,"燕之涿、蓟,赵之邯郸,魏之温、轵,韩之荥阳,齐之临淄,楚之宛丘,郑之阳翟,三川之二周,富冠海内,皆为天下名都。"(《盐铁论·通有》)这些大的商业名都同时又是政治文化中心,是官僚贵族、富商大贾的主要居住地,广大农民所创造的财富源源不断地流向这里,统治者则把劳动造成的奢侈品放在周围,用以满足自己的感官,从而对于歌舞艺术的消费需求大大地提高。正所谓"于是既庶且富,娱乐无疆。都人士女,殊异乎五方。游士拟于公侯,列肆侈于姬姜。"(班固《西都赋》)"公卿列侯亲属近臣……奢侈逸豫,务广第宅,治园池,多畜奴婢,被服绮縠,设钟鼓,备女乐",(《汉书·成帝纪》)"富者钟鼓五

①　马端临:《文献通考》,卷149,中华书局1986年版,第1307页。
②　刘向:《说苑·反质篇》,卷20,吉林大学出版社影印汉魏丛书本,第462页。
③　《北京晚报》1999年10月18日第9版,《北京青年报》1999年10月18日第6版。
④　桓宽:《盐铁论》,诸子集成本,上海书店影印。

乐,歌儿数曹。中者鸣竽调瑟,郑舞赵讴。"(《盐铁论·散不足》)

近四百年的歌舞升平,培育了一个近乎完整的汉代歌诗生产消费系统,并产生了建构汉代歌舞艺术生产关系的两大主体——从消费者方面讲,是由宫廷皇室和公卿大臣、富豪吏民组成的两大消费群体,从生产者方面讲,则是主要由歌舞艺人组成的艺术生产者集团。下面,我们首先考察汉代从宫廷皇室到豪富吏民的汉代歌舞娱乐盛况。

(一)宫廷皇室的歌舞娱乐情况

在汉代社会中,宫廷皇室是歌舞艺术的主要消费者,同时也是支持歌舞艺术生产的主要经济实体。这些汉代统治者,在日常生活中特别喜欢歌舞艺术,可以养得起大批的歌舞艺人供他们观赏娱乐,大大地推进了汉代歌舞艺术的发展。

汉高祖刘邦本是一个歌诗爱好者,能自作歌诗。在楚汉战争期间,他的身边就有能歌善舞的戚夫人相从。刘邦既定天下,置酒沛宫,悉召故人父老子弟佐酒。发沛中儿得百二十人,教之歌。酒酣,上击筑,自歌《大风》之诗,令儿皆和习之。(《汉书·高帝纪》)高祖谋立赵王如意为太子不成,乃召戚夫人,"戚夫人泣涕,上曰:'为我楚舞,吾为若楚歌。'"(《汉书·张良传》)以后刘邦死,吕后残害戚夫人,将她囚于永巷,戚夫人又有《春歌》传世。(《汉书·外戚传》)可见,刘邦和戚夫人都善于用歌舞来抒发情怀。歌可以脱口而出,舞可以即兴而跳。又据《西京杂记》所记:"高帝、戚夫人善鼓瑟击筑。帝常拥夫人倚瑟而弦歌,毕,每涕下流涟。夫人善为翘袖折腰之舞,歌《出塞》、《入塞》、《望归》之曲,侍婢数百皆习之。后宫齐首高唱,声入云霄。"又云:"戚夫人侍儿贾佩兰⋯⋯又说在宫内时,尝以弦管歌舞相欢娱,竞为妖服,以趣良时。十月十五日,共入灵女庙,以豚黍乐神,吹笛击筑,歌《上陵》之曲。既而相与连臂踏地为节,歌《赤凤凰来》。至七月七日,临百子池,作于阗乐。"[①] 由此,我们可知汉初宫廷中的歌舞盛况。

自开国皇帝刘邦起,汉代帝王大都喜爱歌诗乐舞,宫中皇后和妃子中善歌善舞者颇多。如汉文帝也是一个喜爱歌舞的人,他的宠妃慎夫人是邯郸人,同样能歌善舞。有一次,文帝与她来到霸陵,"上指视慎夫人新丰道,曰:'此走邯郸道也。'使慎夫人鼓瑟,上自倚瑟而歌,意凄怆悲怀。"(《汉书·张释之传》)可见,汉文帝时宫庭歌舞也是热闹的。

在汉代喜爱歌舞的帝王中,汉武帝是一个典型代表。现今留下来的作品,就有《瓠子歌》、《秋风辞》、《天马歌》、《西极天马歌》、《李夫人歌》、《思奉车子侯歌》、《落叶哀蝉曲》等七首。据说,汉武帝行幸河东,祠后土,回视帝京,看水之东流,与群臣宴饮,兴致勃发,于是自

---

① 葛洪:《西京杂记》,卷1、卷3,中华书局1985年与《燕丹子》合刊本第2、第19页。

作《秋风辞》。① 宠姬李夫人有病早卒，帝思念不已，乃作诗令乐府诸家弦歌之。(《汉书·外戚传》)"汉武帝思怀往者李夫人，不可复得。时始穿昆灵之池，泛翔禽之舟。帝自造歌曲，使女伶歌之。时日已西倾，凉风激水，女伶歌声甚遒，因赋《落叶哀蝉》之曲……帝闻唱动心。"②

多情的汉武帝可以自作歌诗，他的宠妃李夫人本是女倡，是著名音乐家李延年的妹妹，因"妙丽善舞"而得幸。③卫皇后卫子夫也出身低微，曾经是平阳公主的"讴者"，也是一个能歌善舞之人。据说：卫皇后死后，"葬在杜门外大道东，以倡优杂伎千人乐其园，故号千人聚。"(《汉书·孝武卫皇后》颜师古注)由此可知，在汉武帝的身边会有多少歌舞艺人。

汉昭帝也是一个歌舞爱好者。"始元元年，穿淋池，广千步。……帝时命水嬉，游宴永日。……使宫人歌曰'秋景素兮泛洪波，挥纤手兮折芰荷，凉风凄凄扬棹歌，云光开曙月低河，万岁为乐岂云多！'帝乃大悦。"④ 同年，黄鹄下太液池。汉昭帝又自作《黄鹄》之歌。⑤ 汉元帝刘奭，能"鼓琴瑟，吹洞箫，自度曲，被歌声，分刌节度，穷极幼眇。"(《汉书·元帝纪》)昌邑王刚立为帝，就纵情享乐，"大行在前殿，发乐府乐器，引内昌邑乐人，击鼓歌吹作俳倡。会下还，上前殿，击钟磬，内召太壹宗庙乐人辇道牟首，鼓吹歌舞，悉奏众乐。"(《汉书·霍光传》)汉成帝是否会歌舞，历史没有明文记载，但是他对歌舞的喜好却绝不逊于其它皇帝。此时在宫中又出了两个能歌善舞的后妃，其中赵飞燕以体轻善舞而留名青史，其妹也同样因此而受宠，二人同被封为婕妤。⑥另外，历史上著名的才女，曾自作《怨歌行》的班婕妤也生于此时。

东汉时章帝曾"亲著歌诗四章，列在食举，又制云台十二门诗"。(《后汉书·礼仪志中》引蔡邕《礼乐志》)汉桓帝则"好音乐，善琴笙。"(《后汉书·桓帝纪》)汉灵帝同样喜欢歌舞娱乐，"初平三年，游于西园，起裸游馆千间，采绿苔而被阶，引渠水以绕砌，周流清澈。乘船以游漾，使宫人乘之，选玉色轻体者，以执篙楫，摇漾于渠中。其水清澄，以盛暑之时，使舟覆没，视宫人玉色。又奏《招商》之歌，以来凉气也。"⑦ 少帝刘辩刚即位不久，就因董卓专权而被废为弘农王，又以毒酒害之，刘辩被逼不已，乃与妻唐姬及宫人饮宴而别，酒行，王自作悲歌，

---

　　① 萧统：《文选》，卷45，中华书局。郭茂倩：《乐府诗集》卷84谓出自《汉武帝故事》，然今四库全书本旧题班固撰《汉武故事》中无此条。又《太平御览》卷570谓引自《汉书》，今《汉书》亦无此，应是佚文。

　　② 王嘉：《拾遗记》，卷5，中华书局，1981年，第115－116页。

　　③ 据《汉书·孝武李皇后》记："孝武李夫人，本以倡进。初，夫人兄延年性知音，善歌舞，武帝爱之。每为新声变曲，闻者莫不感动。延年侍上起舞，歌曰：'北方有佳人，绝世而独立，一顾倾人城，再顾倾人国。宁不知倾城与倾国，佳人难再得！'上叹息曰：'善！世岂有此人乎？'平阳主因言延年有女弟，上乃召见之，实妙丽善舞，由是得幸。"

　　④ 王嘉：《拾遗记》，卷6，中华书局，1981年，第128页。

　　⑤ 葛洪：《西京杂记》卷1，中华书局，1985年与《燕丹子》合刊本，第4－5页。

　　⑥ 《汉书·汉成赵皇后传》："孝成赵皇后，本长安宫人，初生时，父母不举，三日不死，乃收养之。及壮，属阳阿主家，学歌舞，号曰飞燕。成帝尝微行出，过阳阿主，作乐。上见飞燕而悦之，召入宫，大幸。有女弟复召入，俱为婕妤，贵倾后宫。"

　　⑦ 王嘉：《拾遗记》卷6，中华书局，1981年，第144页。

又令唐姬起舞,唐姬复抗袖而歌。(《后汉书·皇后纪》)可见,这位皇帝也是能歌好舞的。

帝王后妃们如此喜好音乐歌诗,能舞能唱,汉代各诸侯王及其妃嫔们也是如此。赵王刘友、城阳王刘章、广川王刘去、汉武帝的两个儿子燕王刘旦和广陵王刘胥等都有歌诗传世。[①]在汉代公主们当中,乌孙公主刘细君可为代表,她本为江都王刘建之女,元封中,汉武帝以之嫁乌孙王昆莫。公主至其国,自治宫室居。昆莫年老,言语不通,公主悲,亦自作歌抒写自己的悲愁。(《汉书·西域传》)

以上只是历史记载下来有关汉代宫廷歌舞艺术的具体事例,由于封建社会的史书并不以记载这些事情为主,因此我们有理由认为,汉代宫廷歌舞艺术,实际上比这些记载还要繁荣得多。汉代宫廷歌舞演唱,大体上可以分为三种情况:一是用于国家大典和朝廷宗庙祭祀的音乐歌舞表演;二是帝王皇后与王侯妃嫔的日常歌舞娱乐;三是抒发在宫廷政治斗争中的情怀。严格来讲,第三种情况的歌诗演唱大多是有感而发,其政治抒情性要远远大于它的娱乐性。但是,这些王侯妃嫔们每当面临重大的政治变故之时,往往自作歌诗以表达心志,这种形式,却正好告诉我们一个重要的信息,那就是汉代帝王们对于歌舞音乐的高度喜爱和他们所具有的音乐歌舞素养。像汉武帝、乌孙公主、班婕妤等人,他们的歌舞音乐创作,放在中国文学史上的任何时期,也不比那些一般的所谓"诗人"或"艺术家"们逊色。

其实,关于汉代宫廷中的歌诗表演,尤其是那些用于观赏娱乐的歌诗表演盛况,除了上面那些实例以资说明外,还有很多记载也可以证明。蔡邕《礼乐志》说:"汉乐四品:一曰大予乐,典郊庙、上陵、殿诸食举之乐;……二曰周颂雅乐,典辟雍、飨射、六宗、社稷之乐;……三曰黄门鼓吹,天子所以宴乐群臣,《诗》所谓'坎坎鼓我,蹲蹲舞我'者也。其短箫铙歌,军乐也。"(《后汉书·礼仪志中》引)本来蔡邕说的是汉乐有四品,可是细读这段文字,却只说了其中的三品。短箫铙歌属于军乐,可列入黄门鼓吹。蔡邕原书已经不见,我们现在已经很难知道他所说的第四品汉乐是什么。但有一点值得注意的是,他这里所说的三品,都属于雅乐范畴,而不包括俗乐。因此我们猜想,蔡邕所说的第四品音乐,就应该指的是俗乐。因为,即便是天子宴乐,也不仅仅是宴乐群臣,君臣同乐,还要有帝王的私乐。贾谊说:

> 王者官人有六等:一曰师,二曰友,三曰大臣,四曰左右,五曰待御,六曰厮役。……师至,则清朝而侍,小事不进。友至,则清殿而侍,声乐技艺之人不并见。大臣奏事,则俳优侏儒逃隐,声乐技艺之人不并奏。左右在侧,声乐不见。待御者在侧,子女不杂处。故君乐雅乐,则友大臣可以侍;君乐燕乐,则左右、待御者可以侍;君开北房,从熏服之乐,则厮役从。清晨听治,罢朝而论议,从容泽燕。夕时开北房,从熏服之乐。是以听

---

① 此处可参看司马迁《史记·吕后本纪》、《史记·齐悼惠王世家》;班固《汉书·广川惠王越传》、《汉书·燕刺王传》、《汉书·广陵王刘胥传》等。

治、论议、从容泽燕，矜庄皆殊序，然后帝王之业可得而行也。①

贾谊在这里把君王日常所用的音乐分为"雅乐"、"燕乐"、"熏服之乐"三种。雅乐就是朝廷正乐，即郊庙朝会所用，这自然是和师友大臣共享之乐。燕乐则是内廷之乐，只有他的左右近臣侍御者可以同他共赏。而熏服之乐则是男女俳优杂处的享乐妓乐，连左右之人也要回避，只有厮役相从，只供他个人欣赏。按贾谊的说法，古代的帝王本来就不讳言世俗娱乐，只不过要注意时机场合罢了。早晨上朝听治，下朝后论议，从容休息，晚上则可以享受熏服之乐。不过，贾谊在这里还是说的理想了些。实际上，汉代的那些帝王们，并不是只有在退朝后的晚上才享受这熏服之乐，只要是兴致所发，似乎随时都可以尽情享受一番。我们在前面所引《西京杂记》中所言高祖刘邦与戚夫人的后宫歌舞之乐就是最好的证明。对此，傅毅在《舞赋》中的一段话也是很好的说明：

　　　　楚襄王既游云梦，使宋玉赋高唐之事。将置酒宴饮，谓宋玉曰："寡人欲觞群臣，何以娱之？"玉曰："臣闻歌以咏言，舞以尽意，是以论其诗不如听其声，听其声不如察其形。《激楚》、《结风》、《阳阿》之舞，材人之穷观，天下之至妙。噫，可以进乎？"王曰："如其郑何？"玉曰："小大殊用，郑雅异宜。弛张之度，圣哲所施。是以《乐》记干戚之容，《雅》美蹲蹲之舞，《礼》设三爵之制，《颂》有醉归之歌。夫《咸池》、《六英》，所以陈清庙，协神人也。郑卫之乐，所以娱密坐，接欢欣也。余日怡荡，非以风民也，其何害哉？"②

傅毅在这里假借宋玉之口所说的这段话，其实也就是汉代帝王歌舞艺术享乐意识的一种委婉表达。所以他接下来的描写，自然也可以看成是汉代帝王日常歌舞享乐的真实写照：

　　　　夫何皎皎之闲夜兮，明月烂以施光。朱火晔其延起兮，耀华屋而熺洞房。黼帐祛而结组兮，铺首炳以焜煌。陈茵席而设坐兮，溢金罍而列玉觞。……于是郑女出进，二八徐侍。姣服极丽，姁婧致态。貌嫽妙以妖蛊兮，红颜晔其扬华。眉连娟以增绕兮，目流睇而横波。珠翠的皪而照耀兮，华袿飞髾而杂纤罗。顾形影，自整装。顺微风，挥若芳。动朱唇，纡清阳。亢音高歌为乐方。歌曰：抒予意以弘观兮，绎精灵之所束。弛紧急之弦张兮，慢末事之骪曲。舒恢炎之广度兮，阔细体之苛缛。嘉《关雎》之不淫兮，哀《蟋蟀》之局促……③

此外，如枚乘的《七发》、司马相如的《上林赋》、张衡的《西京赋》、《七辩》、边让的《章华台赋》等都有相似的描写。透过以上这些有关汉代宫廷中规模盛大、富丽堂皇的歌舞娱乐描写，我们自然会感叹汉代帝王们所享受的如此奢华的歌舞享乐生活。但是我们在这里同时还应该关注的，则是宫廷皇室的歌舞享乐对于汉代歌诗所产生的重大影响。汉代统治者之

①　王洲明、徐超：《贾谊集校注》，人民文学出版社，1996年，第289－294页。
②　《文选》，卷17，中华书局，1977年，第246－247页。
③　《文选》，卷17，中华书局，1977年，第247页。

所以能够组织这样大规模的歌舞艺术表演,首先是要以汉代社会的繁荣强盛为基础的,是广大的劳动者为统治者创造了大量的物质财富,才使他们有了充分享受歌舞艺术的条件。①当然,也正是在这种社会艺术生产机制下,汉代的歌舞艺术才得到了很大的发展,才使得更多的专业歌舞艺术家展示他们的才华,并极大地促进了艺术生产水平的进步。

(二)汉代社会达官显宦与富商大贾家庭的歌舞娱乐

汉代社会达官显宦和富商大贾们对于歌舞艺术的喜好,一点也不亚于皇室贵戚。早自汉初,他们就开始畜养歌优俳倡,纵情歌舞。而且,地位越高,财富越多,所畜养的歌优俳倡也就越多。"始皇之末,班壹避地于楼烦,致马牛羊数千群。值汉初定,与民无禁,当孝惠、高后时,以财雄边,出入弋猎,旌旗鼓吹。"(《汉书·叙传》)班壹在汉初并无任何政治地位,只是因为以放牧致富,在外出打猎时也要有"旌旗鼓吹",可见当时的娱乐之风。至于那时的达官显宦,自然更不必说了。陆贾为太中大夫,病免归家,"常乘安车驷马,从歌鼓瑟侍者十人。"(《汉书·陆贾传》)这个以儒家自居的汉初著名文人,晚年还这样喜欢歌舞娱乐,与人们印象中的儒者形象完全不同,生活真可谓萧洒。田蚡为相,"治宅甲诸第,田园极膏腴,市买郡县器物相属于道。堂前罗钟鼓,立曲旃;后房妇女以百数。诸奏珍物狗马玩好,不可胜数。"(《汉书·田蚡传》)丞相张禹,"性习知音声,内奢淫,身居大第,后堂理丝竹管弦。"按《汉书》本传如淳注:"乐家五日一习乐为理乐",可知张禹家中平日的音乐歌舞是多么热闹。他还培养了好多弟子,其中戴崇位至少府九卿,也非常喜欢音乐歌舞。他每次到张禹家,都请求他的老师"置酒设乐与弟子相娱。禹将崇入后堂饮食,妇女相对,优人管弦铿锵极乐,昏夜乃罢。"(《汉书·张禹传》)汉元帝时,"五侯群弟,争为奢侈,赂遗珍宝,四面而至;后庭姬妾,各数十人,僮奴以百数,罗钟磬,舞郑女,作倡优,狗马驰逐。"(《汉书·元后传》)博学多才的马融,"善鼓琴,好吹笛,……常坐高堂,施绛纱帐,前授生徒,后列女乐。"(《后汉书·马融列传》)可见,当时步入上层社会的文人,竟也是如此地钟情于歌舞娱乐的享乐生活。

以上是史书中对于当时达官显宦以及上层文士家中畜养艺伎、纵情歌舞情况的直接描述。至于一些间接的描写与介绍,就更多了。如贾谊说:"今富人大贾屋壁得为帝服,贾妇倡优下贱产子得为后饰。"② 贡禹在批评当时的奢侈之风时说:"诸侯妻妾或至数百人,豪富吏民畜歌者至数十人,是以内多怨女,外多旷夫。"(《汉书·贡禹传》)《盐铁论》云:"古者土鼓由枹,击木拊石,以尽其欢。及后卿大夫有管磬,士有琴瑟。往者民间酒会,各以党俗,弹筝鼓缶而已。无要妙之音,变羽之转。今富者钟鼓五乐,歌儿数曹,中者鸣竽调瑟,郑舞赵讴。"又

---

① 关于汉代宫廷贵族歌舞艺术的规模与水平,可从济南洛庄汉墓出土的乐器中窥见一斑。据《北京青年报》2001年2月9日第18版记者陈筱红报导,洛庄汉墓出土19件编钟,107件编磬以及镈于等乐器。均是距今2000多年的珍稀乐器。此墓的年代应是公元前186年,墓主身份虽没确定,但很有可能是曾做过吕国国王的刘邦之妻吕台白之墓。

② 王洲明、徐超:《贾谊集校注》,人民文学出版社,1996年,第105页。

说："今俗因人之丧以求酒肉,幸与小坐而责办歌舞俳优,连笑伎戏。"① 汉成帝永始四年下诏中也说："方今世俗奢僭罔极。靡有厌足,公卿列侯亲属近臣,……或乃奢侈逸豫,务广第宅,治园池,多畜奴婢,被服绮縠,设钟鼓,备女乐,……吏民慕效,寖以成俗。"(《汉书·成帝纪》)西汉成哀之时,"郑声尤甚。黄门名倡丙强、景武之属富显于世,贵戚五侯定陵、富平外戚之家,淫侈过度,至与人主争女乐。"哀帝虽然罢了乐府,"然百姓渐渍日久,又不制雅乐有以相变,豪富吏民湛沔自若。"(《汉书·礼乐志》)东汉明帝以后,甚至一些宦者家中也是"嫱媛、侍儿、歌童、舞女之玩,充备绮室。"(《后汉书·宦者列传》)"为音乐则歌儿舞女,千曹而迭起。"② 对此,仲长统曾有这样的描述:"汉兴以来,……豪人之室,连栋数百,膏田满野,奴婢千群,徒附万计。……妖童美妾,填乎绮室。倡讴妓乐,列乎深堂。"③ 对于汉代社会这种歌舞享乐之风,在汉乐府诗《鸡鸣》、《相逢行》、《古歌·上金殿》、《艳歌·今日乐相乐》等诗中都有生动的描写。

在汉代社会的富贵之家中,不仅家家都有"邯郸倡"出入,而且还有些家中的妇女就自会演唱,就有无所事事的"小妇"们每天在那里"携瑟上高堂"。这种歌舞享乐生活,在出土的汉代画像石和画像砖艺术中有着相当生动的刻划。据刘志远等人所记:"(四川)郫县汉墓出土的石刻画像《宴饮乐舞》,楼阁之前(右边)容车载客而来,车后侍婢相随。右上一间硬山式厨房,釜灶齐备,庖者正为宴飨作膳。正厅之侧,有歇山式楼阁一座,楼上一妇女凭窗眺望。正厅是一座高大宽敞的建筑,其上有楼……厅内设席,宾主五人并坐,酒宴正酣。庭院里舞乐百戏,以助酒宴;有叠案、旋盘及蹋鼓之舞,乐人抚瑟歌唱;舞者长袖折腰。"④ "成都市郊出土的《宴饮观舞》画像砖,中间置樽、盂、杯、勺和饮食之器。后面男女二人共席,席前置案,正在宴饮观舞。右边舞者长袖翩跹,左边一人屈身伸掌、拍鼓为节。左后二人,其一抚琴伴奏,另一人为舞者伴唱。《汉书·张禹传》言:张禹的弟子戴崇位至少府九卿,'禹将崇入后堂饮食,妇女相对,优人管弦铿锵极乐,昏夜乃罢。'可见其宴饮中有妇女对舞,优人奏乐,与画像砖所反映的何其相似! 左思《蜀都赋》云:'庭扣钟磬,堂抚琴瑟','若其旧俗,终冬始春,吉日良辰,置酒高堂,以御嘉宾。金罍中坐,肴核四陈;觞以清醥,鲜以紫鳞。羽爵执竟,丝竹乃发;巴姬弹弦,汉女击节。起西音于促柱,歌江上之飔历;纤长袖而屡舞,翩跹跹以裔裔。'正好是这个画面的描述。"⑤ 南阳出土的汉代画像石中,舞乐百戏图画也很多。如其中的一图,"画面中刻六人,左一女伎侧面、举臂,弯腰曲膝作舞,另一女伎单手立于樽上,画中间一女伎,高髻束腰,挥巾踏拊而舞。右三人为伴奏或伴唱者。"还有一图,"画面分上、中、下三层,上层左

---

① 桓宽:《盐铁论·散不足第二十九》,上海书店影印《诸子集成》本,第 8 册第 34 页。

② 《文选·宦者传论》李善注,引仲长统《昌言》,《全后汉文》卷 88,中华书局。

③ 仲长统:《昌言·理乱篇》,《全后汉文》,卷 88,中华书局。

④ 刘志远、余德章、刘文杰:《四川汉代画像砖与汉代社会》,文物出版社,1983 年,第 85 页。

⑤ 刘志远、余德章、刘文杰:《四川汉代画像砖与汉代社会》,文物出版社,1983 年,第 86－87 页。

二人对坐,中一人仰面举手跽坐。其右置两壶,右上一人为鼓瑟者。中层共刻五人:左三人奏乐,中间置一樽,樽右一女伎作长袖舞,右端一人似为伴唱者。下层左立一侍从,另二人对坐,中置博局及樽,持箸六博。右二人对坐。"① 再如"两城山汉画像中,一幅乐舞图,下层是五个奏乐的乐人。中层可能是五个抱手而坐,仰面长歌的歌者。上层是五个长裙曳地,倾身向前的细腰舞人。她们的视线、面向、体态、走向、舞姿完全一致,似正以轻盈、急促的舞步向前行进。长裙拖曳身后,颇富动感。"② 再如山东沂南汉墓出土的乐舞画像石,河南偃师出土的西汉彩绘歌舞宴饮图,山东济南无影山出土的歌舞百戏俑,都那样生动地表现了汉代贵族官僚家庭中的歌舞娱乐生活。③ 这使我们对汉代歌舞音乐的繁荣情况有了一个生动的认识。

　　汉代社会的达官显宦与富商大贾们不但热衷于观赏歌舞艺人的表演,有些人自己也能歌能舞。宴会中起舞作歌是常见之事。《史记·项羽本纪》记鸿门宴中项庄起舞,项伯亦起舞的故事,就很有说服力。不过,他们所舞的是剑舞。在日常的宴飨娱乐中,则可以随时起来唱歌舞蹈,舞歌的形式也多种多样。"平恩侯许伯入第,丞相、御史、将军、中二千石皆贺,……长信少府檀长卿起舞,为沐猴与狗斗,坐皆大笑。"(《汉书·盖宽饶传》)可见,公卿大夫在私宴上即兴歌舞,且不拘形式,乃是当时习以为常之事。在宴会上酒酣极乐之时,主人起来跳舞,然后邀请客人共舞(以舞相属),是当时的一种很重要的礼仪。如果客人不起身为报,就是一种失礼的行为,甚至会发生不愉快的事。汉武帝时,大臣灌夫与丞相田蚡交恶,就与此有关。在一次宴会上,"酒酣,(灌)夫起舞属(田)蚡,蚡不起,夫徙坐,语侵之。"(《汉书·灌夫传》)东汉著名文人蔡邕在一次宴会上惹怒五原太守王智,也是因此。"邕自徙归,……将就还路,五原太守王智饯之。酒酣,智起舞属邕,邕不为报。智者,中常侍王甫弟也,素贵骄,惭于宾客,诟邕曰:'徙敢轻我!'邕拂衣而去。智衔之,密告邕怨于囚放,谤讪朝廷。"蔡邕后来自虑难逃此祸,竟亡命江海。(《后汉书·蔡邕列传》)至于好友与亲属之间,起舞相贺或相乐共歌更是常事。李陵因战败投降匈奴,苏武因出使也被匈奴扣留,二人在匈奴相遇。后苏武放归,李陵得知消息,置酒相贺,起舞作歌,泣下数行,因与武别。(《汉书·苏武传》)至于士大夫家中的歌舞形式,更是多种多样。杨恽失侯,以财自娱,自谓"家本秦也,能为秦声。妇,赵女也,雅善鼓瑟。奴婢歌者数人,酒后耳热,仰天拊缶而呼乌乌。"并自作其"田彼南山"之诗。(《汉书·杨敞传》)"初,(陈)遵为河南太守,而弟级为荆州牧,当之官,俱过长安富人故淮阳王外家左氏饮食作乐。……始遵初除,乘藩车入闾巷,过寡妇左阿君置酒歌讴,遵起舞跳梁,顿仆坐上,暮因留宿,为侍婢扶卧。"(《汉书·陈遵传》)通过这些例子,我们尤能看出当

---

① 南阳市博物馆,闪修山等编:《南阳汉代画像石刻》,上海人民美术出版社,1981年,图第6、第42。
② 王克芬:《中国舞蹈发展史》,上海人民出版社,1989年,第119页。
③ 吴钊:《追寻逝去的音乐踪迹 – 图说中国音乐史》,东方出版社,1999年,第110 – 119页。

时那些达官显宦们的歌舞娱乐生活是多么丰富又是多么自由。

以上，是达官显宦与富商大贾家的歌舞享乐生活，至于民间的歌舞艺术，史书中的记载虽然不多，我们也可以推知其丰富多彩的程度。如《盐铁论》中曾说："荆阳……虽白屋草庐，歌讴鼓琴；日给月单，朝歌暮戚。赵、中山……民淫好末，侈靡而不务本；田畴不修，男女矜饰，家无斗筲，鸣琴在室。"（《盐铁论·通有》）可见，汉时荆阳、赵、中山等地歌舞成风。其实，汉代民间歌舞盛行，远不止这几处地方。《汉书·艺文志》载汉武帝时立乐府，就从全国各地采集了不少的歌诗，这其中就有吴楚汝南歌诗、燕代讴雁门云中陇西歌诗、邯郸歌诗、齐郑歌诗、淮南歌诗、左冯翊秦歌诗、京兆尹秦歌诗、河东蒲反歌诗、洛阳歌诗、河南歌诗、河南周歌诗、周谣歌诗、南郡歌诗等。由此，我们完全可以想象得出汉代民间歌舞娱乐的繁荣情况。

从汉代朝廷帝王的艺术享乐到富商大贾及民间的歌舞娱乐，以上论述所提供的事实足以始我们相信，两汉社会的歌舞艺术生产是多么繁荣。正是这种繁荣，才促使汉代歌舞艺术以前所未有的规模向前发展，并形成了中国历史从先秦到两汉文化转型后的第一次以歌舞艺术为特色的歌诗发展高潮。

二　汉代从事歌舞娱乐的专业人员的基本情况

汉代社会宫廷贵戚、达官显宦、富商大贾以及市民百姓对于歌舞艺术的享乐消费需求，客观上需要一支庞大的专业歌舞艺人队伍。根据马克思主义的一般生产原理，生产是社会再生产过程中的决定性因素。没有生产就没有交换、分配和消费；而交换、分配和消费反过来又影响生产。在这里，我们可以把前一个生产主要看成是物质生产，它是其它一切生产的基础。丰富的物质生产首先满足了人们的物质生活，同时，大量的剩余物质财富又通过不平等的分配方式集中在少数人手里，使他们有条件用此换取其它形式的消费，并进一步促进包括物质生产在内的各种生产。而这，也就是形成了整个社会中丰富多彩的各种生产方式和消费方式。产生了专门从事各种生产的生产者，同时也培养提高了人们在不同领域中的消费水平。以歌舞为主要形式的汉代精神消费与生产，就是在汉代物质生活繁荣的情况下空前发展起来的。据《汉书·礼乐志》所记，汉哀帝初即位时，仅朝廷的乐府里就有各种歌舞艺人 829 人，太乐中的人数尚未计算在内。至于为皇帝和贵戚们日常娱乐服务的歌舞艺人，就更没有一个确切的统计数字了。此外，如我们上文所言，在汉代社会的歌舞消费中，那些达官显宦、富商大贾之家畜养歌伎，少则几人，多则几十人，数百人，以至于"内多怨女，外多旷夫"，朝廷中为宗庙祭祀、宴飨庆典、日常娱乐而豢养的歌舞艺人，更不知有多少。这些人数加在一起，我们可以想象，整个汉代，从事歌舞艺术的专职人员将会是一个多么庞大的队伍。

两汉社会的这些专职艺术家，主要来源有三个：一是来自于宫廷音乐机关中乐官们的世代传承；一是来源于对官僚贵族子弟们的音乐培养；一是来自于民间。前面两种来源有密切的关系,我们把它们放在第一部分论述,第三种则放在第二部分。

(一)宫廷乐官的世代传承及其对官僚贵族子弟的培养

　　歌舞音乐作为一种艺术门类,有它独特的存在方式。在尚没有明确分工的原始社会里,只要是有感而发,人人都可歌可舞,人人都是艺术家。可是,随着社会的发展和分工的出现,人类的艺术水平也在提高,只有经过专门训练的人才有可能达到时代的艺术高度,专职艺术家与业余艺术家的艺术水平高低之差也就产生了。由于分工,艺术就逐渐成为少数人的专门职业,它们世代相袭,转相传授,成为社会上的专职艺术生产者。对此,先秦文献中就有记载。如《左传·成公九年》曾记:"晋侯观于军府,见钟仪,问之曰:'南冠而絷者,谁也?'有司对曰:'郑人所献楚囚也。'使税之,召而吊之。再拜稽首。问其族,对曰:'泠人也。'公曰:'能乐乎?'对曰:'先人之职官也,敢有二事?'使与之琴。操南音。"杜预注:"泠人,乐官。"孔颖达《正义》曰:"《诗·简兮序》云:'卫之贤者仕于泠官。'郑玄云:'泠官,乐官也。泠氏世掌乐官而善焉,故后世多号乐官为泠官。'《吕氏春秋》称黄帝使泠伦自大夏之西、昆仑之阴取竹,断两节而吹之,以为黄钟之宫。昭二十一年《传》,景王铸无射,泠州鸠非之。是泠氏世掌乐官也。《周语》云:'景王铸钟成,泠人告和,'《鲁语》云:'泠箫咏歌及《鹿鸣》之三。'此称:'泠人',《诗》称'泠官',是泠为乐官之名也。"① 这段文献记载不但告诉我们乐官起源之早,也让我们了解了先秦社会乐官世代传承的特征。汉代社会也是这样。无论是来自于民间的艺人或宫廷音乐机关中的乐官,都是经过专门训练的人。其中,那些宫廷中的乐官们,更是有着较为长久的传承体系。"汉兴,乐家有制氏,以雅乐声律世世在大乐官。"(《汉书·礼乐志》)这制氏就是世代传承的音乐之家。前代朝廷的雅乐,主要靠他们才得以世代相传。一般来讲,他们是传统的延续者,也是每一个朝廷雅乐演奏的主体。之所以如此,是因为雅乐本身所具有的传统性所规定的。自商周以来,中国人向来把"乐"看成是治国的重要工具,要由圣人来治乐,教化人心。所以,中国历史上前代传承下来的雅乐,便成为后世宝贵的文化财富,被朝廷作为教化的宝典。汉朝的制作,自然也要继承这一传统:

　　　　王者未作乐之时,因先王之乐以教化百姓,说乐其俗,然后改作,以章功德。《易》曰:"先王以作乐崇德,殷荐之上帝,以配祖考。"昔黄帝作《咸池》,颛顼作《六茎》,帝喾作《五英》,尧作《大章》,舜作《招》,禹作《夏》,汤作《濩》,武王作《武》,周公作《勺》。《勺》,言能勺先祖之道也。《武》,言以功定天下也。《濩》,言救民也。《夏》,大承二帝也。《招》,继尧也。《大章》,章之也。《五英》,英华茂也。《六茎》,及根茎也。《咸池》,备矣。自夏以往,其流不可闻已,殷《颂》犹有存者。《周诗》既备,而其器用张陈,《周官》具焉。典者自卿大夫师瞽以下,皆选有道德之人,朝夕习业,以教国子。国子者,卿大夫之子弟

---

① 孔颖达:《春秋左传正义》,《十三经注疏》,上海古籍出版社,1997年。

也,皆学歌九德,诵六诗,习六舞,五声、八音之和。故帝舜命夔曰:"女典乐,教胄子,直而温,宽而栗,刚而无虐,简而无敖。诗言志,歌咏言,声依咏,律和声,八音克谐。"此之谓也。又以外赏诸侯德盛而教尊者。其威仪足以充目,音声足以动耳,诗语足以感心,故闻其音而德和,省其诗而志正,论其数而法立。是以荐之郊庙则鬼神飨,作之朝廷则群臣和,立之学官则万民协。听者无不虚己竦神,说而承流,是以海内遍知上德,被服其风,光辉日新,化上迁善,而不知所以然,至于万物不夭,天地顺而嘉应降。(《汉书·礼乐志》)

汉人既然把雅乐的制定提高到这样的程度,那么,刘邦建国之后,任用叔孙通因秦乐人而制宗庙乐,唐山夫人模仿周代的《房中乐》而作《安世乐》,也就是很正常的事。前朝的雅乐人才,在汉代朝廷的宗庙音乐建设中仍然起着重要的作用。

雅乐的地位虽然重要,但是那些掌管雅乐的专职音乐人才的地位却不高。"乐者,非谓黄钟大吕弦歌干扬也,乐之末节也,故童者舞之。铺筵席,陈尊俎,列笾豆,以升降为礼者,礼之末节也,故有司掌之。……是故德成而上,艺成而下,行成而先,事成而后。是故先王有上有下,有先有后,然后可以有制于天下也。"(《礼记·乐记》)由此,我们可以得知在中国封建社会中乐人的地位。正因为如此,所以,在整个汉代社会中从事雅乐的专职音乐歌舞人才虽然不少,却没有多少人留下名字。在今天,就《汉书·礼乐志》中所记,我们除了知道汉初乐家有制氏之外,另外还知道汉武帝之后有内史中丞王定曾学习过河间献王刘德所搜集的雅乐,并把它传授给常山王禹。王禹在汉成帝时曾为谒者,他还有一个弟子名叫宋晔。此外,就是下一段记载了:

杜夔字公良,河南人也,以知音为雅乐郎,中平五年,疾去官。州郡司徒礼辟,以世乱奔荆州。荆州牧刘表令与孟曜为汉主合雅乐,乐备,表欲庭观之,夔谏曰:"今将军号为天子合乐,而庭作之,无乃不可乎!"表纳其言而止。后表子琮降太祖,太祖以夔为军谋祭酒,参太乐事,因令创制雅乐。夔善钟律,聪思过人,丝竹八音,靡所不能,惟歌舞非所长。时散郎邓静、尹齐善咏雅乐,歌师尹胡能歌宗庙郊祀之曲,舞师冯肃、服养晓知先代诸舞,夔总统研精,远考诸经,近采故事,教习讲肄,备作乐器,绍复先代古乐,皆自夔始也。黄初中,为太乐令,协律都尉。……弟子河南邵登、张泰、桑馥,各至太乐丞,下邳陈颃司律中郎将。自左延年等虽妙于音,咸善郑声,其好古存正莫及夔。(《三国志·魏书·杜夔传》)

这虽然说的是三国故事,但这段话中提到的杜夔、孟曜、邓静、尹齐、尹胡、冯肃、服养等人,都曾经是汉代的雅乐人才。他们都有相当高的音乐素养,并在某一方面有专功,他们在汉代雅乐的保存和发展中起了巨大的作用。

汉代雅乐主要用于宗庙祭祀、朝廷宴飨和重要的典礼仪式,需要一个庞大的演奏队伍。汉高祖过沛,"作'风起'之诗,令沛中僮儿百二十人习而歌之。至孝惠时,以沛宫为原庙,皆令歌儿习吹以相和,常以百二十人为员。"汉武帝定郊祀之礼,"以正月上辛用事甘泉圜丘,使童男女七十人俱歌,昏祠至明。"以后汉哀帝时罢乐府,把不应经法的 441 人罢去,保留下来归太乐领属的仍有 388 人。(以上并见《汉书·礼乐志》)《后汉书·百官志二》:"太予乐令一人,六百石。"注引《汉官》曰:"员吏二十五人,其二人百石,二人斗食,七人佐,十人学事,四人守学事。乐人八佾舞三百八十人。"由以上字可见,汉代雅乐机构中的音乐人才共有多少。

汉代的雅乐人才虽然以世代相传为主,所从事的工作主要是为朝廷政治礼仪服务,但是,我们也不能低估他们在汉代歌舞音乐发展中的重要作用。雅俗是汉代两种主要的音乐,无论从风格、内容到音乐舞蹈形式等各方面都有较大的差别,但也并非互相排斥。特别是汉武帝重新扩充乐府之后,在相当长的一段时间内,雅乐与俗乐都在乐府的管辖之下。虽说先秦雅乐日渐僵化,俗乐和新声也日渐溶入雅乐中来,它们对汉代音乐歌舞的发展影响更大一些。但是,雅乐中毕竟保存了相当多的古代优秀音乐传统,世代传承的雅乐人才受过更好的专业训练,有着更好的音乐素养,对当时的音乐歌舞艺术水平的提高,是曾经起过重要作用的。而这种作用,一是通过他们本身演奏雅乐的艺术感召力,培养了人们的音乐素养;二是通过他们的音乐教育,使大批的歌舞音乐人才走向广大社会。

在中国文化传统中,贵族子弟从小要学习音乐歌舞,他们的老师就是当时朝廷中的乐官。《尚书·舜典》:"帝曰:'夔,命汝典乐,教胄子。直而温,宽而栗,刚而无虐,简而无傲,诗言志,歌咏言,声依永,律和声。八音克谐,无相夺伦,神人以和。'"《周礼·春官宗伯》下:"大司乐掌成均之法,以治建国之学政,而合国之子弟焉。……以乐德教国子:中、和、祗、庸、孝、友。以乐语教国子:兴、道、讽、诵、言、语。以乐舞教国子:"舞《云门》、《大卷》、《大咸》、《大韶》、《大夏》、《大濩》、《大武》。以六律、六同、五声、八音、六舞大合乐,以致鬼神示,以和邦国,以谐万民,以安宾客,以说远人,以作动物。"这里所说的"国子"、"胄子",都是指诸侯卿大夫的子弟。[①]由上面的记载我们可知,这些贵族子弟学习音乐歌舞,不仅仅要从中受到"乐德"的教育,同时还承担着在国家的典礼仪式中参与雅乐表演的义务。先秦时是这样,汉代也是这样。"汉大乐律,卑者之子不得舞宗庙之酎,除吏二千石到六百石,及关内侯到五大夫子,取适子高五尺以上,年十二到三十,颜色和,身体修治者,以为舞人。"[②]"昔唐虞讫三代,舞用国子,欲其早习于道也;乐用瞽师,谓其专一也。汉魏以来,皆以国之贱隶为之,唯雅舞尚选用良家子。国家每岁阅司农户,容仪端正者归太乐,与前代乐户总名'音声人'。"[③] 可见到了汉代以后,国家的音乐歌舞人才虽然多从贱隶中选拔,但是雅舞仍然选用良家子充任。这些良家子弟,在汉代也就是那些官僚子弟,是汉代社会歌舞艺术表演中还是占有相当

---

① 班固《汉书·礼乐志》:自先代以来,"典者自卿大夫师瞽以下,皆选有道德之人,朝夕习业,以教国子。国子者,卿大夫之子弟也,皆学歌九德,诵六诗,习六舞,五声、八音之和。"

② 范晔:《后汉书·百官志二》注,引卢植《礼》注。

③ 杜佑:《通典·乐六·清乐》,中华书局本。

重要地位的。

因为汉代官僚子弟从小受过良好的音乐舞蹈教育，所以长大之后仍然擅长歌舞，且不仅仅熟悉雅乐，同时也会俗乐。如我们上文所提到的杨恽就是其中之一。他的父亲杨敞曾为丞相，他从小受过乐官的教育不言而喻。杨恽失侯，以财自娱，自谓"家本秦也，能为秦声。妇，赵女也，雅善鼓瑟。"这是他有良好音乐素养的证明。而最为杰出者，见于史书记载的则是西汉末年的桓谭。"桓谭字君山，沛国相人也。父成帝时为太乐令。谭以父任为郎，因好音律，善鼓琴。……性嗜倡乐。"（《后汉书·桓谭列传》）可见，因为受父亲的影响，桓谭从小就熟悉音乐，长大后也精通音乐。他的这种音乐才能，在汉代社会崇尚歌舞音乐的社会环境里得到了很好的发挥。有时甚至把郑声俗乐等搬演到了朝廷之上。据说："（光武）帝尝问弘博之士，弘乃荐沛国桓谭才学洽闻，几能及扬雄、刘向父子。于是召谭拜议郎、给事中。帝每宴，辄令鼓琴，好其繁声。……后大会群臣，帝使谭鼓琴，谭见弘，失其常度。帝怪而问之。弘乃离席免冠谢曰：'臣所以荐桓谭者，望能以忠正导主，而令朝廷耽悦郑声，臣之罪也。'帝改容谢。"（《后汉书·宋弘列传》）就是这个出身于掌管朝廷雅乐官员之家的桓谭，从小受到了良好的音乐教育，长大后在俗乐郑声的演奏上表现了超常的才能，成为杰出的音乐家。可见，由于中国古代重视音乐教育，在朝廷雅乐的传承和演唱中，实际也培养了一大批懂得音乐的贵族和官僚子弟，这对音乐在社会的普及客观上也起到了相当大的作用。没有这些懂音乐歌舞、热爱音乐的官僚子弟（长大后也就是这些官僚贵族自身）参与其中进行音乐歌舞的欣赏与表演，汉代社会的歌舞音乐艺术是不会如此繁荣的。

（二）出身于民间的歌舞艺人

但是在汉代社会歌舞音乐艺术向前发展过程中起更大推动作用的，并不是世代相传的雅乐人才和那些懂得音乐的官僚贵族，而是那些出身民间从事俗乐新声的歌舞艺人。

新声又名郑声，产生于春秋战国时期，本是一个与雅乐相对立的概念。新声实际上是新兴地主阶级追求声色享乐的一种通俗文艺。到了汉代，由于国力的强盛，城市的繁荣，市民的富庶，宫廷的奢华，歌舞享乐之风的盛行，更远非战国时期可比。在这种情况下，从事歌舞音乐活动，才会成为一个庞大的社会行业。有些地区的百姓，甚至以此做为谋生的手段，形成一个地区特有的民风和传统。其中最典型的就是燕赵中山之地。对此，司马迁在《史记·货殖列传》中有生动的描述：

中山地薄人众，犹有沙丘纣淫地余民，民俗儇急，仰机利而食。丈夫相聚游戏，悲歌慷慨，起则相随椎剽，休则掘冢作巧奸冶，多美物，为倡优。女子则鼓鸣瑟，跕屣，游媚富贵，入后宫，遍诸侯。

今夫赵女郑姬，设形容，揳鸣琴，揄长袂，蹑利屣，目挑心招，出不远千里，不择老少者，奔富厚也。

燕赵与中山等地的居民,因为地薄人众,许多人不得不到外地谋生。谋生的地点,自然是那些富贵之家与富厚之处,也就是两汉时代的文化中心和商业中心,也就是那些大都市。要奔向那些大都市,就要具备在都市谋生的手段,要寻找城市需要的职业,同时要发挥自己的谋生特长。于是,中山等地人的能歌善舞与宫廷和都市的歌舞享乐需求就成为那个时代特殊的供需关系和生产消费关系。它使得赵与中山等地大批的歌舞艺人流向都市和宫廷,有些家庭甚至世世以此为职业。

汉代的歌舞艺人多出自燕赵中山,除《史记·货殖列传》所记之外,还有许多证明。如我们上文所引,汉文帝的宠妃慎夫人是邯郸人,能歌善舞。杨恽自谓"家本秦也,能为秦声。妇,赵女也,雅善鼓瑟。"《盐铁论·通有》中曾说:"赵、中山……民淫好末,伎靡而不务本;田畴不修,男女矜饰,家无斗筲,鸣琴在室。"乐府诗《相逢行》云:"堂上置樽酒,作使邯郸倡。"《古诗十九首》又云:"燕赵有佳人,美者颜如玉。被服罗裳衣,当户理清曲。"又据《史记·佞幸列传》和《汉书·外戚传》所记,汉武帝时的著名音乐家李延年就是中山人,其父母及身兄弟及女,都是"故倡",也就是说,李延年出身于中山的倡伎世家,他的全家世世代代都以从事歌舞艺伎为生。李延年善长新声变曲,他的妹妹则妙丽善舞,因而得到了汉武帝的宠幸。又据《汉书·外戚传》所记,汉宣帝的母亲王翁须本出身于歌舞艺伎,也是燕赵之人(汉时涿郡,今河北涿县)。

除了燕赵中山等地的歌舞艺伎之外,其它地区的歌舞艺人也不在少数,他们纷纷从乡村流向城市。由于地位低下,在封建的史书中,像李延年、王翁须等人那样非常幸运地得到了皇帝的宠爱而留下了名字的,只是极少数,大多数人的名字都是湮没无闻的。但即便如此,我们还是从史书看到了一些蛛丝马迹,从而可以推想其盛况。最明显的例子,是《汉书·礼乐志》在叙述汉哀帝罢乐府时无意中给我们留下的一份宝贵的名单,这里有邯郸鼓员、江南鼓员、淮南鼓员、巴俞鼓员、楚严鼓员、梁皇鼓员、临淮鼓员、兹邡鼓员、郑四会员、沛吹鼓员、陈吹鼓员、东海鼓员、秦倡员、楚鼓员、楚四会员、姚四会员、齐四会员、蔡讴员、齐讴员等。从事这种歌舞演唱的人员不一定就来自上述地方,但是我们有理由相信,里面的大部分,肯定是从上述各地奔到京城来的。

如此众多的歌舞艺人,他们的伎艺是如何学成的? 他们又是怎样进入城市的呢? 在这方面,汉宣帝的母亲王翁须的故事给我们提供了一份宝贵的材料,现录之如下:

> 史皇孙王夫人,宣帝母也,名翁须,太始中得幸于史皇孙。皇孙妻妾无号位,皆称家人子。征和二年,生宣帝。帝生数月,卫太子、皇孙败,家人子皆坐诛,莫有收葬者,唯宣帝得全。即尊位后,追尊母王夫人谥曰悼后,祖母史良娣曰戾后,皆改葬,起园邑,长丞奉守。语在《戾太子传》。地节三年,求得外祖母王媪,媪男无故。无故弟武皆随使者诣阙。时乘黄牛车,故百姓谓之黄牛妪。

> 初,上即位,数遣使者求外家,久远,多似类而非是。既得王媪,令太中大夫任宣与

丞相御史属杂考问乡里识之者,皆曰王妪。妪言名妄人,家本涿郡蠡吾平乡。年十四嫁为同乡王更得妻。更得死,嫁为广望王乃始妇,产子男无故、武,女翁须。翁须年八九岁时,寄居广望节侯子刘仲卿宅,仲卿谓乃始曰:"予我翁须,自养长之。"妪为翁须作缣单衣,送仲卿家。仲卿教翁须歌舞,往来归取冬夏衣。居四五岁,翁须来言:"邯郸贾长儿求歌舞者,仲卿欲以我与之。"妪即与翁须逃走,之平乡。仲卿载乃始共求妪,妪惶急,将翁须归,曰:"儿居君家,非受一钱也,奈何欲予它人?"仲卿诈曰:"不也。"后数日,翁须乘长儿车马过门,呼曰:"我果见行,当之柳宿。"妪与乃始之柳宿,见翁须相对涕泣,谓曰:"我欲为汝自言。"翁须曰:"母置之,何家不可以居?自言无益也。"妪与乃始还求钱用,随逐至中山卢奴,见翁须与歌舞等比五人同处,妪与翁须共宿。明日,乃始留视翁须,妪还求钱,欲随至邯郸。妪归,橐买未具,乃始来归曰:"翁须已去,我无钱用随也。"因绝至今,不闻其问。贾长儿妻贞及从者师遂辞:"往二十岁,太子舍人侯明从长安来求歌舞者,请翁须等五人。长儿使遂送至长安,皆入太子家。"及广望三老更始、刘仲卿妻其等四十五人辞,皆验。宣奏王妪悼后母明白,上皆召见,赐无故、武爵关内侯,旬月间,赏赐以巨万计。顷之,制诏御史赐外祖母号为博平君,以博平、蠡吾两县户万一千为汤沐邑。封舅无故为平昌侯,武为乐昌侯,食邑各六千户。(《汉书·外戚传》)

我们在这里之所以要把这段故事全录下来,是因为它给我们提供了关于汉代歌舞艺人生活的一段相当重要的史料。首先,从这段故事中我们知道,汉宣帝的母亲王翁须出身于下层社会家庭,八九岁时她的母亲就把她送给了刘仲卿,这刘仲卿大概是一个专门从事培养歌舞艺术人才的人。他寻找并物色到了好的女孩之后,就开始专门训练培养,而且这种培养还很严格,至少要经过四五年的时间才行。这期间,翁须不能回家,也不许她的父母来看望,只是到了春秋季节,她才可以回家来取棉衣和单衣,而日常吃住都由刘仲卿负责。其次,从翁须的遭遇来看,这刘仲卿培养歌舞艺术人才的目的,显然是为了赚钱。当王翁须的技艺学成之后,他就背着王翁须的父母,偷偷地把她卖了。虽然王翁须的父母知道此事之后,千方百计去要,但最终还是一分钱也没有得到,最后甚至连女儿卖给了谁都不知道。其三,从这里我们还可以知道,因为当时住在长安城中的皇亲贵戚等,需要大量的歌舞艺人供自己享乐,自然会产生邯郸贾长儿这样专门从事歌舞艺人买卖以图暴利的商人,他们把这些歌舞艺人购回之后,就养在家里,等待时机卖出。其四,我们从这里还知道,当时的皇室贵族之家,为了得到歌舞艺人,最常用的方式可能就是派出像"太子舍人侯明"那样的人,从京城里走出去,到那些从事歌舞艺人买卖的商人那里去买。可以推想,汉代大部分歌舞艺人,都是通过这种途径流入城市并进入那些宫廷贵族家中的。

王翁须是在民间专人的培养下成为歌舞艺术人才,然后卖给宫廷的。还有另一种情况,就是许多富商大贾、达官显宦或皇亲贵戚之家,先看中一些姿色较好的少年男女,然后在自己家里进行培养。孝成皇后赵飞燕就是如此。据《汉书·外戚传》,赵飞燕本是长安城省中侍使官婢。初生之时，父母不喂养她，但是三天也没饿死，于是才收养了她。后与妹妹赵合德流入长安，沦为官婢。长大后，被赐给阳阿公主家，学歌舞，号曰飞燕。汉成帝微服出行，过阳阿主家，作乐，见赵飞燕而悦之，召入宫中，因而大幸。

中国古代歌舞艺人的地位很低，自先秦就是如此。《史记·乐书》载师乙言："乙，贱工也。"杜佑《通典·乐六》："汉魏以来，(俗乐)皆以国之贱、隶为之。"对此，萧亢达曾做过比较详细的研究。他把汉代的俗乐乐人身份分为奴隶、庶民中的卑贱者和贫苦庶民三大类。在这三者当中，奴隶的地位最低。[1] 按汉代法律，奴隶被看成主人的财产，可以被买卖，可以被子女继承。《史记·扁鹊仓公列传》曾记有这样一件事："济北王召臣意诊脉诸女子侍者，至女子竖，竖无病。臣意告永巷长曰：'竖伤脾，不可劳，法当春呕血死。'臣意言王曰：'才人女子竖何能?'王曰：'是好为方，多伎能，为所是按法新，往年市之民所，四百七十万，曹偶四人。'"这里的竖本是济北王的侍女，善歌舞，为永巷才人，她与她的四个歌舞搭档是济北王花了四百七十万钱从民所中买来的。可见，当时的歌舞奴婢是可以随意买卖的。《史记·郦生陆贾列传》又说："陆生常安车驷马，从歌舞鼓琴瑟侍者十人，宝剑值千金，谓其子曰：'与汝约，过汝，汝给吾人马酒食，极欲，十日而更。所死家，得宝剑四骑侍从者。'"陆贾明言他死之后，所有身边的财物包括歌舞侍者都可以被其子继承。至于庶民中的卑贱者和贫苦庶民身为歌舞艺人，在历史上的记载更多，他们的命运也好不了多少，王翁须、赵飞燕的故事可以看作是这些人命运的缩影。他们大都出身低贱，也随时可以沦为官婢，被人买卖。同时，为了谋求生存，他们从小就要受到良好的歌舞训练，这样才能保证长大后顺利进入宫廷、皇室、高官、显宦或富商、大贾之家。但因为他们大都是被买来的，所以即便是进入宫廷之后，他们的地位仍然低下，可以任人玩弄。这其中，像王翁须、李夫人、赵飞燕那样有幸曾被帝王们赏识的，只是其中的极少数，大多数歌舞艺人们的命运都是很悲惨的。

由此我们可以把两汉社会歌舞艺人的组成分成以下几类：1、从事朝廷雅乐演奏、世代相传的专职音乐官员；2、从小接受过雅乐教育的贵族和官僚子弟；3、出身于下层以音乐歌舞为生的各种专门人才。其中尤以第三种人为汉代歌舞艺术发展的主力，是最为重要的汉代歌诗生产者。

两汉社会以宫廷皇室、达官显宦、富商大贾为主的歌舞娱乐的消费需求，大大刺激了歌舞艺术的发展，促使汉代社会产生了大批以歌舞演唱为生的艺术生产者。这两者共同构成了汉代社会特殊的歌舞艺术生产关系，并由此极大地推动了两汉社会的歌舞艺术生产，从而出现了以相和为主的汉乐府歌舞艺术。这一事例再一次说明：自从人类进入阶级社会以后，艺术的发展与繁荣，从根本上便受制于社会生产的一般规律。是汉代社会的一般生产关系，决定了汉代社会的艺术生产关系。物质生产上的不平等分工与财富的不平等分配，紧接着

---

① 萧亢达:《汉代乐舞百戏艺术研究》,文物出版社,1991年,第36—45页。

便会造成在艺术生产上的不平等分工与精神享受上的不平等分配。艺术生产需要有一定的经济条件作基础,而两汉社会的大部分物质财富都由宫廷皇室、达官显宦、富商大贾们所占有,所以,他们自然就成了这个社会上歌舞艺术的主要消费者,而广大人民则被剥夺了和统治者完全一样的艺术消费的权利,不得不像奴隶般整日辛苦劳作,为了自己的生存而奔波。那些艺术家则成为供统治者歌舞享乐的工具,他们的艺术生涯,与其说是为了美的追求,不如说是为了生存的基本需要。同时,由于受整个社会物质生产水平的限制,两汉社会的歌舞艺术,尤其是专门艺术家的高水平的专业表演,还不可能普及到整个社会,只能被既富且贵的上层社会所垄断。这使得广大劳动者也不可能得到观赏比较高水平的专业歌舞艺术表演的机会。正是这种特殊的生产消费关系,使我们在研究和认识汉代歌诗生产之时,不能不把更多的眼光投入到宫廷贵族们的身上,真正高水平的大众艺术和市民艺术,在那个时代还是难以建立起来的。但是,和西周春秋以前的封建领主式的贵族社会相比,两汉地主制社会毕竟有了一定的历史进步,由于冲破了世卿世禄式的贵族社会的等级藩篱,新兴地主阶级的崛起,庞大的封建官僚社会机构和靠读书而仕进的文人阶层的诞生,城市商人的增加,市民阶层的出现等,都使汉代社会中有比先秦贵族社会更多的人可以加入到这一歌舞艺术消费的行列中来。另一方面,由于整个社会生产力的提高和物质财富的增加,也可以使更多的人从事歌舞艺术的生产。而国家的空前统一、民族文化的大交融、对前代艺术遗产的更多继承等,也从不同方面丰富并推动着两汉社会歌舞艺术的生产发展水平。正是这一切,促成了两汉社会歌舞艺术发展的盛况。它以新的形式、新的内容,引导和满足着汉代社会的歌舞艺术消费,并为后世中国歌舞艺术的发展树立了新的典范。

　　作者简介　赵敏俐,1954 年 4 月生,男,内蒙赤峰人,文学博士,现任首都师范大学中国诗歌研究中心主任,教授,博士生导师。主要研究领域为中国古代诗歌、中国古代文化,重点为先秦两汉诗歌。邮政编码:100089,电子信箱:zhaoml@mail.cnu.edu.cn

论永明体的出现与音乐之关系

吴 相 洲

内容提要：长期以来，人们一直以为永明体的出现是诗与乐分离的产物，本文通过大量事实证明，永明体的出现正是诗与乐结合的产物。文章分七个问题，从理论和事实两个方面考察了永明体的产生与诗歌入乐的关系，指出：沈约等人提出的以"四声"、"八病"、"清浊"、"轻重"为主要内含的声律说，不仅仅出于方便诵读的考虑，也是出于方便入乐的考虑，由永明体发展而来的近体诗是适合入乐歌唱的最佳形式；永明声律说提出的巨大意义在于为那些不擅长音乐的人找到了一种便于合乐的作诗方法，即通过音韵的合理组合便可写出达到合乐要求的诗歌，从而受到人们的广泛欢迎；永明体的创立与诗歌入乐有着密切的联系，它的创立和完善从某种程度上说是在歌词的创作中完成的；那种认为永明体的创立只是为了追求"内在音乐"，以便诵读的说法很不全面。

关键词：永明体　沈约　四声　八病　音乐

唐独孤及《唐故左补阙安定皇甫公集序》云：

> 五言诗……至沈詹事、宋考功，始裁成六律，彰施五色，使言之而中伦，歌之而成声，缘情绮靡之功，至是乃备①。

这是人们对沈宋完善近体诗功绩的较早也是较为完整的概括，其中也透露了一个重大消息，那就是沈宋作近体诗与诗的入乐有直接关系。他们作诗，"裁成六律，彰施五色"，收到了"言之而中伦，歌之而成声"的效果，这就是沈宋的"缘情绮靡之功"。"裁成六律，彰施五色"是音乐创作用语②，"言之而中伦，歌之而成声"是指诗歌创作合乎音律的要求，能歌唱成声。所谓"中伦"、"成声"，就是合乎音律以便歌唱。

这使人自然就想到一个问题：近体诗成于初唐沈宋等人，实创自永明沈谢诸家，那么永明诸家的诗是否也与音乐有着某种关系呢？类似独孤及说沈宋体"言之而中伦，歌之而成

---

① 《全唐文》，第 388 卷，上海古籍出版社，1990 年，第 1743 页。
② 魏徵等作《祀五方上帝于五郊乐章四十首》第一首《祀黄帝降神奏宫音》即云："黄中正位，含章居贞。既彰六律，兼和五声。"刘昫：《旧唐书·音乐志三》，第 30 卷，中华书局，1975 年，第 1103—1104 页。

声"的话在人们对永明诸家的评价中也可以看到。如钟嵘《诗品》就说沈约的诗"见重闾里，诵咏成音"①，沈约说谢朓的诗"调与金石谐"②。我们有理由做这样一个推断：永明体自从创立的时候，就与音乐有着某种关系。

本文就是要集中探讨永明体的产生、发展过程与诗歌入乐的关系这一问题，尽可能将沈约等人是如何为了适应音乐而讲究诗律的具体情形描述清楚。

一　永明声病说内含分析

《南史·陆厥传》载：

（永明）时盛为文章，吴兴沈约、陈郡谢朓、琅琊王融，以气类相推毂，汝南周颙，善识声韵。文皆用宫商，将平、上、去、入四声，且以之制韵：有平头、上尾、蜂腰、鹤膝。五字之中，音韵悉异，两句之内，角徵不同，不可增减，世号为"永明体"③。

这段话集中地概括了永明体的内含。我们再综合沈约等人的有关永明体的论述以及之后历代诗格著作对沈约等人"四声八病"说的阐述，永明声律说可以作如下概括：声、韵、调都要错杂用之④。所谓"声"是指声母，在诗中同一声母的字要错开，即所谓的"旁纽"（也作"傍纽"）、"正纽"。如作于初唐时期的《文笔式》⑤ 解释说："傍纽诗者，五言诗一句之中有'月'字，更不得安'鱼'、'元'、'阮'、'愿'等之字，此即双声，双声即犯傍纽。亦曰，五字之中犯最急，十字中犯稍宽。如此之类，是其病。"⑥"正纽者，五言诗'壬'、'衽'、'任'、'入'四字为一纽。一句之中，已有'壬'字，更不得安'衽'、'任'、'入'等字。如此之类，名为犯正纽之病也。"⑦

所谓"韵"就是指在诗中同一韵母的字要错开使用。即所谓"大韵"、"小韵"。《文笔式》解释说："大韵诗者，五言诗若以'新'为韵，上九字中更不得安'人'、'津'、'邻'、'身'、'陈'等字。即同其类，名犯大韵。"⑧"小韵诗，除韵以外，而有叠相犯者，名为犯小韵病也。……凡小韵，居五字内急，九字内少缓。然此病虽非巨害，避为佳。"⑨

---

①　曹旭：《诗品集注》，上海古籍出版社，1994年，第321页。

②　沈约：《伤谢朓》，逯钦立：《先秦汉魏晋南北朝诗》，中华书局，1983年，第1653页。

③　萧子显：《南齐书·陆厥传》，只是文字稍异。《南史》，第48卷，中华书局，1975年，第1195页。

④　近代学人对"四声八病"之说有许多解释，但我认为"四声八病"说概括起来就是声、韵、调要错杂用之。

⑤　张伯伟：《全唐五代诗格校考》认为"产生时代当在稍后于《笔札华梁》（上官仪作）的武后时期"。张伯伟：《全唐五代诗格校考》，陕西人民教育出版社，1996年，第46页。

⑥　张伯伟：《全唐五代诗格校考》，陕西人民教育出版社，1996年，第64页。

⑦　张伯伟：《全唐五代诗格校考》，陕西人民教育出版社，1996年，第64页。

⑧　张伯伟：《全唐五代诗格校考》，陕西人民教育出版社，1996年，第62页。

⑨　张伯伟：《全唐五代诗格校考》，陕西人民教育出版社，1996年，第63页。

所谓"调"就是指平、上、去、入四声错杂用之,"平头"、"上尾"、"蜂腰"、"鹤膝"都是讲这一内容的。《文笔式》解释说:"平头诗者,五言诗第一字不得与第六字同声。同声者,不得同平上去入四声。犯者名为平头。"①"上尾诗者,五言诗中,第五字不得与第十字同声,名为上尾。"②"蜂腰诗者,五言诗一句之中,第二字不得与第五字同声。言两头粗,中央细,似蜂腰也。"③"鹤膝诗者,五言诗第五字不得与第十五字同声。言两头细,中央粗,似鹤膝也。以其诗中央有病。"④

永明诸家在讲声、韵、调的同时,还使用"清浊"、"轻重"这样的概念。

沈约等人以上述要求来进行诗歌的创作,是不是表明永明声律说与诗歌的入乐有着某种关系呢?

从理论上说这种关系是可以肯定的。如元稹《乐府古题序》云:"在音声者,因声以度词,审调以节唱,句度长短之数,声韵平上之差,莫不由之准度。"⑤ 刘尧民《词与音乐》就依据这段话来分析诗歌与音乐的关系:

> 诗歌组织的要素是"字"与"句",这恰适合于音乐的"音"与"拍","音阶"分清浊,"音数"有多少;拍式有长短,拍数又有多少。诗歌既要和音乐相融合,那么诗歌字数的多少,和字音的高低清浊便要和音阶的高低、清浊,音数的多少相当。而诗歌句法的长短,和句数的多寡,也要和音乐的拍式与拍数相当⑥。

从现代我们所掌握的有关知识来证明诗歌声、韵、调与音乐之间的关系是不难的。诗的音步、音强、平仄、韵脚都可以从属于乐的音密、音长、音强、音高、音色等方面来分解,诗声与乐声之间存在着一定的决定关系。如诗句中间的平仄搭配就与感情的高低起伏与歌唱的抑扬婉转联系起来。而韵脚的平仄相间,更是演唱的必然要求。总之,字的声、韵、调都与歌唱密切相关。现在的关键是证明沈约等人创立声病说确实与诗歌入乐之间存在某种关联。

二 四声和五音的关系

声律说的核心是声调,四声与八病中的前四病都是讲声调的,那么标识字音高低的四声与标识音律的五音之间的关系就成了探讨永明声律说与诗歌入乐有无关系的关键。

对于永明声律说,沈约在《宋书·谢灵运传论》、《答陆厥书》、《答甄公论》中有比较明确的

① 张伯伟:《全唐五代诗格校考》,陕西人民教育出版社,1996年,第61页。
② 张伯伟:《全唐五代诗格校考》,陕西人民教育出版社,1996年,第61页。
③ 张伯伟:《全唐五代诗格校考》,陕西人民教育出版社,1996年,第61页。
④ 张伯伟:《全唐五代诗格校考》,陕西人民教育出版社,1996年,第62页。
⑤ 冀勤校点:《元稹集》,第23卷,中华书局,1982年,第254页。
⑥ 刘尧民:《词与音乐》,云南人民出版社,1985年,第46页。

阐述：

　　　　夫五色相宣，八音协畅，由乎玄黄律吕，各适物宜。欲使宫羽相变，低昂互节，若前有浮声，则后须切响。一简之内，音韵尽殊；两句之中，轻重悉异。妙达此旨，始可言文①。

　　　　宫商之声有五，文字之别累万，以累万之繁，配五声之约，高下低昂，非思力所举。又非止若斯而已也。十字之文，颠倒相配，字不过十，巧历已不能尽，何况复过于此者乎？……自古辞人，岂不知宫羽之殊，商徵之别。虽知五音之异，而其中参差变动，所昧实多，故鄙意所谓'此秘未睹'者也。以此而推，则知前世文士便未悟此处。若以文章之音韵，同弦管之声曲，则美恶妍蚩，不得顿相乖反。譬由子野操曲，安得忽有阐缓失调之声，以《洛神》比陈思他赋，有似异手之作。故知天机启，则律吕自调；六情滞，则音律顿舛也②。

　　　　昔神农重八卦，卦无不纯，立四象，象无不象。但能作诗，无四声之患，则同诸四象。四象既立，万象生焉；四声既周，群声类焉。经典史籍，唯有五声，而无四声。然则四声之用，何伤五声也。五声者，宫商角徵羽，上下相应，则乐声和矣；君臣民事物，五者相得，则国家治矣。作五言诗者，善用四声，则讽咏而流靡；能达八体，则陆离而华洁。明各有所施，不相妨废。昔周、孔所以不论四声者，正以春为阳中，德泽不偏，即平声之象；夏草木茂盛，炎炽如火，即上声之象；秋霜凝木落，去根离本，即去声之象；冬天地闭藏，万物尽收，即入声之象：以其四时之中，合有其义，故不标出之耳③。

从沈约这些话中，我们可以看出这样三层意思：一、诗律与乐律应并行不悖，诗律受到乐律的启发，诗中"浮声"、"切响"的讲究，有如音乐上的"五色相宣，八音协畅"；二、讲究"音韵"的诗歌便于诵读歌唱，即所谓"作五言诗者，善用四声，则讽咏而流靡"；三、以五音来作诗是一个难度很高的事情，非一般人所能掌握，所以他以四声作诗，即所谓"以文章之音韵，同弦管之声曲"。

　　在这里又引出两个问题：一、沈约为什么要那么要"以文章之音韵，同弦管之声曲"？"欲使宫羽相变，韵协律吕"的目的恐怕不只是为了诵读的方便，沈约所说的"讽咏"除了"诵读"之外，是不是还有"歌唱"的意思呢？二、为什么"文章"讲究"音韵"之后就能"同弦管之声曲"呢？这两个问题的关键就在于诗歌的四声和音乐的五音之间有着某种特定的联系。

　　沈约及以后探索近体诗律者确实做过这样的努力，即试图说清到四声和五音的联系。《乐府诗集》卷二十六现载沈约《宫引》、《商引》、《角引》、《徵引》、《羽引》五诗：

---

①　沈约：《宋书》，第 67 卷，中华书局，1974 年，第 1779 页。

②　萧子显：《南齐书·文学传·陆厥传》，第 52 卷，中华书局，1972 年，第 899—900 页。

③　刘善经：《四声论》引，见王利器《文镜秘府论校注》，中国社会科学出版社，1983 年，第 101—102 页。

八音资始君五声,兴比和乐感百精,优游律吕被咸英。

司秋纪兑奏西音,激扬钟石和瑟琴,风流福被乐愔愔。

萌生触发岁占春,《咸池》始奏德尚仁,恬惔以息和且均。

执衡司事宅离方,滔滔夏日火德昌,八音备举乐无疆。

玄英纪运冬冰折,物为音本和且悦,穷高测深长无绝①。

诗中以角、徵、商、羽来代表春、夏、秋、冬四季,与他在《答甄公论》中所说的以平、上、去、入分别代表春、夏、秋、冬是一致的。当然,四声与五音之间的关系绝不是这样简单的对应关系,沈约并没有说出四声和五音之间的内在关系,只是说二者同样可以象征四季,四声与五音并用,"各有所施,不相妨废"。

齐太子舍人李概对二者的关系作出了进一步的解释。隋代刘善经著《四声论》:

　　……辞人代用,今古不同,遂辨其尤相涉者五十六韵,科以四声,名曰《韵略》。制作之士,咸取则焉,后生晚学,所赖多矣。齐太子舍人李节,知音之士,撰《音韵决疑》,其序云:"案《周礼》:'凡乐:圜钟为宫,黄钟为角,大簇为徵,沽洗为羽。'商不合律,盖与宫同声也。五行则火土同位,五音则宫商同律,暗与理合,不其然乎?吕静之撰《韵集》,分取无方。王微之制《鸿宝》,咏歌少验。平上去入,出行闾里,沈约取以和声之,律吕相合。窃谓宫商徵羽角,即四声也。羽,读如括羽之羽,亦之和同,以拉群音。无所不尽。岂其埋藏万古,而未改于先悟者乎?"经每见当世文人,论四声者众矣,然其以五音配偶,多不能谐;李氏忽以《周礼》证明,商不合律,与四声相配便合,恰然悬同。愚谓钟、蔡以还,斯人而已②。

在这里,李概为我们描述了沈约以四声作诗的真实情况,指出四声与五音之间存在着对应的关系。"平上去入",本来是在流行于民间的标声方法,沈约将其拿来试验,并与音乐相配合,结果是发现四声完全可以用来标识声音并与音乐相合,即所谓"平上去入,出行闾里,沈约取以和声之,律吕相合"。他还以为,人们创立音韵学说时,有明确的目的,也有明确的标准和方法,那就是要与音乐相合。王微所作的《鸿宝》就因为"咏歌少验"而被当作不成功的著作。

对沈约所论的四声与五声之间关系,初唐时期的元兢又做了进一步的解释。其有关近体式的专著《诗髓脑·调声》云:

　　声有五声,角徵宫商羽也。分于文字四声,平上去入也。宫商为平声,徵为上声,羽为去声,角为入声。故沈隐侯论曰云:"欲使宫徵相变,低昂舛节,若前有浮声,则后须切响。一简之内,音韵尽殊;两句之中,轻重悉异。妙达此旨,始可言文。"固知调声之义,

---

① 郭茂倩:《乐府诗集》,第 26 卷,上海古籍出版社,1998 年,第 312—313 页。

② 刘善经:《四声论》,王利器:《文镜秘府论校注》,中国社会科学出版社,1983 年,第 104 页。

其为用大矣①。

元兢更明确地解释五音与四声之间的联系,并认为这就是沈约声律说的核心依据。元兢擅长音乐,并做过朝廷掌管音乐的官员——协律郎,对近体诗的完善有突出的贡献,他这样说,想必有经验作为依据。

当然,四声与五音之间关系还有更复杂的内含,沈约、李概、元兢所揭示的还远远不够。但沈约毕竟提出了这样一个极其重要的命题,开创了一个传统,给人一种信念,所以试图揭开四声与五音之间关系的代不乏人,在人们对诗律与乐律、词律与乐律、曲律与乐律之间关系的论述当中,很少有人怀疑这一命题,一般都采取相信的态度。如产生于隋唐之际的《悉昙藏》卷二云:

> 外教说:天地交合,各有五行,由五行故,乃有五音,五音之气,内发四声,四音之响,外生六律六吕之曲。……又五音者,发四声四音之呼,生六律六吕之响。言四声四音者,平声上声去声入声,正纽傍纽通韵落韵也②。

初唐人所作《芳林要览序》云:

> 且文之为体也,必当词与质相经,文与声相会。词义不畅,则情旨不宣;文理不清,则声节不亮。诗人因声以缉韵,沿旨以制词,理乱之所由,风雅之所在。固不可孤音绝唱,写流遁之胸怀;弃徵捐商,混妍蚩于耳目③。

对这一关系揭示得最明确的就是宋代词人李清照。她在《词论》中说:

> 乐府声诗并著,最盛于唐开元、天宝间。……逮至本朝,礼乐文武大备。又涵养百余年,始有柳屯田永者,变旧声作新声,出《乐章集》,大得声称于世。虽协音律,而词语尘下。又有张子野、宋子京兄弟、沈唐、元绛、晁次膺辈继出,虽时时有妙语,而破碎何足名家?至晏元献、欧阳永叔、苏子瞻,学际天人,作为小歌词,直如酌蠡水于大海,然皆句读不葺之诗尔。又往往不协音律者,何耶?盖诗文分平侧,而歌词分五音,又分五声,又分六律,又分清浊轻重。且如近世所谓《声声慢》、《雨中花》、《喜迁莺》,既押平声韵,又押入声韵。《玉楼春》本押平声韵,又押上去声,又押入声。本押仄声韵,如押上声则协,如押入声,则不可歌矣④。

在李清照看来,作为"协音律"的"乐府"(词)和"声诗",韵律是至关重要的条件,有时直接决定能否歌唱。晏殊等人的词之所以被称作"句读不葺之诗",就是因为他们没有按音乐的要求对词的韵律作出适当的修饰。

宋张侃《拙轩词话》引郭沔的话说:"词中仄字上去二声,可用平声。惟入声不可用上三

---

① 张伯伟:《全唐五代诗格校考》,陕西人民教育出版社,1997年,第93页。
② 《大正藏》第84册。
③ 《文镜秘府论·南卷·集论》引,见王利器《文镜秘府论校注》,中国社会科学出版社,1983年,第370页。
④ 王仲闻:《李清照集校注》,人民文学出版社,1979年,第194—195页。

声,用之则不协律。近体如《好事近》《醉落魄》,只许押入声韵。"①　这段话也说明了词的四声和配乐有着严格的确定关系。姜夔是一个精通音乐的词作者,他在《大乐议》中指出:"七音之协四声,或有自然之理。"②　还提供了一个生动的例证。其《满江红》词序云:

> 《满江红》旧调用仄韵,多不协律。如末句云:"无心扑"三字,歌者将"心"字融入去声,方谐音律。予欲以平韵为之,久不能成。因泛巢湖,闻远岸箫鼓声,问之舟师,云:"居人为此湖神母寿也。"予因祝曰:"得一席风径至居巢,当以平韵《满江红》为迎送神曲。"言讫,风与笔俱驶,顷刻而成。末句云:"闻佩环",则协律矣。……③

宋沈义父《乐府指迷》更认为:"词腔为之均,均即韵也。"④　元周德清撰《中原音韵》就是为了方便作曲。虞集《中原音韵序》云:

> 高安周德清,工乐府,善音律,自著《中州音韵》一帙,分若干部,以为正语之本,变雅之端。其法以声之清、浊,定字为阴、阳,如高声从阳,低声从阴,使用字者随声高下,措字为词,各有攸当,则清、浊得宜,而无凌犯之患矣;以声之上、下,分韵为平、仄,如入声直促,难谐音调成韵之入声,悉派三声,志以黑白,使用韵者随字阴、阳,置韵成文,各有所协,则上下中律,而无拘拗之病矣。是书既行,于乐府之士岂无补哉?又自制乐府若干调,随时体制,不失法度,属律必严,比字必切,审律必当,择字必精,是以和于宫商,合于节奏,而无宿昔声律之弊矣⑤。

明王骥德《曲律》"论平仄第五"也曾论述了曲律与配乐的关系:

> 自沈约《类谱》作,而始有平仄。欲语曲者,先须识字,识字先须反切。反切之法,经纬七音,旋转六律,释氏谓:七音一呼而聚,四声不召自来,言相通也。今无暇论切,第论四声。四声者,平、上、去、入也。平谓之平,上、去、入总谓之仄。曲有宜于平者,而平有阴、阳;有宜于仄者,而仄有上、去、入。乖其法,则曰拗嗓。盖平声声尚含蓄,上声促而未舒,去声往而不返,入声则逼侧而调不得自转矣。……⑥

可见曲律与乐律之间也有着严格的对应关系,王氏认为这是作曲的人必须首先掌握的。

明俞彦《爰园词话》云:

> 词全以调为主,调全以字之音为主,音有平仄,多必不可移者,间有可移者。仄有上去入,多可移者,间有必不可移者。倘必不可移者,任意出入,则歌者有棘喉涩舌之病。

---

① 唐圭璋:《词话丛编》,中华书局,1986,第190页。
② 脱脱等:《宋史》,第131卷,上海古籍出版社、上海书店,1986年,第408页。
③ 夏承焘:《姜白石词编年笺注》,第3卷,见《夏承焘集》,第3册,浙江古籍出版社、浙江教育出版社,1997年,第59—60页。
④ 唐圭璋:《词话丛编》,中华书局,1986年,第283页。
⑤ 《中国古典戏曲论著集成》第1册,中国戏剧出版社,1959年,第173—174页。
⑥ 《中国古典戏曲论著集成》,第4册,中国戏剧出版社,1959年,第105—107页。

故宋时一调,作者多至数十人,如出一吻①。

类似这样的论述可以找到很多,如明沈宠绥《度曲须知》上卷"弦律存亡"亦云:"虽然,古律湮矣,而还按词谱之仄仄平平,原即是弹格之高高下下,亦即歌法之宜抑宜扬。"② 按照他的意思,四声就是弹格、就是歌法。清万树《词律·发凡》亦云:"上声舒徐和软,其声低,去声激厉劲远,其腔高,相配用之,方能抑扬有致。"又说:"名词转折跌荡处,多用去声,何也?三声中,上、入二者,可以作平,去则独异。故余尝窃谓论声虽以一平对三仄,论歌则当以去对平、上、入也。当用去者,非去则激不起。用入且不可,断断不可用平上也。"③《钦定词谱》序说:"词之有图谱,犹诗之有体格也……夫词寄于调,字之多寡有定数,句之长短有定式,韵之平仄有定声……词谱一编,详次词体,剖析异同,中分句读,旁列平仄,一字一韵,务正传讹。按谱填词,沨沨乎可赴节族而筦弦矣。"④

那么四声和五音到底是怎样联系起来的呢?或言之,沈约等人讲究的声、韵、调到底是怎样和音乐联系起来的呢?这一点我们从曲论家那里得到了一种解释,即标识音乐的工尺和四声阴阳是有一定的对应关系的。如王季烈《螾庐曲谈·论四声阴阳与腔格之关系》中就曾举例说明"合四"、"上尺"、"尺工"为阳平之腔格,"四"、"尺"、"工"为阴平之腔格,"工合四"、"四上尺"、"尺工六"为上声之腔格。王光祈在《中国音乐史》还据此列了一个五线谱:

　阴平　　阳平　　阴上　　阳上　　阴去　　阳去　　阴入　　阳入⑤

总之,自从沈约提出"以文章之音韵,同管弦之声曲"之后,许多人都试图揭开诗歌的四声和音乐的五音之间的关系,尽管人们的解释不同,有的甚至以四声和五音相配合标明调

①　唐圭璋:《词话丛编》,中华书局,1986年,第400页。

②　《中国古典戏曲论著集成》,第5册,中国戏剧出版社,1959年,第241页。

③　万树:《词律》,上海古籍出版社,1984年,

④　《钦定词谱》,北京市中国书店,1983年,第1—5页。

⑤　刘尧明:《词与音乐》,云南人民出版社,1985年,第138—139页。

式①,但有一点可以肯定,四声和五音之间确实存在着某种关系,讲究四声的诗歌确实为入乐提供了一定的方便。因而诗人们在作诗时,为了入乐,必须在声律上做些准备。中国古代词律曲律就是为了便于歌唱而设置的,而律诗,既讲平仄,又讲韵脚,句式的长短和多少都有规定,无疑为歌唱提供了很大的方便。元稹《见人咏韩舍人新律诗因有戏赠》云:"喜闻韩古调,兼爱近诗篇。玉磬声声彻,金铃个个圆。高疏明月下,细腻早春前。花态繁于绮,闺情软似绵。轻新便妓唱,凝妙入僧禅。"② 诗中明确地表明了这一关系。韩舍人的近体诗篇,便于歌妓演唱,演唱的效果是字正腔圆。"玉磬声声彻,金铃个个圆"正是对这种字正腔圆效果的形象描写。

清万树《词律·发凡》所云:"自沈吴兴分四声以来,凡用韵乐府,无不调平仄者。至唐律以后,浸淫而为词,尤以谐声为主。倘平仄失调,则不可入调。周柳、万俟等制腔造谱,皆按宫调,故协于歌喉,播诸弦管,以迄白石、梦窗,各有所创,未有不悉音理而可造格律者。"③ 后代的词论家在谈词律的时候总是从永明体说起,都认为声律是为了入乐的方便而设置的,而且所谈的内容都是说什么样的声律适合入乐,什么样的声律不适合入乐。这应当看作是后人对沈约"以文章之音韵,同管弦之声曲","作五言诗者,善用四声,则讽咏而流靡"的一种最为普遍也最为合理的解读。

事实上,由永明体发展而来的近体诗的形式是一种最方便入乐的形式。词律正是以诗律为标准建立起来的,如龙榆生在1936年所作的《论平仄四声》一文中列举了白居易的一首《望江南》,温庭筠的一首《望江南》,李后主的一首《相见欢》和一首《浣溪沙》,韦庄的一首《浣溪沙》和一首《谒金门》,冯延巳的一首《谒金门》,说:"其体势之构成,即取五、七言近体诗句法"④。龙榆生还指出了宋人对词律的改造也出现了朝着近体诗方向发展的倾向。其发表在1937年的《令词之声韵组织》分析道:"令词创调之多,莫过于《花间》诸作者。……而后来习用之调,则仍以组织近乎近体诗者为最盛行。故知平仄调谐,利于唇吻,既便于入乐,亦适于吟诵。"⑤ 他列举了大量宋人依近体诗律改花间词人小令的例证,说:"所谓诗客曲子词,

---

① 晚唐段安节《乐府杂录》曾作《别乐识五音轮二十八调图》,也"用宫、商、角、羽,并分平、上、去、入四声。其徵音有其声,无其调。"具体是"平声羽七调"、"上声角七调"、"去声宫七调"、"入声商七调"、"上平声调"(见《中国古典戏曲论著集成》,第1册,中国戏剧出版社,1959年,第62—64页。)唐宋歌曲发掘专家李健正根据唐代段安节《乐府杂录》将当时流行的"半字谱"与四声的对应关系标示如下:"平上去入"对"羽角宫商"对"マ乃ム乂"。李健正解释说:"'マ'被认作是'平'字的上部分,'乃'读作'上',又是'角'字的半字,'ム',被认作'去'字的下半部,'乂'被当作'入'字。虽然半字谱的原理并非如此,但段安节这样安排,意在使'羽、角、宫、商'和半字谱'マ、乃、ム、乂'有所联系。"(见《最新发掘唐宋歌曲》,四川人民出版社,1992年,第40页。)这是试图从古音乐发掘的角度来说明四声与五音之间对应关系。

② 冀勤校点:《元稹集》,中华书局,1982年,第134页。

③ 万树:《词律》,上海古籍出版社,1984年,第15页。

④ 《龙榆生词学论文集》,上海古籍出版社,1997年,第159—161页。

⑤ 《龙榆生词学论文集》,上海古籍出版社,1997年,第172页。

鲜不脱胎于近体律、绝者。"① 刘尧民《词与音乐》曾分析了李煜的《虞美人》声律：

　　　平平仄仄平平仄。春花秋月何时了。

　　　仄仄平平仄仄平。往事知多少小园。

　　　仄仄平平平仄仄。昨夜又东风故国。

　　　平平仄仄平平平。不堪回首月明中。

　　　平平仄仄平平仄。雕阑玉砌应犹在。

　　　仄仄平平仄仄平。只是朱颜改问君。

　　　仄仄平平平仄仄。能有几多愁恰似。

　　　平平仄仄仄平平。一江春水向东流。

他解释说："这词不但字数、句数是律诗，连着平仄的方法都是一首律诗，或是两首绝句，令我们要疑心它原来是一首律诗。"② 可见近体诗的形式，是适合音乐的最佳的音韵结构，这不能不使我们做这样的推断：永明诸家在创立新体诗时是否就是为了找到一种方便入乐的形式。

　　当然人们在这里可能会提出这样一个疑问：永明体之前的诗不讲究声律，不也照样唱吗？这个问题应该这样看：不是说诗不讲声律就不能唱，而是说讲了声律的诗更加便于歌唱。白居易《与元九书》云："圣人知其然，因其言，经之以六义；缘其声，纬之以五音。音有韵，义有类。韵协则言顺，言顺则声易入；类举则情见，情见则感易交。"③ 人们发明了诗的声律，给歌唱带来了方便，这是人们对诗歌艺术研究的深化和进步。在这种讲究声律的诗出现之后，人们在演唱的时候，可能会更加愿意挑选那些讲究声律的诗而不挑选其他的诗。在这种情况下，作者为了使自己的诗便于入乐传播，在作诗时就自觉地遵循这一规律，而在表情达意的同时，也考虑音韵的和谐顺畅。

三 "八病"说与入乐的关系

　　八病和入乐关系如何，我们也可以从后来曲论家那里得到印证。人们在总结唱曲的经验时，提出了一系列的禁忌，令人吃惊的是，这些禁忌与八病多有一致之处。如明王骥德《曲律》"论曲禁第二十三"云：

　　　曲律，以律曲也，律则有禁，具列以当约法：

　　　重韵。（一字二三押。长套及戏曲不拘。）

①　《龙榆生词学论文集》，上海古籍出版社，1997年，第174页。
②　刘尧明：《词与音乐》，云南人民出版社，1985年，第177页。
③　白居易：《与元九书》，朱金城：《白居易集笺校》，第45卷，上海古籍出版社，1988年，第2790页。

　　借韵。（杂押傍韵，如支思，又押齐微类。）

　　犯韵。（有正犯——句中字，不得与押韵同音，如冬犯东类。有傍犯——句中即上去声不得与平声相犯。如董冻犯东类。）

　　犯声。（即非韵脚。凡句中字同声，俱不得犯，如上例。）

　　平头。（第二句第一字，不得与第一句第一字同音。）

　　合脚。（第二句未一字，不得与第一句未一字同音。）

　　上上叠用。（上去字须间用，不得用两上，两去。）

　　上去、去上倒用。（宜上去，不得用去；宜去上，不得用上去。活法，见前论平仄条中。）

　　入声三用。（叠用三入声。）

　　一声四用。（不论平上去入，不得叠用四字。）

　　阴阳错用。（宜阴用阳字；宜阳用阴字。）

　　闭口叠用。（凡闭口字，只许单用。如用侵，不得又用寻，或又用盐咸、廉纤等字。双字如深深、参参、厌厌类，不禁。）

　　韵脚多以入代平。（此类不免，但不许多用。如纯用入声韵，及用在句中者，俱不禁。）

　　叠用双声。（字母相同，如玲珑、皎洁类，止许用二字，不许连用至四字。）

　　叠用叠韵。（二字同韵，如逍遥、灿烂，亦止许用二字，不许连用至四字。）

　　开闭口韵同押。（凡闭口，如侵寻等韵，不许与开口韵同押。）

　　……①

看到这些禁忌，这确实给人以一种似曾相识的感觉。我们不妨与八病做一个对照：

八　　病	曲　　禁
平头：平头诗者，五言诗第一字不得与第六字同声。同声者，不得同平上去入四声。犯者名为平头。	平头：第二句第一字，不得与第一句第一字同音。
上尾：上尾诗者，五言诗中，第五字不得与第十字同声，名为上尾。"	合脚：第二句未一字，不得与第一句未一字同音。
蜂腰：蜂腰诗者，五言诗一句之中，第二字不得与第五字同声。言两头粗，中央细，似蜂腰也。	一声四用：不论平上去声，不得叠用四字。

① 《中国古典戏曲论著集成》，第4册，中国戏剧出版社，1959年，第129—130页。

鹤膝:鹤膝诗者,五言诗第五字不得与第十五字同声。言两头细,中央粗,似鹤膝也。以其诗中央有病。	
大韵:大韵诗者,五言诗若以'新'为韵,上九字中更不得安'人'、'津'、'邻'、'身'、'陈'等字。即同其类,名犯大韵。	叠用叠韵:二字同韵,如逍遥、灿烂,亦止许用二字,不许连用至四字。

小韵:小韵诗,除韵以外,而有叠相犯者,名为犯小韵病也。……凡小韵,居五字内急,九字内少缓。然此病岁非巨害,避为佳。	犯韵:有正犯——句中字,不得与押韵同音,如冬犯东类。有傍犯——句中即上去声不得与平声相犯。如董冻犯东类。
傍纽:傍纽诗者,五言诗一句之中有'月'字,更不得安'鱼'、'元'、'阮'、'愿'等之字,此即双声,双声即犯傍纽。亦曰,五字之中犯最急,十字中犯稍宽。如此之类,是其病。	犯声:即非韵脚。凡句中字同声,不得犯,如上例。
正纽:正纽者,五言诗'壬'、'衽'、'任'、'入'四字为一纽。一句之中,已有'壬'字,更不得安'衽'、'任'、'入'等字。如此之类,名为犯正纽之病也。	犯声:即非韵脚。凡句中字同声,不得犯,如上例。

　　从以上的比较中可以看出,曲论家所提出的曲禁与八病虽然不完全一致,有的地方显得比八病严格,有的地方比八病宽容,有些的内含提出的角度也不一样,但主要的精神是一致的,有些地方是完全一致的,特别是那些主要的病犯,二者完全一致。如平头,是八病中的重病,曲禁也讲平头,名称和内含完全一样。

　　当然应该看到,有些禁忌八病中没有,究原因有二:一、那些声病在五言八句的诗中不可能出现,如"重韵"、"借韵",所以没有必要作出具体要求。二、永明声病说尚不够细致,如"入声三用"、"阴阳错用"、"闭口叠用"、"韵脚多以入代平"、"叠用双声"、"叠用叠韵"、"开闭口韵同押"等,就显然比八病的要求更加细致。但也应该看到,永明声病说并不是完全没有这方面的内容,他们所讲的"清浊"、"轻重"就有这方面的含义。为了叙述上的方便,这一问题下面再作仔细分析。

　　顺便指出,曲禁中有些内容,虽然在八病中未能找到,但可以在唐人丰富永明声律说时所增加的内含中找到。如"入声三用"(叠用三入声)、"一声四用"(不论平上去入,不得叠用四字。)就与初唐时元兢所说的"龃龉病"相一致。元兢是初唐对近体诗式发展在理论上有重大贡献的人,他于八病之外又加上了"龃龉病"。他解释说:"龃龉病者,一句之内,除第一字及第五字,其中三字,有二字相连同上去入是。"① 我们看,"入声三用"与"龃龉病"的内含完全一致,至于"一声四用"就更不合要求了。

总的说来,八病和曲禁的目的就是要使诗的声、韵、调错杂相间,使诗的声律有一个抑扬起伏的变化。八病是作诗上的要求,曲禁是作曲上的要求,这是不同时代人提出来的,且前后没有借鉴的痕迹,但二者却出现了重合。这种重合,唯一合理的解释是他们都是为了入乐的需要提出的。因为我们无法否认曲禁是为了适应歌唱这一事实,也无法对声病和曲禁之间的重合现象作出其他解释。

其实我们不拿"曲禁"来印证,直观"八病",也可以看出其与音乐之间的关系。八病中的前四病都是讲四声的问题,已与前面论述清楚。后四病是讲诗中用字要避开双声和叠,尤其是韵脚与句子中间的字不能重复和相近。而这正是出于音乐节拍的需要。用韵是区分歌的节拍的一个重要因素,如果句子中间随意出现与韵脚相同或相近的字,就会使节拍产生紊乱。即使不与韵脚重复或相近,只在句子中间反复出现两次或两次以上相同或相近字音的字,也会形成节拍,从而干扰到整首歌的节拍。刘尧民《词与音乐》中对此有详细的辨析:

> 在音乐里面,每一个调子都有一个特异的音符,其作用也是在一面统一调中变化的各种音节,一方面所以表现各调的独特之美,这叫作"基音"(Tonika)。这个基音放在每一拍的末尾,或某一拍的中间,这和诗歌的韵是完全一样的作用。……音乐中之所以有基音,起调毕曲都用基音,这就是"旋律"的作用,使全调的音节都旋归本官,而有统一之美②。

他还引戈载《词林正韵·发凡》的话来说明:"词之谐不谐,恃乎韵之合不合。韵各有其类,亦各有其音,用之不紊,始能融入本调,收足本音耳。"如果不能遵守这一规律,那就会出现混乱。他又引方成培《香砚居词麈》云:

> 凡一词用某韵,则句中勿多杂入本韵字,而每句首一字尤宜慎之。如押"鱼"、"虞"韵,而句中多用"语"、"麌"、"无"、"吾"等字,则五音紊矣③。

张德瀛《词徵》卷三亦云:

> 词之用字,凡同在一纽一弄者,忌相连用之,宋人于此最为矜慎④。

其实,方成培、张德瀛所说的词的"宜慎"、"矜慎"之处,也正是诗中的"大韵"、"小韵"、"傍纽"、"正纽"。可以肯定地说,如同讲究四声错杂用之的前四病一样,后四病也是诗、词、曲共

---

① 张伯伟:《全唐五代诗格校考》,陕西人民教育出版社,1996年,第99页。
② 刘尧民:《词与音乐》,云南人民出版社,1985年,第156—160页。
③ 刘尧民:《词与音乐》,云南人民出版社,1985年,第166页引。
④ 唐圭璋:《词话丛编》,中华书局,1986年,第4120页。

同的要求,它的提出,正是为了适应歌唱旋律的要求。

四 "清浊"、"轻重"与入乐的关系

　　沈约等人有时还用"清浊"、"轻重"这样的概念来描述声律。如沈约《宋书·谢灵运传论》云:"欲使宫羽相变,低昂互节,若前有浮声,则后须切响。一简之内,音韵尽殊;两句之中,轻重悉异。妙达此旨,始可言文"[①]。其中就以"轻重悉异"和"音韵尽殊"来对举。关于"清浊",其《四声谱》中应该有清楚的论述,可惜《四声谱》今不传,我们只能从其他文献中窥及一斑。日本人安然《悉昙藏》—《悉昙韵纽》引《四声谱》云:"韵有二种:清浊各别为通韵,清浊相和为落韵。"又《商略清浊例》云:"先代作文之士,以清韵之不足,则通浊韵以裁之;浊韵之不足,则兼取叶韵以会之;叶韵之不足,则仍取并韵以成之。"[②]

　　在沈约前后,人们也经常将"清浊"、"轻重"这样的概念与"宫商"这样的概念对举起来。如南朝宋范晔《狱中与诸甥侄书》云:"性别宫商,识清浊,斯自然也。"[③]《隋书·潘徽传》云:"李登《声类》,吕静《韵集》,始判清浊,才分宫羽。"[④]《文镜秘府论·南卷·集论》引《芳林要览序》云:"清浊之音是一,宫商之调斯在。"[⑤] 那么"轻重"、"清浊"到底指的是什么呢? 这一点,人们的理解有许多分歧。如郭绍虞引《蔡宽夫诗话》的观点,认为清浊就是轻重[⑥]。清陈澧《切韵考》云:"切语之法,以二字为一字之音。上字与所切之字双声,下字与所切之字叠韵;上字定其清浊,下字定其平上去入,上字定清浊而不论平上去入。"[⑦] 唐兰《论唐末以前韵学家所谓轻重与清浊》一文对唐末以前人们有关轻重和清浊的论述做了详细的总结性分析,认为人们所说的很不一致,如"清浊"有时指"声",有时又指韵,有时又指调,很不一致。从《悉昙藏》所引沈约《四声谱》来看,沈约所说的清浊是指韵和调。

　　具体到作诗时怎样讲清浊轻重,我们从后来的诗格著作中可以看到一二。如王昌龄《诗格》"声调"云:

　　　　凡四十字诗,十字一管,即生其意。……律调其言,言无相妨。以字轻重清浊间之须稳。至如有轻重者,有轻中重,重中轻,当韵之即见。且"庄"字全轻,"霜"字轻中重,"疮"字重中轻,"床"字全重。如"清"字全轻,"青"字全浊。诗上句第二字重中轻,不与下句第二字同声为一管。上去入声一管。上句平声,下句上去入;上句上去入,下句平

---

①　沈约:《宋书》,第67卷,中华书局,1974年,第1779页。
②　《大正藏》第84册。
③　范晔:《狱中与诸甥侄书》,《宋书·范晔传》,第69卷,中华书局,1974年,第1830页。
④　魏征:《隋书》,第76卷,中华书局,1973年,第1745页。
⑤　王利器:《文镜秘府论校注》,中国社会科学出版社,1983年,第364页。
⑥　郭绍虞:《永明声病说》,《照室隅古典文学论文集》上编,上海古籍出版社,1983年,第234—235页。
⑦　陈澧:《切韵考》,第1卷,中国书店,1984年。

声。以次平声,以次又上去入;以次上去入,以次又平声。如此轮回用之,直至于尾。两头管上去入相近,是诗律也①。

"论文意"又云:

凡作诗之体,意是格,声是律,意高则格高,声辨则律清,格律全,然后始有调。用意于古人之上,则天地之境,洞焉可观。……

夫用字有数般:有轻,有重;有重中轻,有轻中重;有虽重浊可用者,有轻清不可用者。事须细律之,若用重字,即以轻字拂之,便快也。

夫文章,第一字与第五字须轻清,声即稳也。其中三字纵重浊,亦无妨。如"高台多悲风,朝日照北林。"若五字并轻,则脱略无所止泊处;若五字并重,则文章暗浊。事须轻重相间,仍须以声律之。如"明月照积雪",则"月"、"雪"相拨,及"罗衣何飘飘",则"罗"、"何"相拨,亦不可不觉也②。

王昌龄在谈诗律的时候,请把轻重清浊作为重要内容。再如五代徐衍《风骚要式》亦云:"夫用文字,要清浊相半。"③

"清浊"、"轻重"也与诗歌入乐有关④。如李清照《词论》云:"乐府声诗并著,最盛于唐开元、天宝间。……盖诗文分平侧,而歌词分五音,又分五声,又分六律,又分清浊轻重。"⑤

明清人在曲论中对此论述更加详细,只不过又引入了"阴阳"一词来代替"清浊"。吴伟业《词源疏证序》云:"……所谓宫调者,盖奏此七音时,用乐器高低之度也。七音中合四为下,宜阳声隶之,六五为高,宜阴声隶之,词曲中之阴阳,即小学家之清浊也。"⑥ 王骥德《曲律》"论阴阳第六"云:

古人论曲者曰:声分平、仄,字别阴、阳。……曲之篇章句字,既播之声音,必高下抑

①　张伯伟:《全唐五代诗格校考》,陕西人民教育出版社,1996年,第126—127页。
②　张伯伟:《全唐五代诗格校考》,陕西人民教育出版社,1996年,第138—140页。
③　张伯伟:《全唐五代诗格校考》,陕西人民教育出版社,1996年,第430页。
④　清浊也是音乐术语,二者间可能有一定的借用关系,但就目前材料看出,所指各有不同。如《新唐书·礼乐志》:"自周、陈以上,雅、郑淆杂而无别,隋文帝始分雅、俗二部,至唐更曰部当。凡此所谓俗乐者二十有八调:……皆从浊至清,迭更其声。下则益浊,上则益清,漫者过节,急者流荡。"(欧阳修、宋祁等:《新唐书》,第22卷,中华书局,1975年,第473页。)《辽史·乐志》:"四旦二十八调,不用黍律,以琵琶弦叶之,皆从浊至清,迭更其声,下益浊,上益清。七七四十九调,余二十一调失其传。盖出九部乐之龟兹部云。"(脱脱等:《辽史》,第54卷,上海古籍出版社、上海书店,1986年,第79页。)明王骥德《曲律》"论宫调第四":"又古调之法,黄钟之管最长,长则极浊;无射之管最短,(应钟之又短于无射,以无调,故不论。)短则极清。又五音宫商宜浊,徵、羽用清。今正宫曰惆怅雄壮,近浊;越调曰陶写冷笑,近清,似矣。……"(《中国古典戏曲论著集成》,第4册,中国戏剧出版社,1959年,第103页。)凌廷堪《燕乐考原》卷一:"盖琵琶四弦,故燕乐但有宫、商、角、羽四均(即四旦)。无徵声一均也。第一弦最大,其声最浊,故以为宫声之均,所谓'大不逾宫'也。第四弦最细,其声最清,故以为羽声之均,所谓'细不过羽'也。第二弦少细,其声亦少清,故以为商声之均。第三弦又细,其声又清,故以为角声之均。"(《燕乐三书》,黑龙江人民出版社,1986年,第7页。)
⑤　王仲闻:《李清照集校注》,人民文学出版社,1979年,第194—195页。
⑥　刘尧明《词与音乐》,云南人民出版社,1985年,第148页。

扬,参差相错,引如贯珠,而后可入律吕,可和管弦。倘宜揭也而或用阴字,则声必欺字;宜抑也而或用阳字,则字必欺声。阴阳一欺,则调必不和。欲出调以就字,则声非其声;欲易字以就调,则字非其字矣①!

明沈宠绥《度曲须知》下卷"辨声捷诀":"切韵先须辨四声,五音六律次兼行。难呼语句皆为浊,易纽言词尽属清。……字母贯通三十六,要分清浊重和轻。会得这些玄妙法,世间无字不知音。"②

阴阳对歌唱关系极为密切。周德清《中原音韵》就举例说:"《点绛唇》首句韵脚必用阴字,试以'天地玄黄'为句歌之,则歌'黄'字为'荒'字,非也;若以'宇宙洪荒'为句,协矣。盖'荒'字属阴,'黄'字属阳也。"③ 总之,清浊、轻重,是永明声律说强调的重要内含,也是后来曲论家所强调的重要内容。

五 永明声律说产生的背景

前面我们分析了四声、八病、清浊、轻重与音乐之间的关系,那么,沈约等人在创立永明体时为什么要与音乐联系起来呢? 永明声律说与音乐之间是否是一种简单的借用关系呢? 为了揭开这些问题,我们应该对齐梁时期的诗人们的创作环境有一个大致的了解,以便更好地理解时人写作新体诗的动机。

逸乐之心,人皆有之,特别是当人们有条件过逸乐生活时,鲜有不沉湎于其中者。齐梁以来的南朝君臣,虽然在政治上没有什么建树,但在歌舞享乐上却出了名。听歌看舞,乃是他们生活中的家常便饭。如沈约《乐将殚恩未已应诏诗》所写:

　　　凄锵笙管遒,参差舞行乱。轻肩既屡举,长巾亦徐换。云鬟垂宝花,轻妆染微汗。群臣醉又饱,圣恩犹未半④。

君臣酒足饭饱之后,听歌看舞,一个节目接着一个节目,以至舞女都累得出汗了,但皇帝还兴未尽。

繁盛的歌舞表演自然需要大量的歌词创作。歌词有时就来自于当时上层社会经常举行诗会。《乐府诗集》"杂曲歌辞"中有沈约《携手曲》一首,《夜夜曲》二首,都是沈约自己所创。诗前小序分别云:"《携手曲》,梁沈约所制也。""《夜夜曲》,梁沈约所作也。"⑤《南齐书·乐志》云:"《永明乐歌》者,竟陵王子良与诸文士造奏之,人为十曲,道人释宝月辞颇美,上常被

① 《中国古典戏曲论著集成》,第4册,中国戏剧出版社,1959年,第107—110页。
② 《中国古典戏曲论著集成》,第5册,中国戏剧出版社,1959年,第243—244页。
③ 《中国古典戏曲论著集成》第1册,中国戏剧出版社,1959年,第235页。
④ 逯钦立:《先秦汉魏晋南北朝诗》,中华书局,1983年,第1653页。
⑤ 郭茂倩:《乐府诗集》,第76卷,上海古籍出版社,1998年,第805—806页。

之管弦,而不列与乐官。"①释宝月词今不存,今存者有谢朓、王融各十首,沈约的残存一首。均见《乐府诗集》卷七十五。集会作诗,选诗入乐,于是成了齐梁以来的传统。《南史》卷十《后主纪》:

> 后主愈骄,不虞外难,荒于酒色,不恤政事,……常使张贵妃、孔贵人等八人夹坐,江总、孔范等十人预宴,号曰"狎客"。先令八妇人襞彩笺,制五言诗,十客一时继和,迟则罚酒。君臣酣饮,从夕达旦,以此为常②。

同书卷十二《张贵妃传》:

> 后主每引宾客,对贵妃等游宴,则使诸贵人及女学士与狎客共赋新诗,互相赠答。采其尤艳丽者,以为曲调,被以新声。选宫女有容色者以千百数,令习而歌之,分部迭进,持以相乐。其曲有《玉树后庭花》、《临春乐》等。③

《隋书》卷十三亦云:

> 后主嗣位,耽荒于酒,祝朝之外,多在宴筵。尤重声乐,遣宫女习北方箫鼓,谓之《代北》,酒酣则奏之。又于清乐中造《黄鹂留》及《玉树后庭花》、《金钗两臂垂》等曲,与幸臣等制其歌词,绮艳相高,极于轻薄。男女唱和,其音甚哀。④

这就是朝廷歌诗创作的具体情境,众多人作诗,选诗入乐。所选的诗内容上一定要适合与会者欣赏的口味,陈后主、隋炀帝主持诗会时选取"艳丽"、"绮艳"之作,正适合其耽于淫乐的口味。此外,所选的诗在形式上也一定要便于入乐歌唱。《永明乐歌》的形式都是五言四句,与当时流行的南朝民歌形式相同。

为了更清楚地说明这一问题,我们不妨看看《唐会要》中所记开元二年的一次选诗入乐的故事:

> 开元二年闰二月诏,令祠龙池。六月四日,右拾遗蔡孚献《龙池篇》,集王公卿士以下一百三十篇,太常考其词合音律者为《龙池篇乐章》,共录十首。"注:"紫微令姚元之,右拾遗蔡孚,太府少卿沈佺期,黄门侍郎卢怀慎,殿中监姜皎,吏部尚书崔日用,紫微侍郎苏颋,黄门侍郎李义府(当为李乂之衍讹),工部侍郎姜晞,兵部侍郎裴漼等更为乐章⑤。

这条材料清楚地记载了当时选诗入乐的情况,标准"合音律",结果所选十首均为七律。可见就可以看出,近体的形式是最合音律的。对初唐近体诗发展有重大贡献的沈佺期的诗在入选之列。这十首诗今存,见《乐府诗集》卷七,分见《全唐诗》卷四六、卷四八、卷六四、卷七三、

---

① 萧子显:《南齐书》,第11卷,中华书局1972年,第196页。
② 李延寿:《南史》第10卷,中华书局,1975年,第306页。
③ 李延寿:《南史》,第12卷,中华书局,1975年,第348页。
④ 魏征:《隋书》,第13卷,中华书局,1973年,第309页。
⑤ 王溥:《唐会要》,第22卷,中华书局,1955年,第433页。

卷七五、卷九二、卷九六、卷一〇四、卷一〇八。这是盛唐初年的事,此前的情况也应该如此。

沈约等人也留下了许多与皇帝、王子一起作歌的故事。如梁武帝与沈约作《襄阳白铜蹄》就是一例。《隋书·音乐志》云:

> 初武帝之在雍镇,有童谣云:襄阳白铜蹄,反缚扬州儿。……果如谣言。故即位之后,更造新声,帝自为之词三曲,又令沈约为三曲,以被管弦[1]。

歌词为五言四句,载《乐府诗集》卷四十八。梁武帝还曾与沈约合作《四时白纻歌》,沈约作前四句,武帝作后四句,词见《乐府诗集》卷五十六。诗前郭茂倩引《古今乐录》说:"沈约云:《白纻》五章,敕臣约造。武帝造后两句(指两韵四句)。"[2] 天监十一年冬,武帝还与沈约等改制西曲。《乐府诗集》卷五十引《古今乐录》云:

> 梁天监十一年冬,武帝改西曲,制《江南上云乐》十四曲,《江南弄》七曲:一曰《江南弄》,二曰《龙笛曲》,三曰《采莲曲》,四曰《凤笛曲》,五曰《采菱曲》,六曰《游女曲》,七曰《朝云曲》。又沈约作四曲:一曰《赵瑟曲》,二曰《秦筝曲》,三曰《阳春曲》,四曰《朝云曲》,亦谓之《江南弄》云[3]。

《乐府诗集》同卷还载萧纲的《江南弄》三首。

从上述现象中我们可以看出,作歌是当时君臣生活的一项重要内容。他们所作歌曲,或者造新声,或者翻旧曲,不仅紧跟时代潮流,而且领导时代潮流。沈约等人的诗在当时非常流行,钟嵘《诗品》评沈约的诗"见重闾里,诵咏成音。"[4] 这就说明沈约等人的诗不仅"士流景慕"[5],而且"见重闾里"。"闾里"之人,不同于"士流",他们为什么如此欣赏沈约的诗呢?答案就在"诵咏成音"上,说明人们是通过听歌看舞的方式来欣赏沈诗的,入乐是沈诗被"闾里"之人广泛欣赏的重要条件,他们是不大可能通过案头阅读的方式来欣赏上流名士的诗作的。

使自己的作品入乐以得到更广泛的传播,是文人正常的要求。而要想使自己的作品更方便入乐,就必须在形式上做一些加工。晋葛洪《西京杂记》载:"相如曰:'合纂组成文,列锦绣而为质,一经一纬,一宫一商,此赋之迹。'"[6] 这是司马相如作赋的经验之谈,说明他在作赋的时候已经开始讲究声韵高低的搭配。然而如何使自己的作品适合入乐的要求则一直是个问题,毕竟宫商角徵羽一套专门的音乐知识是难以掌握的,司马相如擅长音乐,并留下了弹琴以挑卓文君的故事,但并不是所有的都能很方便地掌握这一套知识和技能。于是,寻找

---

① 魏征:《隋书》,第 13 卷,中华书局 1973 年,第 305 页。

② 郭茂倩:《乐府诗集》,第 56 卷,上海古籍出版社,1998 年,第 620 页。

③ 郭茂倩:《乐府诗集》,第 50 卷,上海古籍出版社,1998 年,第 560 页。

④ 钟嵘:《诗品·中》,曹旭:《诗品集注》,上海古籍出版社,1994 年,第 321 页。

⑤ 钟嵘:《诗品下·序》,曹旭:《诗品集注》,上海古籍出版社,1994 年,第 340 页。

⑥ 葛洪:《西京杂记》,第 2 卷,中华书局,1985 年,第 12 页。

一种更简便的在文字上下些功夫就可以既便于诵读又方便合乐的方法,成了一种客观需要。精通音乐的永明诸家正是完成了这一历史使命。

　　过去也应该有一些标识音乐的乐谱,但沈约对汉代的乐谱已经不甚明白。他曾经看到过《宋鼓吹铙歌三首》中的《艾如张》,上面歌词与表音的乐谱混到一起,他已经不能解读,说:"乐人以音声相传,训诂不可复解。凡古乐录,皆大字是辞,细字是声,声辞合写,故致然尔。"① 既然旧的乐谱无法解读,他便在民间以四声标音的启发下,发明了四声八病之说。

　　李概《音韵决疑·序》云:"平上去入,出行闾里,沈约取以和声之,律吕相合。"钟嵘《诗品》:"蜂腰、鹤膝,闾里已具。"这都说明四声和八病都来自民间。当时民间所用四声和讲究蜂腰、鹤膝的情形如何,还是一个需要进一步研究。但我初步认为,其情形既不同于陈寅恪所说的佛经"转读"②,也不是口头说话。因为佛经转读都是在寺庙或官舍举行,转读者是一些受过专门训练的僧人,听者主要是上流之士,不属"闾里",而闾里之人在说话时讲四声八病也不可想象。那么讲究四声和蜂腰、鹤膝者最有可能的是民间歌者,只有他们才需要知道什么样的歌词便于入乐歌唱,也懂得什么样的歌词便于入乐歌唱。所以我认为,四声八病既是永明体的重要内涵,也是民间歌唱者所熟悉的音乐知识,永明体虽然成于朝廷,但与民间有着密切的关系。沈约等人正是从民间那里得到启发,总结出一套作诗的方法。

　　对于沈约等人引民间四声八病作诗的动机,刘跃进在其《门阀士族与永明文学》中"调谐金石,思逐风云"一节在谈到"永明文学背景"时有一个推测,可供参看:

　　　　……艺术的繁荣,给永明作家开辟了许多用武之地,在姊妹艺术天地获取灵感。……他们不仅大量摹拟创作了具有江南民歌风味的乐府小诗,而且更重要的是,他们在"歌者抑扬高下"之间,会不会注意到"四声可以并用"(顾炎武《音学五书·音论中》)这个基本的音乐规律呢? 换一句话说,在歌唱中,同样一个字,是可以"随其声讽诵咏歌"而有不同的音调,其结果"亦皆谐适"(江永《古韵标准》)。我想,对于善识声律的永明诗人来讲,这种基本的辨音能力应当是具备的。如果这个推断成立的话,那么可以认为,四声的发明,不仅肇始于佛经的转读,江南新声杂曲的影响也是不能低估的③。

---

① 郭茂倩:《乐府诗集》,第 19 卷,上海古籍出版社,1998 年,第 241 页。

② 陈寅恪《魏晋南北朝史讲演录》第十一篇《佛教三题》中第三题"佛教之于四声" 就认为沈约等人以四声作诗是受到了转读佛经的启发。他对"转读"的解释是:"不备管弦而有声律"(《魏晋南北朝史讲演录》,黄山书社,1987 年,第 362 页)。此说影响深远,如杨荫浏《中国古代音乐史稿》说:"公元第一世纪中期佛教自天竺(现在的印度)传入中国;为了便于翻译佛经,天竺的拼音字母,也被中国文人开始采用。中国文人参考了外来字母,初步建立了汉文的拼音体系,同时又分析了汉文原有的高低升降因素建立了平、上、去、入的四声体系。这样,约在公元第五世纪末期,音韵学就开始成为一个独立的科学。这门科学,就它对中国音乐的关系说来,以后将随着声乐曲调的发展,长期成为对中国歌唱技术和作曲方法有着辅助作用的一门科学。可以说,在这门科学初期形成的时候,随着翻译《佛经》的需要而的外来拼音字母,对它曾起过一定的辅助作用。"(杨荫浏:《中国古代音乐史稿》,人民音乐出版社,1980 年,第 157 页。)

③ 刘跃进:《门阀士族与永明文学》,三联书店,1996 年,第 78 页。

永明诸家作诗的目的就是"欲使宫羽相变,韵协律吕",沈约还以"韵协金石"来评论谢朓的诗,永明体的出现,肯定与当时流行的音乐有关,可惜刘跃进没有对此展开论述,使这一推断未能变成论断。

永明声病说方法来自于民间,又回到民间,简便易行,所以受到了人们的广泛欢迎。如刘善经《四声论》在谈到四声之说深入人心以后的情形时说:

> 从此以后,才子比肩,声韵抑扬,文情婉丽,洛阳之下,吟讽成群。及徙宅邺中,辞人间出,风流弘雅,泉涌云奔,动合宫商,韵谐金石者,盖以千数,海内莫之比也。郁哉焕乎,于斯为盛! 乃瓮牖绳枢之士,绮襦纨绔撞之童,习俗已久,渐以成性①。

永明体出现后,人们纷纷效仿,以四声作诗,收到了"动合宫商,韵谐金石"。

然而后来学者对永明以声律说大为普及的情形往往作了过低的估计,主要根据有两个,一个就是梁武帝不懂四声。《梁书·沈约传》云:

> (约)又撰《四声谱》,以为在此昔词人,累千载而不悟,而独得胸衿,穷其妙旨,自谓入神之作,高祖雅不好焉。帝问周舍曰:"何谓四声?"舍曰:"天子圣哲"是也,然帝竟不遵用。②

过去人们常引这一段话,认为萧衍不懂四声,进而说明一般人也很难懂。王瑶在其《隶事·声律·宫体》就说:"因为这本来是专门的知识。……在当时这实在不是件容易的事。"③ 其实梁武帝开始不懂,并不等于永远不懂。可是有人就执着于这段话,认定梁武帝"反对声韵平仄",以至于连事实都要加以曲解。如刘尧民《词与音乐》就说梁武帝那些"音节谐婉"的作品只是"暗合"声律④。

后来学者低估永明声律说大为普及的另一个根据是钟嵘曾在《诗品》中说"平上去入,余病未能"。新生事物总是要有人反对的,钟嵘说他不懂四声,实际上是他不愿意懂。这一点刘善经在《四声论》中所说:"或复云:'余病未能。'观公此病,乃是膏肓之疾,纵使华佗集药,扁鹊投针,恐魂归岱宗,终难起也。"⑤ 可见刘善经清楚地看到,钟嵘不是弄不懂,而是根本不想懂。钟嵘这种态度在当时应该很有代表性,许多人不愿意接受沈约等人从民间那里学来的这一套,有人还批评他这是多此一举。我们从沈约与人书信中反复为自己辩解上就可以看出当时有些人对这种新作法排斥的情景。而沈约所说的"此秘未睹",恰恰是指以四声作诗的优越之处。这一点沈约《与陆厥书》中说得很明白,我们不妨再看一下信中的原话:

> 自古辞人,岂不知宫羽之殊,商徵之别。虽知五音之异,而其中参差变动,所昧实

① 王利器:《文镜秘府论校注》,中国社会科学出版社,1983年,第81页。
② 姚思廉:《梁书》,第13卷,中华书局,1973年,第243页。
③ 王瑶:《中古文学史论》,北京大学出版社,1986年,第271页。
④ 刘尧民:《词与音乐》,云南人民出版社,1985年,第100页。
⑤ 王利器:《文镜秘府论校注》,中国社会科学出版社,1983年,第93页。

多,故鄙意所谓"此秘未睹"者也。以此而推,则知前世文士便未悟此处。若以文章之音韵,同弦管之声曲,则美恶妍蚩,不得顿相乖反①。

作"文章"讲究"音韵",意在"同弦管之声曲"。而这里的声韵,不是以往人们所用的五音,而是新兴的四声八病,这就是前代"辞人"所没有发现的秘密。以四声八病作诗确实是永明诸家的一大发明。它的巨大意义就在于为那些不能掌握音乐知识的人找到了一种便于合乐的作诗方法,四声八病,虽然不同于宫商角徵羽,但可以接近宫商角徵羽。因为音乐是一个专门的复杂的技术,不是一般的作者都能随便掌握的,如果能从简单的四声八病中找到通往音乐的阶梯,自然会给诗人带来巨大的便利。宋沈义父《乐府指迷》云:"腔律岂必人人皆能按箫填谱,但看句中用去声字最为紧要。"② 说的意思就是诗人即使不懂音乐,也可以从通过声律的讲究而达到合乐的要求。这就是永明体创作的真正动机,也是永明体出现之后受到人们广泛欢迎的原因所在。

当然,也必须指出,诗的韵律和音乐旋律并不是一而二,二而一的关系。诗的声律是通向音乐的一个阶梯,它只标识着音乐的一个大致的轮廓,并不能完全取代标识音乐的曲谱。

六　从事实上看永明体的创立与诗歌入乐的关系

以上我们从理论上分析了永明声律说与入乐的关系,下面在从事实上加以印证。

(一)时人确曾以四声来标识音乐的旋律。我们说沈约等人作新体诗"欲使宫羽相变,韵协律吕","以文章之音韵,同弦管之声曲",有一个事实根据,即当时人曾直接用四声来标示音乐。最典型的证据就是《乐府诗集》"清商曲词"中有《上声歌八首》,属为"晋宋梁辞":

　　侬本是萧草,持作兰桂名。芬芳顿交盛,感郎为《上声》。
　　郎作《上声曲》,柱促使弦哀。譬如秋风急,触遇伤侬怀。
　　初歌《子夜》曲,改调促鸣筝。四座暂寂静,听我歌《上声》。
　　三鼓染乌头,闻鼓白门里。揽赏抱履走,何冥不轻纪。
　　三日寒暖适,杨柳可藏雀。未言涕交零,如何见君隔。
　　新衫绣两端,迮著连裙里。行步动微尘,罗裙随风起。
　　褕裆与郎着,反绣持贮里。汗汗莫溅浣,持许相存在。
　　春月暖何太,生裙迮罗袜。暖暖日欲冥,从侬门前过。

郭茂倩在题下引《古今乐录》说:"《上声歌》者,此因上声促柱得名。或用一调,或用无调名,

---

① 萧子显:《南齐书·文学传·陆厥传》,第52卷,中华书局,1972年,第899—900页。
② 唐圭璋:《词话丛编》,中华书局,1986年,第280页。

如古歌辞所言,谓哀思之音,不及中和。梁武之改辞,无复雅句。"① 杜佑《通典》"乐五"与此
稍异:"《上声歌》者,此因上声促柱得名。或用一调,或用无调,名如古歌辞,谓哀思之音,不
合中和。梁武因之改辞无邪句。②""促柱",急弦之义。左思《蜀都赋》:"羽爵执竞,丝竹乃
发。巴姬弹弦,汉女击节。起西音于促柱,歌江上之飂厉。③"诗中"柱促使弦哀"、"改调促鸣
筝"的描述,也说明《上声歌》的曲调是属于急促的一类。可见,"上声"一词曾被人用来标识
音乐。那么,我们是否可以作这样的推测:四声从产生的时候,就与音乐有着密切的联系,即
原来是用来表示音乐的,后来才用来表示字音的。沈约等人欲"以文章之音韵,同弦管之声
曲",可能还有这样一层含义在里面。

　　"上声"是指整首各歌曲旋律的特点呢,还是指歌曲中某一处的旋律的特点呢?《古今乐
录》和《通典》没有说明,笔者根据其他材料推测,"上声"很可能是指一首歌中某一处旋律的
特点,"上声"是因此特点而命名。如庾信《和咏舞》:

　　　　　洞房花烛明,燕余双舞轻。顿履随疏节,低鬟逐上声。步转行初进,衫飘曲未成。
鸾回镜欲满,鹤顾市应倾。已曾天上学,讵是世中生④!
这首诗是描写舞蹈的,从中可以清楚地看到,舞妓们随着歌曲的快慢而舞,某一舞步正踩在
上声上。唐邵轸有《云韶乐赋》一篇,描写开元二十四年元宵后一日的《云韶舞》,有句云:
"……霓裳彩斗,云髻花垂;清歌互举,玉步徐移;俯仰有节,周旋中规。将导志以变转,几成
文于合离。尔其美目流盼,奉姿耸峙;或少进而赴商,俄善来而应徵。⑤""逐上声"与"赴商"、
"应徵"意思是一样的。

　　李概说:"平上去入,出行闾里",但"出行闾里"的四声到底是一个怎样的东西,还不清
楚。从晋到梁民间流行的《上声歌》,给我们提供了一个继续研究的线索。事实上,《上声歌》
为齐梁的诗人们所熟悉。除了庾信《和咏舞》一诗提到以外,梁武帝萧衍还曾亲自作《上声
歌》:"花色过桃杏,名称重金琼。名歌非下里,含笑作上声。⑥"

　　(二)许多新体诗就是入乐的歌词。我们说永明诸家作新体诗是为了方便入乐,还有一
个重要的事实依据,即齐梁以来,大量的新体诗正是入乐的歌词,新体诗的作者,也正是歌词
的作者。只要我们翻开《乐府诗集》就可以清楚地看到,齐梁以来,那些热衷于新体诗写作的
人都有大量的乐府诗的创作。而且这些乐府诗除了那些郊庙歌词以外,基本上是采取五言
的形式,五言八句是其中最主要的一种形式。这一现象表明,新体诗的形式与乐府诗有着某

　　① 郭茂倩:《乐府诗集》,第45卷,上海古籍出版社,1998年,第511页。
　　② 杜佑:《通典》,第145卷,岳麓书局,1995年,第1951页。
　　③ 萧统:《文选》,第4卷,上海古籍出版社,1986年,第186页。
　　④ 倪璠:《庾子山集注》,第3卷,中华书局,1980年,第261页。
　　⑤ 《全唐文》,第333卷,上海古籍出版社,1990年,第1492页。
　　⑥ 《先秦汉魏晋南北朝诗》,中华书局,1983年,第1519页。此诗《乐府诗集》署名王金珠作《乐府诗集》,第45卷,
上海,上海古籍出版社,1998年,第511页。

种特殊的关联。说得明白一点，永明诸家创立新体诗与写作歌词是同时进行的，换言之，他们是在写作歌词的过程中完成相当数量的新体诗的创作的。虽然他们所作未必都入乐歌唱[①]，但可以肯定地说，绝大部分是入乐歌唱的，且是广泛流行的。为了便于说明这一问题，不妨做一个简单的举例，将那些对近体诗发展有贡献的诗人的所作的部分乐府诗列一个简表（为了更能说明问题，连同初唐个别诗人同时列上）。其中未用括号加注的均为五言八句的新体诗：

诗名	作者
巫山高	王融、刘绘、萧绎、沈佺期
芳树	谢朓、王融、萧衍、萧绎、沈约、沈佺期
有所思	刘绘、王融、谢朓、萧衍、萧纲、沈约、张正见、沈佺期
临高台	谢朓、萧纲、沈约、张正见
钓竿	沈约（五言六句）、张正见（五言十二句）、沈佺期（五言十二句）
折杨柳	萧衍、徐陵、张正见、沈佺期
关山月	萧绎、张正见、徐陵（二首）、沈佺期
洛阳道	萧纲、萧绎、沈约、徐陵、张正见
长安道	萧纲、萧绎、徐陵、沈佺期
梅花落	徐陵、张正见、沈佺期
紫骝马	萧纲、萧绎（五言四句）、徐陵、张正见
刘生	萧绎、张正见、徐陵
江南曲	沈约、宋之问
王昭君	庾信（五言十句）、沈佺期、上官仪
明君词	萧纲、张正见（五言四句）、沈约（五言十六句）
从军行	萧纲（二首，其一五言十二句，一为杂言）、萧绎（五言十句）、沈约（五言二十句）、张正见（二首，一首五言十句）、庾信（五言十六句）
三妇艳诗	王融（五言六句）、沈约（五言六句）、
泛舟横大江	萧纲（五言十句）、张正见
怨诗	萧纲、张正见（五言十四句）
怨歌行	萧纲（五言十八句）、沈约、庾信（六言八句）
乌夜啼	萧纲（七言八句）、庾信（二首，其一为七言八句）
西曲歌	萧纲（四首，均七言四句）、萧绎（六首，均七言四句）、徐陵（二首，均七言四句）
襄阳蹋铜蹄	萧衍（三首，均五言四句）、沈约（三首，均五言四句）
采莲曲	萧纲（二首，一为五言六句）、萧绎（五言六句）
夜夜曲	沈约（二首，一为五言四句）、萧纲

---

①　有些属汉乐府旧题，这些旧题在齐梁以后是否还是流行的乐曲，情况很复杂。

永明乐	谢朓(十首,均五言四句)、王融(十首,均五言四句)、沈约(一首,五言四句)
王孙游	谢朓(五言四句)、王融(五言四句)
苦热行	萧纲(五言十四句)、庾信(五言十二句)
神仙篇	王融、张正见(多句,五七言相间)
贞女行	萧纲、沈约(五言六句)

当然,这是一个很不完全的统计:不是新体的诗没有列入,一调没有二人以上共同写作的一般未予列入,也就是说,还有大部分新体乐府诗未予列入。如谢朓《曲池水》、《玉阶怨》、《邯郸才人嫁为厮养卒妇》(五言十句)、《齐随王鼓吹曲》十首(五言十句),王融的《秋胡行》七首、《法寿乐》十二首、《齐明王歌辞》七首(五言十二句),沈约的《前缓声歌》(五言二十句)、《齐讴行》、《东武吟行》、《悲哉行》、《白马篇》(五言二十句)、《江蓠生幽渚》(是五言二十句)、《长歌行》(五言二十句)、《君子有所思行》(五言十四句),梁武帝的《子夜四时歌》七首(五言四句),萧纲的《美女篇》(五言十句)、《霹雳引》、《当垆曲》、《雉朝飞操》、《雍州曲》三首,庾信的《步虚词》十首(五言,或十句,或十二句)、《结客少年场行》(五言十句)、《出自蓟北门行》(五言十二句)、《贾客词》(五言四句),沈佺期的《长门怨》、《铜雀妓》、《独不见》(七律)等等都未予列入。

从上面的列举中,我们可以清楚地看到,新体诗是齐梁以来人们所作乐府歌词基本的形式,新体诗的形式正是在人们进行歌词创作时不断完善起来的。有时同一首曲调的歌词,后人所作就明显比前人更合乎近体诗的规范。《乐府诗集》卷二十二载有徐陵《折杨柳》一诗:

袅袅河堤柳,依依魏主营。江陵有旧曲,洛下作新声。妾对长杨苑,君登高柳城。春还应共见,荡子太无情①。

萧涤非《汉魏六朝乐府文学史》在谈到这首诗时说:"对仗、平仄、粘贴,无一不与唐人五律吻合。……然则视为五律之鼻祖,固无不可也。与前梁简文帝一首相较,则知此时四声之用愈严密。"② 这首被称为"五律之鼻祖"的诗正是乐曲《杨柳枝》的歌词。

七　永明体的创立不仅仅是方便诵读

通过以上分析,我们认为,永明体的创立与音乐之间的关系有着密切的关系,这种新体诗不仅仅给诵读带来了方便,也给入乐带来方便,它的出现,是诗乐结合的产物,绝不是诗乐分离的产物。可是近、现代以来的学人们,却恰恰认为永明体是诗乐分离产物。他们持这样

---

① 郭茂倩:《乐府诗集》,第22卷,上海古籍出版社,1998年,第275页。
② 萧涤非:《汉魏六朝乐府文学史》,人民文学出版社,1984年,第257页。

的观点是基于如下两个相互联系的认识：一、沈约等人讲究声律只是为了诵读的方便，原因是这个时期诗歌已经不入乐了，所以要在文字的本身上追求一种音乐美，而不是真的和音乐有什么关联。我们暂且称这种说法为"诵读说"。二、沈约等人在谈四声的时候也谈五音，虽然四声与五音并用，二者之间只是一个借用的关系。既然只是一个借用的关系，当然不能说永明体的创立与入乐有关系了。我们称这种说法为"借用说"。"借用说"是"诵读说"的一个重要根据，实质上还是"诵读说"。如1905年，渊实在《中国诗乐之迁变与戏曲发展之关系》一文中就说：

> 沈、谢四声八病之说一度出世，而风靡天下。其研精之结果，遂至唐初有所谓"律诗"者出。"律诗"者何？盖"律"者何？乃规律之"律"，非音律之"律"也。即以四声斟酌文字，调和于轻重、高低、抑扬、开阖之间。然虽严设规律，于音律上无有何等之关系。今之人或有误"律诗"之"律"为音律之"律"者，故疑沈、谢声病之说，一自音乐上之关系，讶为讲究歌唱之方法，欲成"诗、歌一致"之盛业者，则非也①。

朱光潜《中国诗何以走上律的路》则提出了一个"内在音乐"与"外在音乐"的说法：

> 齐梁时代，乐府递化为文人诗到了最后的阶段。诗有词而无调，外在的音乐消失，文字本身的音乐起来代替它。永明声律运动就是这种演化的自然结果。……音乐是诗的生命，从前外在的乐调的音乐既然丢去，诗人不得不在文字本身上作音乐的工夫，这是声律运动的主因之一。

此文最早刊于《国学季刊》五卷四号，后来收入其《诗论》当中②。在《诗论》中他还说：

> 中国诗在齐梁时代走上"律"的路，还另有一个更重要的原因，就是乐府衰亡以后，诗转入有词而无调的时期，在词调并立以前，诗的音乐在调上见出，词既离调之后，诗的音乐要在文字的本身见出。音律的目的就是要在词的文字本身见出诗的音乐③。

"音乐是诗的生命"，这句话是不错的，但他的结论是不对的。诗内在声律与外在的声律正有着密不可分的联系，二者相得益彰，而非此消彼长，互相取代，更非势不两立。可是许多人执着于这种分立的观念，所以看不到永明体和音乐的之间的关联。这一观点对后世影响深远，如刘尧民《词与音乐》一书就说："……所谓音乐，要分作两方面来看。不外是前面说的'内在音乐'和'外在音乐'，循着这两方面而进化。而这两种音乐又却是互相影响，互为因果，不能分离。"④ 他虽然说二者不能分离，但在具体论述中还是执着于这种分离的观念，以至于根本看不到沈约等人讲究音韵除了方便诵读以外还有方便入乐这一方面。刘尧民说：

> 不管怎样，总之，诗与乐分途是经过了一个很长的时期，到梁隋之际，沈约这般人出

① 任半塘：《唐声诗》上编，上海古籍出版社，1982年，第55页。
② 《朱光潜美学文集》，第2卷，上海文艺出版社，1982年，第205—206页。
③ 《朱光潜美学文集》，第2卷，上海文艺出版社，1982年，第200页。
④ 刘尧民：《词与音乐》，云南人民出版社，1985年，第175页。

　　来,猛然觉醒了诗和音乐的关系,诗歌既和音乐脱离的关系,不能不在诗歌的自身上找
　　出一种音乐来——所谓"内在音乐"。(这是证明了前面说过的诗歌是趋向着音乐的那
　　句话。)……但四声的变化是何等的微妙复杂,四声和宫商的关系又是何等的精微奥妙?
　　……这种繁重精细的工作,他们绝对负担不起,所以结果是失败了①。

可见他执着于"内在音乐"与"外在音乐"的划分,把沈约等人在声律上的努力定位为"内在音
乐",只是在"模仿"音乐,而不知道这种"模仿"的结果可以方便入乐。所以他认为永明体以
至于后来的近体诗虽然是受到了音乐的刺激而产生的,但与音乐无关,即使有些关系,那也
是一种"暗合"②。

　　"诵读说"和"借用说"的典型代表是郭绍虞先生。他在《永明声病说》一文中对"诵读说"
有比较详细的论述:

　　　　我们更须知四声之应用于文辞韵脚的方面,实在另有其特殊的需要。这特殊的需
　　要,即是由于吟诵的关系。……当时四声之分,虽是音韵学上的事情,而永明体却利用
　　之以定其人为的声律者,正因当时之诗重在吟诵而不重在歌唱的缘故③。

其《声律说考辨》一文有一节专门论"声调与乐调"问题,对"借用说"做了详细的论述,影响很
大,许多人在谈到永明体时都接受了这一观点。

　　然而,如前所述,诗歌声调的抑扬变化,不仅方便诵读,也方便入乐,断然否定"诗律"可
以方便入乐,认为永明体只是为了诵读的方便,是很不全面的。这样,不仅无法理解沈约等
人关于声律说的描述,也无法解释有那么多的新体诗正是入乐的歌词这一事实。

　　那么人们为什么这样坚定地执着于"诵读说"呢?我想可能是出于对钟嵘《诗品下·序》
中一段话的误读。钟嵘说:

　　　　尝试言之,古曰诗颂,皆被之金竹,故非调五音无以谐会。若"置酒高殿上","明月
　　照高楼",为韵之首。故三祖之词,文或不工,而韵入歌唱。此重音韵之义也,与世之言
　　官商异矣。今既不被于管弦,亦何取于声律耶?……
　　　　王元长创其首,谢朓、沈约扬其波。三贤咸贵公子孙,幼有文辨。于是士流景慕,务
　　为精密。襞绩细微,专相凌架。故使文多拘忌,伤其真美。余谓文制,本须讽读,不可蹇
　　碍。但令清浊通流,口吻调利,斯为足矣。至如平上去入,则余病未能;蜂腰、鹤膝,闾里
　　已具④

其实我们从这段话并不能得出永明体只是为了诵读的的结论。钟嵘的话意思有两层:一、音
韵的讲究就是为了歌唱的,所谓"故非调五音,无以谐会",古代诗颂和曹魏三祖的诗就是这

　　① 刘尧明:《词与音乐》,云南人民出版社,1985 年,第 102—103 页。
　　② 刘尧明:《词与音乐》,云南人民出版社,1985 年,第 40 页。
　　③ 郭绍虞:《永明声病说》,《照室隅古典文学论文集》上编,上海,上海古籍出版社,1983 年,第 224 页。
　　④ 曹旭:《诗品集注》,上海古籍出版社,1994 年,第 329—340 页。

样。现在的诗并不以入乐为主要目的,所以没有必要讲究声律,即所谓"今既不被于管弦,亦何取于声律耶?"二、既然诗歌创作不以入乐为主要目的,也就没有必要那样细致地讲究声律,作为"讽读"之作,只要做到"清浊通流,口吻流利"就足够了。反过来就可以这样认为,声律的讲究正是"被于管弦"的必要条件,王融、谢朓、沈约等人那样细致地讲究声律,已经超过一般诵读的需要,目的是什么呢? 只能是为了入乐。而持"诵读说"者对第二层意思完全读错了,如王瑶对这一段话的解释就很典型:

> 钟嵘是反对声病说的人,但由他这些话中,我们可以说明这一事实,就是诗自完全脱离乐府以后,对于诗的欣赏方法,便由"唱"而转变为"吟"了。这就表明诗底音乐性或声调的美,不能再像以前"被之金竹"时代的那样凭借一种外加的乐器和乐调来维持了;而必须寄托其音乐性于诗底语言文字的本身①。

实际上,我们从钟嵘的话中看不出诗歌失去外在的音乐转而追求内在音乐的意思。

对"借用说"我们也要进行分析。语言学家在研究记音方法的发展过程中看到了人们先以五音标字的现象,后来则发展成以四声标音。如清人陈澧《切韵考》:"古无平上去入之名,借宫商角徵羽以名之。"② 语言学家站在职业的角度,关注的只是人们如何用来标识四声。而研究四声的人,未必都是语言学家,像沈约等人就另有目的,那就是做文学家。作为文学家,他们讲究四声一定不满足于发明一种标声的方法。这一点陈澧自己也承认:"然则沈约《四声谱》乃论诗文平仄之法,非韵书也。若韵书则李登、吕静早有之,不得云'千载未悟'。"③ 李登、吕静虽然发现了四声,但并没有用到文学创作上。潘徽《韵纂序》云:"李登《声类》,吕静《韵集》,始判清浊,才分宫羽,而全无引据,过伤浅局,诗赋所须,卒难为用。"④ 郭绍虞也说:"永明时文学上的声病说,而不是永明时文字学上声韵学说。"⑤ 然而,这里是有个问题值得思考:沈约等人既然已经知道四声,为什么在谈四声的同时还继续讲五音呢? 五音可以表示字音的高低,也可以标识音乐的旋律,四声能标识字音的高低,能不能也用来标识音乐旋律呢? 站在语言学家的立场上是想不到这些的,所以语言学家对有人在谈四声的同时又谈五音很不理解。如陈澧就说:"既有平上去入之名,而犹衍说宫商角徵羽,则真缪也。"⑥

其实问题就出在这里,永明诸家在创立永明体时,已经有了四声的知识,"平上去入"这

---

① 王瑶:《隶事·声律·宫体——论齐梁诗》,《中古文学史论》,北京大学出版社,1986年,第270页。
② 陈澧:《切韵考》,第6卷,中国书店,1984年。
③ 陈澧:《切韵考》,第6卷,中国书店,1984年。
④ 魏征:《隋书》,第76卷,中华书局,1973年,第1745页。
⑤ 郭绍虞:《声律说考辨》,《照室隅古典文学论文集》下编,上海古籍出版社,1983年,第254—255页。
⑥ 陈澧:《切韵考》,第6卷,中国书店,1984年。

样的概念已经很明确①,为什么还一再使用"宫商"之类的概念呢? 如果说声律的讲究只是为了诵读上的方便,那么就讲四声就行了,何必一再和音术语拉扯到一起呢? 二者之间的关系是不是只是一种简单的"借用"的关系? 我们能否换一种思维:把沈约等人当作音乐家,而不是当作语言学家;不仅要看到语言学家借五音来标识四声,也要看到音乐家借四声来标识五音。所以,正确的"借用说"应该有两个:一个是语言学家的借用说,指以五音来表四声;一个是文学家(也是音乐学家)的借用说,指沈约等人用四声来标识音乐。第一个"借用"前人已经做过了,如果沈约等人只是重复前人的工作,就谈不上什么"此秘未睹"了。

对于沈约等人用四声作诗的真正用意,古人也有比较清楚的描述。如皎然《诗式》"明四声"条就说:"乐章有宫商五音之说,不闻四声。近自周颙、刘绘流出,宫商畅于诗体,轻重低昂之节,韵合情高,此未损文格。沈休文酷裁八病,碎用四声,故风雅殆尽。"皎然虽然对以四声作诗一微词,但也讲出这样一个事实,即周颙、刘绘、沈约等人用四声作诗,就是"宫商畅于诗体"②。事实上,沈约等人正是擅长音乐的文学家,他们正是以擅长音乐的文学的身份来创立永明体的,他们有此发明,与其精通音乐有着密切关系。如唐封演《封氏闻见记》所云:

> 周颙好为韵语,因此切韵皆有纽,皆有平上去入之异。永明中,沈约文辞精拔,盛解音律,遂撰《四声谱》,文章八病,有平头、上尾、蜂腰、鹤膝。以为自灵均以来,此秘未睹。时王融、刘绘、范云之徒,慕而扇之,由是远近文学,转相祖述,而声韵之道大行③。

可见沈约正擅长音乐才写出《四声谱》的,"盛解音律"正是沈约等人能创立永明体先决条件。因为精通音乐,不仅知道什么样的诗便于诵读,也知道什么样的诗便于入乐歌唱;四声八病,不仅是出于诗歌便于诵读所做的规定,也是出于方便入乐对诗的形式做出的规定。

以上,我们分七个问题,从理论和事实两个方面考察了永明体的产生与音乐的关系,指出:沈约等人提出的以"四声"、"八病"、"清浊"、"轻重"为主要内含的声律说,不仅仅出于方便诵读的考虑,也是出于方便入乐的考虑,由永明体发展而来的近体诗是适合入乐歌唱的最佳形式;永明声律说提出的巨大意义在于为那些不擅长音乐的人找到了一种简单的便于合乐的作诗方法,即通过音韵的合理组合便可写出达到合乐要求的诗歌,从而受到人们的广泛欢迎;永明体的创立与诗歌入乐有着密切的联系,它的创立和完善从某种程度上说是在歌词的创作中完成的;那种认为永明体的创立只是为了追求"内在音乐",以便诵读的说法是很不全面的;永明体的出现不是诗乐分离的产物,恰恰是诗乐结合的产物。

---

① 刘善经:《四声论》云:"宋末以来,始有四声之目。沈氏乃著其谱论,云起自周颙。"王利器:《文镜秘府论校注》,中国社会科学出版社,1983年,第80页。

② 张伯伟:《全唐五代诗格校考》,陕西人民教育出版社,1996年,第201页。

③ 赵贞信:《封氏闻见记校注》,第2卷,中华书局,1958年,第11—12页。

作者简介　吴相洲,1962 年 9 月 12 日生,男,辽宁省义县人,文学博士,现为首都师大中国诗歌研究中心研究员,博士生导师。主要研究魏晋南北朝至宋代文学和中国文化。主要著作有《中唐诗文新变》、《唐代歌诗与诗歌》、《传统的批判》等,主要文章有《从系统论看盛唐之音》、《文以明道与中唐文的新变》、《论唐肃宗黜华用实主张对诗风新变的影响》等。目前正在承担国家社科基金项目,曾获"五个一工程奖"。邮编:100037,电子邮箱:wuxiangzhou@mail.china.com

司空图家世、信仰及著述诸问题综考

陶 礼 天

内容提要: 本文对司空图的籍贯、家世及佛、道信仰等问题进行了新考和综述,其中如对司空图之母乃唐朝中兴名臣刘晏之曾孙女等考辨,为前人所未发。通过史料辨明上述诸问题,对进一步研究司空图的生平思想、文学创作和诗学批评,具有较为重要的价值。本文节自笔者所撰《司空图年谱汇考》,该书即将由北京华文出版社出版。

关键词: 籍贯 家世 信仰 著述

一 司空图生卒年、名号及其祖籍考述

(1)关于表圣之生卒年月。司空图生于唐文宗开成二年(837)七月,卒于梁太祖开平二年(908)三月间,基本无异议,唯宋人王禹偁《五代史阙文》本传云:"卒时年八十余"①,非是。

按:《旧唐书》卷一百九十下《文苑下·司空图传》(下称《旧书》本传):"唐祚亡之明年,闻辉王遇弑于济阴,不怿而疾,数日卒,时年72。"②《新唐书》卷一百九十四《卓行传司空图传》(下称《新书》本传)载:"哀帝弑,图闻,不食而卒,年72。"③《唐才子》本传载:"后闻哀帝遇弑,不食扼腕,呕血数升而卒,年七十有二。"④从开平二年倒推72年(一律按农历计),表圣当生于唐文宗开成二年。又据《司空表圣文集》(下称《文集》)卷二《休休亭记》云:"因为《耐辱居士歌》,题於亭之东北楹。自开成丁巳岁七月,距今以是岁是月作是歌,亦乐天作传之年六十七矣。……天复癸亥秋七月记。"⑤表圣已明言自己生于开成丁巳岁七月。又"乐天作传之年六十七"指白居易六十七岁作《醉吟先生传》事。《全唐文》卷六百八所录《醉吟先生

---

① 王禹偁:《五代史阙文》,《四库全书》。其中其《司空图传》有残缺,故本文又参引《唐诗纪事》卷63所录《五代史阙文·司空图传》,上海古籍出版社,1965年。
② 刘昫:《旧唐书》,中华书局,1975年。
③ 欧阳修、宋祁等:《新唐书》,中华书局,1975年。
④ 傅璇琮主编:《唐才子传校笺》卷8,中华书局,1990年,第3册第527页。
⑤ 《司空表圣文集》,《四部丛刊》。

传》文末云："开成二年，先生之齿，六十有七。"①"开成二年"应作开成三年。清汪立名所撰《白文公年谱》，谓开成三年，白居易六十七岁作《醉吟先生传》②。顾学颉先生《白居易年谱简编》同③。故表圣所谓"亦乐天作传之年"云云，紧扣的是"六十七"岁。

据《旧书》卷二十（下）哀帝本纪载："天祐五年二月二十一日，帝为全忠所害，时年十七……。"《资治通鉴》（下称《通鉴》）卷二百六十六《后梁纪》开平二年载："（二月）癸亥，鸩杀济阴王于曹州，追谥曰唐哀皇帝。"④据此，开平二年二月二十一日，哀帝遇弑，图在王官谷闻其哀耗，当有一段时间，然后"不怿而疾，数日卒"，故图约卒于该年三月间，葬于王官谷下。罗联添《唐司空图事迹系年》（下称《罗谱》）据《大清一统志》，谓图卒，"卜葬王官谷"。⑤ 按：检《大清一统志·蒲州府二》"陵墓"条载："司空图墓：在虞乡县东南王官谷下。"⑥清黄钺《壹斋集》载其《游王官谷，经司空图墓下》诗三首，第三首开头二句曰："入谷复出谷，道经先生墓。"⑦可见，《大清一统志》所记不误。

(2)关于表圣之名号。司空图字表圣，无异议，唯其号知非子，又号耐辱居士，预示其思想转变之轨迹，值得考述。按：王济亨、高仲章选注《司空图选集注》所附高仲章所撰《年谱》（下称《高谱》）"表圣五十一岁"条云："此时，司空表圣编其诗文集《一鸣集》，并撰写《中条王官谷序》。序云：'知非子雅嗜奇……。'这是司空表圣第一次用'知非子'的号，是他思想上的一个转折点。"又《高谱》"表圣六十七岁"条云："是年，司空图还王官谷"，作《耐辱居士歌》，"自此，司空图以耐辱居士为号，思想又一大变。"⑧所考基本属是。表圣66岁撰《〈绝麟集〉述》署名"知非子述"，故其于67岁作《休休亭记》一文时，方自号"耐辱居士"，此说无误。唯表圣之诗文多散佚，是否确在51岁作《中条王官谷序》（即《司空表圣文集序》）时，方于文中题曰"知非子"，难以确证。但表圣自号"知非子"，当在四十九岁时。《论语·为政》："五十而知天命"。又《淮南子·原道》："故蘧伯玉年五十，而知四十九年非。"⑨此为表圣自号"知非子"之出典。《全唐诗》卷八百八十五《补遗四》⑩，录表圣之《乙巳岁，愚春秋四十九，辞疾拜章，将免左掖，重阳独登上方》诗，有"雪鬓不禁镊，知非又此年"二句，此正是表圣49岁号为"知非子"的证据。又按："左掖"，或当为"西掖"之误乎？"西掖"指中书舍人，时表圣任是职。

① 《全唐文》，中华书局，1983年影印本。
② 汪立民编《白香山诗集》前附，《四库全书》。
③ 顾学颉校点：《白居易集》，中华书局，1979年。
④ 司马光：《资治通鉴》，中华书局，1959年。
⑤ 罗联添：《唐司空图事迹系年》，台湾《大陆杂志》第39卷第11期。
⑥ 《大清一统志》卷102，《四库全书》。
⑦ 黄钺：《壹斋集》(40卷)，《黄勤敏公全集》刻本。
⑧ 王济亨、高仲章选注：《司空图选集注》，山西人民出版社，1989年。
⑨ 刘安：《淮南子注》卷1，《诸子集成》，上海书店，1986年。另，《全唐文》卷622载有陆贽所撰《知四十九年非赋》，亦用此典。
⑩ 《全唐诗》，中华书局，1960年版。

又《老子》(第十三章)云："宠辱若惊,贵大患若身。何谓宠辱若惊?宠为下,得之若惊,失之若惊,是为宠辱若惊。何为贵大患若身?吾所以有大患者,为吾有身,及吾无身,吾有何患?故贵以身为天下,若可寄天下;爱以身为天下,若可托天下。"玄学家王弼曾注"及吾无身"句云:"归之自然也。"①《旧书》本传云:"表圣有先人别墅在中条山之王官谷,泉石林亭,颇称幽栖之趣。自考槃高卧,日与名僧高士泳咏其中。晚年为文,尤事放达,尝拟白居易《醉吟传》为《休休亭记》曰……。"可见其晚年道家思想尤重,其取号"耐辱居士",即源自老子思想。

(3)关于表圣之籍贯。其籍贯问题,有些异议,这里略加辨明。表圣祖籍临淮,其父迁家至虞乡县(今山西省永济县)。今人或有题表圣为"河中"人、或"河东"人,或以"虞乡"为今山西省虞乡县者,当都不为错,然应以上述为准。以表圣为临淄人,误;或只承认表圣为临淮人而否定其为虞乡人者,亦不实。

按:唐代临淮郡,也就是泗州郡,唐武德四年置泗州郡,天宝年间改为临淮郡,乾元年间复曰泗州郡,郡治在临淮(今江苏盱眙县)。《唐才子传校笺》之《司空图传校笺》(乃梁超然所撰,下称《梁笺》)谓"……所谓泗水,旧传所谓临淮,皆指其祖籍,而其占籍应为河中虞乡。"②此说可从。《唐才子传校笺》第五册为《补正》,其卷八对《梁笺》此说补正说:"……是河中虞乡之中条山王官谷为表圣先人所置别业所在地,后表圣避地栖隐于其间,并非占籍于虞乡。如杜甫先人有别业于偃师,韩愈先人有别业于宣城,皆非占籍偃师、宣城,可证。表圣之占籍,应以泗州为是。"③谓表圣为泗州人,当是。但表圣父司空舆已迁居至虞乡,后才置中条山别业,似与杜甫和韩愈的情况不同。关于"临淮"郡治,《罗谱》谓在今安徽泗县,《梁笺》属今江苏盱眙,今从《梁笺》,但此问题仍可作进一步研究。临淮郡及泗水河道,沿革历史较为复杂,《辞海》与《辞源》所述亦有不同。

又,唐之虞乡县,属河东道河中府。《旧书》卷三十九《地理志二》,记载"河东"、"河中"、"蒲州"、"虞乡"及"解县"的所属关系及沿革历史,清楚明白,因今人常有文记述混乱,故不烦辞赘,引述如下:"河东道"有"河中府","隋河东郡。武德元年,置蒲州,治桑泉县,领河东、桑泉、猗氏、虞乡四县。二年,置蒲州总管府,管蒲、虞、泰、绛、邵、浍六州。……天宝元年,改为河东郡。乾元元年,复为蒲州,割安邑属陕州。三年四月,置河中府……。元年建卯月,又为中都。元和三年,复为河中府。"虞乡属"汉解县地,后魏分置虞乡县。贞观十七年,省解县,并入虞乡县。二十年,复置解县,省虞乡。天授二年,复分解县置虞乡县。"今人或注明虞乡为今山西省虞乡县,亦需说明。据《辞海》:"(虞乡)在山西省西南部。1954年与解县合并,

①　《老子道德经》,《百子全书》,浙江人民出版社,1984年。
②　傅璇琮:《唐才子传校笺》第3册,中华书局,1991年,第518页。
③　傅璇琮:《唐才子传校笺》第5册,中华书局,1995年,第436页。

设解虞县。1958年解虞县与安邑县合并为运城县(1983年改设市)。1961年原虞乡县地区改划归永济县。"①

《罗谱》考述表圣"本为泗州人",是;但又曰:"司空图终老于河中虞乡王官谷。河中虞乡盖其侨寓之地,《唐诗纪事》卷六十三《司空图》小传,《新书》卷一九四本传并云:'表圣,河中虞乡人',未当。"认为表圣在虞乡仅为侨寓于中条山王官谷(意即本非迁居于虞乡县),这样理解恐不太妥当。因其《文集》卷三《书屏记》有云:"庚子岁(880)遇乱,自虞邑居负之置于王城别业。"这里的"虞邑居"就是表圣居家之所。

(3)关于迁居于虞乡的问题。如上考述,表圣家何时迁居于虞乡,成为一个重要问题。今按:考司空舆生平为官,在商州、河东较早较长,在表圣出生前或初家居京师长安。会昌四、五年间,司空舆任河东道盐铁处巡院官,当在此时迁家并自此定居于虞乡(但不能排除先仍以临淮为家,后迁居虞乡的可能性)。理由如下:(一)据《文集》卷二《山居记》所云,中条山王官谷别业是在"会昌中诏毁佛宫"而"因为我有"。据《旧书》卷十八《武宗本纪》等记载,"会昌中诏毁佛宫",事在会昌五年。据此,表圣父司空舆购置王官谷别业,即当在该年底(或下年初)。此前,司空舆当已迁家虞乡(所谓虞邑居)。(二)《文集》卷三《书屏记》有云:"元和(806~820)、长庆(821~824)间,先大夫初以诗师友兵部卢公载,从事於商於,因题记唱和,乃以书受知于裴公休,辟倅钟陵。及征拜侍御史,退居中条。"表圣父司空舆随江西观察史"辟倅钟陵",据《罗谱》在会昌元年至三年间,是。又据《新书·食货志》、《新书》及《旧书》之《卢弘止(正)传》载,会昌四年至大中元年,司空舆当任河东道盐铁处巡院之职(对此,前人无考),故其在会昌四、五年间由京师迁居虞乡最为合理。会昌四年,裴休转任湖南观察使,司空舆没有随从,而离开江西任,北上转任河东道盐铁处巡院,司空舆为何北上,此似可从他"临时"家居在京师来解释。(三)元和元年为公元806年,至开成二年表圣生,其间有32年,长庆共四年,长庆四年距开成二年为十三年,故司空舆当在元和末年至长庆年间,"以诗师友兵部卢公载",至多约20岁左右,开成二年前,已与刘氏成婚生表圣,故可能"家居"北方,而以"家居"京师最为合理。(四)前此,研究表圣生平者,均没有发现司空舆乃唐代中兴名臣刘晏之曾孙婿这一关系(详下),而根据这条线索进行查考,不仅对了解表圣的家世、生平思想极为重要,而且也可以帮助考定司空舆大约定居虞乡的时间等问题。

(3)关于王官城(所谓"王官废垒")与虞乡故城。《文集》卷二《山居记》云:"中条蹴蒲津,东顾距虞乡才百里。……会昌中诏毁佛宫,因为我有,(引按:此句应如此点断,《全唐文》中华书局本、《高谱》误。)谷之名,本以王官废垒在其侧,今司空氏易之为祯陵溪,亦曰祯贻云。"据《大清一统志·蒲州府一》载:"王官城:在虞乡县南近王官谷。《左传》文公三年:'秦师济河取王官及郊。'又成公十三年:'吕相绝秦曰:俘我王官。'《元和志》:'在虞乡县南二里。'按:

---

① 《辞海》,上海辞书出版社,1990年。

《水经注》：'王官城在今闻喜县。'《元和志》则闻喜、虞乡具有王官城,两存之。"①据此可知,表圣所谓"谷之名,本以王官废垒在其侧",此"王官废垒",即指虞乡县南、近中条山之春秋时代的古"王官城"遗址。

《大清一统志·蒲州府一》又载："虞乡故城：即今虞乡县治。《元和志》：虞乡西至河中府七十里,本汉解县地,后魏孝文帝置置南解县,周明帝武成二年废南解县,别置绥化为虞乡,隋大业九年,自绥化故城移虞乡于废解县。理《旧唐书·地理志》,隋虞乡县,武德元年改为解县,蒲州别置虞乡县。《元史·地理志》：至元三年省虞乡,入临晋。《旧志》虞乡县今为虞乡镇。按《寰宇记》：后周末,于解县西五十里别置虞乡县,即今治。不知省于何时,仍移绥化故城。唐所置县当即周末之治,今所置县亦即唐时县治也。"这段考述,极为重要,《罗谱》等未加引证。关键在于"今所置县亦即唐时县治也",亦即说明了今永济县虞乡镇,就是唐朝表圣所说的"虞邑",可谓明白无误。

二　司空图家世及信仰诸问题新证

(1)表圣之母乃刘晏之曾孙女。按：据《文集》之《司空表圣文集序》(作于光启三年)载："其述先大夫所著家谍《照乘传》,及补亡舅(名权,四岁能讽诵其舅水轮陈君赋,十六著《刘氏洞史》三十卷)《赞祖彭城公中兴事》,并愚自撰《密史》,皆别编次云。"又据《新书》卷五十八《艺文志二》载："刘氏《洞史》二十卷。(刘权,忠州刺史晏曾孙。)"得知表圣之舅刘权乃唐中兴名臣刘晏之曾孙,那么,司空舆即为刘晏之曾孙婿。刘晏曾封彭城郡公,其《旧书》、《新书》本传未载,据《旧书》卷三十一《音乐志四》载："肃宗文明武德大圣大宣孝皇帝室奠献用《惟新》之舞一章(吏部尚书、平章事、彭城郡公刘晏撰)。"又《新书》卷五十八《艺文志二》载："陈谏等《彭城公故事》一卷(刘晏)。"此可证刘晏曾封彭城郡公。刘权所撰《赞祖彭城公中兴事》,可能不完备,表圣加以补充,该书的性质当与陈谏等所撰《彭城公故事》相类。

又据《新书》卷一百四十九《刘晏传》：刘晏,字士安,曹州南华人。玄宗封泰山,晏始八岁,献颂行在,号神童,名震一时。代宗时,任京兆尹、户部侍郎,领度支、盐铁、转运、铸钱、租庸使。后拜吏部尚书、同中书门下平章事。治漕事极有功,"凡岁致四十万斛,自是关中虽水旱,物不翔贵矣。""始,杨炎为吏部侍郎,晏为尚书,盛气不相下。晏治元载罪,而炎坐贬。及炎执政,衔宿怒,将为载报仇。"后,贬晏为忠州刺史,"建中元年七月,诏中人赐晏死,年六十五。后十九日,赐死诏书乃下,且暴其罪。家属徙岭表,坐累者数十人,天下以为冤。"兴元初,帝寝寐,乃许归葬。"贞元五年,遂擢晏子执经为太常博士,宗经秘书郎。执经还官,求追命,有诏赠郑州刺史,又加司徒。"(按：据《旧书》卷三十九《地理志二》："忠州：隋巴东郡之临

---

①　《大清一统志》卷 101,《四库全书》。

江县","贞观八年,改临州为忠州。""乾元元年,复为忠州。"郑州即河南府郑州。)《旧书》卷一百二十三《刘晏传》云:"……诬晏以忠州谋叛,下诏暴言其罪,时年六十六,天下冤之。家属徙岭表,连累者数十人。贞元五年,上悟,方录晏子执经,授太常博士;少子宗经,秘书郎。执经上请削官赠父,特追赠郑州刺史。"新、旧书记载刘晏卒岁相差一年。

又《新书·刘晏传》又附有刘宗经之子《刘濛传》云:"宗经终给事中、华州刺史。子濛,字仁泽。举进士,累官度支郎中。会昌初,擢给事中。以材为宰相李德裕所知。……宣宗立,德裕得罪,濛贬朗州刺史(按:治地在今湖南常德市),终大理卿。"刘濛任给事中在会昌元年至三年,任巡边使在会昌四年,贬朗州刺史在会昌六年,回朝任大理(寺)卿(按:从三品职官),约在大中三年,卒当在大中五、六年。又,刘濛究竟是刘晏还是刘遒之孙,《新书》卷七十一上《宰相世系表》与其本传所载不同①。又,《新书·刘晏传》附载:刘晏有"兄遒,为汾州刺史。天资疾恶,所至以方直为观察使所畏。建中末,召为御史大夫。宰相卢杞惮其严,更荐前河南尹于颀代之。遒终潮州刺史。""遒孙潼,字子固。擢进士第,……以功加检校尚书右仆射。卒,赠司空。"刘潼病卒于咸通九年。

史书未明言刘权是否为刘濛之后,也未载刘执经有无后人,但根据刘宗经曾任华州刺史(华州地近京师),及刘濛在朝任官时间和司空舆其时年龄推之,可能刘权即为刘濛之子,而司空舆或即为刘濛之婿。会昌元年前,刘濛早已举进士,"累官度支郎中",故司空舆在会昌元年随江西观察史裴休"辟倅钟陵"前,初居京师的可能性最大。

(2)关于表圣之家世。《旧书》本传云:"曾祖遂,密令。祖象,水部郎中。父舆,精吏术。大中初,户部侍郎卢弘正领盐铁,奏舆为安邑两池榷盐史、检校司封郎中。先是,盐法条例疏阔,吏多犯禁;舆乃特定新法十条奏之,至今以为便。入朝为司门员外郎,迁户部郎中,卒。"表圣之曾祖父司空遂,曾任密令,官职为正六品下。按:密,指唐河南道洛州府密县(今河南省密县),据《旧书》卷三十八《地理志一》"河南府"条载:"洛州领河南、洛阳、偃师、巩、阳城、缑氏、嵩阳、陆浑、伊阙等九县。……龙朔二年,又以许州之阳翟,郑州之密县,绛州之垣县来属。"又据《旧书》卷四十四《职官三》:"京兆、河南、太原所管诸县,谓之畿县。令各一人,正六品下。"表圣之祖父司空象,官至水部郎中,官职属从五品上(据《旧书》卷四十三《职官二》)。

表圣之父司空舆,最后当以侍御史致仕,晚年退隐中条山王官谷别业而卒。据《文集》卷三《书屏记》云:"先大夫……征拜侍御史,退居中条。"此《旧书》本传未载。据《旧书》卷四十四《职官三》,侍御史为御史台官员,官职属从六品下,其在朝曾任户部郎中(官职属从五品上)。又据《新书》卷五十九《艺文志三》载:"司空舆《发焰录》一卷(图父,大中时商州刺史。)"按:司空舆曾任商州刺史,《唐才子传》本传亦有记载,但《旧书》、《新书》本传漏载。表圣之《书屏记》谓其父"以诗师友兵部卢公载","以书受知於裴公休",说明司空舆能诗善书,惜今

---

① 岑仲勉:《刘濛之父祖》条考,《唐史余渖》卷3,上海古籍出版社,1960年。

无流传。《书屏记》是表圣的一篇重要书法论文,说明表圣精于此道。又据《宣和书谱》卷九《司空图》小传记载,表圣擅长行书,"妙知笔意","今(引按:北宋)御府所藏行书二:《赠晋光草书歌》、《赠晋光草书诗》。"①表圣之精通书艺之道,当受到其父的影响。可见表圣出身仕宦之家、诗书门第,其祖父、父亲均官至"从五品上"。

（3）关于表圣之家世信仰及其本人之思想。唐代儒道释并重,士大夫亦多持三教并重之思想,据今《文集》卷二《山居记》:"愚以家世储善之祐,集于厥躬,乃像刻大悲,跂新构于西北隅,其亭曰证因。"表圣之家世信仰主要为佛教,并兼崇道教,结合表圣之生平思想,可以考知,虽然其儒家思想特别突出,但其出处修身也属儒道释三教并重者。

司空舆一生受到卢载和裴休的赏识和提拔,而与裴休的关系最为密切。按:裴休,《旧书》卷一七七、《新书》卷一八二有传。据《旧书》裴休传,其生于唐德宗贞元七年,卒于懿宗咸通五年,字公美,河内济源人,性宽惠,善为文,"长于书翰,自成笔法。家世奉佛,休尤深于释典。太原、凤翔近名山,多僧寺。视事之隙,游践山林,与义学僧讲求佛理。中年后,不食荤血,常斋戒,屏嗜欲。香炉贝典,不离斋中;咏歌赞呗,以为法乐。"

表圣之《书屏记》曰:"庚子岁遇乱,自虞邑居负之(指徐浩书法真迹之书屏四十二幅)置於王城别业,丙辰春正月,陕军复入,则前后所藏及佛、道表圣记共七千四百卷,与是屏皆为灰烬,痛哉!"由此,可见其家藏佛、道经书之丰富,表圣受到佛、道思想之濡染和薰育,盖起自童年时期。《山居记》所谓"家世储善之祐"云云,据文意可证佛教乃表圣之家世信仰之一,此是理解表圣之诗论思想的一个关键之处。由上述,盖可推证"家世奉佛"的裴休,之所以提拔、赏识司空舆,除二人因同好书法而投缘外,二人应该还有共同信仰佛教的缘故。换句话说,裴休对司空舆之影响主要有二:一为书法,一为佛学,这当也影响及表圣。同时也要看到表圣家世也有道教的信仰,表圣当然也就受到道家哲学思想的深刻影响,因为道教的义理和形而上的哲学精神,是与老庄等道家人物的哲学思想分不开的(当然其间有分别)。《司空表圣诗集》(下称《诗集》)有《自戒》五言古诗,充分说明了上面所论:"我祖铭座右,嘉谋诒厥孙,勤此苟不怠,令名日可存。媕衔士所耻,慈俭道所尊,松柏岂不茂,桃李亦自繁,众人皆察察,而我独昏昏,取训于老氏,大辩欲讷言。"②另外,表圣出身以儒家思想为准则而贯穿其一生,而其修身可谓崇佛而兼道,尤其是其中晚年更是如此。《诗集》卷一《山中》诗云:"名应不朽轻仙骨,理到忘机近佛心。"二句可以概括表圣后半生的思想心态,表圣可谓是唐代士大夫较为普遍地具有"外儒家而内释老"思想的一个典型代表。

（4）关于李戎事迹考。《书屏记》中,有"时李忻州戎亦以草隶著称,为计吏在蒲"句,较为重要,历来无考。今按:《太平广记》有《虞乡道士》一则,出唐张读(大中六年中进士,传附见

①　《宣和书谱》卷9,《丛书集成初编》。
②　司空图:《司空表圣诗集》卷1,《四部丛刊》。

新、旧唐书之《张荐传》)所撰《宣室志》,其云:"虞乡有山观,甚幽寂,有涤阳道士居焉。大和中,道士尝一夕独登坛望,见庭忽有异光,自井中发。俄有一物,其状若兔,其色若精金,随光而出,环绕醮坛。久之,复入于井。自是每夕辄见。道士异其事,不敢告于人。后因淘井,得一金兔,甚小,奇光烂然,即置于巾箱中。时御史李戎职于蒲津,与道士友善,道士因以遗之。其后戎自奉先县令为忻州刺史,其金兔忽亡去,后月余而戎卒。"① 此李戎与《书屏记》所记之李戎,盖即一人。可见李戎原由奉先令转任忻州刺史。(按:忻州亦属河东道,离中条山亦不甚远。)李戎为"计吏在蒲",将徐浩之书法真迹书屏四十二幅,赠送给亦善书法的司空舆,以为祝寿之礼。李戎具体卒年及其它事迹不详。

又,中条山乃道教"七十二福地"之一。虞乡一带(中条山等处),不仅有佛教寺院,亦有道教庙观,该地佛道二教当都较为兴盛。《云笈七签·洞天福地部》载"七十二福地"曰:"第六十二中条山,在河东府虞乡县管,是赵仙人治处。"② 晚唐诗人郑遨,昭宗时,举进士不第,入少室山为道士,后徙居华阴。其有《题中条静观》诗曰:"松顶留衣上玉霄,永传异迹在中条。不知揖遍诸仙否,欲请还丹问昨宵。"(《全唐诗》卷八五五)此可证中条山亦有道观。表圣谓其家"前后所藏及佛、道图记共七千四百卷",可见表圣论诗亦受到道家和道教之观念影响,是有其思想上的原因的。

总之,表圣晚年,其佛、道家思想尤重,其取号"耐辱居士",即源自老子思想。表圣晚年论诗,明显受到道家和佛教思想的深刻影响,此并不与表圣最终确因儒家之忠君思想影响("闻辉王遇弑于济阴")而"不食而卒"相矛盾。盖儒、道并非绝然对立,有互补性和融通处,此历来所公论。又就出处立身而言,儒家本有"达则兼济天下,穷则独善其身"之思想,持"外儒家而内释老"思想之文人,在表圣之前及同时,亦已成为"传统";就传统诗学而言,论"为文之用心",采纳道家、佛教思想论之,在表圣之前,渊源有自矣,且亦属创作实践之事实。

三　司空图所著、编、注、补述之著作综述

(1)表圣自撰的著作。据《司空表圣文集序》,表圣曾撰有《密史》若干卷,可能是其第进士前之所作,于光启三年退居王官谷时进行重新整理编定,《密史》今佚。《宋诗纪事》载俞允《王官谷十咏》(原录四首)之《石砚》诗有"悯时著《密史》"句,下注曰:"表圣所著《密史》,深救时病。"③这或可说明《密史》曾有刻本,至宋代尚存。

光启三年(51岁),表圣首次自编其诗文为《一鸣集》(又称为《前集》);天复二年秋(66

---

① 《太平广记》卷400,《四库全书》。
② 《云笈七签》卷27,《道藏要籍选刊》,上海古籍出版社,1989年。
③ 《宋诗纪事》卷27,上海古籍出版社,1983年,第683页。

岁），表圣避乱至浙上，曾再次编撰《一鸣集》，大概是将光启三年后至乾宁二年的部分诗文收入《一鸣集》，所谓"驾在石门年秋八月，愚自关畿窜浙上，所著歌诗累年首，题于屋壁，且入前集。"（《文集》卷四《〈绝麟集〉述》），并又将未收入《一鸣集》的"杂言"及乾宁二年后的诗文，编为一集，题曰《绝麟集》（或称《后集》），所谓"壬戌春，复自擅（檀）山至此，……盖此集杂言，实病於负气，亦犹小星将坠，则芒焰骤作，且有声曳其后，而可骇者撑霆裂月，挟之而共肆其愤，固不能自戢耳。"（《〈绝麟集〉述》）《绝麟集》是否曾有刻本流传不详，今佚。《新唐书·艺文志》（亦见于宋、明有关书目著录）的《一鸣集》三十卷本，今佚。《一鸣集》三十卷本可能为司空荷重新编次，是否为表圣生前所编之原貌、是否此中包括了《绝麟集》的作品，今不能确考。

　　《直斋书录解题》卷十六著录"《一鸣集》十卷"①，今存宋蜀刻本《司空表圣文集》十卷②，当即为该著录本，也是《四库全书》本、《四部丛刊》本（所谓某"旧抄本"）之《司空表圣文集》十卷本的祖本。《罗谱》谓"丛刊本文集体例与库本同，盖因后人窜改，非其旧。"是。《司空表圣文集》十卷本，共录表圣文七十一篇，其中一篇即《司空表圣文集序》，宋蜀刻本、四部丛刊缩印旧抄本、刘氏嘉业本、四库本皆冠于卷首，而《全唐文》卷八〇七题作《中条王官谷序》，疑非其旧。《序》文有"乃以中条别业'一鸣'以目其前集，庶警子孙耳"云云，后或视之为《一鸣集》的原《序》，当是。《全唐文》卷八〇七至八一〇编录表圣文四卷，基本与《文集》同，而进行重新编排。清陆心源编《唐文拾遗》卷三十三③，据《北梦琐言》考表圣有《李公磎行状》佚文一篇，存原文数句。嘉业堂本《司空表圣诗集》末附录中④，辑有表圣佚文《〈荥阳族系记〉序》一篇，注明辑自《麟溪集》，《四库全书总目》卷一九一《集部·总集类存目一》著录"《麟溪集》二十二卷，别集二卷"。提要曰："明郑太和编"。检《四库全书存目丛书》之《麟溪集》，知该文附见于"别篇下"，注曰："此一卷，乃唐宋诸儒所作，系遂安郑氏所藏，以与谱图相关也，回附刊于此。"⑤该文是否曾收入《一鸣集》三十卷，今不能确考。

　　《直斋书录解题》卷十六又著录《司空表圣集》十卷（诗集），佚。《唐五代文学编年史》谓：《全唐诗》卷六三二至六三四编其诗为三卷，卷八八五补十首，卷八九一补词一首⑥。《唐才子传校笺》第五册补正《梁笺》曰："今《一鸣集》三十卷不存。《万首唐人绝句》卷五六至五八录表圣七绝二百三十余首，卷八九录五绝七十五首，当即录自三十卷本之原集。今传《司空表圣文集》十卷、《司空表圣诗集》五卷，前者当即三十卷本之残编，后者则为明末胡震亨所辑，即《唐音戊签》七四之司空表圣诗。"⑦。此考是，参见祖保泉先生《〈司空表圣诗集〉由来

①　《直斋书录解题》，《四库全书》。
②　司空图：《司空表圣文集》10卷，上海古籍出版社，1994年影印本。
③　《唐文拾遗》，影印本《全唐文》附，上海古籍出版社，1990年。
④　司空图：《司空表圣诗文集》（线装二册），刘氏嘉业堂丛书本，文物出版社，1982年。
⑤　《四库全书存目丛书》，据北京图书馆所藏明成化十一年影印，齐鲁书社，1987年。
⑥　傅璇琮主编：《唐五代文学编年史》《五代卷》，辽海出版社，1998年。
⑦　傅璇琮主编：《唐才子传校笺》第5册，中华书局，1995年，第437页。

考》一文 ①；又，丛刊本《司空表圣诗集》中有几首诗，非司空图所作 ②。

(2)表圣之编、注、补述的著作。表圣在广明元年秋(44岁)，时在朝任礼部员外郎，编"交游之内"的当时文人诗、赋等作为《擢英集》，《擢英集》有无刻本流传不详，今佚，存表圣所撰序文《〈擢英集〉述》(见《文集》卷十)。

天祐二年秋(69岁)，表圣应召至洛阳朝参哀帝，乞归或准，诸臣咏诗为之送别，表圣遂编之为《寿星集》，《寿星集》是否曾有刻本流传不详，今亦佚，存序文《寿星述》(见《文集》卷十)。

景福元年(56岁)，表圣拜谏议大夫时，注有《〈愍征赋〉注》(一卷) ③，今佚。按：《新书》卷六十《艺文志四》载："卢献卿《愍征赋》一卷"，故其注本当亦为一卷。今其《文集》卷十有《注〈愍征赋〉述》(或为《〈愍征赋〉注》之序文)、《文集》卷二有《注〈愍征赋〉后述》(补述其事)。

光启三年，表圣曾补述其父司空舆所著家谍《照乘传》，又补其舅刘权(时刘权已卒，权另著有《刘氏洞史》或作《洞史》二十卷或作三十卷，《新书·艺文志》有著录)所撰《赞祖彭城公中兴事》，该书乃刘权记述其祖父彭城公刘晏事迹，刘晏乃表圣母亲之曾祖父，故表圣十分重视，而加以补述。

另外，陈继儒《太平清话》载有耐辱居士《墨竹笔铭》一篇 ④，乃后人伪托之作。《四库全书总目》"提要"已辨明"其为伪撰" ⑤。《诗品》(又称《二十四诗品》)的著录较晚，明代以来毛晋等人始明确著录，题为表圣作，郭绍虞《诗品集解》一书附录有关明清以来的书目著录提要和序跋较全，可以参考，此处不赘。《二十四诗品》的文本，在宋(?)、元时代已有流传，被抄录进《诗家一指》等书，但题曰表圣作，(就目前可以考见的文献看)时代较晚，而毛晋等人著录为表圣作之依据不明，今人遂对《二十四诗品》是否为表圣所作的问题提出了疑问，有否定者、持疑者和倾向于肯定者三派意见 ⑥，笔者以为对此还需进一步研究。

以上综考，或有谬误之处，诚盼专家和读者指正。

作者简介　陶礼天，1962年1月11日生，男，安徽省天长市人，首都师范大学中文系副教授，北京大学文学博士，主要从事中国古代文学理论批评的研究。

---

①　祖保泉：《〈司空表圣诗集〉由来考》，《安徽师范大学学报》，1999年第3期。

②　祖保泉：《"〈戊签〉七十四"中的互见诗考辨》，《安徽师范大学学报》，2000年第1期。

③　孟棨：《本事诗·徵咎第六》："范阳卢献卿，大中中，举进士，词藻为同流所推。作《愍征赋》数千言，时人以为庾子山《哀江南》之亚。今谏议大夫司空图为注之。"(丁福保：《历代诗话续编》，中华书局，1983年。)

④　《太平清话》卷2，《丛书集成初编》。

⑤　《四库全书总目提要》卷151，《司空表圣文集》"提要"，中华书局，1965年影印本。

⑥　近年关于《二十四诗品》作者问题的讨论，可参见汪泓：《司空图〈二十四诗品〉真伪辨综述》，《复旦学报》，1996年第2期；王步高：《关于〈二十四诗品〉作者问题的争鸣》，《晋阳学刊》，1998年第6期；程国赋：《世纪回眸：司空图及〈二十四诗品〉研究》，《学术研究》，1999年第6期。

试帖诗与律赋
——读《关中课士诗赋注》

詹 杭 伦

内容提要：试帖诗和律赋都是古代中国用于科举考试的文体，清代学者路德所著《关中课士诗赋注》一书，对这两种文体作了精湛的研究。本论文对路德的成就作了评介，并提议中国的诗歌研究拓展文体研究的范围，把试帖诗和律赋纳入其中。
关键词：清朝　科举考试　试帖诗　律赋　路德

最近笔者在中国人民大学图书馆读到一部《关中课士诗赋注》，这部书记载了用杜甫诗作书院试帖诗和律赋试题的情况，而且那些试帖诗和律赋都有编者精到的评论和详细的注解，为我们研究试帖诗与律赋提供了不可多得的重要资料，因此撰写本文作一番介绍，并且结合新世纪中国诗歌研究发展趋势作一些思考。

一 版 本 与 作 者

《关中课士诗赋注》一函八册，包括《关中课士试帖（诗）详注》二册、《关中课士律赋笺注》三册、《时艺引》三册。此书内封底有"光绪甲申（十年，1884）上海江左书林校刊"字样，但江左书林本不是本书之初刻本，而是翻刻本。据该书各序后皆署道光十八年（1838），则道光十八年刻本，当为此书之初刻本。

此书封面及卷首，皆未列明编著者，不过从《序言》中可以得知此书的编著者名叫路德（1784—1851）。《清碑传集三编》有《路德传》，记载："路德，字闰生。陕西盩厔（今名周至）人。嘉庆十四年（1809）进士。改翰林院庶吉士。散馆，授户部主事。十八年（1813）考补军机章京。以目疾请假归里。德廉静寡欲。家贫，母兄老，藉讲学为祛病。静摄三年，目复明，以母老不复仕。历主关中、宏道、象峰、对峰各书院。教人专以自反身心，讲求实用为主。尤以不外求，不嗜利，为治心立身之本。生平研经耽道，不事偏倚。（中略）著有《种笔馆诗文集》、《杂录》十余卷，弟子朝邑阎敬铭为刊行。敬铭师事德最久，称其怀抱峻洁，遗弃荣利，言学言理,切近踏实,无门户标榜气息。平江李元度亦谓德行谊为文名所掩,其诗古文又为时艺试律所掩。然德弟子著录千数百人,所选时艺一时风行,俗师奉为佳臬,并取其五经节讲之本以教学者,不复知读其全,颇为世所诟病云。咸丰元年卒,年六十八。"[①]从这篇传记中可以看出,路德是一位进士出身,学风严谨,品行端正的学者,尤其在八股文、试帖诗、律赋等方面,具有专门名家之学。

二《序言》三篇辨识

此书《时艺引》卷首,有一篇路德本人撰写的《序言》;

识路者,无须引也。路所未经,弗引则迷;弗善引之,亦终于迷;引之泥淖,则陷泥淖矣;引之荆棘,则入荆棘矣。即不然,或妄指为捷路也而趋之,愈趋愈远,而所适终不可至。将安用此引者为?文人之文,非依稀仿佛而作也,有路焉。始得一题,恍惚杳冥,听不以耳,视不以目;冥搜者久之,目若有见,耳若有闻,窊隆隐现,六通四辟,遇山开径,临流架梁,靡幽不深,靡高不陟,纵步所如,独往独来,灵境照耀,乐哉斯游,是曰思路。圆中规,方中钜,直中绳,句中钩,吾意所向,全神赴之;神之所为,吾莫能即之,恶乎御之;缓步疾趋,方趋忽止,时而迅厉也,若骐骥之骋长坂,鹰隼之下层霄,时而便环绰约,若游丝之袅晴空,微风之皱细浪,听之有声,望之有气,齅之有香,读之有味,而索之无迹,是曰笔路。路虽有二,实出于一。初学者文或穷桎而不能思,或艰涩而不知用笔,或兼兹二病。为父兄师长者,当汲汲引之,不然,则终于窒而已矣。思欲其灵,笔欲其活,无理则不灵,不灵则无思,无气则不活,不活则无笔。人与物并生而人独灵者,人所秉之理,非物所秉也。土偶人耶,本偶人也;图画中人耶,其形貌依然人也,而不能活者,无气也。有理而不灵,有气而不活,人其貌,物其心,亦奚异土木图画哉?

余始训课子弟,择明人小题文之精者,疑牵茫然不解,或解之而不能学,或学之而不得其意,反益瑕疵焉。既而恍然曰:误矣!明文篇幅虽小,实难学步;且佳者多在中后,其前数行则简率参差,不可为训,不如置之。爰访之村塾,物色书肆,间阅二十年所见百数十种,文不下四五千篇,可采者仅五十余篇,犹瑕瑜互见,不尽可法。最后,得柏蕴高先生稿,大喜,如获珍宝,选完璧得九十余篇,遍授诸生。诸生苦其微妙,仍不能学。又进而上之,索诸国初名家,其文益高,学步益难。因恍然曰:妙者不小,小者不妙,凡专务为小者,皆不能为大者,又不屑为小者也。吾安得能为大者,而强之为小哉?且应试之文,其要诀在前后数行,在墨裁犹易为力,作小品文辄浅淡寡色,每欲矫之,思之数年,不得其路。

---

① 陈金林等编:《清代碑传全集》,上海古籍出版社,1987年,第1806页。

戊戌(十八年,1838)春,移讲象峰书院,于全篇文外,益以半篇之课,择可改者改之,无可改,辄自作数行。务为简明,而详其评说,变课辨话综之式,凡评说俱系诸后,各以次识其旁。俾观者无眩,皆窃取前人法,从而宣卺之。詹詹小言,于文章能事未能举其万一,聊以引初学而已。引之何如,俾知用心而已。能用心,则理明而气一达,然后授之以明文及国初名家,其思路、笔路可得而溯也,况时墨乎? 独是学人之情,畏难者众,示以不难,不待引而自入;示以难,虽引之而仍不入。坊刻小品文,其法陋,其派恶,文章中之泥淖也、荆棘也。而学者欣然就之。墨裁之卑卑者,其词调尤易剽窃,不识路者,鲜不指为捷路也而趋之。今之暧暧姝姝者,若彼矣。其所引盖已多矣,掫以一人区区之力,强拽之出而引之于此路,於乎,余亦不自量也夫。

道光十有八年(1838)夏四月,氉屋路德序于象峰书院之葆光斋。

《时艺引》虽然是讨论八股文的,与杜诗关系不大,不过路德在这篇序言中主要讨论“思路”与“笔路”,即作者审题时的构思和行文时的用笔问题,他的意见非常精彩,颇有理论价值。就“思路”而言,路德描述出作者构思时的两个阶段:一是“听不以耳,视不以目”的冥搜阶段,二是“灵境照耀”,神与物游的形象思维阶段。就“笔路”而言,路德描述出“吾意所向,全神赴之;神之所为,吾莫能即之,恶乎御之”的写作过程,意谓具体的行文过程也可以分成两个阶段:首先全力以赴,全神贯注地表达自己的意向;在行文畅达的灵感状态下,则听从灵感的支配,信笔所之,结构成文,而不必用自己的主观意志来强制约束行文过程。这些理论固然有着陆机《文赋》、刘勰《文心雕龙·神思》等文的影响,不过显然也是路德本人写作与教学的经验之谈,无论是写作八股文还是写作诗歌、律赋,都是相通的。路德在这篇序言中还阐释了他为何不选名家名作,而恶乎御之要选择学生习作来作范文的理由,这种教学方法是值得当代写作教学加以借鉴的。

在《关中课士试帖(诗)详注》卷首,有一篇刘源灏撰写的《序言》:

丙申(道光十六年,1836)仲冬,余奉命督粮陕西。关中书院旧有诗赋课,在署考校。次年春间,各士子按时就业。意匠虽极经营,腹笥颇形简薄。嗣后贤书届举,率皆专攻制艺,未遑俪白妃青。比至揭晓,各生徒又旋归。卒岁,应试者寥寥数人。斯事有名无实,余甚恧焉。今春,路闰生前辈自关中移讲宏道,亟于课文之外,合两院生徒课以诗赋,邮寄批削比年以来。深喜因愤而启,各卷竟斐然成章。复寓书释其尤雅者,细加斧藻,益以笺注。选辞既雍容华贵,注释备淹博精详,大可观也。计自今年三月至十一月,凡得诗赋若干首,汇为一编,付之剞劂,俾及门者观摩昕夕,日进精微。即僻壤遐陬,亦得家奉一编,藉扩闻见。洵操觚之矩矱,后学之津梁,其嘉惠后学岂浅鲜哉? 各士子常守勿释,从此扬扢风雅,鼓吹休明,共鸣国家之盛。庶不负闰生前辈之苦心,亦即余之所厚望也夫。

戊戌(道光十八年,1838)嘉平陕西督粮使者刘源灏序于尺五山房。

这篇序文阐述书院授课，不能专攻八股文，而必须进行诗赋写作训练，才能够"扬扢风雅，鼓吹休明，共鸣国家之盛"；并且认为路德此书"选辞既雍容华贵，注释备淹博精详"，是一部水准很高的著作。

在中国人民大学图书馆藏有另外一部《路德辑著四种》①，一函六册，包括《蒲编堂训蒙草》一册，《文艺金针》一册，《试帖准绳》二册，《试赋准绳》二册。在《试帖准绳》卷首，有一篇路德撰写的《序言》：

今为业试律、律赋者，日取《三百篇》而与之讲肄，鲜不以为迂阔。或且谓言大而夸，无裨于用试。平心思之，今之试律、律赋何自来乎？有唐人古近体诗，而后有试律，有徐庾以下之骈体文，而后有律赋，此学者之所知也，而其源皆出萧《选》。萧《选》所录，莫古于《骚》。《骚》也者，近接《三百篇》而变化以出之，其体实兼诗骚，为后来诗赋家之祖。无风雅颂则无骚，无骚则无诗赋，安得有试律、律赋哉？学者不讲明《三百》，读骚必茫然矣，读汉魏以下诗赋，亦茫然矣。虽宗法唐诗，规抚徐庾，而源头未瀹，流亦不长，况又束置高阁，专取近人之试律律赋，简练以为揣摩，其能役万景于坐驰，明百意于片言哉？

诗赋之变，至试律、律赋而极，而国家用以取士，不患其弊者何也？每试诗赋，必命以题，题万变而不竭，所作诗赋亦万变而不竭，恶乎弊？诗赋之弊也，持衡者之偏也，操觚者之陋也。好丹则非素，论甘则忌辛，一有所偏，弊且百出。持性灵者，或俭于词；矜华藻者，或瞀于理；泥法律者，或弱于才；尚机调者，或短于意。避忌太多者，发挥必不足；雕琢太过者，风力必不振。偶值一题而喜，易一题而困矣。值一人而赏之，易一人而黜之矣。当其业诗赋也，各择所悦者习之，凡所不悦者，其所不习者也。及其出而相士也，凡所未习，皆其所不悦者也。于是能者不必售，售者不必能。学者苦其途之迂也，又见斯事之无定评也，遂避难就易，相率而趋于便捷之途，而斯道乃几几乎弊者。

何以救？绳之以题而已矣，正之以风雅颂而已矣。以万变不竭之题，取万变不竭之诗赋，虽有善作伪者，不能一一而为之备。真伪之判，若黑白然。然后人人勉为真才，而作伪之风，不禁而自绝。又恐迟之又久，高才博学之士，将争奇炫异，而流为破体也，是当举风雅颂之义，大为之闲，使咸归于纯正。凡作诗赋，写景抒情者，风之意也；揆时审势者，雅之遗也；功功颂德者，颂之体也。就一篇而论之，其中端而虚者，得于风者也；和而庄者，得于雅者也；雍容揄扬而近实者，得于颂者也。业诗赋者，必先学为风人，然后本之于雅，以大其规；和之于颂，以要其止。雅难于风，颂难于雅，雅颂不被于风，则雅亦非雅，颂亦非颂。必使三者兼得，而后能鉴古，能鉴古而后能准今，能鉴古准今而后能自为诗赋，能自为诗赋而后万变不竭。虽难之以题，窘之以韵，皆能因物构象，称心而出。此之谓真才。近而几席，远而陬滋，皆能披沙拣金，掇其精英以去。此之谓真赏。斯事

---

① 总的书名是中国人民大学图书馆代拟的，原先四种各自命名。

虽微,盖亦萧《选》之支流,《三百篇》之余裔,而不可废焉者也,夫何弊之有哉?

今观察永清刘公惜士子之少切劚也,谋所以训迪之,而患不能周遍,因致书于余,令余择试帖之佳者,改而梓之,以为多士劝。余不敢辞,于公事暇,捡近今之诗赋,得若干首,汰其疵累,补其空疏,汇为一编,题之曰《诗赋准绳》。各系以评论,量加注释,词取典雅,意取清新,音取寥亮。以为学者式。自知管中之窥,莫睹全豹。但欲使学者披览是编,识其门径,由试律而溯唐诗,由唐诗而溯曹刘鲍谢;由律赋而溯徐庾,由徐庾而溯扬马班张;又上而溯屈宋,又上而溯《三百》。则诗赋之道,且汇而为一,而风雅颂之情,皆可得而见。他日持衡取士,必能鉴别真伪,不以鱼目混珠。观察今日之举,其有造于士林也,非浅鲜矣。

或谓沿流溯源,其势多逆,何如顺而导之之为得乎?此其说固然,然此法也,可施之于童蒙,若以教弱冠以后之人,则扞格而不入。今之业诗赋者,皆弱冠以后者也,使之沿流以溯源,不犹愈于泳沫者哉?

道光辛丑(二十一年,1841)冬十有二月朔,盩厔路德叙于清谷草堂。

这篇《序言》是《试帖准绳》和《试赋准绳》两种书的《序》,由《序》可知,路德原来准备将诗、赋二者合成《诗赋准绳》一书刊行。经比对,《试帖准绳》和《诗赋准绳》其实是《关中课士试帖详注》和《关中课士律赋笺注》二书的别名。因此,这篇《诗赋准绳·序》也是《关中课士诗赋注》的《序》。《序》中的"观察永清刘公",当即前引"陕西督粮使者刘源灏"。路德在《序》中反复阐明由《诗经》到《昭明文选》是写作试帖诗和律赋的根柢功夫,不过根据教学的对象不同,学习的次第可以有所不同;训教童蒙,可以"顺而导之",由上做下,而教授成人学员仍然需要采用"沿流以溯源"的教学方法,由下做上,可以从试帖诗和律赋入手,而上溯源头。阐明这个道理具有双重的意义,一方面可堵住社会上某些正统道学家的无端指责,让他们知道,教授诗赋的学者并非不明白学习《诗三百》的重要性;另一方面可提请研习诗赋的士子注意,不要以试帖诗和律赋画地自封,仍然需要追求向上一路;并且,要学好诗赋,"必先学为风人",首先要修养气质,成为一名风雅之人。

以上三篇《序言》,可以参互比观,互为补充。

三 试 帖 诗 例

以下我们来看《关中课士试帖(诗)详注》中的试帖诗例。杜甫有《春日忆李白》诗云:"渭北春天树,江东日暮云。"路德用"渭北春天树"命题,并且规定押"天"字韵脚。考试结束后,有吴锡岱、阎敬铭、四位学员的诗作被选作范例:

吴锡岱诗云:

树亦添韶景,人难觅谪仙。那堪居渭北,独此对春天。斜影初摇岸,层阴已遍阡。

润沾秦岭雨,青锁汉宫烟。马系曾前日,莺藏又一年。推窗看欲小,匝野望多圆。长乐高门外,咸阳古渡边。回思留客处,竹亩更盈千。

路德给此诗总的评语是:"情文相生,非善读唐诗者不辨。"又具体指出两点好处:其一、"抚景怀人,情见乎词,妙在不著一字,能令读者动心,此诗家上乘禅也。"意谓此诗没有明确地指出杜甫怀人,而怀人之意透过景物描写自然而然地表现了出来。其二、"用古如自己出。"意谓此诗运用古典高妙纯熟,不露痕迹。比如结句的"竹亩"之典出自《史记·货殖列传》:"渭川千亩竹。"作者在结句运用此典,非常贴切,有以景结情,余味无穷之妙。

阎敬铭诗云:

瞥眼青如此,风光又一年。离情原上树,春色渭阳天。摇认晴光合,围将绿树圆①。浓阴迷竹亩,翠蔼失蓝田。窗远川俱小,陵荒草共妍。连朝城畔雨,一抹渡头烟。鸟鼠秦川路,江湖楚客船。记曾连辔赏,桥外听鸣鞭。

路德对此诗总的评语是:"唐音,格高调逸。"又具体指出两个优点:其一、"高唱入云。"意谓此诗音节嘹亮。李调元《雨村诗话》曾说:"古人作近体诗,必先选韵,一切晦涩者不用。如葩即花也,而葩字不亮,芳即香也,而芳字不响,诸如此类。间有借用者,皆谓之不善选韵。"② 其二、"对面烘出。"意谓此诗善于运用对照烘托的技法,如"江湖楚客船"句,用杜甫〈天末怀李白〉诗句:"鸿雁几时到,江湖秋水多。""桥外听鸣鞭"句,则用李白诗句:"鸣鞭上渭桥。"从而形成对照烘托的特殊效果。

张卿霄诗云:

瞥眼青如此,春深渭北天。树仍横古渡,窗莫小秦川。塞远波萦曲,林疏野望圆。杜陵三月雨,秦苑几堆烟。绿遍高原上,阴浓大道边。影将浮碧华,色不借蓝田。日午诗人笠,江南酒客船。如何风景好,惟见李龟年。

路德对此诗总的评语是:"声东击西,始终不曾说破。情真景真,怀人意自在言外。"所谓不曾说破,即不用"离、悲、别、恨"等字眼,路德说:"凡用离、悲、别、恨等语者,不但非应制体裁,直是不能切题耳。"又具体指出三个优点:"一、自在流出,不假安排。二、读者须颔取其声。三、另开一境。"除了自然和音节响亮外,此诗在结尾处与一般写此题者只就李杜交谊落笔不同,用杜甫《江南逢李龟年》诗句:"正是江南好风景,落花时节又逢君。"确实是想落天外,拓展开另外一重境界。

张文源诗云:

几行蒙密树,一色蔚蓝天。人在清流北,春归逐客先。峰莲高让岳,亩竹近迷川。长乐葱茏外,咸阳掩袂边。塞遥萦更曲,野旷望多圆。轻滴城头雨,浓生水际烟。重阴

---

① "围"字原误作"圆",据《试帖准绳》改正。
② 李调元:《雨村诗话》,卷6,清嘉庆6年(1801)绵州刊16卷本。

苍霭合,别绪绿杨牵。翘首荒原上,如绿草又妍。

路德对此诗总的评语是:"诗中有画。"意谓此诗写出了美妙如画的意境。又具体指出四个优点:其一、"高视阔步。"意谓开首四句破题具有高屋建瓴的高华气势。其二、"妙语。"比如"峰莲高让岳,亩竹近迷川"一联,用笔灵活绝妙。其三、"腰字炼得响亮。"比如"塞遥萦更曲,野旷望多圆"一联,其中的"萦"字、"亮"字音节响亮,正是句中有眼。其四、"食古而化。"比如"野旷望多圆"句,暗用用孟浩然诗"野旷天低树,江清月近人"诗句,而全然不露痕迹。此即所谓食古而化,言如己出。

路德的评语有时用回答弟子提问的方式写出,如在《海上生明月》诗下,有弟子提问云:"作诗以情景兼到者为佳,此题原是对月怀远,句中有无限离情。此诗却但写题景,不管题情,何也?且是编所登《渭北春天树》、《秦桑低绿枝》诗,皆寓感物怀人之意,此题与彼题,似同一例,而作诗迥然不同,毕竟以何者为是?"路德回答道:"三题题貌、题情,原属一例,作诗却不可一例。此中分际,须要斟酌:《渭北春天树》,乃少陵怀太白之作,以诗人怀诗人,语意原自庄雅。照此意着笔,仍不失为试律体裁。若《秦桑低绿枝》,句下有"当君怀归日,是妾断肠时",分明是说闺情,与少陵怀友诗,相似而不同,作法已难一例。至此题句下有"情人怨遥夜,竟夕起相思"之句,又有"灭烛披衣,还寝佳期"等语,较《秦桑》句下云云,语意尤露。若就此意着笔,则满纸皆儿女语矣。作闲咏诗则可,作试律则大乖体裁,故此诗始终不露,若全不知本诗者。凡作诗离不得一个情字,而试律用之应制,第一须辨明体裁,断断不得任情。且情之有无,在乎神韵,不在话头。有缠绵蕴藉之情,自有悱恻动人之韵,却胜似他人说破,此言情之善者也。试看《秦桑低绿枝》诗,只将本意浑浑言之,不曾说破闺情。《渭北春天树》诗,虽无妨说出怀友,而说来却极蕴藉,决无愁伤悲恨之语,还他试律体裁。虽与此题此诗作法不同,而体裁正复不异。若学缠绵不成,而流于伤感,或更流于亵慢,尚复成为试律乎?"路德的这段话,比较《渭北春天树》、《秦桑低绿枝》、《海上生明月》三首试题内涵的细微差别,特别强调写作试帖诗必须符合试律体裁,即庄雅而不亵慢的格调要求。其中谈到"情之有无,在乎神韵,不在话头",是很有见地的经验之谈。

四　律　赋　示　例

在《关中课士律赋笺注》中,收有两首用杜甫诗句命题的律赋。一首是李应台的《细麦落轻花赋》,以题为韵。赋题出自杜甫《为农》诗句:"锦里烟尘外,江村八九家。圆荷浮小叶,细麦落轻花。卜宅从兹老,为农去国赊。远惭句漏令,不得问丹砂。"兹录于下:

　　忆花事之阑珊(一),玩韶光之绮丽。铺碎锦于林坳,委幽芳于苔砌。春城处处,洒红雨以缤纷(二);远浦盈盈,随绿波而迢递。大抵空中飞舞(三),别有殊枝;如何开未舒英,落疑无蒂(四)。望里飘飘,无劳凝睇。迎秋结实(五),方粟殻而差肥;入夏扬花,较棘端而更细(六)。

作作有芒,芃芃其麦(七)(八)。毶挺尖尖(九),叶裁窄窄。苞差同于柳甲(十),粒在其中;刺更锐于松针,花攒其隙。迎阳而放向风晨,畏雨而敛当烟夕。香真似饼(十一),鼻自能闻;纤不宜簪,手何劳摘。

疑有疑无,自开自落(十二)。或杂苔须,或依草脚。碎碎星星,纷纷漠漠。饥鸟欲啄而难窥,惊雉低飞而乍掠。花时不觉,混蔬叶以微茫(十三);落处谁知,糁沟睦而隐约。

摇风有影(十五),坠地无声。任教点缀,孰辨纵横。田间之耕父徘徊,觅犹仿佛;陇畔之行人来往(十六),看不分明。异菜花之播蕊,匪荞麦之敷荣(十七)。抱得香归(十八),上蜂须而不坠;采将花去,掠蝶翅而偏轻(十九)。

轻花琐碎,细麦交加。遥看欲误,俯拾仍差(二十)。不类离离之黍,还殊曚曚之麻。忆当碧浪翻时(二十一),花犹待吐;直到黄云捲后,麦已称嘉。看实颖而实栗(二十二),祝满沟而满车。仓箱卜岁岁之丰,都登瑞麦(二十三);稼穑信人人之宝,不是开花(二十四)。

方今雨霁农郊,风清眸路(二十五)。野尽铺菜,地皆敏树。瞻榆杏而耘籽勤(二十六),贻来年而盖藏裕(二十七)。此日两歧,麦献嘉穟频书(二十八);襄时六出,花飘祥霙早布。选胜日以寻芳(二十九),乐丰年而含哺(三十)。将共荷圆叶小,同吟杜甫之诗(三十一);岂因雪聚花浓,但拟兰成之赋(三十二)。

这篇赋按照押韵分成六段。首段从花事说起,并自然过渡到写麦花之细,二段正面写麦花之形,三段写麦花之落,四段写麦花之轻,五段由麦花逗出麦粒,末段含蓄地歌颂世道清明,以吟诗作赋作结。路德在这篇赋中加有许多旁批,按照序号胪列于下:

(一)从落花说起,不沾定"麦"字,却胜似沾定"麦"字。玩"大抵"以下六句,意自了了。此处看似宽泛,实则紧切。紧与不紧,切与不切,全在用意用笔,不在字眼词头也。题之要害,一眼注定;用意用笔,却要凌空,不凌空,不能紧切也。诸卷张口便说"麦",以下却敷衍宽泛,一味躲闪。此作离开"麦"字,以下却步步逼紧,扫去一切公家言。其松一步处,正是紧处。其不沾题处,正是切处。不惟"大抵"以下,语语醒切,即前八句泛说处,亦不得目为闲文。作文如此,作诗赋亦如此。学者能从此处参想,下笔时自有把握。不然,每得一题,惝恍游移,想来想去,毫无主见。虽欲不敷衍也,其可得乎?

(二)音节务要清脆。

(三)四句与"细"字、"轻"字紧紧作反背之势。此等处,务要轻清,务要圆醒。倘有一句不轻不圆,读者便不自在;有一字不清不醒,阅者便要思量。

(四)转处更要轻圆,最忌笨重;且要简便,最忌累赘。

(五)以"实"字陪出"花"字,是正衬法;以"肥"字剔醒"细"字,是反衬法。犹词曲之有柹子(楔子)也。

（六）此等处方是麦花。麦花羌无故实，当以比例（比喻）出之，比例总在精确，最忌似是而非。必平日读书，处处留心，不遗微小，到下笔时，方有各样典故，供吾驱使，选择用之，自能精确。若平日漫不留心，临时岂能猝办？临时所翻阅者，不过类书而已；类书所载者，"麦"字典故而已。欲觅麦花典故，已不可得，况欲切"细"字、"轻"字乎？单就"麦"字敷衍，与细落轻花绝不相干，虽搬运许多，终是闲文。能切合细落轻花，却不用"麦"字典故，胜似用"麦"字典故。其所用者，率与此题绝不相干，不相干而用来多妙者，意为之也，笔为之也。前人馆课赋，有以"眼镜"、"鼻烟壶""自鸣钟"诸物为题者，此岂有专门典故乎？难道遇此等题，便无切题之法乎？

（七）前段说到麦花，不见麦字，到此方才醒出，分外觉得郑重。

（八）成语作对，赋家一长也。但须确切本题，万不可含题觅对。

（九）写出"细"字。

（十）难显之情，以比例出之，则醒，与"粟壳、棘端"同一法门。

（十一）是麦花。

（十二）醒出"落"字，词无枝叶。

（十三）"细"字"轻"字俱到。

（十四）每段起处，不用发语词，文势倍觉老成。发语词，不得已而用焉者也。苟可省，则省之矣。

（十五）诸短句之中，间以长句，文气乃舒，但长句不可过长，尤不可太多，太多则松，过长则赘。

（十六）音节务要嘹亮。诗赋之情，全在音节，不讲音节者，不可作诗赋也。

（十七）对法清。

（十八）如此刻划，方不辜负"轻"字，不但不躲避也。

（十九）醒题。

（二十）透入清虚。

（二十一）回环说来，眉目仍要清晰。

（二十二）题后最易敷衍。此以一二语了之，誓不肯作闲文也。

（二十三）诸卷每到后幅，多喜推开，愈推愈远，竟不能折回本题。此大病也。前人论书法云："无垂不缩，无往不复。"此八字真言，乃无等之咒。文章诗赋，其用意用笔之法与书法同，悟得此诀，后半方能切题。否则，游骑无归矣。观此赋及《焦尾琴赋》第七段收处，可恍然矣。

（二十四）有身份。

（二十五）诸卷末段，不曰圣天子，即曰我皇上，以下率系敷腐浮泛之谈，不惟不管

"花"字,并"麦"字也不管了。且此等小题,用不着大颂扬,非惟难切,亦且不称。此赋此处何尝不用颂扬,却不泛作颂扬。抬头只有一处,不敢稍涉敷廓,此名小颂扬。惟其不落敷廓,故此处仍能切题。若推到宽处,则去题愈远,切题愈难矣。凡作诗赋,须相题而行,题有必应颂扬者,便宜用大颂扬。如"陈诗观民风""美意延年"之类是也。有可颂扬可不颂扬者,即用颂扬,亦宜用小颂扬,此题是也。有万万不可颂扬者,并小颂扬亦用不着,如"效鸡鸣度关"、"汉宫人诵洞箫赋"是也。学者不知相题,一味东涂西抹,安得有是处乎?

(二十六)映合"花"字。

(二十七)带定"麦"字。如此用意,一切农事浮词,丰年泛话,一句用他不着。

(二十八)此处已堆到题后,势不得不抛却"花"字,却万万抛却不得,抛却便是无法,无法安能作赋?看此绾合"花"字,别有道路。与"焦尾琴赋"绾合"尾"字处同一法门。学者若不讲泛诀,非宽泛不切,即杂乱无章矣。

(二十九)从"花"字推开。

(三十)从"麦"字推开。推开处只此二句,不肯多说,恐其泛也。

(三十一)就本诗作收。

(三十二)觅出对偶,恰与此题比附,却仍以撇笔出之,此以不用为用也。

以上共三十二则旁批,主要有三个方面的内容:其一、点醒层次,即按照"细麦落轻花赋"的题目和押韵要求,逐层点醒赋作者描写和展开的段落及其句子,帮助读者理清全赋的脉络;其二、赏析佳句,让读者结合句旁的圈点,仔细观赏,领略妙处;其三、讲解作法,特别强调作赋要"相题而行",不要一味颂扬。最后,路德还加有一段(总评)云:

诸卷能切题者绝少,看去多似"郊原浮麦气"及"农乃登麦"题赋。其尤泛者,则又铺排野景、颂美丰年。按之于题,毫无影响。非尽不知题也,只缘"细落轻花",微乎其微,无从摹写,不得已而逃入宽路,取容易完卷耳。须知既以此五字命题,无论若何微细,总须作此五字题赋,安得避难就易,但图完卷乎?题无论宽平狭小,总以能切为佳。遇极宽平题,切勿认作宽平,须于浩浩荡荡中,觅出单微一线之路,方能攻其要害。遇极狭小题,勿惮其狭小,须于杳杳茫茫中,辟开一洞达无碍之门,方能得其消息。观此题二赋可悟,汝作诗赋与作文,原是一个道理,其体裁则迥然不同:文可以清空行之,诗赋必以风雅出之。以清空行者,理为主而气辅之,但能用意用笔,即可透入妙境。以风雅出者,须选意按部,考词就班,经营之巧,虽在临时;储积工夫,端由平日。昔人云:"读赋千篇,自能作赋。"谓古赋也。古赋之短者,寥寥数行。作律赋者岂能摹仿?其长者,多至数千万言,且诘屈聱牙,奇字稠垒。学者艰于记诵,有读至数十日而始能熟一篇者,若责以千篇,势有不能。而此事必从根柢做起,将来方有生发。若但截取枝叶,纵有所得,终不可靠。《文选》一书,是必应读的,纵不能多,须择其紧要者三四十篇讲之诵之,讲而不诵,随得随失。诵而不讲,毕竟与我何干?且须兼读他体,不可专门读赋。庾开府乃《文选》之变体,唐赋之先声。即不必全读,须择其脍炙人口者五六篇读之,较之《文选》则稍易矣。唐赋虽少完璧,而后来律赋之法,实自唐人开之。择其较为完善者,酌读十余篇已足,其余有句无篇者,取其节焉可也。但赋者,诗之流,与其多读唐赋,不如寝食于唐诗。盖唐人律赋,率系应试之作,作者不皆风雅中人。其才力多薄,其篇幅多窘,其字句多机陧而不安。若唐一代之诗,超前轶后,洋洋大观,千变万化,无美不备。学者纵难多读,至少也必须三二千首。须兼读古体,切不可专读律诗绝句,以自隘其规模。能如此用功,方能入风雅一门。然后取近之馆课律赋阅之读之,眼底便觉雪亮。则而效之,不难矣。今学者于诸项工夫,概不肯用,但向书肆中,购得近人律赋选本数册,披阅数篇,则即摹仿,是犹涉海凿河,而使虫负山也。

这段总评集中讲解三个重要问题:其一、作赋应该如何切题?路德特别强调要注意题目中的形容词和动词,认为这些地方正是作赋者应该着力描写、尽量渲染之处。其二、讲解作诗赋与作八股文方法共通之处和差异之处。路德特别强调作文与作诗赋的差别,认为作文应该"以理为主,以气为辅",即要求作者具有理性分析能力和逻辑思维能力,再加上充沛的气势驱动,就能写出好的文章来;而作诗赋特别需要风雅的气质和高超的语言修辞技巧,不具备基本质素的人,就不能写好诗赋。其三、提出学赋者"须兼读他体,不可专门读赋",读赋贵精不贵多,赋学之根柢功夫不仅在"赋内",而且在"赋外"。在路德之前,王芑孙《读赋卮言》也曾论及赋学之根柢功夫云:赋学"不可以专求","有志者必以通经治古文为本,读三代两汉之书以尊其体,赅九流七略之用以会其归";"经史之归,以古文为路。由是而赋,不韩欧而韩欧,不扬马而扬马"。①这一论点揭示出赋学之根柢功夫不在赋内,而在经史古文之中。这不仅有助于提醒当时赋家提高文化修养,而且对后世辞赋研究者也有启示意义。汪廷珍《作赋例言》亦论及读赋贵精不贵多云:"贵精不贵多,以语别项学问则谬,以言读时文与近体诗赋则切当之至。要紧功夫全在读子史经集,讲人情物理,以明义理、广见闻,方得进步。若贪取旧赋旧文,多收熟读,不免枉费精神,且满腔渣滓,久则心源闭塞,不可救药。欲通文理,固属断港绝潢;以问功名,尤是南辕北辙。"②自桓谭《新论》创"能读千赋则善赋"之说,后世学者每每引为口实,乡村学究更以兔园册子教人博取功名。汪廷珍有感于此,故发此振聋发聩之论。路德之说,看来是继承王芑孙、汪廷珍二说的综合立论。

另外一首是阎敬铭的《细麦落轻花赋》,也是以题为韵,看来是同一次的试题,赋云:

麦野风清,麦天雨霁。翠接桑阴,香浮草际(一)。浪欲卷而仍平,花将飞而犹缀(二)。采无饷妇,不上荆钗;引到耕夫,微粘梭袂(三)。栩栩而穿将花去,依然蝶粉之

①　王芑孙:《读赋卮言》,《渊雅堂全集》,清嘉庆9年(1804)刊。
②　汪廷珍:《作赋例言》,《逊敏堂丛书》。

轻;群群而抱得花归,也似蜂腰之细(四)。

　　方麦花之未落也,芒擢渐渐,茎抽驿驿(五)。碎碎攒稍,纤纤缀隙。始出孔而微黄,俄凌虚而渐白(六)。旭日晃而迎晨,冥烟霏而敛夕(七)。如毛颖之锐向笔端,如线头之浮于衣襞(八)。郊原望气,胜园中艳艳之花(九);饼饵闻香,指陇上芃芃之麦。

　　俄焉晓露零,午风掠(十)。滴琼蕤,吹素葶。点点飘,丝丝错(十一)。委蓬块以星星,涵芳塍而漠漠(十二)。肯学雪花之午,痕自难寻;岂同泥絮之沾,迹原不著(十三)。微芒如许,异梨院之沉沉;漂泊何曾,笑桃源之灼灼(十四)。花时而孰解看花,落处而浑疑未落(十五)。

　　想夫群芳竞秀,百草敷荣(十六)。彼丰肌兮丽质,招紫燕与黄莺。将卸枝时,倍觉妩媚(十七);便随风去,也觉分明。何兹花之独异,后凡卉以舒英(十八)。生原细细,落亦轻轻(十九)。怪他一色青葱,不见摇风之影(二十);岂是尔音金玉,难闻掷地之声(二十一)。

　　是盖培根偏厚,降种维嘉(二十二)。中含粒粒,小缀花花(二十三)。花无取乎反而,看饶野趣;麦之为言殖也,开向田家。秀色可餐,更胜油油之黍;纤痕莫辨,难同懞懞之麻。别其名则为秒为麰(二十四),溥其利则满沟满车。匪煌煌以耀日,匪烂烂以蒸霞。曾闻瑞献两歧(二十五),此真连理;果使秋登万宝,岂在繁华。

　　他如野荠缘坡,山荼夹路。实秀实苞,或红或素。豆花则姹紫纷披,菜花则娇黄密布(二十八)。孰若此茁叶能藏,英华不露(二十九)。樱熟将登,鞠荣蚤树。值镈之咸修,卜仓箱之各裕。行且度阡越陌,饱听刈麦之歌;讵同判白批红,泛作落花之赋(三十)。

阎敬铭这首赋的作法与李应台之赋略有不同,在篇章结构方面,比较符合一般律赋的章法。全篇按照韵脚分成六段。首段破题,笼照全题,次段原题,推想麦花未落之前的情景。三段写题之正面,描写麦花飘落的情形。四段推开一步,用「群芳竞秀,百草敷荣」来映衬麦花的特异之处。五段为议论言理的段落,要求既切中道理,又不失风雅。六段用对比法,以颂赞麦花作结。路德在这篇赋中也加有许多旁批,按照序号胪列于下:

　　(一)他人剌剌不休者,以此四句了之。

　　(二)用麦浪衬出麦花。

　　(三)才出"花"字,便说到"细"字"轻"字,何处更著闲话。

　　(四)贯珠体,非方家举止也。工部诗"桃花细逐扬花落,黄鸟时兼白鸟飞",义山诗"座中醉客兼醒客,江上晴云杂雨云",偶然为之,无伤大雅。香山诗"东涧水流西涧水,南山云起北山云",读去便非雅调。至唐六如从而扬其波,结构愈工,格调愈下,去风雅远矣。作赋犹作诗也,此四句以文势论之,最易作贯珠体,所以不肯为者,恐学者效之,坠入俗派耳。

（五）第二段展局,虽不急抢,仍自紧切;总而言之,不许人说闲话也。

（六）如绘。

（七）炼句必雅,虽系律赋,亦从古赋得来,断不敢走入俗派也。如纯读律赋,不向六朝人问津,遇此等处,必茫然无辨矣。

（八）麦花之细,难以言语形容,若但就麦花讨生活,费尽气力,终不得其形似;解用比例（比喻）法,则万状俱可摹绘矣。凡题之羌无故实者,皆当以此法行之。

（九）笔头务要竖起,气力出则声情亦出。万不可将此一枝笔横卧纸上。

（十）转到「落」字。

（十一）此处连用短句,文气为之一变。须看此八句,层层相让,层层相生,减去一联不得,再添一联不得。

（十二）不用板对,所以能切。

（十三）看此「著」字,可用诗赋押韵之法。

（十四）梨院桃园,于此题无干,此赋却用之正面,正是作本题「细、轻」二字,意为之也。

（十五）此二句不著一字,不过以「落花」二字对收耳,而本题「细」字「落」字,却已写得十分,笔为之也。

（十六）此处原系正面,他人方极力摹写,此却不粘本题,将笔提在空中,非不能切题也。惟其要切,不得不空,空斯醒矣。观「何」字以下数句,便知文章诗赋,未可寻行数墨矣。

（十七）与本题作反背之势,反得愈醒,转处乃觉得力。此道须全盘计算,万勿节节而为之。

（十八）转笔轻而醒。

（十九）眉目要紧。

（二十）写「轻」字以活脱出之,否则食古不化,虽极亲切之典故,用来反觉隔膜。用笔之诀,安可不讲。

（二十一）此段极难著笔,若老实说理,便乖风雅;若竟以含糊了之,则通篇之意不明。此间煞费斟酌。

（二十二）「嘉」字乃韵中重笨之字,如此押之,乃为稳妥,万万不可空押。

（二十三）凡作律赋,思之惟恐不入,及其出之也,却以不吃力者为好。若为声韵所缚,安得不吃力乎?

（二十四）凡用生字处,词气总要醒豁,使阅者不识其字,却能会其意。若以艰涩出之,则令人难解矣。

（二十五）双管齐下,两边俱到。

（二十六）此「落」字不可说得萧索，看此何等兴会！

（二十七）声情活活，全在虚字得力。

（二十八）末段用陪衬，乃律赋恒蹊。何以分优劣？只看亲切不亲切耳。虽系借客形主，亦须以类相从。诸卷有用桃李、棠梨、芍药、牡丹作衬者，恐一部《群芳谱》写不完矣。大抵此道未可遽工，吃紧处总在入门。从紧切门入者，虽闲淡处无不紧切；从宽泛路入者，虽紧要处亦必宽泛。到宽泛已成后，强令紧切，亦难骤变；到紧切惯熟后，虽有意宽泛，终觉不能。学者先入之言，可不审哉？

（二十九）恰是麦花。

（三十）结出主意。

以上共三十则旁批，主要内容也是「点醒层次」、「赏析佳句」和「讲解作法」等三个方面。其中讲解比例法（即比喻法）、反背法（即反衬法）、陪衬法（即烘托法）等等，都相当细致深入。最后，路德也加有一段（总评）：

> 凡作诗赋遇情景题，以能写情景者为佳。正言庄论，原可不必。此题字字精妙，作赋颇难摹写，题系麦花，毕竟与他花有别。索性将麦花离开，即从此生出意思，使「落」字不衰飒，「细、轻」字俱有着落。两篇用意略同，而作法迥别。前篇于首段反振而入，此篇于中段凭空结撰。前篇含蓄言之，用笔尚轻；此篇明白言之，用笔易涉笨重。若说成花贱谷贵，崇实黜华，则腐气可掬，满纸皆学究气矣。其意则是，其文则非。作论且不可，况作赋乎？此作恐蹈此病，煞费斟酌。到发议论处，辄以委婉出之，庶不至杀风景尔。

这段总评扣紧本赋立论，主要讲了三层意思：一是从麦花与其它花的差别立论，从而生发出许多意思；二是主张作赋要事先从结构章法上通盘考虑，不可临时抱佛脚；三是认为赋中的说理议论，应该得体，具有风雅意趣，而不可满纸学究气。

五 结 语 和 思 考

通过阅读路德所著《关中课士诗赋注》，加之思考面向新世纪中国诗歌研究的路向与方法，笔者联想到如下几个问题：

其一、中国诗歌研究首先仍然需要加强资料建设，提倡以古籍整理开路，大力发掘所谓"主流文学"之外的文学遗产。即如路德这样杰出的学者、《关中课士诗赋注》这种当时"风行"，影响颇大的著作，据我所知，前此尚未得到当今诗歌研究学者的关注。路德虽然只是一位书院山长，但其疏解诗赋的方法并不迂腐，有的理论见解（如"思路"、"笔路"之类）还颇为精辟，实在不可以"三家村学究"之类称谓来加以贬低。文学史料中与路德其人其书类似的情况，当不在少数，都应该尽量纳入中国诗歌研究资料建设的范畴之内。

其二、中国诗歌研究需要拓展文体研究的范围，试帖诗和律赋都可以纳入诗歌研究的范围之内。当今学术界以为试帖诗只是一种科举文体，精品较少，因而很少有人对其展开专题研究。其实，试帖诗由唐至清多数时间列为科举文体，古人为此花费了大量心血，试帖诗选本及其作法的专书自成系列，其中也不乏与《关中课士诗赋注》同样优秀的著作。从学术史的意义上来说，存在的就是合理的，当今学者不应当放弃对试帖诗的研究。另外，律赋也可以同词、曲一样，被我们视为广义的诗歌。因为从形式上观察，律赋具备近体诗歌的一切格律要素，讲究平仄押韵，讲究句式对偶。律赋与诗歌都被称为"声律之学"、"风雅之学"。正如路德所说："作诗赋与作文，原是一个道理，其体裁则迥然不同：文可以清空行之，诗赋必以风雅出之。"因此，我们可以把律赋从散文类中分离出来，把它放在诗歌园地中一起进行研究。

其三、中国诗歌研究可以打通古籍整理与理论分析的界限。路德《关中课士诗赋注》采用了注、解、评三结合的模式，这种模式是清人整理古书尤其是整理集部书常用的方式。郭绍虞先生在总结杨伦《杜诗镜铨》的特点时说："昔人谓史家要有才学识三长，我以为注家也是如此。我所谓注，是包括注和解和评三方面的。注以明其义，解以通其旨，评以阐其志和论其艺。所以注则重在学，解则重在才，而评则于才学之外更重在识。"①郭先生指出《杜诗镜铨》在注、解、评三方面都很有特色。由此，我们可以明白一个道理，古书的注、解、评三者是有机统一的，不可截然分开。今人把选辑注解古书叫作文献整理，把评点古书叫作理论分析，这是当代学科分工的产物，却不一定符合古代研究对象的实际情况。"合则双美，离则两伤"，所以，我们在今后的研究中实在可以把文献学的资料考证方法与文艺学的理论分析方法二者结合起来，力求作出更加符合研究对象实际的研究结果。

其四、中国诗歌研究可以与当代写作教学结合起来。我们注意到路德《关中课士诗赋注》一书采用杜甫的诗歌作诗、赋试题，杜甫的诗歌自然是名家名作，但其评选的作品不是名家名作，而是学生的习作，他评选的目的非常明确，那就是指导学生写作。这种作法给予我们两个方面的启示：一是用学生的习作作范文，可以让学者感到"操斧伐柯，取则不远"②，使得学者倍感亲切，可以增强学习的信心，从而收到更好的学习效果。二是大学里的中国诗歌教学可以把指导学生练习写作旧体诗作为一项教学内容。因为在中国文学批评史上，有一个强调评论家要精通文学创作的传统。正如曹植所言："有南威之容，乃可论其淑媛；有龙泉之利，乃可议其断割。"③尽管有的评论家其创作不及其评论（如严羽），或者有的评论家并无文学作品传世（如刘勰），但并不影响评论家重视创作的主体倾向。我们可以通过让学

---

① 杨伦：《杜诗镜铨》卷首《前言》，中华书局上海编辑所，1962年。
② 《诗经·豳风·伐柯》："伐柯伐柯，其则不远。"《礼记·中庸》："执柯以伐柯。"柯：斧柄。
③ 曹植《与杨德祖书》，《文选》卷42，中华书局影印胡刻本，1977年。"南威"，古代美女名。《文选》载曹植《七启》："南威为之解颜，西施为之巧笑。"注引《战国策》："晋文公得南威，三日不听朝。"（《战国策·魏策》二）"龙泉"，宝剑名。晋《太康地记》载西平县有龙泉水，可以砥砺刀剑，特坚利，是以龙泉之剑为楚宝（《水经注》卷31）。

生练习写作旧体诗歌,明白创作的甘苦,从而加深对古人作品的理解。

作者简介 詹杭伦,1954 年 12 月 22 日出生,男,四川荣县人。中国人民大学中文系教授,四川师范大学巴蜀文化基地研究员,在香港获博士学位。主要研究领域是中国古代文学,中国古代文艺理论。著有《金代文学史》、《清代赋论研究》等。

论明代文学复古的思想意义

——兼与心学思潮比较

孙 学 堂

内容提要：在思想史的视野里，明代文学复古与阳明心学至少有两点可比性：从共时性的角度说，复古派诸子以豪杰的情怀锐意复古，凸现了主体精神，而压抑了个体才情；阳明心学以狂者胸次求致良知，同样以主体自立压抑了个性自由。从历时性的角度说，复古派主张把才情纳入古人格调之范，但杨慎、王世贞、屠隆等人相继出现，重才情的倾向逐渐逸出；阳明心学主张把个性纳入自我"良知"之流，但王心斋、颜山农、李卓吾等人前后辉映，重个性的意识也逐渐逸出。如果说明中期的思想转型以阳明心学的发展、成熟和变异为主线，那么，文学复古的兴起、发展与流变可以视为一条副线，它载负着那些未受心学影响的文人缓慢而曲折地走上了个性解放之路。

关键词：文学复古　阳明心学　主体精神　个性自由　既定理念

与唐宋诗文相比，明代文学复古重体格声调、以再现汉魏盛唐文学风貌为目标，显有轻内容而重形式的偏颇，有人称之为"形式的复古"①。轻内容的倾向局限了它的思想深度，追求形式复古又妨碍了形式的创新，两个方面决定了它必然失败的命运。它也为历史提供了一些有价值的东西，那就是建立了以格调说为核心的古典诗学理论，并在品评古代诗文体貌方面取得了相当成就。除此之外，它似不再有任何出色之处。但思想史的研究并不以成败论是非，人们已注意到，明代文学复古有反理学、反人性压抑的倾向，对晚明重情文学思潮有导夫先路之功②，这种认识代表着研究的深入。本文也拟循着这一思路，论述明代文学复古在时代思想转折中的意义，并将其思想倾向与心学思潮作简要比较。

---

① 郭绍虞：《中国文学批评史》，上海古籍出版社，1979年，第347页。
② 章培恒：《李梦阳与晚明文学新思潮》，《安徽师大学报》，1986年第3期。

一

明代文学复古思潮发轫于弘治末年,跨越近百年的历程,到万历前期在王世贞等人的手里发展到成熟的地步,同时也在兼容并包中丧失了自身的特点,走上了终结之路。以自身特点的消解为自身成熟之标志,说明这一时期的文学复古并未寻找到自身的价值,其价值在于从容地全身而退的同时为新文学思想铺平了道路。从这一意义上说,曾经震耀一世的复古派作家是一群失败的拓荒者,他们为文学革新思潮作好了准备,却未能与革新者一同享受胜利的果实。

在前七子登上文坛之前的十几年,也就是在弘治时期,社会承平、经济繁荣、政局安定,朝廷上下呈现出一派"盛世"景象,作为正统文学的诗歌和散文也因李东阳、吴宽、王鏊等宿老名流的倡导而有了复振之势,学古之风日渐浓厚,为复古思潮的到来奠定了基础、酝酿了氛围。当时的文学思想还停留在一种以德行为本、以教化为用、以畅达为美的模式,这种模式成熟于明前期的"台阁体",到李东阳为首的茶陵派崛起一直没有大的变动。复古派作家——一群年轻气盛的、受着工商业繁荣和城市经济发展的潜在影响的进士——登上了历史舞台,他们狂傲躁动、喜欢张扬自我,甚至能在一定程度上突破世俗礼教的束缚,表现出了一定的追求个性自由的倾向。他们自信、自立、自足地登上文坛,不用阁老揄扬而名声顿起,不但使文坛脱离了台阁的笼罩,而且掀起了文坛上的一场"狂飙",打破了近百年来代相沿袭的传统文学思想格局,颠覆了以人品德行为本、以政治教化为用、以平和畅达为美的文学观念,主张师法古人,恢复文学抒情的特质,抒发慷慨豪爽之情,强调文学自身的规律,提倡沉雄博大之美。他们的文学主张和诗文创作带着反台阁、反"传统"的色彩,肯定者甚至谓之再辟天日,令"宇宙一新"①。

明确而强烈的自我提升意识是文学复古思潮滋长蔓延的心理基础。前、后七子以诗文创作与古人对话,与古人抗衡,一方面表现出盲目崇古的蒙昧理念,另一方面也表现出一种张扬自我的倾向。张扬自我的倾向本来可以孕育出超然自适的超越意识,但是却被他们盲目崇古的蒙昧理念禁锢了。他们进身科举的敲门砖是理学经典和八股文,多年的熏陶使他们的思想观念和思维形式凝结为坚硬的理念,不但有力地禁锢着他们萌芽状态的超越意识,而且还局限着他们的社会批判意识的发展。他们狂傲而不能任诞、自信而不敢纵情,无法像科场失意、缺乏进身阶梯的唐寅、祝允明那样放意率情、了无挂碍地进入兴会淋漓的自适审美之境,更不能像汉魏盛唐文人一样,"慷慨以任气、磊落以使才","凝心天海之外、用思元气之前",将心中的磊落之气和盘托出,或将批判的锋芒指向社会现实。他们只能从古代的文

---

① 胡应麟:《诗薮·续编》卷1,上海古籍出版社,1979年,第345页。

学遗产中寻找营养与根据,给刚刚从政治教化的束缚中解放出来的文学加上了一道新的枷锁,不但风格无法创新,感情表达也受到了限制。这又注定了他们将成为创作失败者的命运。

高扬自我、追求个性自由的人以契合心灵为当,不需要任何外在价值标准;而崇尚理念的人却离不开外在的价值标准。"复古"实际是那些初具张扬自我的倾向、开始追求个性但还不能真正高扬自我、真正获得个性自由的人所寻找到的新的外在价值标准,是那些还怀抱着蒙昧理念、受着理学和八股深入骨髓的影响的文人寻找到的新的文学标尺。他们重视风雅比兴的艺术特质,重视意象浑融的艺术结构,重视音律、体制的美,与其说是对文学自身的狂热,倒不如说是对所寻找到的新的价值标准的狂热,他们所强调的文学自身的体格声调的规范,似应视为他们所寻找到的新的价值标准的附属品。

从文学史(创作史)的角度看,明代文学复古成就不高,几近无可称述,可从文学思想史的角度看,它所寻找到的新的价值标准,却是过渡时期文学思想发展的一个中转,为文学思想的嬗变提供了一个过渡性的桥梁。

正德到万历的百年之中再也没有出现孝宗一样的皇帝,而且政治局面每况愈下,随着政教分离的局面日渐明晰,大一统政权的凝聚力和向心力逐渐减弱,人们思想观念中的自我提升意识渐趋淡化,而自我超越意识和社会批判意识却在不断增长,到万历时期,人们能够真正地高扬自我、追求个性自由了,人们的思想观念解放到了不需要任何外在标准的地步,复古观念也就失去了存在的土壤。从高扬自我、追求个性自由的角度看,复古派的确是李贽、汤显祖和公安三袁等人的先驱,是为晚明文学迎来绚烂天空的先驱。因为他们身上还带着过渡时期的保守色彩,于是遭到了后来者无限的鄙视。对于这些失败的拓荒者,是否应该寄予一些同情呢? 同时,对于抑制他们进入自适之境的深入骨髓的理念,又是否应多一点批判呢?

二

从表面上看,明代的文学复古沉溺于形式,试图以一种风格置换另一种风格,缺乏闳中肆外的精神活力。但结合中唐以来的文学思想发展可以看出,他们的沉溺于"形式",实有在思想层面反理学束缚、反个性压抑的倾向,他们在试图为中唐以后人性与文学所承受的重重束缚松绑。

遭到复古派诸子激烈批判的中唐以后的诗文,大多以表现儒家道统和品德修养为创作主旨,其形成有着特定的社会历史原因。安史之乱以后,唐代繁荣统一的局面被战乱打破,转入了藩镇割据、宦官专权、豪强兼并、阶级矛盾激化的时期。人们在动荡的政局中寻找可以促进社会整合的凝聚力,儒家"三纲五常"、"修、齐、治、平"的思想被重新提倡,社会发展逐渐走上了"政教合一"的道路,君君、臣臣、父父、子子的"先王之教"成为人们向往和遵从的社会秩序和社会规范,君主权力极度扩张,其行为被蒙上了圣化的光圈,而士人的自信心和人世激情却普遍下降了。人们在继承儒学时也把儒学精神改造了,由强调外在的事功转向寻求内心的稳定之感,盛唐文人那种"平交王侯"、"长揖万乘"的昂扬不羁的独立精神一去不复返了。士人只能靠修身养性、以压抑个性的方式在狭小的"壶中天地"里寻找人生的自由与快慰。随着这一变化,先王之"道"与人品德行被视为文章之根本,人们要求文以载道,要求诗文的感情从道中流出,文学的目的也被确定为裨于教化,风格以平淡为上乘。从积极的角度看,中唐以后的士人为人生境界与文学境界的紧密结合找到了新的道路,为文学发展开辟了新的天地,但从消极的方面看,他们也为人性和文学加上了一道道沉甸甸的枷锁。

与注重自身修养的文人寻找内心的宁静一样,程朱理学对"天理"的不懈追求也是在政教合一的格局下寻找个性自由与社会伦理秩序统一的产物。稍有不同的是,理学家对自我个性的压抑比普通文士更为强烈。理学不断完善其学理,对喜欢精致的思想的文人产生了深远的影响,寻找身心安顿的文人主动接受其影响,加强着对人性和文学的束缚。

这种束缚的不断加强,导致了文学审美特征的丧失,一是"以文字为诗,以才学为诗,以议论为诗"成为诗界之通病,二是理念的强化不断否定着文学自身的规范和文采。这样的弊病在南宋末年激发了严羽矫枉过正的复古主张,他主张学诗要宗法汉魏盛唐,说:"诗之是非不必争,试以己诗置之古人诗中,与识者观之而不能辨,其真古人矣。"[1]但严羽的矛头并未指向中唐以来形成的以人品德行为本、以政治教化为用的文学思想,而且还强调"非多读书,多穷理,则不能极其至"[2],他并不从思想深处反对宋型文学。

元代由异族统治导致的社会政治混乱对政教合一的局面及宋型文化和宋型文学起了很大的冲击作用,到元末明初,一些放诞不羁的士人如杨维桢等代表了一个短暂的个性意识的萌动与觉醒的思潮,但随着明初中央集权对文人施以高压,士人的个性意识很快被摧残,程朱理学被定为官方意识形态,来自政治与科举的双重压力极度束缚了士人的个性,多数士人丧失了自我,默守章句或诡谈性理,文坛也随之荒芜,"白草黄茅"的台阁体、"击壤打油"的山林体充斥宇内,"诗道傍落"[3],那是明代文学最贫乏的时代。

在弘治时期短短的"中兴"局面下,一些行重自信、学重自得的狂傲之士的出现,标志着城市经济发展和工商业繁荣影响下人们的个性意识开始重新萌动。个性萌动的程度是参差不齐的,远离政教中心的吴中文士表现较为突出,而能够跻身仕途的前、后七子则表现相对隐晦,他们为人性和文学所受理学的束缚松了绑,却又以严格的复古主张为人生和文学加上

---

① 严羽:《沧浪诗话·诗法》,《历代诗话》,中华书局,1981年,第695页。
② 严羽:《沧浪诗话·诗辨》,《历代诗话》,中华书局,1981年,第688页。
③ 朱彝尊:《李梦阳》,《静志居诗话》卷10,人民文学出版社,1990年,第260页。

了另一道束缚。

　　盛唐以后、北宋以来的文人如韩愈、黄庭坚等人，在向理学成熟的方向靠拢、迈进，走向一个埋没个体才情的深深的陷阱，他们刚刚走到陷阱旁边，陷得不深，因而，在理学家看来其"道"未免不醇，但恰恰是这不醇保持了他们在文学上的创造力；而复古派诸子恰恰相反，是要从深深的陷阱底下爬上来，要从理学影响的强烈笼罩之下走出来，他们前进的方向是与韩愈、黄庭坚们的方向背反的，他们能够敏锐地感受到这一点，因而把后者排除在学习对象之外，把效仿的榜样定在中唐以前。尽管他们跋涉艰难，在创作中缺乏创造力，以格调埋没了才情，那却是因为培育他们的思想的土壤过于贫瘠，他们无法提着自己的头发将自己拔离地面。如果不以成败论英雄，就应该看到，在中唐以后的思想史上，他们是值得表彰的转折时期的开拓者。

三

　　在明代中期，推动中国思想走上"前近代"历程的开拓者，最突出的要属王守仁。但思想并不全在思想精英的理论里，文学艺术同样是思想的重要载体。文学复古的泛滥与阳明心学的大兴几乎是文化领域中并行的两件大事，那么，它们所反映的思想趋向是一致的，还是对立的？

　　弘治朝的士大夫都在做着"盛世"的美梦，文学复古思潮在开始时便是以这样的幻想为底蕴的。他们所理解的"盛世"，基本的标志是士人能够在社会中充分施展才华，个体与社会和谐统一。但正德以后，政局动荡，正直士人的命运如同风中之烛，摇摆不定，盛世之梦破灭了。像中唐时期的庶族地主一样，此时的士人也在社会动荡中寻找着新的凝聚力。稍有不同的是，他们经历过弘治朝的安定从容，而且面临着中唐时期远远无法比拟的工商业繁荣和城市经济发展的局面，这决定了他们的眼光并不向心性世界收敛，而是向着高扬主体的方向开拓。在这一点上，阳明心学和复古思潮是一致的。

　　阳明心学和复古思潮皆在凸现人的主体精神的同时压制了个性自由的发展。上文曾论及，复古派强烈的自我提升意识中包含着盲目崇古的蒙昧理念，也包含着张扬自我的倾向，盲目崇古的理念禁锢了本可以从高扬自我的倾向中孕育出来的自我超越意识，同时，理学与八股的深入骨髓的影响又拘束着他们的社会批判意识的发展。他们头脑的大部分空间还被既定理念充斥着，因而其个性尚处在一种凝固的状态里。张扬了自我，却无法获得个性自由的伸展，张扬起来的主体精神便只剩下观念的空壳，突兀高耸，却缺乏生机流动的自然品格。在主观上，他们不但认识不到自己头脑中既定理念的保守性，而且还以极大的热情捍卫着这些既定理念，甚至表现出卫道者的姿态。以豪杰的情怀捍卫道统，就是凸现了主体精神，而压抑了个性自由。阳明心学认为人人可以"致良知"、做尧舜，是希望以拯救个体的方式达到稳定社会的目的。"致良知"的过程,既是拯救个体、凸现主体精神的过程,同时也是使个体精神与社会秩序和社会规范相统一的过程,是一个压制个性自由伸展的过程。就主体精神的凸现和个性自由的拘禁这一点来说,复古派和阳明心学是别无二致的。

阳明在弘治朝也曾参加过复古派之唱和,经历过以"古文辞"为务的阶段,其思想的发展和成熟比复古思潮的兴盛晚了一些,因而可以说,他的心学是在超越复古思潮之后建立起来的。他提倡的"致良知"同样源于一种自我提升意识,与复古派不同的是,这种自我提升意识经过了理性精神的淬火,不再有复古派的那种盲目崇古的理念。他对复古派的超越就在这里。复古派的自我提升意识表现了当时青年特有的激情与锐气,随着年龄增长和理性加强会不断衰减,而心学表现出的自我提升意识既已经过了理性精神的淬火,则使人仰之弥高,钻之弥坚。因此,复古派有霜降水落之时,而阳明心学却愈播愈盛,甚至成了瓦解复古派阵营的一种力量。

同样是为晚明思潮开了先声、做着准备的复古派和阳明心学,前者被视为晚明文学之前的另一发展阶段,而后者则被视为性灵文学的思想泉源,似乎与心学对文学复古的上述超越有关。经过这一超越,高扬自我的色彩愈显得明朗,从中发展出自我超越意识的可能性更大。对于以抒发主体情志为主的文学而言,这一点是非常重要的。但由醇正的阳明心学生发出来的自我超越意识并不指向个体情性的快意自适,并不指向审美和文学。而且,与程朱理学一样,阳明心学关注自身修养,强调自我人格的完善,不容许社会批判意识在人们心中泛滥。因而,在弘治、正德时期,心学对文学和文学思想的影响并无太多积极的意义,而且随着人们接受心学影响的日渐深入,这一影响的消极性表现愈加明显,晚年的唐顺之、王慎中就是典型的例子。

以晚明思想和文学的革新为坐标,弘治、正德时期的复古思潮和心学思潮在总体思想趋向上大同小异,五十步与百步之别而已。我们既然肯定了心学解放思想的功绩,那么,对文学复古中所蕴涵的思想意义,也应予以适当肯定。

四

阳明心学对文学复古的超越在于以理性精神返照其自我提升意识,理性是学者之所长、文人之所短,"醇正"的心学并不能直接孕育出晚明文学思潮。晚明文学思潮是感性与理性、自我超越意识与社会批判意识的融合,其形成有赖于心学在自身发展中的不断变异,也有赖于文学复古百年之内廓清文坛的铺路之功。作为晚明文学思潮的先导之一,文学复古思潮也在随着时代变更而不断变异,在自身的发展变化中不断渗入理性精神,最终消除了盲目崇古的蒙昧理念。

十六世纪的文学复古可以分为四个阶段:一是弘治末到正德末前七子活跃的阶段;二是

嘉靖前期六朝中唐派活跃的阶段；三是嘉靖后期后七子活跃的时代；四是隆庆万历间王世贞、王道昆主盟文坛而主张兼容并包的时代。前七子和后七子分别活跃的两个时代，崇古理念皆曾盲目膨胀，但二者还是有所不同。前七子将文学复古视为人生理想与社会理想的一部分，以恢复"盛世"文风为目的，对感情和法式所作的限定皆以此种理念为基础。李梦阳强调诗要"柔淡、含蓄、沉著、典厚"，即表现了对于感情的理念式要求。从嘉靖前期的六朝中唐派到嘉靖后期的后七子，对感情的这种理念式要求在逐渐淡化。六朝中唐派诸人的处世态度大多以"独善"为特点，或以个人修养追求出尘绝俗的品格，如高叔嗣、皇甫兄弟；或以放浪声色追求形骸之外的愉悦，如杨慎、王廷陈。与前七子相比，他们的自我提升意识中盲目崇古的理念淡化了一些，而自我超越意识和社会批判意识有所增长。后七子一开始就面对着黑暗的社会现实和污浊的政治局面，尽管盲目崇古的理念随着国家的内忧外患又一次高涨起来，但他们却把施展才华、拯救世道的愿望转移到文学这片净土之上，只是希望以诗歌创作获不朽之名。他们追求雄壮的感情和严格的法式，反对气格低靡、体格散缓的诗作，完全以艺术风貌的复古为追求。他们的大多数作品还未将批判的锋芒指向社会现实，像王世贞《乐府变》、宗臣《报刘一丈书》那样的作品并不多，但他们在心中与大一统的政权已经疏远了，其文学活动颇有"避世"的意味。"避世"的心态，本身就具有自我超越和批判社会的色彩。与前七子相比，他们盲目崇古的理念主要表现在文学上，单薄得多了。

　　嘉靖前期和隆万时期前后呼应，是文学复古思想的两次落潮时期。前者表现为王廷相、顾　、唐顺之、王慎中等人的"弃文入道"；后者表现为王世贞、汪道昆、吴国伦、屠隆等人包容文坛不同倾向并主张折衷调剂、兼得众美。两者都体现了复古理念高涨之后人们对文学的反思，体现了人们的内在超越和理性精神的加强，但两者也有所不同。前者主要接受"醇正"的儒学的影响，目的在于以个体修养拯救社会危亡，入世色彩较重，高扬自我时压抑着个性意识；后者则主要接受佛、道思想影响，超世意味较重，包容他人时在解放着个体才情。个性与才情得到一定程度的解放，盲目崇古的理念也随之消解于无形了。最终，在王世贞主盟文坛的时期，文学复古思想在走向成熟的同时也走向了终结，并与逐渐兴起的文学革新思潮相融汇，完成了文坛的整合，为革新派登上文坛开拓了自由的空间。

　　阳明心学在高扬主体的同时磨砺个性，使个性归入自我"良知"之流，结果个性意识会逐渐逸出，因而有王心斋、颜山农、李卓吾的相继出现；复古派在高扬主体的同时压抑才情，使才情归入古人"格调"之范，重才情的倾向也终于逐渐逸出，因而有杨慎、王世贞、屠隆等人的出现。前者以理论上的探索为人生行为之根据，把儒学引向了一片新的天地，其思想行为皆充满创造性的精神活力，其思想意义是显而易见的。后者对于人生诸问题缺少深入的理性思考，于人生义理之学并无新的建树，因而动辄师古，显得相对保守，其崇古理念的削减更多靠生活之中的变难与磨砺，走向个性解放的步履更为艰难。尽管步履艰难，其方向与心学发展却是一致的。

　　如果说明中期的思想转型以心学的发展、成熟与变异为主线，那么，文学复古的兴起、发展与变异可以视为一条副线，它不像主线那样清晰易见，却载着未受心学影响的文人缓慢而曲折地走向了个性解放之路。明代文学复古的思想意义应作如是观。

　　作者简介　孙学堂，1970 年 8 月生，男，山东邹平县人，山东大学文学与新闻传播学院讲师，文学博士，主要从事中国古代文学思想史研究，对明代文学复古及格调诗学尤感兴趣。邮政编码 250100，电子信箱：sunxuetang@263.net

论吴梅村早期诗歌风格

——兼考其早期作品编年

徐 江

内容提要:关于吴梅村早期诗作的风格,自《四库全书总目提要》的评语问世,二百余年来,几乎已成定论。此论以明亡为界,将吴梅村前后期作品风格分为判然分明的两截。本文搜罗释析梅村早期之重要诗歌作品,揭示其忧心国事、诗风慷慨的本来面目,廓清清代中期以来诗论家对梅村早期诗歌风格评识的迷误,同时对梅村作于甲申之前的部分诗篇,加以翔实的考证,确定其创作编年。

关键词:吴梅村 早期 诗作风格 作品编年

一

对吴梅村早期诗作风格的认识与批评,自清中叶乾隆以来,似乎已成定论,即所谓"才华艳发,吐纳风流,""藻思绮合,清丽芊眠"之致 ,有"艳才"之目等云。考其渊源,乃出于《四库全书总目提要》的评说:

> 伟业少作,大抵才华艳发,吐纳风流,有藻思绮合,清丽芊眠之致。及乎遭逢丧乱,阅历兴亡,激楚苍凉,风骨遒为弥上。暮年萧瑟,论者以庾信方之。

《四库全书总目提要》卷 173①

四库馆臣撰的这个提要认为吴梅村诗风前后期有一个巨大的变化,之所以发生变化在于他"遭逢丧乱,阅历兴亡",其分期时间当然应该指的是甲申明亡之年。

与《四库全书总目提要》之问世大致同时期,赵翼则如此评论道:

> 梅村诗本以"香奁体"入手,故一涉儿女闺房之事,辄千娇百媚,妖艳动人。

---

① 《四库全书总目提要》卷 173,中华书局,1965 年,第 1520 页。

赵翼:《瓯北诗话》卷9 ①

所谓"香奁体",当指晚唐韩偓之诗风。韩偓诗集名《香奁集》,其诗好写男女之艳情,辞藻华丽,后人称之为"香奁体"。赵翼之论梅村诗风"以'香奁体'入手",正是谓梅村诗风有学韩偓处,而梅村诗确有辞藻华丽的特色。

《四库全书》编纂于乾隆三十七年至四十六年间,赵翼的《瓯北诗话》虽然成书于嘉庆七年,然而赵翼关于梅村诗的见解未必一定是其晚年之论,《四库全书》编纂时,赵翼已经四五十岁,已是当时诗坛名人,故而,有关梅村早期诗作风格之批评,究竟谁是发轫者,今已不易考明。且赵翼所说的"以'香奁体'入手"云云,并不能直接理解为是他对吴梅村早期诗作风格的抉指与批评,所谓"以'香奁体'入手",也可以解释为赵翼评论梅村某些诗的创作手法是以此入手。

然则,上述论调一出,之后的诗学家纷纷效響。本来赵翼的"以'香奁体'入手"说,并未确指是对梅村早期诗风的评论,其论尚有模糊含义,却一变而为言之凿凿的梅村早期"艳才"论。如朱庭珍即这样评说道:

> 吴梅村祭酒诗,入手不过一艳才耳。迨国变后诸作,缠绵悱恻,凄丽苍凉,可泣可歌,哀感顽艳。以身际沧桑陵谷之变,其题多纪时事,关系兴亡,成就先生千秋之业,亦不幸之大幸也。

朱庭珍:《筱园诗话》卷2 ②

朱庭珍此论则将"入手"与"迨国变后"这一时间词相对,作"初期"解,朱论显然是受到了《四库全书总目提要》的影响。对梅村早期诗文的评价,清初也有过一些苛刻之论,如康熙时人王曾祥曾武断地大言径说:"梅村甲申之前,无一忧危之辞见于豪牍。"王曾祥之说的产生,似乎可以证明清初文字避忌之森严,流行于世的梅村诗文集必当删落甚多,以致出现如此之论。不过,定型于乾隆年间,持续到清末的上述说法一直影响到今天,现代人编的各种吴梅村诗选本、清诗选本、文学史著作,在谈到梅村诗风变化时,大多采用《四库提要》的评语以作论断。

依《四库提要》及乾隆以来评论梅村诗风嬗变的分期时限之说,是将甲申之前定为梅村创作之早期。这样的分期历来并无异议,因为甲申之变,是时代之沧桑巨变,对于诗人的思想、生活,显然会产生巨大影响。甲申之前后,梅村诗笔所表现的时代特征与所寄寓的思想感情,以及由此而形成的风格特色,当然都有毋庸置疑的变化。笔者认为《四库提要》的这个评语对于梅村在甲申之后的诗风,所论大体是正确的,但关于其早期诗作风格的论定,则大有商榷的余地,问题在于梅村早期诗风,或者说梅村早期诗歌创作所表现的内容与所寄寓的

①　赵翼:《瓯北诗话》卷9,《清诗话续编》二,上海古籍出版社,1983年,第1290页。
②　朱庭珍:《筱园诗话》卷2,《清诗话续编》四,上海古籍出版社,1983年,第2355页。

情感,是不是主要是所谓"千娇百媚,妖艳动人"的艳才之属,是不是只是所谓"藻思绮合,清丽芊眠之致",是不是所谓"无一忧危之辞见于豪牍"? 笔者翻检梅村诗集诸本,研考其诗,凡可以考定或者可以推定为甲申之前的作品,所谓"千娇百媚,妖艳动人"的艳才之诗所占的份额实在微乎其微。笔者经缜密研究后认为,"才华艳发,吐纳风流","藻思绮合",乃是梅村诗歌语言的基本特点,而"清丽芊眠","激楚苍凉","缠绵悱恻","凄丽苍凉"等等,为梅村各诗的具体风格。因而,若对梅村作于甲申之前的诗作加以认真深入的考察,《四库全书总目提要》及赵翼、朱庭珍等人有关吴梅村早期诗风的评语,其实只是凿空之言,并无其作品事实的根据,以前诸多论者只是循此旧说依样葫芦人云亦云而已,具体论证尚付阙如,笔者今努力爬梳考证释析梅村早期之重要作品,揭示其实际情况显非如彼之论,专此辩述论列如下。

二

先考述梅村"少作"之始。梅村十四岁入张溥之门,张溥倡建复社,梅村遂为复社中重要人物。崇祯四年,梅村年二十三岁,举崇祯辛未科进士而走上仕途。据乾隆时编的《镇洋县志》记载,梅村在入仕之前未曾旁及诗词。据该《志》载云:

> 《焚余补笔》云:王中翰昊述吴梅村语:"余初第时不知诗,而多求赠者,因转乞吾师西铭。西铭一日漫题云:半夜挑灯梦伏羲。异而问之,西铭曰:尔不知诗,何用索解。因退而讲声韵之学。"[①]

镇洋县即太仓,清代太仓为江苏省直辖州,辖镇洋、嘉定、宝山、崇明四县,州治设于镇洋,即明太仓州城。王昊是梅村的同乡至交,少梅村十八岁,对梅村很是钦敬,二人共其他文友相与唱和甚多,其转述梅村的话应当是有所据的。且者,诸家记载亦未见有梅村少年时代即善为诗词之事,而若是诗人少年时代即有佳诗妙词问世,乃是天才出少年的文人韵事,诸家记载必定大书特书之,如与梅村大致同时代的陈子龙、陈维崧、王士禛等皆然。今据收集梅村诗文著作最全的版本,李学颖先生整理标校,上海古籍出版社出版的《吴梅村全集》,以及参证梅村诗集其他各种版本,《吴梅村全集·卷四》中收的五律《五月寻山夜寒话雨》一诗,可能是梅村最早的作品之一,诗中有句云"年少追凉好,难为父母心",程穆衡笺曰:"公少作已工炼如此。"[②]然而这首诗也不能轻定为梅村未第之前所作,因为"少作"的"少",青年之谓也,梅村二十三岁中进士,正是"少年"登第。故而,乾隆时编的《镇洋县志》记载王昊所言大致是可以采信的。揆诸情理,绝对地说梅村在入仕之前从未玩习诗词,也未免过于夸张,所谓"不知诗",当解为不深知、不娴熟、不擅长,尚不是作诗高手。梅村初第即取会元榜眼之荣,有人

----

① 乾隆时编《镇洋县志》卷 14。
② 程穆衡:《吴梅村诗笺》卷 1,上海古籍出版社影印乾隆刻本。

求诗,他不能以佳什相赠,而有"不知诗"之托辞,是在盛名之下,不敢轻举妄作的正常心态,亦当因此而发奋学诗,遂以其颖异之才华、博洽之学识,成一代名家。如此说来,梅村正式从事诗歌创作当自崇祯四年考中进士入朝为官时开始。

梅村入仕至甲申之前的行事大略如下:崇祯四年,梅村赴京会试,一举取崇祯辛未科会试第一名,殿试第二名,进士及第,依例授翰林院编修,当年崇祯帝特为赐假归娶;崇祯八年,假满还朝,补原官,除实录纂修官;崇祯九年,奉旨典试湖广;崇祯十年,充东宫讲读官;崇祯十二年奉旨赴河南禹州宣封延津、孟津二王,离开北京南下,以上是为其北京任职时期。崇祯十三、十四两年间在南京任南京国子监司业,此后去职回乡,屡辞朝廷授官,直到甲申之变。以崇祯十三年为界,梅村早期的政治活动、政治心态有所不同。前一阶段起自崇祯四年至崇祯十二年,这是梅村入仕而为翰林院编修兼任诸朝官时期,是其政治生涯的进取时期。这个时期梅村关心国事,立朝以正,参劾奸佞,抨击时弊,志在匡救时局。后一阶段为崇祯十三年至崇祯十七年甲申之变。这个时期梅村已感到官场险恶,宦途多艰,遂淡薄了功名心,萌生了退隐之意,故于崇祯十四年以母病为由,奉母还乡,三年里朝廷连着升授他左中允、左谕德、左庶子等职,皆上书请辞未就。

我们既考明了梅村在甲申之前的政治活动与思想演变情况,则可以知人论诗,评说他这个时期的诗歌风格。要之,梅村早期的诗作,和他在这个时期的政治心态基本相合,梅村在北京居官时期,尤多赋咏国事边事之作。然而,在其整个早期诗歌创作中,无论是纪咏时事,还是怀古伤今,或是赠答和韵,山水纪游之诗,即使是在他萌生退隐之意之后,其诗歌讴唱的主旋律仍然是忧国忧民,萦怀时局,其诗风以激昂慷慨为主调。

若以崇祯十二年以前为梅村早期的前阶段,这个时期梅村诗风尤其激昂慷慨。这个时期梅村除在北京居官任职之外,因婚事在家乡住过三年,因公事出京两次,为叙述方便,统称北京时期。由于此际梅村居官北京,位列中枢清贵,又亲历崇祯十一年清兵入寇,蹂躏京畿,朝廷震动的危机,故于此际其诗篇题材上以写时局边事者为最多,搜检篇目大略有《高丽行》、《云中将》、《边思》二首、《墙子路》、《怀杨机部军前》、《再忆机部》、《读杨参军〈悲巨鹿诗〉》、《临江参军》等篇;其他还有写正直朝臣凛凛气节的《殿上行》、《傅右君以谏死,其子持丧归临川》等篇;有借怀古而讽今的《过沧州麻姑城》、《登梁王吹台》、《过朱仙镇谒武穆庙》等篇;还有悲悯人民疾苦的《悲滕城》,以及纪游抒情之《夜泊汉口》,赠别师友之《送黄石斋谪官》、《送黄子羽之任》等篇。这些诗或追怀历史,忧心时局,或歌颂正气高节,激励人心,其忧国忧民,忠君爱国,以天下为己任的正统儒家精神跃然贯穿其间。诗风凝重豪迈,悲凉慷慨,与《四库全书总目提要》与赵翼们的评说,显然不相契合。

尤其是纪咏崇祯十一年清兵入寇战争的《墙子路》、《怀杨机部军前》、《再忆机部》、《读杨参军〈悲巨鹿诗〉》、《临江参军》一组诗,最为突出。试论证之:

> 匈奴动地渔阳鼓,都护酣歌幕府钟。一夜蓟门风雪里,军前樽酒卖卢龙。

《墙子路》①

同时迁吏独从征,人道戎毡谴责轻。诸将自承中尉令,孤臣谁给羽林兵?忧深平勃军南北,疏讼甘陈谊死生。犹有内谗君不顾,亦知无语学公卿?

《怀杨机部军前》②

国事艰难倚数公,登城惨淡望征东。朝家议论安危外,兄弟山川风雪中。夜月带刀随破虏。清秋摇笔赋从戎。书生表饵非无算,谁立军前跳荡功。

《再忆机部》③

去年敌入王师蹙,黄榆岭下残兵哭。唯有君参幕府谋,长望寒云悲巨鹿。君初出入铜龙楼,焉支火照西山头。上书言事公卿怒,负剑从征关塞愁。是日风寒大雨雪,马蹴层冰冻蹄裂。短衣结带试羊羹,土锉吹灯穿虎穴。高揎横刀卢尚书,参卿军事复何如?宣云士马三秋壮,赵魏山川百战余。岂料多鱼漏师久,谓当独鹿迁营走。神策球场有赐钱,征东戏下无升酒。此时偏将来秦州,君当往会军前谋。尚书赠策送君去,滹沱之水东西流。自言我留当尽敌,不尔先登死亦得。眼前戎马饱金缯,异日诸生寻刀笔。君行六日尚书死,独渡漳河泪不止。身虽瓠落负知交,天为孤忠留信史。呜呼!美人骏马黄金台,萧萧击筑悲风来。乃知死者士所重,羽声慷慨胡为哉!即今看君悲巨鹿,尚书磊落真奇才。君今罢官且归去,死生契阔知何处?

《读杨参军〈悲巨鹿诗〉》④

这四首诗以及另一首著名的五古《临江参军》纪咏的是崇祯十一年九月至十二月,明清之间的一场战事。是年九月,清兵破长城墙子岭入塞,攻杀明蓟辽总督吴阿衡于密云,遂长驱深入内地,十月,大掠京郊通州,十一月,掠良乡、涿州,攻陷高阳,抗清名将前大学士孙承宗守城失败力战殉难,十二月,明宣大总督领尚书衔卢象升率军与清兵大战于京南巨鹿贾庄,监军太监高起潜在附近拥兵坐视,卢部寡不敌众,明军大败,象升战死。这一场战争对明廷震动很大。梅村的好友杨廷麟(字机部)当时在卢军幕中,决战前夕被卢象升派走联络援军,因得以生还。梅村于此际写了上面这四首诗和《临江参军》,它们组成了描写这一场战争的实录。吴梅村以叙咏明清之际时事著名于后世,赞为"诗史",而梅村的"诗史"之作其实滥觞于此。

《墙子路》写吴阿衡兵败。清兵破关入塞时,身为蓟辽总督的吴阿衡正在为监军太监祝寿的酒宴上,清兵掩至,仓皇迎敌,失机战败而死。吴诗"都护酣歌幕府钟","军前樽酒卖卢龙",正是其事的真实写照。

①　吴伟业:《吴梅村全集》卷60,上海古籍出版社,1990年,第1197页。
②　吴伟业:《吴梅村全集》卷5,上海古籍出版社,1990年,第133页。
③　吴伟业:《吴梅村全集》卷60,上海古籍出版社,1990年,第1193页。
④　吴伟业:《吴梅村全集》卷60,上海古籍出版社,1990年,第1181页。

《怀杨机部军前》、《再忆机部》、《读杨参军〈悲巨鹿诗〉》、《临江参军》一组诗,写贾庄之战与战败殉国于此役的明朝大臣卢象升。卢象升原受命统一指挥宣大、关宁两支兵马,宣大、关宁两军是明廷拱卫京师左右两翼的劲旅,卢象升为宣大总督,宣大军是其本部,然关宁军与清兵已搏战多年,战斗力更强。监军高起潜是崇祯宠信的大太监,既怯战又不愿卢象升战胜立功,因处处掣肘,象升无奈而分兵。交战时高起潜拥关宁军兵马坐视不救,导致卢象升势孤败死。"诸将自承中尉令,孤臣谁给羽林兵","岂料多鱼漏师久,谓当独鹿迁营走;神策球场有赐钱,征东戏下无升酒",揭露高起潜有意贻误军机,导致巨鹿战败的政治黑幕。"中尉"、"神策",中尉,护军中尉,神策,唐神策军为皇家禁军,中唐以后多用宦官为护军中尉,统领神策军,借指高起潜。"征东",征东将军,魏、唐都有征东将军名号,借指与东虏作战的卢象升。这场战事的失败,是败在朝廷中枢当政者的蓄意破坏上,这样,孤臣卢象升率孤军只有战死。梅村在《临江参军》中就直言不讳地揭露了杨嗣昌、高起潜之流一手制造的这一政治黑幕:"去年羽书来,中枢失筹策。……将相有纤介,中外为危栗。……犄角竟无人,亲军唯数百。"① 同诗又以绝大笔力描述了卢象升临战前夕遗书诀别老母幼子、战前誓师的慷慨悲壮与临危不退以死报国的英勇壮烈等三个场面,以及战前悲凉气氛的渲染,淋漓尽致地刻划了孤忠英雄卢象升忠勇报国,视死如归的感人形象:

> 桓桓尚书公,提兵战疾力。……诸营势溃亡,群公意敦逼。公独顾而笑,我死且塞责。老母隔山川,无由寄凄恻。作书与儿子,勿复收吾骨。……是夜所乘马,嘶鸣气萧瑟。椎鼓鼓声哀,拔刀刀芒涩。公知为我故,悲歌壮声溢。当为诸将军,挥戈誓深入。日莫箭镞尽,左右刀铤集。帐下劝之走,叱谓吾死国。

《临江参军》②

梅村将这一幕历史悲剧用他的这一组诗作了忠实的艺术记录,而且旗帜鲜明,不假隐讳,无论是对虽然战死而难逃失机之罪的吴阿衡,还是对权势正炽的杨嗣昌、高起潜,鞭挞诛谴都不加宽贷。数诗都充满了悲壮的气氛,是为悲凉慷慨之歌,歌以当哭,歌以当号,歌哭呼号,悲悼疆场殉身的忠烈,斥责怀私误国的奸邪。杨嗣昌、高起潜都是当朝的权贵,梅村写这几首诗是需要政治勇气的。

据《梅村诗话》载云:"杨廷麟字伯祥,别字机部,临江人。……上书论阁部杨嗣昌失事罪,得旨改兵部赞画,参督师卢象升军事。余赠之诗曰:诸将自承中尉令,孤臣谁给羽林兵?盖实事也。"③ 据此,《怀杨机部军前》作于贾庄战前不久,时当为崇祯十一年冬。

《再忆机部》为佚诗,《梅村家藏稿》及诸本皆未收,《吴梅村全集》辑之于朱隗《明诗平

---

① 吴伟业:《吴梅村全集》卷1,上海古籍出版社,1990年,第2页。

② 吴伟业:《吴梅村全集》卷1,上海古籍出版社,1990年,第2页。

③ 吴伟业:《吴梅村全集》卷58,上海古籍出版社,1990年,第1136页。

论》，又据魏耕等《吴越诗选》参校之，据诗中所用如"国事艰难"、"征东"、"破虏"等词语，显然作于入清之前，据其诗意，是咏崇祯十一年之战，但又无涉及战败之语，当作于《怀杨机部军前》之后不久，贾庄之战前夕。

《梅村诗话》又载云梅村作《怀杨机部军前》后，"已而，机部过宜兴，访卢公子孙。再放舟娄东，与天如师及余会饮十日，嘉定程孟阳为画《髯参军图》，钱牧斋作短歌，余得《临江参军》一章，凡数十韵。"[1] 据此，《临江参军》当作于崇祯十二年，是年，梅村适因母病，由赴河南宣封延津、孟津二王公务完毕后，星夜还乡，正在太仓家中。

《读杨参军〈悲巨鹿诗〉》，为佚诗，辑之于渔洋《感旧集》。据诗首句即云"去年敌入王师蹙"，无疑为崇祯十二年所作，揆诸情理，当是张、吴、程、钱、杨会饮赋诗作画太仓时，廷麟有《悲巨鹿诗》，梅村因作本诗。

《墙子路》亦为佚诗，辑之于朱隗《明诗平论》。按其纪咏密云之战的内容，其写作时间应与上述诸诗大致同时，当作于密云之战后不久，为崇祯十一、十二年间。

《高丽行》也是梅村忧心明清形势之作。天启七年（公元 1627 年），清兵大举入侵朝鲜，逼迫李氏朝鲜国王与之订城下之盟。崇祯十年，朝鲜向清称臣。明朝立国二百余年与朝鲜关系至为亲善，两国原来互为奥援。万历二十年（公元 1592 年），日本丰臣秀吉入侵朝鲜，明朝派出重兵援助朝鲜，两国协力击败日军，此役朝鲜史称"壬辰战争"。万历四十七年（公元1619 年），明清萨尔浒大战，朝鲜也派兵一万支援明军。而到梅村创作《高丽行》之时，明朝辽土几乎全失，清廷已隔断了明与朝鲜的陆上联系，在清兵的军事压力下，朝鲜被迫弃明就清。梅村抚今追昔，无限感叹。诗中追述当年援朝战争道："三十六岛岛兵起，先皇趣救车三千。辽人头裹夫余布，将军履及杨花渡。一战功收合市城，万家粟挽襄平路。"[2] 四十年前，大明朝尚有力量为救助朝鲜出兵远征，劳师数年，终于击退入侵日军，奏凯而归。梅村抚今追昔，不胜感慨，伤感地悲叹大明朝已不复当年之强盛，乃至失去了自明朝立国以来二百余年的与国友邦："陈汤已去定远死，一朝羽檄愁烽烟。榆关早断三韩道，蒲海难通百济船"。[3] 陈汤是西汉元帝时西域都护府副校尉，定远，东汉班超封定远侯，二人都是在西域击败匈奴，为汉朝扬威万里的名将。梅村悲叹时无陈汤、班超这样的将才，以至失去了盟邦，折断了夹击清兵的羽翼，导致战争烽烟燃烧到了明朝的关门。襄平，辽阳之汉晋时代古称，借指明朝辽东地区。榆关，山海关。本诗中有"此事由来四十年"一句，指明朝援助朝鲜击败日军之事，这一场战争自万历二十年到二十六年（公元 1592－1598 年），打了七年，下推四十年，当在崇祯五年至十一年前后。而朝鲜向清称臣是在崇祯十年，诗末云："呜呼，东方君子不死

① 吴伟业：《吴梅村全集》卷 58，上海古籍出版社，1990 年，第 1137 页。
② 吴伟业：《吴梅村全集》卷 2，上海古籍出版社，1990 年，第 48 页。
③ 吴伟业：《吴梅村全集》卷 2，上海古籍出版社，1990 年，第 48 页。

国,堪嗟渐渐玄菟麦。岂甘侯印下句骊,终望王师右碣石。"玄菟,汉朝所建辽东四郡之一,借指朝鲜。诗末用了两个与朝鲜有关的典故,一为箕子入朝鲜立国之后,遣其使臣觐周,使臣经殷故都作《麦秀》之歌,是亡国之典,意指朝鲜沦为蛮夷属国如同亡国;一为王莽篡汉后改封高句骊为下句骊之辱,亦指朝鲜臣清为辱,显然是在朝鲜被迫向清称臣,断绝与明关系之后的口气。故本诗当作于崇祯十年朝鲜绝明之后。本诗忧国伤时,富于悲慨之气。

再论二首咏边事之诗:

> 蓟门山伏浑河通,犄角骄胡两镇中。大小一身兼百战,是非三策任诸公。射雕塞下秋风急,戏马营前落日红。闻说青陂无堠火,嫖姚已立幕南功。

《云中将》①

> 黑山不断海西流,万里征筎此壮游。刁斗令严榆塞月,诏书恩重玉门秋。……

《边思》②

这两首诗大有盛唐边塞诗的气象,雄浑苍凉。两诗原为佚诗,不见于《梅村家藏稿》及通行吴梅村诗各本,《云中将》辑之于朱隗《明诗平论》,《边思》辑之于邹漪《五大家诗钞》,今收于《吴梅村全集》。考其诗,《云中将》写北京近畿地理形势与战争气氛,诗中有"骄胡"一词,且用霍去病大败匈奴,立功漠南故事,显为明朝时口气。云中,宣府、大同一带古称。浑河,今之桑干河,大同在其上游,宣府在其下游,两镇一水相通,"犄角骄胡两镇中",乃指宣府、大同两镇,《云中将》殆咏宣大总督麾下大将焉。《边思》首句咏山海形胜,诗中又明言"榆塞",榆塞即山海关,本诗乃咏山海关。山海关,明季时为边防重镇,清时却非边塞,而是联结盛京与北京两京的坦途,故战气森森的"刁斗令严榆塞月",显然是明朝边关气象,而"玉门"在这里只是借指边关,为泛言之。按其情理,这两首诗写于上述数诗前后为最有可能,当为梅村在北京任官时的作品。这个时期里梅村比较留意边事,且身居北京,离边关较近,且清兵时时侵扰,边警频频,容易感发边思,所以笔者将这两首诗亦系于此际,创作时间大致推断为崇祯十年前后。

以上篇章均为纪咏崇祯朝明清战争形势、冲突的作品,诗中充满了爱国忧时的激情,显然属于悲凉慷慨类风格,特别是纪咏崇祯十一年清兵入寇战争的《临江参军》等五首诗,可以说是开梅村以诗纪史的先河之作。

三

吴梅村在崇祯朝还写有《殿上行》、《傅右君以谏死,其子持丧归临川》一类歌咏朝中正派

---

① 吴伟业:《吴梅村全集》卷60,上海古籍出版社,1990年,第1191页。
② 吴伟业:《吴梅村全集》卷60,上海古籍出版社,1990年,第1190页。

大臣风节的诗歌作品,《殿上行》描写黄道周抗颜直谏。黄道周,号石斋,是明季理学名臣,素以忠直著称,后为隆武帝首辅,亲率军马出闽北伐,战败被清兵俘杀殉国。据《明史》卷二百五十五《黄道周传》,崇祯十一年,黄因连上三疏参劾兵部尚书杨嗣昌、宣大总督陈新甲、宁锦巡抚方一藻,触怒崇祯帝,贬官江西。梅村《殿上行》记咏此事,诗云:"殿上云旗天半出,夹陛无声手攀直。有旨传呼召集贤,左右公卿少颜色。公卿由来畏廷议,上殿叩头辄心悸。"写出天子的威严;"如今公卿习唯唯,长跪不言而已矣。"讥刺诸臣的庸碌;而"先生翻然气填臆,口读弹文叱安石。"① 则写出了黄道周的铮铮风骨。

《傅右君以谏死,其子持丧归临川》为佚诗,辑之于《江左三大家诗钞》。其诗云:"直道身何在,犹为天地伤","萧条大河上,高树足风霜"②,悲悼直谏而死的忠臣。傅朝佑,字右君,江西临川人,崇祯十二年因疏劾温体仁及上书切谏他事,触犯帝怒,遭廷杖伤重而死。本诗应作于其事之当年。

这两首诗正气凛然,慷慨激昂,敢于歌颂拂逆帝意的忠直之臣,表明了梅村的政治胆略。又如梅村在此时写的赠别诗《送黄石斋谪官》、《送黄子羽之任四首》等篇:

> 旧学能先天下忧,东西国计在登楼。十年流涕孤臣事,一夜秋风病客舟。地近诗书防党禁,山高星汉动边愁。匡庐讲室云封处,莫问长江日夜流。

《送黄石斋谪官》③

> 始见征途乱,十年忧此方。君还思圣主,何意策贤良。楚蜀烽烟接,江山指顾长。只今庞德祖,不复卧南阳。

《襄阳》送黄子羽之任四首之一④

《送黄石斋谪官》与《殿上行》皆为前述黄道周事作。《殿上行》,历来学者皆系年于崇祯十一年,然细味《殿上行》诗,诗中有"秦凉盗贼杂风雨,梁宋丘墟长沮洳。"句,崇祯十一年,洪承畴两次大败李自成,李率残部退入商洛山中,同年,张献忠于湖北伪降于熊文灿,这一年正是自成、献忠势穷之时,是时,梁宋一带尚未遭受严重战争破坏,故疑此诗不当为是年之作。笔者意见,当作于崇祯十三年道周遭廷杖之后,所咏道周参劾权奸、强项廷争事迹乃是追述之辞,且黄道周一贯以忤颜强谏著称,《殿上行》可谓以典型情节摹画其风范。

《送黄石斋谪官》首二句用范仲淹、王粲故事,即为忧国忧时。"先天下忧"是为忧国,王粲作《登楼赋》伤怀战乱是为忧时,用以比喻道周、寄怀己情皆十分贴切。"十年流涕孤臣事,一夜秋风病客舟。地近诗书防党禁,山高星汉动边愁。"无一不是政治军国大事。本诗有云"匡庐讲室云封处",正合道周贬官江西事,故送行诗必作于崇祯十一年赠别石斋之际。

① 吴伟业:《吴梅村全集》卷 2,上海古籍出版社,1990 年,第 40 页。
② 吴伟业:《吴梅村全集》卷 60,上海古籍出版社,1990 年,第 1184 页。
③ 吴伟业:《吴梅村全集》卷 5,上海古籍出版社,1990 年,第 134 页。
④ 吴伟业:《吴梅村全集》卷 4,上海古籍出版社,1990 年,第 91 页。

　　黄翼圣,字子羽,梅村太仓同乡,长梅村十三岁。崇祯十二年,子羽赴任四川新都县令,梅村因有此作送行。《襄阳》诗中"始见征途乱,十年忧此方","楚蜀烽烟接,江山指顾长",所咏亦皆时局之忧,时李自成、张献忠正转战于楚蜀一带。"只今庞德祖,不复卧南阳",用汉末庞德祖隐居南阳避乱故事,借咏黄子羽赴任危地,不无悲壮慷慨的意蕴。这几首诗都事关国家政治大事,梅村忧国忧时之情跃然纸上。

　　梅村于崇祯十四年以侍母病为由离开南京国子监司业职任,返回家乡,此后屡屡辞朝廷升职不就,虽然自此在个人仕途进取上采取低调姿态,但对国家命运政治军事大事依然关心不已。崇祯十五年,当他听说前南京兵部尚书范景文被朝廷起复,将赴京出任中枢要职,以及复社同志,同年进士好友钱大鹤一起同行北上的消息,即赋七言古诗《赠范司马质公偕钱职方大鹤》赠别。这是梅村于归里后所作一首重要的赠别诗:

　　　　国家司马推南中,直节不挠三原公。当时江东尚无事,忧国唯闻　子至。一月不见王公书,百僚争问江东使。

　　　　殿中钱郎最年少,轻裘长铗秦淮道。朝服常薰女史香,从戎好侧参军帽。

　　　　两人置酒登新亭,惆怅中原未释兵。尽道石城开北府,何如汉水任南征。钱郎意气酣杯酒,不忧贼来忧贼走。鼓吹先移幕府山,戈船早断濡须口。罢官为失平津侯,壮心空系月氏头。八公草木军容在,六朝烟霞诗卷收。

　　　　尚书当念安危计,感时又忤鸾台议。三公剑履且辞归,九河烽火家何处。丈夫四海犹比邻,何必思家数车毂。醉后悲歌涕泪横,北风吹雨入江声。

　　　　仍道朝廷思令公,玺书旦夕下山东,过江愿请三千骑,夺取楼兰不受封。

　　　　　　　　　　　　　　　　　　　　　　　　　《赠范司马质公偕钱职方大鹤》节录①

　　范景文当年也是因为反对杨嗣昌而落职的,范景文,字梦章,一字质公,直隶吴桥人,崇祯朝重臣,数次罢谪,数次起复,以曾任兵部尚书,故云司马,《明史·卷二百六十五》有传。钱位坤,字与立,号大鹤,南直苏州府常熟人,钱大鹤与梅村更是意气相投的朋友,后来两人做了儿女亲家。大鹤曾官兵部郎中,故云职方。"直节不挠三原公",指嘉靖、隆庆时大臣王知诰,王曾长期督师西北军务,战绩赫赫,亦曾任南京兵部尚书,以忠直称,故比范景文。这首诗通篇叙咏范、钱二人忧国报国之雄心壮举,同时也寄寓了梅村对国事的关切。

　　首六句写王知诰故事以引喻范景文,范亦以正直不阿称。"殿中钱郎"以下四句写钱大鹤,大鹤时青年潇洒,意气风发,以书生而参戎机。以下写心忧中原战事,写拟想中的范、钱二人的军事布置,写受到中枢政敌的掣肘,写壮志难酬的悲愤,写忠勇许国不求富贵的大义。全诗写出了时代特征,充满了豪迈壮阔的英雄气概。梅村对范、钱二人的称扬,正因为与他们有同样的政治立场,出于同样的忧国之心。

---

　　① 吴伟业:《吴梅村全集》卷2,上海古籍出版社,1990年,第46页。

　　梅村在崇祯时期还写过一些旅次纪咏之作,其中有借怀古而讽今的《登梁王吹台》、《过朱仙镇谒武穆庙》,有直接咏叹时事的《过沧州麻姑城》,还有悲悯人民疾苦的《悲滕城》等篇。梅村一生中到中原途经开封有一次可考实:崇祯十二年七月,梅村奉旨命赴河南禹州宣封延津、孟津二王,这一次他未返北京,完成使命便径直由禹州星夜赶回江南探望母病。案《吴梅村全集》卷十七《感旧赠萧明府》诗序有云:"余年三十有一,以己卯七月,奉命封延津、孟津两王于禹州。过汴梁,登梁孝王台。"还有一次途经开封只是可能,即崇祯九年由北京赴武昌典试湖广乡试,当年往返。案《吴梅村全集》卷五十六《湖广乡试录序》:"崇祯九年秋八月,湖广大比士,上俞礼官请,命编修臣伟业借给事中臣(宋)玫往典试事。"由于明代自北京到武昌,除经开封南下外,还可以走洛阳至襄阳古道,顺汉江下武昌,或顺运河南下入长江,溯江而上。所以,据前引梅村《感旧赠萧明府》诗序所说,《登梁王吹台》、《过朱仙镇谒武穆庙》二诗,应作于崇祯十二年。《登梁王吹台》诗有"天子旌旗怜少帝,诸王兵甲属将军"句,借咏汉梁孝王与周亚夫并力坚守大梁,大败吴楚七国叛军故事,寄寓作者嗟叹当世无良将安邦定国的感慨。朱仙镇在开封城南数十里,为岳飞大败金兵古战场,扼腕班师旧地,故有岳武穆庙。《过朱仙镇谒武穆庙》乃是一篇伤今怀古的抒愤之作:

　　　　少保功名绛节遥,山川遗恨未能消。故京陵树犹西向,南渡江声自北朝。父子十年摧劲敌,士民三镇痛天骄。嗟君此地营军险,祠庙丹青空寂寥。

《过朱仙镇谒武穆庙》①

宋金战争,特别是北宋的靖康之亡和南宋对金的屈辱国策,是明末朝野面对明清战争时的沉重心结、无法驱赶的梦魇,两宋的历史教训对明人的刺激太深刻,所以,终崇祯一朝,无论战局如何不利,明朝君臣无人敢公开提出对清议和的方略,即使是面临两线作战,捉襟见肘,形势日蹙之时也是这样。梅村作此诗的上年,清兵破长城入塞大掠,事见前文《墙子路》等诗的论述,因而,梅村在此诗中吊怀岳飞的遗恨,不能只作泛泛而谈的咏史怀古看,显然有强烈的时代感受蕴含其中。

　　再论《过沧州麻姑城》,本诗为佚诗,辑之于朱隗《明诗平论》。其诗为七律,后二联云:"中原烽火山东乱,军吏诛求海上租。不数戈船诸将在,玉坛缥缈诅匈奴。"梅村一生于北京江南之间往返四次,三次在明,一次在清,沧州为必经之地。本诗口气显然不可能是清朝。据《明史纪事本末》补遗卷四,崇祯五年至六年,原明驻守皮岛大将毛文龙余部孔有德、耿仲明在登州叛乱,与明军混战一年有余,山东为之残破。六年十二月,孔有德、耿仲明及尚可喜战败后扬帆航海降清,皇太极大喜,竟敕封这三个明军偏裨将领为王。梅村后来在专咏明清之际史事的《杂感》二十一首中有诗句云:"戈船旧恨东征将,牙纛新封右地王",即指此事。据此,《过沧州麻姑城》所咏亦即同一事件。梅村适于崇祯七年秋假满归朝,自江南出发,经

---

　　① 吴伟业:《吴梅村全集》卷5,上海古籍出版社,1990年,第135页。

过山东,进入直隶,途次沧州,耳闻目睹战乱后的山东残破,因有此作。考察诗意,"中原烽火"是泛言,山东登州海上之乱是实写,梅村批判锋芒所向是在"诛求"无厌,排斥异己,逼反悍将的山东军吏,以及凶顽不驯,背弃民族大义,投降建州的孔有德们。

　　梅村早期诗作中较重要的还有悲悯民生疾苦的《悲滕城》。崇祯四年七月,河决山东,水没滕城,哀鸿遍野,秋,梅村由京南返,道经滕城,作是诗,诗中充满了对惨被洪水肆虐遭受苦难的灾民的同情和哀悯。《悲滕城》属新乐府体,本诗虽为梅村最早的诗篇之一,但它与入清之后写的新乐府诗《芦洲行》、《捉船行》、《马草行》、《堇山儿》等篇一样深得白居易新乐府诗"唯歌生民病"的精神。由于梅村对明、清两朝持不同的感情立场,故前者仅是哀怜生民遭难,后者则重在揭露、讽谴和批判社会黑暗之现实。

四

　　梅村在崇祯末年写的忧心国事之作,还有七绝《汴梁》二首,七古歌行《洛阳行》等篇。这三首诗写明、李战争,如:

　　　　冯夷击鼓走夷门,铜马西来风雨昏。此地信陵曾养士,只今谁解救王孙?

《汴梁》二首之一①

　　　　城上黄河屈注来,千金堤帚一时开。梁园遗迹销沉尽,谁与君王避吹台?

《汴梁》二首之一②

　　《汴梁》二首纪咏中原重镇开封在明、李战争中被引决黄河淹没事,事在崇祯十五年九月,梅村此诗当作于开封城破后不久。明、李双方逐鹿苦战,李自成两攻开封不克,崇祯十四年十二月,李自成第二次攻开封,在坚城之下被射瞎一目,第三次围攻,自四月合围,到九月毁城,屯师久困,志在必下③。谁决黄河,史有争议,只可怜繁华名城顿作汪洋大泽,百万生灵化为鱼鳖口食。梅村在三年前过大梁,游梁园,登吹台,犹曼吟低唱"登台雅吹"、"梁园夕曛"、"两河词赋"、"歌钟暮云"之胜④,如今"冯夷击鼓走夷门","梁园遗迹销沉尽",王孙且不救,百姓可想而知,诗贵精练,不可仅泥执于字面理解。名城沦没,生灵涂炭,国事已不可问。本诗沉痛伤悲,梅村之哀莫大焉。

　　《洛阳行》写明神宗爱子福王封国洛阳,起先备受朝廷的特加优渥,后为李自成义军攻破洛阳俘杀事。梅村作为明朝士大夫,政治立场自然立于朝廷一边,固不待论,但此诗在艺术上确有独到之特色。诗中穿插叙咏福王在神宗朝子以母爱,几乎夺嫡,封国洛阳后犹得朝廷

---

　① 吴伟业:《吴梅村全集》卷8,上海古籍出版社,1990年,第203页。

　② 吴伟业:《吴梅村全集》卷8,上海古籍出版社,1990年,第203页。

　③ 计六奇:《明季北略》卷18,中华书局,1984年,第317页。

　④ 吴伟业:《登梁王吹台》,《吴梅村全集》卷5,上海古籍出版社,1990年,第135页。

特加眷顾,以及国破身亡、铜狄泣哀的一生荣败始末,叙议咏叹,穿插倒叙,波澜迭翻,大量用典而精切得当,景色烘托,营造气氛,转韵自然,一唱三叹,把一场悲剧写得摇曳生姿。

李自成破洛阳在崇祯十四年正月。《洛阳行》诗 结尾有句云:"北风吹雨故宫寒,重见新王受诏还。"梅村作是诗应在嗣福王朱由崧袭封之后,据《明史·诸王传》,由崧于崇祯十六年七月受封;又据《梅村诗话》:"(陈子龙)尝与余宿京邸,夜半谓余曰:卿诗绝似李颀,又诵余《洛阳行》一篇,谓为合作。"梅村自崇祯十二年离开北京,直到明亡,未再入北京,此"京邸"是指梅村在弘光朝南京的住所,梅村于崇祯十七年秋至次年正月在南京,与子龙会面当在梅村到金陵后不久,时《洛阳行》已为友人熟读赞叹;且诗中并无涉及甲申明亡事委之语,故《洛阳行》必作于甲申之变前夕的数月间。《洛阳行》以悲凉笔调写明末史事,为乙酉之后的名篇《永和宫词》、《琵琶行》、《萧史青门曲》、《勾章井》、《听女道士卞玉京弹琴歌》、《圆圆曲》、《楚两生行》、《雁门太守行》和《松山哀》等七言歌行以诗写史的先声,而《洛阳行》所表现出的诗艺功力和艺术特色,也标志着梅村此类长歌已有元、白"长庆体"的风韵,初步形成了"梅村体"的艺术风格。

在这个期间,梅村也有一些风格清远淡雅的诗作,这主要是他的怀人赠答纪游山水之作,作为那个时代的士大夫文人,这是极自然的事。如:

　　　　秋气入鸣滩,钩帘对影看。久游乡语失,独客醉歌难。星淡鱼吹火,风 高笛倚阑。江南归自近,尽室寄长安。

　　　　　　　　　　　　　　　　　　《夜泊汉口》①

梅村一生中足迹到湖广只有一次,就是崇祯九年秋奉旨由北京赴武昌典试湖广乡试,本诗必作于此时。本诗写秋夜江色,久客乡思,清景淡愁,意境超远。

又如:

　　　　归鸟欲争山,山中自掩关。不知云去住,但见鹤飞还。梅影参差冷,松声动静闲。唯余一溪水,流出到人间。

　　　　　　　　　　　　　　　　　　《怀邵僧弥读书山中》②

又如《寄题僧弥颐堂》:"涧曲卧庐处,雨添三尺檐","闲修辨宗论,独往问支纤";其他如《游西湾》之 "钟寒难出树,云静恰依僧","生来几量屐,到此亦何曾";诗中意趣大有禅意林风,其清幽之意境,颇有王韦之风。《怀邵僧弥读书山中》与《寄题僧弥颐堂》二诗,为寄怀友人邵弥之作,据梅村《邵山人僧弥墓志铭》载云,邵弥,字僧弥,长洲人,受业于钱牧斋,与梅村"尝共登鸡笼山,东望皖、楚,忧生伤乱,泣下沾襟。"二诗为佚诗,辑之于《江左三大家诗钞》。僧弥卒于崇祯末年,故二诗亦必作于明亡之前。

　　①　吴伟业:《吴梅村全集》卷4,上海古籍出版社,1990年,第90页。
　　②　吴伟业:《吴梅村全集》卷60,上海古籍出版社,1990年,第1183页。

那么,吴梅村早期有否艳情之事,有否艳情之作呢? 明末士风风流放诞,向以逐情声色,流连秦楼楚馆为胜事,名士与名姝的艳情故事,成为一时之美谈,著名的秦淮八艳 就几乎个个拥有东林复社的名士做情人,后来则纷纷做了他们的夫人,如钱谦益与柳如是,冒辟疆与董小宛,龚鼎孳与顾横波,侯方域与李香君,一时有谚云:"家家夫婿擅东林"。在崇祯末年的文化名流中,吴梅村的名声地位仅次于钱谦益,但牧斋当时已是六十余岁的老人,而梅村方三十余岁,犹为潇洒倜傥的年青人,他与名列秦淮八艳之一的卞玉京,就有过一段风情故事。卞玉京原名卞赛,一名赛赛,当时艳名与董小宛、顾媚等齐名,明亡后黄衣人道,号玉京道人。玉京曾有意以身相许梅村,然而梅村却未予应承,好事终未谐就。梅村在《过锦树林玉京道人墓》诗序中记此一段情事云:

> 玉京道人,莫详所自出,或曰秦淮人,姓卞氏。知书,工小楷,能画兰,能琴。年十八,侨虎丘之山塘。……与鹿樵生一见,遂欲以身许。酒酣拊几而顾曰:"亦有意乎?"生固若弗解者,长叹凝睇,后亦竟弗复言。寻遇乱别去。
>
> 《过锦树林玉京道人墓》诗序①

卞玉京是一位才貌双全的佳人,梅村赞美其"双眸泓然,日与佳墨良纸相映彻"②,"明慧绝伦,书法逼真黄庭,琴亦妙得指法"③,诗也写得好,梅村曾录其诗:"剪烛巴山别思遥,送君兰楫渡江皋。愿将一幅潇湘种,寄与春风问薛涛。"④ 玉京钟情于梅村,希望嫁与这位复社名士做小妾,一如她的秦淮姊妹行,寻求一个托付终身的归宿。然而,梅村使她失望了。吴梅村没有勇气像他的朋友们那样娶归秦淮名姝,由此看来,梅村不如他的朋友们风流放诞,显得比较拘泥保守。考其缘由,大致有三:一、经济问题,钱谦益久历高官,冒辟疆、龚鼎孳、侯方域均为世家子弟,家财饶富,梅村则身出寒门,难贮佳人;二、性格问题,梅村不是疏狂之士,"生平规言矩行,尺寸无所逾越"⑤;三、家庭问题,梅村父母亦是寒素谨慎缺乏大气之人,这可以从甲申鼎革泣阻梅村殉明,癸巳强征"流涕办严,摄使就道"⑥,敦促梅村接受清廷征召等行事看出,如此老人,恐难容梅村携归秦淮佳丽。玉京后来的遭际,要比柳如是、董小宛、顾横波、李香君都更为不幸,此事令梅村深感有负于玉京,后来为她写了不少诗文表示愧疚。

据上引诗序,梅村与玉京别后不久,即遭遇甲申乙酉之乱,各自避难流离,后来一直到八年后的顺治八年才重逢于苏州,玉京已"著黄衣作道人装"⑦,为梅村鼓琴哀歌,梅村因作七

---

①　吴伟业:《吴梅村全集》卷10,上海古籍出版社,1990年,第250页。

②　吴伟业:《过锦树林玉京道人墓》诗序,《吴梅村全集》卷10,上海古籍出版社,1990年,第250页。

③　吴伟业:《梅村诗话》,《吴梅村全集》卷58,上海古籍出版社,1990年,第1140页。

④　吴伟业:《梅村诗话》,《吴梅村全集》卷58,上海古籍出版社,1990年,第1139页。

⑤　顾湄:《吴梅村先生行状》,转引自《吴梅村全集》附录1,上海古籍出版社,1990年,第1403页。

⑥　顾湄:《吴梅村先生行状》,转引自《吴梅村全集》附录1,上海古籍出版社,1990年,第1403页。

⑦　吴伟业:《过锦树林玉京道人墓》诗序,《吴梅村全集》卷10,上海古籍出版社,1990年,第250页。

古长诗《听女道士卞玉京弹琴歌》，然此诗是借写南都陷落后诸美女的悲惨命运，以存弘光灭亡痛史，已非关二人情事，且其时已入清多年，当此国破家亡之残喘余息，二人已不可能重叙旧情。梅村为玉京作有不少诗词，据《梅村诗话》记云："有《听女道士弹琴歌》及《西江月》、《醉春风》填词，皆为玉京作。"除此以外，还有《琴河感旧》四首等。梅村与玉京间无疑是有艳情之事的，据上引《梅村诗话》记载，梅村词中《西江月》及《醉春风》各二首即为咏写二人艳情之作，在创作时间上显然应是明亡之前。这几首词极为旖旎香艳，但词为艳科，别是一家，自应非关其早期诗风。

梅村早期诗作中是有若干咏写艳情之作，如：《赠妓郎圆》，《偶成》二首，《戏　赠》十首，《子夜词》、《子夜歌》、《新翻子夜歌》二十余首等，数量并不多。通过以上考述论证，我们可以说，这相对于他的豪迈悲慨之诗来说绝非主流，正如清人靳荣藩所言："（梅村）香奁诸首，则游戏为之耳。"①

关于梅村的艳体诗，钱谦益有一段评论很为中肯：

余观杨孟载论李义山无题诗，以谓音调清婉，虽极其浓丽，皆托以臣不忘君之意，因以深悟风人之指。若韩致光遭唐末造，流离闽、越，纵浪《香奁》，盖亦起兴比物，申写托寄，非犹夫小夫浪子、沉湎流连之云也。顷读梅村艳体诗，声律研秀，风怀恻怆，于歌禾赋麦之时，为题柳看桃之作。彷徨吟赏，窃有义山、致光之遗感焉。

　　　　　　　　　　　　　　　　　　　转引自《梅村诗话》②

这是钱谦益在顺治八年所写和梅村诗四律的诗前小序，钱谦益在这里指出，梅村艳体诗"声律研秀，风怀恻怆"，如同李商隐、韩偓之诗，寄托了对时代政治的悲慨。钱谦益的这一见解，应该是将梅村诗风与李商隐、韩偓以及"香奁体"相联系最早的评论。然而，钱氏这里说的是梅村于易代之后的诗风特色，并非是四库馆臣所言之"伟业少作"。

其实，梅村早期并没有所谓"艳才"之目，梅村虽官任翰林学士之职，却并不是皇帝的文学侍从，崇祯帝十七年来国事孔棘，焦头烂额，也没有什么心思要文学侍臣；当时也没有人认为"清丽芊眠之致"是梅村于这个时期的诗风特色，倒是陈子龙曾对梅村道："卿诗绝似李颀"）③。李颀是盛唐边塞诗名家，其诗气象豪迈。陈子龙是在崇祯十七年与梅村相会于南京时说这番话的，显然这是子龙对梅村甲申以前诗作的评论。陈子龙是梅村好友，熟知梅村的诗作诗风，以子龙诗学大家巨眼所见，我们再参以上述的论证，子龙的评语显然更有说服力。

---

① 靳荣藩：《吴诗集览》评语，转引自《吴梅村全集》卷7，上海古籍出版社，1990年，第93页。
② 吴伟业：《梅村诗话》，《吴梅村全集》卷58，上海古籍出版社，1990年，第1140页。
③ 吴伟业：《梅村诗话》，《吴梅村全集》卷58，上海古籍出版社，1990年，第1135页。

五

总的来说，梅村在甲申以前的诗作，忧心国事之诗占据很重要的地位，其诗格调近唐人风韵，但转益多师，并不专学一家。七言歌行如前文已论过的《读杨参军〈悲巨鹿诗〉》《高丽行》等，风格近似李颀、高适，《悲滕城》深得白居易新乐府诗"唯歌生民病"的精神，《洛阳行》则已有元白风情之韵味，近体律诗《墙子路》《云中将》《边思》等，大得盛唐边塞诗之神韵。梅村诗另一个很鲜明的特点，在此时也已初步显出端倪，这就是喜欢借用史典入诗，前文所征引之诗几乎无一不用史典入诗，尤其以《洛阳行》为甚。这除了梅村因具有博洽的学力以外，也是时代风气使然，当时诗坛大家如钱谦益、陈子龙，他们的诗也爱大量用典。梅村这个时期的忧心国事之诗在慷慨豪迈之中有浓重的悲凉之气，这同样是时代使然，梅村的悲剧，不仅在于他后来的被迫出仕清朝，也不仅在于身逢亡国乱离之痛，即在甲申之前，他目睹国事日坏，天下扰扰，国家正一步步走向沉沦，何尝不悲愤难已呢！朝廷奸党误国，正人遭贬，他的救危之策徒费精神无补于时，他被忧国伤时之感长期笼罩压抑着，这何尝不是悲剧呢，发而为诗，自然渗透着悲凉。梅村在其早期诗作中已经显示出他有把握多种风格的功力，初步奠定了他诗坛大家的地位。

至此，我们可以廓清《四库提要》及赵翼、朱庭珍等人对梅村早期诗作评语的迷误，还早期梅村以忧心国事、诗风慷慨的本来面目。不过，由于入清之后的避忌，清朝时流传于世的梅村诗文集多有删落，清人局限于见闻，有此误导之词，虽不足为奇，然而，乾隆以降的研究者，殆未予认真细致的阅读考释，就作出了存世之轻率说法，以致四库馆臣为了将梅村方之于庾信，便令梅村如庾信一般，也有所谓"少作"与"遭逢丧乱，阅历兴亡"后，变为"激楚苍凉"，以及"暮年萧瑟"的强烈反差，虽然梅村也曾自比庾信[①]，但只是取其同为胜朝遗臣亡国骚人之意，至于由"香奁体"说引出"入手艳才"论，乃至王曾祥"甲申之前，无一忧危之辞见于豪牍"的完全否定论，则属于信息的误读和信息传递过程中的异化。

作者简介 徐江，1951 年 7 月出生，男，江苏苏州人，北京语言文化大学副教授，文学博士，毕业于中国社会科学院研究生院，主要研究领域为中国古代文学。

---

① 梅村诗词多有自比庾信处，如《听朱乐隆歌》六首之六："楚雨荆云雁影还，竹枝弹彻泪痕斑。坐中谁是沾裳者，词客哀时庾子山。"如此等等甚多，不一一枚举。

论 30 年代林庚诗歌的精神世界

孙 玉 石

内容提要：特殊的生存处境和自身的美学选择，形成了林庚 30 年代诗歌中错综复杂的"边城"知识分子心态。他的诗展示了当时知识分子耽爱古文化氛围与咀嚼荒凉萧索，理想与现实矛盾构成的精神世界。他始终葆有五四以来觉醒的知识分子拥有的进取理想与青春活力，努力赞美生命，歌颂青春，自然美和童心，于浪漫的热情中表现了一种超越性的冷峻。他直面社会，思考人生，诗里于焦灼和愤激、迷惘和忧虑中透出"从容的吟味人生的态度"。思考物质与精神失衡之后对于人性与美的扼杀，在人类生存的哲学层面上"追求些更美好的东西"，这种诗人与哲人结合的气质，给他的诗歌带来一种超越于浪漫情怀之上的精神内藏和经得起咀嚼的魅力。

关键词：自由诗　边城　青春　精神世界

林庚（1910— ），1928 年考入清华大学物理系，1930 年转入中文系就读。他彼时曾热衷于旧体词的写作，在《清华周刊》、《文学月刊》等刊物上，先后发表了 20 余首作品，得到人们的赞誉。[①]林庚怀有一颗向往自由和创造的灵魂。这使他抱着"希望通过诗歌实现人生的解放"[②]的愿望，于写旧体词的同时，1931 年也开始了新诗创作。在新诗的尝试中，他获得了一种解放了的全新感觉。在新诗创造热情的激励下，他决意放弃旧体词的写作，课业之余，全力创作新诗。经朱自清先生同意，由叶公超先生指导，他用来代替毕业论文的第一本新诗集《夜》，于 1933 年 9 月得以自费出版。从此，23 岁的林庚，便步入了新诗"建设期"最年青的探索者的行列。在为《夜》写的序里，前一辈新诗人俞平伯称许说："他近年的兴味完全被'诗'吸收了。他不问收获，只黾勉耕耘着"，"他的诗自有他的独到所在，所谓'前期白话诗'

[①]　在清华中文系学习期间，所写旧体词，发表情况如下：1931 年《文学月刊》1 卷 1 期：《临江仙》、《更漏子》、《谒金门》、《采桑子》；1 卷 2 期：《浣溪沙》、《菩萨蛮》、《忆江南》、《卜算子》；1 卷 3 期：《南乡子》、《虞美人》、《清平乐》、《采桑子》；1卷 4 期：《捣 连子》、《点绛唇》、《蝶恋花》、《减字木兰花》（以上均署名林庚）。1932 年《清华周刊》第 526 期：《捣 连子》、《采桑子》、《水晶廉》、《相见欢》。（署名静希）

[②]　林庚：《林庚教授谈古典文学研究和诗歌创作》，《新诗格律与语言的诗化》，经济日报出版社，2000 年，第 161 页。

固不在话下,即在同辈的伙伴看来也是个异军突起。"①

　　"异军突起"的青年诗人林庚,短短几年里,为新诗送来了他"黾勉耕耘"的新作:继《夜》之后,1934 年 10 月,《春野与窗》由北平文学评论社出版。1936 年 2 月,《北平情歌》由北平风雨诗社出版。1936 年 11 月,《冬眠曲及其他》由北平风雨诗社出版。这些创作,或自由体,或格律体,在新诗现代性的探索中,都产生了较大的影响。废名认为,林庚的《春野与窗》说明,"新诗可以不同外国文学发生关系而成为中国今日之诗也。"②然而林庚自己在 30 年代却说,来自法国十九世纪的"象征派等自由诗体","代表一个新的方向的追求,影响于全世界的诗坛","虽然在外表上有些尝试是失败的,而实际的变化已深入到新诗坛的灵魂中,这乃是无可争议的事实。"他又说:"中国新诗坛,受西方文学的影响,早期是以传统的英国诗为典范而进行的着,而近年来也转向自由诗的方向了。这自由的诗体,好象是在各方面的探索中,尚未达到完全告成功的时候,因此生命力还是无穷的。在寻求破格创新的浪潮中,重在别开蹊径,没有陈陈相因;一种草创的新鲜吸引了广大创造者的热情;这往往也是杰作易于产生的时候。"③林庚自觉地抱着一种"草创的新鲜"的"创造热情",参加了"自由诗体"的探索,进入了与西方象征派相衔接的"自由诗"的"破格创新的浪潮"中,是多彩的"新诗坛的灵魂"的一个代表;又由于他的一些诗作,曾发表于影响很大的《现代》、《新诗》、《水星》等刊物,林庚遂成为 30 年代《现代》诗人群系中年青的一员。

　　林庚的诗人才华与出色创作,当时引起了诗歌界的关注。戴望舒说:"在许多新诗人之间,林庚先生是一位有才能的诗人,《夜》和《春野与窗》曾给过我们一些远大的希望"。④李长之说:"林庚的诗的作风无疑地已经有了相当的影响","他的进步是很迅速的,差不多每不到一年,就会有新的写诗的方法的获得"。⑤穆木天从唯物史观的社会学诗学批评出发,对于林庚的《夜》,进行了偏于否定性的评述。即使如此,他还是认为,"象征主义的要素,在林庚的《夜》里,是占有着支配的地位",而在中国诗坛中,"象征主义的诗歌,总算是占有着相当的地位。"⑥到了 40 年代,对林庚在新诗发展中的独特贡献,废名作了这样的论断:"在新诗当中,林庚的分量或者比任何人更重要些",他在新诗里,"很自然的,同时也是突然的,来一分晚唐的美丽","他的诗比我们的更新,而且更是中国的了。"⑦

①　俞平伯:《夜·序》(1933 年 6 月 1 日),《夜》1933 年 9 月,自费印刷,开明书店总带售。
②　废名:《春野与窗·序》,林庚《春野与窗》,北平文学评论社,1934 年。
③　林庚:《诗与自由诗》,《现代》6 卷,第 1 期(1934 年 11 月 1 日)。
④　戴望舒:《谈林庚的诗见和四行诗》,《新诗》第 1 卷第 2 期(1936 年 11 月)。
⑤　李长之:《春野与窗》,《益世报·文学副刊》(1935 年 5 月 1 日)。
⑥　穆木天:《林庚的〈夜〉》,《现代》第 5 卷第 1 期(1934 年 5 月 1 日)。
⑦　废名:《谈新诗》人民文学出版社,1984 年,第 185 页。

一 "边城"知识分子心态的雕塑

　　80 年代中期,林庚回顾自己说:"直到 1937 年我都把主要的精力用在写诗上。那时我还是一个初经世故的青年,一方面怀着对于童年时代天真的依恋,一方面憧憬着未来生活中无限辽阔的天地;面对的现实却是尔虞我诈、强取豪夺的半殖民地的旧社会。当时我自幼居住在北京,从'九一八'后实际上已经处于边城的地位,一种内心深处的荒凉寂寞之感,萦绕着理想与现实的矛盾,便构成这一段我写诗的主要生活背景。"①十年之后,在一次谈话中,林庚又说:"在我个人的经验中有这么个印象:《何梅协定》后北京处于半沦陷状态,北京成了失去政治意义的'文化城'、一座军事上不设防的空城,气氛异常压抑,但唤起的是家乡故土的生命意识而不是绝望的毁灭感。"②

　　当时的知识分子,生活在已经是半沦陷地位的古老的北平,那种萧索,荒凉,压抑的气氛和眷恋,抗争,期盼自由的心境,是可以想见的。在《空心的城》一诗里,林庚这样描写:"徘徊于人群中忽然凄凉起来/……日里的声音到此成鬼语了/高大的人影锈铁般生冷/入了空心的城中/觉斗室之温暖。//空城的寂寞/我寂寞的守着/夜的心"。这个城里,街旁是一片"黑影与灰暗","冷落的电影院"里,映着低级兴趣的"喜新厌故的悲剧",交易渐完的市场,"不如村野的荒凉"。在《归来》里,诗人心中飘有拂之不去的"号声":"暮色中归来/模糊的我找着家门了/远处的黄昏/独伴着那迢远的号声的/在等着我来理他们吗"。作为一个敏感的青年诗人,林庚深刻感受了当时生活在北平的知识分子那种"边城"人的心境。

　　特殊的生存处境,无疑给诗人的心灵带来了深刻的影响。这种影响,以至在一定程度上,形成了一种模糊而又自觉的"边城"知识分子的心态:既耽爱古都文化氛围的宁静和优美,感受着不能割舍的故土乡情,又咀嚼着它的荒凉与萧索,失落与担忧,在越来越急迫的民族危机感中,葆有一种眷恋与抗争的自我"生命意识"。这种"边城"知识分子复杂的文化心态,隐含着一个清醒的精神处境。林庚以自身深切的感受与体悟,从各个角度与侧面,以繁姿多彩的声音,揭示了他们拥有的这份独特的精神世界。

　　林庚的诗里,常常透露出身处"边城"的意识与感觉。如"冬风吹来时天蓝如海上/北平的居民在边城古巷"(《北平二》),"年中的暮色伴着棵古树/边城的号声浮动过大路"(《废名宅前》),"桥头的夜话流水悠悠的/边城的一夜安息下风沙"(《落花》),"北平的秋来故园的梦寐轻轻如帐纱/边城的寂寞渐少了朋友远留下风沙"(《秋深一》),"北平的城门楼时有好风景/已留在边城下匆匆又数年"(《雨》)。"边城",已成为林庚诗里独自拥有的意象。这意象里

---

①　林庚:《林庚诗选·后记》,《林庚诗选》,人民文学出版社,1985 年。
②　龙清涛:《林庚先生访谈录》,《诗探索》,1995 年第 1 辑。

面,隐含着诗人体味不尽的古老荒凉和人世沧桑。林庚当时自述,"我乃与北平有了更深的默契",或是由于"一点痴情","对于北平仿佛有了更多的系念。"①,因此,他往往在诗里以"边城"人自诩,抒发出一种即将失去故国热土的都市知识人的忧郁和悲哀。这一首《无题二》,可以看作是"边城"诗人深层心理和创作姿态的自我写照:

> 海上的波水能流去恨吗/ 边城的荒野留下少年的笛声/ 河畔的小草看着花长落/ 年青的事到中年才明白/ 双燕飞来暝色又成愁了/ 如今想起的多是不能说的/ 黄昏的影子里那里是呢/ 晚霞的颜色又是一番了。

时光流不去的,是心中隐藏的"恨"。"边城的荒野"留下的"少年的笛声"里,飘然而来的,是诸多"不能说"的痛苦的往事。另一番"晚霞的颜色",也就孕育了别一样"少年的笛声"。他的心里,因此也就郁积着一个"边城少年"满是"愁"与"恨"的情结。似往日的爱情?似"荒野"的苦情? 无论是哪一种,都带有"边城"人苍凉的色调。

这种"边城"人的情结,几乎成为诗人林庚心头无法散去的云雾。它浸入诗人晓梦惊破后别离的情味:"北平的街市上从来多古意/江南的行客到始有卖花人/居士的门庭前晓梦初惊破/别离中的情味一夜到边城。"(《春雨》)卖花声音的这点"古意",惊醒了江南行客的"晓梦",他在"边城"中感到了离别的忧愁。这种"情结",在明亮的笑声里,也会让诗人领受一番"风雨"袭来的危机感:"当玻璃窗子十分明亮的时候/当谈笑声音十分高朗的时候/当昨夜飓风吹过了山东半岛/北平有风风雨雨装饰了窗子。"(《北平自由诗》)这种北平有"风风雨雨"的危机感,是别的城市里的知识人所少有的。诗人展示了"边城"的冷清和知识人荒芜的心,写出了他对于幻象中充满"美善"的无人之乡的渴念:"清晨街市的拐角里/北风中吹起法螺/我愿看这人/市上是空的/有两桶的白水放在道边//太阳才照到房脊尖顶/悄然有高山之意/脚下似背阴的冰与石/很想御风而行/(念无人之乡/与人以望不尽的美善)"。这种"边城"人的情结,甚至让诗人如在"冰的世界"里,触摸温暖馨香如水仙一样的"五色梦":"夜的五色梦冰的世界里/五色的石子在水仙盆底/轻轻脚步是老鼠偷吃米/清冷的星子天风要吹起/睡醒的梦到谁家园子中/破晓的寒窗又藏在梦里/ 夜的五色梦冰的世界里/ 冰的世界里"。(《冬眠曲》)在清晨漫步中,诗人流动的心思,也往往关联着故国不幸的远人:"没有一个太平的故乡/心爱眼前的太阳/故国朋友们的信/告诉我一些更不幸的人"。(《春晨》)五月美丽的黄昏里,诗人很自然地想到了死亡:"听惯了来福枪声/会想到命长是一件可笑的事情吧"。(《五月》)暮色中漫步,诗人也会谛听到:"远处的黄昏/独伴着那迢远的号声的/在等着我来理他们吗"。(《归来》)在惊鸿翩翩飞过的身影里,又突然会增多了无端的惊恐:"天边冥冥里/几只惊鸿翩翩飞过而去/远处/有人指点——有人凝视/系住了众人与它的是什么呢",人如惊鸿的相似的联想,表达了边城人对和平的渴慕。(《和平的景慕》)与卞之琳、何其芳接受 T·S·艾

---

① 林庚:《北平情歌·自跋》,《北平情歌》,北平风雨诗社,1936 年 2 月。

略特《荒原》影响所形成的"荒原意识"相同的,是这种"边城"意识所蕴涵的现实批判精神,但林庚的"边城"意象与"荒街"、"古城"的意象不同之处在于,批判现实的伤时忧世中,更包含了一个从幼生长在北京的青年诗人面临故都丧失、故国沦亡的危急感。

诗人即使离开萧瑟的北方乡土,暂时到了充满春意的江南,这种深入骨髓的"边城"意识,仍然使他摆脱不了对于故国面临失落的重重忧心:他没有得到快乐,在江南的夜里,只有点点的檐雨,如"高山流水",是自己苦闷中的知音。为了排遣这份忧愁,打着雨伞,漫步于上海的街头吧。但这街上,能给自己的,却是更广大的忧愁:"雨水湿了一片柏油路/巷中楼上有人拉南胡/是一曲似不关心的幽怨/孟姜女寻夫到长城"。(《沪之雨夜》)这里流淌的,是"边城"人心里的一缕亘古的"幽怨"。悠远的民间传说"经典"的化用,增强了情感世界的现实性与历史感相交汇的文化内涵,极大地浓缩了"边城"人文化心态的悲剧感。诗人自己说,他曾在1933年春天,为了找适合于创作的工作,"到南方玩了一遭"。这首南行中所写的《沪之雨夜》,和这个时候写的其他一些诗篇一起,都向读者说明,无论到什么地方,无论逢什么季候,无论是多愁的雨夜,还是飘满花香的春晚,诗人都摆脱不了内心的郁积:"边城"人有无法排遣的"荒凉"与"悲哀"。

这是一首同时写于南方的《风狂的春夜》。它典型地传达了这种"边城"知识分子出于爱国的民族良知而发出的沉痛的心声,画出了自己内心郁积的"广漠的荒凉梦":

　　　　风狂的春夜/想起一件什么最醉人的事/只好一个人独抽一只烟卷了/帘外的佛手香/与南方特有的竹子香/才想起自己是新来自远方的/无限的惊异/北地的胭脂/ 流入长江的碧涛中了/ 风狂而且十分寂静的/ 拿什么东西来换悲哀呢/ 惊醒了广漠的荒凉梦

这首《风狂的春夜》说明,在林庚的这首诗里,爱国的主题,以极为隐蔽的形式,得到了与郭沫若、闻一多同类诗作全然不同的表现。这里以"无题"诗的范式作掩蔽,演绎了一段系念故国边城的悲凉情绪。作者以"风狂的春夜"里,想起一件没有说明的"最醉人的"个人私事为引子,写到是南国美丽的自然景色,由"北地的胭脂,流入长江的碧涛中",激起来自远方的"边城"人无限的"惊异"和悲哀。"惊醒广漠的荒凉梦"的,是狂风,更是他那无法置换的"悲哀"。由于隐约着为人们难于了解的内涵,使这首诗的接受,在几十年里一直处于被遮蔽的状态。到了80年代,收入《问路集》时,作者在诗下加有小注曰:

　　　　《匈奴歌》:"失我焉支山,令我妇女无颜色;失我祁连山,使我六畜不藩息。"焉支即胭脂,原产北方,故有"南朝金粉、北地胭脂"之语。这时北平已如边疆的荒凉,而到了南京上海一带却还犹如南朝一样繁华。这局面又能维持多久呢?①

读了这个"小注",才明白了这首诗里作者深藏的用意。显然,古典诗歌里"商女不知亡国恨,隔江犹唱后庭花"这样批判性的太息,穿越时空,给了诗人的现实感受以深广的历史启示。

---

①　林庚:《问路集》,北京大学出版社,1985年,第72页。

他将这种启示,融进了一个运用巧妙的典故,融进了身为"边城"人自己的敏感和机智。江南的歌舞升平,繁华景象,带给诗人的,不是轻松与快乐,而是内心的荒凉与悲哀,是"这局面又能维持多久呢?"这样一个清醒的知识分子对于民族与国家危亡的痛苦追问和沉重忧患。这首具有不朽价值的《风狂的春夜》,也因此成了痛苦忧患的"边城"知识人最沉厚坚实的精神写照。

林庚当年北平诗坛的朋友卞之琳说,"九·一八"事件以后,日军在国民党政府"攘外必先安内"的鼓励下,侵吞了我国的"东北四省","一九三三年经过喜峰口战役,一度从古北口兵临北平城下。以后北平成了边城,暂得苟安。" ①生活在这"暂得苟安"而又不甘心于"苟安"的"边城"里的知识分子们的精神变异,他们所怀有的痛苦与忧患、追求与抗争的复杂心态,他们埋藏心底的感时伤世的爱国情绪,在林庚的诗里,为后代人留下了令人难忘的具有永恒纪念性的雕塑。

二 理想与现实矛盾挤压下的精神痛苦

由于当时社会黑暗与民族危机双重挤压的处境,诗人渴求自由光明的理想热情与风雨飘摇的冰冷的现实之间,形成了尖锐的对立。林庚说,当时萦绕在自己心中的"理想与现实的矛盾"是构成这一段写诗的主要生活背景之一。"夜的五色梦冰的世界里",这个由"五色梦"与"冰的世界"的两极鲜明的意象,构成的极富张力的象征图景,形象地概括了林庚内心世界矛盾的丰富内涵。事实上,热情与冷漠,渴求与失望,理想与现实,这些矛盾,成了一部分有良知的知识分子精神世界的特征。它根植于"边城",又超越了"边城"的地域线界,带有30 年代青年知识分子精神世界的普遍性色彩。林庚的许多诗篇,为我们展示了这种精神世界的风景。

"五四"新文化运动开始的思想启蒙高潮的式微,到三十年代政治与思想桎梏的弥漫,在觉醒而敏感的知识人心中,留下了极大的反差。一代知识人爆发的心理倾斜:憧憬,迷惘和失落感,成为林庚诗里所探索的人文精神图景。在这个图景中,美丽阔大的"红日"落山这个意象,和相关的意象群,那么鲜明地体现在林庚的诗里,也就值得接受者的特别关注了:

> 黄昏时翅膀的声息,/ 蝙蝠飞复于堂前……/ 红日落下山头了,/ 模糊,/ 美丽,/ 我独自有了影子! // 我为什么不肯走开呢? 这里/ 咳! 我在等着谁吗? 我爱什么的美丽呢? (《红影》)

> 红日在青山上像一个球/ 我如在一个梦里/ 黯然而美! // 墙上影子/ 与那边青山光里幻想的/ 一个人与马的黑影子/ 遂作成了我走的黄昏的如梦的路吗? // 过去是真实

---

① 卞之琳:《星水微茫忆〈水星〉》,《读书》,1983 年第 10 期。

的/ 于是日头落了！/ 如追想着处女的旧事/ 但解释不明白的孩子的心/ 仍指着要问/ 是那边有个黄金的村子吗？（《红日》）

这里，用象征的手法倾诉的是：对于人生理想，对于生命与美丽的执着，是拒绝失去"美丽"的忍不住的抗争。黄昏里的"红日"，是那样的"模糊，美丽"，"红日"在青山上，像一个"球"，是那样"黯然而美"。为林庚所一直折服的唐代诗歌中"大漠孤烟直，长河落日圆"的图景，李商隐"夕阳无限好，只是近黄昏"的经典诗意，经过现代变形处理之后，被赋予有强烈情感的理想和积极象征的色彩。诗人在"如梦的路"里，寻望着远方的"红日"，寻望着青山那边的"黄金的村子"。他不仅是个理想和美的"追想者"、"等待者"，他甚至渴望如一个樵夫，弓着腰，越过那个"青的山头"，去寻找属于自己的梦。面对"落日"，他这样反复追问自己："我为什么不肯走开呢？""这里，咳！我在等着谁吗？"即使明知道象解释不明白的孩子的心一样，自己仍执着要问："是那边有黄金的村子吗？"我们在这些倔强的追问里仿佛听到，屈原的"虽九死其犹未悔"的痛苦声音在诗里激荡。这是觉醒者的智慧的痛苦，是人生理想追求者的自我煎熬，是对于无法实现的美丽憧憬的永恒的追问。我甚至觉得，再没有比这更动情的声音，即使在过去了多少岁月之后，仍然能够于隐藏的美丽里，给人们以一种精神撕裂般的震撼了。

诗人林庚心中燃烧着一种追求理想的热情之火。在一篇散文里，他描写了自己从南京到上海的联运快车上，看到对面而坐的旅客灵魂麻木的情景，由此感叹说："我一天所想的是去追求一个真正心爱的东西，然而我永远离得它很远，而世界上的事却永远阻止我去，于是才觉得真正的疲乏啊！""纯净的心也许是人间是最美丽的，然而谁许你永远搂着个纯净的心呢！……我呢！是还盼望着那一点似乎可能的希望，然而已经荒芜了的世界，给与你的永远不是那鼓励！"[①]追求"真爱的心"与永远阻止接近它的现实世界，"可能的希望"与"荒芜的世界"，二者之间构成了内心无法摆脱的矛盾纠缠。而这里的自我坚持的力量，是非常弱小的。暗夜一般的现实，奴隶般麻木的民众，带给他的追求与抗争的，是无边的寂寞与痛苦。各种各样的"夜"的意象，于是在林庚诗里常常出现：

夜像海一般的深！/ 我独自在夜的深处；/ 眼前看不见什么象征；/……我走走到夜的更深处，/ 脚下踏着平坦的大路；/ 我挺起胸来像一个战士，/ 向前走去心中再没有事。……（《夜行》）

夜走进孤寂之乡/ 遂有泪像酒// 原始人熊熊的火光/ 在森林中燃烧起来/ 此时耳语吧？// 墙外急碎的马蹄声/ 远去了/ 是一匹快马/ 我为祝福而歌（《夜》）

鬼魅的走动/ 黑静院落中央/ 我独坐// 不相问闻的同居者/ 鸱枭问夜莺这是什么/ 一点心间的火//…… 不知为什么有了它/ 哭下的泪/ 拍我醒来（《独夜》）

这是孤寂与人生的自嘲，是自我与孤寂的现实抗争，是抗争中决意逃离心灵与生活寂寞的急

---

① 林庚：《心之语一·心之语》，《现代》第5卷第1期（1934年5月1日）。

迫愿望的歌唱。夜,成为一种现实状态和精神处境的象征。诗人在海一样深的夜里,像个孤独奋斗的战士一样。在孤寂的痛苦中,以原始人的热烈亲密,反衬现实的冷漠孤独,并努力作出逃离的幻想。夏晚噩梦中的鬼魅,一点心间的火,梦中的眼泪,梦醒来之后是痛苦的追问。这些孤独寂寞的歌唱里,演绎的是一个热爱人生者的精神清醒。"昨夜的梦里/我想到早晨牧场上/看看明净的霞"。(《灰的空中》)寂寞的"边城"诗人永远燃着"一点心间的火",永远渴望看到一片"明净的霞"。

诗人怀抱自由理想,渴望改变现实,得到的是"不可知的希望"失去之后的怅惘:"把青春卖与希望的人/因青春而失望了"。(《五月》)"常听见有小孩的脚步声向我跑来/咳!中止于一霎突然的寂寞里/……薄暮朦胧处/两排绿树下的路上/是有个不可知的希望在飞吗/是!有一只黑色的蜻蜓/飞入冥冥的草中了"。(《朦胧》)"濛濛的路灯下/看见雨丝的线条/今夜的海岸边/一只无名的小船漂去了"。(《风雨之夕》)当将自己的眼光投向外部世界的时候,林庚对个人的理想与民族的精神在现实中的状态,作了惊人的发现。这种发现多属独处而觉醒的知识分子才会拥有的精神洞察。这是一首充满现实生活气息的《沉寞》:

　　白日土岗后蜿蜒出火车/许多人在铁道不远站着/当有一只鸟从头上飞过/许多人仰头望天/许多欺负人的事使得/一个好人找不到朋友/街上烧豆腐/的香味/空的口袋里摸进一只手/卖豆腐的人高声在叫卖。//大人拍起桌子骂更生气/四邻呆如木鸡/孩子撅着小嘴/站着/像一个哑叭的葫芦/摇也摇不响

诗人用现实的笔触,描绘了一幅令人震惊的民众的群像:个人的不幸,民族的悲哀,群众的麻木,人性的扭曲,人情的背谬,世事的不公,贫民的窘困,……都在这幅"沉寞"的画图里得到了超越于"沉寞"之上的暗示。穆木天说,这首"非常值得注意"的诗里,"九一八"以来的中国社会的激荡的情形,直接的"被表现出来","他暗示出在帝国主义经济侵略下中国农村的破产,和父与子的冲突。他直感到那种'沉寞'中的悲剧。"因此这是"一首比较真实的诗"[①]其实,这首诗里的"真实",绝不仅限于诗里所描写的外在的社会现实性,更主要的,是暗示诗人自己深刻的内心悲剧性:面对麻木现实的人生,看见"许多欺负人的事",一个怀抱美好理想的诗人,一颗渴望美丽的纯净的心里,涌起的是怎样一种更甚于"沉寞"之上的痛苦和悲哀。一幅小小的图景里,凝聚的是,一个诗人对于民族,对于人民命运的深刻悲剧性的发现。

林庚的这种可贵的"直感",使他发现了民族的悲剧,也发现了"时代"的痛苦。与《沉寞》不同,诗人扑捉的意象和意象群,构成的不是社会真实的画面,而是心理真实的图景:

　　红叶在两岸渲染着/我直沉入深峡中了…………/一夜的恶梦/日间人的警告/乃如此的不能忘掉吗? //我哭了一夜,我听见/额非尔士峰上刻碑的声音了! /我唱出我久久不敢露出的一句话/当晓色划分出这个时代! /我看见平原之歌者/随风而走上绿草

---

① 穆木天:《林庚的〈夜〉》,《现代》第 5 卷第 1 期(1934 年 5 月 1 日)。

来//月明之夜/清醒的/白纸的灯笼掉在地上燃着/如幽灵般走过/踏着欣欢之舞步(《时代》)

诗人压抑不住的内心的愤懑,使他通过"恶梦"的外壳,透露出由于"时代"的黑暗造成的深沉痛苦。一夜恶梦,来自如此不能忘掉的"日间人的警告"。而这警告里,似乎涉及到某些生命的死亡的信息。因此才有他"哭了一夜"的痛苦,那如额非尔士峰上刻碑声音似的最高处的"哭声",这些或许象征了诗人自己的一种心理痛苦的极致。他唱出的是埋在心底的最深的痛苦和最强的抗争。在"晓色"宣告黑暗时代即将结束之时,他唱出的"我久久不敢露出的一句话",大体上看,是一种自我生命走向觉醒,抗争和勇敢的表现,因此也是诗人自我精神的升华与解放。它充分表现了一个身处"边城"的"平原之歌者"的怎样保持与"时代"挑战的"清醒"。

这种对于民族的沉思,对于时代的发现,使得诗人林庚获得了这样的可能:更冷静地凝视理想与现实冲突的前景,凝视一个在无望的现实中诗人自身所处的位置。他在《静眺》中这样写道:

在马上/ 看自己英雄的影子/ 马蹄丁得,停止在海边/ 海面无声息的微动/ 静蓝中有自由的风/波上的鸟/ 象征了人的意志,/ 与许多不可解的事/ 同有可爱的容颜/ 沉入海色里。/ 天边的云,带来/不知什么的消息/ 远处的幻想/象时而的浪花,只一瞥/ 流下沙滩去。

海面宁静自由的风,波浪中象征人的意志的飞翔的鸟,和许多追求与梦想一起,已经都沉入海色了。遥远的云和幻象,也随着浪花,流入沙滩。剩下的,只是一个现代的堂吉诃德一样的知识分子,"在马上/看见自己英雄的影子"而已。"马上的英雄"影子,"人与马的黑影子",这个在诗里反复出现的意象,正是诗人心中拂之不去的"自由情结"的凝结。这个"静眺"者,是诗人自己,也是一个自由和理想追求者的象征。它告诉人们,渴望一种理想的生活与现实的无奈之间的矛盾,给一个觉醒的知识分子留下来的,比其他一般现代知识分子更多的苍凉与悲哀。这个马上自己"英雄的影子",和他所拥有的对民族故土的深厚眷恋和苍凉悲哀,是林庚理想与现实矛盾痛苦心境的一种深层的象征。

李长之评论林庚的诗说:"在他的内心深处,有一种空虚的寂寞,甚至达到悲哀了",他的诗里,"带出一种空虚而捉摸不得的悲哀"。[1]林庚也说:"我是天性愿意忍受一些悄悄与荒凉的;而且我也曾经在苦中得到过一些快乐;乃使我越发对于寂寞竟愿意忍受下去。"[2]林庚在散文《心之语》中这样发现和拷问自己:面对一些麻木的"屈服的灵魂"的目光,面对这些目光"表示出一种历久已成功了自然的奴隶性"的时候,"于是我发现我自己是个还活着的

① 李长之:《春野与窗》,《益世报·文学副刊》(1935 年 5 月 1 日)。
② 林庚:《甘苦》,《文饭小品》第 5 期(1935 年 6 月 25 日)。

人,有一点清醒的感觉,还有一点美丽的奢望,然而我从北平跑到南京上海来作什么呢? 这两个地方我不是都不喜欢的吗? 我尽想下去,让那对面的面孔,在无声息里坐着,我觉得在我的身上也有急流的死人的气氛了。"①这就给我们一个机会和可能性,如何思考和理解林庚诗里的"寂寞"与"悲哀"? 如何看待林庚对于"寂寞"的忍受? 林庚的痛苦"发现",已经告诉我们这样的事实:怀有的"美丽的奢望"与"死寂的现实"尖锐的对立,内心的"清醒的感觉"与急流的"死人的气氛",两者的搏斗交战,形成了诗人自己常常感受到的一种寂寞痛苦。还有一点清醒的感觉,还有一点美丽的奢望。这是一个"活着"的智者的寂寞中的珍贵。寂寞是智者拥有的精神财富。"古来圣贤皆寂寞",大诗人李白的感叹道出这个真理。而在很多时候,现代知识人的寂寞与他的觉醒者的追求是分不开的。因怀有理想眷念而不得的寂寞,是觉醒者的痛苦。与失望抗争而咀嚼那种苦中得乐的悲哀,往往使诗人拥有一份美丽。林庚敏锐感觉到的内心深处的空虚寂寞的悲哀,感到了自己还是个"活着的人"并要努力驱除自己身上的"死人"的气息。这就使他在揭示了咀嚼寂寞的外形之下,获得了一个智者的内心拥有的自由与美丽,并在诗的创造中,得到了一种快乐和解脱——"在苦中得到过一些快乐"。因此他的诗的创造,也就将这份寂寞与悲哀化成了美丽。走近这份美丽,我们可以触摸一代觉醒知识分子的心境,也会在自己心灵上得到一种纯净与升华。

三 生命意识:自然、青春与童心的赞美

林庚说,30 年代荒凉的"边城",唤起的是自己对于"家乡故土的生命意识而不是绝望的毁灭感"。也就是说,即使在一种精神常常是处于被压抑的环境里,他还始终葆有一种五四以来觉醒的知识分子拥有的那份进取的理想与青春的活力。他的这种"生命意识",常常与一种奋发的向上的追求结合在一起,而与流行的精神颓废无缘。这就无意中显现了一个独特的文学现象:"五四"时代弥漫的"少年精神"在 30 年代普遍衰落,而在林庚的诗里,却呈现了一个新的蓬勃和崛起。

这里原因相当复杂。林庚的个性让他不能忍受生命的束缚与羁绊。这使他毅然放弃旧体诗词而专注于新诗的创造,因为他相信:诗可以解放人生。他在自己经过十多年酝酿而于 40 年代末撰写的《中国文学史》里,将中华民族几千年诗歌和文学的发展"看作是有生机的",视为一个由盛到衰而后再复兴的有生命的过程,"由童年而少年而中年而老年",再生后会出现新文学开始的"文艺曙光"。因此"作者常常指明或暗示我们的文学和文化的衰老,教

---

① 林庚:《心之语一·心之语》,《现代》第 5 卷第 1 期(1934 年 5 月 1 日)。

我们警觉,去摸索光明"。①林庚赞美古典诗歌中的"建安风骨"、"盛唐气象"、"少年精神"等富有生命力与上扬精神的历史辉煌,而且将历史衰落后的复苏与新生,寄托在五四以后新文学和自由诗的发展上,期待着一种新的辉煌曙光的出现。林庚在给朱自清的信里说,"他要求解放,但是只靠外来的刺激引起解放的力量是不能持久的,得自己觉醒,用极大的努力'唤起一种真正的创造精神'"。②他极力推崇屈原,是因为《楚辞》代表了一种打破思想束缚的"浪漫的创造精神",是追求"一种解放的象征"。他怀有一种宗教式的虔敬赞美人类"原始",因为那里蕴藏着无数的创造精神与生命的活力。"原始人熊熊的火光/在森林里燃烧起来/此时耳语吧",原始人的热烈与亲密,给他寂寞的生命以慰藉,也给他富有上扬气质的精神创造以驱动力量。

> 美是青春的呼唤。
> 星星之火可以燎原,
> 太多的灰烬却是无用的;
> 我要寻问那星星之火之所以燃烧,
> 追寻那一切的开始的开始!

1932年1月,林庚为《夜》一诗的产生而激动地写出的这几行诗句,是一种内在精神与艺术创造原则的弘扬:它暗示了诗人对于原初情感与人类原始创造力量的执着追求。正是这种追求"一切的开始的开始"的精神心境,给他的许多诗篇,带来了一股青春的气息与生命跃动的活力。这种文字中,浸透着一种人类情感宝贵的精髓,那就是对于生命的爱与美的追求,对于"童心"的赞美。

出于这种生命的爱与美的追求,他以一个智者的眼光,努力去发现并歌颂自然美,歌颂在自然美中融化的人生。这是赞美五月的春光:"如其春天只有一次的相遇/那该是怎样的不舍得失去/为什么我们有时说不定/要捉住一只正飞的蝴蝶呢/它只有这一次的生命//苇叶的笛声吹动了满山满村/象征着那五月来了/不美吗? ……//快乐是这样的时候/当我醒来天如水一般的清/那像你的眼睛!"(《五月》)春光的美与快乐,给诗人以生命的爱与珍惜。这是赞美五月的清晨:"太阳抱着每棵黄金的树/森林的丛生旁/天如母亲的怀里/柔和而下俯/这时有水鸟慢飞/低低的/我不知说些什么/但广大而无垠//乳色的梦自天边带来/不定的/一些事情常带着微笑/从爬山虎的荫凉/轻落到牵牛花上/此地有水流泻吧//小孩子吹着五色的肥皂泡/飞入了天空/并不高/五月的早晨"。(《晨光》)五月清晨的阳光,天空和梦一样的晨雾,给诗人的生命是希望,微笑与童心的快乐。"一些事情常带着微笑",道出林庚生命融合于自

① 朱自清:《什么是中国文学史的主潮? ——林庚著〈中国文学史〉序》,《朱自清全集》第3卷,江苏教育出版社,1988年,第209、211页。

② 朱自清:《什么是中国文学史的主潮? ——林庚著〈中国文学史〉序》,《朱自清全集》第3卷,江苏教育出版社,1988年,第210、209、210页。

然中的欢快感。在诗人眼里,夏日的黄昏有这样诱人的景色:

　　　　山后沸腾火红/浸入悄然的热闹里/遂令草色一片的//沙漠上一角的影子/有红的帐篷/与驼背上的人/晚风中锈了的铁翅飞过/展在天际/处处见点点没落的旗帜//黄昏的太白星/青亮的/若当年的豪放/解释了一切/与过路的少年人//夏之昏野的流思/在萤火虫之前飞来/树与田间/红黄和蓝色的野茉莉/盛开了。(《夏之昏野》)

诗人笔下的自然的美丽,充满生气与斑斓的色彩,充满沉思与少年人的豪情。在诗里,我们可以看到令人沉醉的黄昏的落日(《红日》),看到"好南风"吹来,"一阵的铜锣声里/斜阳渐黄过山去"的美景(《年中》),看到"转入了林中的梆子/打出湖上的风声水声来"的夜色(《欲春之夜》),也可以看到给人以生命振奋的,无比温柔的黎明:

　　　　破晓中天傍的水声/ 深山中老虎的眼睛/ 在鱼白的窗外鸟唱/ 如一曲初春的解冻歌/ (冥冥的广漠里的心)/ 温柔的冰裂的声音/ 自北极像一首歌/ 在梦中隐隐的传来了/ 如人间第一次的诞生(《破晓》)

这首发表于《现代》杂志上的《破晓》,经过多次反复修改,推敲。清华大学一个"破晓"里,清亮的号声传来,诗人作了"一个美丽的梦","那时窗外还是鱼肚白色,院中平静得没有一点声音,我躺在床上,看那依稀的暗影在我眼前掠过,似留恋的,我有了许多幻想,且有许多说不出的情绪",这时他写成了这首诗。后来,又是黎明号声,大地茫茫,晓色如雾,"我这时忽然有一种无人知道的广漠博大的感受,……我觉得自己仿佛是站在这世界初开辟的第一个早晨里,一切都等待着起来。我的心此时是充满了一个说不出的高兴的情绪。"又修改了这首诗。①在青春活跃,充满创造性的生命中,才会有这种对自然的深爱与感受。自然美与生命在"世界初开辟"的境界里得到了统一。黎明时刻的美丽景色,初春里生命欢快的感觉,被巧妙地织在诗的意象的网中,构成了一曲充满创造活力的生命的赞歌。自然的赞美与生命的追求,在林庚的诗里常常这样的组合在一起,自然美的歌唱也就成了一种情绪抒发的象征。这种赞美,有时也可以完全摆脱人生意义的抒情介入,成了全然的自然图景的呈现。如《春雪一》:"今早上家家雪晴/雪花儿落下门铃/白屋顶夹住青色/西窗前无限风情"。飘洒的春雪,无限的风情,小小的一片景色里给人以生命的豪放感。《长夏雨中小品》:"微雨清晨,/小巷的卖花声;/花上的露,/树旁的菌,/阶前的苔,/有个蜗牛儿爬上墙来。"纯然一幅夏天雨后的自然景色的"小品",没有什么深层的意蕴,却给人一种诗人特有的强烈的"生命意识",一种蓬勃向上的生机,一种人对于大自然所蕴藏的无限美好事物的独特领略与感悟。又如《天净沙》:"午睡中隔着一片夏/柳墙外琴声到人家/五色的蝴蝶飞去了/夺目的开着杜鹃花",宁静的午间,美丽的感悟,流畅而自然,如一首小令,诗人热爱自然美的心境,一泻而出。其他如《江南》写江南如画的春天,《春天的心》写江南春天雨色中的美丽与充满爱的心境:

① 林庚:《甘苦》,《文饭小品》第 5 期(1935 年 6 月 25 日)。

春天的心如草的荒芜/随便的踏出门去/美丽的东西随处可以拣起来/少女的心情是不能说的/天下的雨点常是落下/而且不定落在谁的身上/路上的行人都打着雨伞/车上的邂逅多是不相识的/含情的眼睛未必为着谁/潮湿的桃花乃有胭脂的颜色/水珠斜落在玻璃车窗上/江南的雨天是爱人的

读这些诗篇,能在自然的吟咏中感到诗人对自然与生命的赞美,诗人的美与爱的广博的心,几乎可以看作是林庚"少年精神"的代表作品。它们形象地证明了林庚的信念:"美是青春的呼唤"。那首有名的《春野》更是这种"少年精神"与洒脱情绪流淌出来的一曲赞歌了:

春天的蓝水奔流下山/河的两岸生出了青草/再没有人记起也没有人知道/冬天的风那里去了/仿佛傍午的一点钟声/柔和得像三月的风/随着无名的蝴蝶/飞入春日的田野

这首短制,曾做为诗集《春野与窗》的序诗,被李长之称为这部诗集的"压卷之作"。写的都是自然景色:春水的流动奔泻,青草的蓬勃生春,淡淡的钟声,无名的蝴蝶,被织在一片柔和煦风吹拂的春天的田野里。诗人在自然物象美丽的构图与欢快的旋律里,唱出了生命的欢乐和自由,爱和美的渴望。天衣无缝的意象组合里,洋溢着一种轻快饱满的青春感,字句间流动着一股活泼跃动与奋发向上的生命气息。

林庚笔下的自然风物的抒情描写和吟咏,许多时候,往往不是一种传统诗歌中"香草美人"式的情感寄托的客体,一种"感时花溅泪,恨别鸟惊心"式的主体对物象的"移情",一种寻找外现的"客观对应物"的承载情感物象的存在,而是直接把握和处理自然物象本身,将自然看作是一个有生命的本体,进行处理,在其中做生命诗意的发现。我们可以把这种发现看成为林庚式的诗化的自然,或自然的诗化。自然本身进入林庚的眼中,就是一首蕴藏丰富的诗。从这个视点来看,林庚的《春野与窗》中收入的《自然》一诗,就是整个30年代现代诗中一篇十分难得的佳作:

星球日夜流转着/语吻如小儿/温馨如少女/在那里有远山的狮吼/回声如梦境/如僧院,如清醒/广博若深远,温柔如轻云/浓烈而都郁/乳色的天日夜浮过/森林的耳语,有树的沉香/潮湿里腐朽的霉味,菌的气息/幽深而漫长,轻微而震荡/华丽如真实,奇境如幻想/月亮带着喇叭上升/抱着琵琶下去/独角鬼追逐着风,来去如寻找/吹过如留恋,如回想/如琴弦,弓响,悔恨/如处女肌肤的芬沁,如鸬鹚的叫唤/如浪子的笛声/如有恶力加入/如破坏,如完成。/在那里有日光落在上面的草原/呼息如凝脂,润滑如绿意,如眼泪,如素心/如叹息,低吟如芬芳,柔弱如骄傲!/天的怀抱中鹰翅伸长/急掠弧线与回纹/如将沉醉于正午/于黄昏,于夜来/刚劲而柔韧!迷恋而无方

日夜流转的星球,星球上的万物,都纳入了诗人赞美的视野。在诗人提供的"自然"图景里,有远山的狮吼,有森林,有月亮,有风,有草原,有飞翔于天宇的怀抱的鹰。关于狮吼、风和草原的描写,是诗中最精彩的笔墨。在作者笔下,一连串的形容与比喻,抽象与具象,宁静与飞动,舒缓与急促,纠缠在一起,结合的是那么跌宕起伏,如行云流水,使得那些由多姿多彩的

品格与姿态构成的"自然"美丽的图景中,所展现的自然这个外物本身,就是最顽强最丰富有灵性的生命,就是一首美丽的诗,是一个有人格,有个性,有灵魂,有无限外现魅力和内在蕴藏的伟大存在。诗人的大手笔,运用诗歌语言变幻的无限可能性,给自然以各种神奇美妙的感觉与生命力,它本身就成为一支最和谐的奏鸣曲,给人们以悠远的启示。这个自然的本体中,又有着林庚的热爱自由,热爱生命,热爱美的完整的象征。它给我们昭示:林庚的赞美自然,也是他认识人类生命自身魅力和价值而通过艺术创造的一个实现渠道。

林庚自述,作为一个初经世故的青年,一方面"怀着对于童年时代天真的依恋",一方面"憧憬着未来生活中无限辽阔的天地"。林庚热爱和赞美生命的另一个表现,是他对于"童心"这片精神净土的自觉开掘。五四启蒙思潮中,"发现儿童"是弘扬人类爱的人文精神的一个突出表现。以冰心为代表的诗人们,以诗和散文的形式,与儿童的精神联系和对话,使作家的爱和童心得到美的张扬。30 年代的林庚的超越性在于,他由诗人与孩子的对话,变成在自己的个人精神世界里构筑一个葆有童心的诗意的天地,或启动儿时的回忆,或描写儿童的生活,或构筑孩子的想象,努力再造一个不受污染的纯洁的世界,在这个世界中,寻找人生的支撑与希望。"月亮与黄沙上少年的影子/使流水与流年都成为惆怅/过去幕幕在无人处的深埋/终生出追忆的留恋来/儿时的足迹,清晰的/忽觉得很辽远了"。(《月亮与黄沙上……》)对失去的童心的留恋与追忆,是诗人一种追求美和自由精神的寄托与补偿。

林庚诗里有童年哀愁与寂寞,如"童年的哀愁如一缕烟云黯黯的流过"(《夏之深夜》),"海天的驰想儿时的梦意寂寞自深深"(《窗前》)。但他的笔下,更多的是对过往岁月美好的回忆。如《忆儿时》:"清早上学时候路上绒花树/傍晚里天风吹入深深星影中/古藤下红黄茉莉应有相知处/梦留在图案画里夜深萤火红",写出儿时对自然的热爱,是一种生命的赞美。《那时》更是林庚回忆自己童年时光生活的一首美丽的诗。它为人们展开了一片令人难忘的精神天地。初秋一个明朗的早晨,"我"与儿时的友伴,嬉戏在小山间,空气如此的好,心地明亮和溶,宇宙的涵容,童年的欣悦,"像松一般的常浴着明月;/像水一般的常落着灵雨",心像无尘的天空和蓝色的大海一样,清澈明亮。"如今想起来像一个不怕蛛网的蝴蝶,/像化净了的冰再没有什么滞累,/像秋风扫尽了苍蝇的粘人与蚊虫嗡嗡的时节,/像一个难看的碗可以把它打碎! /像一个理发匠修容不合心怀,/便把那人头索兴割下来!"新鲜得令人惊异,大胆得格外出奇的想象里,透露出童年无限的天真和豪爽。萧萧的风声,轻摇着树,那里"没有一根沉闷着的枝条",每个叶子嬉戏都像一群孩童,"像爱神白衣飘飘的姿容;/像海神的青丝发吹散在海风中","每个枝子自然的牵动了淡泊的树干","于是清凉的水从根中直摇到叶端发散;/轻松里,花开结果/孩子们一声天真的笑/那时有我!"诗人创造了一种境界,它显然不属于孩子,而更属于大人,属于诗人自己拥有的精神天地。在这个精神天地里,那样透明而纯洁,开心而豪放,自由而天真。林庚诗里说,童年的记忆,像抓不住的一宵的"微梦",来时"有无限的憧憬",去时的风"将你叫醒"。于是"你更忘了所以留恋的原因/但假如细想啊你定会知道"。(《月亮与黄沙上……》)诗人当然知道自己"留恋"童年的原因。这个世界的创造,透露出的纯洁,无邪,明亮与真爱,通向诗人对于压抑而灰暗的世界的抗争。

"童心"在林庚诗的世界里是一个象征的意象,而非真实存在的赞美。它已经成为一种精神象征的诗化载体。诗人回顾童年时光"秋深的乐园",不是眷恋快乐的往事,而是慨叹人生的沧桑。"童年的秋风中/我慢慢的走过来了/……深秋的乐园/如今荒芜到怎样了呢","代替了昔时之主人的/将是如何的美丽的一群孩童吧"。(《秋深的乐园》)他写在风雨来临时候的小孩子的心境,暗示的是人世风雨中自身的无望与沉默:"灰色的心/偎在母亲的怀里/轻轻的/振作/没有了笑声/高树上自有远来的风/吹着","小孩的脚步响/又似乎问一声/没有回答/是谁在院外敲门?"(《雨来》)这种"童心",使林庚在诗里时时流露一种难得的真纯。林庚的许多诗里都流露出这种心境与姿态。童心几乎已成为诗人的一种感受生活的态度,以致有时即使在确实写给小孩子的作品里,童心的表现,也与儿童生活的真实世界,相隔甚远,而更贴近于诗人自己心灵的独白。《秋日的旋风》,诗的末尾自注:"写给冰心的 Baby",按理应该是一首给孩子看的诗了,读起来的感觉,却并非如此:

> 喜鹊静悄悄的/ 清旷的街巷/ 天蓝到不知什么的地方/ 秋日的旋风/ 如一座塔的/ 走过每个孩子家的门前/ 到远远的地方去啊/ 母亲的怀里冷落了/ 童心的小手伸出/ 一个落叶随着风打转/ 看他要到什么地方去哩? / 旋风一座一座的从门前走过/ 到远远的地方去啊! / 太阳越过千里的青山/ 与水流来/ 找他久已生疏了的熟人/ 自由车的皮轮游历着路上的树影/ 轻轻的/ 带起一线不高的灰尘/ 到街巷的尽头空场那边
>
> 天淡淡的说不出什么来/ 跑过一只野兔子/ 金环的耳朵/ 红眼睛/ 一个小尾巴翘动着逃到/ 极远的地方去/ 眼前再见不到什么了/ 白云飘泊着/ 旋风微黄的走过/ 每个街巷/ 每个孩子家的门前/ 一座一座的塔似的

全诗描写高高的蓝天下,清旷的街巷里,秋日的旋风,像一座一座塔似的,从每个孩子家的门前走过,到远远的地方去;太阳要越过青山和流水,找它久已生疏了的熟人;一只红眼睛的野兔子,要逃到极远的地方。而这时,"母亲的怀里冷落了,童心的小手伸出"。整个看去,像是一篇童话,更像三十年代《现代》杂志上施蛰存提倡的爱德华·李亚的"无意思文学"的制作。①诗里没有主题,没有说教,也没有故事,但却给你一种人情的温暖与快乐,一种童心的纯真与无邪,从中感到如李长之所说的特有的"若即若离的人间味","一种孩子似的喜

----

① 施蛰存:《无相庵随笔·〈无意思的书〉》,《现代》第 1 卷第 1 号(1932 年 5 月 1 日)。在这篇文章中,介绍爱德华·李亚的《无意思之书》说,"它的好处,除了插绘的有趣,诗韵的和谐之外,最被人称道的便是它的'无意思'。无论是诗歌,故事,植物学,在每一句流利的文字中,都充满了幻想的无意思,他只要引得天真的小读者随着流水一般的节律悠然神往,他并不训诲他们,也不指导他们。这种超乎狭隘的现实的创造,本来不仅是在儿童文学中占了很高的地位,就是在成人的文学中,也有着特殊的价值。"

悦"。① 这"孩子似的喜悦"的感情世界,属于大人所拥有,也是林庚对于生命和美的爱的光辉的折射。憧憬未来生活与依恋童年美好,都通向生命意识中向上的朝气,林庚描写童心的诗所体现的,正是他生命中葆有的"少年精神"的一种释放。

林庚于唐诗研究中历来推崇"盛唐气象"和"少年精神"。他说,"盛唐气象就是'阳春召我以烟景,大块假我以文章'的大地回春的歌声。""蓬勃的朝气,青春的旋律,就是'盛唐气象'与'盛唐之音'的本质。""它玲珑剔透而仍然浑厚,千愁万绪而仍然开朗;这是根植于饱满的生活热情、新鲜的事物的敏感,与时代的发展中人民力量的解放而成长的,它带来的如太阳一般的丰富而健康的美学上的造诣,这就是历代向往的属于人民的盛唐气象。"②而"少年精神"则主要表现为一种乐观豪放,富于新鲜感的青春气息。"生活中本来并不都是欢乐,青春难道就没有悲哀吗? 但这毕竟是少年人的悲哀,因此才能获得这么新鲜的感受。王维的诗歌所给我们的印象正是这种少年精神的青春气息。"③"唐人的诗篇正是这样充满了年青的气息,一种乐观的奔放的旋律。少年人没有苦闷吗? 春天没有悲哀吗? 然而那到底是少年的,春天的。""在盛唐解放的高潮中,王维主要的成就,正是那些少年心情的、富有生命力的、对于新鲜事物敏感的多方面的歌唱"。④朱自清谈到林庚的《中国文学史》的时候说:"著者用诗人的锐眼看中国文学史,在许多节目上也有了新的发现,独到之见不少。"林庚的《中国文学史》出版于 1947 年。他在当时发表的《关于写中国文学史》一篇短文里说,他"计划写这部文学史,远在十二年以前"。推算起来,也就是本文所论述的他新诗创作高峰期的1934 年前后。由此可见,他的诗歌创作的美学观念与他的文学史观中的这些充满生机的思想是有内在联系的。"那时他想着'思想的形式与人生的情绪'是'时代的主潮'。这与他的生机观都反映着五四那时代。"⑤林庚对于唐诗的这些认识,既是历史发展现象与规律的概括,也是出于自身诗人气质和"锐眼"的感悟。这些推崇与概括里,包含了他反对由于文学表现的"正统化"所导致的"衰老和腐化",以唤起一种"真正的创造的精神"的追求。⑥林庚在自己的诗里,那么不遗余力地赞美青春,歌颂自然美,赞美生命意识和无邪的童心,充溢着新鲜的生活和艺术的敏感,乐观奔放的旋律,少年的心情和青春的气息,就不能简单地看做是与现实错位的诗人自我精神的艺术膨胀。林庚已经将"盛唐气象"、"少年精神"超越历史而升华为一种普泛性的人类的气质。这些歌唱里,表现了一个青年诗人可贵的青春活力和对

① 李长之:《春野与窗》,《益世报·文学副刊》(1935 年 5 月 1 日)。

② 林庚:《盛唐气象》,《北京大学学报》,1958 年第 2 期。

③ 林庚:《唐代四大诗人》,《唐诗综论》,人民文学出版社,1987 年,第 120、121 页。

④ 林庚:《中国文学简史》,北京大学出版社,1988 年,第 205、222 页。

⑤ 朱自清:《什么是中国文学史的主潮? ——林庚著〈中国文学史〉序》,《朱自清全集》第 3 卷,江苏教育出版社,1988 年,第 209、211 页。

⑥ 朱自清:《什么是中国文学史的主潮? ——林庚著〈中国文学史〉序》,《朱自清全集》第 3 卷,江苏教育出版社,1988 年,第 209、210 页。

于新鲜事物的敏感,活跃着林庚对于一个"理想的社会"——"要求那能产生伟大文艺的社会"的到来的生命渴望。

　　爱自然美,爱自由,爱青春与童心的纯洁与欢乐,给林庚的诗歌带来"生命意识"歌唱的丰富内涵。这在当时弥漫着狭窄左倾理论的诗学中,难以获得理解。1934 年 5 月,穆木天批评说,林庚的诗里有一种封建地主子弟的"闲适的没落的心情",他不能"把握现实","不能科学地分析社会,去获得正确的社会认识",从他的诗里,可以到处发现"欲念"(desire)的要素,这"欲念"使他"希望着",并达到诗的"内容与形式"的"一致性"。①几个月后,林庚对这些意见作了回答。他说:"我好象到如今还不大懂得什么是'内容',也不很懂得什么叫'意识正确',什么叫'没落'。我觉得'内容'是人生最根本的情绪;是对自由,对爱,对美,对忠实,对勇敢,对天真……的恋情,或得不到这些时的悲哀;悲哀即使绝望,也正是在说明是不妥协的;是永对着那珍贵的灵魂的! 我觉得除非有人反对自由,反对爱,反对美,……或过分的空洞的喊着并不切实的情绪,那才是'意识的不正确'"。②林庚以一个真诚诗人的理解,努力把握人生的根本情绪。他赞美自由,赞美爱,歌颂美,歌颂勇敢、忠实和天真,歌颂童心的美丽,写出了追求人类这些美好精神世界的"恋情",和得不到这些美好情愫的"悲哀"。林庚的这些诗篇,是"永对着那珍贵的灵魂"的歌唱。

四　自我与人类生存的严峻思考

　　林庚进入大学,又经过攻读物理转而学习文学,对自然与人生现象,养成长于作玄学思考的习惯。他说过,原来自己对社会人生的看法,都"比较幼稚简单",世故一些的同学,常说他这个人太"天真","到上大学之后才突然发生变化,开始直面社会,思考起人生来。"③由此,林庚对于自我存在与人类生存的哲理性思考,使他在探索自我与人类命运的时候,也往往会由现实的处境升华为普遍性的发现,表现出一种超越浪漫气质的哲学家的冷峻。这种冷峻的社会与人生的哲理性思考,成了林庚诗歌精神世界的一个更为沉潜的侧面。

　　进入《夜》和《春野与窗》这两本诗集,我们会发现,林庚在一些诗里,有一种隐隐的焦灼和愤激,迷惘和忧虑。他最初的诗集《夜》的第一首短诗《风雨之夕》里,就隐含着人生的一种哲学思绪。它在一种假定的情境中,透露出诗人自我生命的迷惘感:人生像茫茫大海,自己的个体生命,只是不知飘向何方的"一只无名的小船"。诗人面对的,是自我的有所追求而又无可把握的人生命运。李长之说,这首诗境界非常寥廓,淡远,轻快,技巧上也极其完整,有

---

① 穆木天:《林庚的〈夜〉》,《现代》第 5 卷第 1 期(1934 年 5 月 1 日)。
② 林庚:《春野与窗·自跋》,《春野与窗》,北平文学评论社,1934 年 10 月。
③ 林庚:《我们需要"盛唐气象"、"少年精神"》,引自《新诗的格律与语言的诗化》,经济日报出版社,2000 年 1 月,第176 页。

一种"从容的吟味人生的态度"。但我认为,仔细的品味起来,就会感到,这"寥廓淡远"里,这从容的"吟味人生"里,也隐含着诗人那种自我失落的惆怅,那种无法言说的淡淡悲哀。林庚说,"秋林下的人/乃作着种种的白日想"(《秋日》),"生命是惨淡的而且多艰难的/而且有着忍受在过去呢"(《细雨》)。"秋林下的人"当然指的是诗人自己。这些诗句里所展示的,是一个现代知识人,因"白日梦"的执着追求,而不得不忍受许多生命的"惨淡"与"艰难",由此,遂对于个人,对于时代,对于人类,都有冷峻的剖析和深省。在这剖析与深省中,透露出一个青年诗人与世俗抗争的生存价值追求和审美理念的闪光。

林庚面对社会现实中为种种力量所扭曲的生命存在,执着地追求理想人性的实现与复归。他笔下出现的关于"人"的一些肯定性的意象,是超越了世俗的"高人",是能够说"真话"的人,是"光明的人",是作着"白日梦"的人,是有"红色的心"的人,是有"真心的泪"和"孩子心"的人。但是,在现实生活中,无法找到这样理想的人性的体现者,除了在自然与童心的赞美之外,诗人只有延伸自己的视野,以怀念远古和异邦人的古朴,来填补现代人的精神丧失造成的理想人性的空缺。他的诗里,多次出现对"原始人"的赞誉之词,其潜在的意识驱动,就在这里。在诗人眼里,甚至连"古人的心",也比现代人更能够体味自然的美。"满天的空阔照着古人的心/江南又如画了。"(《江南》)出于同样的驱动,由友人"海外的音书"引起诗人对于异邦印度的"驰想",自然也是一种"仿佛是梦里的事情"一般虚幻中的美的境界:"驰想中的印度/森林大叶子下/斜袒与红头巾/一丝乡土的风/吹拂在灵魂之上/沉默的恒河畔/旅客投宿/看见那儿的牧羊人/一天里/云彩带来远年的梦意//檀花的香味/木柴熊熊的烧起火苗/夜已深"。(《驰想中的印度》)这是一幅充溢浪漫色彩的图画。这点"远年的梦意"里,幻想中的成分隐含着对现实精神失落的找回。那些自由、美丽、热情的臆想里,给予人们的,不仅仅是一种遥远的印度奇异的风情,而是一股"吹拂在灵魂之上"的风,是对于向往的合理人生与人性追求的自觉。

精神世界的孤独与虚空,是作为觉醒了的个体知识分子,面对无法改变的现实力量和世俗传统的压力,所能体验到的最普遍的生命存在的哲学。鲁迅《野草》里所探索的这种生命哲学,就远非为他自己所独有,而是作为一种富有理想追求的知识分子拥有的公共精神,在30 年代许多敏感的诗人创作中也得到延伸。但是由于中国知识分子的使命感和"虽九死其犹未悔"的精神支撑力,多数人身上所传达和表现的,不是由此而来的绝望感与颓废的自沉,而是挑战与抗争的生命体验。戴望舒的《雨巷》、《乐园鸟》所抒发的,正是这样一种孤独、迷惘、虚空与追求。林庚的诗里,这种精神体验,被以各种形象,各种矛盾的声音,痛苦地演绎着。

他唱出自我生命的孤独感,但还是执着怀想着"昨夜梦中的天涯"。(《在空山中》)他描绘一个"春"之梦的追求者的孤独:他"每个冬天必做的春天的梦",——在"春天的企望/在第一次的细雨里",越过园中的山与河,于"寂寞的无人里/它认识了我/我泪乃如雨下",虽然

"抑制住而且伤心的"想呼唤为美而共鸣者,但是,"话,一些人在我耳边说/听不清,而且我也不管的走开了","这时想找许多人说/四顾无人声/春之来/先来在我梦中"。(《春雨之梦》)这样孤独而美丽的"梦"无法获得,便是自己在生命追求无力实现时的茫然:"飞入了古的城堡/心的羽翼/折断了吗/力的挣扎/袭来了/抓不住那感觉的是什么"(《雨夜》),以致会产生自己被俘虏,被裹胁的感觉:"我独立/若一个逃回故乡的俘虏"。(《夏之良夜》)

　　林庚在自己的诗里,正是从这个层面,挖掘自己的灵魂,富有哲理性地展示出一个跋涉者所具有的自我追求的虚空。我们看到这样一个倔犟的跋涉者,他独自在夜的最深处走路,眼前"看不见什么象征",显得非常执着:"我不回头只管往前走"。他走过坟墓,走过野蔷薇,克服了死亡的恐怖和生之爱的纠缠,去努力寻求一个真实的自我,而又无法实现。他在这样的矛盾的自我的追问中,思考着人生的价值:

　　　　我走走到夜的更深处,/脚下踏着平坦的大路;/我挺起胸来像一个战士,/向前走去心中再没有事。/我觉得我高,高出了云道/我觉得我低,低得快没有,/我高高低低只有我知道!/我不回头只管往前走。//我走得两腿像是车轮,/毫不费力的迈步重重;/不知什么时候已走在灯下,/我回过头来什么也没有。/我看着,没有说话,/玻璃杯旁放着一瓶酒!(《夜行》)

这首诗所创造的"夜行者"的心态流程,典型地揭示了一个现代诗人所体悟的寂寞人生中的虚空性和荒诞感。在否定性的抒情形式里,唱出的是诗人充满热情的追求所感受的虚空和生存的无奈。他在执着的追求与不断的失望的周而复始中,痛苦地确认了这样一个事实:在自己人生追求的漫长路上,竟然是:"我回过头来什么也没有"。如《春雨之梦》里说的"四顾无人声"的感觉一样,这是一个觉醒者在走进"无物之阵"时体验到的强大的虚空与绝望。但诗人没有就虚空和绝望止步,他说:"我不回头只管往前走"!这异常倔强的声音里,隐约着诗人独立抗争的生命意志。

　　这种颇带人生哲理的感悟,几乎成为五四以来"寻梦"的跋涉者普遍性的心态。鲁迅的《过客》,戴望舒的《寻梦者》、《乐园鸟》,卞之琳的《白螺壳》,……都昭示了知识分子的这种心路经历和人生哲学。林庚的一些诗,对于这种心态的感悟之敏锐,揭示之深微,就是在当时,也是非常难得的。他的一些诗,大都这样以灵魂自白的形式,从人生与自由意志虚幻性的角度,为人们展示了自己的一种生命哲学的深层思考。《静眺》一诗,暗示的是生命自我追求的虚幻。诗人告诉我们:人是自由意志的渴慕者,但自由却如天边的云与浪花一样虚幻。《自己的写照》一诗,则将生命的自我剖析与社会的现实纠缠相结合,塑造了这样一个诗人自我:超越人生的庸俗,眷念纯真的追求,自己与生俱来就葆有"高吊在上面"的"一个灵魂的惊耀"。这灵魂阅尽了"人性中的难堪"的丑恶,因此有内在的"悲哀同暂时的笑窝"。自己虽然"不时的回顾"那些来路上已经的"灭了的"一个个星辰,掩饰住所感受的种种"恐怖",但终于"躲不开"生与死、美丽与愤恨的纠缠,只能"大喊一声/滢坠颗真心的泪!"自己"焦急着"人生中"一些无法留恋"的事,内心如"海啸中的怒涛",充满了"悲号",它在击碎时"有多少的无奈",只有这时候,才像"快刀挥断了乱麻",挥断了人生的痛苦,获得了一点珍贵的平静:"孩子的心爱惜一切,/簌簌落下泪来!"诗人的一颗"真心","孩子的心",与人性的丑恶,与美的幻灭,与世俗的纠缠之间,隐含着很深的矛盾、对立和交战的痛苦。

这里,似乎接触到现代知识分子艺术创造中的一个非常值得注意的现象——《雨巷》意象所代表的觉醒的孤独者的"精神循环":以"雨巷"中的徘徊追求始,遭遇一个美丽的渴望与失落的惆怅,再以"雨巷"的徘徊追求终。这个"精神循环"的艺术结构正是一个有理想追求的知识分子与虚无绝望抗争的过程。诗人林庚不仅以矛盾的精神状态的交战痛苦,展示了这样的精神世界的一个侧面,有时又以对于自己人生态度和价值确认清醒的内心解剖,直接揭示这一"精神循环"的过程。在《冬风之晨》里,他揭示了一个热爱人生的真诚的少年,面对世态冷酷的抉择过程。"冬风的冷酷,/当路上的风吹裂昨夜的冰;/没有一句真话,/因此敲碎了我的心!"他虽然仍然抱着"世界上谁都没有完美"这样热爱人生的宽容的心,"独自"走向追求的路。但当他从失望中回来,更感到了愤激和孤独。"快乐是那些人,/因此可怜的心失掉了一切!"只有虚幻的影子,"在那里欺骗慰藉",而他相信欺骗总有一天会被揭穿的。自我醒悟也就是诗人"雨巷"式的自我回归:

> 在这冬风之晨里
>
> 抱着热出去抱着冷的而回来。

诗人以季节为象征,写了由冷到热,再由热到冷,这样极带普遍性的"精神循环",其中所揭示的,正是诗人自己的,也是一代觉醒者的精神痛苦。置身于这个"精神循环"中,诗人获得的一种痛苦的自省,就是在对于人生热情的丧失中,得到生命抗争的另一种形式:人生价值追求的自我"退出":

> 觉得在一群人中原来我并不重要/我悄悄退出/暮春阴雨天,柳絮飞过西冷桥畔/狭而长的马路上/有一个高人静悄的走来。/回身下一个山坡/眼前一条无穷尽的白路/一些人走着/高空吹过夏天的风/没有人觉得!(《没有人觉得》)

世界是这样冷漠。人与人之间都是孤立的存在,相互漠然。在一颗被"敲碎的心"里,一个有时代责任感的知识分子再没有比这样的发现更痛苦了:"觉得在一群人中原来我并不重要/我悄悄退出",这是在自我价值的重新发现里,同时作出的悲剧性的自我抉择。痛苦的"退出"是为了更清醒的投入。一个"高人"悄悄的走来,正是诗人的一种人生姿态的选择。诗人在"独醒"的意识中,再次自矜地走入"精神循环"的"无穷尽"的"白路"。低调的叙述姿态里,传达的是一种关于自我人生价值痛苦自省的哲理思绪。

林庚在思考自我生命的同时,也思考时代和人类的命运。《夜谈》是一首比较特别的诗。它抒写悄悄的十五夜在安静的院落,"老年家人"谈着往事。诗人用很亲切,很平静的叙述的调子,日常生活里朴素的意象,写出中国二十世纪初叶大时代的变化。诗末有:"城中灰色的

营幕/八国兵士践踏中/埋在土里的元宝不见了/柏油路上马蹄声/非复中国人之心目"。这些
"永远忘不了的事",是历史的记忆,也是现实的预言。在写实与象征纠缠的意象里,饱含了
近代中国被列强欺侮的悲剧性抗争和人间世事的沧桑感,隐藏着诗人关于时代辛酸与民族
命运的思考。《月台》则选择一个人生中匆匆别离的典型的情境,象征地暗示了现代文明的
社会里,人与人之间的隔膜、陌生和冷漠,人类之间存在的孤独与寂寞感。《在》一诗由自然
进而思考人类存在的荒谬。"春风绿草"的大自然是很美的,但"可惜"的是"人类"由于麻木
而丧失美感的"沉寂"。他们"如霍乱菌之无所谓",如"蛀满了蠹虫的木头人",充满了愚蠢,
自私与肮脏,而周围都是致人死地的羁绊与罗网,以至诗人发出这样的感叹:"生于愚人与罪
人间/因觉得天地之残酷!"

　　这种"愚人"和"罪人"的哲学带给人类的前景是怎样呢?《末日》一诗作了回答。在这首
诗里,林庚感叹人类精神陷于"末日"的景象:"红色的心已离开了地球飞开远去/舍不得放弃
一些于前/之后更忐忑于因此所失掉的/不能断然撒手的人/乃张皇于咫尺的路上了!"这大约
象征人类赤子之心的失落,人类精神文明的丧失。精神的追求与坚守者既已不存,剩于世上
的,是那些忐忑于"失掉"什么而不能"断然撒手"的人,他们鼠目寸光在"咫尺的路"上"张
皇",让物质的贪婪泯灭了精神的支持,成为一些被"远处的星"所嘲笑的"怨恨的人与运气
的"人。在这样的世纪"末日"里,人类让冷漠与丑恶占据了自己的心:

　　　　十月的阳光如同情样微薄/露出地壳原本是冷的来/遂令丑恶的形状尖棱的/彼此无

　　相干的罗列着/末日的来到/太阳系中/遂只见地球而不见人!

诗人叹息现代社会的"人"的失落,怀念远古人精神的辉煌。他们留在黄沙上"远年历史的痕
迹":"光明人的足迹/已久冻成了模型",在绝望中期待着这么一天,"一日古时的洪水/乃奔
波而前来"。他渴望人类能够在毁灭中进行自己精神的重建。"光明的人"与"现代人"的对
立,毁灭与重建的构想,诗人对于物质欲求吞噬了精神之光的现实世界愤激的抗争,隐藏了
一种现代人所具有的哲理式的悲情。《风沙之日》则进一步描写,一个时代的清醒者,徘徊在
风沙之日的"边城",看到一幅没落的"世纪末"的景象:风沙中张皇而去的行人,孤立在冷寂
街头的石像,"善观气象"的獐头鼠目的人,而太阳像躲在云层背后,像"白惨的/是二十世纪
的眼睛",在大风吹落瓦片的房屋下,"乃听见屋里有清脆的笑声/永远不能为人所明白的!"
都是在说,在这个精神苍白的世纪里,"愚人"和"罪人",自在得意的生存,物质欲望遮蔽了精
神的闪光,人与人之间,永远无法理解,也无法沟通。这种悲剧性的抒情里,包含诗人批判性
很强的"生命意识",而与人生绝望的毁灭感无缘。《末日》里,也写到对那些"怨恨的人与运
气的"人的笑声,"笑得落在山后了/这笑声是益不可捉摸"。这里又说,屋里清脆的笑声"永
远不能为人所明白的",都是一种与"愚人"、"罪人"相对立的清醒者超越意识的暗示。就诗
的产生时间来说,林庚的这些思考,带有很明显的超前性和玄思性。这首诗在对于"世纪末"
的愤激抗争里,所陈述的,是诗人的对于人类物质与精神的畸形发展的批判性思考。

　　基于这种关于人类生存探索性与批判性的积极思考,林庚在二十世纪的 30 年代初期,写出了《二十世纪的悲愤》这样整体性人生关注的富有哲理深度的诗作。

　　　二十世纪的悲愤,/像硬石在泥坑黑底;/人的逃罪随着欺卑,/遂时使忧劳爱残酷之血矛。/先世的人有原谅人的心,/如今坚持还要不?/忍住欲你忘记间,/于是反潜入心灵之深处!/幽美的想/往往因此惊返。/黎明清晓之乡:/虽有呢喃小鸟啾啾,/总拖落飘然的心,/不令高过院里的瓦色!/入暮模糊中/想杀一可恨的人……/终以又怕生博爱的牵挂,/遂一切罢休了!/二十世纪的悲愤,/乃如黑夜卷来;/令人困倦;/漫背着伤痕,走过都市的城。

诗里愤怒地诅咒,由于人类的贪欲堕落,"逃罪"与"欺卑",便丧去了"先世人"那种充满爱与温馨的"原谅人的心",以致"爱残酷之血矛",进行着人类之间血腥的侵略与杀戮。由于被压抑的"欲望"进入了人的心灵的深处,以致那些"幽美"的渴望与幻想,也往往因此"惊返",碰壁而归了。"黎明清晓之乡"小鸟的啾啾,虽拖住了"飘然的心",使之无法远行。自己曾产生过复仇的情感,想杀掉"一可恨的人",但为"博爱"所牵挂,只能悄然作罢。二十世纪的悲愤,带给知识人的精神沉重、"困倦"和心灵的"伤痕",造就了一批"都市的城"里的飘流者。面对世纪性的"末日"种种物欲的横流与人性扭曲,或者叫做人类自身的精神"异化",诗人的沉思本身就是一种挑战的姿态。这姿态所蕴涵的,是觉醒者的痛苦,是寻梦者的心态。漫背"伤痕"的都市流浪者形象,就是这样的觉醒的寻梦者的概括。当时的批评就说,"在诗集《夜》里,我们微微可以看出来青年诗人林庚之渐趋于流浪人化的一点倾向。"[①]这个判断,透露了 30 年代林庚诗歌精神世界的一个新的趋向。30 年代,中国城市诗的发展中,出现了众多都市流浪者的形象。艾青笔下不仅描写了这种形象,而且以"我也是个 Bohemienl 了"(波希米亚人,流浪汉——笔者按)而自豪,他唱道:"愿这片暗绿的大地/将是一切流浪者们的王国"。(《画者的行吟》)林庚诗里的这种憎恨、"困倦"的精神状态与背负伤痕的城市流浪者形象的出现,是一个有正义和良知的诗人,唱出的对于二十世纪的悲愤和抗议。它揭示了人类精神与物质的失衡,造成的人类丑恶膨胀,善良消泯,人道沦丧。这深深的隐忧与悲愤里所传达的,几乎成为年青诗人林庚对于未来现代社会发展的一个预言。

　　李长之说,林庚和他们这些现代知识者,都在思考着"现代人的病态"这个问题。他们"反对浅薄的功利主义",认为"只盯住现实,就把人类看作除了吃饭以外没有其他的事者",这是一种"现代人的病态"。"人类的价值,却无宁在吃饭以外,更追求些更美好的东西。这是什么呢? 就是艺术。凡是对艺术的价值熟视无睹的,那就是无疑地陷于偏枯的病患者。"在这一点上,林庚看清了"诗人的贡献和天职",它表现了"我们大家的精神"。[②]如果把李长

①　穆木天:《林庚的〈夜〉》,《现代》,第 5 卷第 1 期(1934 年 5 月 1 日)。
②　李长之:《春野与窗》,《益世报·文学副刊》(1935 年 5 月 1 日)。

之说的"艺术",做广义一点的理解,就是人对于现代人精神世界的丰富性与审美性的追求。林庚在诗里所揭示的,就是反对"偏枯的病患者",而追求"更美好的东西"进入人的精神空间,呼唤真正的"人类的价值"的实现,呼唤没有沾染'现代病态'的真的"人"的复归和催生。

　　林庚的内心,是非常重视和渴求精神世界的美的。他赞美青春,赞美友情,他热爱自然,衷爱诗,都是这种精神追求的一部分。"傍晚友人之谈古木之别意/一生能多见几次真正的美丽"。(《无题》)于万物静谧,红叶满墙,虫声如乐中,"一手插在裤袋内/欲采下越过墙来爬山虎的人/这时回到屋里/诗神的脚步乃铿然的/扎实的踏进门来"。(《秋夜》)他努力将这种美的精神世界的追求与思考,上升到更带普遍的人生哲理的层面。1934年春天,林庚写了一组富有诗意的象征散文,总题目为《心之语》,其中多数篇章,几乎都隐含着这样的蕴藏。这组散文中的一篇,以关于鲤鱼跳龙门的美丽传说与现实生活中的物质欲求相对照,暗示了人的生命活力被窒息,人的美好本性被扭曲的悲哀。其中说:"我想凡是有生活力的英勇的东西,上天的意思总是愿意叫它们生存下去的,然而这有生活力的东西如今却僵硬的放在盘子里,我眼中不能浮起一个跃龙门的图来。……我的心是悲哀得说不出来。"[1]古都的红灯笼,成为一种黑暗中一点光明和希望的象征。诗人由街上无数的红灯笼,想到它对于一个城市的流浪人的重要。流浪人说:"这里今夜没灯啊!"这叹息使诗人为之感到震惊。[2]诗人在原始勇敢人的人类反抗残酷天地的呼声中,体味着人类自身永恒的悲哀:"我想那原始的勇敢的人类,在幽暗不见天日的森林中,克服了这个世界与我们,这天地就真正的屈服了吗?想到原始的声音如今还令我们觉到可怕,那可怕的究竟是什么啊? 我心里快要疯狂了……我仿佛听见原始人的呼声,那悲惨的声音,在我这平庸的一生是不曾听过的了! ……只是人类反抗这残酷天地的呼声,然而那挣扎不正是写下永恒的悲哀吗!""人类永久是悲惨的! 那是为什么我们永久怕那原始的声音吗?"[3]在一个梦里,有翅膀的华贵的"春神之宫"的美丽,与金子做的钟摆机械的有规律的宏大声音之间,存在一种不和谐,暗示着人类的精神追求与物质压力之间无法摆脱的矛盾。[4]诗人以一个虚构的故事,揭示了有钱的富人维护自己得到的利益的处世逻辑,对于既成的社会秩序提出根本性的质疑,人类异化后精神空间所产生的铜臭气味,在这里受到了谴责。[5]这些诗化的散文,集中传达的是一个主题:林庚在人生哲理的高度,思考着人类存在的悲剧性命运,思考着物质与精神失衡之后对于人性与美的扼杀,思考着人类为争得自身自由与发展所必然承受的永久的悲哀。他的思考确实是在人类生存的哲学层面上"追求些更美好的东西"。这种诗人与哲人结合的气质,注入诗的创

---

① 林庚:《心之语·鲤鱼》,《现代》第5卷第1期(1934年5月1日)。

② 林庚:《心之语·灯》,《现代》,第5卷第1期(1934年5月1日)。

③ 林庚:《心之语·永久》,《现代》,第5卷第1期(1934年5月1日)。

④ 林庚:《心之语·春神之宫》,《现代》,第5卷第1期(1934年5月1日)。

⑤ 林庚:《心之语·钱》,《现代》,第5卷第1期(1934年5月1日)。

作,给林庚的诗歌带来的,是一种超越于浪漫情怀之上的深层的精神内藏和更经得起咀嚼的艺术魅力。

为庆祝林庚先生 90 华诞而作

2000 年 4 月 6 日—7 月 14 日写毕

2000 年 7 月 15—21 日 修改

作者简介　孙玉石,1935 年 11 月生,男,辽宁海城人。1960 年 7 月北京大学中文系毕业。1964 年 7 月北京大学中文系研究生毕业,后留校任教至今。北京大学中文系教授。著有《〈野草〉研究》(中国社会科学出版社,1982)、《中国初期象征派诗歌研究》(北京大学出版社,1983)、《中国现代诗歌艺术》(人民文学出版社,1992)、《中国现代诗歌及其他》(台湾文化大学出版社,1999)、《中国现代主义诗潮史论》(北京大学出版社,1999)、《现实的与哲学的——鲁迅〈野草〉重释》(上海书店出版社,2001)等。

变革时代的抒情诗人
——雷抒雁诗作略论

牛 宏 宝

内容提要：诗人雷抒雁的诗性创作以 1985～1987 为界，分为前后两个时期。前期诗人以反思批判的"自我"承担着思想解放年代对社会历史的反思批判，这个反思批判的"自我"深刻显示了中国社会变革的内在觉醒，从而将中国过去"传声筒"式的政治抒情诗转向了以反思批判的"自我"为根基的政治抒情诗。后期诗人将反思批判的"自我"转变成了一个以个体生活体认为主的"自我"，他不再仅以公共性话题的承担为诗情的触发点，而是发掘个体生活体验的诗性本源，这使他把那些个体生活体验震颤时刻，把握为生命的生成事件，并据此创作出了深具人本现实主义的抒情诗。无论是前期、后期，还是前后的转变本身，都表明了雷抒雁诗性写作深深植根于变革年代的心灵探索。

关键词：雷抒雁　变革时代　反思批判的自我　个体体验的自我

著名诗人雷抒雁将他自 1979 年到 1999 年的诗作遴选，结集为《激情编年》。

这 20 年，是中国发生巨变的非凡时期。

雷抒雁这 20 年的诗性写作，以 1985－1987 年为界线，可分为两个阶段。前期雷抒雁以反思批判的"自我"承担着思想解放年代对社会历史的反思批判，从而创作出了代表他个人最高水平的政治抒情诗，这是他个人创作的第一个高峰。从诗歌史的角度来说，在这第一个阶段，雷抒雁对中国当代诗歌史的主要贡献，是把中国 1949 年以来的政治抒情诗推到了一个新的阶段，即改变了过去那个"传声筒"式的政治抒情诗的"自我"，建立了以反思批判的"自我"为根基的政治抒情诗。在第二个阶段，雷抒雁前期那种以社会承担为主调的反思批判的"自我"，转向了以个体生活体认为主调的"自我"，这个"自我"进入了更为宽广的"生活世界"，在对"生活世界"的个体体验中，雷抒雁写出了非常饱满、非常独异的抒情诗，获得了他个人创作的第二个高峰，并构成了中国当代抒情诗的极为重要的创获。雷抒雁前后期诗歌创作的变化具有不可忽视的历史意义，因为正是在这一变化中，深刻体现了身处变革时代的艺术家从封闭的时代走向广阔而开放的生活世界的自我探索，而很少有作家能够很好地完成这一转变。

　　作为一个变革时代的诗人,雷抒雁的诗在进行诗性表达中,既探索个体"自我"的抒情本源,又保持这个"自我"与大地的密切关系,在对个体"自我"之抒情本源的探索中,雷抒雁从未陷入纯粹个人的一己世界,在与大地保持密切关系上,他又不是故步自封地重复旧现实主义,而是在这两者之间建立了一种有意义的平衡关系;他在探索诗的意象表达和意境创造上,大胆表现生命体验的诗性起源和感性经验中的生命意义,但却没有陷入非理性的或无意识的晦暗不明的领域,从而形成了一种深具人本现实主义的诗风。而在这一切中,都有他作为一个变革时代的抒情诗人的意义和价值。

一

　　诗人把 1979 年作为这"激情编年"的起始,许多读者会以为因为这一年是诗人鹤鸣九霄的作品《小草在歌唱》(以下简称《小草》)问世的年份。但如果读同一年的其他诗作就会发现,诗人的觉醒远不是从《小草》一下子爆发出来的。如果说这一年的《路旁的核桃树》有着当时"伤痕"的记忆印记的话,那么《空气》、《骆驼》、《种子呵,醒醒》等已激荡着崭新时代颤音。"快把窗户打开,快把门打开/让新鲜的空气进来/海上的风,请进来/高原的风,请进来/吹我们的草让草绿/吹我们的花,让花开/窒息的空气,对健康有害/快把窗户打开,快把门打开!"(《空气》)① 诗句是简单的和明朗的,却恰贴地表达出萌动中的颤动和呼唤。而在《种子呵,醒醒》中,诗人选择了那能够自主萌芽、生长的种子这个意象,说种子是"地球的良心/泥土的思想/世界的生命",可是那"僵化"的"土地"就像僵化的头脑一样,使这世界陷入荒芜。于是,诗人说:"我嘲笑你/坚硬的土层/看见了吗/那是谁,已顶开了一道裂缝/那是谁,已在你脚下蠕动/黄黄的,嫩嫩的脑袋/白白的,瘦瘦的身子",生命之源已经觉醒,有谁能够阻挡呢? "呼啸的风/简直就是春天的命令","那小小的两片叶子,挣脱了种子的坚壳/那片叶子上有不卷刃的刀锋/才如此勇敢地顶起僵硬的板层"。诗人发出了呼吁:"啊,我如此痛苦地、兴奋地呼喊? 醒来吧,种子"。② 在这种"痛苦"与"兴奋"的矛盾交织中,显示了那个开启变革时期的特有感觉。整首诗围绕着"种子"这个意象,把现实历史从严寒季节到变革开放时期之间的过渡铸形显现了出来,这里面缠加着痛苦、焦灼、希望、抗争和生命破土而出的震颤。诗中的"种子"当然绝不是植物学意义上的,而是能够自主萌发、自主领会、自主地向其本己之可能性筹划的人的心灵,浸染着那个解冻年代的内在解放感和对摆脱阴霾的渴望。

　　当我们今天重读这些往日诗作时,会明显感受到,对发生在中国 20 世纪 70 年代末和 80

---

① 雷抒雁:《激情编年—雷抒雁诗选》,解放军文艺出版社,2000 年,第 3 页。
② 雷抒雁:《激情编年—雷抒雁诗选》,解放军文艺出版社,2000 年,第 48 页。

年代初的思想解放运动,雷抒雁的诗有一种独特的历史的诗性领会,这就是他的诗显示了这个变革的内在起源,即这种巨大的变革是滋生于大地的,是滋生于生命的内部的,是从每个人生命的内在萌芽的,而不是一个外部被动的过程。在同年所写的《希望之歌》中,诗人把自我与"希望"这个看似抽象的东西叠化在一起,从而使得那特殊年代所发生的历史性巨变的萌动获得异常坚实、生动的表现。"不要以为我是荒诞的/变幻不定的孩子的梦","不要以为我是虚妄的/月亮里桂枝一样飘渺的影","我是实实在在的,像镰刀/握在农民强壮有力的手中","我是实实在在的,像重锤击打/在钟上,能发出嗡嗡的叫声"。……"我是神奇的巧妙的手指/要推开每个花朵昏昏欲睡的眼睛","我是闪电的目光/要照彻一切痴呆的心灵"。[①] 读这首诗时,我想起了那"在黑夜里寻找光明"的"黑色的眼睛"。这个与"希望"叠化的"我",不就是这寻找光明的"黑色的眼睛"吗? 但这个"我"却要比那"黑色的眼睛"包含了更多、更丰富的内蕴。这个与"希望"叠化的"我"也具有明显的怀疑意识,但却并不一味的只是怀疑;他有更多的滋生于田野的憧憬,有更多蕴藏于土地上的深厚的力量,有任何严寒都泯灭不了的源于大地的生命力。这个与"希望"叠化的"我",使我想起了"天行键,君子当自强不息"的"道",想起黑格尔所说的一个健全的人"应该对现实起意志,应该掌握现实",而不该处于"牧歌式"的宁静中的主体精神。雷抒雁的诗性领悟就是爆发于他自身生命中的这些精神,从而揭示出了那从封闭到开放的历史的内在根基。

即使在思想解放运动 20 年之后重读这首诗,我们仍然会感到惊讶,惊讶于诗中的"我"是那么鲜明,那么大胆,因为在 1979 年,"十年"的阴霾并未散尽,恐怖的余悸仍然在每个心灵的窗户警惕地窥测着,而诗人竟敢大声说:"我是……"当别的艺术家在诉说着自己的"伤痕"时,雷抒雁却在肯定地言说着"我":"我是春天的有力的步履/要踏碎禁锢激流的每一块坚冰"。"我"与"希望"的叠化,是这首诗最独特之处。这个叠化不是说诗人之"我"代表着"希望",而是意味着诗人之"我"承担着"希望","我"就是"希望"的诞生之地。是什么样的力量启示着诗人将"我"与"希望"叠化在一起的呢? 答案是:诗人之"我"内心中萌芽着的解冻的波涛,是对作为所有"希望"诞生之地的"我"的启示性的领会。它向人们显示,"希望"并不在别处,而是就在"我"之中,在诗人的"我"之中,也在每个人的"我"之中。

如果把这首诗中将"我"与"希望"叠化的处理方式,与《种子呵,醒醒》中对"种子"之自主萌发、自主地向其本己可能性筹划的揭示结合起来看的话,我们就会发现发生于 70 年代末和 80 年代初的思想解放运动和改革开放的历史巨变,是怎样被雷抒雁诗性地领会到的。在诗人的诗性领悟中,这场巨变被领悟为一个内在觉醒的过程,那个既是"种子",又是"希望"的"我",是这巨变的诞生和滋生之地。也就是说,在诗人的诗性领悟中,这场从封闭、恐怖走向民族开放历史的演变,有其内在于每个人的心灵的起源。而雷抒雁诗中的"我",就是每个

---

① 　雷抒雁:《激情编年—雷抒雁诗选》,解放军文艺出版社,2000 年,第 9 页。

人心灵中的这种自主萌动、生长的生命力的诗性表达。这正是雷抒雁作为诗人的深刻和独特之处。

雷抒雁对这个"我"的本源性的开启,在《小草》一诗中得到了更为深刻的阐明。

二

从当代诗歌史的角度来说,雷抒雁的《小草》无疑是变革时期政治抒情诗的最高成就之一。这主要是因为这首诗开启了一个深刻的变化:1949年以后政治抒情诗中所形成的那种"政治传声筒"式的诗人"自我"转变为一个"个体反思性的自我"。这是深具历史意义的转变。

就显意的层面来说,《小草》因基于一个包含无限创痛的历史事件,可以列于"伤痕文学"的范围。但是如果透彻领会诗中"小草"这一意象的丰富含义和它所包孕的反思性质、批判意识,那么,这首诗就不简单是揭示伤痕的,而是深具反思性和批判性的作品。因此,从改革开放以来的文学史的角度来说,"反思文学"的肇端可以说从《小草》一诗就已起始。尤显可贵的是,《小草》一诗比起大多数后来的"反思"作品,有一个更为深刻的层面,这就是它深具自我批判和自我剖析的思想精神。在"反思文学"中,只有少数作家的作品具有这种自我批判、自我剖析的精神层面;而大多数"反思文学"作家是在把自己排除于反思批判之外,用理性的观念(或深或浅)来对待那段惨痛的历史。甚至直到今天,许多参与过那段痛苦历史的作家(无论是被动或是主动)还是把自己应该承担的责任交与历史本身,从而把自己从中间"解脱"出来。所以,今天重读《小草》,我仍然被这首诗的这一方面所震动,并对雷抒雁的诗性敏锐感佩不已。

20年前,当我坐在大学的图书馆第一次读这首诗时,就为诗中厚重的批判式的激情所激动,特别是当读到第二部分如下的诗句:

> 正是需要呐喊的荒野,
> 真理却被把嘴封上!
> 黎明。一声枪响,
> 在祖国遥远的东方,
> 溅起一片血红的霞光![1]

我的血整个地凝固了,为这诗句的所凝结的悲剧性和爆发出来的激情所震撼,可以说这些诗句构成了整首诗的最强音;它像交响乐的主部主题一样,在第四部分以变调的方式重复出现。我再次感到了震怵。这种震怵不仅来自于诗句的悲剧性揭示,而且来自于诗人对这

---

[1] 雷抒雁:《激情编年—雷抒雁诗选》,解放军文艺出版社,2000年,第15页。

些诗句的凝结所显示出的力量和激情。这是具有时空穿透力的力量和激情,它使得整首诗越过了对具体事件的回应,成了对发生在自己亲近的土地上的悲剧的质询和诘难,这质询和诘难将永远回荡在历史的长空。这恐怕就是为什么在那么多对张志新事件作出回应的诗篇中,惟独这一首诗卓然独出而被人们记住,并列于文学史的缘故吧。

《小草》在整个表现上,具有多声部对话或合唱的结构,这多声部对话或合唱的结构使整个诗的质询与诘难的意蕴显得更加强烈。诗一开始,就是"风说"、"雨说",使人始料未及而有横空出世之感。而构成这多声部合唱的,有"小草",有作为具体历史成员的"我",有作为诗之缘起的那个"事件",以及似乎是具有历史之"眼"而目睹了那事件并作出评价的"合唱队",而诗人之诗性"自我",就在这"合唱队"之中,"小草"的声音在某种程度上也与这"合唱队"的吟唱叠化在一起。

就我所读过的 1978 年以后的中国文学作品而言,除了巴金的《随想录》把自己置于历史法庭而加以考问、并深具忏悔意识之外,只有雷抒雁的《小草》同样深具自我解剖和忏悔意识。在诗中,诗人直接将自己还原为那段充满创痛的历史承担者,并无情地剖析自己:

> 我恨我自己,
> 竟睡的那样死,
> 像喝过魔鬼的迷魂汤,
> 让辚辚囚车,
> 碾过我僵死的心脏!
> 我是军人,
> 却不能挺身而出,
> ……
> 我惭愧我自己,
> 我是共产党员,
> 却不如小草,
> 让她的血流进脉管,
> 日里夜里,不停歌唱……①

全诗共有五部分,这种自我剖析、自我批判、自我考问的热切情感在第二部分和第三部分出现,并居于非常重要的地位,使整首诗对那段历史的质询和考问,变得异常沉重和深邃,它构成了整首诗的灵魂。我深信,真正迫使诗人对此事件作出诗的回应的,不单是出于对此事件的义愤,也不单是出于对发生在自己祖国的悲剧的震怖,而是在义愤、震怖中的自我质疑,是对自我反思的批判性领悟,迫使诗人写这首诗的。但是,中国社会对待那"十年"苦难

---

① 雷抒雁:《激情编年—雷抒雁诗选》,解放军文艺出版社,2000 年,第 16 页。

的态度,是经历了从"伤痕"到"反思"的历史过程的。可在雷抒雁的这首诗中,对"伤痕"的悲剧性情感体验、对"伤痕"的创痛性表达,却是与自我反思、自我考问、自我批判、自我承担同时爆发的,它们同时从诗人的诗性领悟中整体地闪现而出,同时从诗人的诗性心源中自我启悟而出。这说明雷抒雁作为诗人的诗性心源的深厚、敏锐和博大,也显示出诗人诗性领会中具有深刻的自我觉醒的层面,正是这自我觉醒的层面吟出了这样的诗句:

> 如丝如缕的小草哟,
> 你在骄傲的歌唱,
> 感谢你用鞭子
> 抽在我的心上,
> 让我清醒!
> 昏睡的生活,
> 比死更可悲,
> 愚昧的日子,
> 比猪更肮脏![①]

　　但是,也正是这诗性心源中自我觉醒的层面,使得诗人把那段变革的历史揭示为内源于心的历史,揭示为在每个人的自我生命中有其诞生之源的、自我成长的历史。这是雷抒雁作为诗人的深刻之处,也是雷抒雁作为诗人使命的奠基之所。

　　读着这些自我考问的诗句,就连我这样的未曾卷入那十年苦难的人,也有一种如芒在背的穿心的刺痛,有一种被千夫所指的发自灵魂的罪孽感。有谁能够逃脱这种千夫所指的罪感呢? 当然,这忏悔、自我剖析、自我考问,是针对自己的,但也是针对所有人的,是针对那段历史的。正是这种自我剖析和考问,使得整首诗的批判意识显得异常深刻和不容回避。但更为深刻的是,这种自我剖析和批判,标志着真正的觉醒,即一种自我的觉醒;没有这自我剖析和批判,只用一般的观念来批判,那绝对不是觉醒的批判,而是一种外在的批判,一种把自己排除于历史之外的批判。雷抒雁在《小草》中所进行的批判,正是由于这种自己把自己置于历史法庭的考问台上的自觉,而成为一种觉醒的批判,一种自我启悟的批判。因为,只有当人将自己作为历史的主体,并为自己深处其中的历史承担所有责任时,这个人才是真正的人;由此产生的针对历史错误的反思批判,才是可以走出历史迷雾的悟性之光。这个忏悔和自我解剖的"我",构成了整首诗的多声部合唱中浑厚的男低音,一个深具反思悟性的男低音。

　　虽然这首诗的标题是《小草在歌唱》,但"小草"这个意象作为多声部合唱的一个声部,它的吟唱并不多。它往往出现于总合唱的间歇处,而且音调极为深远、悠长,有一种于无声处

---

　　① 雷抒雁:《激情编年—雷抒雁诗选》,解放军文艺出版社,2000年,第18页。

听惊雷之感。如果说那个被置于历史考问台上被自我质询、自我剖析的反思性的"我",是处于前景中的批判意识的话,那么"小草"的声部却处于背景的深处,承担着总体反思批判的任务,它使我想起的是古希腊悲剧演出中的合唱歌队。

其实,没有人能够把"小草"这一意象的义含穷尽。那不会忘记惨痛历史的"小草",那吸收了先驱者的鲜血的"小草",那鞭打着"我"促使"我"觉醒的"小草",既是这历史的见证者,又可以说是深藏于每个人心灵深处的正义之声;既可以是作为历史河流之河床的理性,又可以说是深藏于每个人心里的良心;既可以是导引人们走过历史之黑暗隧道的心智之光,又可以是生生不息的对生活的希望……也可能它不是这里所解释的一切,它只是小草,生长于高原、峡谷、戈壁、田边、河岸,它无处不在,遍及各地,它扎根于大地,对严寒和荒芜随时制造绿色的颠覆,而且"野火烧不尽,春风吹又生"。但也正是这样的"小草"在中国文化中具有"母题"的性质。它是凝结了中国文化对平民化的历史正义意识的表达,凝聚了中国文化对渺小但却生生不息的生命力的表达。它是一个特别平民化的意象,所以国语中有"草民"之说。

我一直惊异于雷抒雁对"小草"这一意象的诗性处理,是什么样的诗性领悟使得他选择了"小草"这样的意象? 是什么样的奠基性心源使"小草"这个意象进入了他诗性表达之中,而不采用其他的意象? 就整个诗的多声部对话或合唱的结构来说,"小草"这个意象所代表的声部承担着历史的总体反思批判的使命,它比起诗人的"我"所呈现的自我批判更为深远,更为高迈,更有回味的悠长感。这是因为,"小草"这个意象的平民化义含,它的渺小但却生生不息的生命力,它的扎根于土地而生展的形象,等等,都使得它所承担的总体反思批判的意识具有一种源自大地的厚重和力量。

据此,我们会发现,诗人在这首诗中所表现的批判意识,在他的诗性领悟中就是起源于这土地的,是滋生于大地的生命力之中的,批判的反思意识正是在"小草"滋生的土地之上生根发芽的。这比起那些从抽象的观念,如抽象的人道主义所进行的批判,要显得更为坚实,更有本土文化的意蕴。这也就是为什么我们在读雷抒雁这个时期的诗作时,会深刻地感受到,在他的诗性领悟中,发生于 70 年代末到 80 年代初的深刻的历史转折,具有源发于内在生命的底蕴,具有源于自身觉醒的激情。

就这首诗而言,不仅它的反思批判和自我解剖的思想打破了原来"传声筒"式的诗情表达方式,而且就其所形成的多声部对话结构来说,更是从诗的形式上打破了原来政治抒情诗的"独断论"的口号形式,多声部对话结构所形成的潜在的诗情空间和不同意象所形成的未可明言的思想义含,使其容量无限增大,从而具有了不可穷尽的魅力。

三

有评论者认为,雷抒雁的诗具有"英雄主义情结"。确实,雷抒雁的诗作中有这方面的因素。但是,如果细致地体会雷抒雁诗作中的诗情样式,就会发现不能作这样简单的定论。我们从他70年代末到80年代初的诗作中所显示出来的那个深具反思批判意识的自我,可以看到更为深刻的方面。特别是雷抒雁的诗性写作一直从70年代末持续到90年代。我本人特别喜欢他90年代的诗作所显示出来的那种高朗的智慧风貌和细致体贴的情致。而要支持其诗性心源持续活跃而且在时代巨变之下仍然有诗兴的勃发,仅仅"英雄情结"是远为不够的。当我们重读诗人这20年的诗作,就会发现,一个经历过怀疑、反思、自我批判和夹杂有某些启蒙意识层面的诗人"自我",伴随着变革和开放的历史,在诗人70年代末到80年代中期的诗作中铸形显现。而从80年代中期以后,这个深具反思批判意识的诗人转向了"生活世界"这一更为广阔的领域,原来的那个以社会承担为主的诗人"自我"转向了对生活世界进行诗性领悟的"自我"。这个"自我"不再以单一的社会承担为己任,他显得更为单纯,因为他更加个体化,但也更为广博,因为这个作为个体的诗人更加深邃地渗入到了生活领域。这是一个真正的抒情诗人的"自我"。这一变化正是伴随着这个变革和开放时代走过激情岁月的人们的共同体验。

写于1979年发表于1980年的一组小诗受到了著名诗人艾青的赞誉,并亲自撰文予以评论。艾青所赞誉的是这组小诗独特的个人体验和对意象的捕捉。这种独特的诗情方式正是诗人之诗性自我的表露。这个诗性自我可以说是对过去那个"传声筒"式的表达方式的自觉的"拨乱反正"。写于1980年的《太阳》,则是对诗人的具有启蒙意识之独立"自我"的显著表达。在这首诗中,诗人对一个流传了几千年的英雄神话进行反思批判。诗的第一节是这样的:"我诅咒羿的金箭/一箭射落九个太阳/如果十个太阳同时存在/宇宙该是另外一个模样。"诗的结尾则转向了对"自我"的体认:

　　　　我把头颅高高仰起,
　　　　炽烈的思想放射刺目的光芒;
　　　　草啊,花啊,树啊,
　　　　你们看看,宇宙间到底多少个太阳![1]

这首诗所表达的思想,直到今天仍然闪烁着其启蒙智性的光芒。诗人不仅高扬着自己思想的头颅,而且把思想的头颅比作太阳。如果考虑到"太阳"一词在那个特殊年代特定的比喻性所指,那么诗人把具有思想的头颅比作太阳,就是一个深具反思批判意识的诗性表达。这里出现的这个具有"炽烈的思想"的自我,不就是那个思想解放年代所诞生的自我么!反过来说,变革和开放的历史转折,不正需要这样的自我作为它的坚实的基石么!否则,任何变革便是不牢靠的。没有这样的源于生命的自我,个体就会陷入盲从,陷入蒙昧,像鲁迅笔下的阿Q一样。

---

[1]　雷抒雁:《父母之河》,人民文学出版社,1984年,第9页。

雷抒雁在此期间的诗作,表达了诗人自己对自我进行探索的心路历程的基本方面,同时,也表达了变革时代许多人进行自我探索的心灵过程。我相信,他未曾言说的探索和思考,比他已经言说的要远为深刻和复杂。正是这个充满思考和批判意识的自我,把诗人带到了后来那个充满智慧风貌的阶段。

从当代诗歌的发展来说,1978 到 1984 年期间,由于政治上的"拨乱反正"和意识形态上对"文革十年"种种恶果的暴露,诗歌曾经优先作了批判的号手,并在创作上出现了"井喷"现象。但到了 1985 – 1987 年,改革开放走过了"瓶颈"期而向纵深发展,就像黄河出了龙门,长江出了三峡。由变革所带来的社会生活的变化也产生了新的活动形态,社会变得开放,生活开始呈现出了多元的面貌。正是这一变化,1978 年以后形成的"伤痕控诉"式和"反思批判"式的"新"文学模式,失去了制造"井喷"壮观景象的"压力",许多诗人和作家在失去这种"压力"的情况下,也就失去了创作的"兴奋点"。也正是在这个年份,"寻根文学"和植根于活跃起来的都市生活的具有"现代派"艺术特征的文学登上了历史舞台,而诗坛却出现了分裂和混乱。诗坛的分裂和混乱在一个更为深刻的层面上,是由于现代新诗在如何进入"生活世界"这个关键点上的问题没有得到根本解决而造成的必然。正是在这个意义上,雷抒雁 80年代中期以后的探索具有特殊的历史意义。

在许多诗人告退和沉默的情况下,雷抒雁却经在过了一段痛苦的过程后(这种痛苦可以在《诗赌》< 1987 >一诗中见出),形成了更为宽广的音域,以特有的诗性敏感表达着多元而生动的生活世界。他成了唯一一位完成了"自我"转型的诗人,并在 90 年代形成了他个人创作上的第二个高峰,由此而构成了 90 年代诗坛的重要成就之一。

一般读者和评论界都只因《小草在歌唱》、《父母之河》等优秀诗篇而把雷抒雁定位为政治抒情诗人。当然,雷抒雁是变革年代以来最重要的政治抒情诗人,是变革年代政治抒情诗的最高成就者。他在 1985 – 1987 年经过转变之后仍然写政治抒情诗,他的激情和把握政治事件的力量使他具有真正政治抒情诗人的条件。这是他作为诗人对他生活于其中的时代的必然参与和承担,他对这种参与和承担从未怀疑。但重要的是,在他的政治抒情诗中,诗人的"自我"已不再是掏空了个体存在的"传声筒",而是一个深具个体思考的"自我",一个具有自己领悟方式的"自我"。

雷抒雁之所以能够从前期以社会参与和社会承担为主调的诗性"自我",经过痛苦的探索而转向一个对多元生活进行领悟的诗性"自我",就在于他前期的那个以社会参与和社会承担为主调的"自我"中就包含着一个来源于生命自身觉醒的"自我"。也就是说,那个"自我"中深蕴着把个体自我体认为历史主体的生命感悟。我这里之所以强调诗人自己的"生命感悟",是因为我发现,雷抒雁前期的反思批判不是来自任何理性成见的抽象观念,而是来自他自己的生命启悟,不是来自任何书本上的说教,而是来自于生他养他的大地,不是来自于"不平则鸣"的控诉式情感,而是来自生命力内在生展的自由感。这正是雷抒雁与其他同期许多诗人的不同之处。正是这把个体自我体认为历史主体的生命感悟本源,使得他在变革的历史形成新的生活形态时,仍然能保持其巨大的创造性活力。

以社会承担为主调的"自我",由于其所承担的公共性,这个"自我"可以登高而呼告,因此,这种"自我"的诗情样式是以激情的爆发和感召力为特征,并以对普遍关注的社会问题为其激情的爆发点(这种模式可以郭沫若为例)。而进入具体的生活世界并对生活进行诗性领悟的"自我",却不以感召力和对公共性问题承担的激情为其诗情样式,也不以社会问题为其激情的触发点,他的诗情样式须是体验的,是对生活的亲密领悟,但是又要在这样的亲密领悟中达成诗性的普遍可沟通性。因此这种诗性"自我"须得更为敏感、细腻、睿智,同时它所要求的体验须得有一种直觉的穿透力,以便突破生活的现象而进入诗性的领域,并把诗人个体"自我"的亲密体验升华为通达所有心灵的通道(这种模式可以30年代的何其芳为例)。就此而言,后一种模式的诗性"自我"是更为艰难一些的,它对诗人的内在质素的要求更高。用雷抒雁自己的话说,就是要将诗人自己"诗化"。

以此论之,我们会发现,自新诗产生以来,这两种诗性"自我"正构成了两极,甚至是对立的两极。由于中国社会这100年来的特殊原因,"主流意识形态"和文学史往往扬前者抑后者。诗人们也不由自主地分成了两种类型,很少有人能够将这两者统一于一身,只有极少数是例外。这极少数例外我认为是艾青、郭小川,在变革时代则是雷抒雁。

雷抒雁在80年代中期以后,经过探索,形成了更为丰富的诗性"自我",他把社会思考的主体承担与对生活的个体体验兼容一身,在个体体验的独立性和与大地、与人民保持密切联系之间,建立了有意义的平衡。这恐怕就是有评论家认为雷抒雁是旧现实主义的最后一位诗人,也是新现实主义的第一个诗人的缘故吧。但在其后期抒情诗中,他的激情向一种凝缩的聚合力转变,从而显示出一种铅华落尽的澄明的魅力,一种对生活世界进行诗性体验的艺术智慧。正是在这个意义上,雷抒雁后期诗作表达了这样一个基本思想:诗是理解生活的感官,而诗人则是明察生活之诗性意义的目击者。

四

就雷抒雁后期对生活世界进行诗性体验式表达来说,他明显地不是把生活体验为静态的空间,而是进入生活之流,进入生命意义的瞬间闪现。因此,"告别永恒"而体验生命之"在路上""踏尘而过"的风尘和魅力,成为雷抒雁后期诗作的最显著特征。雷抒雁曾把他90年代以后的诗作结集,起名为《踏尘而过》①。"踏尘而过"本身就是一个意象,在这个意象中就凝缩着诗人后期诗性触发的基本特点,即对生命作为"时间"过程的领悟,并在这领悟中捕捉

---

① 雷抒雁:《踏尘而过》,解放军文艺出版社,1996年。

生活的诗意。写于1992年的《告别永恒》则明晰地显示了诗人对生命之瞬间展现的体认。"谁也不喜欢谢幕/可这舞台上何曾有过永恒","是一片叶,绿过/是一朵花,红过/或许天空还记得/有过一丝游云,一缕清风","这就够了,莫说一瞬短暂/却够你陶醉终生"。① 写于同年的《不是没有疲劳》则表达了对生之"在路上"的感触:"不是没有疲劳/是总在急急赶路/长长的路/是长长的引诱"……"擦一把汗/悄悄对自己说:走,上路!"② 读着这样看似简明的诗句,却有一种让人潸然泪下之慨。生命的沧桑和魅力不就是时时处于"上路"的状态吗! 这是一种未经渲染的、未被玄思化的"在路上"的体验,但也正因为它的素朴而感人至深。这其中有着生命最基本但也是最敏锐的颤栗,有着对生命之"时间"本性的甚至是源自肉体的领会。这里面深蕴着一种令人难以承担的美。1990年的《听命于时间》也表达了同样的主题。

记得列宁曾把贝多芬的《弦乐四重奏》看作是用音符写就的人权宣言。为什么不是"命运"、"英雄"那种黄钟大吕的交响曲是人权宣言,而是轻音乐的《弦乐四重奏》?《弦乐四重奏》又表达了什么样的"人权"思想呢? 因为正是在《弦乐四重奏》中,有贝多芬作为一个有血有肉的人的生命感动,有他凭整个的人而产生的颤动。那如泣如诉的曼妙旋律中宣示出来的不是什么理性,也不是什么伟大的思想,而是从音乐家的灵魂中飘出的生命的感动。正是这种感动宣示出生命比思想伟大,具体的来自生命的活生生的经验比任何抽象的上帝珍贵。读雷抒雁后期的许多诗作,给我们的正是这种来自生命的感动。如果大家细心领会《思念》这首诗,就会对这种生命的感动有生动的体会。在诗中,"思念"被体验为如疯长的春草,漫天铺展,而且"一枝一叶都是关切/经历风雨/而后铺满阳光……"③ 这是一种真正经验到的思念,一种弥漫得无处不在、无处不生根发芽的思念。它或许是沉重的,或许是折磨人煎熬人的,但却只有生命才具有这种经验,它的属人性使它具有意义,一种属于人的意义,没有任何东西,哪怕是以理性的名义也不能贬抑这种感动的价值。虽然思念只是人的诸多情态的一种,但就在思念的"出神状态"中包含着整个生命。

中国传统文化是特别重视体验的。在诗人雷抒雁这里,体验就是诗人的感性个体生命生展之反思性领会,它不是如一般人所以为的那样是纯然主观的,也不是纯然情绪性的。体验着就是生活着,体验是生命生展在世界中达成的关系域,在体验中有生命和世界的共在关系。因此它具有历史性、经验性。任何一次体验都是生命生展的事件,也是生命的意义事件,就像历史事件一样,是"道"的闪现,其中有命运、遭遇、历史,有诞生,也有死亡。正是在这个意义上,体验有普遍的可沟通性。当然,体验是微妙的,不易觉察的,它极易从人的不经意间滑走,而再难重逢。但诗人却把它把握为意义到来的闪电,把握为生命价值的瞬间生

---

①　雷抒雁:《激情编年—雷抒雁诗选》,解放军文艺出版社,2000年,第266页。

②　雷抒雁:《激情编年—雷抒雁诗选》,解放军文艺出版社,2000年,第265页。

③　雷抒雁:《激情编年—雷抒雁诗选》,解放军文艺出版社,2000年,第268页。

成,就像历史的车轮隆隆滚过大地所留下的深深的刻痕。因此,任何一次诗性的体验都是一次生命的重大事件,由众多的诗性体验构成的整体,便被称做人的心灵史。这正是我们读雷抒雁后期诗作时的基本体会。

据此,一辆搁置很久不再骑的自行车变成了一首生命的歌:"这些铁骑惆卧在墙角/甚至不想正眼看我……骑车的人却已困顿/总是隔着玻璃欣赏旋转的日月/我的自行车已经生锈/青春像是一曲遥远的歌"(《我的自行车已经生锈》,2000年)①。而一朵从窗前飘过的云却使诗人体验到了命运:"想起那个人的时候/正有云从我的窗口飘过/轻轻飘飘的云朵,衬着蓝蓝的天空/很像是谁的生活。"② 这首诗具有百读不厌的永恒魅力。那个由飘过的云所唤起的"人",不一定实指具体的某个人,而是暗示着人的命运。整首诗使我们想起"人生如浮云"的感怀,想起"白驹过隙"的古训,想起"古诗十九首"所咏诵的"人生苦短"的伤感和苍凉。但这首诗又有它独特的韵致,有雷抒雁特殊的具体体验的独一无二性,它意指的命运感的细腻,它的似有似无的曼妙,它的灵动的飘忽不定,它的体贴细腻的质感,都使它具有了不可替代的价值。这些体验无可否认具有诗人个体体验的具体性,但它们所揭示的诗性意味和生命意义,却具有广泛性,它们把所有阅读这些诗的人们带到了同样的诗性领悟之中,召唤人们去领会生命意义的瞬间生成。

就这些瞬间感动而言,它们虽然没有社会承担那样宏大,那样具有外在的公共性,但是由于它们的属己性是人自己对自己的亲近,它们是人自己对自己的体认和命运的感知,所以它们具有内在经验的普遍可沟通性。这样,诗性缘起的触媒变得异常广泛,而不论其题材的大小,因为体验中生命意义的瞬间生成,是整个生命的显现,因此具有不可取代的价值,即使是如游丝般从心头掠过的感动,都是意义闪现的重大"事件"。这样,雷抒雁后期诗的题材变得非常多元,可以是"迷路的蝴蝶",是理发时心里飘过的思想(《理发》,1986),也可以是对穿梭鸣叫于都市楼房之间的布谷鸟的感慨(《都市的布谷》,1994),是檐前落雨所勾起的变迁感(《檐前落雨》,1994),或者是一副假牙所唤起的对生活的领悟(《假语》,1995),也可以是对都市人流所产生的陌生感的恐惧(《不知姓名的人》,1995),等等。

在雷抒雁后期诗作对生活世界的体验中,有一种由智慧的透析而产生的光亮感和特有的宁静。这是从社会承担的激情世界向生命体验的感性经验世界"尘落"的产物。就雷抒雁后期诗作对感性经验世界的体验和表达而言,这不仅意味着诗人对感性世界的回归,不仅意味着诗人承认这个世界的重要意义,而且意味着诗人要复显这一领域的诗性根源。就此而言,雷抒雁的后期诗作具有经验人本主义或者人本现实主义的特征。这应该说是雷抒雁对90年代中国诗坛的重要贡献。

---

① 雷抒雁:《我的自行车已经生锈》,《诗刊》,2000年第6期。
② 雷抒雁:《想起那个人的时候》,《诗刊》,2000年第6期。

五

雷抒雁是一个在诗的艺术上一直非常自觉的诗人。他写过不少以诗论诗的作品,这些作品体现了他对诗艺的基本追求。1989 年写的《最后的色彩》和《自杀》,都涉及到对诗的艺术领会,它们共同的思想是:艺术是整个生命的注入。写于 1993 年的《琴匠》、《铸钟》,则是雷抒雁对艺术的最深刻的表述。它们不仅是优秀的抒情诗,而且具有不可忽视的理论价值,它们是对艺术之诗性的最新也是最深刻的探索。我们来看《铸种》。

细心的读者绝对不会把这首诗理解为咏物诗。铸钟的过程其实就是艺术创造的过程,在诗人的体验中,"铸钟者""一开始就把灵魂交给了青铜",这是对艺术创造过程的深切领会,这一思想在第四节由于引入传说中"红衣女子"投火而变得更加厚重,并获得了生命力;而那冶炼时的"液体的火"不就是生命之火吗?在这里"灵魂"与"火"之间有一个隐秘的切换,因为火就是自然的精灵。于是通过火的精灵,"灵魂在每一滴铜汁里/清醒/寻觅金属的声带"。在这里,雷抒雁把艺术的创造体会为在对物(青铜)之物性(发声)的"萃取"中,灵魂注入到了所"萃取"的物性之中,于是才有"钟的名字叫声音"。这是一种难以把握但却非常深刻的思想。接着诗人说:"口的形状/源于呐喊"。这里所说的"口"是指钟的形状,而诗人不说钟的像"口"的形状是对人的呐喊的模仿,而是说"源于"。"模仿"具有外在性,"源于"却有母体生成的含义。由于钟的形状"源于呐喊",于是诗人说,钟声的"每一种含义都是惊醒"。而诗的最后一节:"撞钟者说/这是神的声音",这在显意的层面是指钟都是安置在神庙或寺院的,所以它是神的声音;但在隐蔽的层面,则是指艺术神性的一面,即艺术作为美的显现。整首诗表达了这样的关于艺术的思想:艺术是生命或灵魂的铸形显现,而在这铸形显现中对生活的意义有所言说(钟声)。[①]

雷抒雁的这些深刻的思想,在他的诗中通过意象而进行的意境创造上具体体现了出来。

汉语诗是特别讲究选象造境的。通过对一个诗人选象造境的分析,我们可以揭示出诗人的诗性心源的结构性特征和诗人对诗之艺术的最新推进。雷抒雁是当代诗人中特别注重选象造境的诗人,在这方面,既可以看出他对传统汉语诗艺的继承,也可以看出他把选象造境的传统汉语诗艺用于变革时代心灵表达的艺术创造。

这里,我们须得对意象和象征作一个简单的区分。意象和象征都与"象"有关,同时它们又都是生命生展的"生成性"事件。但是,象征与无意识领域的自主作用有关,象征指向的是形而上的超验世界。因此,象征具有必然的晦暗不明和抽象特点;而意象却属于生命生展的经验世界,它不属于无意识自主作用的产物,而是显意识层面的生命呈现,它是"胸中之竹"。

---

① 雷抒雁:《激情编年—雷抒雁诗选》,解放军文艺出版社,2000 年,第 276 页。

就此而言,任何意象都是透明的,也就是"象"和"象"所指的"意"之间是透明的,不需要任何别的解释,在我们的经验世界内都可以理解。但由于意象是事物(事件)之最完美的被给予状态(直觉),理性和意志不仅不能控制它,也不能穷尽它,虽然它对于悟知的直观来说是透明的。

就雷抒雁的诗作来说,他很少跨越意象的领域而走向系统象征,虽然他后期诗使用隐喻较前期为多。这就使他的诗明快而不晦涩,自然而不怪异。这恐怕是他的诗深受读者欢迎的原因之一。

诗性意象的到来,一般有两条途径:或者一个生活的场景、一个自然物唤起了诗人的诗性体会,于是这个作为触媒的生活场景、自然物就会直接成为诗性表达的意象;或者一个内在的、蕴藏着的东西胁迫着、挤压着、催逼着诗人寻求表达而捕捉或寻找到意象。在雷抒雁的诗作中,这两种产生意象的途径都有。但是雷抒雁诗作选象造境有他自己的特点。

首先,在选象上,雷抒雁的诗中意象多与大地有关。也就是说,凡是在大地上生长的现象,最易被他用来表达他的诗情,这一点在他的前期最为明显,在后期这一点虽有变化,但也未摆脱这一倾向。我这里之所以用"大地"来说明他选象的基本归属,而不用"自然"一词,是因为"自然"可能会使人误以为雷抒雁是专注于自然美的"山水"或"田园"诗人。但是他对大地有着超常的领会,所以我读他的诗总觉得有一种源自大地的厚重和扎实的感觉。之所以如此,谜底就隐藏在诗人写于1983年的《妈妈》一诗中:

> 生活的路是漫长的
> 但总长不过你纺出的棉纱
> 我从那蜿蜿曲曲的小路
> 走向城市
> 走向高楼大厦
> 走近即将升起的火箭
> 走进你讲给我的一切神话
> 我想,我走过的路
> 是你用纺车纺出来的
> 像滚动的线团
> 那线头永远握在你的手里
> 母亲啊①

这节诗里隐藏着雷抒雁诗作选择"意象"的全部秘密,说明了他的诗中那种大地的感觉和它们所带有的力量。由于雷抒雁是从土地上走出来的诗人,大地上生长的一切对他都是

---

① 雷抒雁:《绿色的交响乐》,春风文艺出版社,1983年,第71页。

亲近的,生动的,形象的,活生生的,也正是大地训练了他对生活的态度,形成了他生活的基本经验。当他用诗来表达他对生活的领悟时,天然地倾向于运用来自大地的意象。他写《小草在歌唱》时,用的是"小草"这个意象;他写由于历史的错误而被囚禁的一个人的悲剧命运时,他用的是"锯末"这个意象(《锯末———一个人命运》,1988);他写崩溃前的前苏联的生活艰难用的是"泥泞";写黄河,诗人用"爷爷那布满皱折的脸"、"爷爷青筋纵横的手背"(《父母之河》)这样的意象;前面我们分析过的那首《希望之歌》用的全是大地上所能见到的意象……1996 年诗人写过一首《采薇》,它的基本命意就是什么时候都必须"储藏"经过千锤百炼而形成的奠基性的东西:粮食、蔬菜、甚至野菜,还有祖国、人民、牺牲、革命……"我得趁阳光饱满的季节/采集一些植物 晾晒 淹渍/像我的父母那样/留给我的孩子们/待他们饥饿时食用"。这里"阳光饱满的日子"暗示着那些过上无饥饿日子的人们对大地以及大地的馈赠的遗忘,诗人则要唤醒人们重归大地的根基,目的在于"强壮都市孩子的骨骼",以便把大地的馈赠当成一代一代人的"护身符",并且"如果能够发出声音/我希望以它们为鼓为钟为随时/可以被风吹响的铃铛/提醒沉睡和迷路的人们"。① 这首诗中不仅用了大地上生长着的一切作为意象,而且写出了关于大地的思想——大地不仅是生存的根基,而且生命本身就是大地的馈赠。

其次,倾向于从归属于大地的生活中获得意象,雷抒雁诗作在选象方面就有尚"实"的特点。这个"实"就是从意象的来源上使整个诗结实地落实于生活的根基上,而不是飘在空中或者走向抽象。这也同时意味着诗人在选象上的准确和生动。如诗人将土坡上返青的草与少年初长的胡须两个意象叠加在一起,写生命的生长感(《绿色的生机》,1983 年)。诗人写"归来"的诗人艾青就用了表面上很"实"但却生动感人的意象:"突然找到了那管丢失/已久的铜号/他用漏风的嘴巴/憋足的气/用力吹奏着欣喜"。② "漏风的嘴巴"用在这里是何等的朴实,又是何等的生动而令人回味无穷。而前面我们所述及的"小草"、"锯末"、"泥泞"等,没有一个不是经过锤炼而显得准确和生动的源于生活根底的意象。这显示了雷抒雁诗作的魅力之所在。

虽然在选象上,雷抒雁的诗是尚"实"的,但通过意象勾连而营造诗之意境上,雷抒雁的诗却是尚力、尚神奇的对接,注重从"常物"幻化出人们逆料不到的诗意。由于取象尚实,经营意境尚力、尚神奇,雷抒雁的诗就有一种骏马踏尘而过的神韵,既不离开大地,又有驰骋千里之姿。在《诗魔》(1984)中有两句诗,同样体现了这种神韵:"他用牙齿写诗/用石头呐喊"。"牙齿"、"石头"都是很"实"的,但当它们与"诗"、与"呐喊"关联起来,便产生了神奇的诗意的效果。写于 1981 年的《黄雀与城》中,诗人把一只灵动活泼的黄雀与沉重而充满沧桑感的故

---

① 雷抒雁:《激情编年—雷抒雁诗选》,解放军文艺出版社,2000 年,第 321 ~ 322 页。
② 雷抒雁:《激情编年—雷抒雁诗选》,解放军文艺出版社,2000 年,第 124 页。

宫神奇地对接在一起,从而创造了无法用语言能说清楚的意蕴。在《掌上的心》(1986)中,诗人用"红红的草莓"来比喻"心",这两者虽然有"形似"的方面,如红、桃形等,但草莓的新鲜、脆弱(易腐烂)等则使心的脆弱和易受伤害,得到了非常明白而生动的表达;再看看《秋雨》(1989):"割尽最后一树蝉声/北方摇曳而至的/秋雨/悄悄在寒风中磨自己的/霜刃"。诗中以"秋雨"为核心意象,把"蝉声"、"寒风"和"霜刃"等奇妙地连接起来,这奇妙的连接主要是通过几个犹如鬼斧神工的动词使用而变得妙不可言,这就是"割"、"摇曳而至"、"磨";而用"一树"来计量"蝉声",更是让人惊叹诗人用语的准确和形象。

　　雷抒雁选象造境的这些特点,与他诗情爆发莅临的方式有关,也就是说与他诗性"兴会"的特点有关。在平日交往的谈话中,雷抒雁多次提到一个诗人的入诗的方式,也就是诗人在什么样的诗性"兴会"下去写诗。有些诗人可能是在对对象的静态关系的领悟下去写诗,如王维;有的诗人则是在无意识作用下进入"兴会"状态的,如象征主义诗人;……雷抒雁诗性"兴会"方式主要是聚焦于心灵中深具戏剧性的震颤以及由这个震颤所形成的动态的、流动的关系域。这个震颤可能只有一个最强的兴奋点,也可能会有几个变化着的兴奋点,诗人就是围绕这兴奋点把它的关联域展现出来。而这震颤往往会生成一个动态的、关系性的核心意象,围绕着这动态的、关系性的核心意象,则形成将这核心意象的内蕴展开的次极意象。因此,雷抒雁的每一首诗往往有一个震颤的戏剧性焦点,这使他的诗具有一种类似于绘画中焦点透视的聚合力和洞察力,但又不是静态的、空间的透视,而是对诗性"兴会"核心的凝聚,就像旋律音乐中的主题乐句;而诗人选择的对其戏剧性震颤进行展现的开头诗句,则往往是那能够打开这戏剧性震颤的契机,所以他的诗的开头显得比较突如其来,仿佛洞开了进入诗性"兴会"的大门。如《小草在歌唱》一开始就是"风说"、"雨说";而《父母之河》则以"我在繁华喧嚣的都市/突然思念黄河"展开了整首诗。如果大家留意一下雷抒雁每首诗的开头的话,就能发现这个特点。

　　由于聚焦于诗性的戏剧性震颤,雷抒雁的诗便具有一种动态的、戏剧性冲突的诗性力量,他所创造的意境却已不是古典诗歌的那种空间化的宁静境界,而是心灵震颤所发出的旋律,它们总是处于奔跑、跳跃、驰骋的状态之中,就像从灵魂中飞出的一阵飙风。

　　这是诗人天性所使然,拟或是时代变革所使然?我想每个读者都自有领会。

作者简介　牛宏宝,生于 1960 年 10 月,男,陕西眉县人,博士,中国人民大学哲学系副教授。主要研究西方美学、中国美学。邮编:100872。

清谈·淡思·浓采

——诗学与哲学之间的文化透视

韩 经 太

内容提要：本文尝试着以叩问于两端、关注于中间的学术思路来透视剖析中国中古时期诗学与哲学彼此交汇的特定态势，通过具体分析清谈之课题构建及话语方式、玄远之思的魅力与玄言之诗的教训以及文贵形似而诗尚景象等相关现象，揭示出玄学思辩导引下的中古诗学走向，总体上是两极摄引的，尤其是清谈所导致的对言语魅力的崇尚，以及因此而促成的诗歌语言艺术的增殖性发展，最终是沿着言尽意论的思维方向演进的，而这一演进方向在与魏晋风度对美象喻说喻说的讲求相结合以后，就必然生成窥情风景之上的诗情画意之追求。

关键词：清谈辩言 淡思浓采 澄怀味象

无论是中国思想史还是中国文学史，都不能不以浓墨重彩的一笔来描述以"清谈"为表征的这一段历史。这是一段充满着矛盾也充满着生机的时代，这是哲学的时代也是诗学的时代，而哲学与诗学的交织将会产生多大的智慧和灵感！如果认定所谓魏晋玄学的时代只有玄学，那就好象认定玄学的对应物只能是玄言诗一样，我们的思维就将被简陋化。实际上，被人们称之为哲学的时代的这一段历史，是最富精神创造力的时代之一，这是一个勇于提出问题并勇于作出解答的时代，同时，这也是一个真诚地尝试着让哲学与诗交融一体的时代。完全可以这样说，哲学上的"有""无"之辩，诗学上的"情""理"之辩，以及作为中介而存在的"言尽意"与"言不尽意"之辩，赋予整个魏晋时代以浓郁的思辩色彩。然而，恰恰是在这个时代，又风行一种令所有中国文人神往的名士风度，思辩的理性是那么微妙地与艺术风情结合在一起，于是，无论人格上的"清""浊"，还是风格上的"浓""淡"，彼此之间的联系都是那么微妙了，简单而有效的分析于是显得不够用了，我们明摆着也需要一种带点微妙的分析。而什么样的分析才可谓是微妙的？须叩问于两端，留意于中间。

一 清谈:思想、思想者以及言语、言语者
——"清谈"现象的文化思想分析

对历史上的"清谈"的谈论都快成为新的清谈了。但我们还得继续谈论。

"经过东汉末年两次党祸的大屠杀以后,读书人不敢评论实际的政治了。他们的谈论,由政治方面转到人物的方面去。所谓人物,并非那些当朝掌政的伟人,只是古代的或是乡党的人物而已。采取这种题材,较可自由发挥议论,不至于触犯国法。而自己的牢骚愤慨,也可藉此发泄一点。在这种情形之下,于是谈论的风气就一天天地兴盛起来。"①刘大杰先生的这一番分析,与王瑶先生在《中古文学史论》中的论点相一致,其共同的切入点是从政治形势以及相应的政治心理入手。这种评述所给人的直接印象是,"清议"所具有的"清士"的节操和胆魄因此而退避转移了,如果说在前者那里,"清"象征着理想政治的尺度以及其相应的批评话语,而其批评的对象也都是现实的政治问题和政治人物,那么,到后者那里,就像钱穆所指出的那样:"所谓'名士'之流,反映在他们思想上者,亦只是东汉党锢狱以后的几许观念,反动回惑,消沉无生路。"②钱先生于此有自注:"所以谓之'反动'者,以其自身无积极之目的,只对前期思想有所逆反。"这里的"只对前期思想有所逆反"讲得十分生动,"清谈"是对"清议"的逆反式承传,在这里,逆反心理以及引起这种逆反心理的社会原因,当然就是关键所在了。

但凡最后导致逆反现象者,其本身必有过分之处,因为合理而又适度的行为是不大可能导致逆反现象的。新近独立撰写《中国思想史》的葛兆光就发现,当公元 166—169 年党锢之祸期间,在士人慷慨陈辞而至于辞走极端的同时,士人中间已经开始了必要的反思。③如今看来,反思主要表现在对当时士人社会之朋党倾向的否定方面。《后汉书》卷八十《文苑传》载刘梁"常疾世多利交,以邪曲相党,乃著《破群论》,时之览者以为'仲尼作《春秋》,乱臣知惧,今此论之作,俗士岂不愧心?'"的确,这样的反思有助于我们认清东汉"清议"在历史上的负面影响,即其在"处士横议"之际所表现出来的结党营私的行为,尽管在大的历史判断上我们无疑是需要站在"处士"这一边的。当然,如果是完全站在文明理性的立场上,则刘梁《破群论》这个题目、也是有问题的,因为孔子就说过:"君子群而不党",④以汉代儒学之深入人

---

① 刘大杰:《魏晋思想论》,上海古籍出版社,1998 年 12 月,第 157 页。
② 钱穆:《国史大纲》修订本,上册,商务印书馆,1999 年 9 月,第 222 页。
③ 葛兆光:《中国思想史》第 1 卷,复旦大学出版社,1998 年,第 436—439 页。
④ 《论语·卫灵公》,朱熹《四书集注》,岳麓书社,1987 年。

心,学者岂有不知夫子教导之理! 所以,若其名曰《破党论》倒真正合乎实际。无论怎样,这都意味着当时是存在另一种声音的,士林世界,并非铁板一块! 尤其是当面临严峻的政治形势时,高压必然带来分化,分化必然促成转向,逆反现象就是这样形成的。而值此之际,士人对"清议"可能造成的自己命运的关注,将是十分关键的。以人情之常相推理,"清议"盛行时,大量风派人物就会投机以博取声名,而投机者的增殖又将导致"清议"的变质,这是问题的一个方面。而以中国历史的特定真实为前提,其实当时就已经有人考虑到,如此"横议",恐怕难逃又一次"焚书坑儒"的历史悲剧,① 这是问题的又一个方面。以上两个方面的历史性结合,以党锢之祸的现实形态表现出来,那便是双重的逆反反映:一方面反省"邪曲相党"之风,从而强化对人物品行的审视评判;一方面怵惕"焚书坑儒"之祸,从而有意识地转移议论的话题。两方面一结合,"清议"遂转化为"清谈"。

可以理解,这种"清谈",其所关注于人物品行者势将有意识地回避或掩饰现实政治内容,而这样一来,以抽象话题展开的人物品评就自然成为时髦了。不过,当人们自始就批评如此"清谈"未免空洞时,却又发现,抽象的话题以及围绕着它所展开的品评讨论,实际上必然酿成一种哲学的氛围。一个哲学的时代于是就来到了。

与钱穆所谓"逆反"相应,魏晋玄学时代人们所热中的实际上是一种"无限否定的思维方式"。②而为了更准确也更全面地说明问题,我们需要在"无限否定"的哲学方法之外再加上"无限追问"的方法。正是这种否定式的追问和追问式的否定,才真正导致了玄远化而又本体性的哲学思潮。这种"玄远"化,并不就是形上学的代名词。在崇尚"清谈"的魏晋时代,发言玄远,几乎是名士风度的题中应有之义,但我们总不能说所有这些名士都是从事于形上学的哲学家吧! 所以,"清谈"有关于"玄学"的哲学课题,但它本身并不是哲学。

当时的玄学哲学,如汤用彤《魏晋玄学流别略论》所分析,已经完全不同于汉人的"虽颇排斥神仙图谶之说,而仍不免本天人感应之义,由物象之盛衰,明人事之隆污。稽查自然之理,符之以政事法度。其所游心,未超于象数。其所研求,常在乎吉凶(扬雄《太玄赋》曰:'观大易之损益兮,览老氏之倚伏。'张衡因'吉凶倚伏,幽微难明,乃作《思玄赋》')",而是"以寡御众,而归于玄极(王弼《易略例·明 章》);忘象得意,而游于物外(《易略例·明象章》)。于是脱离汉代宇宙之论而留连于存本之真。"在汤先生这段言简意赅的论述中,我们要须注意,他特意提到汉人如扬雄、张衡,说明其时其人未尝没有玄远之思,而值魏晋时代,又专门提到王弼《易》学传释,说明其人之学具有特殊意义。不仅如此,由扬雄与张衡之作就可以发现,"大易"与"老氏"之学乃是玄学的根基所在。沿着汤先生的这些思维线索再去作一番稽查,或许能有更多的收获。

---

① 葛兆光:《中国思想史》第 1 卷所引《后汉书》卷 53《申屠蟠传》,复旦大学出版社,第 437 页。
② 钱志熙:《魏晋诗歌艺术原论》,北京大学出版社,1993 年 12 月,第 175 页。

先就扬雄与张衡之赋而言,实际上正是当时文人心态的生动写照。如张衡,有《归田赋》与《骷髅赋》,前者所表白的就是后来嵇康在《四言赠兄秀才入军诗》其二中那著名的几句:"目送归鸿,手挥五弦。俯仰自得,游心太玄。"至于后者,本脱胎于《庄子·至乐》。其中借骷髅之口说道:"况我已化,与道逍遥。离朱不能见,子野不能听;尧舜不能赏,桀纣不能刑……合体自然,无情无欲。澄之不清,浑之不浊。不行而至,不疾而速。"在这里,庄子"逍遥游"的自由意识已经同对死的想象性憧憬结合为一了,骷髅最后拒绝庄子劝其还生的好意而表白道:"吾安能弃南面王乐而复为人间之劳乎?"不难发现,其"与道逍遥"的精神向往,是同对人间善恶、清浊不分的绝望相联系的,而将死之极乐世界比拟为"南面王乐"这一点,又分明折射着他对于人间幸福的追求。由此可见,"游心太玄"的思想意识和心理趋向,至少有一部分是同对社会现实乃至于历史现实的绝望相关的,也因为如此,其所神游的太玄之境实质上乃是解构了所谓善恶吉凶清浊美丑以后的混沌境界。这种彻底的解构,也就是所谓无限的否定,无论如何,其原初的动力并不是纯粹哲学的思辩,而倒是充满了人生的现实感触。我们不妨把扬雄、张衡他们的"太玄""思玄"之思,与前此司马迁的历史感触联系起来,那样我们就将发现,在《伯夷列传》中发出的"余甚惑焉,倘所谓天道,是邪非邪"的终极追问,以及在《屈原贾生列传》中最后那"读《鵩鸟赋》,同死生,轻去就,又爽然自失矣"的当下顿悟,充分说明在司马迁那里就已经有困惑于天道而自求解脱的意向了。接着,我们也不妨把扬雄、张衡他们的"太玄""思玄"之思,与建安时代曹植等的思想心理联系起来,那我们同样也能发现,曹植在《释愁文》中所设计的哪个"玄灵先生",其实就是另一个曹植自己,而"玄灵先生"的"释愁"之法则是宣扬如下之道理:"吾将赠子以无为之药,给子以淡泊之方,刺子以玄虚之针,灸子以淳朴之方,安子以恢廓之宇,坐子以寂寞之床。使王乔与子携手而逝,黄公与子咏歌而行,庄子与子具养神之馔,老聃与子致爱性之方。于是精骇意散,趣遐路以栖迹,乘轻云以高翔。改心回趣,愿纳至言,仰崇玄度,众愁忽然不辞而去。"很清楚,从司马迁的思想困惑到曹植的精神愁苦,人们都是在对现实失去信心之后转而信仰老庄玄学的。即使就老、庄本身而言,也是基于对现实的绝望而才建构其"玄远""逍遥"之精神世界的。总之,这一切都在说明,如果"心游太玄"成为一种时代风尚,那正说明社会心理上积淀着沉重的失落情绪,而这里所说的失落并不仅仅是人生追求上的失落,更有着思想信仰上的失落,即对既定价值标准的怀疑。失落与怀疑,恰恰是人们思想意识发生转移的动力。

作为怀疑对象的价值体系,不仅是汉代独崇儒术以来所建构的思想体系和社会体制,而且有士大夫阶层在对历史的适应中自我实现的生存哲学,其中之关键枢机,如扬雄之仿《离骚》而作《反离骚》,且其"反"者之思又如同胡应麟《诗薮》所谓"似反原而实爱原",①若仿老子所谓"正言若反"的判断方式来作判断,则这里就应有"反言若正"。换言之,所谓"无限否

---

① 胡应麟:《诗薮》杂篇卷1,上海古籍出版社,1979年。

定"也罢,或所谓"逆反"也罢,所有与此相关的判断,在此否定式的背后实际存在一种肯定的哲学理性。然而,也正是因为如此,正言、反言之间的阐释冲突,必然造成辩言两极的形势,如贵无论与崇有论者,姑且不论,嵇康在《卜疑》中不也说:"宁为老聃之清静微妙,守玄抱一乎? 将如庄周之齐物变化,洞达而放逸乎?"听不到相反的两种声音的时代,不可能是一个真正的哲学的时代。无论是考察立意玄远的魏晋玄学,还是考察玄学背景下的"清谈"风习,都需要清醒地意识到这种特定的形势:思想及思想者,言说及言说者,实际上是在新的矛盾中运行的。

　　"就哲学发展的历史说,中国形上学传统始于老子的道论,以无形无名的道体为世界的本原。王弼依此提出'天地万物皆以无为本'的命题,将老子的形上学引向本体论。但其贵无论的形上学是通过对《周易》的注释而展开的。"①王弼在魏晋玄学和"清谈"风习中是属于玄论一派的,习惯上人们不仅把王弼与何晏看作是开"清谈"之风的人物,而且认为何不如王。《世说新语·文学》云:"何晏为吏部尚书,有位望,时谈客盈坐。王弼未弱冠,往见之,晏闻弼名,因条向者胜理,语弼曰:'此理仆以为极可,得复难不?'弼便作难,一坐人便以为屈。于是弼自为客主数番,皆一坐所不及。"而《世说新语·文学》注引《文章叙录》又云:"何晏能清言,而当时权势天下谈士多宗尚之。《魏氏春秋》曰:'晏少有异才,善谈《易》《老》。'"要之,历史上被认为是开"清谈"风气之先的两个人物,其谈论的话题都与《易》《老》相关,这是值得注意的。须知,《周易》乃六经之一,合《易》《老》而言之,无异于合儒、道而言之,只不过是以《老》解《易》,即以道解儒就是了。《魏志·钟会传》注引何劭《王弼传》云:"裴徽为吏部郎,弼未弱冠,往造焉。徽一见而异之。问弼曰:'夫无者诚万物之所资也。然圣人莫肯至言,老子申之不已者何?'弼曰:'圣人体无,无又不可以训,故不说也。老子是有者也,故恒言无所不足。'"现在的问题是,这看起来是以道解儒的论调,实际上又潜藏着以儒解道的意向,否则,又该怎样理解所谓"老子是有者"这句话呢? 这样,儒与道,孔与老,彼此之间有一种向对方靠拢的思维趋势。彼此靠拢的结果,是"圣人体无"而"老子是有"这样一种认识,作为当时贵无派的言论,这是意味深长的。

　　这意味着:第一,使儒家的圣人与道家的本无相连通,从而使新兴的玄远之学与传统的尊崇儒术发生连续性历史关系;第二,强调了"无"之作为本体存在的"不可以训"性,并相应确认了"不说"的合理性;第三,同时又强调了"申之不已"的必要性,从而使当时"妙善玄言"② 的社会风尚也获得了存在的意义。第一点可以看作是对前此儒家学说的引申和改造,而后两点则尤其反映了"玄学"与"清谈"本身的内在张力。我们试将"不说"之妙与"妙善玄言"之妙放在一起,就马上体会到,这很可能就是一种思想史上的双赢局面。

---

① 朱伯崑:《从王韩玄学到程朱理学》,载《北京大学百年国学文粹》哲学卷,北京大学出版社,1998 年 5 月,430 页。
② 《王衍传》,房玄龄《晋书》卷 43,中华书局,1974 年。

所谓双赢局面,就儒、道两家而言是这样,就当时之贵无、崇有两派而言,也是这样。不仅如此,在贵无、崇有两派之外,另有视此两派同为虚无之学而进行批判者,照样在用一种充满张力的思维方式来进行思考。《三国志·魏志·裴潜传》注引陆机《惠帝起居注》云:"理具渊博,瞻于论难,著《崇有》《贵无》二论,以矫虚诞之弊,文辞精富,为世名论。"另外,《世说新语·文学》注引傅畅《晋诸公赞》云:"疾世俗尚虚无之理,故著崇有二论以析之。才博喻广,学者不能究。后乐广与 清闲欲说理,而 辞喻丰广,广自体虚无,笑而不复言。"此外,孙盛《老聃非大贤论》亦云:"昔裴逸民(裴)作《崇有》《贵无》二论,时谈者或以为不达虚胜之道。"① 由此看来,王弼之注《老》而阐"贵无",向秀、郭象之释《庄》而申"崇有",两者属于"虚胜之道"中的有无之别,在他们以外,则有裴 反"虚胜之道"的《崇有》《贵无》二论。这种情形,有点像清代关于"神韵"的争论,既有王士禛意归"清远"的"神韵",又有翁方纲"无所不赅"的"神韵",此"神韵"非彼"神韵",而当时关于"神韵"思想的历史真实,却必须包括彼此两家,尤其须包括两家的争论。回到"清谈"时代,"崇有""贵无"之间的分异争论,以及两者与其外反"虚胜之道"者之间的分异争论,构成了多层面的理论对话,它们共同作为"清谈"的内容而呈现在我们面前时,我们又岂能只以"老庄玄学"这样的概念来加以概括呢?

如果说在倾心于"虚胜之道"者中间,已经存在着一个"不说"之妙与"妙善玄言"的微妙关系,那么,现在又增加了反其道而行之者的"瞻于论难","清谈"之话题的多元化,以及"清谈"之言语的多元化,因此是不争之事实了。

先就其言语之多元化来说。《世说新语·赏誉》云:"裴仆射,时人谓之'言谈之林薮。'"联系以上引文所谓"辞喻丰广",足见当时所谓"清谈"之美者,是包括雄辩博喻风格的。而与此正好相反者,如乐广,他是"自体虚无,笑而不复言"的,颇有陶渊明"抚无弦琴以寄意"的味道,这也正就是所谓"不言"之妙吧!一面是雄辩而博喻,一面是笑而不复言,一面是"语"的极力发挥,一面是"默"的极力发挥,两极开张,方见"清谈"本色。

作《老聃非大贤论》的孙盛,与裴 一样当属于"言谈之林薮"者。据说,"孙安国(孙盛)往殷中军(殷浩)许共论,往反精苦,客主无间,左右进食冷而复暖者数四。彼我奋掷麈尾,悉脱落满餐饭中,宾主遂至莫忘食。殷乃语孙曰:'卿莫作强口马,我当穿卿鼻。'孙曰:'卿不见决鼻牛,人当穿卿颊。'"由此可见其时辩论之激烈,甚而至于互相漫骂!又据说,"殷中军、孙安国、王、谢能言诸贤,悉在会稽王许,殷与孙共论《易象妙于见形》。孙语道合,意气干云,一坐咸不安孙理,而辞不能屈。会稽王慨然叹曰:'使真长(刘)来,故应有以制彼。'即迎真长。孙意已不如,真长既至,先令孙自叙本理,孙粗说己语,亦觉悟不及向。刘便作二百许语,辞

---

① 　关于裴学术思想的具体论述,可参看李中华《裴 及其〈崇有〉论新探》,载《北京大学百年国学文粹》哲学卷,北京大学出版社,1998 年 5 月,第 515 页。有关征引文献,也从李文转引。

难简切,孙理遂屈,一坐同时拊掌而笑,称美良久。"①既然存在着"不安孙理,而辞不能屈"的情况,就说明"清谈"关乎思想认识而又不关乎思想认识,即纯粹是一个言语表达问题。至于孙盛与刘 的辩论,则又是另一类,因为那已是理论水平与表达水平相统一了。无论如何,这种"往返精苦"甚至一口气便"作二百许语"的辩论,不仅证明"清谈"就是辩论这至关重要的一点,而且证明"清谈"就是言辞发达的催化剂,这同样是至关重要的另一点。

或许人们会说,如孙盛者,本来就反对"虚胜之道",既作《老聃非大贤论》,又作《老子疑问反讯》,实际上是一位以阐发儒家学理为宗旨的学者,其"清谈"未必能体现当时的真正风尚。那么,我们再看一条材料:"王逸少作会稽,初至,支道林在焉。孙兴公谓王曰:'支道林拔新领异,胸怀所及乃自佳,卿欲见不?'王本自有一往隽气,殊自轻之。后孙与支共载往王许,王都领域,不与交言。须臾支退。后正值王当行,车已在门,支语王曰:'君未可去,贫道与君小语。'因论庄子《逍遥游》。支作数千言,才藻新奇,花烂映发。王遂披襟解带,留连不能已。"② 支道林是方外之人,其所谈论者也是庄子《逍遥游》,当然是典型的"玄远""虚胜"之道,但"清谈"之际,不也是"作数千言,才藻新奇,花烂映发"吗? 尤其是当时用以描述此"清谈"风尚的词语,如这里的"才藻新奇,花烂映发",十足证明"清谈"本身正是培育才思辞藻之新创机制的文化土壤。岂止如此,动辄数百千言,侃侃而谈,滔滔不绝,甚至辞胜于理,藻饰繁荣,与陆机所谓"诗缘情而绮靡"的"绮靡"风尚,完全相吻合。这一点,我们无论如何是不能忽略的。

当然,有多多益善者,就有以少胜多者,比如乐广就是一例。《世说新语·文学》云:"客问乐令旨不至者,乐亦不复剖析文句,直以麈尾柄确几曰:'至不?'客曰:'至。'乐因又举麈尾曰:'若至者那得去?'于是客乃悟服。乐辞约而旨达,皆此类。"再联系乐广在与裴 谈论时"笑而不复言"的举止,可见他是典型的简约"清谈"派,而且正好与对方之繁复派形成鲜明的对比。《晋书·乐广传》尤有详尽记载:"广有远识,尤善谈论。每以约言析理,以厌人之心,其所不知者默如也。裴楷尝引广共谈,自夕申旦,雅相倾揖。叹曰:'我所不如也。'王戎为荆州刺史,闻广为夏侯玄所赏,乃举为秀才。楷又荐广于贾充,遂辟太尉椽,转太子舍人。尚书令卫 ,朝之耆旧,逮与魏正始中诸名士谈论,见广而奇之曰:'自昔诸贤既没,常恐微言将绝,而今乃复闻斯言于君矣。'命诸子造焉,曰:'此人之水镜,见之莹然,若披云雾而睹青天也。'王衍自言与人语甚简,及见广,便觉己之烦,其为识者所叹美如此。"很清楚,乐广是完全可以作为简约"清谈"的典型来看待的。

"清谈"在言谈风格上的繁简差异,必然与其所信奉的思想观念有关。在当时的流行话语中,"虚胜""玄远""名理"等等,尽管会有着彼此的专用范围,但很多时候是彼此通融的。

---

① 刘义庆:《世说新语·文学》,余嘉锡《世说新语笺疏》,中华书局,1983 年。
② 刘义庆:《世说新语·文学》,余嘉锡《世说新语笺疏》,中华书局,1983 年。

《世说新语·文学》注引《续晋阳秋》曰："正始中，王弼、何晏好《庄》《老》玄胜之谈，而世遂贵焉。"可见，"虚胜"与"玄远"可以合二而一。另《世说新语·文学》云："傅嘏善言虚胜，荀粲谈尚玄远，每至共语，有争而不相喻。裴冀州释二家之义，通彼我之怀，常使两情相得，彼此俱畅。"此又可见，"虚胜"与"玄远"是可以"彼此俱畅"的。至于"名理"，如《魏志·荀粲传》注引何劭《荀粲传》云："傅嘏善名理。"足见当时人在使用概念上实在是比较随便的，我们如果跟着他们的话语前进，恐怕会疲于奔命而一无所获。理智的方法，显然就是以通融对待通融。当然，通融不等于含糊，关键是要把握住其时其人"清谈"的思想命脉。

就简约派"清谈"而言，可以乐广之释"旨不至"为例，其所探讨的问题出于《庄子·天下》论说惠子一节中的"指不至，至不绝。"旧解此处颇多歧义，而我们只须留神于乐广的特殊话语——行为动作："直以麈尾柄确几""因又举麈尾"。很清楚，麈尾确实触及到桌面，以此而喻说"至"，是非常形象生动的，就像麈尾被确确实实地举起来的事实，同样在生动地喻说着"去"一样，这前后两事都是简单得不能再简单了。问题在于乐广其间的一问："若至者那得去？"于是可知，问题的症结就在于：为什么要"至"而复"去"呢？为什么又"至者那得去"呢？细想之下，这实际上是一个和认知行为有关的名辨学问题，不管是向无限大的方向展开，还是向无限小的方向展开，由于认知的过程是无限的，所以名辨指称的过程也必是无限的，正因为是无限的，所以其中每个阶段上的"指"（旨）都不可能成为完全确指性的"至"，从而，其"至"若"去"，任何"至"和任何"去"都是相对的，"至"与"去"的关系也必是辨证运动的，如此而已。乐广之阐释的妙处，一在于他明确地表示出"至"者必须又"去"的思维原则，二在于他同样明确地表示出"至"而实在者将无法再有同样实在的"去"，否则就会出现实在的互相矛盾，三在于他自己的阐释话语实质上是语言话语与行为话语的互补所构成的，他实质上扩大了"言"的境域，我们因此而有必要从多维意义上去理解"清谈""清言"之所谓"言"，这正像乐广在这里所发挥的"旨不至"，"清言"之"言"，也须是"旨不至"。

言语上的"旨不至"，与思想上的"旨不至"是完全统一的，它们无不指向创新性的通脱精神。《晋阳秋》曰："庾凯……恢廓有度量，自谓是老庄之徒。曰：'昔未读此书，意尝谓至理如此；今见之，正与人意暗同。'"这是在说老庄之书先得我心。而《世说新语·文学》则曰："庾子嵩读《庄子》，开卷一尺许便放去，曰：'了不异人意。'"显而易见，"正与人意暗同"和"了不异人意"是大异其趣的，前者类于"至"，而后者则类于"去"，而相比之下，名士风度更体现在"旨不至"——"去"。看来，当时最看重的，乃是"异人意"。亦见于《世说新语·文学》者又有："谢安年少时，请阮光禄道《白马论》，为论以示谢。于时谢不即解阮语，重相咨尽。阮乃叹曰：'非但能言人不可得，正索解人亦不可得！'"要知道，"清谈"的基本特征是讨论乃至于辩论，不是一人独语，而是两人甚至多人间的众语论辩，惟其如此，"清谈"之所以妙，恰在于讨论乃至于辩论中的彼此激发，也因此，"清谈"的自觉最终是一种建立在对话机制基础上的互补意识。"乐令善于清言，而不长于手笔。将让河南尹，请潘岳为表。潘云：'可作耳，要当得君意。'乐为述已所以为让,标位二百许语,潘直取错综,便成名笔。时人或曰:'若乐不假潘之文,潘不取乐之旨,则无以成斯矣。'"① 如此看来,人们对"清谈"的欣赏,既表现为对个体谈风的崇拜,也表现为对两长互补的提倡。而在这个意义上,简约派"清谈"实际上是不可能离开繁复派而单独存在的。

翻检《世说新语·文学》篇,如下叙述显然是可以归为一类的:"谢镇西少时,闻殷浩能清言,故往造之。殷未过有所通,为谢标榜诸义,作数百语,既有佳致,兼辞条丰蔚,甚足以动心骇听。""支道林初从东出,住东安寺中。王长史宿构精理,并撰其才藻,往与支语,不大当对。王叙致作数百语,自谓是名理奇藻。支徐徐谓曰:'身与君别多年,君义言了不长进。'王大惭而退。""支道林、许、谢盛德共集王家,谢顾谓诸人:'今日可谓彦会。时既不可留,此集固亦难常,当共言咏,以写其怀。许便问主人:'有《庄子》不?'正得《渔父》一篇。谢看题,便各使四坐通。支道林先通,作七百许语,叙致精丽,才藻奇拔,众咸称善。于是四坐各言怀毕,谢问曰:'卿等尽不?'皆曰:'今日之言,少不自竭。'谢后粗难,因自叙其意,作万余言,才峰秀逸,既自难干,加意气拟托,萧然自得,四坐莫不厌心。支谓谢曰:'君一往奔诣,故复自佳耳。'"我以为,当时"清谈"的情形,可说已经具体而微地表述于此了。从概念范畴的角度讲,所谓"名理奇藻""义言""辞条""言咏""题""才藻"等等,说明一场真正认真的"清谈",是必须有选题的,然后由专人来阐发——所谓"通",再而后便须有人来质询辩驳——所谓"难",接着是彼此辩论,一直到彼此心悦诚服——或者不相上下。这种"清谈"无异于当今之学术研讨,而且是非应景式的认真的学术研讨。当然,研讨之际,既可以是简约式的,也可以是繁复式的。繁复式的研讨,如上引诸条所述,妙处一在于"义",一在于"言",也就是"思想者"及其"思想"和"言语者"及其"言语"。就前者而言,其与简约派"清谈"者是相通甚至相同的。至于后者,就走向相反了。在这里,若就言语思理之结构形式而言,已经有"辞条"一说,足见分类析说已成规范,而且分类之是否合理有致,已成为评价的标准之一。再若就言语文采之修饰雕琢而言,数百语已是家常便饭,已经可"作万余言",不仅如此,更要"意气拟托",也就是表现出自己的精神气质,从而使学理的论辩与抒情写意的文学才情结合起来了。总之,我们已然发现,如果说"清谈"的风习意味着一个哲学思辩时代的出现,那么,这同时又意味着一个文学藻饰时代的出现,此外还意味着此哲学思辩与文学藻饰的彼此交织。

正因为存在着哲学思辩与文学藻饰的交织,所以,《世说新语》一书中的《文学》篇,就是将名士"清谈"的事迹和文学创作的事迹放在一起的。如"孙子荆除妇服,作诗以示王武子。王曰:'未知文生于情,情生于文? 览之凄然,增伉俪之重。'"这实际上在阐发着一种"问"与"情"彼此相"生"的文学观念,对我们这些习惯于"文生于情"说的人来讲,此处的"文情相生"论,恐不失其启示意义。又如:"庾子嵩作《意赋》成,从子文康见,问曰:'若有意邪,非赋所

---

① 刘义庆:《世说新语·文学》,余嘉锡《世说新语笺疏》,中华书局,1983 年。

尽;若无意邪,复何所赋?'答曰:'正在有意无意之间.'"另据《晋阳秋》"凯,永嘉中为石勒所害。先是,凯见王室多难,知终婴其祸,乃作《意赋》以寄怀。"既然如此,则"有意无意之间"就不仅涉及到意志表达与文学润色之间的辨证关系,而且涉及到刘勰《文心雕龙·史传》所谓"时同多诡,故定哀微辞"的问题,也就是人们常说的微言寄托而意在言外。再如"孙兴公道曹辅佐才如白地明光锦,裁为负版绔,非无文采,酷无裁制。"可见那不仅是一个注重文采的时代,也是一个讲究节制和组织艺术的时代。他如"羊孚作《雪赞》云:'资清以化,乘气以霏,遇象能鲜,即洁成辉。'桓胤遂以书扇。""孙兴公曰:'潘文浅而净,陆文深而芜。'"简文称许掾云:'玄度五言诗,可谓妙绝时人。'"等等,基本上就是一般诗话文评的风格了。一言以蔽之,"清谈"也者,乃是哲学自觉与文学自觉的整合物,乃是思辩意识与才藻兴趣的整合物,乃是抽象语言与形象语言的整合物,乃是不言之妙与善言之才的整合物。

既然如此,如果只将"清谈"理解作闲散之谈,如同只将"玄学"理解作虚无之学,都是片面而肤浅的。"清谈"之作为一代风尚,实际上凸显了"思想者"即"言语者"双重自觉的主体意识,自然也就凸显了"思想"即"言语"双重自觉的价值观念。在这里,是"思想",而不仅仅是老庄思想,是"言语",而不仅仅是玄远之言,在众语纷纭以至造极繁、简两端的"清谈"格局中,被培育出来的思想意识和生活兴趣,绝不可能是单极单向的。

不过,这又并不意味着没有清晰的脉络可寻。《世说新语·文学》云:"王丞相过江左,止道'声无哀乐''养生''言尽意'三理而已。"与此相关,《世说新语·言语》云:"过江诸人,每至美日辄相邀新亭,藉卉饮晏。周侯中坐而叹曰:'风景不殊,正自有山河之异!'皆相视流泪。唯王丞相愀然变色曰:'当共戮力王室,克复神州,何至作楚囚相对。'"以王导如此之精神面貌,而看重于彼三者之学问,是值得认真考虑的。众所周知,魏晋玄学之际,既有"言尽意"论者,又有"言不尽意"论者,而王导则是主张"言尽意"论的,而且是同时主张"声无哀乐"论和"养生"论的。嵇康的《声无哀乐论》的实质是"认为音乐的本质就在于形式美,而不具有情感内容,很自然地,他也不同意'治乱在政,而音声应之'的观点。"[①]其《养生论》的宗旨,是强调"清虚静泰,少私寡欲"而抱一养和以修内,同时"蒸以灵芝,润以澧泉"而体妙心玄以修外,虽神仙不可求,但长生有可能,"为稼于汤之世,偏有一溉之功者,虽终归焦烂,必一溉者后枯。然则一溉之益,固不可诬也。"总之,是以一种带有科学理性的态度在探讨生命保养的问题。与此相通,嵇康的"声无哀乐"观,之所以强调音乐独立的形式美,也是基于相对客观的音乐美学思想,用现在的理论话语说,他是试图把音乐从政治决定论和人心决定论的规范中解放出来,从而赋予它独立的价值。这正如同他实际上是试图把养生观念从神仙迷信和自然无为的双重束缚中解放出来一样,这些都证明当时确有着一种富于科学理性和艺术理性的思潮。不言而喻,"言尽意"论,正是与此思潮共起伏的思想观念。

---

① 叶朗:《中国美学史大纲》,上海人民出版社,1985年11月,第195页。

多少年来,每逢讲到魏晋玄学与"清谈"背景下的"言""意"问题,人们总是不约而同地确认"言不尽意"论为主流观念,同时确认"得意忘言"为彼时最有价值之思维及言语方法。现在看来,问题并不是那么单纯了。或许,这只是在比较务实的王导那里才受到重视? 但事实却并非如此。欧阳建《言尽意论》有云:"世之论者以为'言不尽意',由来尚矣。至乎通才达识咸以为然。若夫蒋公之论眸子,钟、傅之言才性,莫不引此为谈证。"若欧阳氏所言不谬,则自汉魏以来流行的正是"言不尽意"论,倒是"言尽意"论为新兴观念。欧阳建是这样表述自己的否定对象的:"夫天不言而四时行焉,圣人不言而鉴识存焉。形不待名而圆方已著,色不俟称而黑白已彰,然则名之于物无施者也,言之于理无为者也。"现在看来,当年欧阳建所批驳过的这种"言不尽意"论,确实有着理论思维上的破绽,比如,"名"与"物"的关系,有一层是主观与客观的关系,而"言"与"理"的关系,实际上都是主观认识过程中不同思维层面之间的关系,两者岂可一概而论? 当其时也,张韩曾作《不用舌论》,其中有道:"余以留意于言,不如留意于不言。徒知无舌之通心,未尽有舌之必(汤用彤《魏晋玄学论稿·言意之辩》按云:疑本'不'字。)通心也。仲尼云:'天何言哉,四时行焉。''夫子之文章可得而闻也。夫子之言性与天道不可得而闻。'"这位作者的题目其实更通俗也更见其用心用意,"不用舌"就是"不言",与"言不尽意"论相比,它更彻底地表现出对"言"的否定。问题是,其用以支撑自己观点的理论基础,一是"天何言哉",二是孔子于性与天道不闻有言,也就是:天不言、圣人不言;天道与性不可言。至于为什么天道不言,却缺乏理论上的说明。倒是《魏志》引何劭《荀粲传》云:"粲诸兄并以儒术论议,而粲独好道。常以为子贡称夫子之言性与天道不可得闻,然则六籍虽存,固圣人之糠秕。粲兄俣难曰:'《易》亦云:"圣人立象以尽意,系辞焉以尽言。"则微言胡为不可得而闻见哉?'粲答曰:'盖理之微者,非物之象所举也。今称立象以尽意,此非通于意外者也。系辞焉以尽言,此非言乎系表者也。斯则象外之意,系表之言,固蕴而不出矣。'"若认真思考,则此处荀粲之论点,并非习惯上理解的言不尽意,而应是超越言语现实和言语传统的言尽意论。这其实并不难明白:首先,他认为六籍所载并非精华,因为终极思考的"性"与"天道"问题,并不见圣人有言传释下来;其次,《易》言立象尽意,系辞尽言,正说明其意只限于其象所明,其言只限于其辞所释,换言之,即意是象内之意,言是辞内之言,至于象外辞外之更高层次上的"意"与"言",其实是不曾呈现出来的。我不知道人们为什么说荀粲是"言不尽意"论者,由上面这简明的分析可以看出,他应该是"言尽意"论者——当然是超越既定言语传统和规范的"言尽意"论者。从最简化的意义上来讲,荀粲的思维焦点是区分象内象外和系里系表。惟其如此,他就与王弼的观点有相通之处,王弼《周易略例·明象》云:"夫象者,出意者也。言者,明象者也。尽意莫若象,尽象莫若言。言出于象,故可寻言以观象;象生于意,故可寻象以观意。意以象尽,象以言著。故言者所以明象,得象而忘言。象者所以存意,得意而忘象。"首先,他明确肯定"尽意莫若象,尽象莫若言",接着,他通过"言出于象""象生于意"这样的论断使思维转向,让最终须"得意忘象"的"意"和"得象忘言"的"象"处于本原地位,然后以此为决定论前提而得出"得意忘象""得象忘言"的结论。如果说荀粲实际上是超越言语传统的"言尽意"论者,那么,王弼就是"言尽意"论基础上的"得意忘言"论者,尽管他们都具有对"言"和"意"的超越性追求,但又同样肯定在同一阐释层面上"言尽意"的认识。也正是因为如此,他们也就与写《言尽意论》的欧阳建有了共识,欧阳建云:"夫理得于心,非言不畅,物定于彼,非名不辨。名逐物而迁,言因理而变。不得相与为二矣。苟无其二,言无不尽矣。"欧阳建当属于名理派,他一方面强调人的认识活动与其认识对象之间的永恒对应关系,没有认识对象的认识和没有认识的认识对象都是不可思议的,另一方面,他又强调人的思想观念同对这一观念的表述方式之间的永恒对应,须知,思想都是某种表述中的思想,如同表述都是对某种思想的表述一样。我们没有理由说欧阳建说得没有道理。尤其是当我们了解到他实际上与荀粲、王弼他们有着大体共同的观念基础以后,对当时究竟是"言尽意"论占主流还是"言不尽意"论占主流这一问题,就不会轻易地下结论了。

历史的真实,看来需要从理论与实践两方面来作出概括:在实践形态上,当时"清谈"中分异而两向的简约与繁复两派,虽有着美言与不言的不同追求,但在实质上都具有对"言"的执著,问题的微妙处只在如乐广那样以行为语言替补言辞语言者,其意义究竟该怎样看待;而在理论形态上,不管是就圣人立论者,还是就《易》学阐释着者,或者是就思想认识规律分析者,最终总体的追求,是在确认"言尽意"之有效功能的同时,提醒人们不要因为迷恋于"言"之美妙而忘却了把握"意"的真正目的。总之,正像"清谈"绝不只是性好老庄者的专利一样,其在"意"上的"玄胜"风格,已然有探询于儒家心性与天道之学的形上学色彩,而其在"言"上的"才藻"兴趣,无疑具有促进语言艺术发展的客观效果。魏晋"清谈",如果说是一个哲学自觉的时代,那自然也是一个语言自觉的时代。

综上所述,"清谈",或者就叫"清言",作为中国古代思想史、美学史、文学史以及艺术史所普遍涉及到的一个概念,其价值阐释上的广泛空间和历史内容方面的错综现象,无不在提醒我们,任何简单化或绝对化的论定都是要不得的。在这里,尤其要指出的是,探讨这样的课题,特别需要"语境"的透视——即"清谈"这个话语概念所生存其间的社会文化生活的真实环境。在历史上,谁曾经给"清谈"下过一个权威的注脚呢?它是一种生存的方式,是一种历史的真实,是一种人文价值的体现,它几乎是混沌一气的。然而,这并不意味着无法确认其意义。不管后人怎样评价"清谈"这一风气,它对整个思想文化界与文学艺术界的影响,是非常深远的,特别是在被人们称之为中古的历史时期,"清谈"以其充满张力的机制同时推动了哲学与艺术的发展,从而也就必然地推动了哲学与艺术之间的彼此渗透。哲学的艺术,艺术的哲学,诗意的哲学,哲学的诗意,形而上的讲求与形而下的讲求相交织,萌发出极大的创造力。而值此之际的"清"美范畴,自然就是一个多维意义的辨证统一体了:"玄远"为"清","虚胜"为"清",循名责实亦为"清",不言为"清",善言亦为"清",才藻丰美更为"清",总之,非一言所能蔽之也!但是,万千变化,出于一机,要其在于一个"辩"字,"言意之辩","有无之辩"，以及缘此而从生的"言"之有无之辩，"意"之有无之辩，等等。的确，"清谈"，完全可以用"辩谈"来作注解，以思辩、论辩来解释"清谈"之"清"，恰恰能够揭示出魏晋乃至中古时期表征为"清""浊""浓""淡"之辩识的美思美论的特殊内涵。"辩"总是有足以引起争论的话题和足可与之辩论的对象的，所以，"辩"必然意味着非一元化的格局，相异者同生，两行者并发，"同谓之玄，玄之又玄，众妙之门。"① 在这个意义上，"清谈"——"辩言"——"玄言"，就是一个可以连续推导的命题。与魏晋乃至中古时期的哲学、美学、文学相关的许多问题，于是都可以由这种推导而得到说明。

二　"淡思浓采"与"淡乎寡味"之间
——"玄言"文学的文化大语境分析

对照刘勰《文心雕龙》各篇的论述，有时会发现一些重要的信息。《时序》有云："于时正始余风，篇体轻淡，而嵇、阮、应、缪，并驰文路矣。……然晋虽不文，人才实盛：茂先摇笔而散珠，太冲动墨而横锦，岳湛曜联璧之华，机云标二俊之采，应、傅、三张之徒，孙、挚、成公之属，并结藻清英，流韵绮靡。……简文勃兴，渊乎清峻，微言精理，函满玄席，淡思浓采，时洒文囿。"这里涉及到三个时代的文学文章风格评论，而且凸显出了一个贯穿其中的"清淡"基调。

首先所涉及到的是阮籍、嵇康的时代。在《明诗》篇中，有道是"正始明道，诗杂仙心，何晏之徒，率多浮浅。唯嵇志清峻，阮旨遥深，故能标焉。若乃应璩百一，独立不惧，辞谲义贞，亦魏之遗直也。"两相对比，何以如此不同？原来，《明诗》专论诗歌，而刘勰又颇重风清骨峻之作，所以，于抒写仙心之体也颇表微词。至于《时序》之论，乃就文章全面而言，所以，同是正始时代，只以"轻淡"二字概括。这于是就等于说，嵇康诗的"清峻"，阮籍诗的"遥深"，以至于应璩《百一诗》的谲贞而直，都可以被"轻淡"所覆盖。不言而喻，这里的"篇体轻淡"是与上文评说建安文学的"雅好慷慨"相比较而言的，从而主要是从"清谈"流行所造成的普遍风气着眼的。也因为如此，"轻淡"之所谓"轻"，未必有轻浮之意，而其所谓"淡"者，也未必是"浓淡"之"淡"。尽管嵇康诗"过为峻切，讦直露才，伤渊雅之致"②，阮籍诗亦"颇多感慨之词"③，而且嵇康有《与山巨源绝交书》之"非汤武而薄周孔"的意志，阮籍有《大人先生传》之忧患之辞，但是，正始时代这两位代表人物的思想深处，则是名教与自然相会通，老庄与孔儒相契合

---

① 《老子·庄子·列子》，岳麓书社，1994 年。
② 钟嵘：《诗品》卷中，上海古籍出版社，1994 年。
③ 钟嵘：《诗品》卷中，上海古籍出版社，1994 年。

的。阮籍《通老论》云：“圣人明于天人之理，达于自然之分，通于治化之体，审于大慎之训。故君臣垂拱，完太朴之素；百姓熙洽，保性命之和。道者，法自然而为化。侯王能守之，万物将自化。《易》谓之太极，《春秋》谓之元，《老子》谓之道。”显然，阮籍已经将天人之理合于自然之道，并且以“太一朴素”为之理念表述。魏晋玄学重《易》《老》，而这里却引《春秋》加入其间，不是儒、道合一又是什么？而合一之境界恰恰在于“太朴之素”，若此，岂不正是“轻淡”之思！嵇康《声无哀乐论》有云：“古之王者，承天理物，必崇简易之教，御无为之治。君静于上，臣顺于下”，“群生安逸，自求多福，默然从道，怀忠抱义，而不觉其所以然。”而其《答向子期难养生论》论圣人之道亦曰：“虽居君位，飨万国，恬若素士接宾客也。”只要看他所用“简易”“无为”“安逸”“默然”以及“恬若素士”这些概念，同样可以拿“轻淡”来概括它们。如此看来，刘勰所谓“篇体轻淡”，是就总貌而言的，而且是就与“清谈”这一生活底色相协调的普遍思想观念而言的，因此，“轻淡”乃有“轻淡之思”的义蕴。

其次，有关西晋文风。《明诗》有所谓“晋世群才，稍入轻绮，张、潘、左、陆，比肩诗衢，采缛于正始，力柔于建安。”换句话说，就是轻绮柔靡。而在《时序》篇中，则曰：“结藻清英，流韵绮靡。”从字面上讲，“绮靡”当然与“采缛”“力柔”之评相契，但“清英”一词，却当别论。在汉语中，“英”之与“藻”，均属草木之华，相通于文章修辞、文学润色，其义自明，毋庸多说。至于“清”，偏偏多生义指，需要梳理清整。尤其在魏晋时代，须从思想和才藻两方面去考察。就晋世风尚而言，陆云的观念是值得注意的，其《与兄机书》有云：“云今意视文，乃好清省，欲无以尚。”并具体针对陆机所作《文赋》曰：“《文赋》甚有辞，绮语颇多。文适多，体便欲不清，不审兄呼尔不？”陆云的“乃好清省”，刘勰是完全知道的，其《文心雕龙·熔裁》即道：“士衡才优，而缀辞尤繁；士龙思劣，而雅好清省。”《才略》又言：“陆机才欲窥深，辞务索广，故思能入巧，而不制繁；士龙朗练，以识检乱，故能布彩鲜净，敏于短篇。”从刘勰兼顾二陆的语气上看，他是兼取两家之长的，惟其如此，其所谓“清英”者，应是“绮语”与“清省”的结合，换言之，“清绮”是也。

显然，“清绮”与“轻淡”，有某种可以置换的微妙关系，比如，我们可以很自然地组成“清淡”一词，而余下的“轻绮”本身就是当时的流行语。

到了“简文勃兴”一节，说得是东晋形势，其在《明诗》，有曰：“江左篇什，溺乎玄风，嗤笑徇务之志，崇盛忘机之谈；袁、孙以下，虽各有雕采，而辞趣一揆，莫与争雄，所以景纯仙篇，挺拔而为俊矣。”《时序》亦曰：“自中朝贵玄，江左称盛，因谈余气，流成文体。是以世极屯否，而辞义夷泰，诗必柱下之旨归，赋乃漆园之义疏。”对当时风行的“清谈”以及“玄言”诗文，都给予一定的批评。关于当时风气，干宝《晋纪总论》曰：“学者以《庄》《老》为宗，而黜《六经》。谈者以虚荡为辨，而贱名检。行身者以放浊为通，而狭节信。进士者以苟得为贵，而鄙居正。为官者以望空为高，而笑勤恪。是以刘颂屡言治道，傅咸每纠邪正，皆谓之俗吏。……礼法行政，于此大坏，如室斯构，而去其凿契；如水斯积，而决其堤防；如火斯畜，而离其薪燎也。

国之将亡,本必先颠,其此之谓乎?"这分明是一种沉痛反思的理论,其价值观分明是扬"清节"而抑"清谈"的,在他看来,虚荡之谈,放浊之行,乃是亡国的祸根。其实,当时有不少人存在相同的顾虑,比如王羲之,"王右军与谢太傅(谢安)共登冶城,谢悠然远想,有高世之志。王谓谢曰:'夏禹勤王,手足胼胝;文王旰食,日不暇给。今四郊多垒,宜人人自效,而虚谈废务,浮文妨要,恐非当今所宜。'谢答曰:'秦任商鞅,二世而亡,岂清言致患耶?'"历史上确流行着所谓"清谈误国"的论调,其中也确含有几分合理的因素,但一古脑儿将脏水全泼到"清谈"身上,却是有失公道的。谢安的话未尝没有几分道理,就如同王羲之的话同样有其道理一样,需要一种辨证的态度来加以分析。作为一种客观存在,从最初的推动到最后的遏止,总有一个由盛而衰的过程,而此盛衰转化的原因,除了必然有"清谈"以外的因素外,"清谈"本身的过度发展也是一个原因。万事不可过度。但是,从政治角度的反省是一回事,从思想文化史的角度去分析又是一回事。问题在于,对东晋文坛,由于流行所谓"玄言诗",历来是评价不高的,前引刘勰所评如此,他如钟嵘《诗品·序》:"永嘉时,贵黄老,稍尚虚谈。于时篇什,理过其辞,淡乎寡味。爰及江表,微波尚存,孙绰、许询、桓、庾诸公,诗皆平典似道德论,建安风力尽矣。"在钟嵘的话语中,诗味之淡,是与玄理太多联系在一起的,此时之"淡",实际上是一个贬义词。这里的"淡",就是刘勰那里的"夷泰",只不过,相比之下,刘勰是以动乱的社会现实作背景来下判语的,从而语义间颇含感慨。但是,就在《时序》篇,刘勰前此又有对"中兴"以来的正面叙述,而于"简文勃兴"之际玄言精理的"淡思浓采",更流露出欣赏之意,此时之"淡",分明是褒义词。综合刘勰、钟嵘两家之涉于"淡"者,刘勰有褒有贬,钟嵘不褒只贬,这褒贬之间的差异,又岂可轻易放过!

《世说新语·文学》:"简文称许掾云:'玄度五言诗,可谓妙绝时人。'"再看《续晋阳秋》:"询有才藻,善属文。自司马相如、王褒、扬雄诸贤世尚赋颂,皆体则《诗》《骚》,傍综百家之言。及至建安,而诗章大盛。逮乎西朝之末,潘、陆之徒虽时有质文,而宗归不异也。正始中,王弼、何晏好《庄》《老》玄胜之谈,而世遂贵焉。至过江,佛理尤盛,故郭璞五言始合道家之言而韵之,询及太原孙绰转相祖尚。于加三世之辞,而《诗》《骚》之体尽矣。询、绰并为一时文宗,自此作者悉体之。"从这里不仅可以看出"玄言诗"在当时的"时尚"性,而且可以了解到当时人们为什么欣赏"玄言诗"。问题的关键,在于对两个传统的划分:一个是远祖《诗》《骚》而近桃赋颂的文学传统,这实际上就是以缘情体物为特性而接受美刺原则规范的文学传统,在文化诗学意义上,这也就是体现儒家文化精神的文学传统;另一个则是生成于魏晋以来玄学及"清谈"风习的文学传统,这却是体现道家乃至佛家文化意识的文学传统,与前者之缘情体物而旨归美刺者不同,此一新文学传统则是写心明理而旨归玄远的。如果我们把前者称之为感物抒情诗,那么,此新生之体就是写意哲理诗。用当时流行的话语,自然就应该称之为"玄言诗"或"清言诗",而其体貌之特征当然就在于"清淡"了。这种"玄言""清淡"之体,倘若用"《诗》《骚》之体"的传统标准来衡量,自然会"淡乎寡味",因为那个"味"乃是指情绪物色之

味,岂不闻钟嵘有曰:"五言居文词之要,是众作之有滋味者也,故云会于流俗。岂不以指事
造形,穷情写物,最为详切者耶!"① 对简文帝称许为"妙绝时人"的"玄言"诗人许询等,钟嵘
列之于下品,而评语是这样的:"永嘉以来,清虚在俗。王武子辈,诗贵道家之言。爰自江表,
玄风尚备。真长、仲祖、桓、庾诸公犹相袭。世称孙、许,弥善恬淡之词。"与序言中"淡乎寡
味"的评语相比,这里的语气平和多了,因为品第已定,无须再多贬抑了。但其评述本身却又
是十分准确的,但看"清虚在俗"与"弥善恬淡之词"便知。在《诗品·总序》中,钟嵘开宗明义
地讲过:"气之动物,物之感人,故摇荡性情,形诸舞咏。"从这里物感情动的诗学发生论,到后
来穷情写物的诗学创作论,钟嵘显然属于"《诗》《骚》之体"这一传统的承传者,他因此而必然
对"清虚在俗"基础上"弥善恬淡之词"的"玄言"诗表示不满。此乃批评立场和批评标准不同
所致,本是情理之中的事。问题在于,人们自此便始终站在这样一个立场上说话,这就值得
反省了。而恰恰是在立场这个问题上,刘勰由于兼宗儒、佛而又颇认可于玄学,所以能够在
新老两种传统间取兼综折中的态度,从而对钟嵘所不满的"淡乎寡味"之作表示某种意义上
的肯定。

　　只要建立一种写心明理的哲理性诗学立场和批评标准,对当时"玄言"诗的看法就会大
不相同。刘勰称"简文勃兴,渊乎清峻,微言精理,函满玄席,淡思浓采,时洒文囿。"这分明是
对理论性言语发挥的肯定。"淡思浓采",也就是以"才藻"之美尽"精理"之妙,"清谈"者如
此,论著者如此,诗歌者亦如此。实际上,仅仅从钟嵘"理过其辞,淡乎寡味"的评语中就可以
体会出,若"理"与"辞"相称相当,岂不是有味有趣了? 而我们在分析"清谈"风貌的过程中,
也已经一而再、再而三地引述和论证过,"名理"与"才藻"的并列和交织,其实已经在培养着
"玄言"文学的风气和人才,一个"玄言"诗文的高潮的到来,早已是情理之中事了。当然,这
是一种很特殊的文学,"名理"与"才藻"的互动,必然导致"玄胜"式的"才藻"语言,非适宜于
抒情和叙事的语言,甚至是反形象性的语言。在这方面,早有学者指出:"名理奇藻,即色游
玄,构成了东晋诗人特殊的审美趣味,但它与一般的诗歌艺术的差异是比较大的。它纯粹追
求虚灵之美,在理与物之间,取消了情,取消了现实生活的种种关系,也在一定程度上偏离了
诗歌艺术原则。"② 我觉得这位学者的话语是很讲分寸的,既然有"一般的诗歌艺术",就相
应有特殊的诗歌艺术,"居然玄胜"③ 的特殊语言,作为其时其人之"清谈"生活的语言和艺
术创作的语言,自应在中国的文学史和文化史上留下必要的印记,唐人在这方面确实有兼容
并包的胸怀,相传为王昌龄所作的《诗格》,在讲到"诗有三境"时,曾清清楚楚地说:"一曰物
境。欲为山水诗,则张泉石云峰之境,极丽绝秀者,神之于心,处身于境,视境于心,莹然掌

---

①　钟嵘:《诗品·总序》,上海古籍出版社,1994年。
②　钱志熙:《魏晋诗歌艺术原论》,北京大学出版社,1993年1月,第385页。
③　刘应登:《〈世说新语〉序目》,中华书局排印本。

中,然后用思,了然境象,故得形似。二曰情境。娱乐愁怨,皆张于意而处于身,然后驰思,深得其情。三曰意境。亦张之于意而思之于心,则得其真矣。"只要不是成心曲解,王昌龄"物境""情境""意境"的三分法,恰恰是对唐前诗歌史真实的客观反映,"物镜"系"山水诗",这一点是已经指明了的,而"情境"自然就是抒情诗,这也是无可非议的,只有"意境",人们的阐释过于主观化了。其实,王昌龄讲得非常清楚,"意境"创作的内容及过程,始终不曾离开个人精神世界,"张之于意而思之于心",基本与缘情体物的宗旨无关,它不是专门指魏晋和唐之间所流行过的"玄言"哲理诗,又是指什么呢? 而王昌龄的论说恰恰给了我们一个启示,根据中国自己的文学史真实和文化史真实,根据中国自己的诗学和美学思想理念,其实应该给历史上的"玄言"文学一个合理的"说法",就像已经给了当时的"清谈"风习一个"说法"一样。

　　这个"说法"应是:如同钟嵘评许询而曰"弥善恬淡之词",亦如同刘勰评简文帝而曰"淡思浓采",尽管在"才藻"上或有恬淡与浓郁之别,但其所表现的思想意识和精神追求却是统一的,那就是对恬淡清虚之精神境界的企求。既然如此,那么,在理想化的层次上,至少"淡思浓采"这样的矛盾组合就是不合理的了。这里面一个深层次的问题是,必须把纯粹理性思辩与流行"清谈"兴趣严格区分开来。准确地讲,那些被表现于辞赋诗章的"玄胜"主题,最多也只能是"兴趣"化了的理性课题。换言之,"玄言诗"实际上是抒写玄远情趣的作品,或者也只能就是带有情趣化色彩的理性思考的反映,它既不是"理过其辞",也不是"理不胜辞",而是"理辞相洽"。若用宋代诗学思考中的话语来讲,就是必须追求"理趣"。"玄言诗"的衰落,也许正是因为无法克服"理过其辞"的缺陷,从而达到"理"与"趣"的交融。这种交融,说到底,就是需要将外在于人们情感生活的抽象理念内化为切身感悟的生动内容,从而才有可能在文学与艺术的创作中赋予抽象理念以具有情绪感染力或形象吸引力的生动形式。当然,必须说明,这绝不意味着改变"玄言"文学的性质,绝不意味着让"意境"转化为"情境"或"物境"。"乃得其真"的"意境"仍然是独立于物、情两境之外的独特一类,这里所论证的一切,无非是关注于怎样使哲理性的言语获得相通于一般文学艺术作品的审美功能而已。

　　然而,上面这种"理"与"趣"的交融,一旦与具体的艺术生活实践结合起来,就显得非常艰难了。这是因为,理性思辩与感性想象,毕竟是两种截然不同的思维方式。惟其如此,曾经风行一时的"玄言"文学,终于被其他形式的诗歌所代替。相应地"淡思浓采"的诗文创作之路就越走越窄。尽管在当时热衷"清谈"者的心目中,这样的作品可谓"妙绝时人",但随着社会风气的转变,"妙绝时人"就变为"淡乎寡味"了。如果不是这样,"淡思"由"清谈"的哲理话题转化为生活情趣和艺术心理,转化为思维方法和审美眼光,那情形就两样了。

　　关键自然在于转化的动力来自何方,而答案就在"清谈"与玄学本身。

　　记载"清谈"风流的《世说新语》一书,透露了这方面的消息。刘应登《〈世说新语〉序目》云:"盖于时诸公,专以一言半句为终身之目,未若后来之人,勉焉下笔,始定名价。临川善叙,更自高简有法。"前节我们对"清谈"具体形势的分析已然说明,当时之论辩,动辄数百言,甚至有上万言者,可见这所谓"高简有法"乃至于"专以一言半句为终身之目"者,只是"清谈"繁、简两派中简约一派的追求。刘义庆本南朝刘宋王朝时人,《南史·宋宗室及诸王传》称其"性简素,寡嗜欲,爱好文义",因此其所编之书也将以简约为尚。不过,我们更需要从"清谈"和"玄言诗"内部来寻找原因。"清谈"简约派的典型人物乐广,就已经在尝试着话语转化的方式,而"清谈"本身又有非学术的性情自适特色,如据《世说新语·文学》篇,王衍就曾说山涛"不读《老》《庄》,时闻其咏,往往与其旨合。"可见"清谈"之"玄言"与玄学毕竟是两码事,名士"清谈"之际,多有藉玄谈抒发性情的现象,而这种性情,无疑正是"虚胜""玄远"之"淡思"——恬淡萧散的情趣意志,正是玄学思辩、清谈风流与玄言文学的聚焦点。《世说新语·言语》云:"刘尹云:'清风朗月,辄思玄度。'"又云:"王司州至吴兴印渚中看,叹曰:'非唯使人情开涤,亦觉日月清朗。'"又云:"司马太傅斋中夜坐,于时天月明净,都无纤翳,太傅叹以为佳。谢景重在坐,答曰:'意谓乃不如微云点缀。'谢曰:'卿居心不净,乃复强欲滓秽太清邪!'"许询是当时著名的玄言诗人,值清风朗月之际而念及斯人,就说明玄言诗人也是容易感奋于清风朗月的,而不管是"清风朗月"还是"日月清朗",或者是"天月明净",无不是"居心清静"的自然表征。不仅如此,当时名士之读书思辩,往往也是追求"会心"有得,如"刘尹与桓宣武共听讲《礼记》,桓云:'时有入心处,便觉咫尺玄门。'刘曰:'此未关至极,自是金华殿之语。'"①《礼记》非三玄之学,其会心处仍觉"咫尺玄门",可见他们是习惯于以"玄胜"之心去听讲读赏的。而正是这一"玄胜"之心,又使他们易感于自然清明景致。"简文入华林园,顾谓左右曰:'会心处不必在远,翳然林水,便自有濠濮间想也,觉鸟兽禽鱼自来亲人。'"②正是简文此人,曾称颂许询玄言诗"妙绝时人",于是我们就能把有关的印象串联为一个清晰的认识:由于"清谈"本身就含有性情自适的性质,而在"玄胜"其心的情理契合基础上,哲理与情趣的结合形态只能是恬淡萧散之趣;如此情趣,当然只能投合于简约言语,甚至于追求"一言半句"以尽发妙机的特殊效果;同理,如此情趣,又是在老庄思想为主流的文化环境之中,于是又会欣赏并寻求与自然清明景致的融洽一气了。

有了以上的讨论,"淡思"之"淡",作为一个综合了玄学、清谈与玄言文学等多维意义空间的范畴,其义蕴就不那么简单了。具体说来,首先需要明确区分两种不同的"淡"的概念,即区分刘勰从玄、佛文化境域出发所道之"淡",与钟嵘从《诗》《骚》缘情体物宗旨出发所道之"淡",前者以"淡"为理想态,后者则以此为缺欠状。其次,所谓理想态的"淡",包括性情自适之居心清静,它更多契合于老子的清虚无为、抱玄守一,而与外向纵恣式、任诞性的逍遥差异;它更多契合于"高简有法"的"玄言"与"清谈"风格,而与才藻奇瑰、动辄数百千言的风格不同;它更多契合于与自然景致相会心的人生情趣,而与放荡情欲、追求奢靡的风流相异趣。

---

① 刘义庆:《世说新语·言语》,余嘉锡《世说新语笺疏》,中华书局,1983年。
② 刘义庆:《世说新语·言语》,余嘉锡《世说新语笺疏》,中华书局,1983年。

在那样一种文化境域中生长出来的"淡思",实质上是可以用"玄淡"这样的概念来置换的。

不言而喻,"淡思"如此,自然意味着对"清谈"及"玄言"中的才藻之美的扬弃。之所以会有这种扬弃,当然与晋世人物对"清省"风格的讲求有关。在文学文章方面,陆云对"清省"的提倡,我们已有过讨论。其实,当时正值蓬勃发展期的佛、道两教——尤其是道教,也正好在从事着被称之为"清整"的活动。① 这里的"清整",未见得就是"清理"与"整合"之义,② 而是同时有着与所谓"清省"相通的"清约"之义。比如葛洪《抱朴子·内篇》有云:"又诸妖道百余种,皆煞生血食,独有李家道无为为小差。然虽不屠宰,每供福食,无有限剂,市买所具,务于丰泰,精鲜之物,不得不买,或数十人厨,费亦多矣,复未纯为清省也,亦皆宜在禁绝之列。"尽管道教的这种自我约束意识基于其自身生存的需要,是在参照儒家伦理与佛家戒律的基础上所作出的理性化的努力,是一种宗教本身的自然发展。但是,它毕竟是在那个时代进行"清整",并且偏偏提到"清省"这个概念,于是,就不能排除其作为时代思潮之具体体现的性质。这绝不是完全从推论出发所得出的结论,正是这位道教发展过程中的关键人物葛洪,其在《抱朴子·疾谬篇》中写道:"或褰衣以接人,或裸袒而箕踞。朋友之集,类味之游,莫切切进德修业,改过弼违,讲道精义。其相见也,不复叙离阔,问安否。宾则入门而呼奴,主则望客而唤狗。其或不尔,不成亲至,而弃之不与为党。及好会,则狐蹲牛饮,争食竞割。掣拔淼折,无复廉耻。以同此者为泰,以不尔者为劣。终日无及义之言,彻夜无箴规之益。"彼此比较一下,此所谓名士之为,岂不与妖道行迹无异! 于是我们认定,随着魏晋名士任诞风习的变本加厉,反省的思想意识也日益强烈,而随着反省思想的深入人心,那充满外向活力和动感的任诞风流,便呈现收敛趋势,而整个士人的精神面貌因此就会沉静下来。当士人们在精神沉静中体会"玄胜"义理时,自然要倾心于"玄淡"式的思想风格和艺术风格了。

有鉴于上述事实,在有关概念的整合问题上,我们有理由以"清省"为中介而合"清谈"与"淡思"为"清淡"一语。回到本节开始所引述刘勰《文心雕龙·时序》的叙述,那贯穿其间的"清淡"意脉,因此就显得意味深长了。

三　"澄怀味象":以形写形,以色貌色
——"玄胜"情怀与诗情画意的审美自觉

《世说新语·言语》云:"桓征西治江陵城甚丽,会宾僚出江津望之,云:'若能目此城者,有

---

① 葛兆光:《中国思想史》(第1卷)第4编第2节,复旦大学出版社,1998年,第469页。
② 葛兆光:《中国思想史》(第1卷)第4编第2节,复旦大学出版社,1998年,第469页。

赏。'顾长康时为客在坐,目曰:'遥望层城,丹楼如霞。'桓即赏以二婢。"又云:"顾长康从会稽还,人问山川之美,顾云:'千岩竞秀,万壑争流,草木蒙笼其上,若云兴霞蔚。'"可见顾恺之是一位善于描绘山川之美的人物。所谓"目",作为当时的流行语言,本是题品之意,以此为线索,我们就知道,对山水风景美的爱好,本是由人物题品转移过去的。这一认识还有一个更直接的根据,即顾恺之原来是当时著名的人物肖像画家。而这样一来,人物题品——人物肖像——山水题品——山水写照,就是一个非常自然的演化过程了。

　　说到山水诗和山水画,谢灵运与宗炳是必须要关注的。特别是宗炳在《画山水序》中所提出的"澄怀味象"一说,直接与"清""淡"美论的系统相关,是我们尤其要给予重视的。

　　但是,在具体接触宗炳之前,先须接触顾恺之,因为若不真正理解顾恺之的"传神写照"论,是很难准确把握宗炳的"澄怀味象"的。《世说新语·巧艺》云:"顾长康画人,或数年不点目睛。人问其故,顾曰:'四体妍蚩,本无关妙处,传神写照,正在阿堵中。'"与此相关,张彦远《历代名画记》卷七云:"张僧……又金陵安乐寺四白龙不点眼睛,每云'点睛即飞去',人以为妄诞,固请点之,须臾雷电破壁,两龙乘云腾去上天,二龙未点睛者见在。"显然,古人有一种对"点睛"之笔的神化心态。当我们面对古人的相关理论和作品时,切不可因循其自我神化的心态。倒是汤用彤说得好:"数年不点目睛,具见传神之难也。"① 认识到"点睛"之重要而不肯轻易下笔,这正是一种认真的态度。同时,也正是出于认真,才去探询传神写照的各种可能。顾恺之有《魏晋胜流画赞》道:"凡生人无有手揖眼视,而前无所对者。以形写神而空其实对,荃生之用乖,传神之趣失矣。空其实对则大失,对而不正则小失,不可不察也。一象之明昧,不若悟对之通神也。"有关此文的大量分析,基本上都沿着重目睛而轻四体——重神情而略形体的思路阐发,虽也大体不离本旨,但于顾恺之的真正用心毕竟有些隔膜。其实,问题本来并不复杂,就因为人们相沿而具"点睛"之神化心态,所以自我遮蔽如此。所谓"无有手揖眼视,而前无所对者",说透了,就是人的神情无不是对外界客观存在的反应,这里所凸显的理论观念,仍是对人与环境的关系的强调。既然如此,所谓"以形写神"的"形",就不一定是人物自己的形体,它完全可以是人物所处环境中的某一形体。《世说新语·巧艺》云:"顾长康画谢幼舆岩石里。人问其所以。顾曰:'谢云:"一丘一壑,自谓过之。"此子宜置丘壑中。'"此丘壑之形,就正是传谢幼舆之神的"荃生之用"。联系顾恺之对山水风景的好赏心理,他的这种传神理论就格外具有价值,因为它实际上已经明确地透露了人物画向山水画过渡的思想痕迹。也正因为"心游太玄"的名士们每有"一丘一壑,自谓过之"的意识,所以,贵在传其神情的绘画艺术,便"宜置丘壑中"而关注于山水画了。

　　顾恺之自己就有着强烈的山水画创作欲望,这可以从其《画云台山记》中体会出来。其记曰:"山有面,则背向有影。可令庆云西而吐于东方清天中。凡天及水色,尽用空青。竟素

---

① 　汤用彤:《汤用彤学术论文集》,中华书局,1983年版,第226页。

上下以映日。西去山，别详其远近：发迹东基，转上未半，作紫石如坚云者五六枚，夹冈乘其间而上，使势蜿蜒如龙，因抱峰直顿而上；下作积冈，使望之蓬蓬然凝而上。次复一峰，是石，东邻向之峙峭峰，西连西向之丹崖。下据绝涧，画丹崖临涧上，当使赫　献隆崇，画险绝之势。天师坐其上，合所坐石及荫。宜涧中桃，傍生石间；画天师瘦形而神气远，据涧指桃，回面谓弟子；弟子中有二人临下，倒身，大怖，流汗失色。作王良，穆然坐，答问，而赵升神爽精诣，俯盼桃树。于别作王、赵趋；一人隐西壁倾岩，余见衣裾；一人全见室中，使轻妙泠然。凡画人，坐时可七分，衣服彩色殊鲜，微此不正，盖山高而人远耳。……下为涧，物景皆倒作。……"从如此详尽且有点繁杂的文字描述中，我们似乎可以推断，人物山水画的兴盛，是由同类题材的文学创作延伸开去的，否则，画家不可能在作画之前写下如此详尽的文字创意。而就内容来看，分明是道教题材。再就绘画艺术的风格特征来看，从景物到人物，都讲求色彩鲜艳。尽管我们没有全面而具体地分析这一篇画记，[①] 但已经可以感受到，当时画家对那构想中的人物及其环境是充满着浪漫激情的。也许，人们会说，如顾恺之之构想云台山者，乃出于道教信仰的迷狂，其他人就未必如此了。那么，请看《历代名画记》的记载："顾骏之，常结构高楼，以为画所，每登楼去梯，家人罕见。若时景融朗，然后含毫，天地阴惨，则不操笔。"不知此顾骏之是否就是顾恺之，即便不是，作为同时代人，其只取"时景融朗"的艺术兴趣，显然是与顾恺之相共的。而与画家欣赏"时景融朗"相同构的，则是彼时人物品题时所用的"一派光亮意象"。[②]这样，综合言之，由人物品题到人物肖像，从传达人物精神到置之丘壑之中，包括言语艺术和具象艺术，都在追求"融朗"和"光亮"！

必须指出，这种"融朗"和"光亮"之美，实则又是与精神世界的清明澄净相一致的。在《世说新语》中多有这方面的例证，我们且只就《赏誉》所言者例举如下：

公孙度目邴原："所谓云中白鹤，非燕雀之网所能罗也。"

裴令公目夏侯太初："肃肃如入廊庙中，不修敬而人自敬。"一曰："如入宗庙，琅琅但见礼乐器。见钟士季，如观武库，但睹矛戟。见傅兰硕，汪蔷靡所不有。见山巨源，如登山临下，幽然深远。"

王戎目山巨源："如璞玉浑金，人皆钦其宝，莫知名其器。"

山公举阮咸为吏部郎，目曰："清真寡欲，万物不能移也。"

庾子嵩目和峤："森森如千丈松，虽磊砢有节目，施之大厦，有栋梁之用。"

王戎云："太尉神姿高彻，如瑶林琼树，自然是风尘外物。"

林下诸贤，各有隽才子：籍子浑，器量弘旷；康子绍，清远雅正；涛子简，疏通高素；咸

---

　　①　伍蠡甫：《中国画论研究·读顾恺之〈画云台山记〉》，北京大学出版社，1983 年 7 月，176 页。

　　②　宗白华：《美学与意境》，人民出版社，1987 年 7 月，第 187 页。魏晋人物品题所用诗意化的话语，确系清丽鲜明的意象世界，宗先生所引俱在，相关论著亦多所征引，故此处从略。

子瞻,虚夷有远志,瞻弟孚,爽朗多所遗;秀子纯、悌,并令淑有清流;戎子万子,有大成之风,苗而不秀;唯伶子无闻。

王公目太尉:"岩岩清峙,壁立千仞。"

庾公目中郎:"神气融散,差如得上。"

时人欲题目高坐而未能,桓廷尉以问周侯,周侯曰:"可谓卓朗。"桓公曰:"精神渊著。"

卞令目叔向:"朗朗如百间屋。"

世目周侯"嶷如断山。"

刘万安,即道真从子,庾公所谓"灼然玉举。"

有人目杜弘志标鲜清令,盛德之风,可乐咏也。

刘尹每称王长史云:"性至通而自然有节。"殷中军道右军"清鉴贵要。"

简文目敬豫为"朗豫"。

孙兴公为庾公参军,共游白石山,卫君长在坐。孙曰:"此子神情都不关山水,而能作文。"庾公曰:"卫风韵虽不及卿诸人,倾倒处亦不近。"孙遂沐浴此言。王右军道东阳:"我家阿林,章清太出。"

谢太傅称王修龄:"司州可与林泽游。"

王子猷说:"世目士少为朗,我家亦以为彻朗。"

许掾尝诣简文,尔夜风恬月朗,乃共作曲室中语。襟情之咏,偏是许之所长,辞寄清婉,有逾平日。简文虽契素,此遇尤相咨嗟,不觉造膝,共叉手语,达于将旦。既而曰:"玄度才情,故未易多有许。"

司马太傅为二王目曰:"孝伯亭亭直上,阿大罗罗清疏。"

引述已经过多,但这只不过是《赏誉》一类中的例证而已。细心分辨以上的例子,我们必将发现,那时人物间的赏誉词汇,确实喜欢用"清""朗"一类的字眼。不仅如此,这类字眼同时又每每物化为客观的器物或自然景致,于是,或者多用金、玉、琼、瑶之象,或者系于清风朗月、云霓朝霞之景,这也这就是所谓"一派光亮意象"。再者,如上引"朗朗如百间屋",乃是广厦开阔、悠然深远的境界,它显然意味着精神世界的虚空而清明。那种种"光亮意象",其实都具有"风尘外物"的高洁感,如云中白鹤之与瑶林琼树,在精神内涵上分明与"朗朗如百间屋"者相融通。也正是因为如此,那种种外在的华美物象,并不与内在的清虚恬淡相矛盾。最后,人们定然已经注意到,一个人之所以被欣赏,性好山水,是不可忽略的一个因素。

要之,在这样一个格外看重言语才藻,而其品藻又如此充满形象感的时代,所有的理论思考也都会带上鲜明的直觉色彩。我们与其费力地去寻找对"清""淡"一系范畴的理论诠释,不如徜徉于那形象话语的世界里而体验感受,最终会有收获的。比如,"云中白鹤"的意象,"恬风朗月"的意象,"森森如千丈松"的意象,"岩岩清峙,壁立千仞"的意象,一旦与"清鉴""清疏""清令""卓朗""彻朗""虚夷""疏通"一类概念彼此发明，从中自然可以生发出十分丰富的义蕴。若想以简驭繁地加以提炼，那将就是宗炳所说的"澄怀味象"。

宗炳《画山水序》云："圣人含道应物，贤者澄怀味象。至于山水，质有而趣灵。……夫圣人以神法道而贤者通，山水以形媚道而仁者乐，不亦几乎？……夫理绝于中古之上者，可意求于千载之下；旨微于言象之外者，可以取于书策之内。况乎身所盘桓，目所绸缪，以形写形，以色貌色也。……于是闲居理气，拂觞鸣琴，披图幽对，坐究四荒。不违天励之聚，独应无人之野。峰岫峣嶷，云林森眇，圣贤映于绝代，万趣融其神思。余复何为哉？畅神而已。神之所畅，孰有先焉！"以"澄怀味象"为核心命题，宗炳在这里整合了魏晋以来诸多课题的思辩心得。对此，我们需要分别给予分析。

"圣人含道应物"，在理论上，这是下一句"贤者澄怀味象"的义理规定，下一句是从这上一句推导出来的。而所谓"圣人含道应物"，明眼人一看便知，这是从王弼的圣人有情论变化而来。何邵《王弼传》云："何晏以为圣人无喜怒哀乐，其论甚精，钟会等述之，弼与不同，以为：'圣人茂于人者神明也，同于人者五情也。神明茂，故能体冲和以通无；五情同，故不能无哀乐以应物。然则圣人之情，应物而无累于物者也。今以其无累，便谓不复应物，失之多矣。'"汤用彤《王弼圣人有情义释》道："按诸此文，当时论者，显分二派，二方均言圣人无累于物，但何、钟等以为圣人无情，王弼以为圣人有情，并谓有情与无情之别则在应物与不应物。"[1]汤氏所论十分地道，当时之论，不管为哪一方，其实都具有潜在的神人合一论与感物生情论的思想底色。其神人合一的契机自然就是有情无累，而有情无累的契机则又是应物传真。深入分析这种思想观念，实际上体现了当时试图打通人神、打通心物的思维习惯。打通，是非常必要的，否则，圣人与常人相隔绝，则常人就没有了修性成圣的可能，心神既与外物隔绝，则"心斋"之机亦将无法与天地万物为一，从而势必陷入理论思维上的泥沼而寸步难行。而一旦打通，主观精神的修养和信仰活动，就同时意味着对客观世界的感受和认识，主体向理想人格的攀缘，就同时意味着对客观真实的把握，抒写主观世界的文学艺术作品，同时也就意味着对客观事物的文学表现和艺术描绘。

由"圣人含道应物"，进而推导出"贤者澄怀味象"，也就进而把与道为一的圣人境界具体化为主观世界与客观世界的特定形态，并使其彼此化合为一的过程也具体化为感知的活动。"含道"者必然"澄怀"，"澄怀"者方能"含道"，这中间的因果关系，已然体现了道家与佛家同归清静虚无之旨的文化精神。而尤其关键的是，"澄"作为对清澈透明境界的概括，分明就是对先民"水镜"识鉴意识和老子"涤除玄鉴"观念的理论承传，于是，"澄怀"之心境，便如清澈之水镜，其映照万物，逼真生动，正所谓"空故纳万境，静故了群动"[2]。而在这个意义上，"澄

① 汤用彤：《汤用彤学术论文集》，中华书局，1983 年 5 月，第 254 页
② 苏轼：《送参寥师》，《集注分类东坡先生诗》卷二十一，《四部丛刊》本。

怀味象"的"味",就绝非只守澄淡一味的"味"了。

"山水以形媚道而仁者乐",一个"媚"字,道尽山水无数美韵,"味象"的"象",自然就是此"以形媚道"的"形",此"形"既有"媚道"之妙,则品味之际,又岂能不透出与"媚"相契合的丰富意态? 在中国传统的美学理论话语中,"味"——"滋味"之道,除了旨在"和而不同"与"淡然无极"这儒、道分异的文化选择外,其在诗学认定"五言居文辞之要,是众作之有滋味者也"的时代,必然含有与诗学相通的理论内容。既然如此,则钟嵘的"指事造形,穷情写物",刘勰的"窥情风景之上,钻貌草木之中",① 当是宗炳"澄怀味象"之"味"的生动注脚。"味象",即"窥情风景之上",在山水风景的展开中抒写主体的情感,情本关于山水,故风景也就最关心灵。

不仅如此,"澄怀味象",还涉及到"言意之辩"问题。"理绝于中古之上者,可意求于千载之下;旨微于言象之表者,可义取于书策之内。"如同一篇《画山水序》早于西方人很多而提出了明确的空间透视原理一样,尽管宗炳是位佛徒,却并不因此就排斥科学理性,而与他对空间透视原理的体认相关联,在"言意之辩"问题上,他实际上是倾向于"言尽意"论的。尤其是"旨微于言象之表者,可义取于书策之内"一句,具有鲜明的"言尽意"论色彩,何况,《画山水序》又曰:"神本亡端,栖形感类,理入影迹,诚能妙写,亦诚尽矣。"在宗炳这里,神理是投射于形影的,他们以类相感,可以通过描绘现实形迹来把握神秘的神理。有鉴于此,"味",就必然是一种兼有感性与理性的复合过程,是一种将神秘的精神体验与微妙的艺术创作沟通起来的特殊活动。

所以,宗炳"澄怀味象"所涉及到的理论问题,直接或间接地与刘勰《文心雕龙》中的《神思》《物色》诸篇的内容有关。《神思》有云:"文之思也,其神远矣。故寂然凝虑,思接千载,悄然动容,视通万里;……故思理为妙,神与物游,神居胸臆,而志气统其关键;物沿耳目,而辞令管其枢机。"前半部分所言,分明与"理绝于中古之上者,可意接于千载之下"相近,后半部分所言,也显然与"神本亡端,栖形感类,理入影迹,诚能妙写"相似。至于《物色》则有云:"是以四序纷回,而入兴贵闲;物色虽繁,而析辞尚简;使味飘飘而轻举,情晔晔而更新。"所谓"情往似赠,兴来如答",赠答之际,以闲淡为贵,这不正就是"澄怀"之谓吗? 感兴贵闲,描写尚简,闲淡简约,便是其滋味之特点。只不过,虽然简约,却必须"以形写形,以色貌色",就如同钟嵘之评谢灵运"内无乏思,外无遗物,其繁富,宜哉"。不仅如此,"味飘飘而轻举,情晔晔而更新",无非就是情味鲜美而清扬的意思,而这不正是彼时赏誉之所推重者吗? 总之,宗炳与刘勰,都是承续玄学传统而又信奉佛教之人,同时也都是精通艺术之人,他们不谋而合于"澄怀味象"而神与物游,充分证明这恰是时代精神之所在。

"神与物游"是一种双向的追求,一方面可有"畅神"之好,另一方面则可"以形写形,以色

---

① 刘勰:《文心雕龙·物色》,詹锳义《文心雕龙义证》,上海古籍出版社,1989年。

貌色"而得"巧构形似"之妙。"畅神"之际,恰如宗炳在《画山水序》所言:"闲居理气,拂觞鸣琴,披图幽对,坐究四荒。不违天励之聚,独应无人之野。峰铀 尧嶷,云林森眇。圣贤映于绝代,万趣融其神思。"也即是其所谓"嵩、华之秀,玄牝之灵,皆可得之于一图",在心灵与风物的交融中,随着对现实自然的拥抱,也就拥抱了意念中的彼岸的自然,随着主体融入空间的自然,心灵也便超越时间而与永恒的真如同在。所谓"玄牝",乃天地万物之本根,亦既生命、生活之终极追求,而这种终极追求恰恰又回归到了"澄怀味象"的出发点上,"闲居理气,拂觞鸣琴",不就是"手挥五弦,目送归鸿"吗? 所以,"畅神"也,"澄怀"也,即"心游太玄"也,一切的一切都还在精神"玄胜"境界。但是,"畅神",也就是养生,宗炳《画山水序》曰:"余眷恋庐、衡,契阔荆、巫,不知老之将至。愧不能凝气怡身,伤踮石门之流。于是画家布色,构兹云岭。"其中的"凝气怡身",与另一处的"闲居理气",都是关乎养生的理念,看来,那终极性的思考,正是通过自我养生这现实的课题而化为感性内容,这就正如同把山水自然看作是"质有而趣灵"一样,畅神与养生,对应于表灵与写形,于是,当时王微《叙画》就说:"本乎形者融灵",谢灵运诗亦曰:"表灵物莫赏,蕴真谁为传。"[1]最终有了对诗、画艺术之形似美的价值肯定。

　　山水诗与山水画的美学自觉,是六朝美学思想中的关键性内容。但是,由于长期以来人们总是以为神似高于形似,所以,也就不可能理直气壮地肯定六朝形似美学的历史价值。其实,宗炳"质有而趣灵"的"质有",王微"本乎形者融灵"的"本乎形",已经再清楚不过地表明了山水自然以形态质感为本的特点。同时,宗炳的"以形写形,以色貌色",刘勰的《物色》专论,又在强化着这种形态质感的光色特征,顾骏之所以"天色融朗,便工操笔",恰恰是出于对光色鲜艳之美的欣赏,就像法国的印象派画那样。[2] 中国古代的山水画,真正的繁荣要到宋代,六朝只是理论思想的自觉,而山水诗,则已经有了谢灵运这样的大师,如果我们肯用心去考察,那就会发现,大谢诗文对自然风景的描写,是非常注意于光色印象的。他的《佛影铭》云:"因声成韵,即色开颜。望影知易,寻响非难。形声之外,复有可观。观远表相,就近暖景,匪质匪空,莫测莫领。倚岩辉林,傍潭鉴井,借空传翠,激光发炯。……敬图遗踪,疏凿峻峰;周流步栏,窈窕房栊。激波映 犀,引月入窗;云往拂山,风来过松。地势既美,像形亦笃。"不难发现,佛像与其周围的自然环境已然化为一体,特别是像"因声成韵,即色开颜""借空传翠,激光发炯""云往拂山,风来过松"这样的语言,真正是"气韵生动"之作,尽传出自然界声、光、形、影间的微妙关系,把若有性灵的消息与一心向佛的意志融洽为一,应该说,这是具体而微的"澄怀味象"了。而这也就是说,中国古典主义的诗情画意,并不是从唐代的王维

①　谢灵运:《登江中孤屿》,《谢灵运集》诗一《行事诗》,岳麓书社《集部经典丛刊》本。
②　韩经太:《唐人山水诗美的演生嬗变》,载《文学遗产》1998 年第 4 期。

那里才开始的,如果说人们早已习惯了用"澄淡精致"①来概括这种诗情画意的美,那么,当现在我们认识到,实际上从六朝大谢开始就有了诗情画意之讲求时,由于大谢山水诗的风格是迥异于王维的,所以,真正开风气之先的山水诗情画意,乃是"淡思浓采"——澄淡融朗的美。小谢诗句曰:"澄江静如练,余霞散成绮。"将澄淡之心与绮丽之象结合起来,这恰恰是六朝美学之精微所在。

然而,澄淡与绮丽的辨证统一,无论如何都是有条件的,那就是对世俗情欲的超越。就六朝文学而言,绮丽之极端自然是"宫体"诗,但"宫体"诗对女性的描写,与曹植的《洛神赋》、阮籍的《清思赋》、陶渊明的《闲情赋》真是不可同日而语,究其实质,正如《文心雕龙·神思》所谓"疏瀹五脏,澡雪精神",精神的净化,乃是问题之枢机。阮籍《清思赋》曰:"夫清虚寥廓,则神物来集;飘摇恍惚,则洞幽贯冥;冰心玉质,则皎洁思存;恬淡无欲,则泰志适情。"于是,又如谢灵运《山居赋》自注所云:"聚落是墟邑,谓歌哭争讼,有诸喧哗,不及山野为僧居止也。经教欲令在山中,皆有成文。"山色绮丽,水光潋滟,却是一片自然,自能使人心灵净化、精神超然。也正是因为这个缘故,同样都是以鲜艳的才藻去形容刻画,山水诗体现着"澄怀味象"的美学精神,宫体诗就另样了。

作者简介 韩经太,1951年3月生,男,甘肃定西人,北京语言文化大学教授,硕士,主要从事中国古典诗学及中国思想文化史研究。邮编100083。

---

① 司空图:《与李生论诗书》,《司空表圣文集》卷2,上海古籍出版社,1994年。尽管近年有对《二十四诗品》之作者的辨证,但我个人认为,即使《二十四诗品》非司空图所著,其诗学思想依然值得注意,特别是他对戴叔伦"诗家之景"理论的传释,以及因此而就诗、画美境所作的辨析,都是极具理论意义的。

"诗学"一词的传统涵义、成因
及其在历史上的使用情况

钱 志 熙

内容提要:本文指出,"诗学"一词古已有之,但其传统内涵不同于现代内涵,是对诗歌创作实践体系的概括称呼。其用例始于晚唐五代、沿于宋而盛行于元、明、清,至近现代之际引进西方诗学体系后,此词的传统内涵逐渐为其现代内涵所代替、淹没。文章通过大量实例,纠正所谓中国古无诗学一词、诗学一词古代很少使用等错误观点,并希望由正确认识此词的传统内涵开始,进而对中国传统诗学本身的存在方式、体系特征作全面把握。文章对此词在历史上产生的文学与学术背景及其历代使用的情况作了一个系统的史的考察。

关键词:诗学　传统诗学　学诗　诗之为学

最近一个时期,中国的文学研究界,越来越频繁地使用"诗学"这个概念,出版了各种各样的诗学理论、诗学史、比较诗学、文化诗学乃至于诗学辞典之类的著作,而在一般的研究和论述中,使用这个词的频率,与以前相比,也提高了许多。这本身就是一个值得研究的现象,我想大概有两方面的原因:一是在文学精神和关于文学的本质逐渐显得模糊起来的我们这个时代,人们为了重新确认文学的精神和本质,不约而同回到以"诗"来概括整个文学甚至延及文艺整体的这样一种思维习惯。人们将诗理解为文学乃至一般文艺的本质,认为诗不仅存在于通常称为诗歌这种体裁中,其它的文体和文艺形式中 ①,也存在着"诗",基于这样的

---

① 黄药眠、童庆炳主编的《中西比较诗学体系·前言》就对广义诗学作了详尽的阐述:"那么,'中西比较诗学'是指什么意思呢?'诗学'并非仅仅指有关狭义的'诗'的学问,而是广义包括诗、小说、散文等各种文学的学问或理论的通称。诗学实际上就是文学理论,或简称文论。"他们还论述了以诗学指称"文艺学"的原因和依据:"由'文艺学''文论'返回到'诗学'概念,包含着一个根本性意图:返回到原初状态去。原初并非仅仅指开端,原初就是原本、本原、本体,因而返回原初就是返回本体。这样一种返回必定是根本性的。同诗作为文学的原初状态一样,'诗学'也意味着'文艺学''文论'的原初状态。返回诗学就是返回原初状态,返回本体。而今,随着纪实文学、通俗文学、消遣文学的发达,文学一词的指称域正在不断扩大,文学与生活的距离愈益模糊,文学正在失去自身的特殊规定。而重现文学的诗的本义,重现'文艺学'的'诗学'本义,无疑有助于认识变化中的文学。(黄药眠、童庆炳主编:《中西比较诗学体系》,人民文学出版社,1991年。)"

考虑,人们以"诗学"来指称文学和文艺学。这种思维习惯源于西方,对于中国的学术界来讲,则是一种现代的文学观念,渊源于朱光潜等人翻译的亚里斯多德《诗学》。这即是通常所说的广义的"诗学"。与广义诗学相对的狭义诗学的日趋独立,则是近期诗学一词频繁使用的另一原因。狭义的"诗学"原本是从事诗歌理论和诗歌批评的学者们常用的概念,其内涵主要也是以理论和批评这两方面为主。但近年来,狭义诗学的内涵也在扩大,人们越来越喜欢以它来指称以诗歌为研究对象的这门学问。近年出版的不少诗学辞典大抵是持这种看法的。如浙江教育出版社出版的《中国诗学大辞典》①,就对诗学一词作了这样的解释:"关于诗歌的学问,或者说,以诗歌为对象的学科领域。"并且具体地指出中国诗学的研究范围包括"诗歌的基本理论和诗学基本范畴"、"有关诗歌形式和创作技巧的问题"、"对于中国历代诗歌源流的研究,或曰诗歌史的研究"、"对于历代诗歌总集、选集、别集或某一作品的研究"、"对于历代诗人及由众多诗人所组成的创作群体的研究"、"对于历代诗歌理论的整理和研究"等六个方面。就狭义诗学的涵义来讲,这是包含得比较广的,它把所有以诗歌为研究对象的学问包括诗歌文献学,都纳入到"诗学"这个概念中来。

广义诗学概念及其代表的文艺观念,完全是从西方引进的。在中国古代,不仅从无用诗来概括整个文学的传统;相反的诗还常常被别的文体和文艺的概念所整合,最早诗被包括在"乐"里面,后来又常被包括在"文"里面。至于狭义的诗学的现代内涵,与中国传统的"诗学"一词所指的内涵,相对来讲比较接近,但也有很大的区别,它主要是指以诗歌为研究对象的一门学科,属于现代学科体系中一个学科。总的来说,无论狭义诗学还是广义诗学,基本都属于西方文艺学系统。所以一般的有关诗学的各类著作,都不约而同的从西方美学史中寻找"诗学"一词的渊源。从现代诗学所继承的学术传统来讲,这样理解也许不无道理。因此,一种观点即认为诗学为西方所独有,中国向无成熟的诗学,如朱光潜先生早年就有"中国向来只有诗话而无诗学"之说②。甚至有的学者认为"诗学"这个词是舶来品,中国古代无诗学一词③。虽然象这样不加稍究而断定中国古代无诗学此词的说法不会很多,但认为这个词在古代用得很少,且无足轻重这样观点,我想可能还是不少人的看法。

其实,诗学一词在中国古代有着自己的生成历史,并有广泛的应用。它依据于中国古代的文学和学术的理念,所指的对象和使用的方式,都与现代的诗学一词有较大的差异。并且,这个词的内涵和使用方式,都很典型地体现了中国传统诗学特点,对于现代诗学的研究不无启发,尤其是对于研究中国古代诗学,更是一个关键性的问题。但从上面所述情况来看,诗学一词的传统内涵,基本已经被其现代内涵所掩盖。因此,我们觉得很有必要提出这

---

① 详见浙江教育出版社 1999 年版《中国诗学大辞典》第 3 页"诗学"条,执笔者为董乃斌。

② 朱光潜:《诗论·序言》,《诗论》,三联书店,1984 年。

③ 狄兆俊:《中英比较诗学》,上海外语教育出版社,1992 年,第 6 页:"中国习惯于用诗论、诗话,诗学一名,是外来的。"

个问题来,对"诗学"一词的传统内涵和生成历史、使用情况等问题作一个研究,为全面把握中国古代的诗学传统提供一个视角。

一

诗学一词,在古代有两种用法,一种是作为《诗经》学简称的"诗学",一种是作为实践与理论的诗歌学之总称的"诗学"。

经学的"诗学"一词,使用上早于诗歌学意义的诗学。大概在唐代就已流行,唐宪宗元和三年,李行修有《请置诗学博士书》①。大意是要朝廷立诗学博士,重新推行古代的诗教。作者所说的诗学博士,主要的任务是研究《诗经》,观其文中"五经皆然,臣独以诗学上闻,趋所急也"一语可知。但他也论述到诗经以后"诗道"的衰落与变化,可见他也关注到当代的诗学问题,其提倡《诗经》的研究,也有为当代立诗教的意思。奏书的最后一段是这样说的:

> 伏惟陛下诏公卿诸儒讲其异同,综其指要,列四始之本原,穷六经之粹精,不使讲以多物而无哗,蔽之一言而得其极者为师法。传经而行,其毛传不安者,亦随而刊正。选立博士弟子员,如汉朝故事,然而命瞽史纳于聪明,命司成教之世子,是谓端本;由朝廷被于民里,由京师施之远方,是谓垂化;复采诗之官以察风俗,是谓兼听;优登才之选以励生徒,是谓兴古。四者既备,大化自流,则动天地,感鬼神,德豚鱼,甘董荼,来异俗,怀鬼方,皆在一致,推而广之,神而化之,无难矣。

这样来认识"诗学"功能和作用,似乎他所说的诗学,也包括了当世的诗歌创作在里面。宋代的经学著作,常有以"诗学"命名,《宋史·艺文志》"经类"中"诗类"中著录有范处义《诗学》一卷,又有不知名氏《毛郑诗学》十卷。陈振孙《直斋书录解题》卷二著录蔡卞《诗学名物解》。宋人还称专治毛诗学者为"毛诗学究",且为科举之一种②。明清人研究《诗经》的著作中以诗学名命者更多,如钱澄之《田间诗学》。笔者通过《四库全书》电子版查询到"诗学"一词,有不少属于这种用法。

经学之"诗学",就整体来讲,以《诗经》为研究对象的诗学,是经学的一个分支,与易学、礼学、尚书学、春秋学等并列。这门学问建立于汉代,其渊源则应该追溯到先秦孔门诗学,开始主要还是属于文学研究范畴的学问,经过汉以来历代《诗经》学者的发展,成了一门以《诗经》为研究对象的综合性的专书之学,其中当然也包括了诗歌理论和诗歌批评的内容,属于今天所讲的诗学的范畴。从作为经学的"诗学"在使用上早于作为诗歌学范畴的"诗学"而

---

① 《全唐文》卷六百九十五,中华书局,1983年。
② 《续资治通鉴长编》卷七十八"毛诗学究王元庆"。《宋史》卷三百《陈太素传》"同时有马寻者,须城人,举毛诗学究。"《山谷集》卷二十二《凤州团练推官乔君墓志铭》:"年十八,举毛诗学究"。

言,后者在得名之初,可能受到了前者的影响。但却不能简单地理解为后者是从前者中派生出来。事实上,后者有它自己的生成的过程和背景,两者作为不同领域的同名术语,在古代是并行不悖地使用着,其内涵的区别十分清楚。

作为诗歌学术语的“诗学”一词,最早出现,应在晚唐五代之际。晚唐郑谷《中年》诗中,有“衰迟自喜添诗学,更把前题改数联”这样的句子 [1]。多家辞书中的“诗学”条,都引了郑谷这句诗 [2]。这句诗的意思是说自己衰老迟暮,百事无成,但诗艺却喜有所提高,其证据便是从前写的诗,不知道不好,现在却能看出毛病来了,并且改了好几联。作者把这个叫作“诗学”,与我们今天所说的诗学,内涵是很不一样的,完全是属于创作方面的事情,与单纯的理论研究没有什么关系。很长时间内,笔者没有找到与郑氏时间相近的“诗学”用例,最近利用电脑查找,发现仅《四库全书》范围内,可视为晚唐五代用例的尚有两条 [3],一为晚唐裴庭裕《东观奏记》卷下所载:

> 商隐字义山,诗学宏博,笺表尤著于人间。

另一为北宋王珪为南唐许逖母作的《望都县太君倪氏墓志铭》:

> 夫人姓倪氏,南唐主爵郎中弼之女,赠大理评事高阳许规之妻。次子府君逖,时为儿童,秀警已能作诗,尝憩大溪旁,方据石微吟,潮几没石,府君挥洒自若,诗成顷乃去。夫人尝奇之,一日从膝下,乃曰:家世微,若不少激昂,何以大先君之后?遂从学中茅山,穷左氏春秋,观战国危亡之际,未尝不慷慨太息。条二十事,皆切当世事务,特见江南李煜,煜器其少年有诗学,拜秘书郎。

王珪虽为北宋人,但“煜器其少年有诗学”这句话,当是得之许氏后人的传叙,与当时的原话距离不会很大。因此这里的“诗学”一词,可视为南唐时的用例。

从以上三例来看,晚唐五代之际,“诗学”已成为一个专门的词汇,用来概括诗歌创作这一门艺术实践的学问。“学”本义为学习,当名词用时,又有学问、学派、学校等多种用法,这些在先秦两汉都已出现。称某一专门性的学问、学艺为某学这一类词,较早出现的是“儒学”[4]、“经学”等属于儒家范畴的词,魏晋间玄理盛行,至刘宋时便有“玄学”一词出现。大概某一专业被称为学,一是因为其地位崇重,在汉代专门之学问有时被称为“术”,有时被称为“学”,如《后汉书·张衡列传》“安帝雅闻衡善术学”,术、学二字大体相通。但称学比称术显得更为庄重,《汉书·叙传》说班嗣“虽修儒学,然贵老严之术”,儒学称学,老庄之学则称术,其间的褒贬之意显然可见。从这个角度来讲,诗赋创作,向来地位不高,被视为术艺而不配称为学,所以“词学”、“骚学”、“诗学”之类的词,到了很迟的时候才出现。其次,一门专业被称

---

① 《全唐诗》第 676 卷,中华书局,1960 年。

② 台湾《中文大辞典》“诗学”即引郑诗。

③ 本人在用电脑查找时,得到同事张健先生及北大图书馆马月华女士的帮助,特此致谢。

④ 《汉书·叙传》:“(班)嗣虽修儒学,然贵老严之术”。

为某学，最初往往是因为立为官学，如刘宋文帝时，立儒学、玄学、文学、史学四学官 ①。儒学和文学是前此已有的名词，史学、玄学却是立官之后才出现的名词。唐代国子监内有律学、书学、算学 ②，诗歌创作之事，从来没有被单独列为一门官学，所以"诗学"一词的正式使用，反较书学、算学等词为晚。

但考察"诗学"一词的产生，仍与其官方地位提高，取得准官学性质有关。唐代诗学虽未设于官学，但唐人以诗取士及历朝君主对诗歌的爱好，显然是提高了诗歌创作的官方地位。唐代诗人，多担任文馆学士及翰林学士，如唐中宗景龙二年，为修文馆置大学士四员、学士八员、直学士十二员，其中如李峤、宋之问、杜审言、沈佺期等，都是著名诗人 ③。唐玄宗开元中，国学增置广文馆，以领词藻之士，郑虔为博士 ④。唐代个别的统治者，曾有设立诗学士的意图，《资治通鉴》载："上（唐文宗）好诗，尝欲置诗学士。李珏曰：'今之诗人，浮薄无益于理'。乃止。" ⑤宋王谠《唐语林》亦记载此事，较《通鉴》更为详细：

> 文宗好五言诗，品格与肃、代、宪宗同而古调尤清峻，尝欲置诗学士七十二员，学士中有荐人姓名者，宰相杨嗣复曰："今之能诗，无若宾客分司刘禹锡。"上无言。李珏奏曰："当今起置诗学士，名稍不嘉，况诗人多穷薄之士，昧于识理，今翰林学士皆有文词。陛下得惟览古今作者，可怡悦其间，有疑，顾问学士可也。陛下昔者命王起、许康佐为侍讲学士，天下谓陛下好古宗儒，敦扬朴厚，臣闻宪宗为诗，格合前古，当时轻薄之徒，摛章绘句，謷牙崛奇，讥讽时事，尔后鼓扇名声，谓之元和体，实非圣意好尚如此。今陛下更置诗学，臣深虑轻薄小人，竞为嘲咏之词，属意于云山草木，亦不谓之开成体乎。玷黷皇化，实非小事。"

这条资料透露出这样的信息，唐代的诗歌创作其地位不及正式的官学，不过也差不多有一种准官学的地位。参照上面所引李煜因许逖"少年有诗学"而拜为秘书郎，此中消息亦可寻味。中宗欲立"诗学士"一事，事虽未成，但在当时乃至后来，都会在诗人中产生较大的影响。也许是促成"诗学"一词产生的重要契机。现在我们再回过头来看郑谷那一联诗，其深层的意思就出来了，作为一个文士，最大的荣耀无过于成为某学的学士，最崇重的当然是经学方面的学士了。但郑氏却只是一个衰迟的诗人，所习的专业，按官学的说法，大概也可以算是诗学了，无奈朝廷并无诗学学士的设立。所以"自喜增诗学"，为自慰，亦为自嘲。

但是从总体情况来看，"诗学"一词在唐代出现得很晚，并且用例很少。唐代诗学著作，

---

① 《宋书·隐逸·雷次宗》："元嘉十五年，征次宗至京师，开馆于鸡笼山，聚徒教授，置生徒百余人。会稽朱膺之、颍川庾蔚之并以儒学，监总诸生。时国子学未立，上留心艺术，使丹阳尹何尚之立玄学，太子率更令保承天立史学，司徒参军谢元立文学"

② 欧阳修、宋祁：《新唐书·百官志》，中华书局，1975 年。

③ 刘昫：《旧唐书》卷 202，列传 172，文艺中，中华书局，1975 年。

④ 周勋初校正：《唐语林》卷 2，中华书局，1987 年。

⑤ 司马光：《资治通鉴》卷 246，唐纪 60，文宗下，中华书局，1956 年。

主要还是用诗格、诗式一类词。诗歌创作之事,主要还是被视为术艺,不太被作为崇高的学问来看待。

据以上分析,可知诗学一词的后出,与诗歌一门向来未设于官学有关。因为按照汉魏六朝"某学"等词大多因设立官学产生这一规则,"诗学"一词自无发生之可能。到了唐代,诗歌地位大提高,并有设诗学士之议,"诗学"一词,终于依仿经学、书学等词的组词方式而产生。但毕竟是姗姗来迟,并且使用得不太多。当然,唐中期以降,中国学术思想日趋活跃,"某学"这类词汇的出现大大增加,突破了汉魏六朝因官设学的习惯,异端之学如"佛学"①、"禅学"一类的词也开始流行。这同样是"诗学"一词终得生成、且终得流行的学术背景。

从外部的生成条件来看,与"诗学"一词最有亲缘关系的当是"文学"、"词(辞)学"两词。"文学"一词虽出现于先秦,最早是指文献、典籍②,发展为研究与创作文献的人,也可称为"文学",汉魏时代即有"文学"这个官名。在南北朝时期,"文学"一词,仍然是文学与学术的合称,并非"文章之学"或"文词之学"这样的意思,《世说新语》"文学"一篇,就是先列有关学术的事迹,后列有关文学创作的事迹。但到了后世,"文学"一词越来越多地被用来指称文学创作,如唐元结《大唐中兴颂序》"非老于文学,其谁为宜"。"文学"一词,逐渐被赋予"文章之学"、或"文词之学"这样的意思。而擅长文学创作的人也常被称为"文学士"③。"词学"一词与"诗学"的亲缘关系似乎更为密切,词学又称辞学,即后来所说词章之学的意思。唐宋时称翰林学士等文章侍从为词臣,又有博学宏词之试,修辞属文,被视为地位崇高、造诣专深的学问,与经学相对,称为词学。《旧唐书·刘知几传》:"知几少与兄俱以词学名,弱冠举进士"。又如《唐语林》载"宣宗厚待词学之臣,于翰林学士恩礼特异,宴游无所间,惟于迁转皆守常法"。又晚唐孙光宪《北梦琐言》:"进士杨鼎夫,富于词学,为时所称"。宋初杨亿《杨文公谈苑》:"韩浦、韩洎,晋公滉之后,咸有辞学。浦善声律,洎为古文,意常轻浦。"④可见"词学"是唐人之常言。自汉迄南北朝,对于写作文章,当时的通常用语是"属文"。善写文章者称"善属文",或"长于文义",这在南北诸史中是很常见的。说明这个时期,人们在习惯上,仍视文学创作为一般的艺事,并未将它提高到"学"的层次。对善于作文章的人,从南北朝的"善属文"至唐时的"以词学名"、"富于词学",这种说法上的改变,反映了人们对于文学创作学理性质的认识的进一步深化,也是文学创作地位提高的一个标志。但修辞撰文被称为学,恐怕主要还是由于翰林学士等词臣的存在。

文学、词学之中,当然包括诗歌创作在内,这两个词既然能使用,"诗学"在逻辑上自然也

---

① 宋王辟之《渑水燕谈录》:"近来士大夫多修佛学"。

② 《论语》:"文学则游夏"。《汉书·武帝纪》:"选豪俊,讲文学"。

③ 《新唐书》卷202,"武后修三教珠英书,以李峤、张昌宗为使,取文学士缀集于是。"《唐语林》卷2,"白居易长庆二年以中书舍人为杭州刺史,……时吴兴守钱徽、吴郡李穰,皆文学士,悉生平旧友。"

④ 程毅中:《宋人诗话外编》,国际文化出版公司,1996年,第58页。

是成立的。所以诗歌创作范畴的"诗学"一词,其字面或许因经学范畴的"诗学"而得,其内涵则是派生于"文学"、"词学"等词而来,是对这两词的更细的区分。在中国古代,艺术创作之事与纯粹的学术都可称之为"学"。这是古代的语言习惯,也反映中国古代学术重视实践,理论与实践紧相结合的特点。从这里可以看到诗学一词传统内涵的学理依据。

　　除了因立为官学而被称为"学"、因地位崇重而始得称"学"等规律外,我们发现使"诗学"这一类词汇得以产生还有另外一种传统的学术观念。例如,在中国古代何者被称为学,何者不够资格被称为学而只能被称为"艺"、"术",与实践者的主体也有很大的关系。我们认为隐然存在着这样的规律,"学"与"道"联系在一起,有道者所从事的术业,才有资格被称为学。这可以引苏轼的下面这段话为证:

　　　　君子之于学,百工之于技,自三代历汉至唐而备矣。故诗至于杜子美,文至于韩退
　　之,书至于颜鲁公,画至于吴道子,而古今之变,天下之能事毕矣。①

从"君子之于学,百工之于技"这句话里,我们发现中国古代区别何者为"学"、何者为"技"的一个重要的依据。所以,从逻辑上,诗歌创作地位的提高,也是诗学一词出现的背景。从宋代开始,我国文人在理论上十分重视文学家的道德修养,文与道的关系被提到一个空前的高度来认识。于是,真正的文学包括诗赋,这种曾被视为雕虫小技的东西,也自然因为其实践者主体道德意识的更加自觉化而取得被称为"学"的资格。诗之后,宋词元曲相继盛行,但开始地位低下,视为淫哇之声,并且介于文学与音乐之间,不被视之为君子之学。但后来词曲地位也都提高了,相继出现"词学"、"曲学"等词。

　　其次,创作之事被称为"学",还与中国古人重视实践中的学问,认为凡有一事必有一事之学的观念有关系。这种观念,愈到后来愈为突出,所以清人凡有文学、艺术乃至于工艺之事,无不称为学。顾千里为秦敦复《词学丛书》一书作序时,即阐述了这一传统的学问观念:

　　　　词而言学,何也? 盖天下有一事,即有一学,何独于词无之。其在于宋、元,如日之
　　升,海内或睹,夫人而知是有学也。明三百年,其晦矣乎? 学固自存,人之词莫肯讲求
　　耳。迨竹　诸人出于前,樊榭一辈踵于后,则能讲求矣。然未尝揭学之一言以正告天
　　下,若尚有明而未融者,此太史所以大书特书,而亟亟不欲缓者欤? 吾见是书之行也,填
　　词者得之,循其名,思其义,继自今将夫人而知有词即有学,无学且无词,而太史为功于
　　词者非浅鲜矣。②

这段讲的是"词学"一词的内涵和词可名为学的合理性,明"有一事即有一学"之理,有助于我们理解"诗学"一词的传统内涵。他说的词学演变之迹,与诗学的演变也很类似。宋元时为词学盛世,作词深谙此学,所以不须特别讲求。明代作词者不精此道,等于是不知词之有学。

---

① 苏轼:《东坡集》卷23,《书吴道子画后》,《四库全书》。
② 顾千里:《思适斋集》卷13。

清人重振词风,则出现了有词即有学、无学且无词这种观念。其实诗学一词在元明清时代的盛行,也有类似的原因。唐人深谙创作之理,不须特别讲究创作之理,诗学完全体现于实际的创作中。宋人开始言"学",元明清写诗,套用顾氏的话,真正是有诗即有学,无学即无诗。

二

诗学一词,虽出于晚唐五代,但最初一个时期中并不流行。北宋人用此词,除前述的王珪《望都县太君倪氏墓志铭》外,还有郭祥正《奉和蔡希蘧鹄奔亭留别》一诗。郭诗中有这样一段:

> 又如李白才清新,无数篇章思不群。挺特千松霜后见,孤高一笛陇头闻。我于诗学非无意,黄芦不并琅玕翠。漫甘薄禄养残年,两鬓垂丝成底事。

这一例说的也是写诗的事,是说自己对于诗学,虽有所追求但终恨肤浅乏根基,象黄芦之不能与修竹相比。又北宋末许景衡(1072 - 1128)《横塘集》卷三《和经臣晚春》一诗也用了此词:

> 蝶散花犹在,鸦藏柳已阴。敢辞连日醉,恐负惜春心。金缕休频唱,瑶笺正苦吟。独惭诗学浅,三叹岂知音。

以上数例,用法完全相同。说明此诗之传统内涵,在它产生之初期就已相当固定。它是用来概括整个创作系统的。但北宋庆历诗坛欧、苏等家、元祐诗坛苏、黄等家,以及江西诗派,都不太用"诗学"一词来概括诗歌创作之事。这时期流行的诗学著作,多用诗话为名,诗人在交流创作艺术时用得最多的词,则是"学诗"、"诗法"、"诗律"、"句法"等词,这当然不等于他们的观念里没有这个词,而是说明在北宋时期此词还不怎么流行。

南宋以降,"诗学"一词使用渐多,出现于诗句中的如张侃《张氏拙轩集》卷二《食圆用建昌使君叔父韵》:

> 泛观天地间,机者物之先。大阮精诗学,咏物巧回旋。

阮籍、阮咸叔侄人称大阮、小阮,后来成了叔、侄的代名词。阮籍作有《咏怀》八十二首,而作者的叔父作了咏汤圆的诗,故有这样的说法。"大阮精诗学",是说他的叔父,但同样是说阮籍本人精于诗学。值得注意的是,这种说法,对于我们今天的研究诗学史的人来说,是很难理解的,唐宋以来的诸大家、名家,创作之外,多多少少都有一些理论主张的表达,即我们今天所理解的"诗学",所以说杜甫的诗学、黄庭坚的诗学,听起来都不会觉得奇怪。但阮籍这样的早期文人诗作者,我们是不太会将他看成一个诗学家的。但按传统的理解,长于创作,深得诗家三昧的,即是造诣精深的诗学家。韩偓《涧泉集》卷六《昌甫有诗学长句,次韵以柬处海,且当应举》:

> 章泉老子之诗学,笔自峥嵘心自泊。暮春静把一杯看,纵有世情无处著。三传且莫

束高阁,待子龙津名一跃。收回旧话再商量,沈谢应刘都扫却。

赵蕃字昌父,号章泉,与韩氏并称二泉,都是当时诗坛的领袖性人物。所谓"诗学长句",大概是指论诗的长篇诗作。处诲是章泉的学生,诗学传自"章泉老子",造诣自深,但面临科举考试,作者告诉他先好好地学习春秋三传等儒家经典,以应付考试。等考中进士后,再肆力于诗学,一扫沈、谢、应、刘之垒。陈元晋《渔墅类稿》卷八《过南雄调木倅》:

　　　　句法清严旧有声,亲传诗学自趋庭。

这一句用《论语·季氏》中孔鲤趋庭,孔子嘱其学诗的故事,但讲的仍是具体的作诗之事。儒家诗学,是理论、学问性质的诗学,但被后来的实践诗学所吸取,影响巨大。后世诗学的不少名词术语,也都与其有渊源关系。关于这个问题,下文中还要论及。

从上面我们可以看出,"诗学"一词,最初多出于诗句,其渊源正出于郑谷。郑诗在宋代诗人中有相当大的影响。其"衰迟自喜添诗学,更把前题改数联",语虽浅近,却很能形容大多数诗人创作诗歌的实况,是能被诗人们传诵的,这个词也因此而得以推广;但最初多少带有戏咏的味道,不太为正规的谈艺之语。况且,宋代经学范畴的诗学更为流行,创作学范畴的"诗学"为其所掩。加上北宋人尊经心理很重,他们不习惯拿自己的创作与诗经并论,自称为诗学。另一面,"诗学"一词,带有推崇的意味,宋人注重学习古人,认为艺术的典范在于古人,对自己的创作总体上讲,看作是对古人的一个无止境的学习过程,因此,"学诗"一词,远较"诗学"一词为盛行。然"学诗"与"诗学",实是相为表里的两个词,此词的盛行及其所体现的以学为诗的创作,进一步强化古代诗学学古与创新相结合,实践诗学与理论诗学相结合的特色。所以我们有必要对"诗学"流行之前的"学诗"一词略作考察。

"学诗"一词,最早见于孔子,《论语·季氏》云:"鲤趋而过庭,曰:'学诗乎?'对曰:'未也。''不学诗,无以言。'鲤退而学诗。"又《阳货》:"小子何莫学夫诗?诗可以兴,可以观,可以群,可以怨。迩之事父,远之事君,多识于鸟兽草木之名。"孔子所说的"学诗",是以诗为培养语言能力、养成学问德性的教材,与我们今天学习古典诗歌性质比较接近。但由此出发而导致汉儒的"诗之为学"的儒家诗学的出现,所以可视为中国诗学的一个重要的渊源。但宋人的"学诗",与孔门的"学诗",语面虽同,内涵却完全不一样,是指以创作为目的的"学诗",也包括了创作本身。因为宋人往往将其创作诗歌过程,即视为学习的过程。更重要的是,他们所说的"学诗",是以古人的经典艺术为对象的一种艺术继承,所以他们将自己的整个创作经历都视为不断地学习经典、消化经典、逼近经典艺术高度的一个无止境的过程。大诗人如苏轼,在晚年还细和陶渊明的诗篇,黄庭坚在晚年也十分重视学习陶、杜及唐人律体。所以宋人的诗学实践,整体地建立在学古的基础上。所谓学诗,在很多时候与"学古"是同义词,如陈师道《后山诗话》:

　　　　学诗以子美为诗,有规矩故可学。退之于诗,本无解处,以才高而好尔。渊明不为
　　诗,写其胸中之妙尔。学杜不成,不失为工。无韩之才与陶之妙,而学其诗,终为乐天

尔。①

诗歌创作基于学古,是江西诗派的一个基本主张,《后山诗话》体现这一观点十分明显,在论述古今诗人的创作时,也最关注其在学古方面的具体表现,如云:"杜之诗法出于审言,句法出于庾信。""苏诗始学刘禹锡,故多怨刺,学不可不慎也。晚学太白,至其得意,则似之矣。然失于粗,以其得之易也。""唐人不学杜诗,惟唐彦谦与今黄亚夫、谢师厚景初学之。"除此之外,江西诗派还十分重视学诗的方法和门径,黄庭坚就十分强调要学经典,有"建安才六七子,开元数两三人"之说②。《后山诗话》于此也颇为重视,如云:"黄诗韩文,有意故有工。老杜则无工矣。然学者先黄后韩,不为黄韩而为老杜,则失之拙易矣。"江西诗派流弊产生后,受到了南宋一些诗学家的批评。但主张学古的原则,并没有被否定,"学诗"一词也流行不衰,严羽《沧浪诗话》:

> 学诗者以识为主,入门须正,立志须高,以汉魏晋唐为师,不作开元天宝以下人物。若自退屈,即有下劣诗魔,入其肺腑之间。由立志之不高也,行有未至,可加工力,路头一差,逾鹜逾远,由入门之不正也。

《王直方诗话》:

> 方回言学诗于前辈,得八句云:"平澹不流于浅俗;奇古不邻于怪僻;题诗不窘于物象;叙事不病于声律;比兴深者通物理;用事工者如己出;格见于成 篇,浑然不可镌;气出于言外,浩然不可屈。"尽心于诗,守此勿失。③

吴可《藏海诗话》:

> 学诗当如学经,当以数家为率,以杜为正经,余为兼经,如太白、右丞 韦苏州、退之、子厚、坡谷四学士之类。④

又如:

> 学诗当以杜为体,以苏黄为用。⑤

当然,从苏、黄一直到严羽,他们在学古的同时,还主张自悟。所以有"学诗如学仙"⑥,"学诗如学道","学诗浑似学参禅"等种种说法。比喻是越来越微妙了,但基本的意识是一样的。都是强调以悟性来学习古人,学古而能自得诗旨,自成面目,乃至自成一家。可见宋人的"学诗",并不仅仅是一个简单的概念,而是一个内涵相对固定的诗学术语。

---

① 何文焕:《历代诗话》,中华书局,1981年,第304页。

② 黄庭坚:《赠高子勉诗》,载《山谷内集》卷16。

③ 郭绍虞:《宋诗话辑佚》上册,中华书局,1980年,第92页。

④ 此据郭绍虞《沧浪诗话校释》,人民文学出版社,1983年,第5页。《历代诗话续编》本《藏海诗话》作"看诗且以数家为率,以杜为正经,余为兼经也"。未知郭氏所据为何版本,待查。

⑤ 丁福保:《历代诗话续编》,中华书局,1983年,第331页。

⑥ 陈师道《赠秦少规》:"学诗如学仙,时至骨自换。"黄庭坚《赠陈师道》:"陈侯学诗如学道"。赵蕃、吴可、龚相等三人各自作《论诗诗》,都以"学诗浑似学参禅"开头。

　　除"学诗"一词外,"学诗者"、"学者"之类的词,也是宋人所常用,如叶梦得《石林诗话》:

　　　　诗禁体物语,此学诗者类能言之。①

范温《潜溪诗眼》:

　　　　山谷言学者苦不见古人用意处,但得其皮毛,所以去之更远。②

又同书云:

　　　　子厚诗尤深远难识,前贤亦未推重。自老坡发明其妙,学者方渐知之。

《石林诗话》:

　　　　古今论诗者多矣。司空图记戴叔伦语云:"诗人之词,如蓝田日暖良玉生烟。"亦是
　　形似之微妙者,但学者不能味其言耳。

总之,"学诗"、"学诗者"、"学者"之类的词的经常使用,大抵始于苏黄一派的诗人,而流行于其后宋、元、明、清各代,典籍中斑斑可见,此处不须赘引。

　　宋人不轻言作诗而爱说"学诗",不以作者自居而每称"学者"。充分体现了宋诗以学为诗的特点。"学诗"是构成诗学的前提,"学诗"之工夫,即是诗学的造诣。学诗的内容,即是诗学所据以存在者。诗学并非创作的全部,创作中有许多属于情感性、个性的因素,虽为构成诗学的必要条件,却非诗学本身。诗学在一定的意义上,也可以说是诗之可学者,可由后天获得诸如诗之原则、诗之格律、诗之语言等等含有可学习性质的因素。钱谦益《梅村先生诗集序》一文,以吴伟业诗歌为例,分析了"诗"与"学"的关系,对于我们理解"诗学"的内涵有所帮助:

　　　　余老归空门,不复染指声律,而颇悟诗理。以为诗之道,有不学而能者,有学而不能
　　者,有可学而不可能者,有学而愈能者,有愈学而愈不能者。有天工焉,有人事焉。知其
　　所以然,而诗可以几而学也③。

大体的意思,是说诗歌创作有可学者,有不可学者,后者相当于《沧浪诗话》所说"诗有别材"。诗学之存在,依据于诗之可学者,但可学者又是依赖不可学而得以成就。所以古人所说的诗学,并非简单的几条理论原则所可概括,而是一个极为广博又极为精微的创作实践的体系。

　　宋代是中国传统诗学体系成熟的重要环节。北宋人虽喜言"学诗",而不昌言诗学,但是正是宋人反复学诗、学古的理论,使得诗学的内涵日益明确,实为后一时期诗家昌言"诗学"的前导。

---

　　① 陈师道《赠秦少观》:"学诗如学仙,时至骨自换"。黄庭坚《赠陈师道》:"陈侯学诗如学道"。赵蕃、吴可、龚相等三人各自作《论诗诗》,都以"学诗浑似学参禅"开头。
　　② 郭绍虞:《宋诗话辑佚》上册,中华书局,1980年,第317页。
　　③ 钱谦益:《有学集》卷17,上海古籍出版社,1996年。

三

宋末及金元之际,"诗学"一词开始较多地出现在正式的诗论之中,已经成为诗学中的专门术语。南宋蔡梦弼(约 1247 左右在世)《杜工部草堂诗笺》[①]论杜甫成就云:

> 少陵先生,博极群书,驰骋古今,周行万里,观览讴谣。发为歌诗,奋乎《国风》、《雅》、《颂》不作之后,比兴发于真机,美刺该乎众体。自唐至今,余五百年,为诗学宗师,家传而人诵之。

自元稹为杜甫作墓系铭,有"兼备众体"之说[②],北宋秦观发展为杜诗集大成之说[③],苏轼有杜诗为能事之极的说法[④],江西诗派则奉杜甫为宗派之祖,杜甫在诗歌创作上崇高的经典地位已经论定。蔡氏的观点,与诸家大同而少异,其最可注意的则在于以诗学来概括杜诗的创作,称其为诗学宗师。后来清人毕沅评杜云:"杜拾遗集诗学之大成,其诗不可注,亦不必注[⑤]。"与梦弼的说法一脉相承,而所谓集诗学之大成,即前人杜诗集大成之意。梦弼之外,另一南宋末人俞文豹《吹剑录外集》里的一个用例,也将该词的内涵宣露得十分明了:

> 近时诗学盛兴,然难得全美,聊随所见,摘录一二,赵东山邮亭诗:风雨送迎地,别离多少人。(以下诸家诗摘句略)

俞氏说诗学盛兴,而用以证明其说则是诸家诗句,更可见诗学即指作诗之事。金元之际的大诗人元好问也喜用诗学一词,其《杨叔能小亨集序》云:"南渡后,诗学大行,初亦未知适从。溪南辛敬之,淄川杨叔能以唐人为指归。"[⑥] 又其《陶然集序》亦云:"贞祐南渡后,诗学为盛。"[⑦] 元氏还有《杜诗学》一书,则为"杜诗学"一词之开山。但杜诗学为研究杜诗之学,与"诗经学"性质接近,其内涵与我们所讲的"诗学"有一定的差异。元代用例更广,不须赘举,其典型者,如毋逢辰在大德十年所作的《王荆公集序》云:

> 诗学盛于唐,理学盛于宋之语,先儒之语也。[⑧]

又元傅与砺作杨载《诗法源流》序云:

> 大德中,有临江范德机,独以清拔之才,卓异之识,始专师李杜以上溯三百篇。其在京师,与子昂赵公、伯生虞公、仲泓杨公、仲容丁公诸先生倡明雅道,以追古人,由是诗学

① 仇兆鳌:《杜诗详注》附编,中华书局,1979 年。
② 元稹:《唐故工部员外郎杜君墓志铭》,《元稹集》卷 56,中华书局,1982 年。
③ 秦观:《韩愈论》,《淮海集笺校》卷 22,上海古籍出版社,1994 年。
④ 苏轼:《书吴道子画后》,《东坡集》卷 23,《四库全书》。
⑤ 杨伦注:《杜诗镜铨》毕沅序,上海古籍出版社,1980 年。
⑥ 元好问:《遗山集》卷 36,《四库全书》。
⑦ 元好问:《遗山集》卷 36,《四库全书》。
⑧ 日本蓬左文库藏元刊本《王文公集》。

丕变。范先生之功为多。

诗学作为专门术语并被广泛运用的一个重要标志,就是在元明时期出现了不少以"诗学"命名的著作。最早似为元代四大家之一的范梈《诗学禁脔》①,同为四大家之一的杨载在其所著的《诗法家数》中,也列有"诗学正源"一条。自这两位名家开启先例后,不少诗学著作相继以"诗学"命名,明清人书目中多有著录。如明代晁瑮《宝文堂书目》中著录了《诗学权舆》、《诗学集脔》、《诗学题咏》、《增广事联诗学大成》(原注:洪武刻)、《诗学大成》(原注:元刻一,近刻二)、《诗学阶梯》诸种。明徐惟起《红雨楼书目》,亦著录《诗学大成》(三十卷)、《诗学声容》(二卷)及《诗学须知》三种。明赵用贤《赵定宇书目》著录《诗学统宗》、《诗学权舆》两种。明高儒《百川书志》著录《诗学体要类编》及范梈《诗学禁脔》两种,前一种有附注云:"国朝汉中训导莱阳宋孟清廉夫编,为目五十有二,杂取诗家诗话以证之",可见元明此类著作的大概面貌。清人书目,如《虞山钱遵王藏书目录》著录黄溥《诗学权舆》及范梈《诗学禁脔》两种,沈复灿《鸣野山房书目》著录吉水周钦等编《诗学梯航》一卷。《四库全书总目》著录有《诗学正宗》、《诗学汇选》、《诗学禁脔》、《诗学权舆》、《诗学事类》数种。上述诸家外,笔者所见日本大正三年编的《内阁文库汉书目录》著录明代著名学者焦竑所编的《诗学会海大成》明版一种。

元明时的这一类书,大多数是坊间所刻供初学者使用的入门书,其中有不少是托名之作,如《诗学大成》、《诗学权舆》都托名为李攀龙所作,《四库全书总目》已辨其伪②。与中晚唐时的诗格、诗式类的书,源流上一脉相承,而与名家所著的诗话不同。今天从它们的书名看,好象都是理论的著作,但实际其中大多数,都是选录历代作品,以格、法名目加以排列,如《诗学汇选》一书,《四库全书总目》卷一三八列为子部类书类存目,提要云:

> 是书即坊本《诗学大成》中采辑重编,凡三十九门,所录诗自六朝至于明代,妍媸并列,殊为猥杂。

又卷一九一总集类存目明黄溥《诗学权舆》提要云:

> 是书兼收众体,各为注释,定为名格、名义、韵谱、句法、格调诸目,复杂引诸说以正之,然采撷虽广,考证多疏。

这种著述猥杂的情况,使得这种书只在坊间流行,为正规的诗坛所不屑,《四库总目》作者所表达的意见就有一定的代表性。而明清著名文人的论诗著作,或沿用诗话之名,如自创新名目如《诗薮》、《谈艺录》、《原诗》之类,似乎不太以诗学为题。但当时这类书在社会上有很大的市场,明末著名剧作家吴炳《绿牡丹》传奇第三十四出"叩情"中村学究范虚的独白云:"学生范虚,如今年老了,村学也无人请了,新近买得一本秘书,是《诗学大全》,看了便好做诗"。吴炳在无意中为我们提供元明时代诗学类著作的市场流行信息,也可见元明时代,不少人就

---

① 明人胡文焕从南宋张镃《仕学规范》一书中录出其论诗部分,题名《诗学规范》,编入《诗法统宗》一书。
② 见《总目》卷一三七《诗学事类》条,卷一百三十八《诗学汇选》条。

以这一类的诗学入门书为学诗的最初教材的。诗话与诗格两类著作,本来就是分流而行。唐人诗格类书及元明人诗学类书,其功能主要是应俗的,是普及性的。源于欧公的诗话类书,虽然其中水平参差不一,但基本的功能则是适雅的,是提高性的。

我国传统的诗学一词,原是对诗歌创作实践体系的一种指称,随着其运用日广,涵义日益固定时,就很自然地被用作阐述诗歌创作理论的著作的名称,加强了诗学一词的理论内涵。但传统诗学主要存在于创作实践之中,尤其是经典作家的创作实践。元明间以诗学命名的这类书,规定格式法度,不无穿凿附会之嫌,影象模糊之词,所以只能视为诗学的一种近似的、粗略的描述,并非即是诗学的本身,更非诗学之全部。元、明、清迄于晚近,诗学一词主要还是在诗歌创作和评论的实践中使用。

四

总结上面两节所论,我们已知"诗学"一词,初见于晚唐五代,而至元代方始流行,明清两代盛行不衰,成为概括诗歌创作实践体系与理论批评的一个总称,也就是对实践诗学与理论诗学的一个整体的概括。前面我们已经对这个词生成的外部原因作了一些探讨。现在我们再从中国古代诗学史发展的内部来揭示此词的生成与流行的背景。

称诗歌创作为学,除了中国古代因官设学,小人所习为艺、君子所习为学等方面的原因外,从诗学内部来说,就是诗学体系本身的形成。这个诗学体系,按照传统的理解,包括着实践与理论两部分,而且是以前者为主要的存在形式。诗学体系的形成是一个极其复杂庞大的问题,我们这里主要讨论的是作为其核心的"诗之为学"、"诗为专门之学"等观念的成熟。因为诗学一词基本的内涵,就体现在这些观念上面。

所谓"诗之为学",既可解释为以诗歌为研究对象的诗学,也可以理解为将诗歌创作本身理解为一种学问。前者属于学术领域,后者则属于文学创作的领域。古今诗学的基本分野,正在于此。但是,中国诗学从它的发端期来看,却是以理论的、研究性质的诗学为主。那就是近年学术界关注颇多的汉儒的《诗经》学,也有人径称为"汉儒诗学"。它是儒家一系以《诗经》(也延及《楚辞》和汉乐府)为研究对象而造成的一种诗歌学,虽然汉儒诗学的学术观念与今天的诗学很不同,有着浓厚的政治话语的性质,但是就作为纯粹的理论诗学这一点来说,却正好与今天的诗学一致。汉儒诗学的中心话语是艺术学的,但其很多时候,是从文化学的、政治学的、语言学的、文献学的角度来研究诗歌。这种情形,又与我们今天诗学的发展情况有相近之处。正是在这种情况下,产生了儒家一系的"诗之为学"的意识。《汉书·翼奉传》载翼奉之语云:"诗之为学,情性而已"。翼氏属于今文学派,搞的是具有神学性质的谶纬诗学,他所说的这句话,意思是指以诗为研究人类情性的材料,与古文学派的"吟咏情性"是不太一样的。所以他的"诗之为学",是指纯粹的以《诗经》为对象的学术,与诗歌创作无涉。

但是,仍然应该说,"诗之为学"这四个字,对于后来"诗学"一词的孕生,是有着很重要的启示作用的。而事实上,"诗之为学"、"诗之学"这样的说法,正是后来诗家的常用之语。其最好的例证仍然是对用语本身的内涵转化,例如,清人方东树,在阐释汉儒"诗之为学,情性而已"这句话是,就主要是从实践诗学方面去说的:

> 传曰:"诗人感而有思,思而积,积而满,满而作。言之不足,故长言之,长言之不足,故嗟叹咏歌之。"愚按以此意求诗,玩三百篇、《离骚》及汉魏人作自见。夫论诗之教,以兴观群怨为用,言中有物,故闻之者足感,味之弥旨,传之弥久而常新。臣子之于君父、夫妇、兄弟、朋友、天时、物理、人事之感,无古今一也。故曰"诗之为学,情性而已"①。

当然,其所指的对象,已经由汉儒的理论诗学转化为后世的实践诗学。这同时标志着中国古代诗学本身的一个转化,汉儒的诗学在后来诗歌发展史中,已经被成功地转化为实践诗学,当然不是其全部,而是其能够转化的那一部分。这种转化是极其自然的,几乎令当事者感觉不到自己实际上在进行着转化的工作。

但是,实践诗学意味上的"诗之为学",亦即将诗歌创作概括为学问性的活动,却不是紧接着就发生的一种意识。这是因为在中国古代诗歌创作系统还没有完全成熟的阶段,诗人们对于诗歌创作活动的认识主要还是感性化的,更多地意识到的是诗歌创作作为人类的一种抒情行为的性质,而较少对其作为一种语言艺术的性质作出思考。诗人们从事创作活动时,依藉其精神及心理等主观条件,更多于依藉其语言艺术的能力。这不是说早期的诗人不具有一种语言艺术,相反,在许多情形中,我们发现他们的语言技巧是极高的。但是诗人运用语言艺术,常是只可意会而难以言传,远不象他们对自己的抒情愿望之体会真切。所以,几乎是全世界的诗学,都有关于诗歌抒发的理论;但却只有到了高度发达的诗歌系统,才形成完整的关于诗歌表达的理论。抒发是一种个人性的、偶然性的东西,任何一次抒情活动,都是单独的心理体验,前人的抒情并不积淀到后人的抒情里面。而相反,前人的抒情经验和表达方式,却是可以积累起来,作为后人的一种学习内容。而当这个诗歌创作的实践系统越来越成熟时,创作作为一种学问性、学习性的活动的性质,也就越来越清晰。这就是"诗之为学"的意识,而"诗学"这样概念的出现,正是这种意识有了充分发展的标志。

文人诗歌发展的早期即魏晋南北朝时期,仍然带有自然的诗歌艺术的意味,文人更多的是从自然抒发方面来反思诗歌艺术,所以对诗歌创作的学理性、学问性一方面认识得不多。也就是"诗之为学"的意识还不太突出。当然,象钟嵘那样考察诗史上各家的渊源流变、指出诗歌艺术在发展中的继承性,还有象刘勰那样对包括诗歌在内的创作学的原理进行体系化的研究,对于中国诗学体系的形成,都是起到很重要的作用的。而南朝诗歌修辞方面的发展、诗歌声律学的形成,都是增加了"诗之为学"的意识的发展,为唐宋诗学实践体系的形成,

---

① 方东树:《昭昧詹言》卷1,人民文学出版社,1961年。

奠定了基础。

　　自魏晋历南北朝至唐宋，是中国古代文人诗歌创作实践系统逐渐形成的时期，也正是
“诗之为学”意识逐渐生成的时期。诗学中最早明确的是言志缘情这一系的诗学本体论，以
及风、雅、颂、赋、比、兴一系的文体学及创作方法论。这两部分以后也一直被视为中国诗学
的基本原则。前举元人杨载《诗法家数》一书中，即将风雅颂赋比兴“六义”奉为“诗学正源”：

　　　　诗之六义，而实则三体。风雅颂者，诗之体；赋比兴者，诗之法。故赋比兴者，又所
　　以制作乎风雅颂者也。凡诗中有赋起，有比起，有兴起，然风之中有赋比兴，雅颂之中亦
　　有赋比兴，此诗学之正源，法度之准则。[1]

南朝文论家如钟、刘等人，对诗学作了许多理论的总结，提出了许多诗学理论和术语，可以说
是促使中国古代诗学形成的一个重要时期。上述来自儒家系统及南朝文论系统的诗学理
论，一直是后世诗学实践的指导原则。但是在诗学实践有了重要发展的南朝及唐宋时代，中
国诗学一直是以创作实践为主，而并不着意于理论的进一步发展，并且在理论上毫无更新的
意识。这种特征基本上保持到整个中国诗学的终结期。这是古代诗学极不同于现代诗学的
地方。这与古代诗学在整体上属于一种艺术实践的范畴而不是一个纯粹的学术领域这样的
特性是分不开的。也许因为中国诗学很早就已经明确了诗学的本体论和基本的创作方法
论，反而给后世的诗人这样的感觉：所谓诗学，其基本理论已经很明确，对于具体的创作者来
讲，所要解决的主要是一个实践的问题。所以唐宋时代的诗家，对于诗学的理论的反思和总
结，是远远不及其对于艺术实践之热情的。

　　正是因为上面所说，中国诗学侧重于艺术实践的原因，所以最初使用的带有概括诗学实
践性质的术语，是“诗格”、“诗式”、“诗道”[2]、“雅道”[3]、“诗法”这样的词。其中“诗道”、“诗
法”两词，自宋迄清，一直很流行。而“诗学”一词，最初出现虽在于晚唐，但正式流行却在南
宋以降。但它却是对上述术语的一个概括，包容它们的所有内涵。简单地说，也就是诗之所
以作为一种艺术的实践而称之为学，正是因为其中有“道”、“法”、“格”、“式”等等因素的存
在。这些因素并非完全属于个人的东西，而是艺术实践上的一种共同性的东西，可以积累、
可以学习。这些因素越来越多地被体认并且得到理论的阐述，就使“诗之为学”、或者“以诗
为学”这样的意识越来越清晰起来。所以最终出现“诗学”这样的有高度概括性的术语。

　　实践诗学方面的“诗之为学”这样的观点的明确表达，当在五代和北宋人那里。宋初杨

---

　　[1]　何文焕：《历代诗话》，中华书局，1981年，第727页。

　　[2]　孙光宪《北梦琐言》："白太傅与元相国友善，以诗道著名，时号元白"。严羽《沧浪诗话·诗辨》："大抵禅道惟在妙
悟，诗道亦在妙悟"。

　　[3]　"雅道"二字为东晋南朝间语，但最初并非指诗歌创作。唐宋人始称写诗为雅道，如郑谷《寄题诗僧秀公诗》："近
来雅道相亲少，惟仰吾师所得深"（上海古籍影印康熙扬州书局刊《全唐诗》第10函第6册），又宋初田锡《吟情》（《全宋诗》
卷四十）句云："微吟暗触天机骇，雅道因随物生"。

亿的《杨文公谈苑》记载着五代末这样一则佚事：

> 周世宗尝作诗以示学士窦俨，曰："此可宣布否？"俨曰："诗，专门之学。若励精叩
> 练，有妨机务；苟切磋未至，又不尽善。"世宗解其意，遂不作诗。

此种以诗为专门之学的意识，应该是发源于唐人，尤其是唐末五代，注重苦吟和月锻季炼的风气盛行，诗格、诗式类著作相继出现，诗为专门之学的意识自然随之发生。以此返观"诗学"一词最早出现于晚唐郑谷诗中，似乎并非偶然。

宋人在学习唐诗的过程中，深刻地体会到唐人诗歌中的学理因素，发现"唐人以诗为专门之学"这一事实。如蔡絛《西清诗话》：

> 唐人以诗为专门之学。

严羽《沧浪诗话》亦云：

> 唐以诗取士，故多专门之学，我朝之诗所以不及也。

这里已经以"学"来概括通常理解为"作"的唐诗，所谓唐诗，即为唐人在诗歌上的"专门之学"的实践成果，亦即唐人诗学的实践成果。唐人以诗为专门之学，这种意识在宋人那里应该相当普遍。江西诗派对杜诗创作体系的学习，更从实践的角度发现了杜诗的集大成式的体系性。宋人对唐诗创作体系的学习、以及宋以后人对唐宋诗的创作体系的学习和研究，无疑是"诗之为学"意识发展的最重要的动能。诗歌创作在整体上可以理解为一种专门之学，而且其中部分似乎也都可以称之为专门之学。范温《潜溪诗眼》中即有"句法之学，自是一家工夫"这样的说法，句法可以称为"句法之学"，则章法、声律、乃至于风格，当然也都可以冠以"学"字。

事实上，当中国古典诗歌的创作系统完全形成，诗歌艺术从自然艺术完全发展为一种以人工而不违自然的艺术时，仅仅依据抒情原理和社会理论来概括诗歌是远远不够了，必须将诗歌作为一门实践性的学问来认识，才能完全体现艺术发展的实际。这正是诗学一词流行于宋元以降的基本原因。

五

通过上述数节对诗学一词历史上使用情况的考察，我们已经很清晰地把握了它的传统内涵。它是用来指称诗歌创作实践体系的一个高度概括的术语，当然也包括由这个实践体系所引出的诗歌理论和批评。当然，诗歌创作与诗学并不能简单地看成一件事，诗歌创作以诗学为基础，具体的创作中也体现了诗学。诗学是就其学理方面来讲的，诗学肤浅则创作的成就不高，诗学深湛则创作才有可能取得高度的成就。所以当古人看到杰出的作品时，常常会在这时候赞扬作者诗学精深。

按照诗学的传统内涵，我们今天在研究中国古代诗学史时，其主要的部分应该从诗歌史

本身去寻找。我们现在所理解的诗学史,主要是指有关诗歌的理论和批评的历史,近年来,由于文学思想①、文学思潮等研究方法的提倡,使我们在研究诸如文学思想史和诗学史时,也注意到体现于一个作家和一个时代、流派中具体的文学实践活动中的诸如一些诗歌观念、风格主张等内容,这无疑是对传统的文学理论批评史研究方法的一个突破。这在某种程度上说,是接近了传统的诗学内涵的。但是我们从一个时代或一个流派抽绎出来的这些属于诗学史内容的,主要还是一些抽象性的观念和主张,也就是说我们的做法是从具体的诗歌创作活动中剥离"诗学",从诗歌史中剥离"诗学史"。但是依照诗学的传统内涵来说,整个诗歌创作本身就是整体地体现为诗学,而诗歌史从根本说,也就是诗学史。元刘因就已以诗学这个概念来概括诗歌史的源流演变:

> 魏晋而降,诗学日盛,曹、刘、陶、谢其至者也;隋唐而降,诗学日变,变而得正,李、杜、韩其至者也;周宋而降,诗学日弱,弱而后强,欧、苏、黄其至也。

这样看来,所谓诗歌史,至少就其最重要的部分来讲,即可理解为诗学史。我们常讲的诗史的源流演变,从根本上讲正是传统所讲的诗学的源流演变。鲁九皋的《诗学源流考》一篇 所述的内容②,正是战国迄于晚明的中国诗歌史的源流演变。其论唐曰:"唐承六代之余,崇尚诗学",又论明前七子时云:"是时诗学之盛,几几比于开元、天宝",而论明末则曰:"自是以后,诗学日坏,隆万之际,公安袁氏,继以竟陵钟氏、谭氏,《诗归》一出,海内翕然宗之,而三汉、六朝、四唐之风荡然矣",正可见其对诗史源流正变的看法。近人黄节的《诗学》一书,其内容也正是叙述历代诗歌创作的情况,与鲁氏的《诗学源流》一脉相承。③

一代之创作风气,亦即一代之诗学。如钱谦益《刘司空诗集序》论明末诗歌风气云:

> 万历之季,称诗者以凄清幽眇为能,于古人之铺陈终始,排比声律者,皆訾謷抹杀,以为陈言腐词。海内靡然从之,迄今三十余年。甚矣诗学之舛也!④

文廷式《闻尘偶记》论清诗云:

> 国朝诗学凡数变,然发声清越、寄兴幽微,且未逮元明,不论唐宋也。固由考据家变秀才为学究,亦由沈归愚以正宗二字行其陋说,袁子才又以性灵二字便其曲诙。风雅道衰,百有余年。其间黄仲则、黎二樵尚近于诗,亦滔滔清浅。下此者乃繁词以贡媚,隶事以逞才,品概既卑,则文章日下,采风者不能三叹息也。

文氏此处所论的清代诗学之流变,亦即清代诗歌的流变。他这里是采取宏观的视野来把握清诗史的,也拈出了肌理、格调、性灵诸派的嬗变之迹,但从其论述来看,仍是落实在具体的诗歌史方面的。

① 南开大学罗宗强先生等撰写的中国文学思想史丛书,就体现了这一研究方法。
② 郭绍虞编选:《清诗话续编》下册,上海古籍出版社,1983年。
③ 黄节:《诗学》,北京大学1922年排印本。
④ 钱谦益:《牧斋初学集》卷30,上海古籍出版社,1985年。

最后,我们还要指出,传统的"诗学",并非指整个古代诗歌创作体系,而是主要指古人称为"诗"这一部分。从这一方面来讲,诗学又是与"赋学"、"词学"、"曲学"等并列的一个文学术语。前引鲁九皋《诗学源流考》一文中还有骚学、赋学等词,作者以汉唐人之辞赋能祖述楚辞者为骚学,如云:"汉兴,《大风》、《秋风》之作,振起于上,于是小山《招隐》之词,《惜誓》、《九谏》、《九怀》、《九叹》之什,群然并作,王逸审定其旨,并列骚学"。又在论中唐诸家时云:"柳子厚独传骚学"①。至于汉赋诸家的创作,则以赋学称之,如论扬、马、班、张之后汉赋之衰变,则曰:"自是之后,赋学渐芗,沿及梁陈隋唐,又有古赋、律赋之别,遂与诗骚不相比附矣"。则可见依鲁氏的观点,祖述诗骚者,俱为诗学的正源,而汉人变骚为赋,则是已经歧出于诗学的范围之外了。

综上所述,传统所说的"诗学",其体裁范围是指汉魏以来文人的五七言古近体诗创作系统,诗经、楚辞和汉乐府则为这种文人诗学之渊源。至于汉之赋学、唐宋之词学、元明之曲学,则是于诗学先后并存的韵文学中的其它体裁系统。其主要的承载体是实际的诗歌创作,而非纯粹的理论和批评。

现代"诗学",无论是广义的还是狭义,其主要性质是作为一种学科的存在,这是其与传统诗学最大的差别所在,而于传统的"诗经学"倒是有性质相似的一面。诗学这个概念在中国所发生的古今内涵的变化,是一个很复杂的学术问题,值得深入的研究。本文先尝试对诗学一词的发生历史和传统内涵作一些研究,目的不是简单地提倡回到古代诗学的立场上去,而是希望引起今天的诗学研究者、尤其是中国古代诗学、诗学史的研究者,准确把握传统诗学的内涵及其古典式的存在方式。

作者简介　钱志熙:1960 年 1 月生于浙江乐清,文学博士,现为北京大学中文系教授,博士生导师,首都师范大学中国诗歌研究中心兼职教授。主要研究领域为中国古代诗歌史及其思想文化背景。通讯地址:北京大学中文系。邮编:100871。

---

① 严羽《沧浪诗话》:"唐人惟子厚深得骚学,退之、李观皆所不及,若皮日休《九讽》,不足为骚"。

由近代《文选》派与桐城派纷争
联想到新诗学建设

汪 春 泓

内容提要:本文通过旧事重提,围绕上世纪初《文选》派与桐城派关于文章正宗的争论,来对当今新诗学建设中所遇到的关键问题,汲取启发,展开讨论,指出新诗必须与固有文化传统相衔接,在此基础上才谈得上创新与前进。
关键词:刘师培 黄侃 姚永朴 《文心雕龙》

在晚清民初文论界,桐城派与《文选》派之间曾有过一场争论。黄侃撰写《文心雕龙札记》,其矛头是针对以姚永朴为代表的桐城派。在 1910 年京师大学堂时期,桐城派学者姚永朴、马其昶与林纾就已经来校,任经文科教员。黄侃则于 1914 年被聘为北大文科教授;刘师培是在 1916 年蔡元培任北京大学校长后,于 1917 年受聘为北大国语门文学史教授,撰写有《文心雕龙》讲义,于 1919 年 11 月病故,而黄侃则于 1918 年离开北大。①就实际情形来看,所谓的《文选》、桐城两派并没有形成真正意义上的直接交锋,尤其刘师培反对桐城派的主张渊源于家学,锋芒更多指向桐城派元老。面临对手挑战,姚永朴基本上保持缄默。此役似乎是《文选》派获胜,其实却并不尽然。

刘、黄与桐城派分庭抗礼,是古文现实功用丧失的直接体现,古文关系到举业,一旦清王朝覆灭,科举废除,挑战古文主流——桐城派,才成为可能。此表面是针对北大内部的桐城"末流",实质上是清代以来汉宋之争的馀波。刘、黄、姚三家均研究《文心雕龙》,分别有讲义、札记与《文学研究法》发表、出版,俱有极深的心得,且充分表现于其各种著述中,因此围绕三家"龙学",可以为恰当地评估上述两派之争,提供很好的切入点。

---

① 马越编著《北京大学中文系简史(1910—1998)》,北京大学出版社,1998 年。

一 刘师培、黄侃如何发挥《文心雕龙》于文笔之争

由于家学的关系,刘师培精熟《文心雕龙》。其《文说》与《中国中古文学史讲义》比较全面地祖述《文心雕龙》。《文说》之《析字篇第一》说:"自古词章,导源小学。……夫作文之法,因字成句,积句成章,欲侈工文,必先解字。"他对于刘勰批评"多略汉篇,师范宋集"尤有会心,认为刘勰文章写作理论的核心基础是"解字",而解字必须尊重先儒故训,也即必须以宗经为准则,《文心雕龙》"宗经"说的要义,刘师培从字、词、句之精当与否,来入手理解,所体现的正是其精于小学的学风特点。其《和声篇第三》颇引用《文心雕龙·声律》篇,关于文的定义:"刘彦和《文心雕龙》亦曰'声不失序,音以律文'欲求立言之工,曷以此语为法乎(古人之文,其可诵者,文也。其不可诵者,笔也。文、笔不同,亦见阮氏《揅经室集》)?"声律是刘氏所认可的"文"的重要特征之一,而如何作到文有声韵之美,其把握的分寸仍然以刘勰《声律》篇为基准;《耀采篇第四》说:"是则文章一体,与直语殊。故艳采辩说,韩非首正其名;'翰藻'、'沈思',昭明复标其体。诗赋家言,与六艺九流异类;文苑列传,共儒林、道学殊科。自古以来,莫之或爽也。……故《文选》勒于昭明,屏除奇体;《文心》论于刘氏,备列偶词。体制谨严,斯其证矣。"此篇最能体现他与《文心雕龙》的因缘,大致上已表述了其《文选》学派立场,以及关于文体守正的态度,刘氏上述基本文学观,实际上出自其家学渊源与扬州学派的先辈人物。

关于汉宋之争,刘师培《汉宋学术异同论》,虽然承认汉学也有瑕疵,但是比较汉宋之学,则无疑宋不如汉,刘氏扬汉抑宋的倾向是斩钉截铁的。因此承袭先辈对桐城派的排斥,其批评桐城的锋芒与先辈相比显得更加尖锐,其立说的依据主要有两端,一则桐城陷于宋学而不能自拔;二则此派人物除了学问肤浅,而且人品也不足称道。清末以来,因曾国藩崛起,桐城派势大,加上张裕钊、吴汝纶等的推广,门生遍布,对汉学派构成巨大挑战,①这是刘师培竭力贬低桐城派的原因之所在。

其《文章原始》说:"……然律以'沈思'、'翰藻'之说,则骈文一体,实为文体之正宗。……近代文学之士,谓天下文章莫大乎桐城,于方、姚之文,奉为文章之正轨,由斯而上,则以经为文、以子史为文(如姚氏、曾氏所选古文是也);由斯以降,则枵腹蔑古之徒,亦得以文章自耀,而文章之真源失矣,惟歙县凌次仲先生,以《文选》为古文正的,与阮氏《文言说》相符。"枵腹蔑古,指桐城派于古学、古文实质上了无心得,只是招摇撞骗而已。显然以凌、阮等所代表的扬州文脉与桐城派划一界线,横扫桐城,与桐城争夺"正轨"地位,以扬州骈文取代桐城

---

① 刘声木:《桐城文学渊源撰述考》,该书为桐城壮大声势,人物选取不太严谨,但也确实可以看出桐城作为文章学流派,其影响之巨大。(刘声木:《桐城文学渊源撰述考》,黄山书社,1989年。)

派势力，重振骈体，以拨乱反正。

黄侃与刘师培年岁相近，为了向刘请益经学，在民国八年拜刘为师，因此两人一直到刘氏生命之末年，才确定了师生的名分。读黄侃《始闻刘先生凶信为位而哭表哀以诗》说两人经常"温言论文史，推挹殊恒侪。幽都难久居，数年为君留"。刘氏不同流俗的文史观点对黄侃产生过震动，因此可以推想，刘氏的文学观念，大多与其扬州学派渊源有自，而黄侃在《文心雕龙札记》里所反映的部分文学见解，所同于刘师培者，出自刘氏的可能性则极大。

文学创作论的关键或核心问题是"小学"问题。这是刘、黄的共识，当然黄侃师事于章太炎，必然注重声韵、训诂等小学治学方法。观黄侃《札记》，《文心雕龙》五十篇中，于《章句》篇阐释特详，所发挥的正是刘氏词章之本在于小学的思想。他说："故一切文辞学术，皆以章句为始基。"他认为训诂比语法在古代汉语里重要得多，空讲语法其实并不能深入掌握汉语特点，即使他对于《马氏文通》表示尊重，但是此篇意思在乎强调小学工夫更是不可欠缺的。

而黄侃老师章太炎反驳阮元关于文笔的论述，黄侃就必须在章太炎与阮、刘之间作出左祖与评判，其《原道》篇《札记》说："则阮氏之言，良有不可废者。即彦和泛论文章，而《神思》篇以下之文，乃专有所属，非泛为著之竹帛者而言，亦不能遍通于经、传、诸子。然则拓其疆域，则文无所不包，揆其本原，则文实有专美。特雕饰逾甚，则质日以漓，浅露是崇，则文失其本。"此节文字，貌似折中于章、阮，其实他倾向于阮元，还是显而易见的。他还是相信在至大的文之范围中，有特指的文存在，那就是从写作者而言，包含着韵语、偶词等文事技巧与安排，便与质言相区别，质木则无文，改变质木的自然状态才是文。此自然在反桐城派立场上，与刘师培所见略同。

二　姚永朴结合《文心雕龙》以为桐城别开生面

姚氏是姚范的五世孙，姚范所著《援鹑堂笔记》闻名于世，刘师培对于桐城人物，惟称赞姚范"校核群籍，不惑于空谈"，姚永朴言必称先姜坞府君，故姚永朴也有深厚的家学渊源，其为学有兼通汉宋的特点，学问淹博，堪称通人。其《文学研究法》之《派别》篇总结桐城派得失说："桐城之文，末流亦失之单弱。"① 姚氏有树立宗派之惧，更有为末流汩乱源头之惧，所以其文章学理论，突出"是"与"当"二字，意在实事求是，重视文章学的真理性内核，超越树立宗派的恶习。一方面他不可避免地受桐城派的熏染，而另一方面则上追刘勰《文心雕龙》，其《文学研究法》引用《文心雕龙》十分密集，足见姚氏以刘勰为凌驾于桐城派之上的文论宗师，而以《文心雕龙》为文论圭臬，也正体现姚氏借助《文心雕龙》来修正提升桐城文论的努力。黄侃视姚氏为桐城余孽，集矢于姚氏，恐怕他并不曾认真读过姚氏的著作，年少气盛，有点鲁

---

① 　姚永朴：《文学研究法》，黄山书社，1989 年。

莽灭裂。

姚氏论文与刘、黄颇有相合之处,清代乾嘉以来,汉学家辈出,汉学氛围主导学界,在此时风众势下,加上姚范就有汉学学风,姚鼐也有意靠拢汉学,到姚永朴时,其论文重视小学基础,就几乎与刘、黄如出一辙。比如《文学研究法》卷一《起原》赞同张之洞"小学乃经史词章之本"的观点,在训诂精确根基上,来从事词章之学,其见解与刘、黄几乎没有分别。

关于《文选》与骈体的态度,只是姚氏所指的文章范围比《文选》派大,有韵之文与无韵之笔一并囊括,骈体文只是文章总目下一子目,但是姚氏对《文选》与四六文并不像某些古文家那样愤激,还是能够客观评价其文学成就。

关于方望溪义法,姚氏能够做到既不抛弃又不拘泥,后世执"义法"为桐城派之口实,似乎有嫌以偏概全。

姚氏与刘、黄所不同者,他很重视文章学,对于文章修辞之学,用力甚多,比如他也承袭桐城派家法,讲究起承转合;对照《文心雕龙》,刘勰在文章写作论部分,除了重视经学与小学根基之外,确实对于写作过程中所面临的问题,无论巨细,均给予认真深入的探讨,这也是《文心雕龙》不可忽缺的组成部分。而刘、黄强调"识字"、"解字"之小学,似乎小学通则文章难题迎刃而解,一切讨论文章之道的技巧、理论都属于俗学,对于《文心雕龙·神思》篇以下未能全面回应。然而小学与文学之间,在其论述中缺少一中间过渡环节,小学与文学关系究竟如何,显得语焉不详。刘、黄实质上是提倡汉学家之文,其共同点就是不顾及文学其实有其独立本体,汉学家之文其实与道学家之文一样,也会阻碍抒情,窒息性灵,令文学走上歧路。

故而,对于文学的理解,相对而言,假如要确立一家之言,刘、黄所代表的《文选》派,突出其个人的趣味嗜好,鼓吹有韵之文,那是无可厚非的。然而从中国文坛历来持杂文学观念,即使《文心雕龙》也论及"有韵之文"与"无韵之笔"来看,更从唐宋八大家文学实绩不容贬低而言,《文选》派比姚永朴持论就显得偏颇一些。所以黄侃起而攻击北大桐城派同事,在尚未知己知彼情况下,显得无的放矢、捕风捉影,他对于姚永朴的批评是站不住脚的。

三　此种歧见对于新诗学的启迪

当中国陷于上世纪的衰乱之中,随着救亡思潮与白话运动的兴起,无论桐城或《文选》派均遭历史"抛弃",曾经有过的争论也成为刍狗陈迹,文章之学也横遭断裂。然而"五四运动"与白话文运动的掀起,都是外国列强势力逼迫使然,是外部原因所造成。桐城派与《文选》派在这样的时代环境里都被斥为"妖孽",这场两派并不明显的纷争,显得非常不合时宜,遭历史洪流所淘汰似乎势所必然。

然而面对今日中国语文的现状,回顾这场纷争却有特别的意义。文,祖述萧统"沈思"、"翰藻"的美文特点,这是扬州学派观点;作者要对于中国古代小学知识有相当深入的了解,这是桐城派与扬州学派的共识。但是新诗的产生与发展，从诗歌固有品格而论，至少更接近扬州学派"文"的定义，事实上，今天新诗与扬州派四六的文体规范相比，其严整性也是大大不如的。诗，已不如"文"更具有音韵、词采之美，至少在形式上粗糙得多；至于小学功底，就整体而言，当今新诗作者显得比较薄弱，语词、意象的使用以及意境创造呈现一种粗鄙的状态，生造词太多太随意，意象怪异如杂烩，总之缺乏美感。新诗努力的方向，并不太着意于"沉思"、"翰藻"与作者小学功夫，自然与传统脱节，抒情也显得"以其昏昏"，绝难"使人昭昭"，症结在于有些诗人的语文知识太肤浅。假使新诗不从上述纷争里汲取有益养分和启迪，新诗只能成为一种消费性文化。当然有人会以消费文化自居，将诗歌创作标榜为商业行为，但是即使消费品也有优劣之分，粗制滥造者最终会失去市场，这样的诗人不可能在文学史上留下足印，也会遭到稍有鉴别力读者的唾弃，其作品价值也只是春梦一场，很快就了无痕迹。当国家逐步摆脱上一世纪的积贫积弱，我们有条件更多回复到民族文化固有发展规律上去，医治外力扭曲传统文化的后遗症，平复文化伤痕，诗人除了学习外国理论与创作经验之外，眼睛向内、向着古代，也有足够的馀裕涵泳自己先辈的优秀作品，有益于找到创作的"源头活水"，有益于建设规整的新诗文体，改变新诗仍然比较粗放的状态。这并非提倡全民写古诗，也不是想成为骸骨的迷恋者，更不是狂妄地想做章太炎、刘师培与黄侃，而是为新诗生长、发展寻求正道。创造美总是不太容易的，人人可以为之，那叫新民歌，事实证明是彻底失败的。刘师培、黄侃关于"文"，其心目中是要捍卫一种民族"精英"文学，此对于新诗的定位尤其重要，在充分认识到诗歌是民族文化的高度结晶时，来建设我们的新诗格律规范，而作为有悠久历史强大生命力的古代格律诗，作为建设新诗学的资源，是否值得重视？我认为对此问题不必骑墙，至少借鉴古诗诸多有益经验，对于新诗创作是很有意义的。然而问题在于，古人谈论诗学的复变关系，在一个基本恒定的文化背景之下，譬如明清人讨论宗唐或宗宋，后人的诗与前人前朝的诗是可以交流对话的，至少在形式上，比如声律、丽辞以及事类等完全可以对应，所以上述不同的文章学流派，均可以《文心雕龙》为共同对证点，发表其见解，而这种见解又足以使他们展开有学理背景的相互辩论与诘难，形成一个丰富和完整的中国诗学传统。但是，新诗与古诗却大不一样，虽然也用汉语写作，却几乎是别一物，尤其诗歌代表的是一种心态、心境，当现代社会中更多融入了有别于古代的制度、器物文化，当 WTO 后的中国更与世界一体而同功，中国人实在很难再拥有古人那样的心态、心境，表露这种心态、心境的新诗可视作告别古诗学传统后的重起炉灶，与传统诗学确实隔膜得很，因此谈论新诗对古诗的借鉴有继承，也谈何容易！就如一些卓有成就的国画大家，在文革时期所作山水画，勉强添加进高压电线与轮船，再好的笔墨技巧也被破坏了，同样诗歌也有一个辨体的问题，古诗引入声光电气总是别扭，这种所谓的变革或迫于无奈或出于浅层次的认识。新诗对于古诗学传统的借鉴，不是追求回复到古诗的意境，"回到古代"绝对是做不到的。融会古今，首先应建立在今人与古人仍然可以心灵沟通的基础上，当我们认真阅读古典时，即使社会再发展,也会有"人同此心"之感,今人十分隐秘微妙的情感仍然能在古人作品里找到共鸣,这正是古典不朽的生命力之所在;其次诗歌语言形式必须在古典中寻找滋养,失去古典根基,眩人耳目的新诗只是七宝楼台拆散下来不成片段,因此上述刘、黄与姚氏关于"解字"的小学根基的极端重视,在今天,对于新诗作者有着振聋发聩的意义,前苏联作家康·巴乌斯托夫斯基所著《金蔷薇》一书,诗人徜徉于俄罗斯大地,孜孜以追求的正是俄罗斯精神的灵魂——优美的语言,而这优美的语言永远活在俄罗斯古典与近代文学之中,也活在俄罗斯民间生活里,这种对于诗语的研究和琢磨,穷诗人一生也仍无止境。中国新诗作者面对着世界上最为悠久灿烂的民族文化,没有理由妄自菲薄,应该珍惜固有的民族文化遗产,这是新诗学建构的不二法门。

中国新诗发展在与古典发生断裂之后,需要经历一个较长的摸索阶段,在新诗前进还未找到方向之时,如何使今天的诗歌创作不完全丧失诗的品位与趣味,我认为上述《文选》派与桐城派的纷争,其讨论的核心焦点,突出"沈思"、"翰藻"与小学根基,对于今日的新诗写作无疑是对症之药,值得新诗作者三思,它有利于新诗与民族悠久深厚的诗学传统接轨,《文选》派与桐城派的歧异作为文化史与文学史的启示,至今还未被人认真思考与消化,视为无谓的纷争甚至等同历史的尘埃,那就低估了其深刻的历史文化底蕴与价值。然而今天的诗坛却颇多率尔操觚者,他们似乎可以超然于古代诗学史,甚至可以超越国度与种族,但不客气地借用刘师培的话,不过是"枵腹蔑古"者借新诗而浪得虚名耳!

作者简介　汪春泓,1964 年 5 月出生,男,浙江嘉兴人,北京大学中文系,副教授,文学博士,主要从事于中国文学批评史研究,邮编:100871,E – mail:wangchh@pku.edu.cn。

解构的阐释与逻各斯中心主义
——论德里达诗学及其解构主义阐释学思想

杨 乃 乔

内容提要：德里达认为语音中心主义的形而上学就是关于学术之科学性的固有的哲学。如果，我们把哲学的指导性思辨转化到阐释学的空间兑现为阐释学理论批评的方法，人本主义哲学就是人本主义阐释学，科学主义哲学也就是科学主义阐释学。什么是逻各斯中心主义呢？什么是"逻各斯"？简言之，"逻各斯"即是"思"与"言"。德里达认为西方诗学文化传统的形而上学就是以"逻各斯"为中心的。在胡塞尔的现象学理论界说中，理性就是"逻各斯"。"逻各斯"在言说……，"逻各斯"在倾听自己的言说……，在阐释学的本体论意义上，逻各斯就是如此。因此，言说着的"逻各斯"就是语音。在海德格尔的存在主义诗学那里，语言的本质就是"逻各斯"。"逻各斯"就是真理意义上的本真之言，因此"逻各斯"作为语音就是索绪尔在他的语言学理论中界说的能指，即语音就是能指。因此，西方诗学文化传统中的逻各斯中心主义就是语音中心主义。在西方古典形而上学终结后的语境下，现代主义哲学与后现代主义哲学、结构主义哲学与解构主义哲学似乎都是反形而上学的，他们反动的终极标靶都是"逻各斯"及逻各斯中心主义。所以在语言哲学的看视下，于西方哲学那里，"逻各斯"是本体论意义上的终极语音。

关键词：西方诗学文化传统 本体论 在场形而上学 逻各斯中心主义 语音中心主义 形而上学的等级序列 解构主义 差异 阐释学思想 语言 暴力

一

于尔根·哈贝马斯（Jürgen Habermas）在《后形而上学思考的主题》（'Themes in Postmeta-physical Thinking'）一文中就"关于形而上学诸方面的思考"，曾给出过一句启人心智的开场白:"古代哲学从神话及其全部观点中承继而来,但是哲学依凭概念的层面把自己与神话界分开来;正是在这个层面中,哲学把诸种的事物维系到'一'(one)上。"①其实,哈贝马斯所言称的这个"一",就是神话后的哲学在概念的层面上安身立命的终极本体。

让我们的思考先回到西方诗学文化传统中去,去追问支撑西方在场形而上学(Metaphysics of presence)脉动且发展的本体动力:"逻各斯"(Logos),即哈贝马斯所言称的"一",再从"逻各斯"的本体定位点来反思雅克·德里达(Jacques Derrida)对在场形而上学的解构主义阐释学思想。

马丁·海德格尔(Martin Heidegger)在《形而上学导论》中把哲学的诗性与诗的哲思维系在对本体论的追问上。在海德格尔那里,如果说拒斥在场形而上学的根本问题就是归反诗思的问题,因此他将"人"称为"此在"(Dasein),颠倒宇宙本体论为生命本体论,把个体的生命存在张扬到本体的极限,那么,阐释学的根本问题无怎样都是哲学的本体论问题了。从90年代以来,关于文学阐释学的问题曾在大陆学术界引起广泛的关注与讨论,其实,在西方拼音语境下,文学阐释学其问题的困惑从来都是在哲学的本体论层面中给予澄明的回答的。德瑞克·阿崔基(Derek Attridge)在德里达《文学的行动》(Acts of Literature)一书的"导言"中也指明了德里达把他的解构性思考从哲学透向文学的路径:"什么是文学? 这个问题对于任何把自身交附给文学研究的学者来说肯定是一个中心问题。从柏拉图与亚里士多德以来,这个问题在西方的哲学传统中已经给予重复的设问。说到底,这是一个哲学问题,而不是一个文学问题;它必然招致关于文学本质的论述,招致把文学从所有的非文学中界分出来。在传统界分的文学与非文学中,只有哲学才能更为清楚地确立这两者的属性。因此,我们不必惊奇雅克·德里达作为一位哲学家(特别是作为一位对全部哲学传统有着强烈感受的哲学家)应该发现这个问题萦绕着他。"②在这里,让我们的思考透过哲学的思辩空间切入到在场形而上学的场域,来反思德里达解构主义阐释学理论颠覆的终极标靶及西方诗学文化传统的逻各斯中心主义(logocentrism)。

什么是本体论(ontology)? 德国哲学家施太格缪勒(Stegmüller)在评价海德格尔的存在主义本体论时,曾对传统本体论有过一个反思:"传统的本体论认为,世界存在于由现有的自然事物构成的一个宇宙之中。"③的确,从西方的巴门尼德和东方的老子开始,早期的智者哲人们便耗尽生命为这个宇宙寻找安身立命的终极。所以在本体论的意义上,东西方诗学文化传统都无法逃避设定一个形而上的超验中心作为"思"、理性及逻辑起始与回归的终极——

---

　　① 〔德〕哈贝马斯:《后形而上学思考的主题》('Themes in Postmetaphysical Thinking'),〔德〕哈贝马斯:《后形而上学思考:哲学论文集》(Jürgen Habermas. Postmetaphysical Thinking: Philosophical Essays Polity Press, 1992, p.29 - 30)。

　　② 〔法〕雅克·德里达:《文学的行动》(Jacques Derrida. Acts of Literature Routledge Press, New York·London, 1992 年, p. 1)。

　　③ 〔德〕施太格缪勒:《当代哲学主流》,商务印书馆,1989 年版,上卷,第194 页。

"telos"。不错,东方中国哲学文化传统也是如此,唐君毅在《中西哲学思想之比较研究集》中所言"在中国哲学上与本体相当之字,如'道',如'太极',如'玄',如'理',没有一个含在象外之意",①中国古代哲学也正是在这个终极意义上成立了自己的体系。

　　"本体"作为一个哲学体系建构的起始点,它是逻辑上倒溯已尽的非受动的始动者,即终极。这个终极不仅成就了一个民族的哲学文化传统,也成就了一个民族思者自身的智慧、野心和生存价值;因此,这个终极就是使阐释学在哲学的维度上得以发生且成为可能的本源。即如熊十力所言:"哲学思想,本不可以有限界言,然而本体论究是阐明万化根源,是一切智智(一切智中最上之智,复为一切智之所从出,故云一切智智),与科学但为各部门的知识者,自不可同日语。则谓哲学建本立极,只是本体论,要不为过。夫哲学所穷究的,即是本体。"②

　　德里达在《人的终结》('The End of Man')一文中把哲学与政治维系在一起,认为"每一次哲学讨论必然地有一种政治意义。……因为哲学讨论总是把哲学的本质与政治的本质维系在一起。"③其实,阐释学的讨论又总是与哲学的思考维系在一起,一个民族在诗学批评层面上建立的阐释学总是命定于本民族的哲学思考所设定的中心,使自身的诗学批评视野带着政治的价值判断透向文本的阐释空间。在西方阐释学文化传统那里,这个本源就一个让无数智者哲人敬畏而思考不尽的范畴:"逻各斯"——"logos"。J.克拉德·艾文斯(J. Claude Evans)曾在《解构的策略:德里达和声音的神话》(Strategies of Deconstruction Derrida and the Myth of the Voice)一书中描述了海德格尔对西方哲学"逻各斯"传统的追溯:"1944年海德格尔回到了逻各斯的主题,这一次他在一个讲座的语境下冠以'逻各斯:赫拉克利特的逻各斯理论'的主题。这次研究的结果合并于《逻各斯》这篇文章中,这篇文章刊发于1954年。在这篇文章中,海德格尔指出有一个漫长的逻各斯传统向古代延伸,这个逻各斯传统把赫拉克利特的"逻各斯"解释为本质、宇宙的规律、逻辑、'思'之必然、意义与理性。但是海德格尔立刻把这个传统置入问题中:一个呼唤一遍又一遍地为理性作为契约与省略的标准而鸣响。从什么时候开始理性就那样运做,随着非理性与反理性在同一个层面上,理性在同样的一个疏忽中坚忍,遗忘了对理性基本起源沉思,遗忘了让理性自身进入它的到来? 但是,这已经是非常清楚了:如果我们依赖于理性,假设理性是自律的和以自我为根基的,我们将在问题中犯了遗忘的罪行。一个人可以把这样一个位置称为'逻各斯中心主义',这个假设即逻各斯是中心的,以自我为根基的。在《存在与时间》中海德格尔以"legein"开始了他关于逻各

---

①　唐君毅:《中西哲学思想之比较研究集》,正中书局,第48页。
②　熊十力:《新唯识论》,中华书局,1985年,第248页。
③　〔法〕雅克·德里达:《人的终结》,《哲学的边缘》(Jacques Derrida. Margins of Philosophy, The University of Chicago Press,1982. p. 111.)

斯的讨论……。"① 实质上,从"逻各斯"作为一个先验的本体范畴在赫拉克利特的终极思考中鸣响了言说之后,从赫拉克利特的"逻各斯"到巴门尼德的存在、柏拉图的理念、亚里士多德的实体,新柏拉图主义者普罗提诺的太一、基督教经院哲学的上帝、欧陆理性主义者笛卡尔的天赋观念、康德的物自体,再到黑格尔的绝对理念,后来者都是以不同的理论表达式来谛听、复现、承诺"逻各斯"的言说。可以说,至少西方古典哲学正是以"逻各斯"为本体、为终极、为始源、为非受动的始动者和为中心推演出一部古典在场形而上学的本体论发展史。不错,在西方诗学文化传统那里,本体论就是形而上学。②西方古典在场形而上学的"逻各斯"传统在黑格尔那里,承借辨证法之方法论的力量向本体论体系建构的自恰而运作,最终演绎为一个庞大而精密的金字塔体系:"美是理念的感性显现";这个体系以绝对理念为"逻各斯"的化身,在体系建构的一元性中封闭了西方的整个古典哲学文化传统,同时,黑格尔在"逻各斯"上建构的辉煌也标志着西方古典在场形而上学的终结。

在欧陆本土学者所撰写的西方哲学史教科书中,一般都把本体论猜想的缘起链接于人类对宇宙大全设问的敬畏与好奇,一如塞缪尔·伊诺克·斯坦福(Samuel Enoch Stumpf)在《从苏格拉底到萨特:哲学的历史》(Socrates to Sartre a History of Philosophy)一书叙述西方哲学史源头的开篇词:"哲学缘起于人类在设问中所表答的敬畏感与好奇感:'物体究竟是什么?''我们怎样才能够解释物体变化的过程?'。"③其实,从某种意义上讲,哲学及本体论更应该解释为是一种满足人类以智慧与思想征服宇宙和占有世界的智力游戏,即把自己的塑造为宇宙的立法者;凯·埃·吉尔伯特(K.E.Gilbert)、赫·库恩(H.kuhn)在《美学史》中曾把美的本体论喻称为宇宙论,并就智者哲人对本体的猜想给出一个精彩而深刻的描述:"实际上,他们所做的一切,均是力图在人类活动的领域内捞到一个较高的地位,即统治者的地位。在萨摩斯岛(Samos)所发现的一枚硬币上的毕达哥拉斯像,就象征着哲学家所特有的这种态度。这个哲学家被描绘为:右手指向摆在他面前的地球,左手拿着一个君主的节杖。虽然这个硬币是毕达哥拉斯死后很久才铸造出来的,但它以独特的真实性逼真地描绘了,古代哲学家们渴望最高的权力同万能的知识相结合。在这里,哲学家不偏不倚的姿态所包含的,与其说一种清高的智者的冷漠态度,毋宁说是统治者和立法者的优越感。这个毫无感情、严厉的姿态,

---

① 〔美〕J.克拉德·艾文斯:《解构的策略:德里达和声音的神话》(J. Claude Evans . Strategies of Deconstruction Derrida and the Myth of the Voice , University of Minnersota Press, Minneapolis Oxford 1991. p. xxii.)。

② 按:在西方诗学文化传统那里,本体论就是形而上学。这一观点在西方学术界没有争议。但是,在东方中国大陆当代学术界,我们在学理的价值尺度习惯上把本体论与形而上学分提分论。在学院派哲学教科书中,形而上学无疑是一个贬意词,一般把形而上学界定为与辩证法相对立的用孤立的、静止的与片面的观点看待世界的方法论。准确地讲,形而上学是本体论——ontology,而不是方法论——methodology。所以把形而上学置入方法论给予学理上的定义,这是常识性错误。在本体论的意义层面上,形而上学与辩证法不可并提。

③ 〔美〕塞缪尔·伊诺克·斯坦福:《从苏格拉底到萨特:哲学的历史》(Samuel Enoch Stumpf: Socrates to Sartre a History of Philosophy Vanderbilt University 1993. p.312.)

所代表的是一个审判官,而不是一位知识的探求者。"①

所以,一个"逻各斯"哲学体系在一位智者的本体论思辨中所建构的完毕与所达向的辉煌,其必然要招致后世之哲人的嫉妒和挑战。因为他曾经是宇宙本体论的立法者。黑格尔之后崛起的西方现代主义哲学的肇事者,正是在这样一个心理意义的深度中撕开了对西方古典在场形而上学拒斥和颠覆的帷幕。西方哲学在本体论、方法论、价值论与目的论上从古典向现代的转型,也昭示了西方阐释学从古典迈向现代的理论步伐。从方法论上看视,西方现代主义哲学的肇事者对西方古典形而上学的反动是从人本主义哲学和科学主义哲学这两个走向起步的。在这里我们需要补充说明的是,在漫长的西方古典学术史上存在着一种共识,即西方学术史自身的科学性就是形而上学,我们从美国学者 J.克拉德·艾文斯在《解构的策略:德里达和声音的神话》一书中对语音中心主义之在场形而上学的分析即可以读出:"德里达的策略是不同的。他认为语音中心主义的形而上学就是关于学术之科学性(scientificity)的固有的哲学。这就是说,对形而上学的解构也就是对学术之科学性的解构。解构策略所面对的标靶恰恰是学术自身的本源及那种产生科学研究的问题。"②

人本主义哲学的肇事者是以叔本华、尼采、柏格森等为代表,他们张扬唯意志论,以生命的非理性对理性——"逻各斯"进行拒斥;"世界是我的表象"和"宇宙是生命冲动的派生"的哲学宣言,逼使西方古典哲学从"逻各斯"本体论向人本主义哲学的生命本体论转向。前者,"逻各斯"是宇宙的本体,后者,生命是宇宙的本体,在本体论的源点上,构成了以生命对宇宙"逻各斯"进行交换的反形而上学的价值取向。科学主义哲学的肇事者是以 G.E.摩尔、戈特洛布·弗雷格、罗素、卡尔纳普和维特根期坦等为代表,他们把孔德与马赫的实证主义哲学逻辑化,把哲学归属于语言,把哲学的思考归属于对语言、言说、书写、符号、能指、所指、意义、逻辑、结构实证的分析,从而扬起分析哲学的大旗。分析哲学在思考的平台上促导了西方现代哲学向语言的转向,形成了把思考透过黑格尔的绝对理念而直指在本体上言说的"逻各斯"的趋势。

可以说,人本主义哲学与科学主义哲学的崛起也昭示了西方现代阐释学在拒斥古典形而上学时,其内部分化出的两种理论的拓展方向。如果,我们把哲学的指导性思辨转化到阐释学的空间兑现为阐释学理论批评的方法,人本主义哲学就是人本主义阐释学,科学主义哲学也就是科学主义阐释学。

M·怀特在《分析的时代:二十世纪的哲学家》一书中曾描述了西方现代主义哲人所挑战的目的:"几乎二十世纪的每一种重要的哲学运动都以攻击那位思想庞杂而声名赫赫的十九

---

① 〔美〕凯·埃·吉尔伯特、〔德〕赫·库恩:《美学史》,上海译文出版社 1989 年版,第 14 页。

② 〔美〕J.克拉德·艾文斯:《解构的策略:德里达和声音的神话》(J. Claude Evans. Strategies of Deconstruction Derrida and the Myth of the Voice , University of Minnersota Press, Minneapolis Oxford 1991.p.156.)。

世纪的德国教授的观点开始的,这实际上就是对他加以特别显著的颂扬。我心里指的是黑格尔。"①其实,与其说人本主义阐释学肇事者与科学主义阐释学肇事者的挑战是对着黑格尔及其庞大而精致的形而上学体系来的,不如说他们根本的目的是对着西方古典在场形而上学的"逻各斯"传统来的,因为,他们最终是要在本体上彻底地颠覆西方古典在场形而上学的中心和本源,所以,他们必然要把思考指向"逻各斯"。引人瞩目的是,这些先行的现代哲学肇事者们对黑格尔哲学体系进行拒斥与反拨,在他们把深层而隐蔽的挑战透过"绝对理念"指向西方古典在场形而上学的"逻各斯"本体论后,从而启示和引发了后来学者索绪尔、胡塞尔、海德格尔、伽达默尔、德里达、利科和哈贝马斯等大师对西方哲学的"逻各斯"及其"逻各斯"文化、"逻各斯"传统的重新思考、重新发现、重新阐释和重新界定。这是一个哲学思想动荡的历史转型期,后现代哲学终于在现代哲学对古典在场形而上学的拒斥中崛起了。虽然,后现代主义哲学对现代主义哲学究竟是承继还是反动,这在西方当下的哲学理论语境中还有着无尽的争议;但是,在现代主义哲学向后现代主义哲学的转型、过渡和延伸中,一个被现代哲学与后现代哲学共同拥围的重要历史话题就是关于语音中心主义(phonocentrism)的逻各斯中心主义的发现、提出和思考。关于这一共同历史话题的思考,当下以法国的解构主义诗学大师——德里达为界标,德里达以极端的偏激把西方古典哲学与西方现代哲学全部划定为逻各斯中心主义,统统地打入了语音书写的在场形而上学的地狱中。

我们可以说,雅克·德里达是偏激的,也是残忍的。但无论如何,在对古典在场形而上学的拒斥中,西方现代主义哲学与西方后现代主义哲学围绕着"逻各斯"的讨论必然引发阐释学理论全面地、体系化地对"逻各斯"及其中心主义进行反思。

那么,什么是"逻各斯"呢? 什么是逻各斯中心主义呢? 让我们的思考从解答这两个命题的设问来消解我们的困惑。

二

什么是"逻各斯"?

在《存在与时间》一书中,海德格尔提出了摧毁本体论历史的任务,由于从柏拉图以来西方形而上学即被存在自身(being itself)的毁灭性误解所控制,因此摧毁本体论历史的任务是非常需要的,J.克拉德·艾文斯认为:"这种摧毁必须调查传统其原初而用之不竭的源泉,并且要调查传统的基本概念的出身证书。"②这张出身证书指的就是"逻各斯"。在西方哲学

---

① 〔美〕M·怀特:《分析的时代:二十世纪的哲学家》,商务印书馆,1987 年版,第 7 页。

② 〔美〕J.克拉德·艾文斯:《解构的策略:德里达和声音的神话》(J. Claude Evans. Strategies of Deconstruction Derrida and the Myth of the Voice , University of Minnersota Press, Minneapolis Oxford 1991. p. xix.)。

的写音语境下,"逻各斯"是语言的本质,"逻各斯"是语音;因此,我们对"逻各斯"的追问只有回到语言中才可能捕获它的踪迹。

海德格尔对"逻各斯"的追问,曾把西方哲学的"逻各斯"传统追溯到古希腊的先哲赫拉克利特那里。赫拉克利特承继、深化了米利都学派对宇宙本体的理解,他把万物的始基设定为具有物质性及永恒性的"活火":"事物的这一秩序不是任何神或人所创造的,它过去一直是、现在是、将来也永久是永生之火,按照定则而燃烧,又按照定则而熄灭。"①在赫拉克利特的宇宙本体观那里,万物是从"火"中产生而又再度分解为"火";因此,"火"的创造与物质世界万物生成的交换是遵循不变的"定则"而运行的。这一"定则"就"是位于一切运动、变化和对立背后的规律,是一切事物中的理性,即逻各斯(the logos)。"②也就是说,"逻各斯"是一个先验的、永恒的、无所不在的终极在者。在赫拉克利特的理论话语中,"逻各斯"虽然张显为"火"的理论表达式,但实质上是作为宇宙的理性和宇宙的规律支配着、控制着这个形而下的物理世界,也即"逻各斯"在本体的源点转化为一种精神信仰来规范着栖居于这个物理世界的芸芸众生——人。

其实,在欧美诗学理论传统中,"逻各斯"这个概念也处在经常被使用但急需界定的状态下,正如 J. 克拉德·艾文斯在《解构的策略德里达和声音的神话》一书中所描述的那样:"逻各斯这个概论经常出现在德里达的著作及讨论德里达的二手著作中,但是在通常的意义上,其仅仅简单地作为一种职业表述被使用,这种职业表述的意义是没有争议的,并且很少给出其主题上的内涵。"③在西方哲学语境下,把"逻各斯"膜拜作为一种信仰在本体论上则呈现为生命对终极的皈依,这也是那些酷恋智慧的思者无可逃避且命定的劫数。那么,"逻各斯"的内蕴对"逻各斯"的膜拜者又意味着什么呢?

对"逻各斯"膜拜的行为,这本身就是对"逻各斯"内蕴的追问。西方诗学文化传统对"逻各斯"—"logos"的追问主要是从辞源学的视角完成的,并且这一追问又是从印欧语系罗马语族的拉丁语和希腊语的动词原型两个维度深入下去的。

第一,从拉丁文的词源追溯来看,"逻各斯"—"logos"有"ratio"与"oratio"两个层面的意义。"ratio"与"oratio"是拉丁文。"ratio"的意义是指"理性"—"reason",也是指内在的思想的自身,即海德格尔所诠释的"思"—"denken(thinking)";"oratio"的意义是指"言说"—"speaking",也是指内在的思想的表达,即海德格尔所诠释的"言"—"sprechen(Speaking)"。换言之,"逻各斯"具有"思想"(thinking)与"言说"(speaking)这两个层面的意义。简言之,"逻各斯"即是"思"与"言"。伽达默尔曾提示我们,"逻各斯"虽然通常被翻译为"理性"或者"思考",但它

---

① 〔美〕梯利:《西方哲学史》,商务印书馆,1995 年增补修订版,第 22 页。

② 〔美〕梯利:《西方哲学史》,商务印书馆,1995 年增补修订版,第 22 页。

③ 〔美〕J. 克拉德·艾文斯:《解构的策略:德里达和声音的神话》(J. Claude Evans. Strategies of Deconstruction Derrida and the Myth of the Voice, University of Minnersota Press, Minneapolis Oxford 1991. p. xx.)。

的原初与主要意义就是"语言"—"Language",作为理性动物的人实质上是"拥有语言的动物"。也就是说,在"逻各斯"这样一个本体范畴中,融含着"思想"与"言说"或"思"与"言"的二重性,并且这种二重性是不可分离地熔融为一体的。

第二,从希腊语动词原型的追溯来看,"逻各斯"—"Logos"这个术语来源于动词"legein","legein"的第一层意义是"聚集"—"Gather"、"拾取"—"pick up"、"聚置"—"lay together";其第二层的意义是"描述"—"recount"、"告诉"—"tell"、"说话"—"say"、"言说"—"speak"。① "逻各斯"动词原型的追溯者认为,"逻各斯"作为一个本体范畴融含着上述一系列相关的意义。J.克拉德·艾文斯在《解构的策略德里达和声音的神话》一书中对"逻各斯"的上述意义做了以下的综述:"逻各斯负载着一系列相关的意义,在断言某物为某物的行为意义中,或在某物被断言的意义中,逻各斯可以是发言,作为被言说的词或者一个陈述。在哲学思想中,逻各斯承担摄取了合理言说与原由论据的意义。在苏格拉底的对话录中,后者是逻各斯的典型阐释。这样逻各斯可以代表理性自身。……在基督教的思想中,逻各斯扮演着极重要的角色:'在这个世界起源之际,逻各斯已经存在'。"② "在这个世界起源之际,逻各斯已经存在",这是一种可怖的、诱人的哲学表述,它使西方历代的思者曾时时感到一种蛊惑人心的激动。又岂止在"在基督教的思想中,逻各斯扮演着极重要的角色",在德里达看来,从赫拉克利特到胡塞尔、海德格尔,一部西方在场形而上学的发展史就是一部"逻各斯"—"语音"自我言说、自我倾听的发展史:"在普遍的意义上说,对于语音来说声音是一种强音效果,通过语音,凭藉倾听(理解)自我言说——种不可分离的系统(hearing(understanding)- oneself - speak - an indissociable system)的品质,主体在观念的成份中影响自身,与自身联系。"③

从上述的词源追溯来看,在西方诗学文化传统的语境那里,"逻各斯"即是一个先验的终极存在——源点。从一个反面切角看视,西方哲学与西方阐释学也正是在本体论上认同了

① 按:关于从希腊语动词原型来追溯"logos"二个层面的意义,参见〔美〕J·科拉德·艾文斯:《解构的策略:德里达与声音的神话》(J. Claude Evans. Strategies of Deconstruction Derrida and the Myth of the Voice , University of Minnersota Press, Minneapolis Oxford 1991. p. xx. , pxxi)。

② 〔美〕J.克拉德·艾文斯:《解构的策略:德里达和声音的神话》(J. Claude Evans . Strategies of Deconstruction Derrida and the Myth of the Voice , University of Minnersota Press, Minneapolis Oxford 1991. pxxi.)按:"在这个世界起源之际,逻各斯已经存在(When all things began, the Word(logos) already was)",艾文斯关于此句的表述从他自己的注释来看,其典出于《新约全书·约翰福音》:"In the beginning was the Word, and the Word was with God, and the Wold was God. He was with God in the Beginning."(《圣经·新约全书》国际圣经协会有限公司 1996 年版,第 160 页)。我们从《圣经》英文原典注意到,"Word"被翻译为"道",并且"道"是一个与"神"—"God"平起平坐的本体概念:"太初有道,道与神同在,道就是神。这道太初与神同在。"其实,作为本体的"神"—"上帝"就是"言语"—"Word"。我们也注意到正是在这个逻辑上,艾文斯把"Word"在本体论的意义上链接到"Logos"这个概念。另外,把"Word"翻译为"道"体现出译者在本体论上思考的精妙性,因为在中国道家哲学那里,"道"既是一个创生万物的本体概念,又是一个"言说"的动词:"道可道,非常道。"在西方在场形而上学发展史上,"Logos"就是一个自律性言说的本体概念。

③ 〔法〕雅克·德里达:《论文字学》(Jacques Derrida. Of Grammatology The Johns Hopkins University Press Baltimore and London 1976. p. 12.)。

"逻各斯"的先在性(priority)而成就了这个源点,从这个源点衍生出理性、文化及其这个世界的精神与形而下的物理生存现象。在胡塞尔与海德格尔的解释中,这一切均肇源于"逻各斯"的自律性言说,当然,这更在于德里达的认定。关于这一点,我们不妨直接去阅读国外两位解构主义理论的研究者关于德里达及德里达对胡塞尔的评价;麦当·萨拉普(Madan Sarup)在《后结构主义与后现代主义导论》(An Introductory Guide to Post - structuralism and Postmodernism)中认为:"德里达认为,胡塞尔发现了声音中自我在场的迹象,但是这个声音不是真正的声音,而是我们内部独白的声音原则:'当我在言说时,我倾听我自己。在我倾听和理解时,我也在言说。'胡塞尔关于意义的言说的形式就是意识在孤独的精神生存中与自身的沉默对话。"①J·科拉德·艾文斯在《解构的策略:德里达与声音的神话》一书中认为:"胡塞尔使语音特权更加激进化,德里达把语音的特权称之为现象学的声音,在现象学的声音中,一种纯粹的言说直接地使自身在场,在这样的言说中,声音是在倾听和理解声音自身的。这样,言说(speaking)就是一种倾听(hearing),而倾听又等同于理解:在这样的言说中,我们发现了意义自身的、纯粹的在场。这里,思考处在被思考的控制之下。德里达争辨道,在胡塞尔的现象学中,这样就产生了一种张力,由于在一方面,胡塞尔托负于一个前表述(prepredicative),与经验的前语言学(prelinguistic)的层面;另一方面,自我意识和自我在场又需要语言。这样,意识的成分与语言的成分将越来越难以区分。于自我在场的心脏中难于分辨的性质将不介绍缺席和差异? 这导致胡塞尔行为平衡于在一方面的意识－在场和另一方面的语言－缺席之间:'声音模仿出场的对话'。但是,声音仅仅能够模仿出场,当这个模仿最终作为语言的表象显露它自身时,现象学对在场的承诺作为终极的认知准则将产生出一个对其自身解构的理论结构。"②因为,"逻各斯"秉有的先验理性在思考着,"逻各斯"的思考又必然以言说的方式来表达、呈现自己,因此"逻各斯"又在言说着……,"按照海德格尔的解释,做为言说(speech)的逻各斯,其真正意义是 dēloun,使言说中正在谈及的意义显现出来。"③可见,"逻各斯"是理性,是思考,是言说,"逻各斯"以自身为"中心",在它的自律中聚置起整个彼在宇宙与此在世界。因此,"逻各斯"秉有着"聚集"—"gather"、"拾取"—"pick up"、"聚置"—"lay together",这样一系列的"中心"意义。

那么,又怎样理解"逻各斯"在理性的自律中行进的"思"与"言"呢? 让我们的思考再度逻辑地延伸下去。

---

① 〔美〕麦当·萨拉普:《后结构主义与后现代主义导论》(Madan Sarup. An Introductory Guide to Post - structuralism and Postmodernism Harvester Wheatsheaf Press, New York 1993. p. 36.)。

② 〔美〕J·科拉德·艾文斯:《解构的策略:德里达与声音的神话》(J. Claude Evans . Strategies of Deconstruction Derrida and the Myth of the Voice University of Minnesota Press Minneapolis Oxford 1991. p. 156.)。

③ 〔美〕J·克拉德·艾文斯:《解构的策略:德里达和声音的神话》(J. Claude Evans . Strategies of Deconstruction Derrida and the Myth of the Voice University of Minnesota Press Minneapolis Oxford 1991. p. 156.)。

　　"逻各斯"究竟是敞开的还是封闭的？对这一设问的回答是我们的追问向前推进的关键。当下大陆学术界在接受和介绍德里达诗学的解构策略时,往往一知半解地以为"逻各斯"作为终极在德里达对逻各斯中心主义的拒斥与颠覆那里,其肯定是一个封闭的本体。的确,"逻各斯"在它的自律性中曾经封闭了西方的整个哲学文化传统,可以说,从柏拉图到黑格尔,每一位哲学家都是屈从于"逻各斯"之下的、受动于"逻各斯"无形契约的思想奴隶。从柏拉图的"理念"到黑格尔的"绝对理念",这两个哲学本体论概念一先一后地被两位"大师性的思想奴隶"提出,也就是说,柏拉图与黑格尔在"逻各斯"无形的契约中既作为"思想的大师"又作为"思想的奴隶"回应了"逻各斯"的自律性言说。因为,柏拉图的"理念"与黑格尔的"绝对理念",仅仅是"逻各斯"的同一意义呈现为在场的两种不同理论表达式。"逻各斯"作为一个终极,它最终必然是走向封闭的,因此,德里达要对西方诗学文化传统的逻各斯中心主义进行解构。然而,栖居在东方非拼音文字语境下的这些解构主义的痴恋者却被问题的一知半解所愚弄了。在德里达的解构主义策略那里,德里达为了论证"逻各斯"的封闭性,为颠覆封闭于一个中心下的"逻各斯"体系,他在解构策略的思路的前题设置上,首先是让"逻各斯"充分地敞开。因为,在任何一个系统中,本体只有首先敞开才可能封闭。

　　的确,在我阅读完德里达的《书写与差异》后,才整体地悟觉到"逻各斯"在原初的意义层面上只有首先是敞开的,其次才可能走向最终的封闭。让我们来对德里达在《书写与差异》(Writing and difference)中的原典性论述作为一次阅读:"由于终极(telos)是完全敞开的,也是敞开它自己的,因此我们说它是最有力量的、结构上的一个历史性先在,不是把它作为一个静态的、规定性及关涉存在与意义起源的价值而指出。就普遍意义而言,终极是具体的可能性、历史的诞生与存在的意义。因此它作为起源和存在于结构中创生了它自己。"[①] 德里达的这个终极—"telos"指涉的就是"逻各斯"。"逻各斯"作为起源和存在于结构中创生了它自己,指涉的就是"逻各斯"的自律性运动。德里达认为西方诗学文化传统的形而上学就是以"逻各斯"为中心。其实,关于这一点胡塞尔在他的现象学那里已给予充分地论述。让我们看来有趣的是,德里达在对胡塞尔的现象学进行批判时,曾在《书写与差异》中从综述胡塞尔对"逻各斯"自律性的论述而展开自己的这样一种思考:"……这样,理性便揭去了它自己的面纱。胡塞尔说,理性就是在历史中产生的逻各斯。理性通过存在而呈现自身,在呈现它自身的景观中,它作为逻各斯言说自己和倾听自己。理性是作为本能的语言在倾听它自己的言说。理性为了在其自身中把握自身而从自身显露成为活生生的在场。理性在从它自身的显露中,通过书写的迂行之路倾听自身的言说,构成了理性的历史。这样,理性不同于它自身是为了归属它自身。……在书写的一瞬间,符号总是使自身成为一个无意义的、空洞的表答,从而逃避了复活,也逃避了再度的激活,它永远处于封闭与沉默的状态。……由于逻各

---

　　① 〔法〕雅克·德里达:《书写与差异》(Jacques Derrida. Writing and difference, Chicago University Press ,1978,p.167.)。

斯是话语,是无限的话语构成,而不是一个真实的无限时空,由于逻各斯是意义;因此在历史与存在之外,逻各斯是无。现在,意义的非真实性正是作为它自身的诺言之一而被现象学发现。反过来说,没有逻各斯作为自我传统的历史与存在(Being)就不可能有意义,逻各斯正是使它自身凸现出来的意义。"① 在胡塞尔的现象学理论界说中,理性就是"逻各斯"。但是,德里达对"逻各斯"的追问则超越了胡塞尔,走向了对胡塞尔进行批判的一个深度。在这里,让我们沿着对"逻各斯"词源的追踪和胡塞尔、德里达的思路对"逻各斯"作一次价值综述。

象东方老子对宇宙的终极做一次先验、抽象的本体论设定一样,在西方诗学文化传统的源头那里,"逻各斯"是一个先验设定的、抽象的终极:"在这个世界起源之际,逻各斯已经存在"。最初,"逻各斯"的敞开状态昭显为它的自律性无可扼制地要借助于存在而呈现自己,要使自己在场。因此,"逻各斯"作为理性在沉思着,"思"又通过"逻各斯"言说的自律本能而表达出来成为活生生的在场。也就是说,当"逻各斯"在言说之际,"逻各斯"即借助自身的言说把理性呈现为活生生的在场,这也就是"逻各斯"之意义的出席,即"逻各斯"在自我言说中出席。在海德格尔看来,"逻各斯"的言说就是为了使某物呈现,关于这一点,海德格尔在《存在与时间》的《逻各斯的概念》一章中曾以大段的篇幅给予追问:"逻各斯作为言谈,毋宁说恰恰等于敞开:把言谈时'话题'所用的东西公开出来。亚里士多德把言谈的功能更精细地解说为合乎语法的言谈。逻各斯是让人看某种东西,让人看言谈所谈及的东西,而这个看是对言谈者(中间人)来说的,也是对相互交谈的人来说的。……在具体的言谈过程中,言谈(让人看)具有说的性质发声为词。逻各斯就是发声,而且是向来已有所视的发声。逻各斯之为合乎语法的言谈,其功能在于把某种东西展示出来让人看;只因为如此,逻各斯才具有综合的结构形式。"②说到底,"逻各斯"在言谈是为了自身生存的呈现。

言说转瞬即逝,当书写作为一种迁行之路把"逻各斯"的言说转型为一种语音的物质形式恒定下来时,"逻各斯"在场的意义性言说则"消失"为恒定的书写文本。就是这样,"逻各斯"的言说与书写的文本构成了理性的历史。这就是海德格尔所说的当人们在寻找现成的"逻各斯"结构时,总是发现"逻各斯"是若干词汇的共同现成的存在:"对于哲学考察来说,逻各斯本身是一存在者;按照古代存在论的方向,逻各斯是一现成存在者。当逻各斯用词汇和词序道出自身的时候,词汇和词序首先是现成的,也就是说象物一样摆在面前的。人们在寻找如此这般现成的逻各斯的结构的时候,首先找到的是若干词汇的共同现成的存在。"③因此,历史的意义是"逻各斯"赋予的。其实,这是一个从敞开走向封闭的循环,也是一个从敞

---

① 〔法〕雅克·德里达:《书写与差异》(Jacques Derrida. Writing and difference ,Chicago University Press ,1978.p.166.)。
② 〔德〕海德格尔:《存在与时间》,三联出版社,1987年,第41页。
③ 〔德〕海德格尔:《存在与时间》,三联出版社,1987年,第194页。

开走向封闭的智慧旅途。"逻各斯"的自律性决定了"逻各斯"是敞开的。"逻各斯"从一个敞开的源点起步,最终在"思"、"言"、"字"的形而上学等级序例中走完了一个封闭的循环。在这个封闭的循环旅途上,每一个驿站都有着它的踪迹:"逻各斯"在沉思……,"逻各斯"在言说……,"逻各斯"在自身中把握自己使自己成为鲜活的在场……,"逻各斯"在倾听自己的言说……,"逻各斯"在无限的话语构成中向书写的迁行之路转型从而归返自身……。"逻各斯"从敞开走向封闭的循环在形而上学那里,永驻着这样一个迷误:真理是弯曲的,"逻各斯"作为真理在时间的"环"中总是从自已走向自己。其实,这也一如狂人尼采在《查拉斯图特拉如是说》中借侏儒之口所言:"一切真理是弯曲的;时间自己也是一个环。"①。

海德格尔的《存在与时间》在《逻各斯的概念》一节中要求我们在所思考的在场形而上学中首先清理"逻各斯"的意义:"如果我们说,逻各斯的基本含义是言谈(言说),那么只有先规定了'言谈'这词本身说的是什么,这种字面上的翻译才有用处。"②

面对着西方诗学文化传统,我们不得不承受这样一种精神的恐惧与威压:"逻各斯"的基本含义是"言说"。

三

"逻各斯在言说……",这是本世纪从索绪尔、胡塞尔、海德格尔与德里达以来对西方诗学文化传统的源头最为深切地发现。这一最为深切的发现鸣响了这样一种解释:"逻各斯"也正是在自律的言说中,推动了西方阐释学的生成与发展。西方哲学从来就不回避对人的本质的界定。但"人是理性动物"与"人是语言动物"的辉煌界说,在本体论的意义上,已经把人切实地打入了"逻各斯"的受动之下,使人成为一个被动的思想者和一个被动的言说者。正如加亚特里·查克拉沃尔蒂·斯皮瓦克(Gayatri Chakravorty Spivak)在翻译德里达的《论文字学》所撰写的前言中所说:"在这里语言的确处在张力状态下。'人的本质是存在(Being)的记忆'这句表述回避了把原因归咎于对存在不可设问的问题。海德格尔一直处在古老的语言渊源中思考,我们不仅已经支配着语言,并且语言也支配着我们。"③

"逻各斯"是理性,与其说是人的理性在思考,不如说是"逻各斯"的理性在思考;与其说是思者——人在言说,不如说是"逻各斯"在言说。因此,"逻各斯"是思想权力的施使者,"逻

① 〔德〕尼采:《查拉斯图特拉如是说》,文化艺术出版社,1987年,第188页
② 〔德〕海德格尔:《存在与时间》,三联出版社,1987年,第40页。
③ 〔美〕加亚特里·查克拉沃尔蒂·斯皮瓦克(Gayatri Chakravorty Spivak):《论文字学·译者前言》,〔法〕雅克·德里达:《论文字学》(Jacques Derrida. Of Grammatology The Johns Hopkins University Press Baltimore and London 1976. p. Ⅹ Ⅴ.)按:我们标出斯皮瓦克的身份是比较困难的。从她的本土文化身份看,斯皮瓦克是印度学者,但作为一位解构主义者、女权主义者与后殖民批评者,她在骨子里是依仗美国学界的话语权力对第三世界言说的。所以在这里我们还是满足她的心里,给她冠以美国学者的身份。

各斯"是文化信仰的布道者,"逻各斯"是话语权力的释放者,也更是语言暴力的肇事者,"逻各斯"是言说着的绝对真理,"逻各斯"是言说着的终极的美……。总之,"逻各斯"是话语的施暴者,是装饰着智慧、真理与美的光环的文化施暴者。在阐释学的本体论意义上,逻各斯就是如此。

这一深切的发现让我们不能不带着另外一种理论的阐释语境重新反观古希腊,从而获取一种让人在骨子里颤栗的感受。

古希腊是西方诗学文化传统的童年时期,德尔菲阿波罗神庙大壁上的铭言:"认识你自己"曾以理性开启了西方诗学的智慧。但是,在西方诗学漫长的延伸历程中,胡塞尔、海德格尔与德里达最终寻识到:人,仅仅是在领受"逻各斯"的无形契约;人,仅仅是被"逻各斯"的言说话语权力所摆布的一个符号;人,仅仅是受动于"逻各斯"之下的一个代言者而已。而"理性"和"理性动物"却一贯地把受动于"逻各斯"无形契约的代言者装饰为智者和诗人的辉煌形象。

人只要在信仰上命定于"逻各斯",人永远被"逻各斯"所阐释。从巴门尼德到海德格尔,无数智者哲人的本质充其量是逻各斯的记忆。

需要阐明的是,笛卡尔的"我思故我在"以天赋理性拒斥中世纪的上帝,企图把人从上帝的教义中剥离出去,但是,笛卡尔在他的思想中必然为上帝保留了一方合理的地盘。从阐释学的哲学视角来看,理性与上帝之间的冲突无非就是言说着的"逻各斯"其不同理论表达式的替换。其实,在现代神学那里,人的本质也被界说为是上帝话语的记忆,即如重要的神学家保罗·田力克(Paul Tillich)所言,人是借助于语言与上帝遭遇的,而不是上帝在语言中与人遭遇的:"话语是神性生命在终局启示里的显现,是对做为基督之耶稣的名称。道(Logos)即一切神性显现之原理,在实存的限制下成为历史中的一存有,就在这形式里,启示了存有根基对我们的基本的及决定性的关系,换个象征性的说法,就是启示了'神性生命之心'。"①

"逻各斯"在黑格尔的美学体系中又演化为绝对理念,黑格尔以理念对形式的切入、重合与悖离界分了东方的象征型艺术、希腊的古典型艺术和基督教的浪漫型艺术;如果说在黑格尔的时代,"美是理念的感性显现"应解释为理念重合于呈现它的形式,而在胡塞尔、海德格尔与德里达时代的理论语境下,"美是理念的感性显现"则应该释义为"逻各斯"的言说使自身意义的在场呈现为一种恰到好处的存在形式。在绝对理念寻找形式呈现自身的演进过程中,黑格尔只不过是以辨证法正反合的三段论巧妙地遮蔽了"逻各斯"的自律性言说。德里达在讨论"书的终结与书写的开始"('The End of the Book and the Beginning of Writing')时也曾把思考沉入黑格尔的古典哲学中,追寻黑格尔对声音特权的论证:"黑格尔清楚地展示了声

---

① 〔美〕保罗·田力克:《系统神学》,东南亚神学院协会台湾分会,1993年,第214页。按:注意台湾学者在这里把"Logos"翻译为"道"。

音在意识、概念的产生和主体的自我在场中拥有的奇异特权",①并援引了黑格尔的原文："在意识的流动中,借助声音表达自身的意识流动就是纯粹的主体品质。事物的灵魂在表达它自身,耳朵也在理论的方式中谛听,如同视觉捕捉形式和色彩,这样使客体的内部成为它自身的内部。……相反的情况,耳朵察觉到物质材料内部震动的结果,没有把它自身置放在一种达向客体的实践关系中,耳朵也察觉到声音不再是在贮存它自己的物质材料形式,而是灵魂显现自身的一种首要的、更为意识化的活动。"②

当我们思考到这里时,我们必须澄清我们的思路绝对不是在对 18、19 世纪的欧陆理性主义者进行集释时,要亮出一份"泛逻各斯论"的家族谱系而旨在说明笛卡尔和黑格尔都是"逻各斯"的代言人。在索绪尔、胡塞尔、海德格尔与德里达追踪"逻各斯"的语境下,再度反思西方诗学文化传统,我们必然无法逃避获取这样一种让人在骨子里颤栗的感受:西方哲学的理性传统就是"逻各斯"的传统。

的确,当在信仰上命定于本体的主体,带着思考对此在世界的种种文本进行阐释时,这就是"逻各斯"在"思"中倾听自己的言说。德里达对"逻各斯"的定义是最无情的,他的解构策略让"逻各斯"敞开正是为了让"逻各斯"封闭这个世界,只有让"逻各斯"封闭这个世界才能满足德里达本人对这个封闭世界进行颠覆与解构的欲望。也可以说,德里达让"逻各斯"敞开是为了给西方诗学文化传统寻找一个中心,也正是这个"逻各斯"中心成就了德里达的野心以及他的解构主义阐释学的语言游戏。无论如何,在西方现象学、存在主义与解构主义的理论语境下,③"逻各斯"于自身存在的刹那间则成为西方诗学文化传统的无形契约。这也正如海德格尔在《存在与时间》中所言:"希腊人没有语言这个词,他们把语言这种现象"先首"领会为言谈。但因为哲学思考首先把逻各斯作为陈述收入眼帘,所以,它就依循这一种逻各斯为主导线索来清理言谈形式与言谈成分的基本构成了。语法在这种逻各斯的'逻辑'中寻找它的基础。但这种逻辑却奠基于现成东西的存在论。"④

索绪尔、胡塞尔、海德格尔与德里达对"逻各斯"的深切发现是一致,但是,德里达的残酷在于最终把索绪尔、胡塞尔与海德格尔也打入了形而上学的地狱。因为,从德里达的解构主义阐释观点来看,胡塞尔以"悬搁"西方整个哲学文化传统使现象还原,还是首先承认了形而上学之后,再超越形而上学,海德格尔所归返的诗思,也是首先承认了形而上学后,再超越形而上学走向原始的诗性思维。承认形而上学再对其进行拒斥,这实际上已经认同了形而

---

① 〔法〕雅克·德里达:《论文字学》(Jacques Derrida. Of Grammatology The Johns Hopkins University Press Baltimore and London 1976.p.12.)。

② 〔法〕雅克·德里达:《论文字学》(Jacques Derrida. Of Grammatology The Johns Hopkins University Press Baltimore and London 1976.p.12.)。

③ 按:准确地讲,德里达的解构主义把胡塞尔的现象学与海德格尔的存在主义统统打入了西方形而上学的延续中。但是,现象学、存在主义与解构主义对逻各斯中心主义的发现、拒斥是一致的。

④ 〔德〕海德格尔:《存在与时间》,三联出版社,1987 年,第 201 页。

上学,承认了形而上学再对其进行拒斥,并在形而上学的文化传统语境下拒斥形而上学,这还是形而上学,因为黑格尔之后一切拒斥形而上学的本体论反动者还是在终极语音使意义出场的逻各斯语境下抵抗逻各斯。思到最后让我们倍感有趣的是,西方的现代智者哲人要逃避形而上学文化传统,只有把在文本之形式上成就他们几千年文化传统的拼音语言抛弃掉,不会言说,他们才可能彻底地拒斥西方的形而上学;或者规避于东方之书写使意义出场的汉语语境下,把自己的心理与智力降低到呀呀学语的孩提年龄,才可能逃避其人的本质不再是逻各斯的记忆,但很可能再度落入东方文化传统的形而上学泥沼中。其实,只要在西方语音使意义出场的拼音语境下设问"实体的存在是什么",他哲学身份就是形而上学者,一如斯皮瓦克在《论文字学·译者前言》所表述:"海德格尔把尼采(Nietzsche)描写为西方一位晚近的形而上学者(metaphysician)。海德格尔认为,一位形而上学者是一位设问'实体的存在是什么'的人。海德格尔认为,尼采对这个问题的回答是'实体的存在是权力与意志'。"[①]我们注意到海德格尔与德里达在把他们的思考转换为书写使其出场时,在一些关键词上规避使用拼音语言,而是使用非语言符号—"×"来完成反形而上学的意义出场,如德里达在《论文字学》一书中的二级标题撰写:"The Outside is the Inside。但是人无论如何也无法全部操用语言之外的符号使精细的思考意义出场,所以人命中注定无法逃避形而上学。

德里达之解构主义阐释学的精彩就在其以书写是嵌在"思"与"言"之间的物质性"差异",而否认在场形而上学的存在。这才是于解构主义的阐释学上对在场形而上学的彻底否定。在德里达的解构主义阐释学看来,说"人是理性动物"及"人是语言动物",就是把人交给了"逻各斯"无形契约的支配。因此,在德里达的解构主义策略阐释下,从柏拉图、亚里士多德历经笛卡尔、黑格尔,到胡塞尔和海德格尔,他们使用的本体概念都是"逻各斯"的言说,是"逻各斯"结构了他们体验这个世界与存在的自身路径,也正是这些本体概念湮没了"逻各斯"言说的始源,并且障碍了我们对"逻各斯"始源所思的视野,因为,那个始源总是或已经被传统的哲学概念和哲学命题所弥漫。柏拉图的"理念"、普罗提诺的"太一"、中世纪的"上帝"与黑格尔的"绝对理念"都是以哲人的思考弥漫着、淡化着"逻各斯"的话语权力。

可以说,在西方语境下,哲人、阐释者仅仅是置于"逻各斯"无形契约下的一个受动的、有生命的符号而已。

四

对"逻各斯"的追问必须限定在西方的拼音语境下完成。因为,从文字学的视角透视西

---

①　〔美〕加亚特里·查克拉沃尔蒂·斯皮瓦克(Gayatri Chakravorty Spivak):《论文字学·译者前言》,〔法〕雅克·德里达:《论文字学》(Jacques Derrida. Of Grammatology The Johns Hopkins University Press Baltimore and London 1976. p. xxxiii.)。

方语言,西方语言是以拼音字母对语音进行记录与进行书写的语言。我们在西方的拼音语境下追问"逻各斯","逻各斯"的言说于生存论的基础上决定"逻各斯"就是语音——"pho-no"。值得提及的是,一般语言学都认为文字是对声音或意义的记录与书写,而这一理论表达在胡塞尔、海德格尔和德里达的哲学思路中则被颠倒过来赋予崭新的意义,语言于生存论与存在论的基础上则是"逻各斯"的言说以文字呈现自身,即语音以文字或书写来呈现自身。

"逻各斯在言说……",因此,言说着的"逻各斯"就是语音。伽达默尔在《真理与方法》讨论《语言概念的发展》时曾对"逻各斯"是语音有一个颇为诗意化的描述:"逻各斯是通过嘴从思想与说出的声音中淌出的溪流。"① 海德格尔所言的"语言的生存论存在论基础是言谈(言说)",② 就是在这样一个意指层面上运思的。因此,海德格尔说语言的发音肇基于"逻各斯"的"言谈","言谈"又融涵生存论的可能性—"听":"言谈本身包含有一种生存论的可能性——听。听把言谈同领会与可领会状态的联系摆得清清楚楚了。如果我们听得不'对',我们就没懂,就没'领会';这种说法不是偶然的。听对言谈具有构成作用。语言上的发音奠基于言谈;同样,声学上的收音奠基于听。此在作为共在对他人是敞开的,向某某东西听就是这种敞开之在。每一个此在,都随身带一个朋友;当此在听这个朋友的声音之际,这个听还构成此在对它最本已(的)能在的首要的和本真的敞开状态。此在听,因为它领会。作为领会着同他人一道在世的存在,此在'听命'于他人和它自己,且因听命而属于他人和它自己。"③海德格尔所说的"每一个此在,都随身带一个朋友;当此在听这个朋友的声音之际……",这个"朋友"指涉的就是"逻各斯",递进一步说,这个"朋友"指涉的也就是言说着的、作为语音的"逻各斯"。这样,阐释主体以口语表达或以书写记录,以至主体的行动本身,在理论上都是对言说着的"逻各斯"其语音的倾听后而再度符号化的呈现,无非口语表达是一级所指,而书写记录是二级所指而已。当我们的思路走到这里时,西方诗学文化传统的语言秘密与西方在场形而上学的秘密在此昭然若揭了。如果说,西方的拼音文字就是对言说着的"逻各斯"的书写与记录,不如说,西方的拼音文字就是对语音的书写与记录;如果说,西方诗学文化传统其形而上学的中心是言说着的"逻各斯",不如说,西方诗学文化传统的在场形而上学就是语音书写的在场本体论。因此,在德里达的解构主义阐释那里,逻各斯中心主义在命题的表达上与语音中心主义同义且共在。其实,德里达的解构主义阐释在思想的晦涩中运行着一个简单的逻辑思路,即西方的拼音字母作为鲜活声音的书写形式铭刻着一个"逻各斯"中心的偏见,这个逻各斯中心的偏见就是语音中心的偏见。也正是在语音中心的偏见凝铸的特权下,筑成了西方诗学文化传统形而上学的等级序列(hierarchy of metaphysics)——

---

① 〔德〕伽达默尔:《真理与方法》(Hans – Georg Gadamer. Truth and Method The Crossroad Publishing Company Press, New York 1989.p.407.)

② 〔德〕海德格尔:《存在与时间》,三联出版社,1987年,第196页。

③ 〔德〕海德格尔:《存在与时间》,三联出版社,1987年,第199页。

"思"(thinking)、"言"(speaking)、"字"(writing),也即"思考"、"言说"、"书写"。在德里达看来,两千多年来这个等级序列在森严的等级权力划分中为西方哲学的生成、发展导向着……

再让我们来细致地考察一下,在西方诗学文化传统中形而上学这个等级序列究竟是怎样划分完毕的。

在海德格尔的存在主义诗学那里,语言的本质就是"逻各斯"。海德格尔的诗学思考让语言脱离了工具,成为一个表达本真之言的本体概念。"逻各斯"就是真理意义上的本真之言,因此"逻各斯"作为语音就是索绪尔在他的语言学理论中界说的能指(signifier),即语音就是能指。在能指这一层面上,"逻各斯"、"逻各斯"之"思"、"逻各斯"之"思"的意义均栖居于本体的源点上寻求着呈现自我存在的表达形式,以便被他者所看视,这就构筑了一条从"逻各斯在思……"到"逻各斯在言说……"的踪迹。当"逻各斯"之"思"借助"言说"——"speaking"把自身供奉为意义在场的当下形式时,当下的"言说"就是一级所指(signified);其实,海德格尔的存在主义阐释学理论就是这样把"逻各斯"的言说界定为使事物被看视(phainesthai),即使某物成为正在被谈论的意义和对象。一言以蔽之,"言说"就是为了使超验的"思"作为观念对象能指"在场",也就是说"言说"使"思"——"在场",让某物呈现于被看视。因此,在场的意义源于"逻各斯"。在这里需要指明的是,在索绪尔的语言学理论那里,能指与所指的逻辑关系恰恰是被德里达颠倒的。我们来展示一段索绪尔的理论表述:"能指与所指的联系是任意的,或者,因为我们所说的符号是能指和所指相联结所产生的整体,我们可以更简单地说:语言符号是任意的。例如'姊妹'的观念在法语里同用来做它的能指的 s-ö-r(sœur)这串声音没有任何内在的关系;它是可以用任何别的声音来表示。语言间的差别和不同语言的存在就是证明:'牛'这个所指的能指在国界的一边是 b-ö-r(sœur),另一边却是 o-k-s(Ochs)。"[①]从索绪尔的表述中我们可以见出,在他的语言学理论体系中声音是能指,而观念意义是所指。德里达在其解构理论中把观念意义认定为能指,把使观念意义出场的声音划定为所指,恰恰正是本体论层面上突显了逻各斯中心主义的语音中心主义。

德里达解构主义思辩的精巧恰恰就在这里。仅仅是能指与所指两个符号的逻辑关系之颠倒就把德里达与其以前的所有智者哲人在哲学价值上划开了界限。德里达是以把玩两个概念来破坏西方几千年文化传统的哲学家。我们在这里再三强调,诗学的根本问题在结构的深层中还是哲学的问题。不从哲学透向诗学,永远是驻足在问题表层佯装深刻的思考。

理论需要功底。

注意,在理论上"让某物呈现于被看视"就是行为中"谛听"——"逻各斯"在言说,也就是说,在一级所指——"言说"这里,"看视"即是"谛听",即意义以观念的形式在言说中的呈现。因此,"真"就是于在场中向我们呈现的那个本真的东西,也就是鲜活的声音使"逻各斯"之

---

① 〔瑞士〕费尔迪南·德·索绪尔:《普通语言学教程》,商务印书馆,1980 年,第 103 页。

"思"的意义呈现为当下的在场。这是一个回环的意义表达,一级所指—言说与能指—"逻各斯"之"思"的意义之间有着内在的本源意指关系。在德里达的解构策略中,意指关系即是指涉"逻各斯"与"在场"这一观念对象之间存在的本源性维系。让我们来看一下德里达对能指与第一所指之间的关系评价:"对亚里士多德来说,言说(spoken words)是心理经验的符号,书写(written words)是言说的符号,正是因为声音,第一种符号的制造者与意识有一种本质的且最为接近的关系。第一所指不仅仅是在其它所指中的一个纯真的所指。它指称着'心理经验',这一'心理经验'自身通过本质的相似反映或镜照了事物。在存在与意识之间、在事物和感觉之间,有一个翻译或本质意义的关系;在意识与逻各斯之间,有一个传统的符号象征关系。第一个习惯将立刻与本质的与普遍的意义之秩序结成关系,也将作为言说的语言而产生。"①

　　那么,在西方诗学文化传统的在场形而上学的等级序列划分中,书写则是二级所指,书写是对"逻各斯"言说的拼音式记录。德里达认为逻各斯中心主义是贬损书写的:"逻各斯时代贬损书写,书写被认为是媒介活动的媒介活动,被认定沦落为意义的外表状态。"②因为,形而上学把"逻各斯"的真理认定为在语音中声音与意义的统一,言说的特权控制着书写、压倒了书写。关于书写在形而上学中的价值评估国内学术界有不少臆说,我想在这里不妨综览两位海外学人的评估。J.克拉德·艾文斯曾在《解构的策略:德里达和声音的神话》一书中认为:"由于知识在通过语音倾听自我言说的系统中的理念有着自身起源,语言学的领域将是在语音中的声音与意义结合的言说单元,书写是衍生物,是偶然的、特殊的、外在的、不真实的所指。用亚里士多德、黑格尔的话说,即符号的符号。"③张隆溪在《道与逻各斯:东西方文学阐释学》一书中认为:"书写总是一种无创意的、偶然的、特殊的、外表的、多意的所指,也是一种拼写与发音相似的所指。这种所指也就是符号的符号。"④实际上,J.克拉德·艾文斯和张隆溪关于西方语境下拼音书写的价值评估又都是对德里达《论文字学》观点的转引:"在任何情况下,无论把声音严格地确定为意义(思想或生命),还是较为宽泛地确定为事实,声音最接近能指。所有的所指,包括首要的与最重要的书写所指,都是关涉声音与意义恒久结合的派生物,或是关涉声音与能指意义结合的派生物,或是关涉声音切实地与事实自身结合的派生物。书写的所指总是技能的、具有替代性的。它没有组成的意义,这一派生物

---

① 〔法〕雅克·德里达:《论文字学》(Jacques Derrida. Of Grammatology The Johns Hopkins University Press Baltimore and London 1976. p. 12.)。

② 〔法〕雅克·德里达:《论文字学》(Jacques Derrida. Of Grammatology The Johns Hopkins University Press Baltimore and London 1976. p. 12.)。

③ 〔美〕J.克拉德·艾文斯:《解构的策略:德里达和声音的神话》(J. Claude Evans. Strategies of Deconstruction Derrida and the Myth of the Voice, University of Minnersota Press, Minneapolis Oxford 1991. p. 156.)。

④ 张隆溪:《道与逻各斯:东西方文学阐释学》(Zhang longxi. The Tao and The Logos Literary Hermeneutics, East and West Duke University Press Durham & London 1992. p. 23.)。

是'所指'概念的起源。即使正如索绪尔表明的所指与能指被简单地区分为同一页纸的两面,符号的概念总是在自身中包含着所指与能指的区别。因此,这个观念保持在语音中心主义的逻各斯中心主义的传统中:绝对地接近声音与存在('Being'),绝对地接近声音与存在的意义,绝对地接近声音与意义的观念。" ①

在西方语境下,拼音书写作为二级所指是记录语音的衍生物,也就是符号的符号——"Sign of a sign"。

在形而上学的等级序列中,一级所指与二级所指的价值悖立就在于一级所指——言说使意义出场,而二级所指——书写则使意义缺席,因为书写较之于言说远离"逻各斯"之"思",而言说则是"逻各斯"之"思"的当下驻留。关于西方诗学文化传统中形而上学对书写的贬损,国内学者也曾有所评述,我们在这里不妨把视野投向西方语境,径直地看视西方学者对"书写贬损"的综述:"言说被认为是一种驻留,言说的驻留比一个人离去之后用书写的符号象征更接近于精神的内部。当我言说之时,我似乎就是真正的我自己。我所言说的话似乎就是来源于我、我的真理或真正的存在。较之于言说,书写似乎是机械的、间接的,是一种言说的铭刻。书写能够被理解为来自于言说,因为书写被认为是纯粹的语音转抄。德里达争辨道,从柏拉图到海德格尔与列维-斯特劳斯,西方的哲学传统降级为书写,与人类那种直接与活生生的声音比较,书写如同是虚假的和间离的……" ② 言说是一种接近精神内部的驻留,那么,言说驻留的又什么呢? 驻留的就是"逻各斯"在本体的源点上向这个世界释放的意义、规则、契约……,言说的驻留使"逻各斯"的意义、规则、契约成为活生生的声音表达。也就是说在存在论的意义上,"逻各斯"潜在地被西方古典哲学认定为"放之四海皆准"的具有普遍意义的真理性概念,对此,胡塞尔的《纯粹现象学通论》在《"逻各斯"的意向作用-意向对象层次:意指和意义》一章中曾有真率的释义:"言语声音只能被称作一个表达,因为属于它的意义在表达着;表达行为原初地内在于它。'表达'是一特殊形式,它可适应每一个'意义'(适应于意向对象'核'),并将其提升到'逻各斯'领域,概念的领域,因此也是'普遍的'领域。" ③

无疑,"逻各斯"在西方诗学文化传统的语境下都执行着"放之四海皆准"之真理的本体功能。

当我们的思路走到这里,我们不难看视到,西方在场本体论的等级序列在这里拉开了它的秩序:意义控制着言说,言说控制着书写,"逻各斯"即是这个等级序列的中心。因此,西方

---

① 〔法〕雅克·德里达:《论文字学》(Jacques Derrida. Of Grammatology The Johns Hopkins University Press Baltimore and London 1976. p.11.)。

② 〔美〕麦当·萨拉普:《后结构主义与后现代主义导论》(Madan Sarup. An Introductory Guide to Post-structuralism and Postmodernism Harvester Wheatsheaf Press, New York 1993. p.36.)

③ 〔德〕胡塞尔:《纯粹现象学通论》,商务印书馆,1992年,第303页。

诗学文化传统中的逻各斯中心主义就是语音中心主义。因为,语音—"逻各斯"自始自终与在场有着密切的关系,"逻各斯"自始自终以遮蔽的方式栖隐在所言说的话语中。德里达与伽达默尔于1981年在巴黎曾就"文本与阐释"的论题有过交锋,伽达默尔的阐释学思想的确约束在语音使意义出场的逻各斯中心主义之下,关于这一点,我们从伽达默尔《真理与方法》的《语言与逻各斯》一节中便可认见出:"……词的意义不是简单地完全相似于被命名的客体,他把这种现象归结为这就是因为苏格拉底的静默的权力逻各斯(话语与言说)。在逻各斯中发生的事物的显现不同于包含在词中意指意义的行为,正是当下的在说话之际,语言传达正确和真理的实际能力才有它的位置。"①德里达的解构主义阐释学主要是解除"逻各斯"意义的"在场",使能指—语音与二级所指—书写分裂以达到解构中心的目的。因此德里达指向在场本体论的思考本身就是一种彻底的解构性阐释。西方的书写是衍生物,它使"思"缺席。无疑,逻各斯中心主义贬损书写,但德里达以为西方在场本体论的拼音语言则是一种隐喻,书写作为符号的符号是使活生生的言说缺席且死亡的空壳。"在场"就是"思"被"言说"而形成的观念对象,德里达就是要以书写远离"思",最终以达到对西方诗学文化传统的逻各斯中心主义进行彻底的阐释性解构。

在西方现代哲学理论的视域中,逻各斯中心主义成就了西方古典形而上学,胡塞尔在他拒斥在场形而上学的现象学阐释学理论中为什么要倡导"悬搁"? 海德格尔在他旨在拨开形而上学迷误的存在主义阐释学理论中为什么要芸芸众生感领"诗思"? 胡塞尔在康德之后就是要把整个西方诗学文化传统"悬搁"起来,回到先于"逻各斯"之"思"的那方境域而"直面事物本身";在胡塞尔的现象学阐释理论那里,"事物本身"即是先于"逻各斯"理性思维的原初现象,理解了这一点,也就理解的胡塞尔什么要倡导"悬搁"。胡塞尔的学生海德格尔继现象学之后,把现象学先于"逻各斯"之"思"那方境域的原初现象转释为存在,认为这一存在即是遗留的现象学的剩余,这一遗留的现象学的剩余是被西方在场本体论文化传统遗忘的只能被诗思感领的存在;"逻各斯"之"思"是理性之"思",先于"逻各斯"之"思"即是超越了理性的诗思,海德格尔的"诗意的栖居"就是召唤主体超越形而上学,栖居在先于"逻各斯"之"思"的那方原初境域,正是在这方境域,当主体感领诗思的原始体验时,已远离"逻各斯"及"逻各斯"的话语权力了。

在西方古典形而上学终结后的语境下,现代主义哲学与后现代主义哲学、结构主义哲学与解构主义哲学似乎都是反形而上学的,他们反动的终极标靶都是"逻各斯"及逻各斯中心主义。现代主义哲学与后现代主义哲学的价值分水岭、结构主义哲学与解构主义哲学的价值分水岭就在于胡塞尔与海德格尔主张回到先于"逻各斯"的那方境域,而德里达则是以语

①　〔德〕伽达默尔:《真理与方法》(Hans - Georg Gadamer. Truth and Method The Crossroad Publishing Company Press, New York 1989. p. 411.)。

音与书写的分离达到解构"逻各斯"中心的目的。在德里达看来回到先于"逻各斯"的那方境域，在骨子里还是承认了西方诗学文化传统历程中的逻各斯中心主义。

德里达的《播撒》一书在《柏拉图的药房》一章中曾设定了"逻各斯之父"这样一个命题。德里达认为："仅仅一种言说的权力能够有这样一位父亲。这位父亲对于一种言说和活生生的存在来说总是父亲，换言之，准确地说正是'逻各斯'使我们象父亲一样观察和研究事物。"①在这里，我们从德里达的这一诗学理论表述中不仅能够捕获到这样一种困惑：在阐释学的意义上，究竟是"逻各斯"使我们象父亲一样在言说，还是我们的言说受动于"逻各斯"之下，还可以获得这样一个信息："逻各斯"渗透在言说中呈现出的话语权力，在西方诗学文化传统中凝固为一个坚挺的逻各斯中心主义。其实，到这里，一切都已澄明了。德里达解构主义阐释学的残忍不仅在于把他所企图颠覆的终极标靶设定为支撑整个西方诗学文化传统的逻各斯中心主义，也更在于把西方古典在场形而上学的历程从黑格尔那里推延到海德格尔这里，把尼采、胡塞尔与海德格尔及他们反形而上学的现代主义哲学理论统统打入了在场形而上学的地狱。

倘若，我们在这里设问，德里达解构主义阐释学理论所要颠覆的终级标靶是什么，那就是支撑西方诗学文化传统的逻各斯中心主义。

五

索绪尔在讨论"文字的体系"时，在哲学的思路上承递于逻各斯中心主义，把"暴虐"性强加给拼音字母："但是字母的暴虐还不仅如于此：它会欺骗大众，影响语言，使它发生变化。"② 在这里，"字母"指的是拼音书写。索绪尔所说的"字母的暴虐影响语言"是指书写对声音与意义的合体——口语言说的遮蔽，在索绪尔看来书写是与在场形而上学的对立，因此，索绪尔及西方哲学的逻各斯中心主义者总是竭力地损贬书写。德里达也正是抓住这一点，在一个反价值取向中认定了书写是对逻各斯中心意义出场的延缓。在索绪尔与德里达那里，书写的暴虐性是在一个截然悖反的价值取向中围绕着对逻各斯中心主义的崇尚与拒斥中来成立自己，其实，在德里达的解构主义阐释学体系中书写也可以建构起他的暴虐性，那就是书写以符号的隔离性对"逻各斯"之意义的出场进行阻断而施暴。

伽达默尔在《真理与方法》中讨论"语言作为一种阐释学本体论的视域"这一命题时，曾陈述了人以语言对这个世界进行占有的哲学关系："在这个世界中，人不仅拥有语言；甚至可以说，人正是依凭语言才完全拥有一个世界。一个为人存在的而不是为动物存在的世界才

---

① 〔法〕雅克·德里达:《播撒》(Jacques Derrida . Dissemination The University of Chicago Press,1981.p.80.)。
② 〔瑞士〕费尔迪南·德·索绪尔:《普通语言学教程》，商务印书馆，1980年，第58页。

属于这个世界。但是,这个世界的本质是语言的。这是洪堡特关于语言是世界观之论点的核心。也正是根据这一论点,洪堡特认为语言融涵一种独立的生命和一种语境下的个体成员;当这一个体成员适合于这一语言时,这一语言将把他导向一个特定的取向及与这个世界的一种特定的关系中。但是,洪堡特这一表述的背景是尤为重要的,那就是说,除去这个语言生存和所涉及的世界之外,语言就没有独立的生命。不仅这个世界只要涉及语言,就成为这个世界,而且这个世界在语言的出场事实中,语言也有着它自身的生命。正是这样,在人的世界存在是原初的语言学这同一时刻,语言就是人类的原初意义。为了对阐释的体验在本质上是语言的这一事实而获得足够的视域,我们将必须研究语言与世界之间的关系。"①伽达默尔把洪堡特的语言学理论引向阐释学本体论,认为生命对这个世界的阐释性体验在本质上是语言的,因此进而认定这个世界的本质就是语言。在这里,根据我们自身的思考应该拟写这样一个理论程式:人以语言赋予这个世界以意义,也就是以语言给予这个世界作本体论的界定,但是,最终人以语言给予这个世界本质之后,人也把自身埋葬在自身所定义的这个世界的本质中,最终,人也以语言给予自身一个与这个世界统一的本质,而这一切究极是在本体上完成的。因此,在任何一个国度、任何一种文化中,本体范畴总是有意志的生命——人安身立命的源点。从某种程度上看视,语言是维系人与这个世界的对话中介;但是,当语言从人与这个世界进行对话的中介在意义上浓缩、跃居为一种抽象的本体,转型为一个本体范畴、一种精神的独裁者和一种话语权力之时,人及人所生存的这个世界都受动于语言的权力之下,贬损为语言的精神奴隶。

言说着的"逻各斯"在西方诗学文化传统那里铸构了一个坚挺的中心主义。

让我们的思路再从对"在场形而上学"的设问而延伸下去。

康德的《纯粹理性批评》、《实践理性批评》与《判断力批评》旨在于把在场形而上学驱逐出科学,在实践理性——道德,审美——诗、艺术和信仰的领域中保留它的地盘。但是,康德最终不可能在科学中建构起一门形而上学,因为,形而上学只能在信仰中保留,即如柯拉柯夫斯基在《形而上学的恐怖》一书所言:"形而上学的概念在人的生活过程中占有一席之地,明显的就是在宗教崇拜的王国中占有一席之地",②形而上学必须从那个先验的本体中出场。哲学的形而上学不仅如此出场,阐释学的形而上学也是如此出场。阐释学的形而上学从来就是根深蒂固于本体上,为主体对文本进行读解、阐释与批评提供一种权力性的价值信仰。

那么,什么是形而上学呢?

对这一设问的回答我们不想从当下任何一种哲学理论来寻找我们的论据,让我们来看

---

① 〔德〕伽达默尔:《真理与方法》(Hans - Georg Gadamer. Truth and Method The Crossroad Publishing Company Press, New York 1989.p.443.)。

② 〔英〕莱斯泽克·柯拉柯夫斯基:《形而上学的恐怖》,三联出版社,1999 年,第 20 页。

康德是怎样给予回答的:"先说形而上学知识的源泉。形而上学知识这一概念本身就说明它不能是经验的,形而上学知识的原理(不仅包括公理,也包括基本概念)因而一定不是来自经验的,因为它必须不是形而下的(物理学的)知识,而是形而上学的知识,也就是经验以外的知识。这样一来,它就既不能根据作为真正物理学的源泉的外经验,也不能根据作为经验心理学的基础的内经验。所以是先天的知识,或者说是出于纯粹理智和纯粹理性的知识。"①其实,西方在场形而上学的逻各斯中心主义把阐释主体的阐释原则看视为先于阐释现象之外所设定的先验公理,并且,这一公理具有先验的话语权力性质。可以说,任何专制主义及任何哲学的专制主义的形成都以获取先验公理的出生证,以便栖占于本体的源点向这个此在世界释放放之四海皆准的"真理"。可以说,任何一种放之四海皆准的"真理"无论给它进行怎样的温文儒雅的包装,它有骨子里还是施暴者的话语权力。

我们知道,在德里达看来,从赫拉克利特到黑格尔、从叔本华、尼采再到海德格尔的两千多年西方诗学空间中,阐释主体言说所表达的观念对象—"意义"即是"在场","在场"的"意义"源于"逻各斯","逻各斯"在言说着……,言说着的"逻各斯"的本质就是语音,在逻各斯中心主义建构的在场形而上学等级序列中,意义统治着言说,言说统治着书写,"逻各斯"就是这个等级序列的中心。但是,西方古希腊的智者哲人总是皈依于一种信仰,把语言文字的萌发追寻和附着于一个终极本体上。语言哲学不同于语源学与字源学,语言哲学崇尚在生命安身立命的本体论上完成自己的思考,为一个民族的语言文化追寻一种终极信仰;语源学与字源学则命定于溯源历史,随着实证材料的新发现把语言与文字的生成落实在一种形而下的方法上向远古推移。所以在语言哲学的看视下,于西方哲学那里,"逻各斯"是本体论意义上的终极语音。

不管西方现代语言学家戈特洛布·弗莱格、洪堡特、索绪尔、布龙菲尔德与乔姆斯基等学者对西方语言文字的生成及生成形态有着怎样不同的理论猜想,但是,他们在一个关键点上却达成了共识,即西方拼音语言是以书写的拼音文字对语音的记录:"词有一定的语音,它被以一定的方式说出,以一定的方式拼写。"②因此,在西方的写音语境下,语言的意义源生于语音而不是源生于书写的文字。罗素、摩尔、维特根斯坦、石里克、艾耶尔、卡尔纳普与蒯因等一系列分析哲学家为什么总是要把他们的哲学思考带入到语言的空际中去,就因为本体论的问题最终是语言的问题,而语言的问题最终也是本体论的问题。

我们理解了这一点,也就理解了德里达为什么要人为地生造一个"differance"(国内一些学者把"differance"翻译为"延异"),以一个字母"a"之差别而区分于"difference"。因为,德里达认定在西方哲学的写音语境下,"逻各斯"的意义以语音统治着书写,德里达就是企图以书

---

① 〔德〕康德:《任何一种能够作为科学出现的未来形而上学导论》,商务印书馆,1987年,第17页。
② 〔美〕保尔·齐夫:《意义》,车铭洲编、李连江译:《西方现代语言哲学》,南开大学出版社,1989年,第242页。

写字母的改变使书写远离挟带意义的语音,最终使书写脱离语音的统治,成为远离"逻各斯"中心意义的外在衍生物。可以说,德里达对西方哲学的逻各斯中心主义的解构与颠覆,在方法论上只是轻而易举地以一个字母的改变,便揭示出书写的文字脱离语音的统治秘密,使坚挺于两千年之久的西方诗学形而上学的思想大厦在倾刻之间坍蹋得一无所有。当德里达在生造了"differance"这个字之后,他宣称:"现在'difference'创生了,我认为它已经生效,书写的差异(用'a'代替'e'),标志着两个貌似的声音记符之间与两个元音之间的差异,'difference'是纯粹的书写:它可以读,或可以写,但它不能够听。它不能够在言说(speech)中被理解。我们将可以理解它为什么规避一般意义上的理解秩序。我曾至说,它依借于一个沉默的标号而呈现,它凭靠一座静默的墓碑而出席。"①那么,为什么学术界把"differance"翻译为"延异"呢? 这又是出于怎样的理论动机呢? 就当下学术界关于"延异"的使用来看,"延异"是"拖延差异"的缩写表答式。严格地讲,"differance"是不可翻译的,也不更能翻译为"延异"。因为,德里达改变一个字母的企图就是为了使"differance"脱离"difference"其意义的统治,是为了使我们在理论上理解了"differance"的生造就是为了与"difference"的书写与意义之间产生"延宕"与"差异",使"differance"脱离语音与意义的统治,成为毫无意义的自由符号。在德里达看来:"在通常的意义中,'difference'既不属于声音,又不属于书写。"②虽然,在西方写音语境下没有"differa"这个字根,但德里达的主要目的就是为了通过改变书写中的一个字母,要使书写摆脱语音对它控制,使言说与书写之间因"拖延"而产生"差异"。"differance"本来就是以无意义而摆脱语音言说的控制,实际上,当我们在翻译中把"differance"称之"延异"之时,最终还是赋予了它一定的意义。这样,在理论上我们就毫无疑问地违背了德里达其解构策略的初衷。德里达在陈述他的解构理论时也是非常注意的,力图使他的思考与陈述摆脱逻各斯中心主义的控制,他强调"无论我提起带'e'的'difference'还是带'a'的'differance',每次我均是通过书写的间接话语来论述书写的差异性的。"③在西方的拼音语言中,没有一个对应的语音来控制这个书写"differance",所以德里达声称:"'differance'既不是一个字,也不是一个概念。"④那么,为什么德里达只要改变"differance"这样一个单词的一个字母"a",就可以使以西方写音语言所建构的在场形而上学大厦倾刻之间坍蹋呢? 在德里达看来,书写具有物质铭刻性,书写正如金字塔,金字塔具有物质铭刻性、有碑文,书写与金字塔一样是

① 〔法〕雅克·德里达:《哲学的边缘》(Jacques Derrida. Margins of Philosophy, The University of Chicago Press, 1982. p. 4.) 按:德里达自身再三强调他的解构策略是指向西方诗学文化传统的"写音语境"的,并且强调他的解构策略也仅仅是在语音书写系统中运作的:"当然,'e'和'a'两者之间书写差异性的金字塔式的沉默,仅仅是在语音书写系统中运作,在与语音书写具有历史性联系的语言与语法中运作,并且这一语音书写维系着全部文化。"(见于雅克·德里达:《哲学的边缘》(Jacques Derrida. Margins of Philosophy, The University of Chicago Press, 1982. P. 4.)

② 〔法〕雅克·德里达:《哲学的边缘》(Jacques Derrida. Margins of Philosophy, The University of Chicago Press, 1982. p. 5.)。

③ 〔法〕雅克·德里达:《哲学的边缘》(Jacques Derrida. Margins of Philosophy, The University of Chicago Press, 1982. p. 4.)。

④ 〔法〕雅克·德里达:《哲学的边缘》(Jacques Derrida. Margins of Philosophy, The University of Chicago Press, 1982. p. 3.)。

沉默的,书写自身不可阅读、不可言说。德里达认为:"当'A'作为一个大写字母被印刷时,不仅想起这个字母的形式,同时也想起黑格尔《百科全书》的文本,在黑格尔的《百科全书》中符号被比作为埃及的金字塔。这样,'differance'的'a'不能被听;它象一座坟墓一样保持沉默、隐密和谨严。"① 德里达企图以一个字母"a",使西方的拼音书写摆脱语音的统治,因为,理论的逻辑力量可以使德里达的解构策略在"differance"与"difference"的书写和意义的分离中,迅速地从一个词汇向另一个词汇传递过去,这种传递速度是以德里达大脑神经的传递速度为参照系而产生联锁性震动的,当德里达以"differance"对"difference"的书写与意义的解构成功,可以说于一瞬间,这一阐释的解构策略就于德里达的大脑神经传递中射向整个西方语言文化传统。

的确,现在"differance"创生了,并且它已经生效了;于是,西方哲学的形而上学被解构了、坍蹋了。

德里达认为"逻各斯"就是暴君,暴君是指"逻各斯"的思考与言说。所以,德里达主张"揭示这个墓碑的铭刻",认为只要揭示这个墓碑的铭刻就会导致暴君的死亡。在德里达看来,"逻各斯"之所以没有死亡,是因为拼音文字的书写使其承传下来,因为语音决定书写,所以写音文字是"逻各斯"的承传。德里达认为揭示这个铭刻就是要使学术界认识到,书写与语音之间有一个拖延与差异,书写符号延缓了"逻各斯"的出场。这就是揭示墓碑铭刻的深层意义。德里达认为,暴君是指涉"逻各斯"所确定的西方拼音文字的传统,暴君的死亡就是指逻各斯言说的死亡:"这个石碑倘若一个人知道怎样去揭示它的铭刻即已接近宣告这位暴君的死亡。"②

在哲学阐释学的意义上,思者与思者之间的较量就是以精神对精神的残酷对抗及彻底摧毁,以此企获一种在信仰上占有他者、毁灭他者的快感。我们在阅读德里达的《书写与差异》时就是时时如此浸润于这样一种在精神上毁灭一切的快感体验中。

在德里达的《书写与差异》一书看来:在场形而上学是一种暴力。其实,阐释学的在场形而上学也是一种暴力,只是这种形而上学的暴力被阐释的过程所装饰着,更加隐蔽而已。西方哲学的在场形而上学之暴力是终极语音的暴力,是言说着的"逻各斯"的暴力。从古希腊的智者时期到笛卡尔、康德及黑格尔的古典时期,再到叔本华、尼采、海德格尔及伽达默尔的现代时期,哲学曾成就了西方智者文化的辉煌,但是,德里达就是要设置一个在场形而上学——在场本体论的地狱,把先于他之前的全部哲人及其哲学打入其中,以过去哲学的统统死亡而迎接一个哲学新生代的诞生:"昨天,哲学死亡了。从黑格尔或马克思、尼采或海德格尔以来,哲学就应该走向它死亡的意义了,或者说,哲学已经在生存中认识到它自己将要寿终

---

① 〔法〕雅克·德里达:《哲学的边缘》(Jacques Derrida. Margins of Philosophy, The University of Chicago Press,1982.p.4.)。

② 〔法〕雅克·德里达:《哲学的边缘》(Jacques Derrida. Margins of Philosophy, The University of Chicago Press,1982.p.4.)。

正寝；在历史的某一天中，哲学死亡了，哲学总是以它自身的痛苦使自身生存下去，在这样一种残暴的方式中，哲学正是以它自身对非哲学的对抗启开了历史，这就是哲学它自身的过去与忧虑，以及它自身的死亡与生生不绝的泉源；也许，正是因为在哲学的死亡与垂死之本质的彼岸，思想仍拥有一个未来，……这个未来自身还拥有一个未来所有的这些都是无可答复的问题。正是由于诞生的权力，最终每一次都有更多问题被置入哲学中，而这些问题也正是哲学所不能够解决的。"①这就是德里达的《书写与差异》在思考"暴力与形而上学"这一命题时曾这样描述哲学的死亡与诞生。

这就是在德里达时代西方哲学的涅槃。

德里达的解构主义阐释学理论在骨子里就要让在本体上无尽言说的终极语音—"逻各斯"哑口无言、从此沉默，以消解一个博大精深的西方诗学的形而上学，也就是说，德里达以其解构主义的阐释学策略使在信仰上命定于"逻各斯"的在场本体论在其对此在世界的阐释上彻底失效。一言以蔽之，即解构的阐释逼使在场本体论的阐释哑口无言。从康德认为在场形而上学只能设定在信仰上的理论来看，最终，德里达又是在拒绝、消解一种西方人接受了两千多年的信仰。这一信仰的替换无疑是德里达企图为其同期的思想者进行一次彻底的洗脑。可以说，德里达的解构主义阐释学是当下西方哲学界与思想界的一场最令人发指的洗脑阐释运动。

最后，让我们以海德格尔在《在通向语言的途中》所多次引用的一个诗句来结束我们的思考："语言破碎处，无物存在。"②

　　作者简介　杨乃乔，1955 年生，男，北京人，首都师范大学比较文学系主任，博士后，教授，博士生导师，首都师范大学比较文学与比较文化研究所所长，首都师范大学中国诗歌研究中心副主任。

---

①　〔法〕雅克·德里达：《书写与差异》(Jacques Derrida. Writing and Difference University of Chicago ,1987.p.79.)
②　〔德〕海德格尔：《在通向语言的途中》，商务印书馆，1997 年，第 149 页。

附 录：

首都师范大学中国诗歌研究中心简介

一、概　况

首都师范大学中国诗歌研究中心（Chinese Poetry Research center of Capital Normal University），成立于 1999 年 10 月，是直属于学校、与院系平行的实体性科研机构，2001 年 4 月被批准为"教育部省属高校人文社会科学重点研究基地"。中心下设中国古代诗歌、中国现代诗歌、中国诗学思想、中国少数民族诗歌等四个研究室，一个图书资料室，并有一个专业网站（网址：www.guoxue.com/sgyj）。中心现有一支高职称、高学历、以中青年学者为主的充满活力的学术队伍，其中校内专职研究人员 8 人，校外专职研究人员 1 人，校内兼职研究人员 7 人，校外兼职研究人员 5 人。以上 22 名成员中，具有博士学位的共有 16 人，教授有 17 人，50 岁以下的中青年学者 17 人。中心成员目前承担着国家社会科学基金项目 4 项，教育部项目 3 项，省级项目 7 项，国际合作项目 1 项。2001 年，经学术委员会讨论通过，中心又资助了 20 个科研项目。中国诗歌研究中心自组建以来，已呈现出蓬勃发展的趋势，努力向着教育部对重点研究基地提出的奋斗目标迈进。

二、中国诗歌研究中心主要负责人情况简介

张燕瑾，顾问，1939 年生，教授，博士生导师。主要研究方向：中国古代戏剧戏曲学。目前正在承担着北京市社会科学基金重点项目：20 世纪中国文学研究概述。

赵敏俐，主任，1954 年生，文学博士，教授，博士生导师。主要研究方向：中国古代诗歌。目前正在承担着国家社会科学基金项目：古代歌诗与时代文明——从《诗三百》到元曲的艺术生产史研究。

吴思敬，副主任，1942 年生，教授，博士生导师。主要研究方向：中国现当代诗歌。目前正在承担着文科基地重点研究项目：中国现代诗歌理论的演变与建构。

杨乃乔，副主任，1955 年生，文学博士，教授，博士生导师。主要研究方向：中西比较诗学。目前正在承担着国家社会科学基金项目：经学与中国古代文学观念的演变。

左东岭,副主任,兼中国诗学思想研究室主任,1956 年生,文学博士,教授,博士生导师。主要研究方向:中国古代诗学。目前正在承担着教育部首届百名优秀博士论文获得者资助项目:明代文学思想综合研究。

吴相洲,中国古代诗歌研究室主任,1962 年生,文学博士,教授,博士生导师。主要研究方向:中国古代诗歌。目前正在承担着国家社会科学基金青年项目:唐代歌诗与诗歌。

王光明,中国现代诗歌研究室主任,1955 年生,教授,博士生导师。主要研究方向:中国现代诗歌。目前正在承担着国家社会科学基金重点项目:百年汉诗的发展与演变。

朝戈金,中国少数民族诗歌研究室主任,1958 年生,文学博士,研究员。主要研究方向:中国少数民族诗歌。目前正在承担着中国社会科学院重点研究课题:口传史诗诗学。

三、首都师范大学中国诗歌研究中心学术委员会成员

主任:罗宗强:南开大学中文系教授,博士生导师
委员:(按姓氏笔划为序)
孙玉石:北京大学中文系教授,博士生导师
乐黛云:北京大学中文系教授,博士生导师
李炳海:东北师范大学中文系教授,博士生导师
吴思敬:首都师范大学中文系教授,博士生导师
张燕瑾:首都师范大学中文系教授,博士生导师
赵敏俐:首都师范大学中文系教授,博士生导师
洪子诚:北京大学中文系教授,博士生导师
袁世硕:山东师范大学中文系教授,博士生导师
曹道衡:中国社会科学院文研所研究员,博士生导师
谢　冕:北京大学中文系教授,博士生导师
褚斌杰:北京大学中文系教授,博士生导师
詹福瑞:河北大学教授,博士生导师

四、中国诗歌研究中心其他专兼职研究人员简介

校内专职人员:
李均洋:文学博士,教授,主要研究方向:中日诗歌比较

校外专职人员

谢 冕:北京大学中文系教授,博士生导师,主要研究方向:中国现代诗歌

校内兼职人员

邓小军:文学博士,教授,博士生导师,主要研究方向:中国古代诗歌

鲁洪生:文学硕士,教授,博士生导师,主要研究方向:中国古代诗歌

陶东风:文学博士,教授,博士生导师,主要研究方向:中国诗学

陶礼天:文学博士,副教授,主要研究方向:中国古代诗学

王　成:文学博士,副教授,主要研究方向:中日诗歌比较

魏家川:文学博士,副教授,主要研究方向:中国古代诗学

檀作文:文学博士,讲师,主要研究方向:中国古代诗歌

校外兼职人员:

葛晓音:北京大学中文系教授,博士生导师,主要研究方向:中国古代诗歌

钱志熙:文学博士,北京大学中文系教授,博士生导师,主要研究方向:中国古代诗歌

龙泉明:文学博士,武汉大学文学院教授,博士生导师,主要研究方向:中国现代诗歌

曹　旭:文学博士,上海师范大学文学院教授,博士生导师,主要研究方向:中国古代诗学

朝戈金:文学博士,中国社科院少数民族文学研究所研究员,主要研究方向:中国少数民族诗学

五、主要研究方向和特色

本中心的研究对象,包括中华民族古往今来的所有诗歌形式以及其相关理论形态。其宗旨是,在世界文化的大背景下,对"中国诗歌"进行贯通古今、兼容各体的系统性观照。下设"中国诗歌研究"、"中国诗学研究"和"诗歌教育与传播"三个二级方向。"中国诗歌研究"主要是在宏观文化背景下对诗歌本体进行研究,包括大陆汉语诗歌研究、少数民族诗歌研究、海外华文诗歌研究与中外诗歌比较研究四个方面。"中国诗学研究"则是在宏观文化背景下对诗歌理论进行研究,包括中国古代诗歌理论、中国现代诗歌理论、中外比较诗学三个方面。"诗歌教育"则在前二者基础上面向现实的应用性研究,其目的是探讨如何充分利用中国诗歌这一丰富的传统文化资源,为提高国民素质、建设社会主义精神文明服务。

本中心的研究特色:贯通古今中外的完整性,综合交叉的立体性、理论与创作的兼容性、

立足于现实的当代性。

　　本中心 2001 年设立的硕士生招生方向：

　　1、中国古代诗歌研究,导师:赵敏俐、吴相洲

　　2、中国现当代诗歌研究,导师:吴思敬、王光明

　　3、中外诗学理论研究,导师:杨乃乔

　　4、中国古代诗学理论研究,导师:左东岭

　　本中心 2001 年设立的博士生招生方向：

　　1、中国古代诗歌研究,导师:赵敏俐、吴相洲

　　2、中国现当代诗歌研究,导师:吴思敬、王光明

　　3、中外诗学理论研究,导师:杨乃乔

　　4、中国古代诗学理论研究,导师:左东岭

六、学术委员会评审通过诗歌中心 2001 年度专兼职人员科研项目

序号	姓名	工作单位	课题名称	项目类别
01	赵敏俐	首都师范大学	汉代歌诗艺术形态综合研究	规划项目
02	吴相洲	首都师范大学	唐诗创作与歌诗传唱关系研究	规划项目
03	葛晓音	北京大学	隋唐乐府文学的音乐背景研究	规划项目
04	钱志熙	北京大学	魏晋南北朝诗歌创作史研究	规划项目
05	邓小军	首都师范大学	诗史发微—从陶渊明到陈三立	规划项目
06	鲁洪生	首都师范大学	赋比兴研究史	规划项目
07	王光明	首都师范大学	现代汉诗与现代汉语	规划项目
08	吴思敬	首都师范大学	中国新诗理论史	规划项目
09	龙泉明	武汉大学	中国现代主义诗学	规划项目
10	谢冕	北京大学	中国现当代诗歌思潮研究	规划项目
11	杨乃乔	首都师范大学	经学与中国古代文学观念的演变	规划项目
12	左东岭	首都师范大学	元明之际的文化潮流与诗学思想的走向	规划项目
13	陶礼天	首都师范大学	《文心雕龙》与审美文化传统	规划项目
14	魏家川	首都师范大学	先秦两汉诗学的儒学化倾向	规划项目
15	曹旭	上海师范大学	齐梁宫体诗研究	规划项目
16	朝戈金	社会科学院少数民族文学所	口头诗学	规划项目
17	张燕瑾	首都师范大学	二十世纪中国文学研究概说	自带项目
18	陶东风	首都师范大学	中国文学理论的现代性形态研究	自带项目
19	李均洋	首都师范大学	万叶集中的中国诗歌句法和表现	自带项目
20	王成	首都师范大学	日本近代汉诗与修养主义	自带项目

七、诗歌中心 2001 年召开的国际国内学术会议纪要

(一)诗歌中心第一次学术委员会会议纪要

2001 年 4 月 18 日,首都师范大学中国诗歌研究中心召开第一次学术委员会会议。北京市教委科研处孙善学处长、首都师范大学副校长王万良教授到会讲话,并为学术委员会委员颁发聘书。

会议主要内容如下:

1、学术委员会听取诗歌研究中心主任赵敏俐教授汇报中心工作情况。

2、评审诗歌中心专兼职人员课题申报表。

3、审议诗歌中心年度计划。

4、讨论诗歌中心刊物《中国诗歌研究》的创办问题。

以上议题结束之后,学术委员会对诗歌中心现阶段的工作以及下一步发展目标进行了深入而广泛的讨论。

在课题项目的设定方面,罗宗强先生指出,三个大课题之间的贯通工作尚需进一步加强,褚斌杰、孙玉石、谢冕三位先生则大力建议打通,一是文学史内部的打通,二是各学科间的打通。建议诗歌中心做一些贯通性的大课题,比如多卷本的中国诗歌史。曹道衡先生则指出贯通不易,尝试打通的大课题不算很少,如《中华文学通史》,但并不成功。詹福瑞先生指出:打通并不意味着非得写成通史,而是指项目间的必然联系。注意古今各时代之间的相关点和相似点,多做些学理上的思考,都将大有可为。李炳海先生也提倡在选题方向上要注意相互之间的关联,并建议对少数课题作微调。罗宗强先生最后总结,指出应当先在具体课题上做打通工作,并强调项目选题要相对集中,建议成果以丛书形式出版。

孙玉石、褚斌杰、詹福瑞三位先生指出,诗歌中心还应承担起诗歌教育的普及和传播职能,在传播传统文化和加强精神文明建设方面作出应有的贡献。

孙玉石、詹福瑞二位先生指出,应关注中国诗歌研究的现状,建议召开专门的研讨会,探讨中国诗歌研究的突破性思路与设想,确保诗歌中心的研究项目处在学术前沿。

詹福瑞先生在对中心现阶段工作充分肯定的基础上,还对中心的发展提出了更高的希望。强调基地的建设规划要有宏大的气度,要使之在全国范围内乃至国际上有较大影响。这要求中心有长远规划,具体说来要做好三件事:一是要建成全国性的资料中心;二是要真正成为全国性的研究基地,加强同国内外研究人员的联系,使更多的学者能来中心访问交流;三是要成为学术交流的中心,召开一些高层次的大型学术会议。

对课题结项,以及刊物的质量,严格把关,则是学术委员会共识。

(二)九叶诗派研讨会纪要

2001 年 8 月 7 日,由中国作家协会、中国现代文学馆、首都师范大学中国诗歌研究中心、《诗探索》编辑部联合举办的"九叶诗派研讨会暨九叶文库入库仪式"在现代文学馆隆重召开。1981 年,《九叶集》在多人努力下诞生了。20 年后,诗人、学者聚集一堂,共同纪念《九叶集》出版 20 周年。"九叶"诗人郑敏、杜运燮亲

自到会,到会的还有其他"几叶"的亲人,有唐祈的儿子唐逊,陈敬容的女儿沙灵娜,袁可嘉的夫人程其耘、女儿袁晓敏,曹辛之的夫人赵友兰。王辛笛以及穆旦的夫人周与良未能到会,但他们都送来了发言稿。另外诗人、诗评家有屠岸、吉狄马如、叶延滨、林莽、刘福春、吴思敬、童蔚、李方、徐伟锋、李永义、刘士杰、西川、陆健、程光炜、王光明、莫文征、王家新、柯雷、臧棣、陈良运、灵石等。会议由文学馆馆长舒乙主持。

与会发言者纷纷回忆了《九叶集》出版时的情况,并从新的角度阐释了它的意义。九叶是一个诗歌集体,更是九个不同的诗人个体,当我们重读《九叶集》时,或许可以得到这样一个启示。与会者认为现在不仅要对这一流派予以广泛研究,还将落实到对个体的研究。

中国现代诗歌的研究,是首都师范大学中国诗歌研究中心的主要研究方向之一,本中心曾多次举办新诗研究研讨会,在学术界有很好反响。

(三)、中国诗歌研究中心授牌仪式暨 21 世纪中国诗歌研究发展趋势学术研讨会纪要

首都师范大学中国诗歌研究中心授牌仪式暨 21 世纪中国诗歌研究发展趋势学术研讨会,9 月 24 日在首都师范大学召开。教育部社政司副司长阚延河、首都师范大学校长杨学礼、副校长王万良、科研处处长王尚志、来自北京大学、中国社会科学院文学所等全国各地的高校与科研机构的学者、以及首都师范大学中国诗歌研究中心的全体专兼职研究人员共 50 多人出席了此次会议。

授牌仪式由王万良副校长主持。教育部社政司副司长阚延河与首都师范大学校长杨学礼共同为中国诗歌研究中心授牌。之后,阚延河副司长发表了讲话。他赞扬了首都师范大学在重点文科研究基地建设中取得的成绩,并希望严格按照教育部关于重点文科基地建设的标准,落实江泽民同志"七一"讲话精神,努力把中国诗歌研究中心建设成全国一流的人文社会科学重点研究基地,为繁荣社会主义的文化事业、推动我国的人文社会科学研究发展做出贡献。王万良副校长就中国诗歌研究中心的建设情况,向教育部社政司领导和参加会议的各位专家做了简要介绍。

21 世纪中国诗歌研究发展趋势学术研讨会暨首都师范大学中国诗歌研究中心授牌仪式,9 月 24 日在京举行。教育部社政司领导到会致贺,希望首都师范大学中国诗歌研究中心办成一流的全国人文社会科学重点研究基地。

授牌仪式结束后,中心主任赵敏俐教授谈了中国诗歌研究中心的建设情况与本次会议的议题,希望与会代表就 21 世纪中国诗歌研究发展趋势问题发表意见。来自国内高校及科研机构的 40 多位专家学者就有关问题进行了深入的学术交流。大家的发言主要集中在四个方面:第一是中国古典诗歌与当代社会的关系问题。北京师范大学郭英德、安徽师大陈文忠、语言文化大学方铭、首都师范大学左东岭等人分别从诗歌教育、大众传播、古代诗歌的人文精神与审美情趣等方面谈了自己的见解。第二是关于如何深化当前的古代诗歌研究问题,浙江师范大学黄灵庚、北京广播学院姚小鸥、社会科学院文研所刘跃进、上海师范大学曹旭等人分别从考古材料、文献整理、域外汉诗研究、古籍电子化等方面讲了自己的看法。第三是关于新诗与古代诗歌的关系问题,社会科学院文研所刘士杰、首都师范大学吴思敬、魏家川、王光明等人,分别从五四以来新诗发展、九十年代以来新诗创作向传统的复归、以及要充分重视当代歌词研究等几个方面发表了意见。第四是在具体问题的讨论中提出一些诗歌研究的新见解。如中国人民大学袁济喜谈了"兴"的审美传统的提倡在提升国民精神中的作用。詹杭伦从古代关中诗赋课士的角度,指出在 21 世纪的中国古代诗歌研究中要开拓思路,特别是要注意把诗歌研究与写作教学结合起来。北京大学汪春泓从近代《文选》派与桐城派纷争联想到新诗学的建设,认为在新诗发展中一定要注意与民族悠久深厚的诗学传统接

轨。语言文化大学黄卓越则从儿童接受诗歌的一些现象规律研究出发,建议在今天应该更好地反思诗的本质。人民大学冷成金则从苏轼的山水诗与自然诗化的走向中,谈到了山水诗在当代文化建设中的意义。此外,首都师范大学刘蕴华、陶礼天等人也分别谈了自己的看法。

首都师范大学中国诗歌研究中心自创办以来,就把中国古代诗歌、中国现代诗歌、少数民族诗歌以及诗学理论研究结合在一起,试图开创中国诗歌研究的一条新路。此次会议出席的专家学者也分别来自于中国古代诗歌、现代诗歌和诗学理论三个方面,大家就 21 世纪中国诗歌研究发展趋势问题,从不同的角度提出看法,畅所欲言,争论交流,取得了比较理想的效果。

(四)中国新诗理论国际学术研讨会会议纪要

由首都师范大学中国诗歌研究中心、荷兰莱顿大学亚洲学院、美国加州大学戴维斯分校东亚系联合主办的"中国新诗理论国际研讨会",2001 年 12 月 15 日至 17 日在北京召开。会议以百年中国现代汉语诗歌理论的演变与建构为研讨主题,意在总结百年新诗的理论成就,建立中国新诗理论史学科,为当代诗歌发展以及理论建设提供思想资源。

来自美国、荷兰、澳大利亚、日本、中国大陆及香港、台湾地区 60 多位专家学者出席了研讨会,提交论文 40 多篇,主要研讨了:(一)20 世纪中国新诗理论的发展脉络,其中涉及到中国新诗理论的现代性问题,中国现代主义诗学问题,也涉及到对 20 世纪诗歌理论家的个案研究。(二)对中国新诗理论的一些基本概念和论题,譬如新诗的语言问题,意象问题,自然与自我的关系问题,新诗与古典传统及译介的关系问题进行探讨。(三)对四十年代的诗歌、文革地下诗歌、朦胧诗、后朦胧诗、后现代主义诗潮等 20 世纪中国新诗不同历史时期面貌的澄清与检讨。(四)中外现代诗比较研究,以及中外诗学理论的接洽、影响与后果研究。(五)对新诗史上重要的具有理论标志性的诗人及作品的研究,包括对他们的诗歌与诗学主张的互证分析与诠释。

研讨会始终在诚恳、严谨的气氛中进行,既有充满思辩意味与历史感的理论陈述和学术清理,又不乏尖锐、冷峻的诘难与质疑,既有对理论独立性与创造性的自觉要求,又不乏热情而沉着的现实关怀。与会学者普遍认为,这是新诗研究领域近年来富有学术质量的一次会议,不止与会者众,创作界与理论界高手云集,学院与文坛互相激发,且学术上"取兼容并包精神,倡独立自由主义",强调独立人格的培养与理论创发的自觉,对中国新诗理论的成长大有裨益。

八、诗歌中心 2001 年度学术讲座一览表

首都师范大学中国诗歌研究中心自成立以来,积极发挥其研究基地的作用,延请国内各著名大学、研究所的著名学者、近年来学有成就的中青年专家者以及著名诗人,在诗歌研究中心学术报告厅推出系列学术讲座,在全校师生中引起了很大的反响,对营造首都师范大学的学术氛围,推动学术研究,起到了很好的作用。一年来,共举办了 21 场讲座,内容如下:

讲　　题	讲者	讲　者　简　介	语言	日期
活着的历史的伤疤	牛汉	著名诗人	汉语	3/20
汉赋对诗歌的保存和生成功能	李炳海	东北师范大学文学院教授、博士生导师	双语	4/18
日本文学中的中国文学形象	李俄宪	日本新泻大学博士	汉语	4/25
德里达与解构主义策略	白艳霞	北京师范大学博士、副教授	汉语	5/10
全球化语境下的中美文化的交流与冲突	盛　宁	中国社会科学院外国文学研究所研究员、博士生导师	汉语	5/22
文化语境、变异体和文学的发生学	严绍璗	北京大学比较文学与比较文化研究所所长、教授、博士生导师	汉语	6/5
治学方法与治学规范	曹　旭	上海师范大学教授、博士生导师	汉语	9/26
英语幽默中的会话含义	李冰梅	东北电力大学英语系教授	英语	10/19
美国解构主义的教父（保罗·德曼与新批评）	昂智慧	南京大学比较文学博士	汉语	10/24
世纪转折期东西方文论的对话	邹广胜	浙江大学中文系文艺学博士后	汉语	10/26
从女性主义批评到性别研究（以"神女赋"为个案思考）	王柏华	北京大学比较文学博士、哈佛大学比较文学博士后、北京社会科学院副研究员	双语	10/31
德里达对逻格斯中心主义的解构	周荣胜	北京大学哲学博士、哈佛大学比较文学博士后、中国人民大学中文系博士后	汉语	11/7
中国古典小说在日本的传播和影响（以《太平广记》为个案）	周以量	日本东京都立大学日本文学博士	汉语	11/14
形式美学与文体研究	赵宪章	南京大学中文系主任、博士生导师	汉语	11/21
从"分析"到"综合"看《马氏文通》以来的汉语语法研究	沈家煊	中国社会科学院语言研究所所长、研究员	双语	12/4
新约《圣经》的文学	杨克勤	美国西北大学研究院神学博士、教授	双语	12/7
美国后现代小说	李朝柏	美国迈阿密大学文学博士	双语	12/10
回望后新诗潮	龙泉明	武汉大学文学院院长、博士生导师	双语	12/17
从马丁·路德看宗教与社会的关系	杨庆球	香港中国神学院教授、中国传统文学研究中心主任、英国伦敦大学神学博士	双语	12/19
东西方艺术精神的比较	何崇谦	香港中国神学院教授、美国伯克莱大学神学院博士	双语	12/19
隋代诗歌的新变与周隋之际文化的整合	康　震	南京师范大学博士后	双语	12/29

《中国诗歌研究》稿约

本刊是首都师范大学中国诗歌研究中心所创办的大型学术丛刊,设置有中国古代诗歌研究、中国现当代诗歌研究、中国诗歌理论研究、中国少数民族诗歌研究、当代海外华人诗歌研究及中西比较诗学研究等栏目。

本刊以学术厚重性作为其主要选稿原则,其中包括重要的学术论题、重要的考据成果、重要的学术发现与深刻的理论创见,同时也包括较大的文章篇幅。文章字数可放宽到两万字左右,重大学术发现篇幅不限。而一般的书评、鉴赏与随笔不在本刊选择之列。

本刊坚持百家争鸣的学术方针,力争客观全面地反映中国诗歌研究的各种观点与成果,既欢迎材料扎实的考据之作,也欢迎思辨深刻的理论文章。但要求文章须遵守应有的学术规范,严禁抄袭与力避重复,要充分了解学术界对该论题的研究状况,立论要持之有据,在坚持学术创新的同时又要稳重严谨。

来稿要求:

1、请在文章后附作者简介,顺序及内容为:姓名、出生年月、性别、籍贯、单位、单位所在省市、职称、学历、是否博导、主要研究领域及特长、邮编、联系电话、电子信箱。

2、请拟300字以内的中文提要与3—5个关键词,并将文稿的题目、提要与关键词译成英文。

3、请将文章注释统一为页下注。

4、请将文稿用A4打印并附一张软盘寄送编辑部,或以电子邮件方式邮送编辑部。

5、文稿注释请按国家的有关规定注出(具体格式附后)。

6、文稿一经采用,即付稿酬,并赠样书。

7、来稿请寄:北京市西三环北路83号 首都师范大学中国诗歌研究中心《中国诗歌研究》编辑部。

邮编:100089 电子邮件地址:sgyjzx@263.net.cn

附:文章注释具体格式:

1、图书:标注顺序:责任者/著作名/出版者/出版年/页码。例:茅盾:《神话研究》,天津百花文艺出版社,1981年,第14页。

2、古籍:标注顺序:责任者/篇名/书名/卷数/版本。例:杨时:《陆少卿墓志铭》,《龟山集》,卷34,四库全书。

3、期刊:标注顺序:作者/文章名/期刊名/年份/卷(期)号。例:宋志明:《论狭义新儒家的发展脉络》,《南昌大学学报》,1999年第3期。

4、报纸:标注顺序:作者/文章名/报纸名称/年月日/版次。例:杨义:《诗魂的祭奠》,《中华读书报》,2001年11月28日第3版。

5、国外图书中译本:标注顺序:(国籍)作者/著作名/译者/出版者/出版年/页码。例:(德)冈特·福格勒:《闵采尔传》,陈静译,商务印书馆,1997年,第15页。

Abstract

Ceremonial Songs During the reign of King Mu in Western Zhou Dynasty

Ma Yinqin ··· (3—28)

Abstract: Against the background of ceremony and music system being perfected, this thesis discusses the ceremonial songs which were produced at the times of King Mu in the Western Zhou dynasty in *The Book of Songs*. The author notes that different from the hymns singing high praise of the God's will blessing Zhou at the beginning of the Wesern Zhou dynasty, the merits and achievements of the emperor and his ancestors became the fundamental subject of songs at the times of King Mu. As soon as the eulogy songs shook off the yoke of the old sacrificial hymn and became an independent type, a new form of ceremonial songs which used to be sung in banquets came into being, and the function of songs underwent changes from pleasing god to amusing people. In the history of songs, the meaning of the times of the king Mu was also embodied by way of compiling songs into text.

Key words: *Book of Songs*; ceremonial songs; sacrificial songs; eulogy songs; banquet songs

The Aesthetic Carrier of the Collective Life Consciousness
− − The generation, usage and interpretation of some of the words in *The Book of Songs*

LI Binghai ··· (29—37)

Abstract: : The specific words used to display the collective life consciousness in *The Book of Songs*, take their shapes from many sources. Some of the objects from which they are derived have static or dynamic origins. Some words were related with space expansion; others considered the duration of time in a certain aspect; Some came from plane development; still others laid particular stress on being three − dimensional. For the last one, the seeking after origin is clear. From emergence to use, step by step these words developed into a complex fashion, namely from being specific to metaphysical. To overcome this tendency of being abstract, an analogy had to be used, relying on other things to express the meaning. When *The Book of Songs* was interpreted, the objects described by these words should be noted along with different quantity in administrative levels.

Key words: collectiveness; life consciousness; word generation ; interpretation

A Study on the interpretations of *The Book of Songs* in *Analects*, *Mencius* and *Xunzi*

Abstract: The causes which make Confucius, Mencius and Xunzi achieve the status of masters are the interplay between themselves and the tradition and times. Their thoughts are, on the one hand, rooted in the tradition and taken shape in the process of interpreting the tradition; and on the other hand generating new values and meanings while interacting with tradition. The paper discusses mainly the interpretive theories and practices by means of researching respectively the quotations from and comments on *The Book of Songs* in *Analects*, *Mencius* and *Xunzi*.

Key words: *Analects*; *Mencius*; *Xunzi*; *The Book of Songs*; interpretation

A Textual Research on the Origin of the Image Provoked through the Exalting Procedure In *The Book of Songs*

Abstract: There wasn't any exalting image in *The Book of Songs* at first. But because it was traced to the simile and exalting in *The Book of Songs*, the exalting image became the appellation of image in *The Book of Songs*. The exalting was a procedure which was used in song performance during the Zhou dynasty. Just through this procedure, the image in *The Book of Songs* was provoked. The image in *The Book of Songs* was a typical example of the image with medium provoked through procedures, and was a phase of image from the image with the belief contained in primitive religions in remote antiquity to the image with the idea extracted from tings in the latter part of the Zhou Dynasty.

Key words: exalting procedure; the image provoked through exalting procedure in *The Book of Songs*; image with belief contained in primitive religions; image with medium provoked through procedures image with idea extracted from tings

The Textual Research of Xing's Original Meaning in *Maozhuan*

Abstract: It's known to all that labeling xing in *Maohuan* initiated the study of the way of expression in the *Book of Songs*. Though *Maozhuan* didn't make clear what the meaning of *Xing* was, later generations concluded the original meaning of *Xing* from the poems. Somebody said the function of *xing* was to express sentiment in the beginning of a poem or to mark some metaph0or, others said it only expressed sentiment, and so on.

My paper identified 117 locations labeled as *xing* in *Maozhuan* and studied their character carefully. I found *Xing* not only expressed sentiment in the beginning of a poem and marked some metaphors, but also could operate because of the correlation between the self and others.

Therefore, we can draw a conclusion from the explanation of 117 *Xings* labeled in the *Books of Songs*. Firstly, from the character of the sentences labeled *xing*, we can find the self was hidden and *xings* were nonego relating noumenon and figurative things. Secondly, from the relation between sentences and explanation of *xing*, we found that some *xings* resembled with each oter, some are related. Thirdly, from the function of sentences labeled *xing*, we can find *xings* expressed sentiment from the heart.

So, my paper argues xings expressed sentiment in virtue of similar or correlative things. The paper analyses the origin and value of labeling *xings* in *Maozhuan* as well.

Key words: *xing* labeled in *Maozhuan*; The original meaning; Location Function Resemble; Relate

On the Edification of *The Book of Songs*

Chen TongSheng ··· (85—98)

Abstract: This author holds that the emergence of the idea of the edification in The *Book of Songs* lbegan in the Chinese ancient history, and its refinement as a main category in the study of Confucian classics is reflected in *The Book of Rites*, and its consummation reached in *The Foreword to the Annotated Book of Songs* by Mao Gong. Therefore, it becomes a core category with a lasting impact on the Chinese literary theories and writings.

Key Words: the Edification of *The Book of Songs*; *The Book of Rites*; *The Foreword to the annotated Book of Songs by Mao Gong*

A Study of the Dancers, Singers and their performances in the Han Dynasty

Zhao Minli ··· (99—116)

Abstract This thesis, starting from the perspective of art producing and consumption, reviews the singing and dancing entertainment and the composition of actors in the Han period. Nearly four hundred years' peace brought about a virtually complete system of the Han dynasty's art production and consumption. Restrained by the social development level, singing and dancing art in the Han period, especially the high level performance of the professional artists was still monopolized by the rich and noble classes. Their singing and dancing practice stimulated the development of Han Era's singing and dancing art and a large number of actors came into being. Most of them came from the lower classes. They underwent special training from childhood and when grew up, entered into royal court and noble families. They were the major art producers of the society, yet most of them had a miserable fate. But it were their new artistic forms and contents that guided and satisfied the singing and dancing art consumption in the Han Era and set a new example for the later poetic art development in China.

Key Words: Han dynasty; Singing and dancing entertainment; Art Production

On the relationship between the *YongMingTi* style poetry and music

Wu Xiangzhou ··· (117—145)

abstract: Over the years, it is believed that the appearance of *YongMingTi* is the product of the separation between poetry and music. But this article is intended to prove that *YongMingTi* is just the product of combination of poetry and music. It is going to investigate the relationship between the two in seven aspects from the perspective of theory and practice. It points out: the rhythm theory put forward by Shen Yue is mainly about "Four Tones", "Eight Faults", "Voiceless and Voiced sound", "unstressed and stressed sound". It not only for seeking reading aloud, but also for corresponding with music. "Modern style" poetry which comes from *YingMingTi* is the best form to suit the music and singing. The significance of *YingMingTi* rhythm theory lies in the fact that it provides an easy way for those who are ignorant of music to put rhythm into poetry. That is, people can write perfect poem according to music requirements. Therefore, this style received widespread popularity. *YingMingTi* has been closely connected with the musical poem. To some extent, creation and perfection of *YingMingTi* is accomplished in the composition of music. It is lopsided to think that the creation of *YingMingTi* is only for "intrinsic music" so as to facilitate reading.

Key Words: *YingMingTi* ; Shen Yue; four tones; eight faults; music

A study of the extraction, religion and writings of Sikong – Tu

Tao Litian ··· (146—156)

Abstract This thesis sums up problems and issues in the study of the extraction, religion and writings of Sikong – Tu. The author, by checking, discovers new problems. For example, Sikong – Tu's mother is the great – granddaughter of liuyan, a famous minister of the Tang dynasty, and Sikong – Tu not only believed in Buddhism but also in Taoism's thoughts. This thesis draws on many historical materials of Sikong – To and is a thorough study on all Sikong – Tu's life, his religion and his poetics.

Key words: native place; extraction; religion; writing

Shitie Poem and *Lvfu* – – – A Study on *GuanZhong KeShi ShiFu Zhu*

Abstract: : *Shitie poem* and *Lvfu* are imperial examination style for official position in ancient China. The book *GuanZhong KeShi ShiFu Zhu* by the Qing Dynasty scholar Lu De is a profound study for the two styles. This paper introduces Lu De's achievement and suggests to bring *Shitie poem* and *Lvfu* into the area of Chinese poem study.

Key words: Qing Dynasty; imperial examinations; *Shitie poem*; *Lvfu*; *Lu De*

On the Signification of the Literary Trend which Advocates Returning to the ancients in Ming Dynasty

Abstract: : There are two comparable aspects between the retrospective literature of the Ming period and the moral philosophy of Wang Shouren. On the one hand, the striving for ancient ways highlights the man's spirits at the expense of the free expression of the individuals, which is also manifested in Wang's philosophy. On the other hand, those who favor ancient ways argue that one's talents should be used to follow the styles of the past, but this trend was undermined after Wang Shizhen, Yang Shen, Tu Long and others started literary creation. By the same token, when Wang Xinzhai, Yan Shannong and Li Zhuowu came into the literary arena, the emphasis on individuality gradually faded. While the ideological transformation in the mid – Ming period constitutes the mainstream of the time following the evolution, maturity and changes of the Wang's philosophy, the going back to ancient ways should be deemed as a sideline, revealing the uphill struggle of the men of letters not affected by Wang's ideology towards the path of individual freedom.

Key words: literary restoration; Wang Shouren's philosophy; spirit of the subject; individual freedom conventional ideology

On the Style of Wu Meicun's Pomes in His Early Stage

Abstract: A final conclusion on the quality of the style of Wu Meicun's pomes in his early stage was virtually reached two hundred years ago in the *General Catalogue for* the *Complete Collection in Four Treasures*. It distinguishes two different styles between Wu Meicun's earlier and later poems. This author collects and analyses Wu Meicun's earlier pomes in order to show their true colors. I argue that those pomes have a vehement style while demonstrating the poet's worry about the country. In this way, the critique about him since the Qing Dynasty will be put right. At the same time, I give a textual research on some of Wu meicun's pomes written before the year of *jiashen*, which helps to determine their chronicle.

Key words: Wu Meicun; early stage; style of pomes; chronicle of pomes

Spiritual World of Lin Geng's Poems in the Thirties

Abstract: There is a complex spirit of "border – cultural – city intellectual in Lin Geng's poems, because of the special living reality and his own aesthetic choice. His poems express the spirit of the intellectuals at that time who were deeply read in the ancient culture. Their ideals and reality contradict each other. But he keeps the enterprising spirit and youthful vigor of the May Fourth Movement (1919) all along. He praises life and extols youth, natural beauty and childlike innocence. He has a unbiased, cool and romantic enthusiasm which makes him bravely face the society and think about life. In his pomes there is a pressing, roused, perplexed and worried calmness which appreciates the world in a leisurely manner. He understands that the imbalance of materialism and spirit will destroy humanity and beauty, so he will seek more beautiful things in life. He is a poet and sage, who brings out in his poems the quality of spiritual depth and enduring artistic charm beyond romance.

Key words: free verse; border – cultural – city; youth; spiritual world

Lei Shuyan – – – – A Poet of the Reform Period

Abstract: As a famous poet, Lei Shuyan's poetic writing can be divided into two parts, the first part being from 1978 to 1987 and the second part from 1988 to 2000. During the first part, Lei Shuyan used his strong introspective and critical ego to critizise the social – history of China in the great social age of transformation. His strong introspective and critical ego showed that the great social transformation of China, which happened since 1978, came from the waking of the people. According this ego, Lei shuyan helped change the Chinese political lyric from a mouthpiece to the "self – questioning style". During the second period, Lei Shuyan changed his introspective and critical ego into a very individual one, his fire of poetic writing no longer triggered by the social – political issues, but by the individual experiences of personal life: what is shocking and amazing from the individual perspective is regarded as important events. This change of ego made the poet wrote many great lyrics with a humanistic and realistic touch. In a word, the first, second periods and the ego change of his poetic writings are deeply rooted in the exploration of the great social transformation of China.

Key words: Lei Shuyan; age of reformation; criticism and self – reflection; self – exploration

Pure conversation, unadorned thinking and embellishment Cultural perspective between poetics and philosophy

Abstract: This article tries to explore the posture of poetics and philosophy through inquiries into the core and revealing the trend on the leading thoughts of the philosophical schools in the Wei and Jin dynasties through talking about the structure of pure conversation, discourse patterns, profound and lasting thoughts, the lesson on the profound and lasting poems, and the phenomenon that the prose pays attention to imitating form but the verse pays attention to creating scene. Generally, it is by upholding to language because of pure conversation which leads to the development of poetic language and moves towards the opinion that "words could express idea completely ". After the development is joined with the opinion of the Wei – jin times about metaphor on beauty, it is bound to be in pursuit of a quality suggestive of poetry or painting based on the attention paid to feeling.

Key words: pure conversation but contending speech; unadorned thinking but rich embellishment; pure heart but meaningful image

Traditional Implication, Formation and Usage of the Word "Poetics" in History

Abstract: The text indicates the word "poetics" existed in ancient China; its traditional implication is not same as its modern one, but a general term for the poetry creation. Its usage began in the late Tang and Five Dynasties, continued in the Song dynasty, and popular in the Yuan, Ming and Qing dynasties. Its traditional implication was substituted by its modern implication after western poetics was introduced to China. In addition, the text corrects the mistaken idea with many examples that there is no such word as "poetics" or this term was used scarcely in ancient China, and also hopes its implication to be understood correctly in order to have an overall grasp of the existent method and system of Chinese traditional poetics itself. The text explores the creation and academic background about the coming into being of "poetics" , and its usage in successive dynasties.

Key words: poetics; traditional poetics; learning poetry; the poetry for learning

Some Thoughts about New Poetics Construction from the Argument between the Literary Selections Faction and the Tongcheng Faction

Wang Chunhong·· (283—288)

Abstract: This article points out that" free verse written in the vernacular" should be connected with the traditional cultural inheritance. Only in this way can the new poetry be considered as innovation or progress. Through displaying the past and focusing on the argument between the Literary Selections Faction and the Tongcheng Faction , We can draw inspiration and carry out discussion on the problem in poetics construction

Key word: Li Shipei; Huang Kan; Yao Yongpu; *Wenxindiaolong* (a theoretical work on literature made by Liu Xie)

Interpretation of Deconstruction and Logocentrism Derrida Poetics and his Thinking about Hermeneutics of Deconstructionism

Yang Naiqiao··· (289—315)

Abstract: Derrida thinks that the metaphysical phonocentrism is the philosophy inherent about scientificity. If the instructive thoughts were changed to the sphere of hermeneutics and encashed as a critical method, personalism philosophy is personalism, explainics, Scientificism philosophy is scientificism explainism. What is logos? In a word, logos is thinking and speaking. Derrida thinks that the center of metaphysics in the western cultural traditional is logos. In Huser's theory, the rationality is logos. Logos is listening to its own speaking, so the speaking logos is phono. In Heidegger's existential poetics, the essence of language is logos which is true speaking words in the truth meaning. As phono logos is signifier in Sussure's linquistic theory, so logocentrism is phonocentrism in the cultural tradition of the west. In the context of western classical metaphysics's telos, modernism, postmodernism, structuralism and deconstructionism are all against metaphysics. They all oppose logos and logocentrism. Thus in western philosophy, logos is phono in the telos meaning .

Key words: poetic civilization of the west; ontology; metaphysics of presence; logocentrism; phonocentrism; hierarchy of metaphysics; deconstructionism; difference; thinking of hermeneutics; language;

violence